Mark Fisher
Der Psychiater

Mark Fisher

Der Psychiater

Thriller

Aus dem Französischen
von Bettina Bach

Ehrenwirth

Die Deutsche Bibliothek – CIP-Einheitsaufnahme
Fisher, Mark:
Der Psychiater : Thriller / Mark Fisher. Aus dem Franz. von Bettina Bach. – München : Ehrenwirth, 1997
Einheitssacht.: Le psychiatre <dt.>
ISBN 3-431-03515-9

Die Originalausgabe erschien 1995 unter dem Titel *Le Psychiatre*
bei Editions Québec/Amérique inc., Montréal (Québec), Kanada

ISBN 3-431-03512-4

Umschlag: Atelier Kontraste, München
Satz: Utesch, Hamburg
Druck: Werner Söderström Osakeyhtiö – WSOY
Printed in Finland 1997

1

»Du liebst mich nicht mehr ...«

Diese Worte hatte sie scheinbar halb im Scherz ausgesprochen. Doch aus dem tiefen Blau ihrer Augen konnte man wirkliche Furcht ablesen, als ob das, was sich zwischen ihr und ihrem Verlobten abspielte, nur die alte, uralte Angst wieder von ihr Besitz ergreifen ließ, die viel älter war als ihre Beziehung. Sie gefiel ihm nicht nur nicht, nein, sie hatte ihm auch nie gefallen, sie hatte überhaupt nie jemandem gefallen.

Und doch hatte sie ihrer Schönheit zahllose Erfolge zu verdanken. Sie hatte vielen Männern den Kopf verdreht, und sie hatte sich dazu verleiten lassen, schon in sehr jugendlichem Alter eine Schauspielkarriere anzustreben – was vielleicht ein Wunschtraum bleiben würde, und in der sie bisher auch kaum vorangekommen war. Allerdings hatte sie mit ihren noch nicht einmal zwanzig Jahren auch noch viel Zeit, um sich zu beweisen.

»Das ist es nicht«, stritt Robert ab, »du weißt, daß ich dich liebe.«

Und wie um seinen Worten Gewicht zu verleihen, begann er Catherine wieder mit einer Leidenschaft zu küssen, die ihr irgendwie vorgetäuscht vorkam; zumindest wirkte sie nicht besonders überzeugend.

Sie hatte sich jedenfalls vorgestellt, daß diese Nacht – die erste, nachdem sie seinen Eltern ihre Verlobung bekanntgegeben hatten – romantischer, aufregender sein würde. Dabei stimmte auf jeden Fall die Umgebung: eine wunderbare Suite im Waldorf Astoria Hotel in New York, wo ein riesiger Strauß roter Rosen, den der aufmerksame Robert bestellt hatte, neben einer Flasche Crystal-Champagner auf sie wartete. Und wenn es nicht der beste Champagner war, so war es mit Sicherheit der teuerste, ein Luxus für alle anderen Paare in ihrem Alter, aber eine Kleinigkeit für Robert Elliot, ein frisch aus Harvard kommender junger Anwalt und vor allen Dingen der einzige Sohn einer der reichsten und angesehensten Familien der Ostküste Amerikas.

Der Champagner zeitigte allerdings bei Robert nicht die übliche Wirkung, ebensowenig wie das kleine Schwarze mit dem tiefen Ausschnitt, das Catherine sorgfältig ausgesucht hatte und dem, seiner eigenen Aussage nach, Robert nicht widerstehen konnte. Und das, obwohl Catherine

eigentlich kaum Busen hatte. Sie hatte auch daran gedacht, ›sein‹ Parfum aufzutragen: das, das ihn angeblich verrückt machte und das sie sorgsam überall dort aufgetragen hatte, wo, mit den Worten Marilyn Monroes – ihrem Idol – »eine Frau geküßt werden kann …«
Unter den lockigen blonden Haaren zeichnete sich nun eine große Querfalte auf Catherines glatter Stirn ab, denn Robert vernachlässigte, zufällig oder absichtlich, ihre Brüste, die sie an sich selbst als eine Art Manko empfand.
Schon im Auto, auf dem Weg zum Hotel, hatte Roberts Schweigen sie sehr beunruhigt. Bei der ersten Begegnung mit ihm hatte ihre Mutter, obwohl sie sich Mühe gab, ständig Grammatikfehler gemacht. Und ihr Vater hatte sich ihrem Verlobten gegenüber extrem ungehobelt benommen. Er hatte anzügliche Bemerkungen gemacht, allerlei peinliche Fragen gestellt und sich mit der Ausrede, daß er sich von einem Sohn reicher Leute keine Vorschriften machen ließe, geweigert, etwas anderes als seine abgetragenen Alltagsklamotten anzuziehen. Er hätte sich doch wirklich ein kleines bißchen Mühe geben können!
Bei Roberts Eltern, die ein traumhaftes Anwesen auf Long Island hatten, war das Zusammentreffen auch nicht so verlaufen, wie Catherine es sich gewünscht hatte. Obwohl sie ihre Nervosität zu verbergen vermochte und nicht in Fettnäpfchen getreten war, hatte sie nicht die Herzen aller erobern können. Allem Anschein nach hatte sie dem alten Bediensteten Emil gefallen, der sehr darum bemüht war, daß sie sich wohl fühlte. Auch Roberts Mutter hatte sie herzlich umarmt, sie ihre Schwiegertochter genannt und sie sogar mit Claudia Schiffer verglichen, was im übrigen schon andere Leute vor ihr getan hatten.
Aber die beiden Zwillingsschwestern von Robert hatten mehr oder weniger subtil versucht, sie lächerlich zu machen oder zu demütigen. Und sein Vater hatte ihr einen ausgesprochen kühlen Empfang bereitet, ihr abweisend die Hand gedrückt und seinem Sohn sofort befohlen, ihm in sein Büro zu folgen. Dort hatten die beiden eine Unterhaltung gehabt, von der Robert kreidebleich zurückkam, deren Inhalt er aber Catherine nicht erzählen wollte. Jedenfalls hatte dieses Gespräch ihren Aufbruch beschleunigt.
Die plötzliche Veränderung Roberts hatte sicherlich nicht nur mit den sozialen Unterschieden zwischen ihren Familien zu tun. Eigentlich war Catherine mit ihrem geringen Selbstvertrauen davon überzeugt, daß Robert zu gut für sie sei, viel zu gut. Und angesichts der erschreckenden

Aussicht, daß sie ihn an die Leine legen würde, war er wahrscheinlich aus seiner verliebten Trägheit aufgewacht und hatte gesehen, wie Catherine wirklich war, mit all den Fehlern und Schwächen, die sie sich andichtete: eine drittklassige kleine Schauspielerin ohne jegliche Begabung. Vom väterlichen Rat beeinflußt, hatte er bestimmt nachgedacht und war zu der Einsicht gekommen, daß der Abstand zwischen den sozialen Klassen immer über die Liebe siegte, wenn man nur lange genug wartete. Er täte besser daran, eine Frau aus seinen eigenen Kreisen zu heiraten.
Auf einmal geschah das, wovor sie sich am meisten fürchtete, seit sie sich kennengelernt hatten. Robert hatte sie zwar, nur eine Stunde nachdem sie sich kennengelernt hatten, auf eine verrückte Reise nach Paris mitgenommen und sie oben auf dem Eiffelturm gefragt, wie ihr Terminplan für die nächsten fünfzig Jahre aussehe. Doch das alles hatte sie einzig und allein erleben dürfen, damit das Leben sie aus noch größerer Höhe fallen lassen konnte.
Jetzt hatte die Stunde der Abrechnung geschlagen, und Catherine würde für ihre Ekstase bezahlen müssen, für ihre Träume auf Raten ...
Während sie nackt auf dem Bett lag, bedrückte sie eine weitaus weniger abstrakte Beobachtung: Trotz ihrer wiederholten Bemühungen wies ihr Liebhaber eine bedauernswerte Schlappheit auf. Sein Körper verriet ihn, bestätigte Catherines Befürchtungen.
Mit dem Stolz einer verletzten Frau empfand sie ihre Nacktheit mit einemmal unpassend. Sie stieß ihren Liebhaber zurück und schrie:
»Es sind meine Brüste, nicht wahr? Du hast schon immer gefunden, daß sie zu klein sind ...«
»Aber nein, so ein Unsinn, ich weiß nicht, wie du darauf kommst, ich mag sie sehr.«
Er konnte sie nicht überzeugen. Anstatt sich ihm zärtlich zu nähern, wie er es mit seinen Gesten zu fordern schien, begann sie, ihren Büstenhalter zu suchen.
Er sah beschämt aus, so beschämt, wie er es in seinem ganzen Leben bestimmt noch nicht gewesen war, und sein schlaffes Geschlecht zwischen seinen Beinen war gewiß nicht dazu angetan, ihm sein Selbstbewußtsein wiederzugeben. Er versuchte Haltung zu bewahren und schien gleichzeitig sehr weit weg zu sein, in einem anderen Zimmer, in einer anderen Stadt, einem anderen Land, hunderttausend Kilometer von diesem psychischen Härtetest entfernt, der ihn unglaublich demütigte.
Er warf Catherine Seitenblicke zu und bewunderte diesen schlanken Kör-

per, zart wie eine noch kaum geöffnete Blüte, diesen Körper, den sie selbst nicht mochte und der ihn im allgemeinen unsagbar betörte. Er sah, wie sie schließlich ihren Büstenhalter fand, ihn ungeschickt anzog, so nervös, wie er sie noch nie zuvor gesehen hatte. Dann zog sie auch ihren Slip wieder an, den sie vor wenigen Minuten mit sinnlichen Bewegungen ausgezogen hatte, sinnlich wie alles, was sie tat, denn für ihn war jede ihrer Gesten ein Gedicht, ein Lied.

Sobald sie ihre Nacktheit einigermaßen bedeckt hatte, wandte sich Catherine ihrem Liebhaber zu und forderte mit einem entschlossenen Ausdruck, die Hände in den Hüften:

»Jetzt will ich eine Erklärung!«

Robert war sensibel, er war kein Feind von Worten, aber jetzt schnürte seine Kehle sich zu.

Catherine nahm das erste Glas, das ihr in die Finger kam, und warf es an die Wand, wo es in tausend Splitter auseinanderfiel.

»Was tust du?« fragte Robert, erstaunt über die ungewohnte Gewalttätigkeit seiner Freundin.

»Ich warte darauf, daß du mit mir sprichst.«

Und weil er immer noch nichts sagte, nahm sie eine Lampe, eine sehr schöne Lampe, und warf sie gegen eine andere Wand, wo sie zerbrach.

»Du hast den Kopf verloren, Catherine, hör auf, ich bitte dich!«

»Ich werde nicht aufhören, ehe du dich entschließt, mit mir zu reden.«

Sie näherte sich dem Fernseher und legte die Hand drauf, als ob sie ihn umkippen wollte. Robert fand, daß das nun wirklich zu weit ging, hob die Hand zum Zeichen der Kapitulation, und ließ wie eine Bombe die Worte fallen:

»Wir müssen unsere Verlobung auflösen.«

Catherine stieß einen langgezogenen Schmerzensschrei aus, der aus der Tiefe ihrer Seele kam.

Kraftvoll warf sie den Fernseher um, dessen Bildschirm laut am Boden zerschellte. Robert wagte nicht zu protestieren, aber er wurde nervös, denn er fragte sich, was für Überraschungen die Wut seiner Verlobten noch für ihn bereithielt.

»Ich wußte es!« sagte Catherine, »ich wußte es!«

Jemand klopfte an der Tür. Ein Hoteldiener, der gerade Gepäck ins Nebenzimmer gebracht hatte, war besorgt wegen der Schreie, die man bis auf den Gang hören konnte. Catherine und Robert schauten einander an, und als Robert zögerte und der Hoteldiener von neuem anklopfte, ging Catherine zur Tür. Weil sie halbnackt war, begnügte sie sich damit, den Kopf herauszustrecken.

»Ja?« stieß sie ungeduldig hervor.

Eingeschüchtert, weil sie so kurz angebunden war, fragte der Hoteldiener mit zitternder Stimme:

»Ist alles in Ordnung? Sind Sie nicht ...? Ich habe laute Schreie gehört und ich ...«

»Wir sind Schauspieler und proben gerade ein Theaterstück für Kinder, basierend auf *Natural Born Killers*.«

»Ah ja, ich verstehe«, sagte der Hoteldiener, der den berühmten, ausgesprochen gewalttätigen Film von Oliver Stone nicht gesehen hatte und dem der schwarze Humor der Erwiderung entging. »Ich wollte nur nachsehen.«

Als sie die Tür wieder geschlossen hatte, stieß Catherine von neuem einen langen Schrei aus, um ihren Schmerz zu mildern. Im Gang murmelte der Hoteldiener: »Diese Schauspieler, alles Irre ...«

Catherines Herz schlug wie wild. Ihr Leben, ihr Traum brachen zusammen. Aber sie wollte wenigstens wissen, aus welchem Grund. Sie holte tief Luft und lief entschlossen zum Bett:

»Hast du jemand anders kennengelernt?«

Er antwortete nicht gleich, obwohl Catherine ihm hiermit einen Ausweg angeboten hatte. Er war zu ehrlich, um ihr nicht die Wahrheit zu sagen.

»Nein.«

»Also ist es doch meine Familie? Ist dir meine Familie nicht gut genug?«

»Deine Familie ist mir völlig gleichgültig.«

»Meine Familie ist dir also völlig gleichgültig. Etwa, weil mein Vater nicht so reich ist wie deiner?«

»Nein, deine Familie ist mir nicht gleichgültig. Was ich sagen wollte, ist, daß es mir völlig egal ist, daß dein Vater nicht so reich ist wie meiner. Du bist es, die ich heiraten wollte. Aber ...«

Eine Pause, ein letztes Zögern, und dann der niederschmetternde Satz:

»Catherine, mein Vater hat mir gesagt, daß du in einem Pornofilm mitgespielt hast. Er hat mir das Video gezeigt.«

Catherine schwieg. Das war es also! Dieser fürchterliche Fehler aus einer – leider! – gar nicht so fernen Vergangenheit, der nun wieder auftauchte, um ihren kostbarsten Traum zu zerstören.

»Ich kann es dir erklären. Bei dieser Geschichte bin ich hintergangen worden. Wir sollten bloß Aufnahmen für einen Werbefilm machen. Aber

der Produzent war ein Betrüger. Er hat uns etwas zu trinken gegeben und Drogen hineingemischt. Das schwöre ich dir! Du kannst meine Freundin Claire fragen, sie war dabei – wir sind beide hintergangen worden!«
»Jetzt ist es zu spät. Du verstehst nicht, Catherine, daß die Familie Elliot eine Familie des öffentlichen Lebens ist. Mein Vater wird diesen Herbst für den Posten des Senators kandidieren.«
Catherine erwiderte nichts. Sie fühlte, daß sie das Spiel bereits verloren hatte.
Beschämt und hastig, um es bald hinter sich zu haben, suchte Robert seine Kleidung zusammen und zog sich in aller Eile wieder an. Catherine sah ihm zu wie einem Deserteur, dem sie seinen Verrat nicht übelnehmen konnte: Sie hatte den Krieg verloren, und wenn der Krieg schon verloren ist, gibt es dann wirklich noch Deserteure?
Robert hatte seine Gründe. Die Staatsräson. Familiäre Gründe. In seinen Augen waren sie sicherlich wichtiger als alles andere, und auf jeden Fall wichtiger als ihre Liebe. Sie würde es bestimmt nie ganz verstehen können, weil sie aus einem anderen Milieu kam. Er knöpfte gerade sein Hemd zu, suchte eine Möglichkeit, dem Ganzen ein Ende zu setzen.
»Ich werde nie wieder in solch einem Film mitspielen, Robert, das verspreche ich dir. Und außerdem ist er nie im Kino gelaufen. Es ist ein obskurer kleiner Film, von dem niemand je gehört hat.«
»Sobald mein Vater seine Kandidatur bekanntgibt, werden die Journalisten anfangen, unsere ganze Familie aufs Korn zu nehmen. Und sie werden fündig werden. Sie werden immer fündig. Es ist ihre Leidenschaft, das Leben von grundehrlichen Leuten zu zerstören. Ich kann nicht zulassen, daß das meinem Vater zustößt. Ich bin genauso am Boden zerstört wie du, Catherine, das schwöre ich dir. Ich habe ... Es ist Schicksal ... Man kann nichts daran ändern.«
Mit Tränen in den Augen kam Catherine auf Robert zu, flehte ihn an:
»Verlaß mich nicht, Robert! Ich kann ohne dich nicht leben. Du bist mein ein und alles. Wir könnten unsere Verlobung aufschieben, mit unserer Hochzeit warten, bis dein Vater zum Senator gewählt worden ist. Wir sind noch jung, unser ganzes Leben liegt vor uns ...«
Ohne es wirklich zu wollen, quälte er sie noch mehr, indem er sagte:
»Du hast mein Vertrauen mißbraucht, Catherine. Und deshalb, das weiß ich, werde ich dir nie mehr glauben können. Wenn wir heiraten würden, würde ich mich jeden Abend, wenn ich nach Hause komme, fragen, was du tagsüber gemacht hast, ob du mir nicht noch etwas verschweigst, et-

was, was ich wieder durch Zufall herausbekäme, genau wie bei diesem Video! Bei jedem Kuß würde ich mich fragen, ob du nicht gerade aus den Armen eines anderen Mannes kommst oder aus dem Studio eines Produzenten, der dir Drogen eingeflößt hat.«
»Ich könnte mit der Schauspielerei aufhören ...«
›Aufhören ...‹, fuhr es ihr durch den Kopf. ›Als ob ich jemals angefangen hätte! Als ob ich jemals wirklich gespielt hätte!‹
»Ich höre mit allem auf. Ich werde mich nur um dich kümmern, um unsere Liebe ... Eines Tages wirst du meinen Fehler vergessen ...«
»Das ist unmöglich, Catherine. Das ist unmöglich. Es ist zu spät.«
Er küßte sie flüchtig auf die Wange, wie ein Bruder seine Schwester küßt, und floh buchstäblich aus dem Zimmer. Und dann, als er die Tür hinter sich zugezogen hatte, explodierte der Schmerz, der in ihm gefangen war, und er fing an zu schluchzen.
Sie wollte ihm erst hinterherlaufen, aber sie konnte die Kraft nicht aufbringen. Sie war nicht mehr sie selbst. Sie wußte nicht mehr, wer sie war. Sie wußte nur noch, daß sie furchtbar litt, als ob man ihr gerade bei lebendigem Leib einen Teil ihres Körpers abgetrennt hätte.
Ihr kam ein Gedanke, die letzte Rettung, die ein für allemal all ihre Probleme lösen würde.
Wie ein Roboter lief sie zum Badezimmer. Sie schnappte sich einen Bademantel, den das Hotel – dessen Wappen er stolz trug – zur Verfügung stellte und der an der Tür hing. Sie zog den Gürtel heraus, kehrte zum Fernseher zurück und nahm den größten Glassplitter, den sie finden konnte.
Mit dem in der Hand, was auf einmal zur Mordwaffe wurde, ging sie zum Bett, warf den Gürtel darauf, schaltete das Radio an und stellte es laut. Es lief gerade ein Stück von Gloria Estefan, *Here we are*, ein Lied, das sie gerne mochte und das in diesem Moment eine besondere Bedeutung bekam. Denn sie war eben nicht mehr mit dem Mann zusammen, den sie liebte, genau wie im Lied. Sie war allein, völlig allein, vielleicht zum erstenmal in ihrem Leben. Vielleicht auch zum letztenmal.
Sie legte den Glassplitter neben sich, nahm den Gürtel und begann, völlig ruhig, ihren linken Fußknöchel am Bettpfosten festzubinden. Falls sie ihre Meinung ändern sollte, falls sie im letzten Moment nicht den Mut aufbringen sollte, könnte sie nicht mehr fliehen, dann hätte sie keine Zeit mehr dazu. Sie würde verbluten.
Sie machte erst drei Schlingen und dann, immer verbissener, fünf oder

sechs Knoten und überprüfte die Festigkeit der Fessel, die sie für ausreichend befand. Dann ergriff sie wieder den Glassplitter.
Nostalgisch betrachtete sie die schöne Herrenarmbanduhr von Cartier, die Robert ihr an dem Tag geschenkt hatte, an dem sie sich kennengelernt hatten, als ob er ihre Liebe besiegeln wollte – in jedem Fall aber, um eine Verbindung zu schaffen. Sie hatte ein paar Tage später bei einem Juwelier gesehen, was die Uhr kostete: siebentausend Dollar! Völlig verrückt ... aber war das nicht der Beweis, daß Robert verrückt nach ihr war?
Sie wollte sie abnehmen, als ob sie der ganzen Welt zu verstehen geben wollte, daß sie nicht mehr Robert gehörte, daß sie ihre Freiheit wiederhatte, daß zwischen ihnen alles vorbei war.
Und außerdem würde die Uhr nicht schmutzig werden ... Aber diese praktische Überlegung erschien ihr bald ausgesprochen absurd: In wenigen Minuten würde sie tot sein, und das Los ihrer schönen Uhr wäre ihr dann völlig gleichgültig.
Sie drehte ihr linkes Handgelenk der Decke zu, wie als Opfer für einen brutalen Gott der Liebe.
Die Trennung hatte Catherine einen tödlichen Schlag versetzt. Sie rang mit dem Tode, und vor ihren Augen rollte nun ihr Leben ab, oder vielmehr die einzige Sache, die sie wirklich beschäftigte, ihre Geschichte mit Robert: ihr Treffen, ihre erste Liebesnacht, ihre erste Reise ...
Sie legte den Glassplitter an ihren Puls, drückte leicht darauf und zog eine zarte, rote Linie. Sie war erstaunt. Es war nicht wirklich schmerzhaft. Sie faßte Mut. Wenn ihr Leben schon nicht gelungen war, würde wenigstens ihr Selbstmord gelingen. Es würde leicht sein. Und ihr Herz, das schmerzlich in ihrer Brust schlug, würde ihr nicht mehr wehtun.
Sie drückte stärker, traf auf eine Schlagader, und sofort spritzte das Blut heraus. Erst als sie sah, wie ihr Blut auf sie und das Bett zurückfiel, wurde ihr klar, was sie gerade getan hatte. Das hier war Ernst! Wenn sie nicht schnell etwas unternahm, wenn sie nicht gerettet wurde, würde sie in wenigen Minuten, am Ende ihrer Kräfte, verbluten.
Panik ergriff sie. Sie wollte nicht mehr sterben, sie wollte jetzt leben! Vielleicht gab es noch Hoffnung. Vielleicht würde Robert seine Meinung ändern. Vielleicht war ihre Trennung nur vorübergehend.
Bei der erstbesten Gelegenheit würde er seinen Entschluß rückgängig machen. Morgen, in drei Tagen, spätestens in einer Woche. Jedenfalls liebte er sie. Denn es war unmöglich, jemanden so leidenschaftlich zu lieben, wie sie ihn liebte, ohne daß diese Liebe erwidert wurde. Sicherlich

gab es Gerechtigkeit für Liebende, eine Art himmlischer Buchhaltung, die schließlich alles doch wieder zum Besten kehrte.
Sie warf den Glassplitter weg, versuchte, den Blutstrom zu stoppen, fing an zu schreien.
»Hilfe! Hilfe!«
Nun begriff sie, daß sie die Glasscherbe nicht hätte wegwerfen sollen, daß sie sie hätte verwenden können, um die Schnur zu durchtrennen, deren Knoten sie wie eine Besessene zu lösen versuchte. Aber sie schaffte es nicht, sie geriet in immer größere Panik, und das Blut strömte ohne Unterlaß und störte sie bei ihrer Arbeit.
»Hilf mir doch jemand ... Hilfe! Hilfe!«
Sie versuchte zum Telefon auf dem Nachttisch zu greifen, streckte sich, doch ihr gefesselter Fuß hielt sie zurück. Dennoch gelang es ihr bei ihrem letzten Versuch, den Hörer zu berühren, doch sie konnte ihn nicht festhalten, und voller Verzweiflung sah sie, wie er zu Boden fiel.
Sie konnte nicht mehr klar sehen. In diesem Moment hörte sie die Stimme des Hotelverwalters aus dem Hörer. Sie versuchte ihm zu antworten, doch sie hatte keine Kraft mehr und konnte nur noch einige unverständliche Worte vor sich hin brabbeln. Nun überkam sie das Gefühl, daß alles vorbei war. Sie sah ein letztes Mal Roberts Gesicht vor sich und wurde ohnmächtig.

2

Als er Catherine bewußtlos im Bett liegen sah, das Gesicht eingerahmt von ihren prächtigen blonden Haaren, war Doktor Thomas Gibson verstört. Einen Moment lang hatte er beinahe den Eindruck, daß dort seine eigene Frau vor ihm liege. Und in seiner Überraschung konnte er nicht verhindern, daß ihm ihr Name entfuhr:
»Louise ...«
Ein kleiner Strauß weißer Rosen, der auf dem Nachttisch stand, betonte diese Ähnlichkeit, denn weiße Rosen waren die Lieblingsblumen seiner Frau.
Der zarte Geruch, der aus dem Strauß aufstieg, beschwor Erinnerungen herauf. Er sah seine Frau in ihrem Rosengarten vor sich, der ihre Leidenschaft war und auch ihr großer Trost; sie hatte keine Kinder bekommen

können. Wie schön er sie fand, wenn sie über ihre Rosen gebückt stand, die sie mit unendlicher Geduld zurechtschnitt, ihr edles Gesicht im Schutz eines gelben Strohhuts, unter dem ihre blonden Haare hervorquollen wie ein Wasserfall von Licht. Sie war die Sonne in seinem Leben, das Gleichgewicht, die Poesie.

Dennoch hatte er eines Tages, vor einem Jahr, einen verhängnisvollen Fehler begangen …

Seit sieben Jahren verheiratet – sieben, offenbar seine Unglückszahl, wie die so vieler anderer Paare auch –, hatte er, wie man in der modernen psychologischen Fachsprache sagt, eine Krise durchgemacht. Er hatte das Bedürfnis gehabt, andere Menschen zu sehen, Distanz zu ihrer Beziehung zu gewinnen, sich wiederzufinden. Dennoch hatte er seiner Frau geschworen, daß er absolut nicht die Absicht habe, sie zu betrügen, eine Affäre mit einer anderen zu haben.

Das Gespräch zwischen ihm und seiner Frau, das den Lauf seines Lebens grundlegend verändern sollte, fand im Rosengarten statt. Zu seiner großen Überraschung hatte sie nicht protestiert, sie hatte nicht einmal eine Erklärung haben wollen. Sie hatte einfach nur die kleine Hacke hingelegt, mit der sie ihre Rosen bearbeitete, ihre Handschuhe ausgezogen und ruhig gesagt: »Ich gehe meine Mutter besuchen.« Das waren ihre letzten Worte.

Erleichtert, getäuscht von der Leichtigkeit, mit der diese vorläufige Trennung vonstatten gegangen war, hatte er sie nicht zurückgehalten. Und unterwegs zu ihrer Mutter hatte sie, eine stets übertrieben vorsichtige Fahrerin, eine Kurve zu schnell genommen, und ihr Auto war im Wasser des Hudson River untergegangen.

Und seither lebte Thomas, der sich selbstverständlich nicht daran hatte hindern können, einen Zusammenhang zwischen ihrem Gespräch und diesem Unfall zu sehen, mit einem quälenden Schuldgefühl. Dieser kleine Satz, der ihm jetzt lächerlich vorkam – ›das Bedürfnis, sich wiederzufinden‹ –, verfolgte ihn, hallte in seinem Kopf nach wie ein Zauberspruch.

Durch eine grausame Ironie des Schicksals war sein Wunsch denn auch erhört worden: Seit dem Tod seiner Frau hatte er sich in der Tat ›wiederfinden‹ können! In Wirklichkeit hatte er seither nichts anderes mehr getan. Von dem schrecklichen Gefühl beherrscht, diejenige getötet zu haben, die er liebte, war er buchstäblich in Einsamkeit und Nachdenken versunken …

Er verscheuchte diese quälenden Gedanken, näherte sich Catherine und stellte fest, daß die neue Patientin, trotz aller Ähnlichkeit, viel jünger war als seine verstorbene Frau.
Er ergriff Catherines rechtes Handgelenk, denn das linke, dessen Pulsadern aufgeschnitten waren, war bandagiert. Ihr Puls war sehr schwach, beinahe nicht zu fühlen. Seit sie gestern in der Gagliardi-Klinik – einem öffentlichen Krankenhaus in Manhattan – in die Notaufnahme gekommen war, war sie noch nicht wieder zu Bewußtsein gekommen, was Doktor Gibson besonders beunruhigte.
In diesem Moment traten Catherines Eltern ins Zimmer. Man hatte sie erst an diesem Morgen erreichen können, und sie waren sofort zur Klinik geeilt. Als sie den Arzt sahen, der sich über ihre Tochter beugte, zögerten sie einen Augenblick. Würden sie ihn nicht bei seiner Arbeit stören?
Catherines Vater, ein Mann von Ende Fünfzig mit Bauch, der Schädel oben völlig kahl und das Gesicht vom Alkohol aufgedunsen, schien nicht nur verärgert, sondern auch gedemütigt, geschockt über den Selbstmordversuch seiner Tochter. War er denn nicht immer ein guter Vater gewesen, hatte er ihr nicht die beste Erziehung angedeihen lassen? Und das war ihre Art, ihm dafür zu danken?
Genauso dick wie der Vater, mit wenig geschmackvoll gefärbten platinblonden Haaren, sah Catherines Mutter viel älter aus als fünfundvierzig. Wenn man sich ihr Gesicht mit dem geschulten Blick eines Archäologen ansah, der einen Tempel anhand von ein paar Ruinen, ein Tongefäß anhand von Fragmenten rekonstruiert, konnte man erraten, daß sie, als sie jünger gewesen war, ähnlich wie Catherine ausgesehen hatte. Es schien, als ob sie, als sie Catherine ihre Schönheit vermachte, sich der ihren gleichzeitig entledigt hatte. Das war die Tragödie ihres Lebens – dieser verfrühte Verlust ihrer Schönheit –, und es trug sicherlich zu den Gefühlen von Neid und Eifersucht bei, die sie ihrer Tochter entgegenbrachte und die sich in tausendundein Gemeinheiten und Beleidigungen äußerten.
Ungeduldig zu wissen, wie es um Catherine stehe, es mit eigenen Augen zu sehen, wollte Catherines Mutter nähertreten, doch ihr Ehemann hielt sie am Arm zurück.
Doktor Gibson, der gerade den Puls gemessen hatte, bemerkte ihre Anwesenheit. Er drehte sich um und fragte:
»Kann ich Ihnen helfen?«

»Wir sind Catherines Eltern ...«
»Kommen Sie doch herein, kommen Sie herein, ich bitte Sie!«
Frau Shield drehte sich mit einem triumphierenden Blick zu ihrem Mann um und schritt erhobenen Hauptes vor ihm in das Zimmer. Sie fanden Catherine erschreckend bleich.
»Ich bin Doktor Gibson«, sagte der Psychiater und drückte beiden Eltern die Hand. »Ich werde mich um Ihre Tochter kümmern.«
»Hm ... Sehr angenehm, Herr Doktor«, stammelte Frau Shield, offensichtlich beeindruckt von der Erscheinung und vor allem den großen blauen Augen des Psychiaters.
Mit fünfundvierzig Jahren wirkte Doktor Gibson wie siebenunddreißig oder achtunddreißig, so sportlich sah er aus; seine schwarzen Haare waren noch voll und sozusagen von den Jahren verschont geblieben, man sah nur hier und da ein paar weiße Fäden. Der Psychiater, mit einem energischen Gesichtsausdruck und – ein Paradox, das seinen Charme noch erhöhte – einem Blick, der eine seltene Sensibilität verriet, war auf Nervenzusammenbrüche und Selbstmordversuche spezialisiert.
Mit einer Geste, die ihre Verlegenheit verriet, strich Frau Shield ihre Haare aus dem Gesicht und fragte:
»Wird sie ... wird sie denn ...«
»Sie hat sehr viel Blut verloren«, erklärte Gibson. »Wenn der Hotelangestellte sie zehn Minuten später gefunden hätte, wäre sie möglicherweise nicht mehr am Leben.«
»Aber ... Wird sie denn überleben?« fragte die Mutter.
»Sie war noch nicht wieder bei Bewußtsein, und ich kann Ihnen im Moment nicht sagen, ob sie bleibende Schäden davontragen wird. Wie ich schon gesagt habe, sie hat sehr viel Blut verloren.«
In diesem Moment trat eine schwarze, etwa vierzig Jahre alte Krankenschwester zur Tür herein.
»Doktor Gibson?« fragte sie diskret.
Er wandte sich ihr zu:
»Ich bin gerade mit den Eltern von Catherine Shield beschäftigt«, erklärte er.
»Es ist dringend, Doktor. Es geht um die junge Patientin, die Sie gestern entlassen haben.«
›Diane!‹ schoß es Doktor Gibson gleich durch den Kopf, und er wurde auf einmal sehr blaß. Könnte es sein, daß ihr etwas zugestoßen war, dieser Patientin, der er am Vorabend zu verstehen gegeben hatte, daß sie endlich

auf eigenen Füßen stehen könne, und die dabei eine ausgelassene Fröhlichkeit an den Tag gelegt hatte? Hatte sie ihm etwas vorgespielt? Oder hatte sie einen plötzlichen Rückfall erlitten? Ihm blieb nichts anderes übrig, als sich bei Catherines Eltern, die er mit ihrer Tochter allein ließ, zu entschuldigen.

Sobald er weg war, erging sich Herr Shield in bitteren Vorhaltungen:

»Ich verstehe es einfach nicht ... Nach allem, was wir für sie getan haben!«

»Du hast ganz recht«, pflichtete ihm Catherines Mutter bei. »Wir haben uns aufgeopfert, damit es ihr an nichts fehlt, und so dankt sie es uns ...«

Trotz ihrer Worte war sie niedergeschlagen, und wenn ihr Mann sie nicht dazu verleitet hätte, über ihre Tochter zu urteilen, hätte sie solche harten Worte vielleicht nicht ausgesprochen. Schließlich war sie ja ihre Tochter! Sie wäre beinahe gestorben, und vielleicht würde sie ihr Leben lang an den Folgen dieser Verzweiflungstat leiden.

»Der Arzt wird keine Zeit gehabt haben, es uns zu sagen, aber wahrscheinlich stand sie unter dem Einfluß von Drogen, wie all die jungen Leute«, fügte Herr Shield hinzu. »Zu unserer Zeit gab es das noch nicht. Wir haben hart gearbeitet, anstatt davon zu träumen, ein Filmstar zu werden.«

»Sie hatte ein Recht darauf, zu träumen, wie jeder von uns«, entgegnete diesmal seine Frau, deren mütterlicher Instinkt die Oberhand gewann. Plötzlich fand sie es unerträglich, so schlecht über ihre Tochter zu reden, während sie bewußtlos war, zwischen Leben und Tod schwebte ...

»Träume, Träume! Träume sind Schäume, damit kann man sich nicht seinen Lebensunterhalt verdienen«, sagte der Vater.

Danach schwieg auch er, wie seine Frau. Frau Shield hatte sich Catherine genähert, hatte ihre Hand ergriffen und betrachtete besorgt die Bandage ihrer Tochter. Eine tiefe Falte zog sich über ihre schmale Stirn. Hatte nicht auch sie, während der finstersten Zeiten einer Ehe, die nie ein Zuckerschlecken gewesen war, daran gedacht, ein für allemal einen Schlußstrich unter ihr Leben zu ziehen? Ob sie ihrer Tochter diese traurige Neigung vermacht hatte?

»Catherine, ich weiß nicht, ob du mich hörst«, begann sie, sehr zum Erstaunen ihres Mannes, »aber wir wollen, daß du lebst. Wir wollen, daß du kämpfst, Liebes.«

»Verlier deine Zeit nicht«, warf der Vater ein. »Du weißt ganz genau, daß sie dich nicht hören kann.«

»Das weiß man nicht, das weiß man nicht«, protestierte die Mutter.
Zwei unerwartete Besucher betraten in diesem Augenblick das Zimmer. Einer von ihnen, der ältere, ein schlanker, eleganter Mann von fünfzig Jahren, hüstelte unauffällig, um die Aufmerksamkeit von Catherines Eltern zu erregen. Es war George Pearson, ein alter Freund der Familie – von Frau Shield, genaugenommen –, der vor einigen Jahren von New York nach Key West gezogen war, wo er sich mehr zu Hause fühlte, da er dort weniger den bürgerlichen Moralvorstellungen ausgesetzt und nicht so offensichtlich aus der Gesellschaft ausgeschlossen war.
Er befand sich in Begleitung eines feminin wirkenden Mannes von etwa dreißig Jahren, mit rötlichen Haaren und geschminkten Augen, der einen Blumenstrauß in der Hand hielt.
»George!« rief Frau Shield aus.
»Ja«, antwortete dieser, ein wenig verschämt, und wies auf eine Tageszeitung, die er zusammengefaltet in den Händen hielt, »wir ..., nun, wir sind seit gestern abend wieder in New York und ... ich wollte dich besuchen und habe in der Morgenzeitung gelesen, was mit Catherine geschehen ist ...«
Natürlich hatte auch Catherines Mutter die aufsehenerregenden Photos ihrer Tochter gesehen, die in ihrer eigenen Blutlache lag, den einen Fuß seltsam am Bett festgebunden, wie eine Märtyrerin oder wie das Opfer eines brutalen Mordversuchs.
George trat näher und gab Frau Shield die Hand, die sagte:
»Du kennst meinen Ehemann?«
»Ja«, antwortete er und senkte den Kopf, wie aus einem Gefühl von Unterwürfigkeit oder von Schuld heraus.
Er streckte Herrn Shield eine weiche, bestimmt nicht sehr einladende Hand hin, die dieser sowieso verweigerte. Betreten zog George seine Hand wieder zurück.
Frau Shield warf ihrem Mann einen vorwurfsvollen Blick zu, schien aber nicht besonders erstaunt über diese offensichtliche Unhöflichkeit, die die gespannte Atmosphäre im Zimmer noch verstärkte.
Alfie, Georges Begleiter, der noch nicht vorgestellt worden war, schien sich am unwohlsten von allen zu fühlen. Immer wieder drehte er den Strauß in seinen Händen hin und her. Alle schwiegen, bis George schließlich sagte:
»Ach, ich vergaß: Darf ich euch meinen Freund Alfie vorstellen?«
Nachdem Herr Shield George so behandelt hatte, zog Alfie es vor, ihm die

Hand gar nicht erst hinzustrecken, und begnügte sich damit, ein wenig gezwungen zu lächeln und mit dem Kopf zu nicken. Er fand die Spannung schier unerträglich. Um Haltung zu bewahren, ging er zu Catherines Nachttisch, wo sich die Vase mit den weißen Rosen befand.
Er stellte seinen Strauß dazu, bemühte sich, ihn mit den anderen Blumen in Einklang zu bringen, und wandte sich dann Catherine zu. Wider Erwarten verzog sich sein Gesicht zu einem Ausdruck stillen Schmerzes, und seine Augen füllten sich mit Tränen.
Er wandte seine Augen von Catherine ab, deren Blässe ihn erschüttert hatte, und sagte mit zitternder Stimme zu George:
»Ich ... ich warte draußen auf dich.«
Vergebens versuchte er, sein Schluchzen zu unterdrücken, und stürmte beschämt aus dem Zimmer.
»Er ... er hat bereits drei Selbstmordversuche hinter sich, und ich glaube ... Nun ja, er ist sehr sensibel.«
Weder Herr Shield noch Catherines Mutter erwiderten etwas, und sie zeigten keinerlei Anteilnahme. Die Spannung wurde unerträglich. George, der nicht mehr wußte, was er sagen sollte, fühlte sich immer mehr fehl am Platz. Es tat ihm fast leid, daß er gekommen war.
»Ist sie denn wenigstens außer Lebensgefahr?« fragte er und machte ein paar Schritte auf das Bett zu.
»Der Arzt weiß es noch nicht«, erklärte Frau Shield. »Sie ist noch immer nicht wieder aufgewacht.«
Herr Shield, der seit Georges Ankunft den Mund nicht aufgemacht hatte, begnügte sich damit, ihm haßerfüllte Blicke zuzuwerfen.
Das Schweigen wurde immer schwerer, drückender.
»Nun gut, ich werde euch nicht länger stören«, sagte George.
»Es ... es ist nett, daß du gekommen bist«, antwortete Frau Shield mit einem Lächeln, das zu sagen schien: »Und macht jetzt, daß ihr wegkommt!«
»Gut, dann laß ich euch jetzt ...«, sagte George, der die Botschaft verstanden hatte. »Alfie sieht nicht so aus, als ob er sich wohl fühlt, und in einem solchen Zustand möchte ich ihn nicht allein lassen.«
Er ging zur Tür, und niemand versuchte, ihn aufzuhalten.

3

Catherines Vater wartete ein paar Sekunden, um sicherzugehen, daß die beiden Männer wirklich weg waren, und rief dann, mit einer Mischung aus Überraschung und Ekel:

»Kannst du mir verraten, was dieser Waschlappen hier zu suchen hatte?«

Die Frage und vor allem der aggressive Tonfall, in dem sie gestellt wurde, schienen Frau Shield zu überraschen.

»Nun, er ist ein Freund der Familie, er kam uns besuchen ...«

»Du könntest besser sagen, daß er mich verhöhnen wollte, indem er Catherine besuchen kam!«

Seine Frau sah nicht so aus, als ob sie verstehen würde, wovon er sprach. Sie sahen sich lange an. Dann fuhr Herr Shield fort:

»Ich wußte nicht, daß er nicht nur ein Schwein ist, sondern daß er sich jetzt auch noch zu Männern bekehrt hat.«

»Er hat sich nicht jetzt erst zu Männern bekehrt. Er stand schon *immer* auf Männer!«

Diese Bekenntnis hatte die Wirkung eines Hammerschlags auf Herrn Shield.

»Aber ich ... ich verstehe nicht«, sagte er, völlig entgeistert.

»Was verstehst du nicht? Daß er schwul ist? Das habe ich selbst auch nie verstanden! Das ist sogar den Schwulen selbst ein Rätsel. Aber ich nehme an, daß es genauso rätselhaft ist, daß eine Frau sich zu einem Mann hingezogen fühlt. Und manchmal frage ich mich ...«, fügte sie etwas leiser hinzu.

»Was fragst du dich? Fragst du dich, ob du mit ihm nicht glücklicher geworden wärst? Ob er nicht ein besserer Vater für Catherine gewesen wäre?«

»Es wäre wohl nicht besonders schwierig gewesen, ein besserer Vater zu sein als du! Aber nein, das frage ich mich nicht! Ich frage mich gar nichts. Ich sage dir nur, daß George schwul ist, seit er geboren wurde, und daß er nie mit einer Frau geschlafen hat.«

»Heißt das also, daß ... daß ...«, sagte ihr Mann, erschüttert, erschlagen. Er trat an Catherines Bett, sah sie an, wie er sie in seinem ganzen Leben noch nicht angesehen hatte, mit einer außerordentlichen Intensität und Zärtlichkeit. Seine Augen füllten sich mit Tränen. Schließlich sagte er:

»Ich hatte immer gedacht, daß George Catherines Vater ist.«

»George?! Aber das ist doch völliger Irrsinn!«

Beschämt, hilflos und zerrissen fuhr Herr Shield fort:
»Weißt du, als ich, bevor Catherine geboren wurde, zwei Monate lang für die Firma nach Chicago gehen mußte, war ich ... Nun ja, ich war mir sicher, daß du mit George geschlafen hast. Ihr wart immer zusammen, ihr seid tanzen gegangen, etwas trinken, ins Theater. Ich muß ja zugeben, daß ich ... tanzen und Theater kaum ... nun gut. Und als ich aus Chicago zurückkam, hast du mir mit einem großen ironischen Lächeln angekündigt, daß du schwanger bist.«
Auf einmal begriff sie das folgenschwere Mißverständnis. Deshalb war er ihrer Tochter gegenüber immer so hart gewesen, so reserviert, so grausam sogar! Achtzehn lange Jahre hatte er in der schrecklichen Gewißheit gelebt, daß Catherine nicht seine Tochter war, sondern das Ergebnis eines Seitensprungs!
Blaß vor Bestürzung fühlte Frau Shield, wie eine heftige Erschütterung sie übermannte. Sie näherte sich ihrem Mann und machte eine zärtliche Geste, wie sie es seit Jahren nicht mehr getan hatte. Sie nahm ihn in die Arme und sagte:
»Mein armer, armer Burt! Das war kein ironisches Lächeln, es war ein Lächeln der Freude, der Dankbarkeit.«
Sanft schob er sie weg, um ihr besser in die Augen sehen zu können.
Endlich begriff er das Ausmaß seines Irrtums, seiner Dummheit. Catherines Mutter hingegen konnte sich etwas nicht erklären. Es erschien ihr merkwürdig, unsinnig. Sie fragte:
»Aber warum hast du mir deine Zweifel nie anvertraut? Wie hast du so viele Jahre lang leben können, ohne etwas zu sagen?«
»Ich weiß es nicht. Ich hatte Angst vor der Auseinandersetzung, ich hatte Angst zu hören, ja, daß du mich mit diesem ekelhaften George betrogen hast. Daß Catherine nicht von mir ist, daß sie ein Bastard ist ... Verstehst du, so lange mir eine kleine Unsicherheit blieb, blieb mir auch ein kleiner Hoffnungsschimmer, und meine Ehre blieb erhalten.«
»Aber du hast dich trotzdem so benommen, als ob sie nicht deine Tochter sei, als ob daran kein Zweifel bestünde!«
»Ich wollte kein Risiko eingehen! Ich wollte sichergehen, daß sie, wenn sie nicht meine Tochter ist, für den Fehler bezahlen würde, den du begangen hast.«
Frau Shield konnte es nicht fassen. Was für eine Verschwendung! Achtzehn Jahre! Achtzehn lange Jahre unsinnigen Hasses, den die arme Catherine hatte hinnehmen müssen, ohne zu verstehen. Und wenn sie in

diesem Augenblick halbtot in einem Krankenhausbett lag, wenn sie sich hatte umbringen wollen, war es dann nicht wegen dieses Liebesmangels? Nun fing ihr Mann wirklich an zu schluchzen.

Und sie empfand zweifellos das stärkste Gefühl, das sie jemals bei ihrem Mann empfunden hatte, für den Nähe kurze Vereinigungen bedeuteten, meistens ungeschickt und immer seltener, und in deren Genuß sie nur kam, wenn er betrunken war. Als ob er die Trunkenheit brauchte, damit seine Lust geweckt würde, oder um zu vergessen, daß seine Frau seine Frau war und er seit langem keine Lust mehr bei ihr verspürte.

Er hatte sich Catherine genähert; er nahm ihre Hand und fing an, sie zu küssen und mit seinen Tränen zu benetzen. Seine Frau neben ihm fühlte sich zum erstenmal seit etlichen Jahren diesem schweigsamen und unergründlichen Mann nahe, mit dem sie nichts gemeinsam zu haben glaubte. Jetzt hatten sie wenigstens ihre Tochter!

Sie sah sich nicht als perfekte Mutter: Sie hatte Catherine nicht geliebt, wie sie sollte, sie hatte sie immer als Grund für das Scheitern ihrer Ehe und für ihre mißglückte Schauspielkarriere angesehen. Catherine war für sie der grausame Spiegel, der sie an ihre vergangene Schönheit erinnerte, deren Verlust sie niemals wirklich akzeptiert hatte. Und sie hatte sie oft genug für diese wehmütige Erinnerung an glorreichere Tage bezahlen lassen. Aber sie hatte sie immerhin wie ihre Tochter behandelt!

Herr Shield hielt immer noch Catherines Hand fest und flüsterte seiner Tochter Worte zu, für die er sich noch vor wenigen Minuten sicher geschämt hätte, denn sie zeugten von Gefühl, was in seinen Augen bei Männern eine unverzeihliche Schwäche war.

»Catherine«, sagte er und streichelte mit seiner anderen Hand ihre schönen blonden Haare.

Hundertmal, tausendmal hätte er ihr sagen wollen, daß sie schöne Haare hatte, daß er sie schön fand, daß er sie wundervoll fand und daß er stolz auf sie war. Aber er hatte ihr diese Komplimente immer versagt, auch wenn sie sie offen forderte. Er hatte sie kleinkriegen wollen. Sie zerstören. Und das war ihm gründlicher gelungen, als er geglaubt hatte. Jetzt mußte er den Preis dafür zahlen.

»Meine Catherine«, wiederholte er.

Aus seinem Mund hörte sich dieses »meine« rührend an, und seine Frau konnte jetzt verstehen, warum er es niemals verwendet hatte.

»Meine Catherine, wirst du mir eines Tages alles Leid verzeihen, das ich dir zugefügt habe?«

Und er dachte an all die Male, wie er sie ungerechtfertigterweise geschlagen hatte, an die vielen Strafen, die in keinerlei Verhältnis zu den ausgesprochen verzeihlichen Verfehlungen stand, die sie in ihrer Kindheit begangen hatte. Wie oft hatte er ihr mit einer Ohrfeige geantwortet? Wie oft hatte er sich daran ergötzt, sie mit willkürlichen Strafmaßnahmen zu überraschen, ihr in letzter Minute zu verbieten, ihre Freunde zu sehen oder auszugehen? Wie oft hatte er ›vergessen‹, ihr zum Geburtstag ein Geschenk zu kaufen, oder ihr absichtlich eines überreicht, von dem er wußte, daß es ihr nicht gefallen würde?

Wie viele Male hatte er, betrunken und frustriert über die Mittelmäßigkeit seines Lebens, brutal ihren Kopf gegen die Wohnungswände geschlagen und sie brüllend gefragt, ob sie verstehe, was er ihr erkläre? Und sie schrie: »Papa, Papa, hör auf, ich flehe dich an, Papa, du tust mir weh!!« und blickte ihn an, benommen, ihre schönen Augen voller Tränen, unfähig, diesen Haß zu verstehen …

Wie eine freigelassene Herde Wildpferde, die durch nichts aufzuhalten ist, tauchten gegen seinen Willen die bedrückenden Erinnerungen aus seiner Vergangenheit auf, quälten ihn und schienen entschlossen, ihm innerhalb weniger Minuten zuzufügen, was er seiner Tochter innerhalb von Jahren angetan hatte.

»Verzeih mir, meine Tochter! Wenn du mich hörst, Catherine, bitte ich dich um Verzeihung! Verzeih mir alles Leid, das ich dir angetan habe.«

Sie schien ihn zu hören, fing leise an zu stöhnen und sich unmerklich zu bewegen. Dann drehte sie den Kopf zu ihrem Vater, der seine Frau ansah, ein seliges Lächeln auf den Lippen. Es war wie ein Wunder: Sie hatte seine Bitten erhört! Sie kam wieder zu Bewußtsein! Schließlich öffnete Catherine zur großen Freude ihrer Eltern die Augen.

Erst sah sie sie nicht oder erkannte sie zumindest nicht. Es kam ihnen gleich ein furchtbarer Verdacht: Und wenn sie nun nichts mehr sehen könnte? Und wenn sie blind bliebe? Wie würde ihr Vater sich diese Behinderung jemals verzeihen, für die er sich, wenn auch indirekt, verantwortlich fühlte?

»Catherine«, rief leise ihre Mutter. »Wir sind hier, deine Eltern. Wir haben dir Kleidung mitgebracht. Das kleine weiße Kleid, das du so gerne magst, deine schwarzen Halbschuhe, deine Bücher …«

Tatsächlich hatte sie einen kleinen Koffer für ihre Tochter vorbereitet, mit Kleidung und einer Waschtasche, und hatte ihn neben dem Bett abgestellt.

»Wir sind da«, wiederholte ihr Vater. »Sieh uns an.«
Hörte sie sie? Sie drehte sich zu ihnen hin und zuckte instinktiv zurück, als sie ihren Vater sah, der ihr zärtlich die Hand hielt. Mit einem Ruck zog sie ihre Hand weg und rief:
»Faßt mich nicht an! Faßt mich nicht an!«
»Aber Catherine, beruhige dich doch«, entgegnete ihr Vater liebevoll. »Erkennst du uns denn nicht? Ich bin es, dein Vater.«
»Du bist nicht mein Vater«, schrie sie. »Nie mehr wirst du mein Vater sein! Du hast mein Leben zerstört! Wegen dir habe ich meinen Verlobten verloren! Ich hasse dich, ich hasse dich! Und dich hasse ich auch, Mama! Ihr habt *alles* getan, damit Robert findet, daß ich eine erbärmliche Familie habe! Geht sofort weg! Geht aus meinem Zimmer hinaus, ich will euch nie mehr sehen!«
Wie von Kummer erschlagen, dachten die Eltern, daß es besser sei, sie jetzt in Ruhe zu lassen, und verließen das Zimmer.

4

Als einer der Leichenträger nach der Grabrede den Sargdeckel schließen wollte, bekam die Mutter, eine rundliche, unscheinbare Frau, die sehr verschieden war von ihrer verstorbenen Tochter – die groß und schlank gewesen war und ziemlich auffällig –, einen hysterischen Anfall. Sie stürzte sich auf den Angestellten des Bestattungsunternehmens, einen ehrwürdigen, makellosen Herrn in den Sechzigern, und fing an, ihn zu schlagen.
»Gehen Sie weg! Ich befehle Ihnen wegzugehen!«
Der Angestellte, ein wahrer Schrank, ließ sich durch die niederprasselnden Faustschläge nicht aus der Fassung bringen. In vierzig Berufsjahren hatte er die verschiedensten Dinge mitgemacht, und die Reaktion dieser in Tränen aufgelösten Mutter erstaunte ihn nicht. Doch er gab ihrer Aufforderung ohne zu widersprechen nach.
Mit Hilfe des kleinen Betstuhls war es der Mutter gelungen, in den Sarg zu steigen. Sie hatte sich neben ihre tote Tochter gelegt und schrie sich voller Verzweiflung die Lungen aus dem Leib:
»Ihr werdet mich zusammen mit meiner Tochter beerdigen müssen! Ich lasse sie nicht ganz allein begraben! Ich bin ihre Mutter! Und sie ist meine einzige Tochter, wißt ihr, was das bedeutet?«

Alle Anwesenden verstanden das sehr gut, und mehr als einer reagierte heftig. Manche, die die Zeremonie bisher trockenen Auges überstanden hatten, konnten den Anblick eines solchen Schmerzes nicht ertragen und fingen ebenfalls an zu weinen. Frauen suchten Zuflucht an der Schulter ihrer Ehemänner, Freunde der Familie schauten weg oder flüchteten sich in den Aufenthaltsraum, um ihre angegriffenen Nerven zu beruhigen. Eine Frau, deren Sohn sich im Jahr zuvor das Leben genommen hatte und die sich bis dahin tapfer gehalten hatte, konnte ihren Schmerz nicht mehr bezwingen und brach in Tränen aus. Selbst die Kinder, die bisher eher unbekümmert gewesen waren, machten auf einmal finstere Mienen, hörten auf, sich zu zanken. Als ob sie verstünden, daß das, was geschah, wirklich traurig war.

Der oberste Sargträger warf einen verstohlenen Blick auf seine Uhr und runzelte die Stirn. Der Gottesdienst sollte in wenigen Minuten in der Kirche beginnen, und unmittelbar anschließend sollte ein weiterer folgen. Auch wenn die Mutter der Verstorbenen völlig aufgelöst war, mußte man vorankommen. Er sah seine Kollegen an, die dies als Zeichen verstanden, sich die Hüte aufzusetzen und die Handschuhe anzuziehen.

Die Mutter der Verstorbenen hatte aufgehört zu schreien. Neben ihrer toten Tochter schien sie eine seltsame Ruhe erfaßt zu haben. Sie bewegte sich nicht mehr, als ob sie glaubte, ihre Tochter durch ihre Unbeweglichkeit wieder zum Leben erwecken zu können.

Doktor Gibson, der nur wenige Schritte vom Sarg stand, war zu spät zur Zeremonie erschienen und hatte noch keine Zeit gehabt, der Familie sein Beileid auszusprechen. Er sah die arme Frau voller Anteilnahme an. Was ihn aber am meisten bedrückte, war, seine ehemalige Patientin aufgebahrt liegen zu sehen.

Vor ein paar Tagen hatte er noch geglaubt, daß sie völlig geheilt sei – sie war einer der seltenen Fälle, in dem er den Eindruck gehabt hatte, daß die Therapie geholfen hätte, und er hatte sie entlassen. Nun stellte sich seine Diagnose als völlig falsch heraus! Oder sie hatte einen wirklich unerwarteten Rückfall erlitten. In einer Verzweiflungstat hatte sie sich auf dem Balkon ihres Appartements erhängt.

Bevor sie ihrem Leben ein Ende setzte, hatte sie ihrem Psychiater einen Brief geschrieben, den er am Morgen der Beerdigung zwischen der Post in der Klinik vorfand. Er trug ihn in diesem Augenblick bei sich, in seiner Jackentasche. Doktor Gibson hatte ihn zweimal gelesen, und der Brief hatte ihn so getroffen, daß er ihn beinahe auswendig kannte.

Lieber Doktor, oder sollte ich besser sagen: lieber Thomas? Das Leben ist gut, denn es hat mir erlaubt, den zu treffen, der mich gerettet hat. Aber es ist auch böse, denn der Mann, der mir das Leben gerettet hat, nimmt es mir auch. Zwischen uns wird es immer ein Geheimnis geben, und dieses Geheimnis vertraue ich Ihnen an. Vielleicht haben Sie es schon an meinem Lächeln, meinen Blicken erraten. Ich liebe Sie. Ja, ich liebe Sie, aber ich weiß, daß unsere Liebe ein Ding der Unmöglichkeit ist. Niemals würden Sie den Eid brechen, den Sie geleistet haben, als Sie Psychiater wurden. Also habe ich mich entschlossen zu gehen, denn ich weiß, daß ich nicht in der Lage bin, ohne Sie zu leben. Und ich weiß, daß Sie, wenn ich Ihre Patientin geblieben wäre, darüber deprimiert gewesen wären, daß Ihre hervorragende Behandlung, Ihre Geduld mit mir nicht angeschlagen haben. Sie hätten an eine Niederlage geglaubt. Aber weil ich Sie liebe, wollte ich, daß Sie erfolgreich sind. Also habe ich das Spiel mitgespielt. Das Spiel der geheilten Frau, der Frau, die ihre Kräfte wiedererlangt hat und bereit ist, dem Leben gegenüberzutreten. Aber ich weiß, daß ich nicht dafür gemacht bin. In mir ist seit meiner Geburt ein Bruch. Ein Bruch, den ich mir nicht erklären kann und der verhindert, daß ich mich an den Dingen freue, die andere glücklich machen. Erfolg, Freunde, Hobbys, Arbeit.
Bevor ich Sie kennenlernte, wußte ich nicht, daß man lieben kann, daß alles einen Sinn haben kann. Ich wußte nicht, daß das, was mir fehlte – Sie waren. Aber das ist mir exakt in dem Moment klargeworden, als ich die Klinik verlassen habe, da habe ich gefühlt, daß ich es nicht könnte. Mir ist sofort entsetzlich schwindelig geworden, und die Wunde in mir, die sich gleich geschlossen hat, als ich Sie zum erstenmal gesehen habe, diese Wunde ist wieder aufgegangen, und durch sie ist diese bösartige Kraft in mich zurückgekehrt, die mich seit Jahren auffrißt und mich in den Tod treibt. Ich hoffe, daß Sie mir das, was ich Ihnen durch mein Gehen antue, verzeihen können – es ist wohl Schicksal, wie man sagt. Ich habe gestern ein dickes Seil gekauft und mir allein, ohne Buch – was wiederum beweist, daß Bücher für die wahren Dinge des Lebens und des Todes völlig überflüssig sind – beigebracht, wie man perfekte Schlingen macht, und heute nachmittag, nachdem ich diesen Brief verschickt habe, zu der Zeit, wenn die Kinder von der Schule zurückkommen, werde ich mich auf meinen Balkon setzen, wo ich mir so oft die Sonnenuntergänge angesehen habe, eine letzte Zigarette rauchen (ich habe heimlich wieder angefangen, verzeihen Sie mir posthum?), und werde das Seil am Balkongeländer befestigen, es mir wie ein letztes Schmuckstück um den Hals legen und mich, vor aller Welt, ins

Leere stürzen. Damit die Kinder wissen, daß es unnütz ist, was sie in der Schule lernen: Wenn man die Liebe verliert, verliert man alles!
Ich liebe Sie
Diane

Selten hatte Doktor Gibson solch eine Niederlage erlitten! Wie kam es, daß er das Spiel seiner Patientin nicht durchschaut hatte? Wie konnte es passieren, daß er nicht merkte, daß sie alles andere als geheilt war?
Die traurige Szene in der Aussegnungshalle holte ihn in die Wirklichkeit zurück. Der Leichenträger, der vor wenigen Minuten versucht hatte, den Sargdeckel zu schließen, trat zur Mutter der Verstorbenen und versuchte sie zu überreden, ihn seine Arbeit tun zu lassen. Doch ihr Ehemann, ein kräftiger Herr, dessen Gesicht vom Alkohol gezeichnet war, hielt ihn zurück und gab ihm mit einer Geste zu verstehen, daß es besser sei, wenn er diese delikate Angelegenheit selbst übernähme.
Er trat nach vorne, doch der Mut schien ihn zu verlassen und er wandte sich seiner Schwägerin zu, die neben ihm stand und sich die Augen mit einem Taschentuch trocknete. Es war besser, wenn eine Frau es auf sich nahm, sie zu trösten und vor allen Dingen zur Vernunft zu bringen: Sie würde das Unvermeidliche akzeptieren müssen.
Die Schwägerin drückte das Taschentuch in der Faust zusammen, um sich Mut zu machen, und trat zum Sarg hin. Sie lächelte ihrer Schwester zu, nahm sie bei der Hand und zog vorsichtig daran. Und zu ihrer Überraschung bot die in Tränen aufgelöste Mutter keinerlei Widerstand, als ob die paar Minuten, die sie bei ihrer Tochter verbracht hatte, sie ganz und gar beruhigt hätten. Sie stand auf und kam aus dem Sarg heraus, zur großen Erleichterung nicht nur der Leichenträger, sondern aller Anwesenden.
Die Frau fiel ihrem Mann in die Arme, der sie instinktiv vom Sarg wegdrehte, damit sie nicht von neuem den schmerzhaften Moment erleben müsse, in dem der Sarg geschlossen wurde, was der oberste Leichenträger denn auch sofort tat. Der Zwischenfall hatte seinen Zeitplan ernstlich durcheinandergebracht. Die Mutter hatte sich gerade umgedreht und den Kopf gehoben, um zum Ausgang zu gehen, als Doktor Gibson auf sie zutrat. Er wußte, daß es nicht der ideale Moment war, hatte aber keine Zeit, zur Beisetzung zu gehen.
»Ich bin … hm, ich war der Psychiater Ihrer Tochter, ich bin gekommen, um Ihnen mein Beileid auszusprechen … Es ist wirklich ein tragischer Verlust … Ich kann Ihnen gar nicht sagen, wie erschüttert ich bin …«

Die Mutter reagierte nicht gleich. Sie war vom Schmerz wie betäubt. Aber als ihr klar wurde, was Doktor Gibson gerade gesagt hatte – und vor allem, wer er war –, verlor sie von neuem die Fassung. Anstatt ihm die Hand zu geben, fing sie an, Doktor Gibson mit Schlägen zu traktieren, wie sie es vor ein paar Minuten mit dem unglückseligen Sargträger getan hatte, und schrie:

»Mörder! Sie sind nichts als ein elender Mörder! Sie haben meine Tochter umgebracht!«

5

»Hallo, Emil, ist Robert da?« fragte Catherine.

»Nein, Fräulein«, antwortete der alte Bedienstete der Elliots. »Er ist ...« Er zögerte einen Augenblick. Er war in einem der Salons der riesigen Residenz der Elliots ans Telefon gegangen, und wenige Meter von ihm entfernt, in einem der angrenzenden Salons, unterhielt sich Robert gerade, wenn auch ohne große Begeisterung, mit seiner zukünftigen Gemahlin, die sein Vater für ihn ausgesucht hatte.

Catherine, deren Sinne vom Schmerz geschärft waren, bemerkte dieses Zögern, das ihr verdächtig vorkam. Emil log sie an oder sagte ihr zumindest nicht die volle Wahrheit.

»Sind Sie sicher, daß er nicht da ist?«

»Ja, Fräulein Catherine.«

»Weiß er, daß ich im Krankenhaus bin, daß ich versucht habe ...«

»Ja, Fräulein, er liest die Zeitungen, wie alle anderen.«

»Emil, Sie müssen mir helfen! Sie müssen mit ihm reden, ich ...«

»Hören Sie, Fräulein ... Ich ... ich habe Anweisungen erhalten ... Der Herr wird Ihre Anrufe nicht entgegennehmen ... Es ist besser, wenn Sie nicht mehr anrufen. Ich habe ihm all Ihre Nachrichten übermittelt, wissen Sie, aber es hilft nichts ... Sie werden sich weh tun ... Denken Sie nicht mehr an ihn.«

Es schien ihm aufrichtig leid zu tun, aber die Situation war ausweglos.

»Ich bitte Sie, Emil, helfen Sie mir, ich muß ihn wenigstens einmal sprechen, ein einziges Mal! Er ist da, nicht wahr? Emil, ich flehe Sie an. Auch wenn er mich nicht gleich sprechen kann, sagen Sie ihm wenigstens, daß ich angerufen habe. Bitten Sie ihn, mich zurückzurufen. Würden Sie das

für mich tun? Bitte, daß er mich zurückruft. Ein einziges Mal. Ich muß ihn unbedingt sprechen.«
Nach einem langen Schweigen fügte der Bedienstete, der Catherine offenbar sehr gern mochte, hinzu:
»Sie leiden umsonst, Fräulein ...«
Daraufhin fing Catherine an in den Hörer zu brüllen:
»Robert! Robert! Hörst du mich? Ich liebe dich! Ich liebe dich!«
»Ich muß jetzt auflegen, Fräulein. Es tut mir wirklich leid.«
Und der Bedienstete legte mit Bedauern den Hörer auf.
»Robert! Robert!« schrie Catherine verzweifelt.
In diesem Augenblick trat Doktor Gibson in Catherines Zimmer. Seit dem Vortag war sie wieder bei Bewußtsein, und ihr geistiger Zustand schien annehmbar. Jedenfalls hatte ihr Gehirn keinen Schaden davongetragen, trotz der großen Menge Blut, die sie verloren hatte.
Ihr Gesicht hatte erstaunlich schnell wieder Farbe und Frische bekommen, so tief schien die Lebenskraft in ihr verwurzelt zu sein, was bei jemandem, der vor einigen Tagen versucht hatte, sich das Leben zu nehmen, eher ungewöhnlich war. Sie bekam bereits keine Infusionen mehr und konnte sich frei bewegen.
Doktor Gibson wiederum konnte sich nicht an die erstaunliche Ähnlichkeit zwischen Catherine und Louise, seiner verstorbenen Frau, gewöhnen. Nachdem seine junge Patientin Diane gestorben war, würde er alles, wirklich alles tun, was er konnte, um Catherine zu heilen! Nicht nur, weil er ein schreckliches Schuldgefühl hatte, daß er seine andere Patientin zu früh entlassen hatte, sondern auch, weil er sich am Tod seiner Frau schuldig fühlte. Die Umstände und die Personen schienen sich in seinem Kopf unbewußt zu vermischen, und wenn er Catherine rettete, kaufte er sich gewissermaßen frei von dem Tod seiner Frau und seiner Patientin.
Er näherte sich Catherine und streckte ihr die Hand hin, doch sie reagierte nicht. Er ließ sie in Ruhe. Wahrscheinlich war sie von dem Telefongespräch noch zu verwirrt. Vielleicht schämte sie sich auch, daß sie bei einem Anfall von Hysterie oder zumindest von Verzweiflung ertappt worden war.
»Geht es Ihnen gut, Catherine?«
»Ja, in meinem ganzen Leben ist es mir noch nie so gut gegangen«, sagte sie mit einem ironischen Lächeln. »Mein Verlobter hat mit mir Schluß gemacht, ich habe gerade einen Selbstmordversuch hinter mir, aus meiner Karriere wird nichts, meine Eltern können mich nicht verstehen, und ich

habe keine Ahnung, was ich tun werde, wenn ich hier herauskomme! Ja, es geht mir prima!«

»Ich verstehe«, sagte Doktor Gibson.

Es war etwa ein Uhr mittags. Ein junger Krankenpfleger, Peter Lang, kam ins Zimmer, um das Tablett mit dem Mittagessen wieder wegzunehmen. Er begrüßte Doktor Gibson mit einem für ihn typischen schüchternen Kopfnicken und nahm dann das Tablett, das Catherine zum Fußende des Bettes geschoben hatte. Der Arzt hob den Deckel hoch, als Peter an ihm vorbeikam, und sah, daß Catherine ihren Teller nicht angerührt hatte. Er machte eine besorgte Miene:

»Sie sollten etwas essen, Catherine. Sonst müssen wir Sie wieder an den Tropf hängen.«

»Schon beim Gedanken an Essen wird mir schlecht.«

»Ich verstehe«, sagte der Psychiater, »aber Sie sollten sich wirklich etwas Mühe geben, wenigstens ein bißchen zu essen.«

»Kann ich?« fragte der Pfleger und wies auf das Tablett.

»Ja, natürlich«, sagte der Arzt, der den Metalldeckel wieder hingelegt hatte.

Der Krankenpfleger lächelte schüchtern und nahm das Tablett mit.

Doktor Gibson stellte den Besucherstuhl ans Bett.

»Sind Sie bereit für unsere erste Sitzung?«

»Habe ich denn die Wahl?« fragte Catherine ironisch.

Sie sah den Nutzen einer solchen Sitzung nicht ein, auch wenn sie mit dem bekanntesten Psychiater der Welt stattgefunden hätte. Würde sie ihr den Mann ihres Lebens wiedergeben? Würde sie ihrer Karriere den Aufschwung geben, den sie brauchte? Und würde sie sie vor allen Dingen von dem Weltschmerz befreien, den sie seit so langer Zeit kannte, von dem Gefühl, daß sie vielleicht von einem geheimnisvollen Schicksal dazu verdammt war, ungeliebt zu sein?

»Ich glaube, daß wir, wenn wir darüber reden, vielleicht verstehen werden, was passiert ist«, sagte Doktor Gibson ganz ruhig.

»Vielleicht«, entgegnete Catherine ohne Überzeugung.

Der Arzt wartete einen Augenblick und sagte dann:

»Was ist denn genau passiert? Warum wollten Sie denn sterben?«

»Weil ich nicht mehr leben wollte.«

»Ja, das weiß ich. Aber warum denn genau?«

Sie zögerte kurz, dann verspürte sie die Bereitschaft, sich diesem Mann anzuvertrauen, der sensibel aussah und dessen Gesicht eine Art Güte ausstrahlte.

»Robert war mein ein und alles. Wenn ich abends schlafen ging, dachte ich an ihn, nachts träumte ich von ihm, und er war mein erster Gedanke, wenn ich morgens aufwachte. Nachts trug ich seinen Schlafanzug, tagsüber seine Hemden, seine Unterwäsche, sein Eau de toilette ... Immer sah ich sein Gesicht vor mir, ich erinnerte mich an seine Zärtlichkeiten, sein Lächeln, dachte an das, was er mir gesagt hatte. Wenn ich an etwas dachte, dachte er auch daran, und er sprach darüber, bevor ich überhaupt den Mund aufmachte. Zehnmal am Tag fing er einen Satz an, und ich beendete ihn für ihn. Vorher, mit den anderen Männern, hatte ich mich immer einsam gefühlt, auch wenn ich glaubte, sie zu lieben, auch wenn sie mir hoch und heilig schworen, daß sie mich verehrten. Die wahre Liebe, das ist das Ende der Einsamkeit, aber das merkt man erst, wenn man sie gefunden hat, und noch mehr, wenn man sie wieder verloren hat. Also ist alles, was Sie mir sagen könnten, unnütz, Doktor! Robert ist der einzige Mann, den ich je werde lieben können. Ich weiß es, Doktor, ich bin mir sicher. Wenn ich ihn küßte, war ich nicht mehr ich, nicht mehr nur die kleine Catherine, über die sich alle lustig machen und die im Grunde ihres Herzens weiß, daß sie eine Versagerin ist, auch wenn sie das Spiel mit den anderen mitspielt. Mit Robert war eine kleine Zärtlichkeit, eine leise Berührung tausendmal erotischer als jede Akrobatik, die ich mit den anderen Männern gemacht habe. Ja, Akrobatik, das ist genau das richtige Wort für die Liebe mit den anderen Männern vor Robert. Das war keine Liebe, das war Gymnastik, denn man muß wirklich sagen, daß es ausgesprochen unbegabte Männer gibt ... Und übrigens, Doktor, finden Sie es seltsam, wenn ich Ihnen sage, daß ich nur davon, daß ich meinen Verlobten küßte, einen Orgasmus hatte? Wird so etwas in Ihren schlauen Büchern erwähnt? Ein Orgasmus durch einen Kuß? – Ich hatte den Eindruck, betrunken zu sein, meine Beine zitterten, als ob ich eine ganze Flasche Champagner getrunken hätte. Es war, als ob mein Inneres sich ausgedehnt hatte, wie wenn man stundenlang an der frischen Luft in den Bergen läuft oder den Tag am Strand verbringt und sich an Sonne und Wind berauscht und man sich fühlt wie in den Ferien, während das Leben ein Haufen Scheiße ist. Mit Robert hatte ich immer das Gefühl, als ob wir Ferien hätten! Jeder Tag war ein Festtag, auch wenn meine Scheißkarriere völlig mies lief. Das Problem mit der großen Liebe, Doktor, ist, daß es einen umbringt, wenn man sie verliert. Weil sie nämlich nur einmal im Leben vorkommt, wenn man Glück hat. Ich weiß, daß ich so etwas nie mehr erleben werde. Ich weiß, daß ich Robert für immer verloren habe und daß ich nie mehr werde lieben können, Doktor ...«

Dieser Wortschwall machte Doktor Gibson benommen. Zum einen hatte er ausgesprochen selten ein solch leidenschaftliches Plädoyer für die Liebe gehört, und zum anderen hätte er es, in einem gewissen Sinn, selbst halten können. Denn wenn er wehmütig – und manchmal verzweifelt – an seine Frau dachte, war es in etwa in dieser Form. Er faßte sich jedoch rasch wieder.
»Aber Sie sind noch jung«, sagte er. »Sie werden jemand anders kennenlernen. Mit der Zeit vergißt man immer.«
Glaubte er denn wirklich daran? Hatte er denn vergessen? Natürlich war er erst seit einem Jahr Witwer, und er hatte seine Frau wirklich verloren, aber was war im Grunde der Unterschied zwischen dem Tod und einer Trennung, wenn man liebte?
»Ich bin vielleicht vom Alter her jung, aber in Wirklichkeit bin ich alt, denn wenn man manche Dinge weiß, ist man alt, Doktor. Es gibt Wahrheiten, die einen innerhalb von einer Stunde um zehn Jahre altern lassen. Ich kann die Zeit nicht zurückdrehen, und ich weiß, daß alle Männer, die mir in Zukunft begegnen werden, wie Gespenster sein werden, durch die ich noch mehr leiden werde, weil sie mich daran erinnern, was ich verloren habe …«
»Aber Sie werden sich vielleicht aussöhnen! Sie werden sich bestimmt wiedersehen … Sie haben sich doch bereits wiedergesehen, oder nicht?«
»Nein, er war nicht einmal in der Lage, mich zu besuchen, obwohl ich beinahe gestorben wäre.«
»Vielleicht war er verhindert … er hat bestimmt sehr viel zu tun …«
»Er wird nicht kommen, er weigert sich selbst, ans Telefon zu gehen, wenn ich anrufe. Weil ich einen Fehler gemacht habe. Einen Riesenfehler …«
Auch er hatte einen schweren Fehler begangen! Und unter den Folgen litt er seit einem Jahr …
»Wollen Sie darüber reden?« fragte der Psychiater. »Vielleicht kann ich Ihnen helfen? Manchmal sieht jemand anders die Dinge aus einem anderen Blickwinkel.«
Sie zögerte kurz und sagte dann:
»Hm, ich kann es Ihnen sagen, aber das wird nichts ändern, wirklich gar nichts. Ich habe einen schrecklichen Fehler gemacht, ich frage mich auch, wie ich ihn begehen konnte. Ich hatte Pech, man hat mich reingelegt. Aber vielleicht ist das mein Schicksal. Ich bin von Geburt an verurteilt, auf mir liegt ein Fluch. Alle, die ich liebe, sterben oder entfernen sich von mir. Meine Träume gehen nie in Erfüllung, trotz all meiner An-

strengungen. Ich glaube, daß ich nichts dafür kann. Es liegt in der Familie. Meiner Mutter geht es genauso. Das hat sie mir eines Tages erzählt. Das war auch das einzige echte Gespräch, das wir je hatten. Sie hat mir gesagt, daß auch sie verflucht sei, daß sie einen Mann unglaublich geliebt habe. Eines Tages hat sie einen Fehler gemacht, und als er es erfahren hat, hat er sie verlassen. Sie hat meinen Vater nur geheiratet, um zu versuchen, den einzigen Mann, den sie liebte, zu vergessen. Aber ich werde niemals heiraten, das weiß ich. Ich habe einen Fehler gemacht und werde keinen zweiten machen. Ich werde nicht irgendeinen Mann heiraten, um Robert zu vergessen. Deshalb wollte ich mich umbringen. Es ist die einzige Art, wirklich zu vergessen ...«

Sie schwieg und senkte den Blick. Er ließ einen Augenblick der Stille verstreichen und sagte dann:

»Glauben Sie mir, Catherine, es ist erstaunlich, was man mit der Zeit alles vergessen kann.«

»Das sagen Sie, weil Sie nie wirklich geliebt haben! Wenn Sie ein Mal, ein einziges Mal wirklich geliebt hätten, würden Sie wissen, daß man kein zweites Mal liebt, daß, wenn man sein Herz einmal gegeben hat, es einem nicht mehr gehört und man es auch niemals zurücknehmen kann! Nein, Doktor, ich weiß, daß man in seinem ganzen Leben eine einzige Chance hat und daß ich sie für immer und ewig vertan habe ... «

Der Psychiater fragte sie noch einmal, was denn dieser schlimme Fehler gewesen sei. Sie zögerte und erzählte es ihm dann. Sie gestand die ganze traurige Geschichte dieses Pornofilms, den sie gegen ihren Willen gedreht hatte und von dem Roberts Vater, der für den Senat kandidieren wollte, erfahren hatte.

Doktor Gibson begriff nun, daß die Chance, daß Catherine und ihr Verlobter je wieder zusammenkämen, ausgesprochen gering war, falls es überhaupt eine gab.

»Ich verstehe, ich verstehe«, begnügte er sich zu sagen.

»Es gibt keine Lösung, Doktor, das hatte ich Ihnen ja gesagt.«

Er hatte keine Zeit zu antworten, denn auf einmal fing sie an zu strahlen. Der Krankenpfleger Peter war gerade mit einem riesigen Blumenstrauß in den Händen ins Zimmer gekommen.

»Robert!« entfuhr es Catherine.

Endlich hatte er sich durchgerungen, ein Lebenszeichen von sich zu geben! Er hatte seine Meinung geändert! Er würde wiederkommen! Und romantisch wie er war, kündigte er ihr seine unverzügliche Rückkehr mit

einem wundervollen Blumenstrauß an! Doktor Gibson drehte sich um, sah die Blumen und deutete ein Lächeln an. Vielleicht hatte sich Catherines Verlobter anders entschieden und leistete so Abbitte für sein Verhalten. Das wäre ein schönes Ende einer Geschichte, die dazu bestimmt schien, schlecht auszugehen.
»Wo soll ich sie hinstellen?« fragte der Krankenpfleger.
»Geben Sie sie mir«, sagte Catherine.
Peter legte der entzückten Catherine die Blumen in die Arme. Das kam wirklich unerwartet. Es gab noch Hoffnung. Sie wandte sich lächelnd dem Arzt zu, der erklärte:
»Sehen Sie, es wird doch immer alles gut.«
»Sie hatten recht, Doktor.«
Als ob ein Glück nie allein käme, klingelte das Telefon. Catherine schauerte. Dem alten Bediensteten Emil war es gelungen, Robert umzustimmen! Strahlend nahm sie den Hörer ab.
»Hallo?«
Aber wenige Augenblicke später verzerrte sich ihr Gesicht.
»Ach, du bist es! Ich hatte dir doch gesagt, daß ich nicht mehr mit dir sprechen möchte! Ich werde dir nie verzeihen! Niemals, hörst du mich? Ich hasse dich!«
Und sie warf den Hörer auf die Gabel, ohne ihrem Gesprächspartner Zeit zu lassen, etwas zu antworten. Doktor Gibson war perplex. Warum dieser plötzliche Stimmungsumschwung? Er hatte den Eindruck, daß Catherine eine sehr sensible junge Frau war, aber deswegen eine solch wechselhafte, explosive Laune zu haben …
»Ich verstehe nicht«, sagte er so sanft wie möglich und gab sich Mühe, auch nicht den leisesten Vorwurf anklingen zu lassen. »Wer war das?«
»Wissen Sie, wer mir diese scheußlichen Blumen geschickt hat? Mein Vater! Ich werde ihm nie verzeihen, wie er sich Robert gegenüber verhalten hat! Wenn Sie wüßten, wie er mich beschämt hat … Wenn Robert noch gezögert hat, als sein Vater ihm den Film gezeigt hat, dann hat er bestimmt jeden Zweifel beiseite geschoben, als er daran dachte, in was für eine Art Familie er gerät, wenn er mich heiratet.«
In Wirklichkeit war sie doppelt enttäuscht. Sie war nicht nur wütend auf ihren Vater, sondern auch sauer auf sich, weil sie in ihrer Naivität geglaubt hatte – und sei es nur einige Sekunden –, daß diese Blumen von Robert kämen und er sie nun anrief. Und dabei war es nur ihr Vater, der hören wollte, ob sie seine Blumen erhalten hatte! Jetzt, da sie wußte, wo

sie herkamen, fand sie die Blumen abscheulich. Das Gesicht vor Enttäuschung und Verachtung verzogen, hob sie den Strauß hoch und warf ihn mit aller Macht in Richtung Tür.
Vic Jackson, der Klinikdirektor, kam genau in diesem Moment herein. Den Strauß bekam er mitten ins Gesicht.
Er war Ende Fünfzig, hatte eine hohe Stirn, eher schütteres Haar und stechende Augen hinter seiner kleinen Brille, und trug einen ausgeprägten Bauch vor sich her. Stolz und sehr autoritär veranlagt, gehörte Vic Jackson nicht zu den Männern, die Spaß vertragen – im übrigen wagte es niemand in seiner Umgebung, ihn als Zielscheibe zu benutzen –, und gereizt trat er die Blumen, die vor ihn gefallen waren, mit dem Fuß von sich. Doch als er diejenige erblickte, die sie geworfen hatte, beruhigte er sich schnell wieder.
Tatsächlich war er, wie fast alle Männer, von Catherines Aussehen hingerissen. Allerdings war er auch ein Frauenliebhaber. Seit dreißig Jahren führte er eine unglückliche Ehe mit einer Frau, die in ihm nicht mehr die geringste Lust weckte und die ihm auch kein Kind geschenkt hatte. Er ging vielfach fremd und griff selbst, wie man sagte, auf die Dienste spezieller Agenturen zurück, um seine Phantasien eines unbefriedigten Ehemannes auszuleben.
Um seinen Ausbruch von schlechter Laune vergessen zu machen, hob er die Blumen auf und sagte mit einem ironischen Lächeln:
»Ich glaube, daß Ihnen Ihre Blumen entwischt sind, Fräulein ...«
»Fräulein Shield«, sagte Gibson, der aufgestanden war, um den Direktor zu begrüßen. »Sie ist vor zwei Tagen in der Klinik aufgenommen worden. Es geht ihr jetzt schon viel besser.«
»Das sehe ich!« erwiderte der Direktor.
Er trat heran, um sich Catherine von nahem anzusehen. Er fand sie noch schöner – faszinierend sogar. Er wandte sich zu Doktor Gibson:
»Thomas, ich bin nur gekommen, um Ihnen zu sagen, daß ich Sie unbedingt vor der Sitzung des Disziplinarausschusses sprechen möchte.«
Der Mann, der normalerweise besonders selbstsicher auftrat, wirkte jetzt zögerlich, und seine Oberlippe zitterte unmerklich.
»Ja, natürlich«, antwortete Doktor Gibson.
Er sah auf seine Uhr: Die Besprechung würde in etwa einer Viertelstunde beginnen, er hatte nicht mehr viel Zeit.
Dem Direktor huschte ein vielsagendes Lächeln über die Lippen, und er sagte dem Psychiater:

»Gut, dann lasse ich Sie jetzt allein, ich bin sicher, daß Sie sich viele wichtige Dinge zu sagen haben ... Ich kann mit Ihnen rechnen, nicht wahr?«
»Ja, ganz bestimmt, Herr Direktor.«
Vic Jackson warf Catherine einen letzten Blick zu und schien von neuem von ihrer Schönheit verwirrt, dann trat er auf den Gang, wo er auf Doktor Campbell traf.
Doktor Arthur Campbell, um den sich die erwähnte Sitzung drehen würde, fragte ihn, sichtlich nervös:
»Hast du Thomas gesprochen?«
»Ich habe ihn in mein Büro beordert.«
»Du hast ihn noch nicht gesprochen?« fragte der andere, beunruhigt. »Aber die Sitzung ist in zehn Minuten!«
Der Direktor legte seinem Kollegen beschwichtigend die Hand auf die Schulter.
»Hör zu, beunruhige dich nicht. Ich habe schon die Stimme von Reeves. Mit der von Thomas haben wir die Mehrheit, und die beiden Verrückten, die dir an den Kragen wollen, können hingehen, wo der Pfeffer wächst.«
Doktor Campbell, nicht gänzlich beruhigt, lachte nervös. Vic Jackson war in Eile und entließ ihn mit den Worten:
»Hör zu, wir sehen uns bei der Sitzung. Ich muß jetzt in mein Büro gehen, wenn ich genug Zeit haben will, Thomas vorher zu sprechen. Aber mach dir keine Sorgen, er ist auf unserer Seite. Und er kann mir seine Stimme sowieso nicht verweigern. Schließlich bin ich der Direktor!«

6

Als er aus Catherines Zimmer herauskam, wurde Doktor Gibson von einer Patientin angesprochen, die drei oder vier Monate pro Jahr in der Klinik verbrachte. Amy, eine fünfundzwanzigjährige schizophrene Frau, ein schwerer Fall von Magersucht, hielt sich für eine geniale Dichterin. In ihren exaltierten Phasen schrieb sie Tag und Nacht ein großes Heft mit unverständlichen Gedichten voll.
Sie stand ganz und gar im Bann von Doktor Gibson, seiner Energie, seiner Intelligenz, seiner Feinfühligkeit und seinem ganzen Charakter. Er war ihr Traummann, ihr Ideal, und sie widersetzte sich nie, wenn er ihre Auf-

enthalte in der Klinik verlängerte: Auf diese Weise konnte sie den Mann sehen, für den sie schwärmte.
Sie hielt ein großes, weißes Blatt hoch:
»Doktor, ich bin so froh, Sie endlich gefunden zu haben! Ich suche Sie seit einer Stunde. Ich möchte unbedingt, daß Sie mein neues Gedicht lesen. Es ist wirklich genial! Ich habe es in einem Zug geschrieben, wissen Sie!«
»Ich werde es lesen, Amy, das verspreche ich Ihnen, aber nicht gleich. Ich muß mich beeilen, in ein paar Minuten habe ich eine Besprechung.«
Aber die Patientin, deren Gesicht trotz ihrer skeletthaften Magerkeit die Reste einer vergangenen Schönheit aufwies, ließ nicht locker:
»Ich überlasse es Ihnen, Doktor, nehmen Sie es, auch wenn Sie es nicht gleich lesen können.«
Er nahm das Blatt, stopfte es in eine der Taschen seines Arztkittels, entschuldigte sich dann und ging seines Weges.
Plötzlich fühlte er sich erschöpft. Seit dem Tod seiner Frau fühlte er, wie er unter dem Einfluß seiner Patienten kleiner und kleiner wurde. Jeder von ihnen nahm ihm ein bißchen mehr von seiner Begeisterung, von seiner Kraft. Und er hatte das Gefühl, daß der Tag, an dem gar nichts mehr davon übrig war, nicht weit weg sei.
Als sie noch lebte, hatte seine Frau die Gabe, ihn tagtäglich wiederaufzubauen. Sie gab ihm die Kraft, die er brauchte, um nicht von dem depressiven Wind, der in der Klinik wehte, mitgerissen zu werden. Sie war seine Quelle gewesen, sein Jungbrunnen, wo er sich regenerierte. Ohne sie fühlte er sich wie im freien Fall, seine Lebenskräfte verließen ihn nach und nach, aufgesogen von der beklemmenden Leere seiner Patienten. Bewegte er sich am Rand des Nervenzusammenbruchs, des Burnouts? Vielleicht brauchte er nur Erholung, Urlaub … Auf dem Weg zu seinem Büro sah er auf einem Schwarzen Brett ein Poster, auf dem der wunderschöne Strand einer Südsee-Insel abgebildet war; vielleicht war es das, was er brauchte. Wegfahren. Um alles zu vergessen, um wieder neu anfangen zu können.
Nach Louises Tod hatte er nicht wegfahren wollen, obwohl seine Angehörigen ihn dazu gedrängt hatten. Selbstverständlich hätte er es sich leisten können, und in der Klinik hätte ihm niemand einen Vorwurf gemacht, wenn er sich einen oder zwei Monate freigenommen hätte. Aber er hatte sich an seine Arbeit geklammert wie an einen Rettungsring und hatte häufig achtzehn Stunden täglich in der Klinik verbracht.

Als er in seinem Büro ankam, empfing ihn seine Sekretärin mit den Worten:

»Herr Jackson hat zweimal innerhalb von zehn Minuten angerufen. Er legt großen Wert darauf, Sie vor der Besprechung zu sehen.«
»Ich weiß«, sagte Thomas.
»Ich habe die Unterlagen rausgelegt, Doktor. Sie liegen auf Ihrem Schreibtisch.«
»Das ist sehr nett von Ihnen, Grace, vielen Dank.«
Grace war eine elegante Frau in den Fünfzigern. Sie arbeitete schon seit etwa zehn Jahren für Doktor Gibson und war ihm völlig ergeben. Sie fragte ihn:
»Brauchen Sie noch etwas anderes, Doktor?«
»Nein danke, Grace. Ah! Doch: Die Präsentation des neuen Medikaments ist um vier Uhr, oder?«
»Ja, im Hörsaal.«
»Danke.«
In seinem Büro zeugte alles von gutem Geschmack, die Einrichtung, der Teppichboden und diverse Kleinigkeiten. Er beugte sich über den großen Strauß, den seine Sekretärin regelmäßig erneuerte, und roch an einer der weißen Rosen.
Er nahm die kleine goldene Schere, die immer auf seinem Schreibtisch lag, und schnitt eine Blüte ab, die er in sein Knopfloch steckte. Dann setzte er sich an den Tisch und öffnete die Mappe, die Grace ihm hingelegt hatte. Ein heikle Angelegenheit, um so heikler, als sie einen Kollegen, fast einen Freund betraf: Doktor Campbell hatte eine Affäre mit einer Patientin gehabt.
Als Vorsitzender des Disziplinarausschusses würde er eine schwierige Entscheidung von großer Tragweite fällen müssen, wenn sein Kollege es nicht schaffte, eindeutig zu beweisen, daß er die Verfehlung, die man ihm vorwarf, nicht begangen hatte.
Er runzelte die Stirn. Die Beweise schienen ihm erdrückend. Er sah auf seine Uhr. Nur noch wenige Minuten bis zur Besprechung. Und er mußte in jedem Fall erst noch beim Direktor vorbeigehen.
Er schloß die Mappe und schaute sich dann ein Schwarzweißporträt seiner Frau an, das seit ein paar Jahren auf seinem Schreibtisch stand. Es bestätigte ihre unglaubliche Ähnlichkeit mit Catherine. Thomas' junge Patientin könnte wirklich als Louises Tochter durchgehen.
Eine Welle von Traurigkeit ergriff ihn. Würde er es eines Tages schaffen, Louise zu vergessen? Und wollte er das überhaupt? Wäre das denn nicht Verrat?

Als das Telefon klingelte, zuckte er zusammen. Es war seine Sekretärin: »Doktor, der Direktor hat gerade angerufen. Er scheint ungeduldig zu sein, ich glaube ...«
»In Ordnung, Grace, ich gehe.«
Er nahm die Mappe und ging schnellen Schrittes zum Büro des Direktors.

7

Als die Sekretärin Doktor Gibson in das Büro seines Vorgesetzten Vic Jackson führte, hatte der Direktor gerade einen Anruf entgegengenommen und bedeutete seinem Mitarbeiter, sich zu setzen. Thomas ließ sich vor dem makellosen Glasschreibtisch nieder. Er kam nicht umhin, die Unterhaltung mitzuhören.
»Eure *Eminenz*«, sagte der Direktor, »ich verstehe nicht, ich ... und dabei steht doch Ihr Name auf der Liste. Einen Augenblick ...«
Er griff zu dem Metallregal, wo zwei Dutzend mit Goldlettern auf Büttenpapier gedruckte Einladungen lagen. Ein bißchen zu ruckartig zog er die Liste unter dem Stapel hervor, so daß die Einladungen Doktor Gibson vor die Füße fielen.
Der Direktor kümmerte sich nicht darum – es waren übriggebliebene Einladungen für den Empfang, den er am selben Abend geben würde. Er verzog bloß kurz die Lippen, um Doktor Gibson zu verstehen zu geben, daß er sich für seine Ungeschicklichkeit entschuldigte ... Schnell überflog er die Liste, auf der von Hand zahlreiche Namen korrigiert, durchgestrichen und hinzugefügt worden waren.
Doktor Gibson bückte sich, um die Einladungen aufzuheben, und legte sie säuberlich auf einen Stapel. Unwillkürlich warf er einen Blick darauf.

Klassentreffen der Schüler
des Jahrgangs 1953
der Brooklyn High School
am Donnerstag, dem 15. Juli
um 21 Uhr
bei Doktor Vic Jackson
2354, Old Sea Road, East Hampton
U.A.w.g. bis zum 30. Juni

›Am 15. Juli, das ist ja heute abend‹, dachte Doktor Gibson und legte den Stapel Einladungen auf den Schreibtisch des Direktors. Er wunderte sich nicht, daß er nicht eingeladen war, denn er war nicht auf der Brooklyn High School gewesen.
Jackson dankte ihm mit einem Kopfnicken und telefonierte weiter. Er hatte auf seiner Liste den Namen seines Gesprächspartners gefunden, der in Wirklichkeit weder ein Geistlicher noch eine hochrangige Persönlichkeit war, sondern ein Sonderberater des Bürgermeisters von New York – dessen graue Eminenz, mit aller verborgenen Macht, die damit einherging –, daher der Spitzname. Abgesehen davon, daß sie früher in derselben Klasse waren, sahen der Direktor und er einander regelmäßig.
»Aber ja, Eure Eminenz ... Ich sehe Ihren Namen hier stehen. Ich frage mich, was geschehen ist. Ist Ihre Adresse noch immer Central Park? Ja, das ist die Adresse, die ich habe ... In jedem Fall entschuldige ich mich tausendmal. Nun gut, wichtig ist, daß Sie jedenfalls noch rechtzeitig von unserem kleinen Fest gehört haben. Ich hoffe, nebenbei gesagt, daß Sie frei sind. Das sind Sie nicht? Aber Sie werden sich die Zeit nehmen ... Aha! Das ist mir auch viel lieber! Einen Moment lang dachte ich ... Ich habe nämlich allerlei Überraschungen für Sie ... Ja, zum Glück haben Sie unseren nationalen Literaturkritiker gesprochen ... Sonst wäre ich wirklich enttäuscht gewesen, zumal ich mich ja auch noch ein bißchen verantwortlich fühle. Ob Loulou kommen kann? Aber ja, selbstverständlich! Von Ihnen hätte ich auch nichts Geringeres erwartet ... Ich freue mich sehr. Hören Sie, Eure Eminenz, ich würde gern etwas länger mit Ihnen reden«, sagte er und legte die Liste wieder unter die Einladungen, »aber es ist jemand in meinem Büro und in fünf Minuten beginnt eine Besprechung. Also, bis heute abend dann. Und richten Sie Loulou aus, daß sie ihr schönstes Kleid anziehen soll. Man hat sie schon so lange nicht mehr gesehen, und sie fehlt allen. Sie wird ihr rotes Satinkleid anziehen? Aha! Das ist wirklich zuviel des Guten, Eure Eminenz. Ich kann es nicht erwarten, sie zu sehen. Nun denn, ich muß jetzt auflegen, und bis heute abend.«
Er legte auf, träumte einen Augenblick lächelnd vor sich hin, wie in Vorfreude auf das kleine Fest. Dann änderte sich sein Gesichtsausdruck, einen Moment lang schaute er Thomas an und fragte sich, wie er das heikle Thema anschneiden sollte. Thomas bemerkte einen Glanz in seinen Augen, der vor wenigen Minuten in Catherines Zimmer noch nicht dagewesen war.

»Ich bitte Sie um Entschuldigung«, sagte der Direktor »bei mir findet heute abend ein kleines Treffen ehemaliger Klassenkameraden statt, und der ehrenwerte Hubert Ross hat seine Einladung nicht erhalten.«
»Hubert Ross, die rechte Hand des Bürgermeisters?«
»Genau. Er ist sehr empfindlich. Und wie empfindlich! Gut, auf jeden Fall sind wir ja nicht hier, um darüber zu reden, nicht wahr?«
»Das stimmt, und die Zeit drängt.«
»Hören Sie zu Thomas, haben Sie sich eine Meinung gebildet, was Arthur betrifft?«
Er nannte ihn selten Thomas, obwohl sie schon seit Jahren zusammenarbeiteten. Sie waren gewiß keine Feinde, nie hatten sie wirklich Meinungsverschiedenheiten gehabt, aber sie waren so grundverschieden, daß auf die Dauer ein Zusammenstoß unvermeidlich sein würde.
»Nein, ich habe noch keine Stellung bezogen«, entgegnete Thomas.
»Was heißt das, nein?«
»Das heißt, daß ich prinzipiell nie vor einer Besprechung eine Entscheidung fälle. Ich versuche, mir alle Parteien anzuhören, bevor ich mir eine Meinung bilde.«
»Hören Sie zu, ich habe nichts dagegen, daß Sie Prinzipien haben, aber diese Angelegenheit ist äußerst heikel. Sie wissen, daß Arthur schon immer ein sehr beliebter, verantwortungsvoller Psychiater war. Und Sie dürfen nicht vergessen, daß der Ruf der Klinik auf dem Spiel steht. Zum Glück habe ich schon mit dem Ehemann der Patientin gesprochen, und er ist bereit, sich gütlich zu einigen und die gerichtliche Klage fallenzulassen. So könnten wir einen Skandal vermeiden und den Ruf eines außerordentlich guten Arztes retten, dessen einziges Vergehen es war, ein falsches Urteil zu fällen. Zudem gibt es auch wichtige mildernde Umstände.«
»Wir werden hören, was er zu sagen hat«, begnügte sich Doktor Gibson zu erwidern.
Der Direktor merkte, daß Gibson nicht bereit war, soviel Verständnis aufzubringen, wie er es von ihm erwartet hatte, und reagierte sehr gereizt. Sein Tonfall wurde scharf:
»Hören Sie zu, Thomas. Wir brauchen Ihre Stimme, nur Ihre Stimme. Unsere beiden Kolleginnen, um nicht zu sagen, unsere Zicken von Kolleginnen, werden gegen Arthur stimmen, weil er ein Mann ist und sie Frauen sind. Wir haben die Stimme von Reeves, also fehlt uns nur noch Ihre. Sind Sie für mich oder gegen mich, Thomas? Ich muß es wissen.«
»Ich bin nicht nur ein Psychiater und ein Kollege, sondern auch Vorsit-

zender des Disziplinarausschusses, und als solcher trage ich eine gewisse Verantwortung«, antwortete Gibson.
Er sah auf seine Uhr und erhob sich:
»Gut, wir müssen jetzt gehen. Es ist Zeit.«
Der Direktor bemühte sich nicht mehr, ihn zu überzeugen. Doktor Gibson war wirklich stur! Aber er täte gut daran, die richtige Wahl zu treffen. Sonst würde er sich größeren Ärger einhandeln, als er sich vorstellen könnte.

8

»Geehrte Kollegen, ich werde nicht leugnen, eine sexuelle Beziehung zu Frau Eaton gehabt zu haben!«
Campbell, ein Mann in den Vierzigern mit schwarzen, pomadierten Haaren, die sein italienisches Blut verrieten, zog nervös an einem Zigarillo. Vor dem Disziplinarausschuß erscheinen zu müssen, war niemals eine angenehme Aufgabe, und in diesem Fall konnten die Vorwürfe, die dem beschuldigten Psychiater gemacht wurden, wenn nicht gar seine Karriere beenden, so doch in jedem Fall mehrere Monate, vielleicht sogar ein Jahr Berufsverbot nach sich ziehen. Und was seinen Ruf anging, so würde er wahrscheinlich Jahre brauchen, um ihn wieder aufzubauen, wenn es ihm überhaupt gelang.
Der Disziplinarausschuß tagte immer im selben Raum, einem kahlen Zimmer, das nur ein einziges großes Fenster erhellte und dessen Wände mit Photos der Direktoren geschmückt waren, die im Lauf der Jahre die Gagliardi-Klinik geleitet hatten.
Die vier Mitglieder des Ausschusses, dessen Vorsitzender Doktor Gibson war, hörten der Aussage des angeklagten Arztes aufmerksam zu. Außer Vic Jackson gehörte Doktor Henry Reeves zum Ausschuß, ein schüchtern wirkender Mann, der sich hinter kleinen, goldgeränderten Brillengläsern versteckte und mehr wie ein Forscher aussah als wie der praktizierende Arzt, der er war. Zwei Psychiaterinnen vervollständigten das Team. Die eine, Doktor Julie Cooper, war eine hübsche, alleinstehende Frau in den Dreißigern mit braunen Haaren, die sowohl durch den spöttischen Ausdruck in ihren riesigen blauen Augen auffiel als auch durch ausgezeichnete Artikel, die sie regelmäßig in den wichtigsten medizini-

schen Fachzeitschriften Amerikas veröffentlichte. Die andere, Doktor Janet Wilson, etwa fünfzig Jahre alt, war ein Vorbild für die meisten jungen Ärztinnen, die in der Klinik arbeiteten. Ein Verstandesmensch, in der Lage, unglaublich viel zu arbeiten, wurde sie von den Patienten verehrt und von allen Kollegen respektiert. Darum war sie Mitglied des Disziplinarausschusses, wo sie übrigens einer der strengsten Moralrichter war.

Doktor Campbell drückte nervös sein Zigarillo aus und fuhr mit seiner Verteidigungsrede fort:

»Ich könnte alles leugnen, weil es keine Zeugen gibt und meine Aussage gegen ihre Aussage stünde. Aber ich werde die Karten offen auf den Tisch legen. Ich möchte nur erklären, daß es mildernde Umstände gibt. Zum Beispiel war Frau Eaton schon seit einem Monat aus der Klinik entlassen.«

Doktor Janet Wilson, die eine auffällige silberne Haarpracht hatte, rückte ihre Brille zurecht und beugte sich über ihren Notizblock, um etwas aufzuschreiben.

»Außerdem«, fuhr Doktor Campbell fort, »hat sie mir gedroht, sich umzubringen, wenn ich nicht sofort komme, als sie mich an diesem Abend über mein Autotelefon anrief.«

»Wenn ich Sie recht verstehe«, sagte der Direktor, »hat sie Ihnen keine Wahl gelassen. Wenn Sie sich geweigert hätten, wären Sie möglicherweise an einem Selbstmord mitschuldig gewesen?«

»Genau«, sagte Doktor Campbell, offensichtlich beglückt über diese Frage, die seine Position unterstützte. »Aber ich habe ihr zunächst die Telefonnummer eines Kollegen gegeben, nämlich die von Doktor Reeves.«

»Aus welchem Grund?« fragte Doktor Julie Cooper.

An ihrem Tonfall zeigte alles, daß sie die Entscheidung ihres Kollegen merkwürdig fand. Doktor Janet Wilson hatte ähnlich reagiert und erstaunt aufgesehen. Mit gezückter Feder bereitete sie sich anscheinend darauf vor, ein entscheidendes Argument aufzuschreiben.

Offensichtlich peinlich berührt, führte Doktor Campbell aus:

»Gerade weil ich während ihres Aufenthaltes in der Klinik schon Schwierigkeiten mit ihr hatte. Sie war, wie soll ich sagen, etwas zu aufdringlich. Doktor Reeves kann meine Aussage bestätigen.«

»Das stimmt. Ich kann es bestätigen«, fügte Doktor Reeves schnell hinzu. »Frau Eaton war wirklich auf unseren Kollegen … fixiert, und er hat sich immer sehr professionell und korrekt verhalten.«

»Warum hat sie in diesem Fall nicht mit Doktor Reeves sprechen wollen?« fragte Doktor Wilson.
»Sie sagte, daß sie diesen Wicht nicht sprechen wolle …«
Doktor Campbell war dieses Wort unwillkürlich entfahren. Seine Patientin hatte es tatsächlich verwendet, aber es wäre besser gewesen, wenn er ein anderes benutzt hätte. Er wandte sich zu seinem Kollegen und zuckte schuldbewußt mit den Schultern, wie um zu sagen: ›Verzeihen Sie mir, aber ich zitiere nur die Worte meiner Patientin.‹
Der Direktor konnte sich nicht daran hindern, zu lachen, was er sofort bereute, und er wurde wieder ernst. Doktor Gibson lächelte: Es stimmte, Doktor Reeves hatte wirklich nichts Verführerisches an sich.
»Ich …«, begann Doktor Campbell. »Als mir klar wurde, daß sie unseren Kollegen nicht anrufen würde, habe ich angefangen, mir Sorgen um ihre Gesundheit zu machen, und weil ich keinen Selbstmord verschulden wollte, bin ich in ihr Hotel gefahren.«
»In ihr Hotel?« fragte Doktor Wilson. »War Ihnen denn nicht klar, worauf Sie sich da einließen? Haben Sie sich denn nicht gedacht, daß sie Sie in eine Falle lockt?«
»Hören Sie, die neue Patientin von Thomas hat auch versucht, sich in einem Hotelzimmer das Leben zu nehmen. Wenn sie seine Patientin gewesen wäre, ehe sie den Selbstmordversuch unternahm, und sie aus dem Hotelzimmer angerufen hätte, denke ich nicht, daß er gezögert hätte hinzufahren. Oder, Thomas?«
»In der Tat, ich glaube, daß ich dasselbe gemacht hätte«, gab Doktor Gibson zu.
»Danke«, sagte Doktor Campbell, in dem Gefühl, einen Sieg verbucht zu haben. »Gut, ich erzähle weiter. Aber davor möchte ich hinzufügen, daß ich aus einer Bar kam und einige Gläser getrunken hatte.«
»Sie hatten getrunken?« fragte Doktor Wilson.
»Ja, ich hatte getrunken! Ich hatte einen harten Tag in der Klinik hinter mir. Und ich hatte einige Gläser Scotch getrunken, was ja wohl noch nicht verboten ist, es sei denn, es gibt seit gestern nacht eine neue Regierung und wir sind wieder zu den schönen alten Zeiten der Prohibition zurückgekehrt.«
»Sie hatten getrunken und sind anschließend Auto gefahren«, sagte Doktor Wilson, die ihrem Kollegen scheinbar nicht die geringste Chance geben wollte, nachdrücklich.
Die anderen Mitglieder des Ausschusses fanden, daß sie ein bißchen zu

weit ging, aber niemand wollte Einspruch erheben oder sie stoppen. Als Mitglied des Ausschusses hatte sie das Recht – und sogar die Pflicht –, alle Fragen zu stellen, die sie stichhaltig fand.
»Ja, ich hatte getrunken. Und was noch? Sind Sie ein Psychiater oder ein Bulle?« erwiderte Doktor Campbell.
Er drückte sichtlich gereizt seinen zweiten Zigarillo aus, von dem er nicht einmal fünf Züge genommen hatte.
»Wenn Sie mich jetzt bitte ausreden lassen würden. Ich bin also zu ihrem Hotel gefahren und wollte sie in die Bar rufen lassen, um nicht mit ihr allein zu sein. Aber sie wollte nicht mit sich reden lassen und hat darauf bestanden, daß ich hochkomme. Als ich zu ihrem Zimmer kam, war die Tür offen, und sie hat gerufen, daß ich hereinkommen soll. Sie lag im Bett und sah leidend aus. In jedem Fall war sie sehr aufgeregt. Sie sagte, daß sie fürchtete, einen Herzinfarkt gehabt zu haben, und hat mich aufgefordert, ihren Puls zu messen. Als ich ihre Hand ergriff, hat sie das Laken weggenommen, und ich habe gesehen, daß sie nackt war. Sie hat mich auf sich gezogen ... und ... nun gut, ich hatte getrunken, und was geschehen mußte, ist geschehen. Ich bin auch nur ein Mann.«
Ein kurzes Schweigen folgte auf Campbells Bericht. Jackson schritt schnell ein.
»Aus diesem Blickwinkel heraus betrachtet, scheint mir die Situation eindeutig, und ich glaube, daß wir unseren Kollegen schwerlich verurteilen können. Ich möchte nicht den Eindruck erwecken, den Beschluß des Ausschusses beeinflussen zu wollen, aber es ist ganz offensichtlich nicht vorsätzlich zu seiner Tat gekommen. Diese Frau hat ihm eine Falle gestellt. Außerdem war er nicht in der Klinik.«
»Aber sie war immer noch seine Patientin, und ein Psychiater ist und bleibt Psychiater, auch wenn er nicht in der Klinik ist«, warf Doktor Wilson ein. »Außerdem hat sie ihn als Psychiater angerufen, da sie sich in einer depressiven Phase befand. Doktor Campbell hatte also eine gewisse Verantwortung zu tragen.«
Erneut trat Stille ein. Direktor Jackson nutzte sie aus, um wiederum etwas zu sagen:
»Nun, ich denke, daß alles gesagt ist. Wir werden nun abstimmen. Aber vorher möchte ich die Mitglieder unseres Ausschusses daran erinnern, was die Folgen eines Verweises für unseren Kollegen sind. Er riskiert nicht nur ein sechsmonatiges Berufsverbot, vielleicht mehr, je nachdem, was der ärztliche Berufsverband entscheidet. Auch der Ruf der Klinik,

der bisher immer untadelig war, steht auf dem Spiel. Hier habe ich den Entwurf einer gütlichen Einigung mit Herrn Eaton, der sehr viel Verständnis gezeigt hat und sich entschlossen hat, weder gegen die Klinik noch gegen unseren Kollegen Anklage zu erheben. Meiner Meinung nach ist das die beste Lösung. Doktor Campbell hat seine Lehren daraus gezogen. Außerdem war er erstaunlich aufrichtig und hat nicht versucht, seinen Fehler zu leugnen, obwohl er es hätte tun können. Ich hoffe, daß Sie ihm das bei Ihrer Entscheidung anrechnen.«

Er wartete kurz, wandte sich zu Doktor Reeves, der seine Meinung scheinbar nicht geändert hatte, denn er nickte komplizenhaft, und dann zu Doktor Gibson, der undurchschaubar blieb. Offenbar dachte er nach. Er hatte noch ein paar Sekunden Zeit, denn als Vorsitzender des Ausschusses wählte er erst nach den vier anderen Mitgliedern, und auch nur, wenn eine weitere Stimme benötigt wurde, um eine Entscheidung zu fällen. Abgestimmt wurde durch Heben der Hand.

»Mögen diejenigen, die finden, daß Doktor Campbell einen Tadel bekommen muß, die Hand erheben.«

Wie vorhergesehen, streckte Doktor Wilson sofort die Hand hoch. Doktor Campbell sah sie mit kaum verhohlener Verachtung an. Er hatte es von ihr nicht anders erwartet. Aber als die junge Julie Cooper auch die Hand hob, war er erstaunt. Was! Sie auch! Sofort erinnerte er sich daran, daß sie letztes Jahr miteinander geflirtet hatten, er sich aber entschieden hatte, es hierbei zu belassen. Abgesehen davon, daß er verheiratet war, hatte er schon zwei Geliebte, und er wollte sich das Leben nicht noch schwieriger machen, sofern das überhaupt möglich war. Rächte sie sich auf diese Art für die Abfuhr?

»Gut«, sagte der Direktor, nachdem er einige Sekunden gewartet hatte, »es steht also unentschieden.«

Er wandte sich zu Doktor Gibson. Dieser würde also die Entscheidung fällen müssen.

»Verehrter Vorsitzender, sind Sie für oder gegen den Tadel?«

Doktor Gibson zögerte einen Moment, sah sich seine Kollegen einen nach dem anderen an und ließ schließlich verlauten:

»Für. Ich bin für den Tadel. Hier wurde ein Kunstfehler begangen. Der ärztliche Berufsverband muß davon in Kenntnis gesetzt werden. Ich werde dafür sorgen, daß alle mildernden Umstände im Disziplinarbericht enthalten sind. Die Mitglieder des Ausschusses werden den Bericht bekommen, um ihn gegenzuzeichnen, bevor wir dem ärztlichen Berufsver-

band eine Kopie schicken. Meine Damen und Herren, die Sitzung ist beendet.«
Gibson stand sofort auf und wollte den Raum verlassen, aber Doktor Campbell stellte sich ihm in den Weg.
»Ich dachte, daß du ein Freund bist.«
»Ich bin ein Freund, Arthur, aber ich bin auch der Vorsitzende des Disziplinarausschusses. Der Bericht wird nicht belastend sein.«
»Sie werden mich fertigmachen. Was ist denn in dich gefahren? Ich war da, bei dir, als deine Frau gestorben ist und es dir dreckig ging! Warum hast du das gemacht?«
»Es tut mir leid, Arthur, es tut mir wirklich aufrichtig leid.«
Erbittert riß Doktor Campbell ihm die weiße Rose aus dem Knopfloch und warf sie auf den Boden.
»Das wirst du mir büßen!« sagte er.
Er warf dem Direktor einen empörten Blick zu. Dabei hatte Jackson ihm doch versichert, daß alles in Ordnung sei, daß Thomas auf ihrer Seite stand! Der Klinikdirektor senkte den Blick, gedemütigt wegen dieser persönlichen Niederlage. Jemand hatte seiner Autorität getrotzt.
Campbell ging schließlich, gefolgt von Doktor Reeves, aus dem Raum. Doktor Wilson kam und drückte Gibson die Hand:
»Ich danke Ihnen, Doktor. Wirklich, ich bin stolz auf Sie. Ich hätte nicht gedacht, daß Sie unser Votum unterstützen würden. Wir müssen allen Mitgliedern des Berufsverbands klarmachen, welche Richtlinien gelten. Es wird zuviel Mißbrauch getrieben. Wenn wir nicht absolut entschieden auftreten, verlieren wir das Vertrauen der Bevölkerung.«
»Allerdings werden wir es noch schneller verlieren, wenn wir unsere dreckige Wäsche in der Öffentlichkeit waschen«, sagte Vic Jackson, der sichtlich empört seine Unterlagen zusammensammelte.
Auch die reizende Julie Cooper kam, um Doktor Gibson die Hand zu drücken:
»Eine mutige Entscheidung«, sagte sie.
»Danke.«
»Sehen wir uns nachher im Hörsaal?«
»Ja«, sagte Doktor Gibson.
Die junge Frau ging hinaus. Doktor Gibson war mit dem Direktor allein. Letzterer erhob sich und redete ihn mit kalter und gesetzter Stimme an, die vielleicht wegen dieser Ruhe noch beunruhigender war.
»Sie haben einen Fehler gemacht, Thomas.«

»Ich habe getan, was mein Gewissen mir vorschrieb.«
»Jedenfalls haben Sie mich enttäuscht, Thomas! Sie haben mich sehr enttäuscht. Ich dachte, daß Sie für mich sind. Ich sehe, daß Sie es nicht sind. Damit werde ich in Zukunft rechnen müssen.«
Mehr sagte er nicht und verließ dann den Raum, wo Doktor Gibson allein zurückblieb. Vielleicht war es die schwierigste Entscheidung seines Lebens gewesen. Es stimmte, daß Doktor Campbell mehr als ein Kollege war, daß er ein Freund war. Und daß er ihm in den Tagen der Trauer sehr geholfen hatte, was er ihm gerade in Erinnerung gerufen hatte.
Warum hatte das Leben ihn vor solch eine schwierige Entscheidung, vor solch eine Zerreißprobe gestellt?
Sein Blick fiel auf die weiße Rose, die sein Kollege auf den Boden geworfen hatte. Er hob sie auf und roch daran, wie um den Duft des Vergessens zu riechen, bevor er sie wieder in sein Knopfloch steckte.

9

»Und, Doktor?«
Amy Robert riß die Augen auf, offenbar in Erwartung eines längeren Kommentars. Sie hatte Doktor Gibson gerade in dem Moment abgefangen, als er in den Hörsaal der Klinik treten wollte.
»Und, was?« fragte er.
Seit diesem Morgen war so viel passiert, daß er nicht einmal mehr wußte, worauf seine Patientin anspielte.
»Mein Gedicht? Haben Sie es gelesen?«
»Ach ja«, antwortete er und faßte sich an den Kopf. »Ihr Gedicht … Ich habe es hier …«
Er klopfte auf die Tasche seines Arztkittels.
»Ich hatte keine Zeit, aber morgen werde ich es mit Sicherheit gelesen haben.«
»Erst morgen?« sagte Amy Robert, so sichtlich enttäuscht und so übertrieben, daß sie sich lächerlich machte.
»Hören Sie, Amy, ich habe wirklich viel zu tun. Bringen Sie ein bißchen Geduld auf. Es ist nicht so, daß ich es nicht lesen möchte. Morgen mit Sicherheit.«
»Na gut, dann warte ich.«

Das traurige Lächeln einer unverstandenen Dichterin auf den Lippen, machte sie kehrt und verließ Doktor Gibson gerade in dem Moment, als Julie Cooper zum Hörsaal kam.
Sie traten in den Hörsaal, einen großen, halbrunden Raum, in dem hundert Menschen Platz hatten und der für Konferenzen oder, wie an diesem späten Nachmittag, für Präsentationen neuer Medikamente genutzt wurde. Rund zwei Dutzend Ärzte und Krankenschwestern saßen schon da, und sie setzten sich in eine der vorderen Reihen in die Mitte.
Julie Cooper bemerkte den Direktor, der links außen in der Reihe vor ihnen saß und in eine Unterhaltung mit Doktor Campbell vertieft war. Sie stieß Thomas mit dem Ellbogen an und zeigte auf Jackson:
»Unser verehrter Direktor schien nicht besonders beglückt über die Entscheidung des Ausschusses«, sagte sie.
»In der Tat! Aber am schwierigsten war es, Arthur einen Tadel zu erteilen. Er hat mir so geholfen, als Louise gestorben ist … Manchmal frage ich mich, ob ich diesen verfluchten Ausschuß nicht sein lassen soll.«
»Aber nein, das solltest du nicht. Wir brauchen Menschen wie dich.«
»Das ist nett, mir das zu sagen«, sagte Doktor Gibson und legte mit liebevoller Anerkennung seiner Kollegin die Hand auf den Arm.
Er spürte, daß er, trotz seines ausgezeichneten Rufs, nicht viele echte Verbündete in der Klinik hatte. Vielleicht war Julie Cooper eine von ihnen.
Er sah sie mit einem gewissen Nachdruck an. Sie hielt seinem Blick stand. Aus Trotz? Oder weil sie wirklich eine andere Art Verhältnis zu ihm haben wollte als das im Grunde genommen oberflächliche, das sie hatten, seit sie sich kannten? Sie legte den Kopf schräg, sah Thomas' Hand an, die immer noch auf ihrem Arm lag, und lächelte leicht. Schnell zog er seine Hand zurück.
»Ich frage mich, was sie sich zu erzählen haben«, sagte Thomas und sah zum Direktor und zu Doktor Campbell hin.
»Ich weiß es nicht, aber ich glaube, du solltest dich in acht nehmen.«
»Wirklich?«
»Was ich über Jackson weiß, ist nicht besonders erfreulich. Und ich habe den Eindruck, daß das nur die Spitze des Eisbergs ist.«
In diesem Moment drehte sich der Direktor zu Julie und Thomas um und hörte auf einmal auf zu reden, obwohl sie zu weit weg saßen, um ihn zu hören. Von seinem Lächeln gefror Thomas buchstäblich das Blut in den Adern.

Arthur Campbell, dem der Direktor gesagt hatte, daß Thomas und Julie auch da waren, drehte sich ebenfalls zu ihnen um; sein Blick blieb allerdings unergründlich.
»Hoppla ...«, entfuhr es Julie leise, »die beiden sind ja reizend.«
Ihr Gespräch wurde von dem Pharmareferenten unterbrochen, der sich an das Publikum wandte.
In den Dreißigern, mit sportlicher Figur und frühzeitig ergrauten Haaren, weshalb er den Ärzten – einer Klientel, die im allgemeinen eher konservativ war – zusätzliches Vertrauen einflößte, hatte Paul Stewart zunächst selbst Arzt werden wollen, war aber aufgrund seiner ungenügenden Noten von der Fakultät nicht aufgenommen worden. Er hatte ein Biologiestudium abgeschlossen und eine Anstellung als Vertreter bei einem großen Pharmakonzern namens Wellcorp bekommen. Daß seine Provisionen das Doppelte des Gehalts eines guten Allgemeinarztes betrugen, tröstete ihn darüber hinweg, daß er kein Arzt hatte werden können.
»Sehr geehrter Herr Direktor«, sagte er und guckte Vic Jackson an, der mit dem Kopf nickte, »geehrte Ärzte, geehrtes Pflegepersonal, mit großer Freude sehe ich Sie wieder. Heute habe ich den Auftrag, Ihnen ein Medikament vorzustellen, das in ein paar Jahren sicherlich als so wichtig erachtet werden wird wie Penicillin zur Zeit seiner Erfindung durch Alexander Fleming. Ich will Ihnen von Mnemonium erzählen, das so erstaunlich ist, daß es wahrhaftig die moderne Medizin revolutionieren wird. Häufig sagt man, daß ein Bild tausend Worte ersetzt. Bevor ich Ihnen die erstaunlichen Qualitäten von Mnemonium schildere, möchte ich Sie bitten, sich einen kurzen Film anzusehen, der in unseren Labors gedreht wurde, als wir die Wirkungen von Mnemonium auf Affen ausprobierten. Ich werde nach und nach meine Kommentare dazu abgeben und Ihre Fragen hinterher beantworten.«
Er wandte sich einem Techniker hinter ihm zu und gab ihm ein Zeichen. Sofort wurden die Lichter gedimmt, und ein Bild erschien auf einer Leinwand im Hintergrund. Man sah einen großen, weißen Raum, offenbar ein Versuchslabor. Hinten konnte man zwei Türen oder vielmehr Luken erkennen, durch die bestimmt die Versuchstiere kommen würden.
In der Mitte des Raumes befand sich eine große rote Plastikschüssel voller Futter. Neben dem Napf lag einer dieser riesigen, harmlosen Baseballschläger, mit denen Kinder spielen, ebenfalls rot.
»Sie werden gleich zwei Schimpansen auftreten sehen, Harry und Glenn. Ich hoffe, daß keiner der Ärzte hier im Saal so heißt ...«

»Doch, genau, es ist einer da«, brüllte einer der Ärzte. »Er sitzt hier, neben mir.«
Sein Kollege, der in der Tat Glenn hieß, lächelte ein bißchen, während im Saal Gelächter ertönte. Es wurde sofort wieder still, als eine der Luken sich öffnete und ein junger Schimpanse hereinkam.
»Das ist Glenn«, kündigte der Referent an. »Wie sein Gefährte hat er zwei Tage lang nichts zu fressen bekommen. Er müßte also schnell zum Futternapf gehen.«
Das tat er dann auch, ohne Zeit zu verlieren. Er fing an, das Futter zu verschlingen.
»Im allgemeinen weigern sich Tiere, besonders wenn sie ausgehungert sind, ihr Futter mit anderen zu teilen, außer mit ihren Sprößlingen. Den Beweis werden wir in wenigen Sekunden haben.«
Ein zweiter Affe, der etwa doppelt so groß war wie der erste, kam in dem Moment durch die zweite Tür in den Raum. Als er den Futternapf und den anderen Affen sah, stürzte er sich drauf und schob ohne viel Federlesen seinen Artgenossen, der zum Widersacher geworden war, beiseite. Der junge Glenn jedoch, der zweifelsohne meinte, daß er Vorrang habe, weil er als erster gekommen war, sah nicht so aus, als wolle er seinen Platz abtreten. Er versuchte sich zu widersetzen, doch der andere, viel stärkere Affe schob ihn mühelos weg und fing an zu fressen. Glenn dachte nicht daran, so schnell aufzugeben. Er näherte sich wiederum dem Napf, schlich sich heran und fing wieder an zu fressen, was seinen Rivalen enorm zu reizen schien. Dieser erblickte den Riesen-Baseballschläger, ergriff ihn und fing an, den jungen Schimpansen zu verprügeln.
»Oh! Armer Glenn, du fängst dir ja eine ganz schöne Tracht Prügel ein«, scherzte einer der Ärzte.
Gelächter erscholl im Saal.
Nachdem er einen Augenblick gezögert hatte, begriff Glenn, daß er nicht nur verlieren, sondern möglicherweise auch ernsthaft verletzt werden würde, und zog sich in eine Ecke des Raums zurück, von wo aus er Harry beobachtete, der das Futter verschlang. Er war am Kiefer verletzt und blutete ziemlich stark.
»Im zweiten Ausschnitt, den ich Ihnen zeigen werde«, erläuterte Paul Stewart, offenbar zufrieden mit der Wirkung des ersten Teils des Films, »werden Sie zwei andere Schimpansen sehen, die ebenfalls von sehr unterschiedlicher Größe sind. Wir haben sie ein erstes Mal in einer Situation gefilmt, die derjenigen, die Sie gerade gesehen haben, genau gleicht.

Sie haben auf dieselbe Art reagiert. Der große Affe hat den kleinen verprügelt, um ihn nicht an der Mahlzeit teilhaben zu lassen. Wir haben sie wiederum ausgehungert, und da sind sie.«

Die beiden anderen Affen kamen in derselben Reihenfolge wie Glenn und Harry in den Raum. Da er als erster angekommen war, stürzte sich der kleinere Affe auf den Futternapf, trat aber sofort seinen Platz ab, als er seinen riesigen Widersacher ankommen sah. Anscheinend hatte er die Behandlung nicht vergessen, die der große Affe ihm am Vortag hatte angedeihen lassen.

»Der kleine Affe erinnert sich daran, schlecht behandelt worden zu sein, und zieht sich vorsichtshalber zurück ... Jetzt kommt der letzte Teil des Films. Wir werden unsere sympathischen Helden vom Anfang, Glenn und Harry, wiedersehen.«

Glenn kam in der Tat an, mit einer Bandage, sah den Futternapf und stürzte sich drauf. Harry folgte sogleich und wollte den jungen Affen vertreiben. Aber Glenn, der sich offensichtlich überhaupt nicht an die schlechte Behandlung erinnerte, ließ nicht locker. Der dicke Schimpanse, gereizt, weil der andere keine Lehre aus den Ereignissen gezogen hatte, ergriff den Baseballschläger und verprügelte wiederum den unglücklichen Glenn. Dieser mußte sich bald geschlagen geben und zog sich in eine Ecke zurück, von wo aus er zum zweitenmal seinem Rivalen beim Schlemmen zusah.

»Ich hatte mir immer schon gedacht, daß Glenns weniger schnell lernen als andere!« scherzte ein Arzt.

»Sie lernen schnell, aber man muß ihnen auf den Kopf hauen!« fügte ein anderer hinzu.

Anstatt sich zu ärgern, lachte das Opfer von ganzem Herzen über diese sarkastischen Bemerkungen.

Als die allgemeine Heiterkeit im Saal sich etwas beruhigt hatte und der Film zu Ende war, erklärte der Referent, der gebeten hatte, das Licht wieder anzuschalten:

»Das liegt nicht daran, daß der arme Glenn langsamer lernt als der andere Affe, der sich am zweiten Tag nicht getraut hat, seinen stärkeren Widersacher herauszufordern. Es liegt daran, daß wir ihm nach seiner schlechten Erfahrung eine Dosis Mnemonium verpaßt haben. Also hat er sich am zweiten Tag, da er den Vorfall des Vortages vergessen hatte und nicht traumatisiert war, arglos wieder zum Futternapf gewagt.«

Der Saal reagierte ausgesprochen positiv, wie man den Kommentaren ent-

nehmen konnte – diese Schlußfolgerung zog jedenfalls der Referent, der seinen Vortrag mit gesteigertem Selbstvertrauen fortsetzte.
»Natürlich ist das Ziel von Mnemonium weder, die Opfer von traumatischen Erfahrungen unvorsichtig zu machen, noch sie dazu zu bringen, sich neuen Gefahren auszusetzen. Nein, es wurde entwickelt, um den Millionen Menschen zu helfen, die alljährlich Opfer von Unfällen, Raubüberfällen, Vergewaltigungen und tätlichen Angriffen sind und die manchmal ihr ganzes Leben lang darunter leiden.«
»Interessant«, sagte Thomas, der sich zu Julie beugte.
»Höchst interessant, in der Tat!«
Der Pharmareferent schaltete ein Notebook ein, das mit einem Overheadprojektor verbunden war, und auf der Leinwand erschien ein Diagramm.
»Unsere Kenntnisse über das Gedächtnis sind natürlich bisher nur fragmentarisch«, erläuterte er. »Doch wir wissen immerhin, daß das Gedächtnis aus Zellen aufgebaut ist und daß jede dieser Zellen eine Art ›Verschluß‹ hat.«
Mit Hilfe eines Laserpointers zeigte er auf die Zeichnung einer Zelle auf dem Diagramm. Daneben war die schematische Abbildung eines Verschlusses zu sehen.
»Ohne es mit hundertprozentiger Sicherheit zu wissen, nehmen wir doch an, daß die Informationen in den Zellen gespeichert sind, häufig zusammen mit dem Botenstoff Adrenalin, der in Streßsituationen besonders aktiv ist. Wenn der Verschluß erst einmal geschlossen ist, ist es sehr schwierig, die Informationen zu entfernen, die innerhalb weniger Stunden vom Kurzzeit- ins Langzeitgedächtnis übergehen.«
Er zeigte eine Zelle, deren Verschluß noch offen war, und eine andere, wo er geschlossen war.
»Was tut Mnemonium im einzelnen, das kein einziges anderes Mittel tut? Wenn es schnell genug nach der traumatischen Erfahrung verabreicht wird, dringt es in die Zelle ein, auch wenn der Verschluß schon zu ist, und löscht die Informationen, die dort gespeichert wurden, ebenso wie die Erinnerung an die traumatische Erfahrung. Und genau das ist unserem jungen Freund Glenn passiert. Nachdem er verprügelt worden ist, hat er sich seinem größeren und stärkeren Widersacher unbekümmert genähert, während der andere junge Affe – der nichts vergessen hatte – es vorgezogen hat, seinen Platz gleich abzutreten, um sich nicht von neuem den Ärger seines Kameraden einzuhandeln. Ich möchte allerdings hinzufügen, daß das Gedächtnismodell, mit dem die Forscher auf der ganzen Welt

arbeiten, bei weitem nicht perfekt ist. Was ich Ihnen aber sagen kann, ist, daß wir Mnemonium seit fünf Jahren testen, und daß es funktioniert. Mnemonium wirkt zwölf Stunden lang und wird vollständig über die Leber abgebaut. Und wir haben keine einzige Nebenwirkung feststellen können.«

»Außer, daß einem zweimal hintereinander der Kiefer gebrochen wird«, rief ihm Julie zu, die sich ihren Sinn für bissigen Humor bewahrt hatte.

»Außer, daß einem zweimal hintereinander der Kiefer gebrochen wird, Doktor, da haben Sie völlig recht«, sagte der Referent, als wieder Ruhe im Saal herrschte. »Aber, ganz im Ernst, ich glaube, der Grund, weshalb wir alle hier sind, ist, daß wir unseren Patienten helfen wollen. Das ist übrigens auch der Grund, weshalb wir unseren Patienten weiterhin Aspirin empfehlen, auch wenn wir noch nicht genau wissen, wie es ihnen genau hilft. Aber zurück zum Problem des Gedächtnisses. Nehmen wir eine Frau als Beispiel, die vergewaltigt wurde und die, verständlicherweise, ein Trauma davonträgt. Dieses Trauma könnte ihr, wenn nicht ihr ganzes Leben, so doch einige Jahre ihres Lebens verderben. Bestimmt hatten Sie schon Gelegenheit, mehrere solcher Frauen zu behandeln. Im allgemeinen – und ich betone im allgemeinen – hinterlassen Vergewaltigungen keine besonders schweren oder bleibenden *körperlichen* Schäden. Was schlimm ist – und bleibend, leider! –, sind die psychischen Verletzungen, die auf eine Vergewaltigung folgen. Manche Frauen können jahrelang keine normale sexuelle Beziehung mehr mit ihrem Ehemann haben. Manchmal entwickeln sie Männern gegenüber eine dauerhafte Abneigung. Ganz zu schweigen von Fällen von Inzest, die noch schmerzhafter sind und deren Opfer noch traumatisierter sind. Wenn es rechtzeitig verabreicht wird, löscht Mnemonium die Erinnerung an die traumatische Erfahrung aus, und man kann dem Opfer jahrelanges Leiden ersparen. Und hier treten Sie ins Spiel, die Ärzte und Psychiater. Ihre Arbeit zielt im allgemeinen darauf ab, dem Opfer beizubringen, die traumatische Erfahrung zu akzeptieren. Im Fall einer Vergewaltigung zum Beispiel müssen Sie das Opfer davon überzeugen, daß es noch eine vollwertige Person ist, die es verdient zu leben. Daß sie da herauskommen kann, auch wenn diese Erfahrung sie entehrt und erniedrigt hat. Daß nicht alle Männer Vergewaltiger sind.«

Der Saal hörte mit gesteigertem Interesse zu. Manche fingen an zu reden, Kommentare abzugeben. Das Gesicht von Vic Jackson, das seit dem Beginn der Präsentation düster war, hellte sich plötzlich auf.

Er neigte sich sofort zu Arthur Campbell, benutzte seine Hand als Schutzschild und flüsterte ihm etwas ins Ohr. Etwas, worüber sein Nachbar offensichtlich ebenso erstaunt wie erheitert war. Leise verhandelten die beiden Männern so mehrere Sekunden lang, schwiegen dann und drehten sich gleichzeitig zu Thomas um. Dieser sah sie nicht, so vertieft war er in die Äußerungen des Referenten.

Letzterer machte eine kurze Pause, um den spontanen Kommentaren der Zuschauer freien Lauf zu lassen, und fuhr dann fort:

»Die Basis jeden Traumas ist das Gedächtnis, sind die Zellen, die die Informationen abgespeichert haben. Ohne Gedächtnis kein Trauma. Also dringt man über den Verschluß in die Zelle ein und löscht die Informationen, die sie enthält. So erlöst man zugleich auch den Patienten, der sich sozusagen am selben Punkt befindet, wo er sich vor dem Erlebnis befand, das ihn zeitlebens hätte traumatisieren können.«

»Mit anderen Worten«, fragte Julie scherzhaft, »heißt das, daß, wenn ich meinen Freund betrüge und er mich dabei erwischt, ich nur eine ordentliche Dosis Mnemonium in seine morgendliche Tasse Kaffee zu tun bräuchte, und alles wäre wieder in Ordnung?«

»Ich wäre da gerne Versuchskaninchen, wenn Sie es ausprobieren möchten«, sagte ein junger Arzt.

»Ich auch«, fügten zwei andere, ebenfalls alleinstehende Männer, hinzu.

»Hm ..., ich wußte, daß du beliebt bist, aber so!« flüsterte ihr Thomas zu. »Und ich, der ich mir Chancen bei dir ausgerechnet hatte, stelle fest, daß ich Konkurrenz habe ...«

War das Spaß? War das Ernst? Julie Cooper wußte es nicht, aber sie musterte ihn kurz und gab dann wie aus Trotz zurück:

»Wer nicht wagt, der nicht gewinnt.«

»Das ist nicht das Hauptziel von Mnemonium«, antwortete der Pharmareferent auf Julies ebenso alberne wie berechtigte Frage. »Aber in der Tat, Sie könnten sich auf diese Art aus der Situation retten. Wenn er allerdings Photos gemacht oder einen Film gedreht hat, kann das Medikament, auch wenn es sehr wirkungsvoll ist, diese nicht vernichten. Das müßten Sie selbst übernehmen.«

Wieder wurde gelacht; als wieder Ruhe eingekehrt war, fragte Thomas:

»Aber woher weiß man denn, daß dieses neue Medikament nicht auch alles andere in die Vergessenheit drängt: die Identität der Patientin, ihr Alter, sogar ihre Sprache?«

»Eine ausgezeichnete Frage, Doktor«, entgegnete Paul Stewart. »Und das ist im übrigen eines der großen Probleme, die unsere Forscher im Hinterkopf behalten mußten. Man weiß heute mit beinahe hundertprozentiger Sicherheit, daß die Zentren des Kurzzeitgedächtnisses und des Langzeitgedächtnisses sich voneinander unterscheiden. Das kann man auch an Personen feststellen, die beispielsweise an Alzheimer erkrankt sind. Der Patient kann sich nicht mehr daran erinnern, was er gerade gemacht hat, aber sein Langzeitgedächtnis ist noch sehr aktiv, intakt sogar, und seine Kindheitserinnerungen zum Beispiel sind noch äußerst lebendig. Durch die Zusammenstellung von Mnemonium kann dieses Medikament weder in Zellen eindringen, deren Verschluß schon vor langer Zeit zugegangen ist, noch die Zellen des Langzeitgedächtnisses erreichen, in die die Informationen von den Zellen des Kurzzeitgedächtnisses übertragen wurden. Also ist der Patient geschützt. Außerdem sind die verabreichten Dosen minimal. Das ist übrigens auch einer der Gründe, warum Mnemonium nicht frei verkäuflich in Apotheken erhältlich sein, sondern nur auf Rezept und unter strengster ärztlicher Überwachung verabreicht werden wird.«

»Da gibt es aber noch die moralische Frage«, warf Doktor Janet Wilson ein.

»Das ist wahr«, stimmte Doktor Close zu, ein siebzigjähriger, weißhaariger Herr, der Dekan der Klinik war und ein ausgezeichneter Musikkenner.

»Die moralische Frage?« fragte der Referent.

»Ja«, führte Doktor Wilson aus, der der Direktor und Arthur Campbell mit verächtlicher Miene zuhörten. »Das Trauma bildet einen integrativen Teil der Erfahrung des Patienten.«

»In der Tat«, sagte der alte Doktor Close. »Ohne Schmerz hätte es Beethoven oder Chaplin vermutlich nie gegeben. Das Leiden hat ihr Genie verstärkt.«

»Ich bin ganz Ihrer Meinung, Doktor Close und Doktor …«

Er konnte sich nicht mehr an den Namen von Doktor Wilson erinnern, obwohl sie seit Jahren zur Belegschaft der Klinik gehörte.

»Doktor Wilson.«

»Danke, Doktor Wilson. Ich glaube allerdings nicht, daß wir uns in der Praxis ausschließlich auf Ausnahmefälle stützen können. Auf einen Chaplin, einen Beethoven, kommen Millionen gewöhnliche Menschen, die nur von ihrem psychischen Leiden, ihrem Trauma befreit werden wollen und die nie eine Symphonie komponieren, nie die Mona Lisa malen werden. Sie riskieren es, im Gegenteil, sich durch das Trauma ihr Leben und das ihrer Umgebung zu verpfuschen.«

Zahlreiche Kommentare ertönten, und eine lebhafte Diskussion entstand. War das Gedächtnis, selbst das Kurzzeitgedächtnis, denn nicht ein integrativer Bestandteil der Person der Patientin? War denn nicht alles, was eine Patientin erlebte, Teil ihrer Persönlichkeit, ihres Wesens? Durfte man es ihr wegnehmen? War dieses Medikament nicht eine Art chemischer Gehirnamputation, wenn auch nur eine partielle, aber durch die doch ein ganzer Aspekt der Persönlichkeit ausgelöscht wurde? Aber waren andererseits nicht alle Therapien im Endeffekt darauf gerichtet, das Ereignis zu vergessen oder zumindest zu verarbeiten? Und wenn man zehn Jahre brauchte, um ein Ereignis zu akzeptieren, um ein neues Kapitel aufschlagen zu können, waren das etwa nicht zehn vergeudete Jahre?

Schließlich ergab sich ein gewisser Konsens aus dem Stimmengewirr: Bei dem neuen Produkt handelte es sich um ein vielversprechendes Medikament. Am Ende der Konferenz verteilte der Referent der Firma Wellcorp allen teilnehmenden Ärzten eine Probepackung. Sie enthielt zwanzig Mnemoniumtabletten zusammen mit einer gründlichen Dokumentation, die die Zusammensetzung des Medikaments und die Ergebnisse der Experimente, die gemacht worden waren, im Detail erläuterte.

Am Ausgang des Hörsaals nahmen Julie und Thomas die Probepackung entgegen, die ihnen eine freundliche Hosteß des Hauses Wellcorp überreichte. Thomas sah auf seine Uhr. Fünf Uhr.

»Hast du noch zu tun?«

Er zögerte.

»Nein, ich ...«

»Gehen wir etwas trinken?«

10

Er traf sie auf dem Parkplatz der Klinik wieder. Sie trug ein elegantes rotes Kostüm. Es war das erstemal, daß er sie ohne ihren Arztkittel sah, und sie machte einen sehr guten Eindruck auf ihn. ›Kein Wunder‹, dachte Thomas, ›daß sie bei Männern so beliebt ist.‹ Sehr sexy, beinahe elektrisierend, hatte sie nicht viel Busen, dafür aber sehr lange, sehr schlanke Beine, die in graue Nylonstrumpfhosen gegossen waren, wodurch sie schwindelerregend wurden. Im allgemeinen waren sie halb unter ihrem Arztkittel versteckt, und Thomas hatte sie noch nie wirklich bemerkt. Jetzt, da er sie sah, fand er sie unglaublich verwirrend. Es war natürlich nicht das erstemal, daß er schöne Beine sah, aber vielleicht war es das erstemal seit dem Tod seiner Frau, daß er Beine sah, die in ihm ein gewisses Verlangen weckten.

Er fühlte sich allerdings auch gleich in gewisser Weise schuldig, als ob diese plötzliche Anziehungskraft, die seine Kollegin auf ihn ausübte, auf einen Verrat hinauslief. Vielleicht war es noch zu früh! Der Respekt, den er der Verstorbenen schuldete, paßte nicht gut mit diesen ersten Regungen zusammen. Und es war auch viel mehr als Respekt: Ein ganzer Teil seines Ich – nämlich derjenige, der ganz seiner Frau gehörte – wehrte sich gegen diese vorzeitige Leichtigkeit.

Aber er fühlte sich so einsam! Und der Selbstmord seiner Patientin hatte seinen Schwermut so verstärkt, daß es ihm nicht leicht fiel, den unerwarteten Trost zurückzuweisen, den dieser harmlose Abend mit einer Kollegin ihm bot.

Julie blieb mit einem großen Lächeln vor ihm stehen. Ihre sehr weißen, unregelmäßigen Zähne mit den vorstehenden Schneidezähnen, die die Oberlippe leicht hochwölbten, wurden sichtbar: ›Eine Unvollkomenheit‹, dachte Thomas, ›die ihren Reiz nur erhöht.‹

»Ich kenne eine nette kleine Bar bei mir in der Nähe, auf Long Island, die Havanas-Bar, hast du Lust, dort hinzugehen?« fragte er sie.

»Ja, gern ... Nehmen wir ein Auto oder zwei?«

Eine banale Frage, ohne Zweifel, aber sie versetzte Thomas in Aufruhr, was wiederum der Beweis dafür war, daß er, nach sieben Jahre Ehe und einem Jahr der Trauer, wirklich nicht mehr mit Frauen umgehen konnte. Wenn er vorschlug, ein Auto zu nehmen, würde sie vielleicht denken, daß er sie abschleppen wolle, nachdem er mit ihr etwas trinken war. Sie würde ihn vielleicht etwas zu aufdringlich finden, würde meinen, daß er zu schnell zur Sache käme, und sie würde möglicherweise gekränkt sein.

Wenn er aber vorschlüge, daß jeder sein eigenes Auto nimmt, würde sie vielleicht denken, daß er keinerlei Interesse daran hatte, den Abend zu verlängern – und sie würde wiederum in ihrer weiblichen Eitelkeit verletzt sein, würde denken, daß er sie nur als nette Kollegin, als Freundin sah ... Aber warum sollte das denn eigentlich nicht sein, was sie wollte: ganz einfach nur als Freunde ein Gläschen zu trinken?

»Nehmen wir zwei Autos«, entschied Thomas nach einem Moment des Zögerns.
Sie protestierte nicht, schien durch seinen Vorschlag in keiner Weise gekränkt, oder sie ließ es sich jedenfalls nicht anmerken.
»Ich fahre dir hinterher«, sagte sie. »Du fährst einen ...«
Fast hätte sie ›einen schwarzen Porsche‹ gesagt, denn sie wußte sehr wohl, welches Auto er fuhr. Aber sie hielt sich zurück, damit er nicht merkte, wie groß ihr Interesse an ihm war.
»Einen schwarzen Porsche«, sagte Thomas.
»Gut, ich fahre dir hinterher.«
Zwanzig Minuten später saßen sie in der Havanas-Bar, einer der ältesten Kneipen von Long Island, hauptsächlich ein Treffpunkt für die Anwohner. Man konnte Thomas nicht gerade als einen Stammgast bezeichnen – während seiner Ehe war er nur selten dort gewesen –, aber seitdem er verwitwet war, ging er zwei-, dreimal im Monat hin, und die Bedienung fing an, ihn zu erkennen, denn er hinterließ mehr als großzügige Trinkgelder, wie um sich dafür zu entschuldigen, daß er trank. Er war auch nicht besonders stolz auf diese neuerworbene Gewohnheit, er, der er sich immer etwas darauf eingebildet hatte, daß er sich fernhielt von allem, was seine Gesundheit und geistige Klarheit beeinträchtigen konnte: Kaffee, Zigaretten, Alkohol, Schlaftabletten ...
Doch sein Schmerz und seine Einsamkeit hatten seine Selbstdisziplin geschwächt.
»Auf dein Wohl«, sagte Thomas und stieß sein Scotchglas gegen das seiner Kollegin.
»Auf deines.«
Sie tranken gleichzeitig, dann sagte Julie:
»Ich habe es gehört, von deiner Patientin, ich ... ich wollte dir sagen, daß es mir wirklich leid tut.«
»Ich habe wirklich keine Ahnung, wie das passieren konnte. Sie wirkte völlig geheilt ...«
»Niemand ist gegen Fehler gefeit, weißt du, du darfst dir nicht zuviel daraus machen. Man könnte fast meinen, daß es so etwas wie Schicksal gibt und daß man nichts tun kann, wenn ein Patient wirklich sterben will.«
»Ich weiß, aber genau das ist doch unsere Aufgabe! Manchmal frage ich mich, ob wir wirklich zu etwas gut sind. Sind wir denn nicht einfach nur dazu da, unsere Patienten mit Medikamenten vollzustopfen, bis es ihnen wieder besser geht?«

»Aber du hast doch auch schöne Erfolge verbucht!«
»Wenn eine Behandlung zwei oder drei Jahre dauert, frage ich mich, ob der Erfolg auf das Konto der Behandlung geht, oder ob einfach die Zeit gute Arbeit geleistet hat.«
»Meiner Meinung nach würde die Arbeitslosenquote auf neunzig Prozent steigen, wenn alle anfingen, sich diese Frage zu stellen! Nur die Politiker würden nicht kündigen: Sie sind die einzigen, die eine sinnlose Arbeit verrichten und ihre Diäten einstreichen können, ohne sich Fragen zu stellen.«
»Zusammen mit den Anwälten!« fügte Thomas schnell hinzu, und beide fingen gleichzeitig an, lauthals zu lachen.
Es war lange her, daß er von ganzem Herzen gelacht hatte. Er fand seine Kollegin sehr sympathisch. Und wahrlich, was für ein schöner Mund! Und diese gewölbte Oberlippe, wie anziehend war sie doch!
Sie hatte ihre Beine übereinandergeschlagen, stellte sie kurz nebeneinander und kreuzte sie dann wieder andersherum – ein zu kurzes, aber unendlich verwirrendes Ballett. Er hatte plötzlich Lust, sie in die Arme zu nehmen. Nicht unbedingt, um mit ihr zu schlafen, obwohl er, wenn er darüber nachgedacht hätte, diese Möglichkeit gewiß nicht ausgeschlossen hätte, aber vor allen Dingen um wieder diese weibliche Nähe zu spüren, die ihm seit einem Jahr so furchtbar fehlte.
Er wußte nur zu gut, daß er sich eines Tages entscheiden mußte, ein neues Kapitel aufzuschlagen, daß er nicht den Rest seines Lebens Junggeselle bleiben konnte. Frauen und Liebe nahmen einen zu großen Platz in seinem Leben ein. Tatsächlich war er in der Lage, mit äußerst wenig sozialen Kontakten auszukommen, so wohl fühlte er sich im kleinen Kreis der Zweisamkeit. Und wenngleich er einige männliche Freunde hatte, sah er sie kaum, denn er zog die Gesellschaft seiner Gefährtin bei weitem vor.
Aber er fand, daß es noch zu früh war. Doch war es nicht eigentlich der richtige Moment?
Julie und Thomas hatten schon einen Augenblick aufgehört zu lachen. Der Barkeeper hatte ihnen neue Drinks hingestellt, ohne sie vorher zu fragen, und sie hatten es geschehen lassen – hatten sie es überhaupt gemerkt? –, denn sie sahen einander unendlich lange in die Augen.
Thomas leerte sein Glas in einem Zug. Hatte Julie das Gefühl, daß er sie herausforderte? Auch sie leerte ihr Glas, ohne aufzuhören, ihren Kollegen anzusehen.

»Ich ... ich wollte dir sagen ... ich möchte nicht, daß du denkst, daß ich, als ich dich eingeladen habe, mit mir etwas trinken zu gehen ...«
»Ich habe dich eingeladen, Thomas ...«
»Das stimmt, aber ... Ich habe die Bar ausgesucht, und weil es bei mir in der Nähe ist, möchte ich vor allen Dingen nicht, daß du denkst, daß ich dabei Hintergedanken hatte ...«
»Ich komme nur unter einer Bedingung mit zu dir nach Hause, Thomas: nämlich daß wir miteinander schlafen.«

11

Als er über die Schwelle trat, hatte er gleich das Gefühl, daß er einen Fehler gemacht hatte. Er hätte sie nicht zu sich einladen sollen. Er überstürzte die Dinge und riskierte es, die Freundschaft einer Kollegin, die er schätzte, zu verlieren, anstatt daß sie zu seiner Gefährtin wurde.
Julie hatte auch ein seltsames Gefühl dabei, in Thomas' schönes Haus zu treten. Sie wußte, daß er ein luxuriöses Zuhause hatte, aber die Schönheit der Räume in dem Steinhaus mit seinem Schieferdach verschlug ihr die Sprache. Der Luxus der Eingangshalle und des Wohnzimmers paßten gut zu dem der Fassade.
Gleichzeitig verspürte sie ein leises Bedauern. Was hatte sie hier zu suchen, mit einem Mann, den sie kaum kannte? Warum hatte sie ihn provoziert? Würde er nicht die Achtung vor ihr verlieren? Würde er sie nicht für ein Flittchen halten? Natürlich war das altmodisches Vokabular. Aber gehörte er nicht auch zu einer anderen Generation? Und hatten Männer es nicht eigentlich immer vorgezogen, die Initiative zu ergreifen? Waren sie nicht geneigt, selbstbewußte Frauen zu verurteilen, die ihnen diese Aufgabe abnahmen?
Vielleicht war es der Alkohol gewesen? Oder der Ärger, die Enttäuschung und sogar, in gewisser Weise, die heimliche Demütigung, weil sie seit über sechs Monaten allein war, während man ihr zahllose Abenteuer andichtete, nur weil sie so phantasievoll und lebenslustig war?
Sie mußte sich allerdings auch eingestehen, daß Thomas ihr gefiel. Und daß es, ja, in der Tat, vielleicht etwas zu schnell ging, daß es vielleicht nicht der beste Moment war. Aber gab es den idealen Moment denn überhaupt? Wenn es etwas zwischen ihnen gäbe, wenn ihre Beziehung ernst

werden sollte, würden sie später über ihre Anfänge lachen, würden darüber reden und sich sagen, daß sie wirklich keine Zeit verloren hatten, daß sie sich einander buchstäblich in die Arme geworfen hatten …
Und was könnte es Besseres geben, um das Eis zu brechen, das Unbehagen zu zerstreuen, das sich zwischen ihnen bemerkbar machte, seit sie zur Tür hereingekommen waren, seit nichts mehr verhindern konnte, daß sie sich völlig nackt gegenüberstehen würden, mit der ganzen Aufregung, der ganzen Angst vor dem ersten Mal, bei dem man nie wissen kann, ob man dem anderen gefallen wird, ob es diese ›Chemie‹, diese gegenseitige Anziehung geben wird.
Also zog sie ihre Schuhe mit den Pfennigabsätzen aus, die ihre wundervollen Beine geradezu mörderisch werden ließen, drehte sich zu Thomas um und drückte, mehr aus Anspannung als aus Verlangen, ihren Mund auf den seinen.
Er wies sie nicht zurück. Für ihn war es sogar – zumindest schien ihm das so – eine gewisse Erleichterung. Sie hatte instinktiv die Führung übernommen, weil sie seine Verlegenheit, seine Ungeschicklichkeit spürte. Diesem ersten, leidenschaftlichen Kuß folgten bald intensive Zärtlichkeiten, denn ihre Körper schienen sich in Windeseile aneinander zu gewöhnen. Und dennoch schob Thomas, wider Erwarten, Julie bald von sich.
»Möchtest du … möchtest du etwas trinken? Ich … ich fühle mich so schuldig …«
Dieses Gefühl hatte ihn auf einmal übermannt. Julie zeigte Verständnis und protestierte nicht. Sie setzte sich auf die Couch und ließ ihn die Drinks vorbereiten, während sie inzwischen den Luxus des Wohnzimmers bewunderte und sich gleichzeitig Gedanken machte über die Allgegenwart derer, die sie bereits anfing als ihre Rivalin anzusehen. An den Wänden, auf den Möbeln, dem Sims des riesigen steinernen Kamins – überall waren Porträts von Thomas' verstorbener Ehefrau in verschiedenen Größen und aus verschiedenen Zeiten.
Er war noch weit davon entfernt, sie zu vergessen, das war überdeutlich! Sein Haus war ein wahres Museum. Allerdings mußte sie zugeben, daß Louise unglaublich schön war. Sie sah jemandem ähnlich, den Julie kannte. Aber wem? Auf einmal fiel es ihr ein: Claudia Schiffer, dem bekannten Topmodell. Sie mußte sich eingestehen, daß die Meßlatte hoch angesetzt war, die sie zu überspringen hätte, um ihren Platz in Thomas' Herzen einzunehmen.
Allerdings durfte sie nicht vergessen, daß ihre Rivalin – oh Gott, wie sie

dieses Wort haßte –, daß diese Rivalin nicht mehr von dieser Welt war und daß, in der Liebe, die Abwesenden immer unrecht haben. Jedenfalls würde sie sich die allergrößte Mühe geben, ihm das zu beweisen!
Thomas kam mit Wodka zurück, legte eine Platte von Whitney Houston auf und wurde sofort daran erinnert, daß sie die Lieblingssängerin seiner Frau gewesen war. Aber jetzt war es zu spät: Wenn er die Platte wieder abstellte, wäre das eine Quelle neuer Peinlichkeit. Er hatte schon genügend Fehler begangen. Er fühlte sich unwohl.
Trotzdem mußte er zugeben, daß er, auch wenn das Timing nicht gut war, sich freute, daß Julie da war, mit ihm, in diesem Haus, wo er seit einem Jahr fast niemanden empfangen hatte und das ihm so groß, so leer und so überflüssig luxuriös vorkam. In der Luft hing eine intensive, gefühlsgeladene Atmosphäre, die es hier schon zu lange nicht mehr gegeben hatte.
»Danke«, sagte Julie und nahm das Glas an, das Thomas ihr hinhielt.
Er setzte sich neben sie auf die Couch und fragte sich dabei, ob er ihr nicht zu nahe kam. Lächelnd nahm sie einen Schluck, sah Thomas an und prustete los.
»Worüber lachst du?«
»Wenn du dich sehen könntest!« sagte sie. »Ich habe dich über und über mit Lippenstift bedeckt.«
»Oh«, sagte er und wollte aufstehen.
»Aber nein, bleib sitzen.«
Und sie machte ihn mit der Spitze ihres Daumens sauber.
»Das gibt dir einen gewissen Stil.«
Ein etwas peinliches Schweigen folgte, obwohl ihr erster Kuß das Eis gebrochen hatte. Aber vielleicht war es ja auch dicker, als es den Anschein hatte.
»Ich kann verstehen, wie du dich fühlst«, sagte Julie.
»Weil du auch Lippenstift trägst«, scherzte Thomas, mit einem Gefühl für Humor, das Julie beruhigte.
Vielleicht war er noch in seiner Vergangenheit gefangen, vielleicht lasteten die Schatten noch auf seinen Schultern, aber immerhin konnte er darüber lachen. War das nicht ein Anfang?
Julie lachte. Lippenstift …
»Ich habe mich auch schon einmal schuldig gefühlt, mit einem neuen Menschen zusammenzusein … Das passiert jedem einmal.«
»Für mich ist es schlimmer: Ich habe meine Frau umgebracht.«
»Du hast sie …«, sagte sie erschrocken.

»Nein, nicht richtig ... Aber an dem Tag, als sie den Unfall hatte, eine Stunde vorher, hatten wir eine Diskussion ... eine dämliche Diskussion. Ich ...«

Er zögerte lange. Sie sagte schließlich etwas.

»Du brauchst es mir nicht zu erzählen, wenn du nicht möchtest, ich kann es verstehen ...«

Sie hatte ihr Glas vor sich gestellt, auf einen wunderschönen Couchtisch aus schräg geschliffenem Glas, dessen Fuß aus Carrara-Marmor einen sitzenden Löwen darstellte. Thomas, der ihrer Bewegung mit dem Blick gefolgt war, freute sich innerlich, auf diesem Tisch ein Glas zu sehen, dessen Rand mit Lippenstift befleckt war. Seltsamerweise tröstete ihn das, verschaffte ihm eine Art geheime Freude.

Kündigte dieses Zeichen nicht den langerwarteten Moment an, an dem er dem magischen Charme einer neuen Frau erliegen und sich wieder unter diese köstliche Herrschaft begeben würde, die seinem Leben wieder einen Sinn gäbe und ihn die Vergangenheit vergessen ließe?

Er hörte auf, das Glas anzustarren, das Julie, ein bißchen verstört durch seinen auffordernden Blick, wieder in die Hand genommen hatte. Wollte er, daß sie es austrank? Dann würde sie es tun. Sie wollte alles vermeiden, was ihn ärgern könnte. Sie sagte sich, daß der Alkohol auch ihr guttun würde.

Sie hatte wahrlich Mut bewiesen, als sie sich bei diesem Mann einlud, den sie kaum kannte, und als sie ihn mit diesem Kuß überfallen hatte, den sie ihm auf den Mund gedrückt hatte, kurz nachdem sie das Haus betreten hatten. Aber jetzt kam ihre Verlegenheit wieder hoch. Sie schien sich ihrer Vermessenheit bewußt zu werden, der Tragweite ihrer Gesten. Und dabei hatte sie keinerlei Gewißheit über die Absichten – und die Gefühle – von Thomas ...

Vielleicht suchte er nur Zerstreuung. Welcher Mann, selbst verheiratet, war denn in der Lage, nein zu sagen? Treue Männer, die den Annäherungsversuchen einer Frau widerstehen konnten, waren so etwas wie UFOs: Alle sprachen davon, aber keiner hatte sie je wirklich selbst gesehen. Sie jedenfalls nicht! Denn obwohl sie jung war, hatte sie schon gelernt, daß die Frage nicht war, *ob* ein Mann eine Frau betrügen würde, sondern *wann* er es täte.

Ja, genau das war das Problem mit den Männern! Alle konnte man leicht für eine Nacht kriegen, aber es war schwierig, sie ein Leben lang zu halten! Mit Ausnahme von denen natürlich, die sie ›die Sonntagsmänner‹

nannte und mit Sonntagsfahrern verglich. So bezeichnete sie die häuslichen, traurigen und zufällig treuen Männer (denn keine andere Frau wollte sie!), denen man ansah, daß ihre Frauen sich sonntags mit ihnen langweilten. Warum waren eigentlich Sonntage immer so langweilig, obwohl die althergebrachte Verpflichtung, zur Messe zu gehen, schon seit langem außer Gebrauch gekommen war? Ein großes Geheimnis ...

»Nein, es tut mir gut, darüber zu sprechen«, sagte Thomas. »Du bist auch die erste, mit der ich darüber rede.«

Dieses Eingeständnis schmeichelte ihr. In seinen Augen nahm sie also eine gewisse Stellung ein, vielleicht sogar eine wichtigere, als sie geglaubt hatte.

Sie bemerkte die weiße Rose in seinem Knopfloch und erkannte an seinem schmerzlichen Gesichtsausdruck, wie sehr er an der Toten hing, deren Erinnerung er beschwor. Ihre Chancen waren nicht sehr groß ... Und dabei war es ihr doch auch passiert, daß sie mit einem anderen Mann geschlafen und dabei an ihren Exgeliebten gedacht hatte. Das hatte sie nicht daran gehindert, ihren Spaß zu haben, allerdings auch nicht daran, ihm nach drei Monaten den Laufpaß zu geben: Die schmerzstillenden Eigenschaften eines Mannes, den man nicht liebt, sind – leider! – eingeschränkt.

War das das Schicksal, das Thomas ihr zugedachte? Würde sie diejenige sein, die ihn die Vorgängerin vergessen ließ, die Übergangsfrau, die der anderen, die er wirklich liebte, den Weg bereiten sollte?

Sie sah ihn kämpfen, wie sie selbst so häufig gekämpft hatte. Und vielleicht würde dabei etwas Gutes für sie herauskommen.

Thomas setzte seine Beichte fort, jetzt mit Tränen in den Augen.

»Also, ich habe einen Fehler gemacht. Wir hatten gerade eine nicht ganz so gute Zeit ...«

»Das kommt vor in einer Partnerschaft, nach mehreren Jahren ...«

»Ob normal oder nicht, ich habe einen Fehler gemacht. Ich habe ihr gesagt, daß ich Zeit zum Nachdenken brauche, daß ich eine Phase durchmache ... Was für ein dämlicher Ausdruck, eine Phase ...«

»Hast du jemand anders kennengelernt?«

»Das hat sie mich auch gefragt«, entgegnete Thomas.

Frauen hatten doch ganz entschieden eine bestimmte Logik! Sie schienen alle das gleiche zu denken, oder zumindest fast.

»Nein, ich hatte niemand anders kennengelernt. Ich weiß nicht, vielleicht ein Anfang von Burnout. Meine Frau war ... tja, sie war sehr sensibel, sie konnte alle meine Gedanken erraten. Wie dem auch sei, sie ist aufgestan-

den und hat einfach nur gesagt, daß sie ihre Mutter besuchen würde. Ein paar Minuten später hat sie eine Kurve nicht gekriegt und ist gestorben.«
Dann folgte ein drückendes Schweigen, das Julie unterbrach.
»Aber warum fühlst du dich denn schuldig? Es war ein Unfall, weiter nichts. Es ist dumm, sogar tragisch, aber dich trifft keine Schuld ...«
»Nein, ich weiß, daß ich sie umgebracht oder zumindest in den Selbstmord getrieben habe. Sie ist nie zu schnell gefahren, sie trank nicht, genausowenig wie ich übrigens«, fügte er hinzu und blickte sein Glas an. Wie aus Trotz, aus Ekel vor sich selbst und der Dekadenz, in die er sich gestürzt hatte – zumindest verglichen mit seiner früheren spartanischen Lebensweise – nahm er einen großen Schluck.
»Aber ein Unfall ist und bleibt ein Unfall.«
»Du bist Psychiaterin. Du hast bestimmt Freuds *Psychopathologie des Alltags* gelesen ...«
»Ja, aber das war kurz vor dem Examen, an Einzelheiten kann ich mich nicht mehr erinnern.«
Er reagierte nicht beleidigt auf den Scherz, sondern lächelte matt. In einem Zug leerte er sein Glas und stellte es auf den Tisch.
»Ich weiß jedenfalls, daß ich sie getötet habe. Nichts und niemand wird mich vom Gegenteil überzeugen können. Sie hat sich verraten gefühlt. Ich war ihr ein und alles. Sie liebte mich über alles. Sie hat gefühlt, daß sie mich verlieren würde. Und hat es nicht ausgehalten. Sie wollte nicht, daß wir mit diesen Kompromissen anfangen, mit denen die meisten Beziehungen enden. Sie glaubte nur an die Leidenschaft. Also hat sie sich entschlossen zu gehen, um nicht sieben Jahre perfekten Glücks zu verderben. Manchmal sage ich mir, daß sie es war, die recht hatte, daß auch meine Patienten recht haben. Daß man, wenn man einmal das große Glück gekannt hat und es verloren hat, nicht ausharren sollte. Man sollte sich stilvoll verabschieden.«
Julie wußte nicht mehr, was sie davon halten sollte. Der Mann, der ihr gegenüber saß, war noch unglaublich in seine verstorbene Frau verliebt, und sie verspürte keinerlei Neigung, zur Märtyrerin zu werden.
Sie wollte jetzt gehen. Sie sah Thomas enttäuscht an, was er vielleicht als Anteilnahme deutete. Um den Mut zu finden aufzustehen, leerte sie ihr Glas und stellte es auf den Tisch. Und zögerte eine Augenblick. Würde er nicht das Mißverständnis zwischen ihnen aus dem Weg räumen? Er brauchte ihr bloß eine gute Nacht zu wünschen, sie zur Tür zu begleiten und ihr die Hand zu geben.

Aber er tat nichts von alledem. Zu seiner eigenen Überraschung beugte sich Thomas zu ihr herüber und fing an, sie leidenschaftlich zu küssen. Sie ließ es geschehen und ließ sich auch auskleiden. Er war von der Schönheit ihres Körpers begeistert. Ihre Brüste waren kleiner, als er gedacht hatte, winzig klein, fand er, aber mit ihren rosa, vom Verlangen gehärteten Knospen waren sie hinreißend. Er entdeckte einen fabelhaften, wunderschön proportionierten Körper. Ihr Bauch war flach, und ihre Schenkel, schlank und muskulös, führten geradewegs zu ihrer herrlichen Scham, über der wie eine Miniatursonne eine kleine Medaille hing, die von einem Goldkettchen an ihrer Taille festgehalten wurde.
Aber Thomas war nicht wirklich bei der Sache. Gewiß, er war vom Körper dieser Frau geblendet, er berauschte sich an dem Parfum, das er endlich roch und mit dem sie sich, aus Vorahnung oder zufällig, sparsam die Handgelenke und – für sie eine seltene Kühnheit – den Bauch parfümiert hatte, was sie im allgemeinen nur am Vorabend eines Rendezvous tat. Das war das Geheimnis von Begegnungen, die man für zufällig hält, aber bei denen man unwissentlich alle notwendigen Vorbereitungen ausgeführt hat, die, wenn sie gewollt sind, häufig zu nichts führen …
Sie lagen auf der Couch, und Thomas, berauscht von Julies Lippen, dachte nur noch daran, dort seine Zuflucht zu suchen, wo der von den Parfumtropfen so wundervoll vorgezeichnete Weg ihn hinführte, zur Schwelle dieser anderen Lippen, dunkler, tiefer, und wo er vielleicht endlich das Vergessen würde finden können.
Langsam glitt er von Julies Mund zu ihrem Hals, verweilte bei ihren Schultern, vernachlässigte ihre Brüste nicht, deren Knospen immer wieder von neuem schamlos aufblühten, verweilte ein bißchen bei ihrem Bauch, wie um die Qual länger andauern zu lassen und um sicherzugehen, daß er nicht zu kühn gewesen war, denn manche Frauen zogen es vor, das zweite Mal abzuwarten, ehe sie den Lippen ihres Liebhabers die Lippen ihres Tempels öffneten.
Aber Julie bot keinen Widerstand. Im Gegenteil, sie seufzte tief und gab sich mehr und mehr hin. Erst ließ sie ihre Arme herunterbaumeln, dann ergriff sie Thomas' Kopf und schob ihn zu ihrem Unterbauch. Mehr Ermutigung brauchte er nicht. Er tauchte zwischen ihre Beine, verlor sich in ihrer Scham, und bald fand sich die rosa Perle aller Genüsse zwischen seinen Lippen.
Er empfand eine große Erleichterung, als ob dieser geheime Ort der Frau, dessen Feuchtigkeit und süße Bitterkeit, ihm erlaubte, sich endlich wie-

derzufinden, endlich wieder Mann zu sein. Ein Mann, der sich im Grunde – das hatte er gemerkt, seit er verwitwet war – immer über die Frau definiert hatte, die Frau, die für ihn alles war, der Anfang und das Ende aller Dinge. Alles andere war schmückendes Beiwerk.
Seine prestigeträchtige Anstellung, die mit seiner Position einhergehenden Ehrungen, sein Haus, seine schönen Autos, das Geld, all das bedeutete ihm nichts. Im Schoß dieser Frau, zwischen ihren Schenkeln vergraben, lebte er wieder auf, die Hände um ihren Po geklammert, wie die eines Schiffbrüchigen um das Floß auf dem Meer. Er tat alles, was er konnte, damit sie ihm nicht wieder entkam, um noch vollkommener, noch dichter mit ihr zu verschmelzen. In ihrer Wollust beschrieb sie ein krampfartiges Ballett von seltsamer Schönheit, sich zur Decke aufbäumend, wieder fallend und dann in einer unkontrollierbaren Ekstase auf Thomas' Rücken hämmernd.
Durch die Musik ihres Stöhnens, ihrer Schreie, begriff Thomas, daß es Zeit war, sich wirklich in Julie zu verlieren. Er trennte sich von ihrer dunklen Scham, eilte wieder zu ihrem Mund hoch und, ohne sich um die Bitterkeit zu kümmern, die seinen Lippen anhaftete, vereinigte er sich in einem hitzigen Kuß mit ihr, den sie nicht zurückwies.
Es war ein so tiefer, so leidenschaftlicher und so zarter Kuß, die beiden Liebenden öffneten ihre Münder so weit, spreizten so die Lippen, daß man hätte meinen können, sie wollten sich, der eine im anderen, verschlingen, herunterschlucken, vernichten.
Julie ergriff Thomas' Hüften und zog ihn zu sich mit der stillen Bitte, in sie einzudringen, sie zur höchsten Sinnesverwirrung zu führen.
Doch Thomas' Geschlecht blieb, zu seinem Entsetzen, ganz und gar schlaff, als ob es dem Delirium ihrer Körper nicht gefolgt wäre, als ob es etwas Fremdes sei. Thomas wurde sofort nervös, kontrollierte verstohlen von Hand seinen Zustand und mußte eine bedauernswerte Weichheit feststellen.
Es war das erstemal, daß er bei einer Frau versagte. In sieben Jahren Ehe hatte er, trotz eines gewissen Nachlassens der rein fleischlichen Begierde, nie eine solche Demütigung erlebt!
Eine furchtbare Angst ergriff ihn, und er unterbrach seine Bemühungen. Julie verstand nicht gleich. Sie stützte sich auf und stellte dann fest, was sie intuitiv begriffen hatte: Sie machte keinerlei Eindruck auf Thomas ...
Panik ergriff sie, obwohl sie wußte, daß es absurd war, daß das erste Mal in den seltensten Fällen das beste ist und daß Anfänge häufig mit Versa-

gen einhergehen. Sie war in ihrem Stolz verletzt und kam sich lächerlich vor, weil sie die Initiative ergriffen hatte. Sie hätte ihn zu sich kommen lassen sollen – dann hätte sie wenigstens den Beweis, daß sie ihm gefiel! Während sein völliger Mangel an Härte jetzt zeigte, daß sie ihn wahrlich nicht beeindruckte.

Sie schob ihn von sich, setzte sich auf und verbarg mit einer eigenartigen, schamhaften Bewegung ihre Brüste.

»Ich ... ich gefalle dir nicht wirklich, nicht wahr?« fragte sie zögernd.

»Aber nein, das ist lächerlich! Du bist wundervoll, das hat nichts mit dir zu tun!«

»Du denkst an sie ...«

Er zögerte kurz, dann gab er es zu.

»Ja, ich habe den Eindruck, sie zu betrügen.«

Sie antwortete, unbewußt grausam:

»Zu ihren Lebzeiten hättest du ihr treu sein sollen!«

Er wehrte sich nicht, doch ihre Worte schienen ihm eine solch schmerzhafte Wahrheit zu enthalten, daß ihm die Tränen in die Augen traten.

Sie blieben still. Julie verstand, gewiß. Aber gleichzeitig litt sie. Sie fühlte sich gedemütigt, fehl am Platz in diesem wundervollen Haus. Der Platz war schon besetzt und würde es bestimmt noch lange bleiben.

Sie hatte keine Lust, geduldig diese Burg zu belagern, die nur die Zeit vielleicht einnehmen konnte. Wie meist, schwächte die Erinnerung die Fehler ihrer Rivalin ab und steigerte ihre Stärken, und Julie verspürte kein Verlangen danach, sich mit einer unsichtbaren Konkurrentin zu messen.

Sie suchte ihre Kleidungsstücke zusammen und fing an, sich schnell wieder anzuziehen.

»Ich glaube, ich gehe.«

»Aber nein«, protestierte er. »Bleib, du kannst doch so nicht gehen!«

»Mir ist es lieber zu gehen«, sagte sie etwas zu kurz angebunden.

Und alles an ihr drückte aus, daß sie es wirklich eilig hatte, woanders zu sein.

Wie um ihn zu beruhigen, fügte sie hinzu:

»Wir sehen uns ja sowieso morgen in der Klinik.«

Er fing auch an, sich wieder anzuziehen, beschämt, daß er nackt vor ihr stand, nachdem doch ihre erste Vereinigung so jämmerlich mißlungen war.

»Ich begleite dich zum Auto.«

»Nein, nein«, sagte sie, »das ist nicht nötig.«
Als sie sich fertig angezogen hatte, suchte sie einen Augenblick ihre Schuhe und erinnerte sich dann daran, daß sie sie im Eingang ausgezogen hatte. Thomas, der nur Zeit gehabt hatte, sein Hemd und seine Unterhose anzuziehen, folgte ihr zur Tür. Sie wollte ihm die Hand drücken wie einem Fremden, fand, daß das lächerlich war, hatte aber auch keine Lust, ihn zu küssen. Zum Abschied sagte sie nur:
»Gute Nacht. Und paß gut auf dich auf.«

12

Als er die Tür hinter Julie schloß, spürte Thomas eine Panikwelle, Schwindel. Er bedauerte es gleich, daß er sie hatte gehen lassen. Er hätte darauf bestehen sollen, mit allen Mittel versuchen sollen, daß sie blieb! Sie war eine wundervolle, witzige, intelligente Frau, die außerdem denselben Beruf ausübte wie er. Es hätte ihn getröstet, die Nacht mit ihr zu verbringen, ihren nackten Körper an seinem zu spüren, selbst ohne mit ihr zu schlafen.
Die Einsamkeit im Haus erschien ihm noch unerträglicher als sonst. Aber noch größer war die Angst, die ihn bestürmte. Er hatte körperlich versagt! Das passierte ihm zum erstenmal. War er impotent geworden?
Schließlich und endlich wäre er nicht der erste fünfundvierzigjährige Mann, der diese Art Probleme hatte. Er hatte einige Patienten gehabt, die sich mit solchen Schwierigkeiten herumschlugen, von denen manche niemals wirklich geheilt wurden und die dieses erniedrigende Handikap jahrelang mit sich herumschleppten.
Häufig hatten diese Männer anfangs nur einmal versagt, ein einziges Mal, aber ihr zerstörtes Selbstvertrauen hatte dazu geführt, daß sie nie mehr konnten. War es, weil er getrunken hatte, weil er immer noch unter dem Schock der Demütigung stand? Wie dem auch sei, diese Aussicht machte Thomas verrückt.
Er schenkte sich noch einen Wodka ein, leerte das Glas in einem Zug, trank einen dritten. Er mußte sich beruhigen! Diese Angst war lächerlich! Er war nicht in der Lage gewesen, eine Erektion zu haben, das stimmte, aber davon ging doch wirklich die Welt nicht unter!
Aber wenn er beim nächsten Mal auch versagte, wie würde er sich dann

fühlen? Und überhaupt, würde er, beim nächsten Mal, nicht pausenlos daran denken? Würde der Mißerfolg, den er gerade erlitten hatte, ihn denn nicht verfolgen? Dann wäre er in einer Art Teufelskreis gefangen ...
Er trank noch ein Glas, einen doppelten oder vielleicht sogar einen dreifachen Wodka. Zusammen mit dem, was er im Havanas getrunken hatte, reichte es, um ihn betrunken zu machen.
In diesem Moment schoß ihm ein Gedanke durch den Kopf. Dieses Medikament, dessen Qualitäten der Pharmareferent heute nachmittag in der Klinik so hoch gelobt hatte, Mnemonium, sollte er es jetzt nicht nehmen? Er hatte es ja in Reichweite, in seiner Aktentasche, zusammen mit der Dokumentation, die der Pharmakonzern geliefert hatte.
Er holte seine Tasche und nahm die Mnemoniumpackung heraus. Er öffnete sie, sah sich die Tabletten an, die genauso aussahen wie andere Tabletten auch, mit einer blauen und einer gelben Hälfte.
War das denn nicht der ideale Moment, um dieses neue Medikament auszuprobieren, das man ja so schnell wie möglich nach der traumatischen Erfahrung verschreiben sollte? Wenn das Medikament funktionierte, würde er sich nicht mehr an sein jämmerliches Versagen mit Julie erinnern. Bestimmt würde er sich nicht einmal mehr daran erinnern, mit ihr im Bett gewesen zu sein. Das würde vielleicht eine etwas merkwürdige Situation nach sich ziehen, der er im übrigen gleich vorbeugen konnte, indem er einen kleinen Bericht über das Vorgefallene schrieb. Aber nein, das machte keinen Sinn, er wollte ja gerade alles vergessen ...
Wenn sie ihn darauf ansprechen würde, und es war anzunehmen, daß sie es täte, bräuchte er ihr bloß zu erklären, daß er das neue Medikament ausprobiert und ganz einfach alles vergessen hatte. Sie hätte dann keine andere Wahl, als zu verstehen, und sie würde es vermutlich vermeiden, ihn an sein Versagen zu erinnern – vielleicht hätte sie ja sogar Lust auf einen neuen Versuch ...
Außerdem, je mehr er darüber nachdachte, desto nützlicher fand er dieses Experiment. Es würde ihm nicht nur erlauben, ein persönliches und eher heikles Problem zu regeln, sondern auch selbst dieses äußerst vielversprechende Medikament auszuprobieren.
Worauf wartete er also?
Er wußte natürlich, daß Alkohol und Medikamente sich noch nie gut vertragen haben. Er las die Dosierungsanweisung. Eine Tablette. Nach einem letzten Zögern entschloß er sich, eine einzunehmen. Und um sicherzugehen, daß er sein Ziel erreichen würde, nahm er noch eine. Als er

die Packung wieder schloß, fragte er sich, ob er nicht dabei war, einen Fehler zu begehen. Aber jetzt war es schon zu spät.
Er hatte Lust auf Frischluft. Es war ein schöner Juliabend, Sterne leuchteten am Himmel. Wie spät war es? Halb zehn. Er fragte sich, wie lange das Medikament brauchen würde, bis es wirkte. Zehn Minuten, eine halbe Stunde? Länger? Und wie würde es sich bemerkbar machen?
Er war neugierig darauf, das zu entdecken. Alles, was den menschlichen Geist anbelangte, hatte ihn schon immer fasziniert, und zusammen mit dem Wunsch, das Seelenleiden zu lindern, das in unserer modernen Gesellschaft so weit verbreitet ist, war das der Grund gewesen, weshalb er sich zur Psychiatrie berufen fühlte. Eine Wahl, die er nie bereut hatte, außer in den letzten Monaten, in denen er, im Sog der Depression, überfordert von Patienten, die ständig Ansprüche stellten, anfing, alles in Zweifel zu ziehen.
Er zog sich an, trat vor die Tür und ging zu dem großen Garten, dessen Pflege er seit dem Tod seiner Frau einem Gärtner anvertraut hatte. Er setzte sich auf eine Bank in der Nähe der weißen Rosen, schloß kurz die Augen und sog den zarten Duft der Blumen, die ihn umgaben, tief ein.
Wieviel Zeit war so verflossen? Eine ungewohnte Ruhe überkam ihn. Lag das an der Meeresluft – das Meer war nur einen Kilometer entfernt – oder an dem Medikament? Er wußte es nicht, und es war ihm auch gleichgültig. Er dachte immer noch an Julie, er sah ihre Küsse wieder, den Anfang ihrer Vereinigung. Aber er dachte schon nicht mehr an sein Versagen. Er sah sich noch nackt auf ihr liegend und von einer inakzeptablen Schlaffheit befallen, doch er identifizierte sich nicht mehr mit dem Ereignis, sondern wurde zum reinen Zuschauer.
Seine geistige Klarheit begann zu schwinden: Er kam nicht einmal auf die Idee, einen Zusammenhang zwischen dieser Passivität und dem Medikament, das er gerade eingenommen hatte, zu sehen.
Ein leichtes Lächeln kam auf seine Lippen.
Da nahm er vage eine Frauenstimme wahr. Erst dachte er, daß Julie zurückgekommen war. Er freute sich dumpf, ohne genau zu wissen, wieso eigentlich. Er hörte die Stimme, die näherkam, sagen:
»Du pflückst mir keine Rosen mehr wie früher …«
Diese Stimme hätte er unter Tausenden wiedererkannt: Es war die seiner Frau, dessen war er sich sicher. Er öffnete die Augen. Er sah Louise hinten im Garten, in ein weites weißes Gewand gekleidet, wie ein Engel. Sie wiederholte:

»Du pflückst mir keine Rosen mehr ...«
Verzweiflung ergriff ihn. Er stand auf, näherte sich dem erstbesten Rosenstrauch, und weil er keine Rosenschere zur Hand hatte, packte er die Rosen und riß sie aus, da er nicht in der Lage war, die kräftigen Stiele zu brechen.
Schnell stellte er einen Strauß von sieben oder acht Blumen zusammen und eilte dann zu seiner Frau. Aber sie war verschwunden. Er blickte nach rechts und links, sah sie auch dort nicht, eilte schnellen Schrittes in den hinteren Teil des Gartens, den ein duftender Pinienhain abgrenzte. Dort war sie auch nicht. Fassungslos sah er in alle Richtungen, warf einen Blick in die Garage, wo er sie in seinem Zweitwagen sitzen sah, einem alten Mercedes-Cabrio, das er nur ab und zu benutzte.
Er eilte hin, doch bis er die Tür geöffnet hatte und in den Wagen gestiegen war, war seine Frau wieder verschwunden. Thomas war außer Atem. Trotz seiner Verwirrung wurde ihm klar, daß er vielleicht Halluzinationen hatte, die mit den Wirkungen des Medikaments zusammenhingen. Seine Frau war schließlich wirklich tot!
Bitter enttäuscht warf er den Rosenstrauß auf den Beifahrersitz und merkte, daß seine Hände voller Blut waren. Als er die Blumen ausgerissen hatte, hatte er sich an mehreren Stellen tief geschnitten.
Das erschreckte ihn jedoch nicht. Die Enttäuschung, seine Frau verschwinden zu sehen, ließ ihn den Schmerz vergessen. Mechanisch wischte er sich die Hände an dem Sitz ab, wo er vor wenigen Minuten seine Frau hatte sitzen sehen, ohne sich auch nur im geringsten um die Flecken zu kümmern, die er hinterließ.
Plötzlich erblickte er seine Autohandschuhe, die er auf dem Armaturenbrett hatte liegenlassen. Ohne darauf zu achten, daß er sie fleckig machen würde, zog er sie an und legte die Hände aufs Lenkrad.
Plötzlich mußte er an Catherine denken. Wie sehr sie seiner Frau ähnelte! War es denn nicht seine Frau, die, in der Form seiner Patientin, aus dem Jenseits zurückgekommen war, um ihn zu verfolgen, ihn daran zu erinnern, daß er ihr treu bleiben mußte? Ein Hirngespinst, ohne Zweifel, aber unter der Wirkung von Mnemonium und Alkohol zusammen war er nicht mehr in der Lage, klar zu denken.
In diesem Moment spürte er das unwiderstehliche Verlangen, Catherine zu sehen, mit ihr zu reden und vielleicht den absurden Gedanken, der ihn gerade übermannt hatte, zu bestätigen.
Er mußte auf dem schnellsten Weg zur Klinik kommen.

13

Die Greenbergs, nette Rentner in den Siebzigern und Thomas' unmittelbare Nachbarn, beendeten gerade ihren Morgenspaziergang, als sie den alten Mercedes des Psychiaters am Strand stehen sahen. Daß dieses Auto dort stand, gar nicht weit von seinem Haus entfernt, erschien ihnen verdächtig.

Mißtrauisch gingen sie hin. Eine Tür stand offen, und wenige Meter vom Auto entfernt lag eine offene Champagnerflasche im Sand. Darauf saß eine Möwe, die aber aufflog, als die Greenbergs sich näherten. Das beunruhigte sie noch mehr: Konnte auch jemand anders den Vogel aufgescheucht haben? Aber sie waren die einzigen weit und breit.

Nach einigen weiteren zögerlichen Schritten blieben sie überrascht stehen. Auf dem Vordersitz des Autos sahen sie eine sehr schöne junge Frau, bewußtlos, vielleicht sogar tot. Sie war offenbar geschlagen worden, denn ihr Gesicht wies zahlreiche Prellungen auf. Und mitten auf ihrem Kleid befand sich ein großer rotbrauner Fleck, der auf eine Stichverletzung hindeutete.

Diese junge Frau kam nicht aus der Nachbarschaft, und doch meinten die Greenbergs, sie zu kennen. Irgendwo hatten sie sie schon einmal gesehen. In der Zeitung, ja – das war die Verlobte von Robert Elliot, die sich vor ein paar Tagen das Leben hatte nehmen wollen.

»Mein Gott!« sagte Frau Greenberg und hielt sich voller Entsetzen eine Hand vor den Mund.

Sie zögerten. War es nicht besser, gleich wegzugehen, um Ärger zu vermeiden? Ihr scheinbar friedliches Rentnerleben war so schon schwierig genug, mit ihren Kindern und Enkeln, die ihnen soviel Sorgen bereiteten! Aber aus Neugier oder Anteilnahme oder auch weil das Auto erwiesenermaßen ihrem netten Nachbarn gehörte, gingen sie näher heran. Catherine war barfuß, der linke Arm lag seltsam gebogen hinter ihrem Kopf. Außerdem trug sie schwarze Autohandschuhe, die ihr offensichtlich zu groß waren, Männerhandschuhe. Ein weiteres merkwürdiges Detail fiel ihnen auf: Das linke Handgelenk der jungen Frau war bandagiert.

Frau Greenberg sah ihren Mann fragend an:

»Glaubst du, daß sie tot ist?«

»Ich weiß nicht ... ich werde nachsehen ...«

Er beugte sich über Catherines Brust und betrachtete sie genau, um zu sehen, ob sie sich vom Atem bewegte. Aber dies brachte ihn schnell in

Verlegenheit. Die linke Brust der jungen Frau war fast gänzlich sichtbar, denn das Oberteil ihres Kleides war zerrissen. Sie war offenbar mißhandelt worden, vielleicht sogar vergewaltigt.
Aus einem Gefühl von Scham heraus wollte Herr Greenberg die entblößte Brust wieder mit dem Kleid bedecken, doch seine Frau hinderte ihn daran:
»Es ist besser, nichts anzufassen.«
Er protestierte nicht. Sie hatte völlig recht. Er beugte sich über den Mund der jungen Frau und bemerkte einen leisen Atemzug:
»Sie atmet noch«, sagte er, glücklich festzustellen, daß sie vielleicht noch gerettet werden konnte.
»Wer hat denn so etwas Schreckliches getan?« rief Frau Greenberg aus.
Ihr Mann antwortete nicht, und sie wagte es auch nicht, den haarsträubenden Gedanken auszusprechen, der ihr gerade durch den Kopf geschossen war. Sie hatten beide an Doktor Thomas Gibson gedacht. Er war ein ehrbarer Mann, der in der Nachbarschaft nie unangenehm aufgefallen war und den sogar alle aufrichtig bedauert hatten, als seine entzückende Gattin auf so tragische Weise verstorben war.
Aber kennt man denn seine Nachbarn wirklich? Außerdem war ein alleinstehender Mann immer eine beunruhigende Sache. Wie kam es, daß man diesen wohlhabenden Arzt, der doch noch jung und gutaussehend war, nie mit einer anderen Frau sah? Vielleicht deshalb, weil er ein heimliches Verhältnis mit einer Frau hatte, die er sich nicht traute anderen vorzustellen? Und war nicht auch das Gerücht in Umlauf gewesen, daß Thomas vor dem Tod seiner Frau eine Geliebte gehabt hatte? Wer weiß, vielleicht war es ja diese sehr junge Frau ... Deshalb zog er es vor, sie zu verstecken: weil sie schon seine Geliebte gewesen war. Und weil sie viel zu jung war für einen Mann seines Alters: siebzehn, achtzehn Jahre, höchstens zwanzig. Die leere Champagnerflasche deutete darauf hin, daß es keine Vergewaltigung war, sondern eher eine Bumserei, eine kleine Orgie zu zweit, die ein böses Ende genommen hatte.
Zumal sich zu Füßen des Opfers verwelkte Rosen befanden: ein zusätzlicher Hinweis auf ein Rendezvous.
Die beiden ehrenhaften Rentner malten sich wider Willen den Ablauf des Dramas aus, in einer stillschweigenden Einigkeit, die fünfzig Jahre Ehe zustande gebracht hatte.
»Komm«, sagte die alte Dame, »laß uns schnell die Polizei rufen.«
Herr Greenberg nahm seine Frau beim Arm. Sie schmiegte sich an ihn,

und sie eilten zu ihrem Haus zurück und beglückwünschten sich im stillen, weil sie den Hauptteil ihres Lebens in einer weniger gewalttätigen, ruhigeren Zeit verbracht hatten.

14

Catherine saß mit gesenktem Kopf niedergeschlagen auf einer Untersuchungsliege im Krankenhaus. Sie verbreitete einen strengen Geruch nach Zigaretten und Alkohol, was allen, die sich ihr näherten, auffiel. Es war etwa acht Uhr morgens, Polizisten und Notdienst hatten sich beeilt, sie dorthin zu verfrachten.

Während der Fahrt im Krankenwagen war sie wieder zu Bewußtsein gekommen, unter den Händen der freundlichen Sanitäter, die sich, trotz ihrer langen Berufsjahre, immer noch nicht daran gewöhnen konnten, junge Frauen so brutal mißhandelt zu sehen.

Seit einigen Minuten tröstete sie Doktor Conway, eine rundliche, fünfunddreißig Jahre alte, rothaarige Frau, geschieden und Mutter von zwei Kindern, die sie allein aufzog, so gut sie konnte.

»Wie fühlen Sie sich?«

Wie sie sich fühlte ... Sie antwortete nicht sofort, hob den Kopf. Diese Frau mit ihrem mütterlichen Lächeln erschien ihr sympathisch.

»Es scheint so, als ob Sie unter dem Einfluß von Drogen stehen. Wir haben Ihnen Blut abgenommen und werden bald die Ergebnisse haben. Können Sie sich daran erinnern, irgendwelche Drogen genommen zu haben?«

Catherine antwortete immer noch nicht. Ihr Kopf war so schwer! Noch nie in ihrem Leben hatte sie so einen Kater gehabt, nicht einmal nach ihren schlimmsten Exzessen.

Was hatte sie überhaupt hier zu suchen, in diesem Untersuchungsraum in einem Krankenhaus? Wer hatte sie angegriffen? Was war geschehen? Wer hatte ihr Kleid zerrissen? Wer hatte sie geschlagen, mißhandelt?

Da fiel ihr auf, daß sie sich überhaupt nicht daran erinnern konnte, was am Vortag geschehen war. Dieser Gedanke machte sie verrückt. Es konnte ihr alles mögliche zugestoßen sein! Vielleicht war das der Grund, weshalb Doktor Conway sie so ernst ansah. Ja, es war ihr bestimmt etwas Schlimmes widerfahren. Aber was? *Was?* Es war wirklich beunruhigend, nichts zu wissen, keine Ahnung zu haben. Der völlige Blackout!

Sie suchte verzweifelt in ihrem Gedächtnis, versuchte das letzte, woran sie sich erinnern konnte, hervorzuholen. Ein erstes Bild tauchte auf. Blumen. Der Strauß, den ihr Vater ihr ins Krankenhaus hatte schicken lassen. Und die sie dem Klinikdirektor ins Gesicht geworfen hatte, an dessen Namen sie sich nicht erinnern konnte: ein extrem unsympathischer Mann, jedenfalls hatte er ihr auf den ersten Blick mißfallen.
Aber was war zwischen diesem Moment und jetzt geschehen, jetzt, da sie sich in so schlechtem Zustand, verwirrt und bestimmt unter dem Einfluß von Drogen, in einem Krankenhaus wiederfand? Als ob sie aus einer Vollnarkose auftauchte!
»Ich habe Durst«, sagte sie schließlich.
Eine Krankenschwester war vor kurzem in den Untersuchungsraum gekommen, und die Ärztin bedeutete ihr, Catherines Bitte nachzukommen, was sie sogleich tat. Doktor Conway reichte Catherine den Wasserbecher und half ihr beim Trinken. Catherine dankte ihr mit einem leisen Lächeln und gab ihr den leeren Pappbecher zurück. Die Ärztin legte ihr die Hand auf die Stirn. Ohne wirklich beunruhigend heiß zu sein, schien Catherine etwas erhöhte Temperatur zu haben.
Die Polizeiphotographin betrat den Raum, eine etwa fünfundzwanzigjährige Lateinamerikanerin, die in Eile zu sein schien.
»Hallo, Gloria ...« sagte Doktor Conway.
Die beiden kannten einander gut, denn sie sahen sich mindestens vier- oder fünfmal pro Woche: Die Anzahl Vergewaltigungen, die wöchentlich der New Yorker Polizei gemeldet wurden, war erschreckend! Und, das war wohlbekannt, dies war nur ein Bruchteil derer, die wirklich stattfanden. Viele Frauen zogen es vor, dieses schmerzliche Geheimnis für sich zu behalten und meldeten das Verbrechen nicht, weil sie sich schämten oder aus Angst vor Vergeltungsaktionen des Vergewaltigers, den sie in einem von zwei Fällen kannten: eine schöne Gesellschaft!
Doktor Conway strich der jungen Frau, deren Augen vor Angst noch geweitet waren, über die Haare und sagte:
»Sie brauchen sich nicht mehr zu fürchten, Catherine. Hier bei uns sind Sie in Sicherheit. Es kann Ihnen nichts mehr passieren.«
Sie wartete einen Augenblick und fuhr dann fort:
»Gloria ist eine Photographin der New Yorker Polizei.«
»Es wird nicht lange dauern«, sagte die Photographin, die einen Apparat mit einem starken Blitzlicht ausgepackt hatte und schon ein Photo von Catherine auf der Untersuchungsliege machte.

Sie trat näher, photographierte Catherines zerrissenes Kleid, das auf der Höhe ihres Geschlechts blutbefleckt war und an mehreren Stellen Brandlöcher von Zigaretten aufwies, vor allem am Oberteil.
Gloria, die Catherine zwischen den Aufnahmen anlächelte, um sie zu beruhigen, machte dann eine Nahaufnahme von ihrem Gesicht. Es war voller Prellungen: Die linke Wange war geschwollen und ihr linkes Auge dick. Ihre Unterlippe hatte einen Schnitt und war ebenfalls geschwollen. Ihre Haare waren durcheinander.
Auf ihren Armen befanden sich ebenfalls Prellungen. Offenbar hatte sie versucht, ihrem Angreifer Widerstand zu leisten, der sie mit großer Kraft festgehalten hatte.
Eine nähere Untersuchung ergab, daß Catherines rechte Hand auch verletzt war, und Gloria bat sie, sie hochzuheben, um ein Photo machen zu können. Catherine gehorchte willig. Ihre Hand blutete nicht mehr, aber im fleischigen Teil der Handfläche war eine etwa sieben bis acht Millimeter lange Schnittwunde, kurz unter dem Ringfinger. Die Verletzung war ziemlich tief und noch stark gerötet, und sie würde vermutlich beim geringsten Druck wieder aufgehen.
Die Photographin bemerkte danach die Narbe, die Catherines Selbstmordversuch an ihrem linken Handgelenk hinterlassen hatte. Sie wußte nicht, woher die Narbe kam, also machte sie sicherheitshalber ein Photo. Catherine wollte es ihr erklären, aber eine ganze Welt trennte die Absicht von der Ausführung, und ihr Verstand funktionierte in Zeitlupe. Sie konnte die Kraft nicht aufbringen. Die Photographin sagte inzwischen schon: »Wenn Sie jetzt Ihr Kleid ausziehen würden …«
Catherine sah Doktor Conway fragend an. Diese begnügte sich damit, als Zeichen des Einverständnisses mit dem Kopf zu nicken. Catherine stand auf und zog ihr Kleid aus, unter dem sie völlig nackt war. Reflexartig bedeckte sie ihr Geschlecht mit der Hand, begriff dann aber, daß diese Keuschheit lächerlich war. Sie schaute betreten, aber die Ärztin antwortete mit einem freundlichen Lächeln: Ihre Verlegenheit war doch nur natürlich!
Die Photographin machte einige Ganzkörperaufnahmen von Catherine und bat sie dann:
»Würden Sie sich bitte umdrehen, damit ich noch einige Photos von hinten machen kann.«
Selbstverständlich handelte es sich um eine Routineuntersuchung, selbstverständlich waren diese beiden Frauen äußerst professionell; den-

noch überkam Catherine ein starkes Gefühl von Scham. Es ging hier schließlich um ihre weibliche Intimsphäre! Die Untersuchung erinnerte sie auch daran, daß sie mißhandelt und vermutlich vergewaltigt worden war. Sie drehte sich dennoch ohne zu protestieren auf den Bauch. Das Blitzlichtgewitter ging wieder los.

»Gut, ich bin fertig.«

Gloria wandte sich zu Doktor Conway, drückte ihr die Hand und ging.

»Wenn Sie sich jetzt bitte auf die Liege legen würden«, bat Doktor Conway sie nun. »Ich möchte Sie untersuchen.«

Catherine legte sich hin, und die Ärztin bat sie, die Füße in die Fußablagen zu legen. ›Wann wird das hier endlich vorbei sein?‹ fragte sich Catherine gereizt.

Doktor Conway zog sterile Handschuhe an, nahm eine hölzerne Zange und beugte sich über Catherines Unterleib. Außen am Eingang der Vagina bemerkte sie sofort ein Objekt, das sie zunächst für ein Stück Stoff oder Papier hielt. Sie spreizte leicht die Schamlippen, und was sie sah, bestätigte ihren Verdacht.

Es war ein Kondom, das jedoch kein Sperma zu enthalten schien, oder jedenfalls nicht ausreichend, um es mit bloßem Auge zu sehen.

Sofort schoß ihr der Gedanke durch den Kopf – auch wenn das in den Zuständigkeitsbereich der Polizei fiel und nicht in ihren –, daß das Vorhandensein dieses Kondoms merkwürdig war. Vergewaltiger benutzten selten Kondome, denn sie waren im allgemeinen in Eile, hatten Angst, und häufig war der erregte und verwirrte Zustand, in dem sie sich befanden, mit derartig praktischen Vorsorgemaßnahmen unvereinbar. Vergewaltiger fürchteten sich selten vor Geschlechtskrankheiten. Häufig hatten sie sie sogar selbst.

Oder aber der Vergewaltiger war ein Angehöriger von Catherine, der sich davor fürchtete, aufgespürt zu werden, weil sein Opfer ihn kannte. Ihr Vater. Oder ein Onkel. Oder aber ein Mann, mit dem sie zu tun hatte, der in ihrer Nähe wohnte, den sie oft begrüßt hatte und der eines Tages ausgerastet war, der seine gutbürgerliche Maske fallengelassen hatte und …

Sie nahm das Kondom mit der Zange und warnte Catherine, nicht darüber zu erschrecken, daß sie etwas aus ihrer Vagina ziehen würde.

Sie legte das Kondom, das offensichtlich Übergröße hatte, in ein metallenes Schälchen neben der Untersuchungsliege. Sie hatte das schnell und kommentarlos getan, um Catherine nicht zu beunruhigen. Aber die junge Frau sah das Präservativ.

»Ah!!!! Was ist das? Ich bin vergewaltigt worden!!« schrie sie.
Und sie fing an zu schluchzen.
Für Doktor Conway bestätigte ihre Reaktion das, was sie schon erraten hatte – daß Catherine durch das Trauma alles vergessen hatte ... Es sei denn, man hatte ihr Drogen gegeben, was die Analysen bald verraten würden.
Catherine weinte immer noch vor Scham und Wut. Während ihres Blackouts war diese entsetzliche Sache, vor der sie sich fürchtete, seit sie aufgewacht war, tatsächlich geschehen! Sie war brutal vergewaltigt worden! Nicht nur geschlagen und mißhandelt, wie es die Spuren an ihrem Körper bewiesen, sondern auch vergewaltigt! Ein Mann, den sie nicht kannte, ein Wildfremder, ein Verrückter hatte sie mißhandelt, ausgezogen und war dann mit roher Gewalt in sie eingedrungen!
Sie hatte die Füße aus den Fußablagen genommen, sich hingesetzt und sich, am Ende ihrer Kräfte, auf der Suche nach freundschaftlicher Wärme an Doktor Conway gelehnt, die ihre Untersuchung unterbrach und versuchte, die richtigen Worte zu finden, um sie zu trösten. Aber was konnte man denn schon sagen? Was geschehen war, war geschehen. Es ließ sich nichts mehr daran ändern. Und nichts konnte die Erinnerung an dieses Verbrechen, diese Schande auslöschen. Dieser widerliche Makel, dieser häßliche und unauslöschliche Schandfleck würde Catherines Seele nun für immer anhaften.
Catherine weinte. Sie fühlte sich für alle Zeiten besudelt. Obwohl sie sich an nichts erinnern konnte, wußte sie doch eines: Niemals würde sie es vergessen können, niemals würde diese schmerzhafte Gewißheit aus ihrem Gedächtnis ausgelöscht werden: Sie war vergewaltigt worden.
Als sie sich etwas beruhigt hatte, sagte Doktor Conway, so sanft sie konnte:
»Ich muß mit meiner Untersuchung weitermachen. Aber bald haben Sie es hinter sich, und dann können Sie sich waschen und ausruhen. Das werden Sie brauchen!«
Catherine seufzte tief und legte sich wieder auf die Liege. Als sie ihre Untersuchung fortsetzte, stellte die Ärztin zahlreiche innere Verletzungen fest. Die Vergewaltigung war wüst gewesen, und die Größe des Geschlechtsteils des Täters war gewiß außergewöhnlich, was ja auch die Kondomgröße bestätigte. Zusammen mit dem Fehlen der natürlichen Feuchtigkeit, was typisch ist für Vergewaltigungen, machte das die Penetration noch schmerzhafter und vor allem zerstörerischer.

Aber sie fand keine Spur von Sperma. Ohne dieses so wichtige Beweismittel – vor allem, wenn es keine Zeugen gab – würde es sehr viel schwieriger werden, den Vergewaltiger zu ermitteln.

»Wenn Sie sich jetzt bitte auf den Bauch drehen würden, Catherine, ich bin beinahe fertig.«

Catherine folgte dieser neuen Aufforderung ohne Protest. Sie wollte es so schnell wie möglich hinter sich bringen. Jedesmal, wenn sie das Kondom sah, wurde ihr schlecht.

Doktor Conway stellte fest, daß Catherines Rücken keine Spuren von Schlägen aufwies. Sie bemerkte jedoch Fingernagelspuren auf ihrem linken Schulterblatt, wie sie ein Liebhaber seiner Geliebten bei einer leidenschaftlichen Vereinigung zufügt. Das würde sie in ihren Bericht aufnehmen müssen.

Danach bemerkte sie ein bißchen geronnenes Blut zwischen den beiden Gesäßhälften. Eine Entdeckung, die sie ebenso in Aufruhr versetzte wie ekelte. Als ob es nicht ausreichte, Catherine zu schänden, hatte sich der Vergewaltiger obendrein wahrscheinlich auch noch extremen sexuellen Praktiken hingegeben! Es sei denn, es gäbe eine andere, weniger beunruhigende Erklärung.

»Haben Sie gerade Ihre Periode, Catherine?«

»Meine Periode? Ich ...«

Sie war verwirrt. Sie konnte sich nicht daran erinnern.

»Nein, ich glaube nicht ... Aber warum fragen Sie mich das denn?«

»Sie haben ... Sie haben ein bißchen Blut am Gesäß, Catherine.«

»Blut?« fragte Catherine, die sich erschrocken auf ihren Arm aufstützte und sich zur Ärztin umdrehte.

»Ja, Blut. Aber vielleicht kommt es aus Ihrer Vagina. Der Vergewaltiger ist ohne Gleitmittel in Sie eingedrungen, und Sie haben viele innere Verletzungen. Vielleicht ist Gewebe zerrissen ... Das werde ich bei meiner Untersuchung feststellen.«

Catherine zögerte, legte sich aber schließlich wieder flach auf den Bauch. Die Ärztin spreizte Catherines Pobacken. Sie runzelte die Stirn, als sie feststellte, daß sich merkwürdigerweise ein ziemlich langes, braunes Haar dort befand. Aber vor allen Dingen bemerkte sie innen links, drei oder vier Zentimeter vom After, eine sehr seltsame Verletzung.

»Schwester!« sagte sie zur Krankenschwester, »versuchen Sie, Gloria noch zu erwischen! Sie wird einige weitere Photos machen müssen.«

15

Mit einem Haft- und einem Durchsuchungsbefehl ausgestattet, klopfte Kriminalkommissar Harry Templeton um Punkt acht Uhr fünfzehn an Doktor Gibsons Tür. Er war ein gedrungener Mann in den Fünfzigern, dessen sehr stechende schwarze Augen seine von pubertärer Akne verwüstete Haut vergessen ließen.

Es war nicht das erstemal, daß der Kommissar mit dem Psychiater zu tun hatte. Ein Jahr zuvor war er mit der Ermittlung über den Tod von Thomas' Frau beauftragt gewesen. Er hatte nie an die Unfallhypothese geglaubt und neigte eher, trotz des untadeligen Rufs des Psychiaters, zur Hypothese des vorsetzlichen Mordes.

Abgesehen von seiner Intuition, die bei der Polizei schon legendär war, hatte er noch konkretere Gründe, die Unschuld Doktor Gibsons in Frage zu stellen. Sicher, man wußte nichts davon, daß er ein Verhältnis gehabt hätte. Außerdem waren sich die Nachbarn und Freunde einig, daß die Gibsons das einträchtigste Paar der Welt gewesen waren.

Aber der Arzt hatte ein paar Monate vor dem Tod seiner Frau eine Versicherungspolice auf ihren Namen unterzeichnet, mit der im Todesfall siebenhundertfünfzigtausend Dollar einhergingen. Eine beträchtliche Summe, selbst für einen Mann, der sehr gut verdiente!

Natürlich konnte das auch reiner Zufall sein; natürlich hatte Gibson auch eine Versicherung auf seinen Namen abgeschlossen. Aber hatte er das nicht nur getan, um mögliche Verdachtsmomente im Keime zu ersticken? Die Versicherungsgesellschaft war offensichtlich dieser Vorsorgemaßnahme nicht auf den Leim gegangen und hatte Kommissar Templeton den geheimen (und im übrigen nicht legalen) Auftrag erteilt, Nachforschungen anzustellen: Wenn er es schaffen würde, den Mord nachzuweisen, würde sich die Gesellschaft die Versicherungssumme natürlich sparen.

Doch er hatte mit seinen Ermittlungen nicht sehr viel aufdecken können, außer einem Indiz, das der Kriminalkommissar vielsagend fand, wenn es auch an sich kein Beweis war: Als man Louises Leiche fand, trug sie die Autohandschuhe ihres Mannes.

Warum hatte sie diese Handschuhe angezogen anstatt ihre eigenen? Handschuhe, die zu groß waren und die sie kaum mit ihren eigenen verwechselt haben konnte, welche man sorgsam verstaut im Handschuhfach gefunden hatte.

Die Entdeckung dieses Details hatte Thomas gequält, der darin das Zeichen der absoluten Treue seiner Frau bis in den Tod gesehen hatte. Hatte sie nicht mit Absicht ein Zeichen gesetzt, das ihm eindeutig zu verstehen gab, daß ihr Unfall keiner war und daß sie sich wirklich umbrachte, weil sie seine Worte als unerträglichen Verrat empfand? Als der Kommissar, der ihn verdächtigte, kurz vor dem Tod seiner Frau im Auto gewesen zu sein und sie gezwungen zu haben, diese Handschuhe anzuziehen, ihn darüber befragte, begnügte sich Thomas damit zu antworten, seine Frau habe die Handschuhe aus Versehen angezogen.

Aber warum waren denn seine Handschuhe im Alfa Romeo? Bei seinen Ermittlungen hatte der Kommissar erfahren, daß Thomas – was der Verdächtige auch selbst bestätigte – so gut wie nie den Alfa Romeo seiner Frau fuhr, weil er seinen viel schnelleren Porsche entschieden bevorzugte. Er hatte auch erfahren – was ihn etwas erstaunt und verunsichert hatte –, daß das Paar gelegentlich den Alfa Romeo benutzte, wenn sie ausgingen, und daß Thomas dann lieber seine Frau fahren ließ. Eine Kleinigkeit, wegen der sie ihn oft neckte: Dieses gute Benehmen seinerseits hatte vor allen Dingen damit zu tun, daß er die Technik des Alfa verachtete, die er, verglichen mit der seines geliebten Porsche, minderwertig fand. Vielleicht hatte er also seine Handschuhe, die er nicht gebraucht hatte, im Auto seiner Frau liegenlassen.

Dabei konnte sich aber keiner der Nachbarn daran erinnern, gesehen zu haben, daß die Gibsons in den vergangenen Tagen das kleine italienische Auto benutzt hatten.

Aus Mangel an Beweisen waren die Ermittlungen schließlich eingestellt worden, und der Kommissar hatte Thomas in Ruhe lassen müssen. Dennoch sagte ihm sein sechster Sinn, daß Thomas weniger unschuldig war, als er den Eindruck erweckte.

Theoretisch muß jede Ermittlung für sich geführt werden. Aber als der Kriminalkommissar an Thomas' Tür klopfte, konnte er nicht umhin, mit einem zufriedenen Lächeln daran zu denken, daß es so etwas wie ausgleichende Gerechtigkeit gab. Die Schuldigen müssen am Ende doch immer bezahlen!

Eine imposante vierzigjährige Mexikanerin mit Männerarmen und einem argwöhnischen Blick kam zur Tür. Es war die Putzfrau, die ihrem Chef völlig ergeben war.

Sie war überrascht, den Kriminalkommissar zu sehen, der nicht allein gekommen war, sondern mit seinem Assistenten Paul Williams, einem fünfundzwanzig Jahre alten Nachwuchspolizist. Diesen hatte man ihm als

Ersatz für seinen üblichen Mitarbeiter aufgezwungen, der wegen Burnouts krankgeschrieben war. Für Templeton zu arbeiten war kein Zuckerschlecken; er hatte bereits zwei seiner besten Assistenten ›ausgebrannt‹. Zusätzlich begleiteten ihn noch zwei Polizisten in Uniform, deren Anwesenheit natürlich die Neugier der Nachbarn erregt hatte. Eine elegante Frau hatte den Spaziergang mit ihrem Pudel unterbrochen und fragte sich, was die Gegenwart der Ordnungshüter bei Doktor Gibson zu bedeuten hatte. Ein Jogger war ebenfalls stehengeblieben. Andere Nachbarn näherten sich.

»Doktor Gibson, bitte.«

»El doctor schläft.«

Das wußte sie nur zu gut, denn als sie vorhin ins Schlafzimmer gekommen war, hatte sie ihn auf seinem Bett vorgefunden, wo er noch angezogen eingeschlafen war. Sie sah ihn nur selten, zumindest seit er verwitwet war, denn er frühstückte jetzt für gewöhnlich in einem Restaurant in der Nähe der Klinik.

Sie wollte die Tür wieder schließen, was Templeton jedoch verhinderte, indem er seine Dienstmarke zückte.

»Kommissar Harry Templeton von der Kriminalpolizei.«

Unwillig ließ sie ihn zusammen mit seinem Assistenten herein. Die beiden Polizisten blieben im Eingang stehen und warteten auf die Anweisungen des Kommissars.

Die Putzfrau ging den beiden Männern voran.

»Bevor Sie zu Ihrem Chef gehen, möchte ich Ihnen einige Fragen stellen«, sagte der Kommissar.

In der Zwischenzeit warf sein Assistent einen ersten Blick auf die Räumlichkeiten. Er konnte ein bewunderndes Pfeifen nicht unterdrücken, als er sah, wie luxuriös das Haus war.

»Wir sind nicht in der richtigen Branche«, ließ er fallen.

Sein Chef antwortete ihm nicht. In diesem Moment sah Williams auf der Wand eine große Lithographie von Chagall, die die Nummer 39/300 trug. Er war künstlerisch eher ungebildet und dachte, daß es sich hierbei um den Preis des Werks handelte. Wiederum stieß er ein bewunderndes Pfeifen aus und sagte:

»He! Chef, kommen Sie mal her: ein Gemälde, das neununddreißigtausenddreihundert Dollar wert ist! Fast vierzigtausend Dollar für eine Kinderzeichnung, die nach nichts aussieht! Meine Nichte macht mir auch solche, und das auch noch umsonst! Die müssen ja wirklich bescheuert sein, diese Leute ... Die wissen echt nicht, wohin mit ihrem Geld!«

Er lachte schallend, konnte sich gar nicht mehr beruhigen.

»Ist ja schon gut, Paul! Das hier ist eine Ermittlung, kein Museumsbesuch!«

»Sie haben ja recht, Chef, aber trotzdem, neununddreißigtausend ... Das verdiene ich ja nicht einmal im Jahr!«

»Und du wirst noch weniger verdienen, wenn du so weitermachst«, sagte der Kommissar und drehte die Augen zur Decke.

Was für ein Idiot! Er wandte sich zur Putzfrau:

»Um wieviel Uhr sind Sie heute früh hergekommen?«

»Ich fange um acht Uhr an.«

»Ich frage Sie nicht, wann Sie *normalerweise* anfangen! Ich frage Sie, wann Sie *heute* hergekommen sind!«

Der Kriminalkommissar ließ sich nicht so leicht hinters Licht führen! Die Putzfrau hatte die Augen gesenkt, doppelt schuldbewußt, weil sie zu spät gekommen war und den Kommissar hatte täuschen wollen.

»Ich ... ich bin vor fünf Minuten gekommen.«

»Haben Sie schon etwas angerührt?«

»Nein, ich fange immer erst damit an, einen Kaffee zu machen. Wollen Sie einen?«

»Ich hätte gern eine Tasse!« sagte der Assistent, der gerade vorbeiging.

»Ich frage mich, wie das schmeckt, Reichenkaffee!«

»Genauso wie dein Armenkaffee!« schnauzte ihn Templeton an.

»Das habe ich nur so dahingesagt, Chef.«

Der Kommissar wartete einen Augenblick und fragte dann:

»Kommen Sie jeden Freitagmorgen?«

»Si. Ich bin immer um Punkt acht Uhr da, aber heute früh war meiner Enkeltochter übel, sie ist erst dreizehn und im dritten Monat schwanger, und da mußte ich ...«

»Ja, ja, schon gut«, unterbrach sie der Kommissar. »Ich habe Sie nicht danach gefragt, warum Sie zu spät gekommen sind. Sagen Sie mir lieber, ob Ihr Chef immer da ist, wenn Sie kommen?«

»Nein, normalerweise ist er vorher schon gegangen, weil er außerhalb frühstückt, zumindest seit seine Frau ...«

»Seit seine Frau ...?« hakte der Kommissar nach, der so tat, als ob er nichts vom Tod der Frau wußte.

Man konnte nie wissen, vielleicht kriegte man so ja noch eine neue Einzelheit zu hören.

Die Putzfrau mochte die Art nicht, wie der Kommissar sie ansah. Er war böse, er war nicht in Ordnung! Und er machte sie nervös.
»Seit er verwitwet ist. Der arme Doktor Gibson hat letztes Jahr seine Frau durch einen Autounfall verloren.«
»Aha, ich verstehe! Wenn Sie jetzt Ihren Chef holen würden?«
»Aber ja, aber ja«, sagte sie und fühlte eine gewisse Verlegenheit.
Wie würde sie es anstellen, ihren Chef zu wecken, was sie noch nie getan hatte, seit sie für ihn arbeitete? Sie verließ das Wohnzimmer.
»Es sieht so aus, als ob er gestern ein kleines Fest mit einer Frau gefeiert hätte«, sagte der Assistent.
Er stand vor dem Couchtisch und zeigte auf die zwei leeren Gläser, die Flasche Smirnoff-Wodka und die Packung Mnemonium mit der Begleitinformation, dort, wo Doktor Gibson sie gestern abend liegengelassen hatte.
Der Kommissar näherte sich, sah Lippenstift auf einem der Gläser und lächelte ein wenig. Dieses Mal würde er ihn drankriegen! Doktor Gibson würde ihm nicht zweimal entkommen! Wenn der Lippenstift auf dem Glas derselbe wie der des jungen Opfers war, wenn es außerdem ihre Fingerabdrücke waren, würde das wahrscheinlich ausreichen, um Anklage gegen ihn zu erheben.
Wie würde er es denn anstellen, die Anwesenheit seiner Patientin bei ihm zu Hause zu erklären, am Abend der Vergewaltigung? Damit, daß er mit ihr etwas getrunken hätte? Und wie würde er erklären, daß man sie in seinem Auto gefunden hatte, nicht weit von seinem Haus, mit Männerhandschuhen voller Blut, welches wahrscheinlich von Thomas war? Wenn die DNA-Tests erwiesen, daß es sich hierbei tatsächlich um Thomas' Blut handelte, dann hätte der Psychiater wirklich Schwierigkeiten, da herauszukommen. Wer außer ihm hätte die Handschuhe mit seinem Blut beflekken und sie Catherine am Abend der Vergewaltigung anziehen können? Nein, das wäre eine zu belastende Reihe von Zufällen! Thomas oder sein Anwalt könnten so viele Erklärungen finden, wie sie wollten, kein Richter und kein Geschworener würde sich davon überzeugen lassen.
Nein, diesmal hatte er ihn! Erstaunlich, daß ein Mann von seinem Kaliber solche groben Fehler machte. Aber so funktionierte das Schuldgefühl manchmal, selbst bei den abgebrühtesten, gewissenlosesten Tätern. Es nagte an ihnen, bis sie sich schließlich sozusagen freiwillig kompromittierten, indem sie nahezu selbstmörderische Risiken eingingen.
Er untersuchte die Couch und machte eine zweite interessante Entdek-

kung: ein langes Haar, offensichtlich ein Frauenhaar, auf das er seinen Assistenten aufmerksam machte.
»Wir müssen die Spuren sichern. Hast du die Plastikbeutel?«
Von der Schönheit des Viertels und der Villen abgelenkt, hatte der junge Assistent seine Arbeitsutensilien im Auto liegenlassen.
»Ich bin in einer Minute wieder da.«
»Diese Spur wirst du sichern«, sagte der Kommissar und zeigte ihm einen kleinen, blassen Fleck mitten auf der Couch.
»Sperma?« fragte der andere, aufgeregt über die Entdeckung.
»Nein, gefrorener Joghurt!«
»Gefrorener Joghurt?«
»Natürlich nicht, Idiot, es ist weder gefrorener Joghurt noch Sperma, es sei denn, die Anzahl Samenzellen des Arztes ist so niedrig wie die von Boy George! Wahrscheinlich ist es eine weibliche Absonderung, wenn du verstehst, was ich meine!«
»Aha!« antwortete der junge Assistent, erschüttert über die Kombinationsgabe seines Chefs. Eine weibliche Absonderung!
Er ging seine Sachen holen, um die verschiedenen üblichen Spuren sichern zu können: Fingerabdrücke, Haare, Gewebe, Teppichfasern, belastende Objekte ...
Templeton nickte und zündete sich eine Zigarette an. Nett war er ja, der Neue, aber er würde es nicht weit bringen!

16

Nachdem ihn die Putzfrau lange Zeit geschüttelt hatte, wachte Thomas endlich auf. Er hatte die Mexikanerin, deren dickes Gesicht und vor Aufregung geweitete Augen ihn zunächst erschreckten, nicht sofort erkannt, so daß er einen Schreckens- beziehungsweise Überraschungsschrei ausstieß. Sie lächelte, um ihn zu beruhigen, und er konnte sie schließlich wieder zuordnen, entschuldigte sich, und bevor er sie fragen konnte, aus welchem Grund sie sich die Freiheit nahm, ihn zu wecken, sagte sie:
»La policia!«
»Polizei?«
»Ja, die Polizei ist da! Sie wollen Sie sofort sehen, Doktor. Deshalb habe ich Sie geweckt ... Entschuldigung ...«

»Aber nein, es ist in Ordnung, Estreilla. Ich verstehe. Sagen Sie ihnen, daß ich komme.«
Sie ging aus dem Zimmer. Allmählich wurde ihm bewußt, daß er ganz entgegen seiner Gewohnheit angezogen geschlafen hatte. Er fuhr sich übers Gesicht – er hatte einen fürchterlichen Kater. Hatte er denn gestern getrunken? Nein, er konnte sich nicht daran erinnern, getrunken zu haben. Langsam wurde ihm klar, daß er sich an gar nichts mehr erinnern konnte. Weder daran, was er getan hatte, noch wo er gewesen war, noch mit wem: gar nichts!
Dieser Gedanke beunruhigte ihn: So etwas war ihm noch nie passiert.Es war geradezu beängstigend. Aber er hatte keine Zeit, darüber nachzudenken: Die Polizei wartete im Wohnzimmer auf ihn! Trotzdem ging er kurz ins Badezimmer, sah sich im Spiegel an und fand, daß er nicht gut aussah: Sein Gesicht wirkte blaß, beinahe wächsern. Als er sich ein bißchen kaltes Wasser ins Gesicht spritzte, stellte er fest, daß er tiefe Schürfwunden an den Händen hatte.
Wo kamen sie her? Wie hatte er sich derartig verletzen können? Hatte er sich geprügelt? Dabei sahen die Verletzungen gar nicht so aus wie die, die man sich bei einer Schlägerei zuzieht. Man könnte eher meinen, er sei aus einem fahrenden Fahrzeug gefallen und seine Hände seien vom Pflaster aufgeschürft worden …
Er trocknete sich das Gesicht und die Hände mit einem Handtuch ab, kämmte sich kurz und ging dann der Polizei die Stirn bieten, den Kopf voller Fragen. Was hatte er bloß getan, das die Anwesenheit der Ordnungskräfte in seinem Haus rechtfertigte? Er fragte sich nochmals, ob er getrunken hatte. Er roch an seinem Atem in seiner Hand: Er stank nach Wodka! Vielleicht war das die Erklärung. Er hatte ein bißchen zuviel getrunken, was ihm in den letzten Monaten immer häufiger passierte, und einen Blackout gehabt. Ein paar Freunde, die Alkoholiker waren, hatten ihm von diesem Phänomen berichtet. Aber es war das erstemal, daß er davon betroffen war. Ein Blackout. Das würde es sein! Man vergaß alles. Vielleicht hatte er einen Autounfall gehabt, was die Verletzungen erklären würde.
Als er ins Wohnzimmer kam, erwartete ihn eine unangenehme Überraschung: Templetons Assistent war dabei, seine schwarze Ledercouch mit einer riesigen Schere zu zerschneiden.
Er stürzte hin.
»He! Sie da! Was tun Sie?« schrie er und hob die Arme vor Empörung.

Williams unterbrach seine Arbeit nicht. Sein Chef kam ihm freudig zu Hilfe.
»Er tut seine Arbeit, Doktor!«
Thomas drehte sich um und erkannte Kommissar Templeton, denselben, der ihm Monate nach Louises Tod das Leben zur Hölle gemacht hatte. Das fehlte ihm gerade noch! War das ein Alptraum? Was hatte dieser Kommissar mit einem seiner Helfer hier in seinem Haus zu suchen, noch dazu die uniformierten Polizisten, die er jetzt erblickte. Er mußte heute nacht wirklich ein schreckliches Verbrechen begangen haben!
Er antwortete dem Kommissar nicht, sondern verzog nur entmutigt das Gesicht. Da sah er auf dem Couchtisch, neben zwei leeren Gläsern, die der Assistent noch nicht in Plastikbeutel verstaut hatte, die Packung Mnemonium. Er hätte nicht mit Sicherheit sagen können, ob er diese Packung schon einmal gesehen hatte, aber sie erinnerte ihn an etwas. Aber woran? Das wußte er nicht.
Er näherte sich dem Tisch und sah die Begleitinformation des Medikaments, die aufgeschlagen dort liegengeblieben war, wo er sie am Vorabend hingelegt hatte. Eine der Überschriften lautete: *Das Medikament der Zukunft: das Glück in Form von Tabletten.* Aber er verstand erst, worum es ging, als er eine andere Überschrift las: *Der Patient vergißt das Ereignis, das dem Trauma zugrunde liegt, völlig.*
Da überkam ihn eine Ahnung. Die Gläser auf dem Tisch, die Wodkaflasche, die Mnemoniumpackung ... Er hatte wahrscheinlich eine Tablette dieses Medikaments, das das Gedächtnis lahmlegte, eingenommen. Genau, es konnte nicht anders sein! Es gab keine andere Erklärung für seinen Blackout ...
In der Zwischenzeit war der junge Williams immer noch dabei, ein Quadrat von zehn mal zehn Zentimetern aus der Seite seiner Couch zu schneiden.
»Wer hat Ihnen das erlaubt?« fragte er ihn.
Wiederum kam Templeton seinem Assistenten zu Hilfe:
»Ich habe einen Durchsuchungsbefehl für Ihr Haus.«
Und er zeigte ihm das Dokument, das Thomas sich nicht einmal herabließ zu kontrollieren. Nach einer Pause, wie um den dramatischen Effekt zu steigern, fügte der Kommissar mit einem ironischen Lächeln und einem zweiten Dokument in der Hand hinzu:
»Ich habe auch einen Haftbefehl gegen Sie, wegen Körperverletzung und wegen Vergewaltigung Ihrer Patientin Catherine Shield, die man heute

morgen in Ihrem Mercedes gefunden hat, am Strand unweit von Ihrem Haus. Sie haben das Recht, die Aussage zu verweigern. Alles, was Sie sagen, kann vor Gericht gegen Sie verwendet werden.«
Die Neuigkeit traf ihn wie ein Schlag. Aber da Thomas beinahe sicher war, Mnemonium genommen zu haben, und er sich an nichts erinnerte, widersetzte er sich nicht, zur freudigen Überraschung des Kommissars, der diese Passivität für ein Geständnis hielt. Es war zu schön, zu einfach! Er würde ihn endlich hinter Schloß und Riegel kriegen und ihm gleichzeitig ein volles Geständnis entlocken, was den Tod seiner Frau anging.
»Ich will Sie nicht entmutigen, Doktor, aber ich habe den Eindruck, daß Sie Ihre nächsten Lebensjahre im Schatten verbringen werden.«
Thomas ging nicht auf die Anspielung ein, sondern fragte:
»Wie geht es ihr?«
»Wem?«
»Catherine natürlich!«
»Sie ist außer Gefahr«, antwortete der Kommissar, den Thomas' Frage so erstaunt hatte, daß er ihren Sinn zunächst nicht begriff.
Thomas sah erleichtert aus. Was auch immer er seiner Patientin in den langen Stunden seines Blackouts angetan oder auch nicht angetan hatte, er hatte sie in jedem Fall nicht umgebracht!
Der Kriminalkommissar gab den Polizisten ein Zeichen. Der kräftigere der beiden kam mit Handschellen näher.
Thomas zeigte mit dem Finger auf den Polizeibeamten.
»Sie wollen mir Handschellen anlegen?«
In diesem Moment sah der Kommissar, daß Thomas' Hände verletzt waren. Er trat heran, nahm die rechte Hand, bat ihn um die linke und sagte:
»Haben Sie sich verletzt, Doktor?«
»Ich ...«, stammelte Thomas, »Ja, anscheinend.«
»Wie denn genau?«
»Ich kann mich nicht daran erinnern.«
»Sie können sich nicht daran erinnern?«
»Nein.«
»Wir haben Blutflecken auf dem Autositz, neben dem Opfer gefunden. Und die Frau trug Männerhandschuhe. Schwarze Lederhandschuhe der Marke Porsche, sagt Ihnen das etwas, Doktor? Und es war auch Blut auf den Handschuhen.«
Thomas verspürte ein leichte Übelkeit. Porsche-Handschuhe, wie seine

eigenen Autohandschuhe! Und wie die, die seine Frau bei ihrem tödlichen Unfall getragen hatte! Was für ein merkwürdiger Zufall!
Der Kommissar folgerte:
»Wenn der DNA-Test beweist, daß es sich bei dem Blut auf den Sitzen und den Handschuhen um Ihres handelt, werden Sie einen sehr guten Anwalt brauchen, Doktor.«

17

Bis sein Anwalt endlich ankam, hatte sich Thomas schon eine Stunde lang in einer winzig kleinen Zelle auf der Polizeiwache gelangweilt. Das war nun schon die zweite Demütigung innerhalb einer Stunde, nachdem er vorhin vor den Augen seiner Nachbarn in Handschellen und in Begleitung zweier Polizisten aus seinem Haus abgeführt worden war wie ein Verbrecher – was er ja vielleicht sogar war. Woher sollte er das wissen?
Er begrüßte James Robertson sichtlich erleichtert. Die beiden Männer kannten sich seit über zwanzig Jahren, sie hatten zusammen Feste gefeiert, an derselben Universität studiert, und obwohl sie sich nicht sehr häufig sahen, freuten sie sich doch jedesmal darüber, wenn sie sich trafen. Außer vielleicht unter Umständen wie diesen.
Robertson hatte gleich auf den verzweifelten Anruf seines Freundes reagiert und war mitten aus einer wichtigen Gesellschafterversammlung in seiner Kanzlei weggegangen.
Er war ein energischer, immerzu braungebrannter Mann. Mit einem üppigen, aber gepflegten Schnauzbart und verspielten blauen Augen sah er phantastisch aus. Nur die Tatsache, daß er fast völlig kahl war, verriet seine fünfundvierzig Jahre.
»Danke, daß du so schnell gekommen bist«, sagte Thomas.
»Das ist doch das Mindeste, was ich tun konnte.«
Der Polizist führte Thomas und seinen Anwalt in ein Kabuff mit einem einfachen Holztisch und zwei unbequemen Stühlen. Immerhin würden sie hier unter vier Augen miteinander reden können. Die beiden Männer setzten sich.
Nach einem kurzen Moment, währenddessen sie einander nur stillschweigend freundschaftlich anlächelten, sagte Thomas:
»Du siehst gut aus.«

»Ich gebe mir Mühe! Die Frau, mit der ich mich wieder verheiraten möchte, ist mir zwar noch nicht begegnet, aber ich habe auch keine Eile. Ich bin dabei, zahlreiche Vorstudien zu betreiben ...«, sagte Robertson in einem flapsigen Tonfall.
»Das ist auch besser so«, stimmte Thomas zu, der vom Erfolg seines Freundes bei Frauen wußte, aber auch davon, daß er gerade eine ruinöse Scheidung hinter sich hatte, und das als Anwalt. Aber sagt man nicht auch, daß Schuster selbst die schlechtesten Schuhe tragen? Allerdings mußte man zu Robertsons Entlastung hinzufügen, daß er den Fehler begangen hatte, eine Anwältin zu heiraten.
»Und du? Kommst du allmählich über Louises Tod hinweg?«
»Ja. Ich denke nicht mehr hundertmal am Tag an sie.«
»Das ist schon mal ein Fortschritt«, sagte sein Freund verständnisvoll. »Diese Dinge brauchen Zeit«.
Beide Männer schwiegen einen Augenblick, und dann fragte Thomas seinen Anwalt:
»Können wir hier ungestört reden? Oder können sie vielleicht hören, was wir sagen?«
»Nein, eigentlich nicht, aber bei der Polizei treffe ich doch immer Vorsichtsmaßnahmen«, antwortete sein Anwalt und packte eine gelbe Ministereoanlage mitsamt zwei kleinen Lautsprechern aus seinem Aktenkoffer aus. Er stellte das Ganze zwischen Thomas und sich auf den Tisch und drückte auf einen Knopf. Sogleich ertönte teuflische Rockmusik in einer unerwarteten Lautstärke, gespielt von einem, für den sie in ihrer Jugend geschwärmt hatten.
»Somit dürfte das Problem erledigt sein«, sagte James, während Jimi Hendrix mit seiner sinnlichen Stimme sang: »*'Scuse me, while I kiss the sky!*«
»*Allright*!« rief Thomas, erstaunt und begeistert von der Findigkeit seines ehemaligen Mitstudenten.
»Kannst du dich noch an Woodstock erinnern?« fragte Thomas. »Meine Haare gingen mir damals bis auf die Schultern.«
»Und ich, ich hatte überhaupt noch Haare!« antwortete sein Anwalt und fuhr sich mit der Hand über die Glatze.
Beide Männer mußten lachen. Dann packte Robertson einen Notizblock aus. Das Geplänkel war vorbei. Die Situation war ernst. Der Anwalt nahm einen teuren goldenen Mont-Blanc-Füller aus der Tasche, den ihm ein steinreicher Mandant geschenkt hatte.
»Also, erzähl mir genau, was vorgefallen ist.«

Thomas machte große Augen, schürzte die Lippen.
»Ich kann mich an nichts erinnern! Ich weiß nur, daß man mich der Vergewaltigung einer meiner Patientinnen beschuldigt. Man hat sie heute früh in meinem Auto gefunden, am Strand, nicht weit von meinem Haus. Geschlagen und vergewaltigt ...«
»Aha! Das hört sich ja gut an ... und was ist deiner Meinung nach passiert? Und wie kommt es, daß du dich an nichts erinnern kannst?«
»Selbes Problem wie bei Jimi Hendrix ...«
»Na ...«
Sein Anwalt wagte es nicht, seinen Gedanken zu Ende zu führen. Allerdings war er überrascht, weil Thomas auf der Universität, zu einer Zeit, als fast alle Drogen nahmen oder zumindest damit herumexperimentierten, nichts davon hatte wissen wollen. Er hatte zuviel Willenskraft, war zu diszipliniert und zu unempfindlich gegenüber Moden.
»*Drogen?* Du?« fragte der Anwalt schließlich, der sich aus Nervosität mit der Hand durch seine kaum noch vorhandenen Haare fuhr.
»Ja ...«
»Ich wußte nicht, daß du damit angefangen hast ... Ist es wegen Louise, aus Kummer?«
Thomas merkte, daß James ihn mißverstanden hatte.
»Aber nein, ich habe ein Medikament im Versuchsstadium genommen, Mnemonium. Es ... nun, wie kann man es einfach ausdrücken ... es beeinträchtigt das Gedächtnis. Mit anderen Worten, dieses Medikament führt dazu, daß du vergißt, was du in den letzten zwölf Stunden vor der Einnahme des Medikaments erlebt hast, und anscheinend auch das, was sich während einiger Stunden danach abgespielt hat. Wenn ich mich nicht irre, habe ich das Medikament gestern im Lauf des Tages genommen. Aber ich kann mich nicht daran erinnern. Weder wann noch warum ich es genommen habe. Ich habe nur die Packung bei mir liegen sehen, bevor ich weggegangen bin, und daraus schließe ich, was passiert ist.«
Robertson runzelte die Stirn.
»Das ist aber ärgerlich, sehr ärgerlich. Ich habe keine Ahnung, was wir tun können, um ein Alibi für dich zu finden, wenn du dich an nichts erinnerst!«
»Das weiß ich auch nicht, und genau deshalb habe ich dich angerufen.«
»Also darfst du auch der Polizei nichts sagen. Jedenfalls nichts, was dich belasten könnte. Ich werde während des Verhörs bei dir bleiben, das ohnehin nicht mehr allzulang auf sich warten lassen dürfte.«

»Werden sie nicht denken, daß ich versuche, etwas zu verbergen?«
»Sollen sie doch denken, was sie wollen! Das Wichtige ist, daß du dich nicht gefährdest. Sag nur, daß du dich an nichts erinnern kannst. Und das ist doch auch die reine Wahrheit, wie du mir sagst.«
»Ich habe nichts getan, das weiß ich sicher!« protestierte Thomas.
»Vielleicht hast du nichts getan, aber im Gerichtssaal sind es die Eindrücke, der Schein, die am meisten zählen.«
»Im Gerichtssaal? Glaubst du denn, daß es zum Prozeß kommen wird?«
»Armer Thomas, du mußt jetzt endlich mal aufwachen, sonst glaube ich noch, daß du wirklich zuviel Jimi Hendrix hörst! Du befindest dich auf einer Polizeiwache. Du bist verhaftet worden. Du wirst eines ernsten Verbrechens beschuldigt. Ich kann versuchen, dich während des Ermittlungsverfahrens freizubekommen, aber du wirst in jedem Fall vor Gericht landen.«
Thomas war sichtlich angeschlagen und erwiderte nichts. Was James ihm gerade gesagt hatte, war ausgesprochen logisch. Sein Denkvermögen schien noch unter den Nachwirkungen des Mnemoniums zu leiden. Bis dahin hatte er den Ernst der Situation nicht erfaßt. Eine Hitzewelle stieg ihm zu Kopf. Feine Schweißtropfen erschienen auf seiner Stirn.
»Aus welchem Grund hast du eigentlich dieses Medikament genommen?«
»Das weiß ich nicht mehr!«
»Natürlich«, sagte James mit einem breiten Grinsen. »Es ist ein Medikament, das das Gedächtnis beeinträchtigt! Und ich nehme an, daß du dich ebensowenig daran erinnern kannst, ob du auch deiner Patientin dieses Medikament verabreicht hast?«
»Das weiß ich auch nicht ...«
»Ich hoffe, daß sie keine Spuren davon in ihrem Blut finden, sonst ...«
Er beendete seinen Satz nicht. Er dachte lieber nicht an diese Möglichkeit, denn sonst konnte man sich das Szenario leicht vorstellen: Der Arzt, der seiner Patientin ein Medikament verabreicht, durch das sie sich an nichts mehr erinnert, und der es dann selbst einnimmt, um sie ungestraft und ohne Reue zu mißbrauchen ... Das wäre ein von vornherein verlorener Fall.
James Robertson fuhr fort:
»Die Polizei darf nicht denken, daß du regelmäßig Drogen oder Medikamente nimmst. Könntest du nicht ... könntest du ihnen denn nicht beispielsweise sagen, daß du einen Selbsttest machen wolltest, ehe du deinen Patienten dieses Medikament verschreibst?«

»Es kommt eher selten vor, daß ein Arzt diese Art von Experiment an sich selbst durchführt. Aber ich kann mir vorstellen, daß es so etwas gibt.«
»Gut. Sag ihnen in jedem Fall, daß du dich an nichts erinnerst, weder was den gestrigen Tag noch was die Nacht angeht. Dann sehen wir weiter, wie wir uns vor Gericht aus der Affäre ziehen werden. Wer weiß, vielleicht kommt dein Gedächtnis zurück, und du kannst dich wieder daran erinnern, daß du die Nacht mit alten Freunden verbracht hast, die dir ein hieb- und stichfestes Alibi liefern!«

18

»Sie sammeln also Zeitschriften, Doktor?« rief ihm Kommissar Templeton zu und warf einen Stapel Frauenzeitschriften auf den Tisch, denen gemeinsam war, daß das Titelphoto Claudia Schiffer zeigte.
Sein Assistent hatte sie in Thomas' Schlafzimmer entdeckt, auf dem Boden einer alten Holztruhe. Besagter Untergebener legte dann auch ein breites, befriedigtes Grinsen an den Tag. Wo er doch einmal Erfolg hatte!
Die beiden Polizisten saßen an einem rechteckigen Tisch, auf dem sich ein Telefon, ein Aschenbecher und ein Rekorder befanden. Dieser stand Thomas und seinem Anwalt gegenüber, und Templeton hatte ihn gerade eingeschaltet. Sie waren in einem kleinen Raum ohne Fenster, wo der Kommissar im allgemeinen seine Verhöre führte.
Während er auf Thomas' Antwort wartete, zündete sich Templeton eine Zigarette an und zog daran. Diesmal, dessen war er sicher, hatte er Thomas. Also war es ihm egal, wenn dieser sich mit seinen Antworten Zeit ließ. Er starrte ihn mit stechendem Blick an.
Thomas seinerseits war traurig und beschämt.
Siegessicher warf der Kommissar dann auf den Stapel Zeitschriften ein Photo von Catherine, auf dem man sie bewußtlos im Mercedes liegen sah, ihr zerrissenes Kleid blutbefleckt, eine Brust entblößt.
»Kann dieses Photo Ihr Gedächtnis auffrischen?« fragte der Kommissar. »Es wurde heute früh vor Ihrem Haus gemacht. Finden Sie nicht, daß es eine erstaunliche Ähnlichkeit zwischen Ihrer Patientin und diesem Model gibt, das auf allen Zeitschriften abgebildet ist? Handelt es sich

um das, was man gemeinhin Besessenheit nennt, Doktor? Eine Fixierung?«
Mehr von dem Photo erschüttert als von den Fragen des Kommissars, so peinlich sie auch waren, starrte Thomas stumm die Aufnahme an.
»Sie können frei reden, Doktor«, sprach der Kommissar weiter, wandte sich zu seinem Assistenten und schenkte ihm ein siegessicheres Lächeln. »Geständnisse tun gut!« fügte er ironisch hinzu.
Thomas sagte nichts, starrte mit Tränen in den Augen die Aufnahme seiner jungen Patientin an. Ein furchtbarer Zweifel nagte an ihm.
Wenn er es war, der seiner Patientin das angetan hatte, wollte er sich nicht einmal verteidigen. Dann wollte er bestraft, eingesperrt werden. Er würde sogar der erste sein, der die Höchststrafe forderte... Catherine sah so übel zugerichtet aus. Er dachte: ›Droge oder keine Droge, ich will solch eine Tat nicht begangen haben.‹ Die Veränderung des Gedächtnisses konnte doch nicht einen derartigen Einfluß auf die Persönlichkeit eines Menschen ausüben!
Dennoch mußte er zugeben, daß Catherine ihn von Anfang an fasziniert hatte, weil sie ihn unglaublich an seine Frau erinnerte. Und weil beide Claudia Schiffer ähnlich sahen. Aber hatte er so den Kopf verloren, daß er glaubte, in seiner Patientin seine Frau wiederzufinden und dann, offenbar gegen ihren Willen, mit ihr schlafen wollte?
Thomas' Anwalt fand, daß diese Zeitschriften, dieses Photo von Catherine, diese seltsame Ähnlichkeit zwischen der jungen Frau und dem bekannten Covergirl für Thomas belastend waren. Entgegen seiner üblichen Kaltblütigkeit ließ er schon eine gewisse Nervosität durchschimmern. Wie würde er es bloß anstellen, seinen Mandanten vom Eis zu ziehen? Das Verhör hatte kaum begonnen, und schon zogen sich die Netze der Polizei enger!
»Nun, Doktor, kommt Ihre Antwort noch heute, oder muß ich erst eine dreijährige Therapie machen, um sie zu bekommen?« fragte der Kommissar, der sich über die sprichwörtliche und lohnende Langsamkeit von Psychiatern lustig machte.
»Mein Mandant macht von seinem Recht Gebrauch, nicht zu antworten«, kündigte Robertson an.
»Laß, James, ich werd's ihm erklären ...«
Er griff zu seiner hinteren Hosentasche, was bei den beiden Polizisten eine karikaturenhafte Bewegung auslöste: Aus Angst, daß der Arzt eine Waffe zücken würde, hatten sie reflexartig die Hand auf ihre Pistole gelegt.

Als er ihre Bewegung sah, konnte sich Thomas die ironische Bemerkung nicht verkneifen:
»Passen Sie auf, daß Sie sich nicht verletzen!«
Betretenes Lächeln der beiden Polizisten, die versuchten, ihre Fassung wiederzugewinnen, der eine, indem er seine Zigarette ausdrückte, der andere, indem er das Photo von Catherine wieder in die Akte legte.
Thomas zog seine Brieftasche aus der hinteren Hosentasche und nahm ein Schwarzweißphoto seiner Frau heraus, das er auf den Tisch legte.
»Gerade Sie, Kommissar, sollten sich daran erinnern, daß meine Frau Claudia Schiffer ähnlich sah. Natürlich war sie etwas älter ... Nach ihrem Tod habe ich ... habe ich eine schwierige Zeit durchgemacht ... Und ich habe angefangen, Zeitschriften zu kaufen, in denen von Claudia Schiffer die Rede war ... Ich weiß, daß es lächerlich ist, aber da hatte ich den Eindruck, daß meine Frau noch lebte ... Ich ... Man vergißt nicht immer so leicht, wie man gern möchte ...«
Tieftraurig senkte er den Kopf und schwieg. Und die drei Männer, überrascht von diesem intimen Bekenntnis, respektierten sein Schweigen. Dieses Geständnis einer Liebe, die über den Tod hinaus fortdauerte und so rührend sentimental geworden war, hatte etwas Ergreifendes, auch wenn diese Liebe dadurch beinahe zur Manie wurde.
Doch nach einem kurzen Schweigen faßte sich der Kommissar wieder und richtete sich auf. Ließ er sich nicht gerade täuschen? War Thomas nicht dabei, ihm etwas vorzuspielen, wie er es ein Jahr vorher auch schon getan hatte? Der Kommissar schwor sich, daß er sich nicht mehr hereinlegen lassen würde.
Er schaute Thomas an, beobachtete ihn mit seinen schwarzen Augen haargenau. Der strenge Blick des Psychiaters zeugte von einer außergewöhnlichen Intelligenz, einer außerordentlichen Willenskraft und daher wahrscheinlich auch von der Fähigkeit, List anzuwenden und Dinge zu verbergen. Aber diese blauen Augen zeugten auch von einer großen Sensibilität. Und darauf würde er seine Strategie ausrichten müssen. Dieser scheinbar so disziplinierte Arzt hatte doch bestimmt einen wunden Punkt! Der Kommissar würde ihn verstärkt angreifen, ihm mehr Fallen stellen, mehr Anspielungen machen: Dann würde der Psychiater sich doch schließlich geschlagen geben, einen Fehler machen.
»Wo waren Sie gestern abend?« fragte der Kommissar.
»Ich kann mich nicht daran erinnern.«
»Sie können sich nicht daran erinnern? Glauben Sie denn, daß ich Ihnen

das abnehme?« höhnte der Kommissar. »Ich hätte erwartet, daß Sie sich etwas Ausgefuchsteres einfallen lassen würden, Doktor. Ich bin enttäuscht!«

»Ich habe Mnemonium genommen. Die Packung lag übrigens auf dem Couchtisch. Sie haben sie bestimmt mitgenommen.«

»Selbstverständlich!« sagte der Assistent des Kommissars wichtigtuerisch.

»Also haben Sie bestimmt auch die Begleitinformation gelesen ...«

»Warum haben Sie denn dieses Medikament genommen, Doktor?« konterte Templeton.

Thomas warf seinem Anwalt einen kurzen Blick zu. Würde der Kommissar sich mit seiner Erklärung zufriedengeben? James Robertson hob zum Zeichen des Einvernehmens die Augenbrauen: Er drückte Thomas die Daumen.

»Wenn ich Sie recht verstehe, können Sie sich an nichts mehr erinnern! Was heißt, daß es sehr gut möglich ist, daß Sie Ihre Patientin vergewaltigt haben! Sie können mir nicht das Gegenteil beweisen!«

»Es steht Ihnen frei, alle Vermutungen anzustellen, die Sie wollen. Ich für meinen Teil weiß, daß ich sie nicht vergewaltigt habe.«

»Wir haben Catherine Blut abgenommen. Wenn wir darin Spuren des Medikaments finden, ist es aus mit Ihnen, Doktor! Die Beweislast gegen Sie ist zu groß. Denn wenn ich mich nicht irre, ist dieses Medikament nicht im Handel erhältlich. Also sind Sie der einzige, der es ihr hat geben können. Wenn Sie aber gleich gestehen ...«

»Mein Mandant ist unschuldig!« sagte Robertson entschieden. »Es kommt nicht in Frage, daß er sich auf Ihre lächerliche Aufforderung einläßt!«

»Die Akte Ihres Mandanten sieht nicht gerade gut aus, Herr Verteidiger. Er hat eine belastende Vergangenheit ...«

»Eine *belastende Vergangenheit?*« fragte Thomas empört, denn niemals war Anklage gegen ihn erhoben worden, weder vom Berufsverband der Psychiater noch von seiten seiner Patienten, was ja wohl auch die Höhe gewesen wäre angesichts dessen, daß er Vorsitzender des Disziplinarausschusses der Gagliardi-Klinik war.

Der Kommissar wandte sich zu seinem Assistenten, der der Akte zwei Dokumente entnahm. Das erste war ein Brief, den Thomas an der Handschrift, einer sehr schönen Frauenschrift, sofort erkannte.

»Was geht Sie dieser Brief an?« schrie er, sichtlich entrüstet.

»Verlieren Sie die Ruhe, Doktor?« fragte der Kommissar ironisch.

Robertson legte seinem Mandanten beschwichtigend die Hand auf den Arm, um einen Ausbruch, der ihm vielleicht schaden würde, zu vermeiden. Wenn man wütend ist, sagt man manchmal Dinge …

»Ich verstehe nicht, was der Brief dieser Patientin hier zu suchen hat«, protestierte Thomas.

»Ich werde Ihnen Auszüge des Briefes vorlesen, den sie Ihnen geschrieben hat, bevor sie sich umbrachte, und wir werden ja sehen, ob sie nicht demselben Problem begegnet ist wie das arme Fräulein Shield.«

Er wandte sich zu Robertson und fügte hinzu:

»Ich möchte, daß Sie dem, was ich vorlesen werde, besondere Beachtung schenken. Vielleicht sind Sie ja dann so weise, Ihrem Mandanten bessere Ratschläge zu geben. Er scheint etwas … etwas merkwürdige Beziehungen zu seinen Patientinnen zu unterhalten.

Hier sind die wichtigsten Stellen:

Lieber Doktor, oder sollte ich besser sagen: lieber Thomas? Das Leben ist gut, denn es hat mir erlaubt, den zu treffen, der mich gerettet hat. Aber es ist auch böse, denn der Mann, der mir das Leben gerettet hat, nimmt es mir auch. Zwischen uns wird es immer ein Geheimnis geben.»

Der Kommissar unterbrach seine Lektüre und sah Thomas an, um die Wirkung auf ihn zu prüfen. Dann fuhr er fort, wobei er offensichtlich die Textstellen auswählte, die ihn am belastendsten erschienen.

»Ich liebe Sie. Ja, ich liebe Sie, aber ich weiß, daß unsere Liebe ein Ding der Unmöglichkeit ist … welch grausame Ironie des Schicksals, daß ich Sie so sehr liebe, wie ich niemals zuvor jemanden geliebt habe … Für mich, das ist mir klar geworden, gab es nur Sie. Bevor ich Sie kennenlernte, wußte ich nicht, daß man lieben kann, daß alles einen Sinn haben kann. Ich wußte nicht, daß das, was mir fehlte, Sie waren … als ich Sie zum erstenmal sah, in dem Moment, in dem ich Sie ›wiedererkannt‹ habe, ist diese Wunde wieder aufgegangen, und durch sie ist diese bösartige Kraft in mich getreten, die mich seit Jahren auffrißt und mich in den Tod treibt …«

»Hören Sie auf!«

Thomas konnte es nicht mehr ertragen. Es war nicht nur die Niedertracht des Kommissars, die ihm zu schaffen machte, sondern auch die schmerzliche Erinnerung an Diane, seine Lieblingspatientin, in die er soviel Hoffnung gesetzt hatte, deren ›Heilung‹ ihm soviel Genugtuung verschafft hatte und die sich am Tag nach ihrer Entlassung auf ihrem Balkon erhängt hatte …

»Sie haben nicht das Recht, das Andenken an diese Frau zu beschmutzen! Sie Schuft!«
Der Kommissar war ebenso überrascht wie entzückt über die Reaktion des Psychiaters. Er hatte recht gehabt, nicht aufzugeben. Der Arzt konnte nicht mehr, endlich gab er sich eine Blöße! Die Geständnisse würden folgen ... Seinen Triumph im voraus auskostend, versuchte er weder sich zu wehren noch den Arzt zu beruhigen.
Aber Robertson fuhr sofort zwischen die beiden.
»Thomas, ich bitte dich, beruhige dich! Du machst dir nicht klar, was das bedeutet!«
Von der gebieterischen Stimme seines Freundes und Anwalts zur Ordnung gerufen, gehorchte Thomas ihm und setzte sich wieder.
»Ich möchte meinen Mandanten unter vier Augen sprechen, bitte«, sagte Robertson dem Kriminalkommissar, der sich seine Krawatte zurechtrückte und seinem Assistenten zuzwinkerte: Die Sache war geritzt!
Aber der Anwalt kam nicht dazu, mit seinem Mandanten die Unterredung zu führen, die er gerade gefordert hatte, denn die Tür zum Vernehmungsraum wurde geöffnet, und eine Sekretärin trat ein:
»Ich habe der Frau Doktor erklärt, daß Sie beschäftigt sind, Kommissar, aber sie besteht darauf, Sie dringend zu sprechen.«
Ohne sie ausreden zu lassen, trat in diesem Moment eine sehr elegant gekleidete Frau selbstsicher hinter der Sekretärin hervor: Es war Doktor Julie Cooper.

19

»Kann ich Ihnen helfen?« fragte der Kommissar die Ärztin.
Thomas sah sie erstaunt an. Was hatte denn seine Kollegin auf der Polizeiwache zu suchen? Das sollte er auf der Stelle erfahren, denn die entzückende Julie, die an diesem Tag ein schwarzes Kostüm und eine anthrazitfarbene Bluse trug, lieferte eine Erklärung, die wie eine Bombe einschlug.
»Ich komme eine Zeugenaussage machen. Ich habe die vergangene Nacht mit Doktor Gibson verbracht.«
Sie ließ ein bißchen Zeit verstreichen, damit die Männer den Schock verdauen konnten, und fuhr dann fort:

»Wir sind zusammen aus der Klinik weggefahren, mit zwei Autos. Wir waren in der Havanas-Bar in der Nähe von Doktor Gibsons Haus etwas trinken. Und dann haben wir die Nacht zusammen verbracht.«
»Paul, überprüfe das Havanas«, sagte Templeton zu seinem Assistenten, der sofort den Hörer ergriff, die Telefonistin nach der Nummer der Bar fragte und die Telefonnummer dann wählte.
In der Zwischenzeit stellte der Kommissar Julie, die Thomas mit einem betretenen und etwas schuldbewußten Lächeln ansah, Fragen. Thomas' Anwalt für seinen Teil freute sich zweifach: zum einen über das hieb- und stichfeste Alibi seines Mandanten, zum anderen über das Glück, das sein Freund hatte.
Was für eine phantastische Frau, in der Tat! Und was für Augen sie hatte! Für sie würde man doch glatt seine Seele dem Teufel verkaufen! Ganz zu schweigen von ihren Beinen, die ihre aschfarbenen Feinstrümpfe noch aufregender machten, oder von ihren zierlichen, feingliedrigen Füßen in Pumps aus grauem und braunem Schlangenleder, die dezent auf die Farbe ihrer Bluse abgestimmt waren.
»In welchem Verhältnis stehen Sie denn genau zu Doktor Gibson?« fragte der Kommissar.
Seine Frage erstaunte die junge Frau. War er denn ein Idiot? Sie hatte ihm doch gerade erzählt, daß sie die Nacht mit Doktor Gibson verbracht hatte! Stellte er sich denn vor, daß sie sich da zusammen den Mond ansahen?
»Mein Verhältnis?«
»Seit wann haben Sie ein intimes Verhältnis mit ihm?«
Sie sah auf ihre Armbanduhr, eine hübsche Cartier-Uhr, ein Andenken an eine Beziehung zu einem sehr reichen Mann, der es aber mit der Treue nicht sehr genau nahm – ein in ihren Augen unverzeihliches Verhalten, das selbst ein enormes Vermögen nicht wiedergutmachen konnte – und sagte:
»Seit zwölf Stunden und … Moment mal … fünf Minuten. Ja, zwölf Stunden fünf Minuten! Ist Ihre Frage hiermit beantwortet?«
Thomas und sein Anwalt konnten sich ein Lachen nicht verkneifen, ebensowenig wie der Assistent, der sich einen bösen, äußerst vorwurfsvollen Blick von seinem Chef einfing. Der war nicht begeistert darüber, von dieser jungen Frau lächerlich gemacht zu werden.
»Äh … Chef, der Barkeeper des Havanas hat gerade bestätigt, daß der Doktor gestern in der Bar war«, teilte Williams mit, »mit einer jungen Frau … ziemlich hübsch … wie sie …«

»Danke«, sagte der Kommissar, der zutiefst enttäuscht war, kurz angebunden.
Seine Strategie fiel gerade in sich zusammen wie ein Kartenhaus. Er wandte sich an Julie Cooper:
»Ist Ihnen denn klar, Frau ...«
»Doktor ... Bitte nennen Sie mich Doktor Cooper, Kommissar.«
Sie legte keinerlei Wert auf Titel, und es war ihr völlig egal, ob man sie mit ›Doktor‹ anredete oder nicht, aber sie wollte der Überheblichkeit des Kommissars etwas entgegensetzen und ihre eigene Glaubwürdigkeit unterstreichen; das mußte sie auch, denn sie tischte ihm unverfrorene Lügen auf und setzte alles aufs Spiel, um Thomas zu retten.
Der Kommissar lächelte genervt und setzte wieder an:
»Ist Ihnen denn klar, Doktor Cooper, daß eine Falschaussage eine sehr ernste Angelegenheit ist und daß Sie, im vorliegenden Fall, der Mittäterschaft angeklagt werden könnten?«
»Mittäterschaft bei Vergewaltigung? Was wollen Sie damit sagen, Kommissar?«
Julie hatte trotz der frühen Morgenstunde schon einen messerscharfen Verstand! James Robertson lächelte amüsiert. Teufel, was für eine aufregende Frau! Abgesehen davon, daß sie hinreißend aussah, war sie auch noch geistreich.
Thomas sah seine Kollegin mit einem bewundernden Lächeln an. Er hatte schon immer gewußt, daß sie eine besondere Persönlichkeit war, und er hatte mehrere Artikel von ihr gelesen, aber jetzt kam er dahinter, daß sie auch ausgesprochen schlagfertig war.
Außerdem war er natürlich hingerissen zu vernehmen, daß sie seit ... zwölf Stunden und fünf Minuten seine Geliebte war! Was für ein guter Witz! Aber hatte er denn wirklich mit ihr geschlafen? Er konnte sich an nichts mehr erinnern. Und er fühlte sich nicht gerade so entspannt wie nach einer Liebesnacht... Aber er hatte auch viel Wodka getrunken, und dann dieses Medikament, das ihn buchstäblich erschlagen hatte. Verstohlen guckte er sich Julie von Kopf bis Fuß an. Eine wahre Göttin ... Er hatte also vielleicht mit ihr geschlafen und damit dem Fluch ein Ende gesetzt, der seit einem Jahr auf ihm zu liegen schien ... Es war natürlich traurig, denn er hing noch sehr an seiner toten Frau, aber gleichzeitig schien er sich auch den bestmöglichen Moment ausgesucht zu haben, um Julie zu seiner Geliebten zu machen ...
Der Assistent konnte sich ein bewunderndes Lächeln nicht verkneifen,

das er bald unterdrückte, als er die finstere und rachsüchtige Miene seines Chefs sah. Wieder durch die scheinbar unwiderlegbare Logik der Psychiaterin lächerlich gemacht, sagte dieser:
»Ich werde Sie bitten, eine eidesstattliche Erklärung zu unterschreiben. Sie werden Zeit haben, darüber nachzudenken. Aber eines sage ich Ihnen, wenn die Fingerabdrücke auf den Gläsern, die wir im Wohnzimmer von Herrn Doktor Gibson gefunden haben ...«
»Die Wodkagläser? Sie meinen die Wodkagläser, Kommissar?«
Seine Miene verfinsterte sich, er erinnerte sich daran, daß die Flasche, die sie auf dem Couchtisch neben den Gläsern gefunden hatten, tatsächlich eine Wodkaflasche war. Er sah seinen Assistenten an, der ihm mit einem stummen Kopfnicken bestätigte, was er dachte: Sie sagte die Wahrheit, jedenfalls schien sie gestern abend bei dem Arzt etwas getrunken zu haben. Wahrlich, diese eingebildete Psychiaterin hatte auf alles eine Antwort!
»Ja, die Wodkagläser«, bestätigte der Kommissar, während Thomas und sein Anwalt einander beglückt ansahen.
Dennoch ließ der Kommissar nicht locker. Er würde sie wahrscheinlich doch noch drankriegen. Selbstverständlich hatte sie bei dem Arzt etwas trinken können – das würden die Fingerabdrücke sowieso bestätigen oder entkräften –, aber das hieß noch lange nicht, daß sie deshalb gezwungenermaßen die ganze Nacht mit ihm verbracht hatte.
Es würde jedoch nicht einfach sein, das Gegenteil zu beweisen.
»Tragen Sie im Moment denselben Lippenstift wie gestern, Frau, ... oh, Entschuldigung, *Doktor* Cooper?«
»Ja, ich glaube ...«
»Haben Sie ihn dabei?«
»Haben Sie ein *blind date*, Kommissar?«
»Sehr witzig«, konterte er.
Thomas und sein Anwalt fanden sie jedenfalls witzig! Und Thomas überlegte sich, daß, wenn er sich eines Tages verlieben würde, nur eine Frau wie Julie dafür in Frage käme. Was für eine Kaltblütigkeit! Und wie sie sich über diesen armen Kommissar lustig machte!
Doktor Cooper griff in ihre Handtasche, nahm den Lippenstift heraus und reichte ihn dem Kommissar.
»Danke, Doktor. Aber sagen Sie mir, wann sind Sie denn bei Doktor Gibson weggegangen?«
Sie zögerte wiederum, beinahe unmerklich. Auf diese Frage war sie, ob-

wohl sie zu erwarten gewesen war, nicht vorbereitet. Vielleicht war es eine Falle. Woher sollte sie das wissen? Wie spät war die Polizei zu Thomas gekommen? Sie hatte vergessen, sich danach zu erkundigen.
Als alter Hase hatte der Kommissar gleich bemerkt, daß sie in Verlegenheit war. Er hatte seine stechenden Augen auf sie gerichtet. Die Putzfrau war kurz vor Viertel nach acht gekommen, und sie hatte niemanden gesprochen außer ihren Chef. Wenn Julie Cooper behauptete, noch dagewesen zu sein, als die Putzfrau ankam, könnte die Polizei das mit Leichtigkeit nachprüfen.
»Ich … Ich weiß nicht genau. Sehr früh jedenfalls. Gegen halb sieben, glaube ich …«
»Halb sieben?« sagte der Kommissar, ebenso ungläubig wie enttäuscht. »Hat jemand Sie aus dem Haus gehen sehen, der das bestätigen könnte?«
»Nein, ich … Nun, ich muß zugeben, daß, weil es das erstemal war, daß ich bei Doktor Gibson war, und, nun, daß ich, Sie verstehen, etwas verlegen war und keinen gesteigerten Wert darauf gelegt habe, daß die ganze Nachbarschaft sieht, wie ich aus seinem Haus gehe …«
»Ich verstehe«, sagte der Kommissar, der sie entweder äußerst intelligent fand oder aber gut vorbereitet, es sei denn, sie sagte ganz einfach die Wahrheit.
Jedenfalls war nicht sehr viel aus ihr herauszuholen.
»Hören Sie, ich denke, daß das alles ist. Paul, wenn du Frau … äh, Doktor Cooper begleiten, ihre Fingerabdrücke machen lassen und die Aussage unterschreiben lassen würdest. Ich möchte auch gern, daß du eine Haarprobe machst.«
»Wollen Sie vielleicht auch noch die Adresse von meinem Friseur, wenn Sie schon dabei sind?« fragte sie ironisch.
»Zwei Haare reichen aus, Paul. Und Sie, Doktor, hören Sie auf, mich an der Nase herumzuführen, sonst müssen Sie sich noch einer gynäkologischen Untersuchung unterziehen.«
Das war keine leere Drohung; der Kommissar dachte an den Fleck auf der Wohnzimmercouch. Aber das war jetzt nicht mehr wirklich nötig. Die Fingerabdrücke auf dem Glas, der Lippenstift und die Haarproben würden ausreichen, um die Identität der Person, die ein paar Stunden mit dem Arzt verbracht hatte, eindeutig festzustellen.
»Solange Sie sie nicht durchführen, Kommissar.«
Sie sah den Kriminalkommissar mit einem breiten Grinsen an, über das er sich ärgerte. Aber was sollte er denn tun? Natürlich verschaffte sie

Doktor Gibson ein erstklassiges Alibi. Aber es gab ja auch noch das Blut im Auto, die gynäkologische Untersuchung des Opfers, durch die vielleicht Spermaspuren des Psychiaters gefunden werden würden, und, zu guter Letzt, die Aussage des Opfers selbst, das vielleicht ganz einfach Doktor Gibson beschuldigen würde. In diesem Fall wäre sein Alibi nicht mehr von Bedeutung. Dann könnte er – eine kleine, nebensächliche, aber dennoch angenehme Rache – Doktor Cooper für ihre Falschaussage und ihre bissige Ironie schwer büßen lassen. Vielleicht war sie um Mitternacht gegangen, was Gibson die ganze Nacht Zeit gegeben hätte, seine bestialischen Triebe an der unglücklichen Catherine Shield auszuleben.

Thomas war aufgestanden, näherte sich Julie und drückte ihr, sichtlich dankbar, die Hand.

»Ich ...«

Er beendete seinen Satz nicht, wandte sich an den Kommissar:

»Werden Sie mich noch lange brauchen?«

»Du bist frei, Thomas«, sagte ihm sein Anwalt triumphierend.

Der Anwalt hatte recht. Der Kommissar stimmte murrend zu.

Thomas wandte sich zu Julie:

»Treffen wir uns am Eingang des Kommissariats?«

»Bis gleich«, sagte sie ihm und zwinkerte ihm komplizenhaft zu.

Und sie ließ sich von dem jungen Assistenten mitnehmen, der von ihrem Parfum ziemlich verwirrt war. Plötzlich erinnerte er sich auch daran, daß er es im Wohnzimmer des Doktors gerochen hatte.

Als sie draußen waren, sagte der Kommissar zu Thomas:

»Und was Sie angeht, muß ich Sie bitten, die Stadt nicht zu verlassen, ohne uns Bescheid zu sagen.«

»Selbstverständlich.«

Der Kommissar hielt kurz inne und sah ihn mit unterdrückter Wut an.

»Jetzt entkommen Sie mir noch«, sagte er. »Wie letztes Jahr!«

»Worauf wollen Sie anspielen?« sagte Thomas, der, von dieser Andeutung angewidert, einen Schritt auf den Kommissar zugemacht hatte.

»Laß«, sagte sein Anwalt, der ihn am Arm zurückhielt. »Wir haben hier nichts mehr zu suchen!«

»Ich weiß, daß Sie der Schuldige sind, Doktor«, sagte der Kommissar beharrlich. »Und ich werde Sie drankriegen. Es ist bloß eine Frage der Zeit: Schließlich erwische ich immer meinen Mann!«

»Zum Teufel mit Ihnen!« schrie Thomas.

»Komm«, sagte sein Anwalt nachdrücklich und schob ihn zur Tür.

Trotzig, aber nicht völlig entmutigt, sah sie der Kommissar gehen. Es blieb ihm noch immer das Paar blutige Handschuhe, die Catherine getragen hatte, und das Blut auf dem Autositz. Wenn die DNA-Tests sich als übereinstimmend erwiesen, könnte Thomas Gibson ihm nicht mehr entkommen!

20

Auf den Stufen des Kommissariats, wo Polizisten hin und her liefen sowie eine buntgemischte Menge mehr oder weniger ehrenwerter Bürger, die gerade freigelassen worden waren, wechselte Thomas ein paar Worte mit seinem Anwalt.

»Nun«, fragte er, »wieviel bin ich dir schuldig?«

»Ach, gib mir einfach einen aus ...«

»Bist du sicher, daß es dir gut geht? Keine Rechnung ...«

»Laß mich doch ausreden! Du wirst mir einen ausgeben ... aber auf den Bahamas!«

»Aha! Da bin ich ja beruhigt. Einen Augenblick lang dachte ich ...«

»Du hast recht, vor lauter Umgang mit Psychiatern ...«, sagte der Anwalt und beschrieb mit geöffneter Hand einen Kreis auf der Höhe der Schläfe, um geistige Verwirrung anzudeuten. »Aber nein, das war ein Scherz!« fügte er hinzu. »Schenk mir eine kostenlose Konsultation, wenn ich eine Stunde Zeit zu verlieren habe!«

Die beiden Männer hörten mit ihren Späßen auf und wurden wieder ernst.

»Ganz im Ernst, was hältst du davon?«

»Ich weiß nicht. Du bist genauso unschuldig wie dein Alibi! Wenn es ihnen nicht gelingt, die Aussage deiner ... von Doktor Cooper in Frage zu stellen, hast du Chancen. Aber im Auto und auf den Handschuhen sind Blutspuren: Das ist ein bißchen unangenehm. Dafür wirst du einen Moment Zeit haben, dich darauf vorzubereiten. DNA-Tests dauern eine ganze Weile.«

»Das heißt?«

»Im allgemeinen mindestens zwei Wochen: Man muß Kulturen anlegen. Und dann gibt es noch das Opfer: Catherine. Sie werden sie in die Mangel nehmen. Wenn sie dich beschuldigt, nun, dann steckst du im Schlamassel, mit all den Indizien, die sie haben! In jedem Fall werden wir uns eine

verdammt gute Verteidigung zurechtlegen müssen, denn die ziehen bestimmt vor Gericht.«
»Aber ich bin unschuldig, James!«
Sein Freund sah ihn einen Moment lang an und erklärte dann:
»Ich glaube dir, Thomas, aber es ist nicht meine Entscheidung: Es ist die der Polizei, und, möglicherweise, die des Richters und der Geschworenen. Und dann gibt es da ja noch dieses Medikament, das du genommen hast …«
»Aber Julie hat die Nacht mit mir verbracht!«
»Ich kann bloß hoffen, daß sie die Wahrheit sagt und daß niemand sie gestern nacht woanders gesehen hat.«
Diese Überlegung verunsicherte Thomas. Es stimmte, daß seine Kollegin möglicherweise log. Aber wozu würde sie sich in solche Schwierigkeiten bringen? Und dann gab es da noch die Spuren von ihrem Lippenstift auf dem Glas, wahrscheinlich ihre Fingerabdrücke und ihre Aussage …
James Robertson sah auf seine Armbanduhr: Er wurde in der Kanzlei erwartet. In diesem Moment sah er die charmante Julie Cooper, die die Stufen in ihre Richtung hinunterlief.
Thomas drehte sich um und erblickte sie auch.
»Du erzählst es mir dann …«, sagte sein Anwalt mit einem anzüglichen Lächeln.
Er machte kehrt, ging die letzten Stufen hinunter und rief ein Taxi.
»He! James!« rief Thomas in dem Moment, als sein Freund ins Auto stieg. »Nochmals danke!«
»*No problema*!«
Thomas sah ihm mit einem dankbaren Lächeln zu, wie er ins Taxi stieg. Was für ein angenehmes Gefühl es doch war, zu wissen, daß man einen echten Freund hatte!
Da roch er Julies Parfum, drehte sich um. Sie stand still und lächelnd genau hinter ihm und umklammerte ihre Tasche mit ihren schönen Händen mit den langen, zartgliedrigen Fingern, deren rotlackierte Nägel aufleuchteten wie ebenso viele tröstliche Lichter.
»Ich weiß nicht, was ich dir sagen soll, um dir zu … Hast du schon gefrühstückt?«
»Nicht richtig …«
»Komm«, sagte er, »gehen wir, wir werden schon was finden.«
Ein paar Minuten später saßen sie an der Theke eines Restaurants, das nach nichts aussah und wo eine dicke fünfzigjährige Frau mit Zigarette

im Mundwinkel sich die größte Mühe gab, keinen Rauch in die Augen zu bekommen. Sie brachte ihnen zwei Tassen Kaffee, ohne sie nach ihren Wünschen zu fragen.
»Zum Glück bist du gekommen«, sagte Thomas, »denn ehrlich gesagt kann ich mich nicht einmal mehr daran erinnern, daß wir die Nacht zusammen … also, daß du gestern abend bei mir warst.«
Julie sah ebenso überrascht wie gekränkt aus. Sie hatte schon Männern zugehört, die sich etwas darauf einbildeten, Frauen nach der sogenannten Philosophie der ›drei F‹ zu behandeln: ›Finden, ficken, fallenlassen‹. Und sie wußte, daß sie ihn gestern nicht besonders beeindruckt hatte, zumindest seiner wenig glorreichen Leistung nach zu urteilen. Aber daß er sich nicht einmal mehr an sie erinnern konnte! Sie war um so überraschter, als Thomas ihr immer wie ein Gentleman erschienen war. Am Abend vorher hatte er sich ihrer Meinung nach allerdings ein bißchen zu gentlemanlike benommen. Es wäre ihr lieber gewesen, wenn er etwas … wilder gewesen wäre.
»Ich habe nämlich Mnemonium genommen.«
»Du hast …?«
Sie beendete ihren Satz nicht und sah ihn noch erstaunter an: Das erklärte alles! Er war also doch nicht das Schwein, für das sie ihn einen Augenblick lang gehalten hatte.
Sie runzelte die Stirn. Das hieß natürlich auch, daß er sich nicht daran erinnern konnte, was zwischen ihnen passiert war – oder vielmehr *nicht* passiert war … wie sollte sie es ihm erklären?
»Das weiß ich, weil ich heute früh, als ich aufgestanden bin, die Packung neben unseren Gläsern auf dem Couchtisch gesehen habe, zusammen mit der Begleitinformation vom Pharmakonzern«, fuhr Thomas fort. »Daraus schließe ich, daß ich das Medikament genommen habe, was erklärt, warum ich mich weder an das erinnere, was gestern nacht vorgefallen ist, noch an gestern tagsüber.«
»Ich verstehe«, sagte Julie bestürzt.
Das Ausmaß dessen, was Thomas ihr da sagte, war ihr noch nicht klar. Geistesabwesend trank sie einen Schluck Kaffee. Thomas machte es ihr nach, fand ihn aber geradezu ekelhaft, weil er es gewohnt war, seinen Kaffee schwarz zu trinken. Er warf der Bedienung – oder vielmehr der Wirtin – einen Seitenblick zu, aber sie sah so unangenehm aus, daß er keine Lust hatte, sie um was auch immer zu bitten. Vor ihm verkündete stolz ein kleines Plakat in einer Farbe, die vermutlich zu der Zeit leuch-

tend gewesen war, als Marilyn Monroe Amerika in Aufruhr versetzte: ›*The best coffee in the world!*‹
»Was ...«, fing Thomas betreten an. »Wie war das zwischen uns? Haben wir wirklich ...«
»Ja. Beziehungsweise ... ja und nein.«
»Ja und nein?«
Die Wirtin trat näher, ihren Notizblock für Bestellungen in der Hand, und baute sich neben dem Pärchen auf, das ins Gespräch vertieft war und ihre Anwesenheit nicht bemerkte. Sie unternahm allerdings auch nichts, um auf sich aufmerksam zu machen. Sie begnügte sich damit, an ihrer Zigarette zu ziehen, scheinbar unabsichtlich der Unterhaltung zuzuhören und sich zu fragen, wann die beiden ›aufwachen‹ würden. Sie hatte es allerdings auch nicht besonders eilig. Die morgendliche Rush-hour war seit etwa zwanzig Minuten vorbei, und es waren nur noch Nachzügler da und ein paar Rentner, die den Rest des Vormittags bis zur Mittagszeit in ihrem Lokal verbringen würden.
Julie entschloß sich schließlich, das heikle Thema frontal in Angriff zu nehmen.
»Ja heißt, daß ich zu dir gegangen bin, daß wir zusammen etwas getrunken haben, daß wir uns ... geküßt haben, daß wir uns ausgezogen haben, aber ...«
Rot vor Scham, traute sie sich nicht, es auszusprechen.
Thomas verstand nicht. Oder er wollte nicht verstehen: Er hatte wohl schon das Vorgefühl, daß es nicht sehr schmeichelhaft sein würde.
»Wir haben uns ausgezogen ...?«
»Ja, und du ... du hast mich sogar ...«
»Ich habe dich ...?«
Sie lachte, um ihre Verlegenheit zu kaschieren: Es war wirklich nicht leicht zu erklären!
»Nein, hm, eigentlich konntest du ... hm ...«
Julie kam ein Gedanke. Es fiel ihr ein, daß ein Bild tausend Worte ersetzt, was ihr unter diesen Umständen als sehr vorteilhaft erschien. Sie nahm den Löffel von Thomas' Untertasse und hob ihn langsam, bis er einen Winkel von fünfundvierzig Grad hatte.
Thomas verstand, errötete, und es entfuhr ihm ein lautstarkes »Scheiße«.
»Also, was nehmen Sie?« fragte die Wirtin.
Thomas leerte seine Tasse in einem Zug und hielt sie der Wirtin hin:
»Nichts, außer noch einer Tasse schwarzem Kaffee. Sehr stark, bitte.«

»Meiner Meinung nach sollten Sie Eier essen«, schlug die Wirtin vor. Thomas wurde klar, daß sie wahrscheinlich alles mitgehört hatte. Er lächelte betreten und sagte:

»In Ordnung.«

Julie bemühte sich, nicht laut loszulachen, nahm noch einen Schluck Kaffee. Sie bestellte *dry toasts* – Toastbrot ohne Butter. Als überzeugte Anhängerin der Scarsdale-Diät achtete sie auf die Menge Fett, die sie aß, und auf die Zusammenstellung ihrer Mahlzeiten. Deshalb blieb sie, ohne im geringsten Hunger zu leiden, bewundernswert schlank– sie konnte es sich sogar leisten, zwei-, dreimal im Monat schlemmen zu gehen: Man wollte ja schließlich auch leben!

»Du warst bestimmt enttäuscht ...«, sagte Thomas, als die Wirtin sich entfernt hatte.

»Nun, sagen wir, daß ich ... gefühlsmäßig reagiert habe. Ich bin gegangen!«

Thomas war entgeistert: Also war sein Alibi gar keins!

»Du bist gegangen? Um wieviel Uhr denn?«

»Ich weiß nicht, um neun oder zehn Uhr.«

»Du hast die Nacht nicht mit mir verbracht?«

»Leider nein.«

»Das heißt, daß ...«

»... daß dein Alibi kein besonders gutes ist, nein.«

»Das heißt vor allen Dingen, daß ich Catherine gestern abend vielleicht vergewaltigt habe.«

Die Wirtin, die mit Thomas' Kaffee zurückkam, überhörte diese letzten Worte und stellte die Tasse ziemlich barsch auf die Theke. Dieses Pärchen war wirklich seltsam! Der Mann war nicht in der Lage gewesen, seine Geliebte zu befriedigen, aber dafür meinte er, daß er eine gewisse Catherine vergewaltigt hätte! Von diesen New Yorkern hatte sie wirklich genug! Sie freute schon darauf, in ihre ruhige Heimat Idaho zurückzukehren!

Einigermaßen betreten merkten Julie und Thomas, daß die Wirtin seine merkwürdige Aussage gehört hatte, und lächelten, um ihr zu zeigen, daß es sich hierbei nur um einen Scherz handelte.

Ungläubig entfernte sich die Wirtin wieder. Sie fand sie immer noch komisch.

»Aber ... was du getan hast, ist eine ernste Angelegenheit«, sagte Thomas. »Du hast dich für mich in Gefahr gebracht. Warum?«

»Ich ... Ich stelle mir vor, daß ... Ich weiß es nicht. Aber ich weiß, daß du so etwas Schreckliches nicht getan haben kannst.«
Thomas antwortete nicht. Er wünschte, daß er auch so überzeugt sein könnte.

21

Als sie sich im Spiegel sah, nachdem Doktor Conway sie untersucht hatte, packte Catherine das nackte Entsetzen. Ihr Angreifer hatte sie wirklich übel zugerichtet! Sie hatte mehrere blaue Flecken im Gesicht, ihre Oberlippe war zerschnitten, geschwollen, und ihre linke Wange sah böse aus. Sie faßte sie an und verzog ihr Gesicht vor Schmerz. Es tat sehr weh.
Sie zog das Krankenhaushemd, das ihr Doktor Conway gegeben hatte, aus. Man hatte ihr beflecktes und zerrissenes Kleid in einen großen etikettierten Plastikbeutel getan, den man der Polizei zur Untersuchung übergeben würde, ebenso wie die Männerhandschuhe, die Catherine getragen hatte, als man sie bewußtlos im Mercedes fand.
Doktor Conway hatte Catherine eine schmerzstillende Salbe gegeben, die sie sich nach dem Duschen in das Rektum schmieren sollte, denn einige Schließmuskelfasern waren zerrissen. Immer wieder trieb ihr der Schmerz die Tränen in die Augen.
Sie legte die Salbe auf die Ablage über dem Waschbecken. Was für eine Demütigung! Nicht nur vergewaltigt worden zu sein, sondern auch noch auf solch barbarische Weise ...
Wenn sie bloß nicht schwanger war! Dann würde sie ganz bestimmt eine Abtreibung vornehmen lassen. Und die Geschlechtskrankheiten ... hatte ihr Vergewaltiger ihr vielleicht welche übertragen? Sie war dagegen nicht gefeit. Selbstverständlich hatte die Ärztin ihr eine Antibiotikaspritze verpaßt, aber würde das ausreichen?
Das Schicksal meinte es zur Zeit wirklich nicht gut mit ihr! Ja, auf ihr lag ein Fluch, ebenso wie auf ihrer Mutter ... Chronisches, erbliches Pech, das war es, worunter sie litt!
Und Robert ... Robert, der Mann ihres Lebens, ihre Sicherheit, ihr Seelenverwandter ... Würde dieses neue Unglück ihn nicht noch weiter von ihr entfernen, auch wenn es natürlich nicht ihre Schuld war? Wie könnte

er sich mit einer Frau aussöhnen, die in einem Pornofilm mitgespielt hatte, versucht hatte, sich das Leben zu nehmen und – zu allem Überfluß – vergewaltigt, erniedrigt worden war? Wie könnte er dann auch nur daran denken, sie zu heiraten? Niemals würde sein ehrbarer Vater, der Senator werden wollte, zulassen, daß eine Frau mit einer derartigen Vorgeschichte und die so sehr den Geruch von Skandal verbreitete, Mitglied seiner Familie wurde.

Robert könnte dann kämpfen und seine Liebe beteuern, soviel er wollte. Sein Vater würde ihn bestimmt enterben, wenn er sich seinem Willen widersetzte. Was tat Robert in diesem Augenblick? Wußte er, was ihr zugestoßen war? Wenn ja, wie hatte er reagiert? Würde er endlich kommen, um sie zu besuchen?

Sie dachte so viel, so schmerzlich an ihn ...

Um sich abzulenken, und sei es auch nur für kurze Zeit, richtete sie ihre Gedanken willentlich auf ihren Arzt ... Thomas, wie der Direktor ihn genannt hatte. Sie wußte, daß man sie in seinem Mercedes gefunden hatte, am Strand nicht weit von seinem Haus. Alle Umstände wiesen darauf hin, daß er der Schuldige war. Und doch wirkte er so sanft, so aufrichtig und fürsorglich ...

Sie erinnerte sich allerdings auch daran, wie durchdringend er sie während ihres Treffens angesehen hatte. Obwohl sie damals einen Tranquilizer bekommen hatte, war sie der Meinung, daß Thomas von ihr fasziniert gewesen sei – wie die meisten Männer, worauf sie sich jedoch nichts einbildete, sondern was ihr eher auf die Nerven ging, besonders seit sie den Mann ihres Lebens kennengelernt hatte.

Vielleicht interessierte er sich ja tatsächlich für sie als Patientin: aus Anteilnahme, weil er sich das Schicksal seiner Patienten wirklich zu Herzen nahm und weil ihn die Tragödie, die sie erlebte, berührte: die Auflösung ihrer Verlobung, ihr Selbstmordversuch.

Sie schüttelte den Kopf. Diese Gedanken erschöpften sie. Sie mußte sich waschen, sich von diesem Schmutz befreien ... Sie ging unter die Dusche. Sie hatte das Gefühl, stundenlang so stehen bleiben zu können, unbeweglich, und das warme, reinigende Wasser über sich laufen zu lassen.

22

Julie war wieder in die Klinik gegangen. Sie hatte freundlicherweise angeboten, Thomas nach Hause zu bringen, aber er hatte abgelehnt. Er wollte nachdenken. Dann würde er duschen und sich umziehen, wozu er nicht mehr gekommen war, als der Kommissar aufgetaucht war, um ihn zu verhaften.

Als er vor seinem Haus aus dem Taxi stieg, überquerte er die Straße, um sein Auto auf dem Strand anzuschauen. Aber gelbe Plastikbänder der New Yorker Polizei waren in einem Umkreis von hundert Metern um den Wagen herum angebracht worden. Man wollte offenbar vermeiden, daß die Spuren im Sand zerstört wurden. Schließlich war es aller Wahrscheinlichkeit nach nicht Catherine, die den Mercedes bis zum Strand gefahren hatte: Als der Fahrer aus dem Fahrzeug ausgestiegen war, hatte er sicher Spuren hinterlassen.

Es waren auch zwei Polizeiexperten vor Ort. Der eine leerte gerade im Auto den Aschenbecher aus, um den Inhalt zur Untersuchung mitzunehmen, während der andere den Handgriff der Fahrertür inspizierte.

Es war doch erstaunlich, wie häufig Kriminelle, geistig abwesend, betrunken oder unter Drogen stehend, vergaßen, die elementarsten Vorkehrungsmaßnahmen zu treffen, und dadurch sozusagen ihre Unterschrift unter die Missetat setzten!

Thomas traute sich nicht näher heranzutreten. Selbst wenn er der Besitzer war, würde er den Mercedes bestimmt erst in ein paar Tagen zurückbekommen, wenn nicht gar in ein paar Wochen. Man mußte der Polizei die Zeit lassen, ihre Arbeit zu verrichten.

Gerüche regen häufig unser Gedächtnis an. Der Anblick von bestimmten Dingen natürlich auch, und so konzentrierte sich Thomas auf das Auto in der Hoffnung, die Erinnerung an den gestrigen Tag wiederzugewinnen. Wie war es an den Strand gekommen? Mit einer bewußtlos auf dem Vordersitz liegenden Catherine?

Er senkte den Kopf und sah sich geistesabwesend den Sand an, die Stirn vor Konzentration gerunzelt. Die Zigarillokippe, die zu seinen Füßen lag, bemerkte er nicht. Von der Fruchtlosigkeit seiner Bemühungen entmutigt, sah er sich das Meer an, auf dem in der Ferne ein paar Segelboote zu sehen waren. Er fühlte, daß er wirklich urlaubsreif war.

Nach dem Tod seiner Frau hätte er wirklich Urlaub nehmen sollen. Aber um zu vergessen, hatte er sich Hals über Kopf in die Arbeit gestürzt. Das

Ergebnis war, daß er sich jetzt erschöpft, ausgelaugt fühlte und vielleicht am Rande des Nervenzusammenbruchs stand. Allerdings widerte ihn allein schon der Gedanke an, jetzt wegzufahren.
Er machte kehrt, lief langsam auf sein Grundstück zu und blieb dann plötzlich stehen. Er hatte das Gefühl, daß ihm etwas eingefallen war. Oder ihm einfallen würde. Oder daß er etwas gesehen hatte ... aber was?
Vor seinem geistigen Auge erschien ihm klar und deutlich der Anblick einer Zigarren- oder Zigarillokippe. Einer Kippe im Sand. Er machte wieder kehrt und sah die Kippe, die genau dem Bild entsprach, das er im Kopf hatte. Das war normal, denn er hatte sie sozusagen gesehen, ohne sie gesehen zu haben: Sein Gedächtnis hatte sie registriert, aber weil er mit den Gedanken woanders war, hatte er sie nicht bemerkt. Er bückte sich und hob sie auf.
Ja, er kannte jemanden, der Zigarillos rauchte: Arthur Campbell. Vielleicht war es aber doch nicht dieselbe Marke. Es gab Dutzende, alle ähnlich ... Außerdem war das unmöglich: Campbell konnte nichts mit dieser Vergewaltigung zu tun haben. Das war wirklich an den Haaren herbeigezogen ...
Erschöpft vom Alkohol und dem Medikament, deren Spuren sich noch in seinem Blut befanden, konnte er sich nicht längere Zeit konzentrieren. Er wollte seinen Gedankengang nicht zu Ende führen, beschloß aber, die Kippe aufzuheben, die er genau in dem Moment in seine Tasche steckte, als der Polizist, der den Wagen von außen untersuchte, ihn bemerkte und fragend ansah. Er machte sogar einen Schritt auf ihn zu.
Hatte er gesehen, daß er sich gebückt hatte, um die Kippe aufzuheben? Glaubte er, daß das, was Thomas aufgehoben hatte, für seine Ermittlungen wichtig war?
Aber schon hatte Thomas kehrtgemacht und ging schnell weg. Der Polizist hob den Arm und wollte ihn rufen, sah dann aber davon ab. Der Unbekannte befand sich immerhin außerhalb des von der Polizei abgesperrten Gebiets und hatte das Recht, aufzuheben, was immer er wollte. Und sein Kollege kam gerade aus dem Auto heraus: War es nicht Zeit für eine kleine Pause?
Thomas ging schnellen Schrittes nach Hause. Er brauchte bloß die Straße zu überqueren, traf dabei aber die Greenbergs. Diese waren auf dem Weg zu ihren besten Freunden, den Steinbergs, um ihnen diese unglaubliche Geschichte zu erzählen. Sie begrüßten ihn verlegen und ängstlich. Hatte die Polizei ihn denn nicht mitgenommen? Hatte er es geschafft, zu ent-

kommen? Das würde bedeuten, daß er gefährlich werden konnte. Oder hatten sie ihn aus Mangel an Beweisen entlassen? Woher sollten sie das wissen?

Thomas begrüßte sie, ohne stehenzubleiben.

Als er sein Haus betrat, bemerkte er als erstes seine Couch, die dieser arrogante junge Lackaffe, der Templeton als Assistent diente, aufgeschlitzt hatte. Er fragte sich – angesichts der Umstände eine eher nebensächliche Frage –, ob die Polizei ihm den Kaufpreis des Möbelstücks, etwa zehntausend Dollar, erstatten müßte, wenn vor Gericht seine Unschuld bewiesen würde.

Aber bald kamen ihm wichtigere Gedanken. Hatte er, wie es den Anschein hatte, Catherine vergewaltigt oder nicht? Dieser Anschein erschien ihm immer belastender, jetzt, da er wußte, daß Julie und er die Nacht nicht zusammen verbracht hatten.

Ab neun oder zehn Uhr abends war er allein gewesen. Da hätte er vor der Ankunft der Putzfrau wahrlich alle Zeit der Welt gehabt, das Verbrechen zu begehen, dessen man ihn anklagte.

Fast zwölf Stunden Zeit! Innerhalb von zwölf Stunden konnte man allerlei tun. Man konnte sein Auto nehmen, eine Patientin in der Klinik abholen, sie so herausschmuggeln, daß keiner es merkte, und dann …

Er ging ins Bad, sah sich im Spiegel an und fand, daß er schlecht aussah. Wem genau sah er denn da in die Augen? Einem erschöpften Psychiater, der sich am Abend zuvor besoffen und in den Armen einer reizenden Kollegin fatal versagt hatte, bevor er die ganze Nacht wie ein Murmeltier schlief? Oder einem Vergewaltiger, fast einem Mörder?

Vor seinem geistigen Auge erschien wieder das Photo von Catherine, das ihm der Kommissar gezeigt hatte: ihr zerrissenes Kleid, ihr Gesicht voller Prellungen, ihre zerzausten Haare und diese seltsamen, zu großen Handschuhe, die sie trug und die eindeutig seine Autohandschuhe waren. Das würde er nachprüfen, nachdem er geduscht hatte. Wenn seine Handschuhe nicht im Porsche lägen, wäre das wirklich belastend.

Es fiel ihm schwer, dieses Bild zu verscheuchen, das sich über das seine im Spiegel legte: Catherine, die bewußtlos im Auto lag und diese schrecklichen schwarzen Autohandschuhe trug …

Wie hatte er sie so mißhandeln können, wo er doch immer ganz und gar friedliebend gewesen war? Wie hatte er, ein Psychiater von beispielhafter Rechtschaffenheit und zudem noch Vorsitzender des Disziplinarausschusses, sein Gewissen zum Schweigen bringen können, das seit Jahren all seine Handlungen diktierte? Welchen geheimnisvollen und gewalttätigen Teil seines Wesens hatte das Mnemonium aktiviert, um ihn in einen anderen, völlig unbekannten Mann zu verwandeln?

Er erinnerte sich an einen Dokumentarfilm über Prozac, den er kürzlich im Fernsehen gesehen hatte. Mehrere Fälle von Gewalttätigkeit waren bekanntgeworden, die durch dieses weitverbreitete Antidepressivum verschuldet worden waren. Ein Mann hatte seine Ehefrau erstochen. Eine Mutter hatte ihre beiden Kinder umgebracht. Beide Täter standen unter dem Einfluß von Prozac. Das Medikament, das zu dem Zeitpunkt, als es auf den Markt gebracht wurde, als wahres Allheilmittel gegen psychische Leiden galt, war nun verschrien.

Und hatte Mnemonium nicht große Ähnlichkeit mit Prozac, wenn nicht in der Zusammenstellung, so doch zumindest in der Wirkung? Es handelte sich doch im Grunde um zwei ähnliche Medikamente, deren Hauptziel war, die Folgen von posttraumatischem Streß zu unterdrücken ... Wenn Prozac gewalttätige Reaktionen bewirken konnte wie Mord und Suizid, warum sollte dann Mnemonium, das bestimmt nicht länger getestet worden war als Prozac, nicht auch seltsame Handlungen oder gar aggressives Verhalten hervorrufen?

Eine zumindest beunruhigende Aussicht! Natürlich könnte Thomas' Anwalt dann seine Verteidigung darauf aufbauen, daß dieser nicht im Normalzustand gewesen sei, als er das Verbrechen begangen hatte, und daß er deshalb Anspruch auf die Milde der Jury hätte. Aber er, wie würde er es anstellen, mit seinem Gewissen weiterzuleben? Mit dem Gedanken, das Leben einer jungen Frau – vielleicht für immer – zerstört zu haben? Wäre er in der Lage, das eines Tages zu überwinden? Zog er es dann nicht vor, die Strafe auferlegt zu bekommen, die die Gesellschaft im allgemeinen für Vergewaltiger vorsah?

Es war höchste Zeit zu duschen. Er entfernte sich vom Spiegel, zog sich aus und stellte das Wasser an.

Ihm kam eine Idee. Er faßte sich ans Geschlecht und stellte fest, daß es weder die übliche leichte Schwellung noch die Festigkeit des ›Morgens danach‹ aufwies. Er freute sich über die Weichheit und die relative Kleinheit seines Organs – eine Reaktion, die unter anderen Umständen anders ausgefallen wäre.

Er roch an seinen Fingern und konnte nicht den typischen postkoitalen Geruch wahrnehmen, diese Mischung aus den intimen Likören von Mann und Frau.

Der Gedanke beruhigte ihn, und der Anflug eines erleichterten Lächelns überflog sein Gesicht. Er hatte Catherine nicht vergewaltigt, sonst wäre an seinem Geschlecht noch die Spur, der Geruch haftengeblieben.
Es sei denn ... Ein anderer Gedanke verschlechterte erneut seine Stimmung. Es sei denn, er hatte wie mit Julie nicht gekonnt und sich, wütend und gedemütigt durch dieses zweifache Versagen, an Catherine gerächt, indem er sie schlug ...
Wie sollte er das herausfinden? Noch von den Exzessen des Vorabends angeschlagen, erging er sich in Mutmaßungen.
Er stellte sich unter die Dusche, und einige Augenblicke lang versuchte er, an nichts anderes zu denken als an das Gefühl von Wasser auf seinem Gesicht, seinem Körper. Zum erstenmal sagte er sich, daß der wahre Schlüssel zum Glück in der Fähigkeit liegen mußte, geistige Unbeweglichkeit zu erreichen, den teuflischen Marsch der Gedanken jeden Moment unterbrechen zu können, wie er es eines Tages in einer alten Abhandlung über die schiwaistische Philosophie gelesen hatte.
Nachdem er geduscht, sich abgetrocknet und angezogen hatte, begann Thomas seine Handschuhe zu suchen. Aber obwohl er das Handschuhfach seines Porsche auf den Kopf stellte und unter den Sitzen suchte, fand er nichts. Diese Feststellung bestätigte seine Befürchtungen.
Wenn die DNA-Tests übereinstimmend waren, würde es schwierig werden, sich aus der Affäre zu ziehen. Die Ergebnisse würden jedoch erst in circa zwei Wochen bekannt werden. Er hätte also zwei Wochen Zeit, um eine Erklärung und eine Lösung zu finden, und danach würde er vermutlich inhaftiert werden. Sein Alibi mit Julie würde nicht mehr ausreichen. Abgesehen davon würde der Kommissar es vielleicht schaffen, es bis dahin zu entkräften. Er brauchte bloß jemanden zu finden, der gesehen hatte, wie Julie am Vortag nach Hause kam, und das Alibi wäre widerlegt. Im übrigen wollte er auch nicht, daß sie sich noch mehr in Gefahr brachte. Das nächste Mal, wenn er sie traf, würde er ihr erklären, daß diese Lüge unerträglich sei und daß er es vorzöge, sich zu stellen, wenn er Catherine wirklich vergewaltigt und geschlagen hatte.
Er würde sich der Polizei selbst ausliefern.
Im Grunde war das, wenn er darüber nachdachte, vielleicht nur die gerechte Strafe dafür, daß er seine Frau ›umgebracht‹ hatte.
Erschüttert darüber, daß er seine Handschuhe nicht gefunden hatte, ging Thomas ein paar Schritte in Richtung Garten.
Er brauchte nicht lange, um festzustellen, daß einer der von seiner Frau

so geliebten Rosensträucher verwüstet worden war. Er trat näher. Ein halbes Dutzend Rosen war abgerissen worden, was zumindest sehr seltsam war. Seit er dieses Haus besaß, war sein Garten noch nie das Opfer eines solchen Vandalismus gewesen!

Wieder sah er das Photo von Catherine vor seinem geistigen Auge. Auf ihr waren Blumen verstreut. Aber nicht irgendwelche Blumen: weiße Rosen. Genau solche wie die, die vermutlich am Vorabend in seinem Garten ausgerissen worden waren.

Er dachte an seine Hände und sah sich seine Schürfwunden näher an. Sie konnten sehr gut von den Dornen des verwüsteten Rosenstrauchs kommen. Er beugte sich über den Strauch, untersuchte ihn: Ein paar Stiele schienen mit einer fast schwarzen Substanz befleckt zu sein, die aussah wie getrocknetes Blut.

Diese Entdeckung machte ihn beinahe wahnsinnig. Wenn die Polizei diese Spuren von Blut auf den Sträuchern der weißen Rosen fände, würde sie gleich Schlußfolgerungen daraus ziehen, die erneute DNA-Tests vermutlich bestätigen würden: Dieses Blut war vielleicht dasselbe wie das, was man an den Rosen in seinem Auto gefunden hatte. Dasselbe Blut wie auf seinen Handschuhen.

Sein Blut.

Es war jetzt leicht, die Szene genau zu rekonstruieren. Unter dem Einfluß von Alkohol oder Mnemonium hatte er wahrscheinlich die Blumen abgerissen, anstatt sie abzuschneiden, und hatte dann, als er sah, daß seine Hände bluteten, seine Handschuhe angezogen. Hiernach hatte er vielleicht Catherine mißhandelt …

Das Puzzle nahm Gestalt an!

Thomas wurde klar, daß er diese Rosenstiele angesichts des Zustands, in dem sie sich befanden, nicht so lassen konnte, den Blicken des erstbesten Polizisten ausgesetzt, der sie unweigerlich verdächtig finden würde. Er mußte sie, zumindest vorübergehend, verschwinden lassen.

Schnell lief er zu dem Schuppen, in dem er seine Gartengeräte lagerte, schnappte sich die erste Rosenschere, die ihm in die Finger kam, kehrte zum Rosenstrauch zurück und begann mit großer Nervosität all die Stiele abzuschneiden, die er am Vorabend geköpft hatte. Als er fertig war, hob er erleichtert den Kopf.

Da stellte er fest, daß ihm seine Nachbarn, die Greenbergs, die bei den Steinbergs vor verschlossener Tür gestanden hatten, von der Straße aus neugierig zusahen. Warum zum Teufel hatte ihr Nachbar, der Psychiater,

einen so seltsamen Strauß abgeschnitten, ohne eine einzige Blüte? Hatte der arme Doktor denn vollends den Verstand verloren?
Als er sich den Haufen Stiele ohne Blüten ansah, den er in der linken Hand hielt, verstand Thomas das Erstaunen seiner Nachbarn. Er lächelte betreten und erklärte laut:
»Blattläuse! Es ist furchtbar, eine wahre Epidemie! Sie sind dabei, meine ganzen Rosen aufzufressen! Echte Monster! Das liegt wahrscheinlich am sauren Regen ...«
Seine Nachbarn antworteten nicht, machten nur große, erstaunte Augen, und gingen dann nach Hause.
Nachdem er diese höchst überraschende Erklärung abgegeben hatte, machte Thomas auf dem Absatz kehrt und lief weg.
Wo sollte er diese Stiele verstecken oder zumindest zwischenlagern? Es wäre in der Tat besser gewesen, sie ganz verschwinden zu lassen, zum Beispiel im Müllzerkleinerer in der Küche. Aber Thomas wollte seiner gerechten Strafe nicht entgehen, er wollte nur Zeit gewinnen.
Es blieben ihm vermutlich nicht mehr als zwei Wochen Freiheit. Zwei Wochen ...
Er durfte keine Zeit verlieren. Nachdem er den Haufen Stiele unter einer alten Plane in der Garage versteckt hatte, sprang er in sein Auto. Er mußte unbedingt mit der einzigen Person reden, die ihm sagen konnte, ob er Catherine vergewaltigt hatte.
Und diese Person war niemand anders als das Opfer selbst.

23

Vom Auto aus rief er Julie an. Vielleicht konnte sie ihm mehr darüber sagen, was tagsüber passiert war. Vielleicht würde ein Detail ihm helfen, sich zumindest an eine Sache zu erinnern, die am Vortag vorgefallen war, und er könnte den Rest dann rekonstruieren ...
»Hallo, Julie! Ich bin froh, dich zu erreichen. Hör zu, ich würde dir gern ein paar Fragen stellen. Hast du ein paar Minuten Zeit?«
»Ja, natürlich. Einen Moment ...«
Sie bat ihre Sekretärin, sie allein zu lassen.
»Ja, ich höre.«
»Ich möchte gern wissen, was gestern passiert ist.«

»Was gestern passiert ist? Aber ich …«, stammelte Julie, ebenso überrascht wie betreten. »Aber es ist nichts passiert, ich dachte, daß ich mich deutlich genug ausgedrückt hätte.«
Thomas begriff das Mißverständnis und präzisierte:
»Nicht abends, ich meine tagsüber, in der Klinik.«
»Aha, ich verstehe … Nun, ich kann dir nur die Ereignisse erzählen, bei denen ich mit dir zusammen war.«
»Ja, natürlich.«
»Nun, wir hatten die Besprechung des Disziplinarausschusses. Das war gegen … warte, zwei oder drei Uhr, das weiß ich nicht genau, ich könnte es mit meiner Sekretärin überprüfen.«
»Was ist während der Besprechung passiert?«
»Tja, sie verlief eher stürmisch! Wir haben den Fall Arthur besprochen.«
»Arthur?«
»Ja, Arthur Campbell.«
»Arthur …«
»Kannst du dich an Arthur erinnern?«
»Natürlich kann ich mich daran erinnern, wer Arthur ist. Aber was die Besprechung angeht, kann ich mich an nichts erinnern.«
»Er hat einen Tadel bekommen, weil er mit einer Patientin geschlafen hat.«
»Ah, ja! Jetzt erinnere ich mich: Frau Eaton!«
»Genau: Frau Eaton. Er hat es nicht geleugnet, sondern hat uns überzeugen wollen, daß es mildernde Umstände gäbe … Die Abstimmung war ziemlich knapp. Natürlich waren Jackson und Reeves auf seiner Seite. Aber Doktor Wilson und ich haben gegen ihn gestimmt.«
»Und ich?«
»Du hast uns unterstützt.«
»Ich verstehe.«
»Ich muß sagen, daß Jackson nicht gerade glänzender Laune war. Und Arthur natürlich auch nicht. Er hat von Verrat gesprochen, hat dich beinahe geschlagen und die Rose abgerissen, die du im Knopfloch getragen hast.«
Bei diesen Worten sah Thomas das wutverzerrte Gesicht seines Kollegen aufblitzen, der ihm die Rose abriß und sie auf den Boden warf.
»Ich verstehe, ich verstehe«, wiederholte er nachdenklich.
Immer mehr ins Gespräch vertieft, achtete Thomas kaum mehr auf die Straße. Er wechselte die Spur, ohne sich durch einen Blick in den Rückspiegel zu versichern, daß die Straße frei war, und wurde wütend von dem

Fahrer angehupt, den er gerade versehentlich geschnitten hatte. Mit einer plötzlichen Bewegung drehte er das Lenkrad wieder gerade und ließ den anderen vorbeifahren, der ihm ein unmißverständliches Zeichen mit dem Arm machte, auf das Thomas allerdings nicht reagierte.

»Thomas? Ist alles in Ordnung?« fragte Julie, die das Hupen gehört hatte und fürchtete, daß Thomas gerade einen Unfall hatte.

»Ja, ja. Aber sag mir, danach … Weißt du, was nach der Besprechung passiert ist?«

»Nun, wir sind bei der Mnemonium-Präsentation im Hörsaal gewesen. Da waren wir zusammen und danach, tja, da sind wir zur Havanas-Bar gefahren, um etwas zu trinken. Den Rest der Geschichte habe ich dir schon erzählt.«

»Danke, Julie. Ich hoffe, daß wir uns bald sehen. Ich bin gerade auf dem Weg zur Klinik. Wie ist die Stimmung dort?«

»Wechselhaft, mit einer Konstante: Alle sprechen von dir.«

»Und was sagt man so?«

»Tja, alle sind erstaunt über das, was geschehen ist.«

»Glauben sie denn, daß ich der Schuldige bin?«

»Da ist man geteilter Ansicht.«

»Ich verstehe.«

»Die Polizei ist hier: der nette Kommissar Templeton. Er ist gerade bei Catherine. Sie ist übrigens außer Gefahr.«

»Gut. Das beruhigt mich.«

»Aber sie ist tatsächlich vergewaltigt worden. Man hat ein Kondom in ihrer Vagina gefunden, und der Vergewaltiger hat sie vermutlich …«

Sie wagte es nicht, ihren Satz zu Ende zu sprechen.

»Was hat er sie?«

»Er hat sie auch anal vergewaltigt.«

»Was für eine Sauerei!«

»Ja, wirklich! Aber es gibt immerhin eine gute Nachricht, nämlich, daß sie nicht schwanger ist.«

»Wie tröstlich! Nun gut, ich lege jetzt auf … Wir sehen uns nachher … Nein, warte … Ich wollte dir noch sagen, wegen heute früh, ich … Ich bin dir wirklich dankbar für das, was du für mich getan hast.«

Er legte auf und dachte über dieses neue Detail nach, das seine Kollegin ihm mitgeteilt hatte. Konnte es sein, daß er Catherine anal vergewaltigt hatte? Konnte Mnemonium innerhalb nur weniger Stunden einen anständigen Mann in ein Ungeheuer verwandeln?

Durch das Gespräch hatte er noch eine Einzelheit erfahren: Arthur Campbell war wütend, daß er gegen ihn gestimmt hatte. Auf einmal erinnerte er sich daran, daß Campbell Zigarillos rauchte ... Und wenn es dieselbe Marke war wie die Kippe, die er am Strand, einige hundert Meter vom Mercedes entfernt, gefunden hatte?
Thomas wurde bei dieser Überlegung ebenso stutzig wie aufgeregt. Arthur, sein Kollege, der ihn in den ersten Stunden seines Witwerdaseins unterstützt hatte. Zugegeben, er hatte einen schlechten Ruf bei den Frauen – einen Ruf, um den ihn übrigens viele Männer beneideten –, aber der Schritt vom schlechten Ruf zum Inszenieren einer Vergewaltigung, um ihn zu gefährden oder um sich zu rächen, war doch zu groß!
Nein, so etwas würde Arthur nie tun! Es war unmöglich.
Und doch nahm Thomas sich vor, bei nächster Gelegenheit die Zigarillomarke zu überprüfen, die sein Freund rauchte ...
Aber vorher mußte er mit Catherine sprechen.

24

»Können Sie mir erzählen, was passiert ist, Fräulein Shield?« fragte Kommissar Templeton.
Er hatte sich erst Catherine vorgestellt, sie gefragt, wie es ihr ging, und dann mit seiner Vernehmung begonnen. Er war sich dessen bewußt, daß die junge Frau noch sehr schwach war – die Klinikleitung hatte es ihm gesagt; doch er wußte aus Erfahrung: Je mehr Zeit man verstreichen ließ, desto mehr scheinbar unbedeutende Details, die die Ermittlung jedoch sehr voranbringen konnten, vergaß das Opfer.
»Ich weiß es nicht, Kommissar, ich ... Ich kann mich an nichts erinnern.«
»An nichts? Wirklich gar nichts?«
»Ich würde Ihnen gern helfen, Kommissar, aber nein ...«
Das hatte er sich gedacht. Sie stand unter dem Einfluß von Drogen! Gibson, dieses Schwein, dessen Gerissenheit er trotz allem bewunderte, hatte ihr wahrscheinlich ohne ihr Wissen dasselbe Medikament eingeflößt, das er selbst genommen hatte, wie hieß es noch gleich, Mnemo ...? Wie auch immer, das war nicht wichtig.
In wenigen Stunden würde er die Ergebnisse der Laboruntersuchun-

gen haben. Er hatte darauf bestanden, daß dieser Fall vordringlich behandelt würde, und hatte dabei nicht gezögert, den Laboranten eine kleine zukünftige Belohnung in Aussicht zu stellen – gute Karten für ein Spiel der Mets –, wenn sie die gewünschte Schnelligkeit an den Tag legten.

Gibson war wirklich schlau! Unter dem Einfluß eines Medikaments, das das Gedächtnis angriff – er hatte die Begleitinformation gelesen –, konnte Catherine den Täter nicht mehr erkennen, nicht mehr mit dem Finger auf ihn zeigen. Wie praktisch doch dieses Medikament war, was für ein Glück für den Vergewaltiger!

Nur daß es, wie im Fall von Thomas' Frau vor einem Jahr, die Handschuhe gab ... und diesmal waren sie noch dazu blutig!

»Wahrscheinlich sind Sie gezwungen worden, ein neues Medikament einzunehmen, das das Gedächtnis beeinflußt«, sagte Templeton. »Deshalb können Sie sich an nichts erinnern. Trotzdem werden wir zusammen versuchen, Anhaltspunkte zu finden.«

Catherine, die ebenso schwach wie traurig zu sein schien und die sehr blaß war, begnügte sich damit, ihm mit einem leisen Lächeln zu antworten.

»Catherine, Sie sind im Mercedes von Doktor Gibson wiedergefunden worden, am Strand gegenüber von seinem Haus.«

Sie sagte nichts, war in ihre Gedanken vertieft.

Seit einer kurzen Weile war sie woanders: Sie dachte an Robert, ihre große Liebe. Wo war er? Tat es ihm leid, daß er sie verlassen hatte? Hatte er seine Einstellung geändert? Bereitete er sich nicht gerade darauf vor, zu ihr zurückzukehren? Und wie würde er auf das reagieren, was ihr gerade zugestoßen war? Hatte er in der Klinik angerufen? Hatte er versucht, sie zu erreichen oder zu sehen? Das mußte sie sobald wie möglich in Erfahrung bringen.

Wie dem auch sei – das kam im Moment nicht in Frage. Sie mußte diesem Fremden zuhören, der sie mit seinen etwas unangenehm stechenden schwarzen Augen ansah.

»Können Sie sich daran erinnern, in den Mercedes gestiegen zu sein?« fuhr der Kommissar fort.

»Nein, ich ...«

»Waren Sie schon einmal bei Doktor Gibson?«

»Doktor Gibson?«

»Ja, der Arzt, der Sie behandelt ...«

Sie schien nicht nur nicht zu verstehen, worauf er hinauswollte, sondern auch nicht einmal zu wissen, wer Doktor Gibson war. Mnemonium war wirklich ein starkes Medikament!
Templeton hatte verschiedene Dokumente mitgebracht, darunter ein Photo von Doktor Gibson, das er Catherine zeigte.
»Ach ja!« sagte sie sofort. »Doktor Gibson, der Arzt, der sich um mich kümmert.«
»Genau«, antwortete der Kommissar, beruhigt.
Immerhin hatte sie ihr Gedächtnis nicht vollständig verloren! Templeton machte eine schnelle Rechnung. Sie war am Dienstag wegen Selbstmordversuches eingeliefert worden, es war jetzt Freitag, also reichte das Medikament nicht allzuweit in die Vergangenheit zurück und beeinträchtigte das Gedächtnis nur bis zu einem gewissen Punkt. Das war ja immerhin ermutigend.
»Aber warum zeigen Sie mir das?« fragte Catherine und schob das Photo weg.
»Weil Doktor Gibson der Hauptverdächtige ist ...«
Sie schien nicht zu verstehen. Ob sie den Ausdruck ›Hauptverdächtiger‹ kannte?
»Wir glauben, daß er es gewesen sein könnte, der Sie vergewaltigt hat, Catherine.«
»Doktor Gibson?«
»Ja. Wir haben noch nicht genügend Beweise, aber wir glauben, daß er es vielleicht war, der sich an Ihnen vergriffen hat.«
»Aber ... Er wirkt so freundlich, so gut. Ich weiß nicht, was ich sagen soll ...«
»Hat er sich Ihnen gegenüber in unangemessener Weise verhalten?«
»Nein.«
»Etwas zu eindringliche Blicke? Andeutungen?«
»Nein.«
»Hat er Ihnen keine Komplimente gemacht? Hat er nicht versucht, Sie anzufassen oder Sie sogar zu streicheln?«
»Nein.«
»Gut. Ich verstehe.«
Er hielt inne und änderte dann die Richtung seiner Vernehmung.
»Können Sie sich daran erinnern, gestern abend die Klinik verlassen zu haben?«
»Nein.«

In diesem Moment kam der Krankenpfleger Peter mit einem Essenstablett ins Zimmer. Es gab Säfte, Pudding in verschiedenen Geschmacksrichtungen und Kekse.
Kommissar Templeton fand ihn auf den ersten Blick weibisch und konnte es sich nicht verkneifen, ihm einen verächtlichen Blick zuzuwerfen. Homosexuelle hatte er noch nie gemocht, und obwohl er seinen Haß auf sie nicht öffentlich zugab, hätte er ihnen, wenn es nach ihm ginge, alle Rechte genommen, damit sie nicht die Jugend verdarben und Aids verbreiteten, diese Krankheit, die schließlich die ganze westliche Gesellschaft hinwegraffen würde! Das war der Nachteil einer Demokratie: Ihre Exzesse hatten schon angefangen, sich gegen sie zu kehren und würden zu ihrem eigenen Untergang führen!
Peter war hinsichtlich unterdrückter Zeichen von Repression seitens sogenannter echter oder vermeintlicher ›Heteros‹ sensibilisiert und spürte den Haß des Kommissars. Er vermied es, seinem Blick zu begegnen, und konzentrierte sich auf Catherine.
»Möchten Sie etwas essen, Fräulein?«
»Nein«, sagte sie.
»Das sollten Sie aber tun, Catherine, es wird Ihnen guttun«, sagte der Kommissar.
Als wollte er sie ermutigen, aber eigentlich aus Naschsucht, nahm er einen Keks vom Tablett und aß ihn beinahe mit einem Bissen auf. Er hielt seinen wilden Blick auf Peter gerichtet und wischte sich den Mund mit den Fingern ab.
»Nein, danke, ich habe wirklich keinen Hunger«, erklärte Catherine.
Peter sah keine Veranlassung, länger im Zimmer zu bleiben, und zog sich gesenkten Blickes zurück. Der Kommissar sah ihm beim Hinausgehen nach, seufzte angewidert und fuhr fort:
»Was ist das letzte, woran Sie sich erinnern können?«
»Ich weiß nicht. Ich … Ich bin ein bißchen müde, Kommissar.«
»Ich verstehe, Catherine. Das ist ja auch normal nach dem, was Ihnen zugestoßen ist. Ich werde jetzt gehen, damit Sie sich ausruhen können. Wir sehen uns ein andermal wieder. Vielleicht kommt Ihre Erinnerung bis dahin wieder zurück. Aber ich möchte, daß Sie mir in der Zwischenzeit etwas versprechen. Wenn Sie sich an ein Detail erinnern, schreiben Sie es auf und rufen Sie mich dann gleich an. Hier haben Sie meine Visitenkarte.«
Er zog eine Karte aus seiner Tasche und gab sie der jungen Frau, die sie

auf den Nachttisch legte, ohne sich auch nur die Mühe zu machen, einen höflichen Blick darauf zu werfen.

25

Selten hatte Robert so bedrückt ausgesehen. Er saß vor dem Fernseher und sah sich die Reportage an, die die meisten Sender über Catherines Vergewaltigung ausstrahlten. Die Berichterstattung über dieses Thema ließ die Einschaltquoten in die Höhe schnellen. Es war nicht nur ein namhafter Psychiater aus Hampton in diese entsetzliche Vergewaltigung verwickelt, sondern das Opfer – das hatten die Journalisten schnell herausgefunden – war die ehemalige Verlobte von Robert Elliott, dem Sohn des extrem reichen Geschäftsmannes, der es in den Novemberwahlen auf einen Posten als Senator abgesehen hatte. Damit konnte man das Publikum wirklich fesseln!

Aber Robert reagierte nicht wie der gewöhnliche Voyeur, in den die Medien beinahe jeden, der fernsieht, verwandelt haben. Nein, er litt. Konnte ein so sensibler Mann wie er denn von einem Tag auf den anderen aufhören, eine Frau wie Catherine zu lieben? Eine Frau, mit der er so wunderbare, so romantische, so großartige Momente erlebt hatte, daß er auf einen Schlag alle vergessen hatte, die um ihn herumschwirrten und gewiß von seinem Charme und seinem Sex-Appeal angezogen waren, aber bestimmt auch von seinem Reichtum und der Stellung seiner Familie?

Der alte, der ewige Konflikt zwischen der Staatsräson und dem Herzen hatte ihn zerrissen, und sein Vater hatte schließlich gewonnen. Aber hatte er deshalb die Leidenschaft im Herzen seines Sohnes ausgelöscht?

Ein entsetzliches Schuldgefühl nagte an Robert. Bestimmt zum hundertsten Mal wälzte er einen Gedanken, der ihm unumstößlich erschien: Wenn er Catherine nicht verlassen hätte, hätte sie nicht versucht, sich umzubringen; folglich wäre sie nicht in dieser Klinik gelandet und nicht von diesem skrupellosen Arzt vergewaltigt worden.

Zögerlich legte er die Hand auf den Telefonhörer. Ohne Catherine eine Versöhnung oder auch nur ein Treffen vorzuschlagen, konnte er sie doch zumindest anrufen, um sich zu erkundigen, wie es ihr gesundheitlich ging, wie sie sich fühlte, um ihr zu sagen, daß es ihm leid tat, daß er in Gedanken bei ihr war, wenn er es körperlich schon nicht sein konnte.

Schließlich hob er den Hörer ab, fand die Nummer der Klinik heraus, in der sich Catherine befand, wählte sie und verlangte Catherine. Wenige Sekunden später hörte er, zitternd und bewegt, ihre Stimme. Ihre so sanfte, so schöne Stimme, die in ihm geheime Gebiete berührte, die noch keine andere Frau je zuvor erreicht hatte.

»Hallo?« sagte Catherine schwach. »Hallo, wer ist da?«

Gelähmt von einem plötzlichen Schamgefühl, von der Angst, ihr falsche Hoffnungen zu machen, sagte Robert nichts. Dennoch sollte sie wissen, daß er ständig an sie dachte, daß sie nicht aus seinem Leben verschwunden war, aber daß das Leben – sein Vater – es anders entschieden hatte und daß die Konventionen eine Kraft hatten, die stärker war als die der Liebe. Seine Familie hatte Traditionen: Diese zu verwerfen würde heißen, alles zu verleugnen, was er war – sowohl seine Vergangenheit als auch seine Gegenwart und seine Zukunft.

»Hallo?« sagte Catherine nochmals, die plötzlich spürte, wer am anderen Ende der Leitung war, was ihren Exverlobten aus der Fassung brachte. »Robert? Bist du es? Du bist es, nicht wahr, Robert?«

Mit Tränen in den Augen und dem Gefühl, feige zu sein, legte er auf. Aber konnte er denn anders handeln? Wäre es nicht purer Egoismus gewesen, seinem Drang, sie zu sprechen, nachzugeben und ihr so Hoffnung auf eine Versöhnung zu machen, die er gleich wieder hätte zunichte machen müssen?

In dem Moment, als er auflegte, kamen seine beiden Schwestern an.

Als sie die Reportage im Fernsehen sahen, sagte eine der Zwillingsschwestern:

»Da bist du gerade noch einmal davongekommen, Robert.«

»Zum Glück ist dieses kleine Luder kein Mitglied der Familie geworden!« bekräftigte die andere.

»Haltet den Mund!« sagte Robert in einem Ton, dessen Aggressivität seine Schwestern überraschte.

»Ach, faß es doch nicht so auf!« sagte die erste.

»Du bist ja empfindlich, Brüderchen! Es ist doch nicht unsere Schuld, wenn du das falsche Los gezogen hast!«

Er hatte keine Zeit zu antworten. Emil trat ein, gefolgt von Roberts Verlobter. Sie wurde beinahe triumphierend von den Zwillingen empfangen, die in ihr bereits eine Verbündete sahen, ein Wesen aus ihrer Welt. Sie fühlten sich außerdem auch nicht so bedroht von ihrer Schönheit, die viel weniger strahlte als Catherines. Und die Verlobte teilte ihre Verachtung

für all die, die nicht das Glück gehabt hatten, mit einem silbernen Löffel im Mund geboren zu werden.
Das Telefon klingelte. Robert erriet, wer anrief. Er entschied sich dafür, kein Risiko einzugehen, und hob nicht ab, zum Erstaunen seiner Schwestern, die ihn nach dem Grund fragten.
»Gehen Sie ans Telefon, Emil, aber ich bin nicht zu sprechen. Wir kommen jetzt schon zu spät zu unserem Picknick.«
Er gab seiner Freundin einen Kuß zur Begrüßung. Im Grunde, sagte er sich, war sie gar nicht so schlecht. Sie war hübsch und hatte eine gewisse Anziehungskraft. Sie wirkte sportlich und hatte eine sehr schöne Haltung, eine Folge ihrer jahrelangen klassischen Ballettausbildung. Ihr Gesichtsausdruck, ihr Blick hatten allerdings etwas Kaltes und Hartes. Nur ihr seltenes Lächeln, das eine Reihe deprimierend perfekter Zähne enthüllte (die sie mehrere zehntausend Dollar gekostet hatten), vermochte es, ihre Züge weicher, weniger affektiert erscheinen zu lassen. Ihr Haarschnitt hatte etwas Konservatives und Zurückhaltendes, und ein wenig mehr Phantasie hätte ihr nicht geschadet – allerdings war sie keine Schauspielerin wie Catherine, sondern hatte gerade *magna cum laude* ein Studium der Wirtschaftswissenschaften abgeschlossen.
Am betretenen Ausdruck Emils erkannte Robert, daß er sich nicht getäuscht hatte: Es war Catherine, die anrief. Unwillkürlich dachte er, wie verbunden ihre Herzen, wie geeint ihre Gedanken doch trotz der Trennung waren. Sie hatte erraten, daß er angerufen hatte, und sofort zurückgerufen.
Trotz der ausdrücklichen Anweisung, die er erhalten hatte, und der heiklen Situation – Catherines Rivalin unterhielt sich gerade mit Roberts Schwestern –, legte der Bedienstete die Hand auf den Hörer und begnügte sich damit, die Stirn zu runzeln, um Robert zu fragen, ob er das Gespräch annehmen wolle. Dieser machte ein Zeichen, das nein bedeutete.
»Wir gehen, Emil, einen schönen Tag.«
»Ihnen auch einen schönen Tag, Ihnen und den jungen Damen. Ich wünsche Ihnen ein schönes Picknick.«
Seine Schwestern und seine Verlobte verließen zuerst den Raum. Als er ging, brach es Robert das Herz, die Verzweiflungsschreie einer Frau aus dem Hörer kommen zu hören: Mit ihrem üblichen Temperament flehte Catherine Emil an, ihr ihren Exverlobten zu geben.
Bedauernd legte der Bedienstete auf. Er wäre gern zu ihren Gunsten bei Robert eingeschritten, er hätte Catherine erklären wollen, daß ihr ehema-

liger Verlobter sichtlich bewegt war, daß er sie wahrscheinlich noch immer liebte, daß das Leben …
Aber er konnte einfach nicht.

26

Auf dem Weg zu Catherines Zimmer stieß Thomas auf Kommissar Templeton, der unverrichteter Dinge herauskam.
»Ach, unser Freund der Psychiater!« sagte dieser ironisch. »Ich freue mich, Sie zu sehen! Ich wollte Sie gerade rufen lassen.«
Thomas schien das nicht sehr witzig zu finden. Er sah ihn einfach nur an, ohne etwas zu sagen, und hatte Lust, ihm die Faust ins Gesicht zu schlagen.
»Sie sind schlau, Doktor, sehr schlau! Sie haben Catherine Mnemonium eingeflößt, haben selbst welches genommen, und glauben so, die perfekte Vergewaltigung begangen zu haben.«
Diese neue Enthüllung verwirrte Thomas. Catherine hatte also Mnemonium genommen! Hatte er es ihr gegeben? Es konnte auch jemand anders aus der Klinik gewesen sein. Außerdem war die Gagliardi-Klinik nicht die einzige, die über Mnemonium verfügte. Aber das Medikament war noch nicht im Handel …
»Sie haben die Zeugenaussage von Doktor Cooper gehört«, entgegnete er. »Sie wissen, daß ich ein Alibi habe, warum lassen Sie mich also nicht in Ruhe?«
»Weil ich glaube, daß Ihr Alibi nicht wirklich eines ist! Ich glaube, daß Sie lügen, Doktor. Und daß diese junge Frau auch lügt, um sie zu decken. Oh! Ich sage nicht, daß Sie schlechte Arbeit geleistet haben. Das Labor hat gerade angerufen, die Fingerabdrücke auf dem Wodka-Glas sind tatsächlich von ihr, ebenso wie die Haare, die wir auf der Couch gefunden haben. Aber es gibt keinerlei Beweise dafür, daß sie die ganze Nacht bei Ihnen war. Ich warne Sie übrigens auch gleich, daß wir dabei sind, ihre Aussage zu prüfen. Wenn ein Nachbar gestern gesehen hat, wie sie nach Hause gekommen ist, stecken Sie in den größten Schwierigkeiten, Doktor!«
Thomas zitterte unmerklich. Dieser Kommissar schien wirklich hellsichtig zu sein oder zumindest außerordentlich scharfsinnig.
»Meiner Meinung nach haben sich die Dinge folgendermaßen zugetragen,

Doktor: Sie haben mit Doktor Cooper etwas getrunken, Sie haben miteinander geschlafen ...«

»Und dann«, unterbrach ihn Thomas, »bin ich, weil ich ein Triebtäter bin, losgezogen und habe eine meiner jungen Patientinnen vergewaltigt, die gerade einen Selbstmordversuch hinter sich hat. Eine brillante These, Kommissar, brillant! Sind Sie zufällig ein Mitglied der *Mensa*?«

»Der *Mensa*?«

»Ach, es ist schon gut, Kommissar ... Das ist nicht wichtig.«

In diesem Augenblick hatte Amy, die magersüchtige Dichterin, Thomas bemerkt und näherte sich. Sie nahm den Hörer ihres Walkmans ab, ließ sich von der Anwesenheit des Kommissars, mit dem sich Thomas offensichtlich unterhielt, nicht stören und hielt ihm ein großes weißes Blatt hin.

»Doktor, endlich habe ich Sie gefunden! Ich bin beinahe gestorben vor Furcht. Als Sie heute früh nicht da waren, habe ich die Welt nicht mehr verstanden. Ich dachte, daß wir eine Verabredung hatten. Aber zum Glück ist Ihnen ja nichts zugestoßen! Ich habe Ihnen ein neues Gedicht geschrieben. Dieses müssen Sie lesen. Das andere haben Sie nicht gelesen, nicht wahr?«

»Aber ... Ich hatte keine Zeit, Amy. Aber ich verspreche Ihnen, es zu lesen. Sie müssen nur ein bißchen Geduld haben.«

»Aber Doktor, die Poesie kann nicht warten!«

Sie hielt ihm das große Blatt Papier mit ihrem Gedicht hin und ging, ohne zu grüßen, weiter.

»Sie scheinen ja sehr beliebt zu sein bei Ihren Patientinnen, Doktor! Was ist denn Ihr Geheimnis?«

»Amy Robert ist sehr krank.«

»Sehr verliebt, Doktor, wollen Sie eigentlich sagen! Darf ich?« fragte er und streckte die Hand aus.

Thomas zögerte. Es gab natürlich das Berufsgeheimnis, aber er wollte auf keinen Fall den Eindruck erwecken, eine Beziehung zu einer seiner Patientinnen zu verheimlichen.

»Selbstverständlich!«

Der Kommissar las das Gedicht, insofern man diese wenigen, schnell hingekritzelten Worte ein Gedicht nennen konnte. Er überflog es, lächelte wissend und las laut vor:

Ihr Körper, Doktor, mein Körper, eine einzige Symphonie, Kammermusik der Kammer vierunddreißig zweiundzwanzig ...

Er wiederholte:
»Vierunddreißig zweiundzwanzig! Interessant, nicht wahr, Doktor? In welchem Zimmer liegt diese junge Frau? Nummer vierunddreißig zweiundzwanzig?«
»Hören Sie, Kommissar, ich kann meine Zeit nicht mit Ihren lächerlichen Unterstellungen vergeuden. Diese junge Frau ist sehr krank! Wenn Sie alle Psychiater beschuldigen wollten, Beziehungen mit allen Patientinnen zu haben, die ihre Sehnsüchte auf Sie übertragen, könnten Sie die gesamte New Yorker Polizei ganztags beschäftigen.«
»Sie gestehen also?«
»Ich gestehe gar nichts!«
»Das ist Ihr gutes Recht, Doktor, das ist Ihr gutes Recht. Aber wenn Sie einmal vor Gericht stehen und wir den Beweis erbringen, daß Sie schuldig sind, werden Sie wohl oder übel gestehen müssen! Lassen Sie mich in der Zwischenzeit meinen Gedankengang von vorhin fortsetzen. Sie haben etwas mit Julie Cooper getrunken, Sie haben mit ihr geschlafen, dann hat Ihre Patientin Catherine angerufen, die Sie unbedingt sehen wollte und damit drohte, sich sonst umzubringen. Sie hatten Angst, sie ebenso zu verlieren, wie Sie Ihre andere Patientin Diane Thurman verloren haben, also sind Sie zu ihr geeilt.«
Thomas raste innerlich. Natürlich wußte der Kommissar über den plötzlichen Selbstmord seiner Patientin Bescheid, der ihn so erschüttert hatte!
Der Kommissar fuhr fort:
»Sie haben sie außerhalb der Klinik getroffen, oder sogar in der Klinik, und haben sie mitgenommen, um mit dem Auto eine Runde zu drehen. Und sie hat Ihnen gefallen, weil sie Ihrer verstorbenen Frau so ähnlich sieht. Catherine ist wirklich die Doppelgängerin ihrer Frau, nicht wahr, Doktor?«
»Halten Sie meine Frau aus dieser Geschichte heraus! Das erlaube ich Ihnen nicht!«
»Verlieren Sie die Fassung, Doktor? Habe ich einen wunden Punkt getroffen?«
Thomas konnte sich kaum mehr zurückhalten. Er fragte sich, was ihn daran hinderte, diesen Kriminalkommissar samt seiner unerträglichen Arroganz Mores zu lehren. Aber er war bewaffnet, und Thomas hatte schon genug Ärger.
»Sie haben vorgeschlagen, Mnemonium zu nehmen, und um ihr zu beweisen, daß das Medikament ungefährlich ist, weil sie Ihnen nicht vertraute,

haben Sie selbst eine Dosis genommen. Vielleicht wollten Sie auch alles vergessen, wollten Sie Ihr Schuldgefühl einschläfern. Weil Sie schon wußten, was Sie vorhatten. Sie wußten, daß Ihre alte Wunschvorstellung in Erfüllung gehen würde, ein letztes Mal, wenn auch nur stellvertretend, mit Ihrer Frau zu schlafen, Ihrer Frau, die Sie umgebracht haben, Doktor. Und auch das werde ich beweisen!«

Diesmal konnte Thomas nicht mehr an sich halten: Mit einer schnellen Bewegung schlug er dem Polizisten, dem es den Atem verschlug, in den Magen und stieß ihn brutal gegen die Wand. Er wollte ihn gerade zusammenschlagen, als zwei seiner Kollegen, die dort vorbeigingen, einschritten:

»He! Thomas, hör auf!«

»Er ist ein Polizist!«

Thomas ließ sich wegzerren. Einen Moment lang hatte er sich nicht unter Kontrolle! Er fuhr sich mit der Hand übers Gesicht und versicherte seinen Kollegen, daß alles wieder in Ordnung sei.

Der Polizist fühlte sich erniedrigt, weil ihn ein einfacher ›Ziviler‹ umgehauen hatte, der zu allem Überfluß unbewaffnet war. Er stand wieder auf und schob rücksichtslos den Arzt beiseite, der sich heruntergebeugt hatte, um ihm zu helfen.

»Hierfür könnte ich Sie auf der Stelle verhaften, Doktor!« sagte der Kommissar und strich sich über seine vom Sturz zerzausten Haare. »Aber es ist mir lieber, wenn Sie in Freiheit sind. Da macht es mir mehr Spaß, Sie zur Strecke zu bringen wie die gewöhnliche kleine Bestie, die Sie sind, Doktor. Die Jagd ist eröffnet.«

»Fühlen Sie sich eingeladen!« schrie Thomas ihm zu, und seine Kollegen stürzten sich sofort zu ihm, um ihn zu bitten, es sich nicht noch schwerer zu machen.

Aber der Kommissar hatte sich schon umgedreht und war gegangen.

»Danke, danke, daß ihr eingeschritten seid«, sagte Thomas zu seinen Kollegen, die seinen Dank annahmen, aber ihn ansahen wie die meisten, denen er auf seinem Weg durch die Klinik begegnet war: mit einer Mischung aus Betretenheit und ängstlicher Verdächtigung. War er schuldig? Hatte er diese arme junge Frau vergewaltigt, oder war er das Opfer eines furchtbaren Mißverständnisses?

Sagt man denn nicht, daß es keinen Rauch ohne Feuer gibt?

27

»Was denken Sie darüber?« fragte Thomas Catherine, nachdem sie ein paar Minuten geredet hatten.
Catherine zögerte einen Augenblick.
»Ich glaube nicht, daß Sie es waren ...«
Thomas bekam wieder Luft. Er sah sich Catherine ein paar Sekunden lang an. Er fand sie sehr verändert, sehr blaß, was allerdings völlig normal war, nach dem, was sie gerade mitgemacht hatte.
»Der Kommissar hat vermutlich mit Ihnen über ein gewisses Medikament gesprochen, das der Vergewaltiger Sie gezwungen hat zu nehmen.«
»Ja, das hat er.«
»Mnemonium ist ein Medikament im Versuchsstadium ... Es wurde entwickelt, damit zum Beispiel das Opfer einer Vergewaltigung völlig vergißt, was passiert ist, um ihm den posttraumatischen Streß zu ersparen, das heißt, damit es nicht Jahre braucht, um sich davon zu erholen. Dieses Medikament beeinträchtigt das Kurzzeitgedächtnis und muß gleich nach dem traumatischen Erlebnis eingenommen werden. So bald wie möglich. In Ihrem Fall ist das Medikament vorher eingenommen worden, da Sie sich an gar nichts erinnern. Aber da das Medikament noch in der Versuchsphase ist, und wir nicht so recht wissen, wie das Gedächtnis funktioniert, kann es gut sein, daß Ihnen manche von den Dingen, die gestern abend passiert sind, wieder einfallen. Deshalb möchte ich Ihnen noch andere Fragen stellen. Manchmal kann ein Wort, ein Bild dabei helfen, die Erinnerung aufzufrischen. Wenn Ihnen nichts einfällt, machen Sie sich nichts daraus: Es ist nicht Ihre Schuld. Wenn Ihnen ein Gedanke kommt, egal welcher, auch wenn er Ihnen seltsam vorkommt, unwichtig und ohne Bezug zur Vergewaltigung, zögern Sie nicht, ihn zu erzählen. Vielleicht schaffen wir es dann, eine Erinnerung heraufzubeschwören, die wichtig ist.«
»Ich verstehe, Doktor, ich verstehe.«
Sie wollten gerade anfangen, als jemand an die Tür klopfte. In ihren Sonntagskleidern standen Catherines Eltern verlegen auf der Schwelle und lächelten leicht. Catherines Mutter trug einen lila Hut mit Schleier, der unter diesen Umständen einigermaßen lächerlich wirkte, und ihr Vater hatte seinen schönsten Anzug angezogen – das mußte man allerdings wissen! Er hielt ein ziemlich großes Päckchen in den Händen, ein Geschenk, in goldenem Einpackpapier, mit einem breiten grünen Band, das in einer riesigen Schleife in einem zarteren Grün endete.

Die Reaktion ihrer Tochter stimmte sie traurig. Anstatt sie aufzufordern, sie zärtlich in die Arme zu nehmen, fing Catherine an zu schreien:
»Ich will euch nicht mehr sehen! Versteht ihr, ich will euch nicht mehr sehen! Ihr seid nicht meine Eltern! Ich hasse euch ... Alles, was mir zustößt, ist eure Schuld!«
»Aber Catherine«, widersprach Thomas sanft und versuchte, sie zu beruhigen, »Ihre Eltern sind gekommen, um Sie zu besuchen. Es sieht so aus, als ob Ihr Vater ein sehr schönes Geschenk für Sie hätte.«
Bei diesen Worten des Arztes lächelten Catherines Eltern zustimmend. Anstatt vernünftig zu sein, blieb Catherine sie selbst und suchte um sich herum nach einem Gegenstand, den sie ihren Eltern an den Kopf werfen konnte. Sie fand nur das Telefon, das ihr ja gerade eine große Enttäuschung bereitet hatte, und schleuderte es ihren Erzeugern entgegen.
Catherines Eltern verstanden die Botschaft, ebenso wie Thomas, der sie bat, ihm in den Gang zu folgen.
»Guten Tag, Frau Shield, guten Tag, Herr Shield. Ich denke, daß es besser ist, wenn Sie etwas später wiederkommen, sagen wir morgen. Ihre Tochter hat einen schweren Schock erlitten und ist nicht in der Lage, jetzt mit Ihnen zu reden. Das ist aber normal, Sie brauchen sich keine Sorgen zu machen.«
Catherines Vater, der Thomas seit seiner Ankunft stirnrunzelnd ansah, hatte sofort den Psychiater erkannt, den das Fernsehen innerhalb weniger Stunden bekannt gemacht hatte und dem er vor wenigen Tagen in der Klinik kurz begegnet war. Doch wenn es sich bei diesem Arzt wirklich um den Vergewaltiger handelte, hätte er dann nicht im Gefängnis sein müssen anstatt im Zimmer seines Opfers? Etwas stimmte hier nicht.
Er sah seine Frau an, die sich anscheinend dieselben Fragen stellte, was seinen Eindruck bestätigte. Thomas verstand ihre Befürchtungen:
»Ich habe Ihre Tochter nicht vergewaltigt. Jemand hat versucht, mir das Verbrechen anzulasten. Aber die Polizei hat keinerlei Beweise gegen mich und mußte mich freilassen.«
Der Vater schien von dieser Erklärung nur halb überzeugt zu sein. Seine Frau lächelte beruhigt. Sie räumte dem Psychiater gern den Vorteil des Zweifels ein. Er sah nicht aus wie ein Vergewaltiger, sondern eher wie ein anständiger Mann. Und ein so gutaussehender Mann – und Arzt obendrein – würde sich niemals dazu herablassen, eine Frau mit Gewalt zu nehmen, und noch weniger eine junge Patientin, die noch von einem Selbstmordversuch geschwächt war.

Sie drehte sich zu ihrem Mann und gab ihm mit einer gebieterischen Miene zu verstehen, daß es besser sei, es hierbei zu belassen, und daß Doktor Gibson sicherlich die Wahrheit sagte.
Ihr Mann schwieg und senkte den Kopf.
»Ist das für Ihre Tochter?« fragte Thomas und zeigte auf das Geschenk.
»Ja«, antwortete der Vater schnell.
»Nun, ich könnte es ihr in Ihrem Namen übergeben. Vielleicht ist das die beste Art, sie zu besänftigen. Es sei denn, Sie geben es ihr morgen lieber selbst ...«
»Nein, nein. Das ist eine gute Idee«, erwiderte der Vater.
»Eine sehr gute Idee«, stimmte seine Frau zu.
Ohne zu zögern, gab Herr Shield dem Psychiater das Geschenk. Dieser tat sein Bestes, um sie zu beruhigen: Ihre Tochter war außer Gefahr. Er schlug ihnen auch vor, in vierundzwanzig Stunden wiederzukommen. Sicherlich wäre Catherine dann ruhiger und freundlicher. Bevor sie gingen, reckten sie die Hälse, um ihre Tochter noch einmal zu sehen. Aber Catherine drehte ihren Kopf absichtlich weg, damit ihre Blicke sich nicht begegneten.
Sie ließen es dabei bewenden.
Mit dem Päckchen in der Hand ging Thomas wieder ins Zimmer.
»Ich will es nicht! Dieses Geschenk will ich nicht! Sie haben mir achtzehn Jahre lang nie etwas geschenkt, und jetzt wachen sie auf! Es ist zu spät!«
Thomas wollte auf dieses Thema nicht weiter eingehen, das wahrscheinlich später in der Therapie wieder auftauchen würde, zumindest wenn die irdische Gerechtigkeit ihm hierzu Gelegenheit bot.
»Na gut, ich lasse es hier. Sie können es aufmachen, wenn Sie möchten. Wenn nicht, können Sie darum bitten, daß man es wegwirft.«
Sie widersprach nicht. Thomas stellte das Päckchen in einer Ecke des Zimmers ab, hob das Telefon auf und stellte es kommentarlos wieder auf den Nachttisch seiner Patientin.
»Ich möchte Ihnen noch ein paar Fragen stellen, Catherine.«
»Wie Sie wollen«, sagte sie und sah sich, neugierig geworden, das Päckchen in der Ecke des Zimmers an.
Thomas konzentrierte sich. Catherine war offensichtlich am Ende ihrer Kräfte, man durfte sie nicht mit unsinnigen Fragen noch mehr erschöpfen.
»Gibt es einen Namen, einen Ort, an den Sie sich erinnern, wenn Sie an

gestern abend denken? Ich weiß, daß Sie müde sind, aber versuchen Sie, sich Mühe zu geben.«

»Nichts, Doktor, gähnende Leere! Ich möchte Ihnen wirklich gern helfen, aber ich kann mich an nichts erinnern!«

Er stellte ihr in den nächsten Minuten noch mehr Fragen, erkannte aber, daß sie immer erschöpfter wurde und daß es besser wäre, sie ausruhen zu lassen. Er wollte die Tür schließen, als er sich zurückzog, aber sie widersetzte sich: Es sei ihr lieber, wenn er sie offen ließe. Sie hatte Angst. Er konnte es verstehen. Er lächelte ihr zu und trat in dem Moment auf den Gang, als Amy Robert wiederum mit ihrem Walkman vorbeikam, den sie sofort leiser stellte, als sie ihren geliebten Arzt sah.

Sie hörte sich Schumanns Symphonische Etüden an, virtuos interpretiert von dem jungen Genie Ivo Pogorelich – dem einzigen Mann, mit dem sie es je gewagt hätte, Doktor Gibson zu betrügen!

»Doktor, haben Sie Zeit gehabt, es zu lesen?« fragte sie.

In ihrem Fall handelte es sich wirklich um eine Obsession!

»Ja, oder vielmehr nein, Amy, ich habe es noch nicht gelesen«, antwortete er ihr, diesmal allerdings einigermaßen gereizt. Seine Nerven waren nicht mehr die stärksten. Er nahm es seiner Patientin übel, daß sie ihn mit ihrem kurzen Gedicht, das sie ihm vor dem Kommissar gegeben hatte, in eine mißliche Lage gebracht hatte. Es war natürlich nicht ihre Schuld, aber trotzdem …

»Lassen Sie sich nicht zuviel Zeit, Doktor, sonst habe ich das Gefühl, daß ich …«

»Ich verspreche Ihnen, daß ich es morgen gelesen habe, ist das in Ordnung?«

Diese Vereinbarung munterte Amy auf. Sie stellte ihren Walkman wieder lauter und entfernte sich fröhlichen Schrittes.

Thomas nickte. Um sie zu heilen, hatte man alle Hände voll zu tun! Und schien sie nicht sogar glücklich in ihrer Welt, auch wenn sie noch so schizophren war?

Er wollte gerade zu Arthur Campbells Büro gehen, um nachzusehen, ob die Kippe, die er heute morgen am Strand gefunden hatte, von derselben Marke war wie die Zigarillos, die sein Kollege rauchte, als er Catherine rufen hörte:

»Doktor!«

Er drehte sich zu ihr um. Ihre Augen waren vor Schreck geweitet, und sie sah aus wie jemand, der Halluzinationen hatte. Der Psychiater näherte

sich ihr langsam, als ob er fürchtete, sie zu erschrecken. Vor ihrem Bett blieb er stehen, und bevor er Zeit hatte, ihr eine Frage zu stellen, sagte sie, immer noch ins Leere blickend:
»Ein Klavier …«
»Ein Klavier?«
»Ja«, sagte sie und schaute ihn diesmal an, immer noch mit diesem erschreckten Ausdruck. »Ja, es war ein Klavier da, beziehungsweise ein Flügel. Und ein Kerzenleuchter.«
»Ein Flügel und ein Kerzenleuchter? Wo?«
»Ich weiß es nicht. Aber ich weiß, daß es auf einem Flügel passiert ist.«
Thomas dachte, daß es die Klaviermusik gewesen sein mußte, die aus dem Hörer von Amys Walkman halblaut zu hören gewesen war, die diese unwillkürliche Erinnerung hervorgerufen hatte. Er dankte seiner Patientin in Gedanken, es tat ihm leid, daß er sich vorher über sie geärgert hatte. So war es im Leben: Oft brauchte man jemanden, der kleiner – oder kränker – war als man selbst …
Thomas freute sich über diese Erinnerung. Das war ein Anfang! Also war Mnemonium doch nicht so wirkungsvoll wie von der Herstellerfirma vorgesehen. Gott sei Dank war es nicht perfekt! Catherine konnte sich wieder an etwas erinnern. Falls es sich hierbei um wahre Erinnerungen handelte und nicht um Halluzinationen oder Phantasiegebilde. Aber bis das Gegenteil bewiesen war, würde er ihr glauben.
»Ein Flügel«, sagte Thomas nachdenklich, der noch näher an Catherines Bett herangetreten war. »Versuchen Sie jetzt zu überlegen. Wo haben Sie zuletzt einen Flügel gesehen?«
»Ich … Ich weiß es nicht, ich …«
»Haben Ihre Eltern einen?«
»Ein Flügel bei meinen Eltern«, sagte Catherine, wandte die Augen zur Decke und lächelte sarkastisch. »Man merkt, daß Sie nie bei uns zu Hause waren! Mein Vater braucht auch ohne Fernbedienung nicht einmal aus seinem Sessel aufzustehen, um den Fernseher anzuschalten … Ein Flügel!« wiederholte sie, ehrlich amüsiert.
Er wollte sich gerade entschuldigen, als der alte Doktor Close ins Zimmer trat, ohne anzuklopfen. Obwohl er normalerweise vorbildlich ruhig war, wirkte er jetzt etwas nervös oder jedenfalls mißmutig.
»Guten Tag, Thomas«, sagte er in einem ernsten, beinahe vertraulichen Tonfall.
»Guten Tag, Doktor Close.«

»Fräulein, wenn Sie uns bitte entschuldigen würden, ich muß Ihnen Doktor Gibson entführen«, erklärte der hochgeachtete Psychiater.
Thomas ließ Catherine allein und folgte Doktor Close.
Als sie draußen waren, schweifte Catherines Blick zum Päckchen, das ihr Vater hinterlassen hatte. Alle Menschen der Welt sind neugierig, wenn sie ein Geschenk bekommen. Trotz ihres traumatischen Erlebnisses war Catherine diesbezüglich keine Ausnahme. Also stand sie nach einem kurzen Zögern auf, nahm die Schachtel, legte sie aufs Bett und vergaß dabei die Szene, die sie ihrem Vater gemacht hatte. Mit zunehmender Neugier packte sie aus.
Der Inhalt erstaunte sie ungemein.
Es handelte sich um eine sehr schöne alte Puppe. Sie erkannte sie sofort, denn sie hatte sie, als sie zwölf Jahre alt war, kurz vor Weihnachten in einem Antiquitätengeschäft gesehen. Sie hatte sie sich von ihrem Vater gewünscht, und er hatte ihr versprochen, sie ihr zu schenken.
Aber an Heiligabend hatte sie unter dem Weihnachtsbaum nur ein idiotisches Puzzle gefunden, das einen Cowboy darstellte!
Sie hatte ihre Spargroschen zusammengekratzt und war, so schnell sie konnte, zum Antiquar gegangen, aber die Puppe war verschwunden. Sicherlich war ein anderes Mädchen sehr beglückt darüber gewesen ... Jetzt verstand sie erst, was passiert war. Ihr Vater hatte ihre Traumpuppe gekauft, sie ihr aber aus Boshaftigkeit nicht geschenkt.
Jahrelang hatte er sie heimlich aufbewahrt. Und jetzt endlich schenkte er sie ihr, bestimmt um ihr zu verstehen zu geben, daß ihm all die Jahre leid taten, in denen er ihr gegenüber grausam war.
Zunächst war sie einen Moment lang empört. Sie hatte Lust, die Puppe zu nehmen, ihr den Kopf abzureißen und sie an die Wand zu werfen. Aber dann kamen ihr die Tränen, und sie drückte das alte Spielzeug an die Brust.

28

Thomas war Doktor Close ohne Widerrede in den Gang gefolgt.
»Ab heute«, erklärte ihm der Dekan der Klinik, der sich schon seit langem zur Ruhe hätte setzen können, wenn da nicht die Leidenschaft gewesen wäre, mit der er seinen Beruf ausübte, »werde ich mich um Catherine

Shield kümmern. Ich habe strikte Anweisungen vom Direktor erhalten. Sie sind Ihres Amtes enthoben.«

Das traf Thomas wie ein Schlag. Wie konnte Jackson es wagen? Gegenüber Doktor Close beteuerte er nicht seine Unschuld. Es war besser, die Angelegenheit direkt mit dem Direktor zu regeln.

»Ist Jackson in seinem Büro?«

»Nein, er ist heute nicht da. Er hat mich von zu Hause angerufen.«

Thomas ging weg, ohne sich von seinem alten Kollegen zu verabschieden. Er mußte Jackson sehen, und zwar sofort!

Aber vorher wollte er etwas nachprüfen. Er sprach in Campbells Büro vor, doch die Sekretärin erklärte Thomas, daß dieser nicht da sei: Er sei für eine Woche mit seiner Familie im Urlaub. Die Sekretärin gab durch die Blume zu verstehen, daß die Entscheidung des Disziplinarausschusses mit dieser Abwesenheit zusammenhing.

»Ich verstehe«, sagte Thomas, »ich verstehe. Aber er hat mir gesagt, daß er mir etwas auf seinem Schreibtisch hinterlassen würde.«

»Ich kann gern nachsehen«, sagte die Sekretärin und stand auf.

Doch in diesem Moment kam eine Krankenschwester, mit der sie gut befreundet war, um mit ihr einen Kaffee trinken zu gehen.

Campbells Sekretärin zögerte und schlug dann vor:

»Wenn es Ihnen nichts ausmacht, Doktor, würden Sie dann bitte selbst in der Akte nachsehen? Die Tür ist sowieso offen.«

»Selbstverständlich!«

Die Sekretärin nahm ihre Handtasche und verließ den Raum. Thomas ging in das Büro seines Kollegen und sah zuerst in allen Aschenbechern nach, doch die wurden jeden Abend geleert. Da öffnete er auf gut Glück ein paar Schubladen und fand schließlich eine metallene gelbe Schachtel mit Panter-Zigarillos, auf der ein winzig kleiner Panther, der auf einem kleinen Zigarillo saß, einer unsichtbaren Beute auflauerte.

Er öffnete die Schachtel, zog die Kippe aus der Tasche und verglich sie mit den Zigarillos. Zweifellos: Die Kippe, die er am Strand gefunden hatte, kam, wenn nicht gar aus dieser Zigarilloschachtel, dann doch in jedem Fall aus einer Panterschachtel!

29

Als er vor der prächtigen Residenz von Vic Jackson ankam, der anderthalb Kilometer von seinem Haus entfernt wohnte, fiel Thomas der Lastwagen eines Glasers auf, und er parkte direkt daneben.
Er klingelte. Nicht der Direktor selbst kam zur Tür, sondern Janet, seine Frau. In jüngeren Jahren war sie eine Schönheit gewesen, aber jetzt, mit fünfundfünfzig Jahren, war sie eine neurotische Alkoholikerin und hatte jede Spur dessen verloren, was ihr Mann einmal attraktiv gefunden hatte. Ihre übergroßen blauen Augen, früher einer der Schlüssel zu ihren spektakulären Erfolgen, strahlten eine tiefe Traurigkeit aus. Sie hätten einen Maler beglückt, der die Wirkung von Zeit auf Individuen studierte, zogen aber sonst niemanden mehr an und erst recht nicht Janets Ehemann.
Geschminkt und angezogen, als ob sie ausgehen würde – sie hatte die Hoffnung, daß ihr Mann sie eines Tages wiederentdecken würde, wenn sie sich von ihrer besten Seite zeigte –, empfing sie Thomas Gibson in einem eleganten Kleid aus lachsfarbenem Satin, das über seidigen Pumps knisterte.
»Thomas, was für eine Überraschung!« sagte sie.
Denn überrascht war sie wirklich: Sie dachte, daß er hinter Schloß und Riegel sei!
So deutete er jedenfalls ihren mehr oder weniger beglückten Ausruf.
»Ich dachte … Ich habe im Fernsehen gesehen …«
»Sie haben mich freigelassen, sie hatten keinen einzigen Beweis«, erklärte Thomas.
»Das wäre nicht das erstemal, daß die Polizei einen Fehler macht.«
»In der Tat! Sagen Sie, ist Ihr Mann zu Hause?«
»Ja, aber er führt gerade ein wichtiges Telefongespräch in seinem Büro. Es wird nicht lange dauern.«
Sie bat Thomas herein und kündigte ihn ihrem Mann über die Sprechanlage an.
»Wenn Sie mir in den kleinen Salon folgen würden, die Glaser arbeiten dort, und ich muß sie beaufsichtigen. Sie sollten um zehn Uhr morgens hier sein, aber Sie wissen ja, es ist immer dasselbe. Heutzutage kann man sich auf niemanden mehr verlassen!«
»Sind Sie das Opfer von Vandalismus geworden?«
»Nein, nein«, sagte sie und ging ihm voran in das, was sie den großen Salon nannte, der in der Tat riesig war und in den kleinen Salon mündete.

Dieser war eine Art Boudoir, abgeteilt durch Schiebetüren, wo die Jacksons Empfänge oder Konzerte im kleinen Kreis gaben.
Als er durch den großen Salon ging, fiel Thomas ein starker Zigarettengeruch auf, der ihm merkwürdig vorkam, vor allem in einem so gutgeführten Haushalt. Er wußte natürlich, daß der Klinikdirektor rauchte, ebenso wie seine Frau, aber daß die Räume deswegen so sehr nach kaltem Rauch rochen ... Vielleicht reagierte er aber auch nur empfindlicher als andere auf den Geruch von Zigaretten, weil er vor vier Jahren aufgehört hatte zu rauchen.
Frau Jackson wandte sich zu Thomas und lieferte ihm, ohne es zu wissen, eine Erklärung:
»Mein Mann hatte gestern eine kleine Party mit den ehemaligen Schülern seiner Klasse.«
»Ah ja, ich verstehe ...«
Aus dem Nebel seiner Erinnerung an den gestrigen Tag tauchte eine verschwommene Szene auf: Er befand sich im Büro des Direktors und bückte sich, um etwas aufzuheben ... aber was? Auf einmal wurde die Erinnerung glasklar: Er sah einen Stapel mit Einladungen vor sich. Sie waren dem Direktor heruntergefallen, als er eine Liste hervorgezogen hatte, die darunter lag.
Er konnte sich nicht mehr im Detail an den Text erinnern, aber er wußte jetzt sehr gut, daß er ihn in den Fingern gehabt hatte. Aber unter welchen Umständen? Um nicht unhöflich zu sein, riß er sich aus seinen Gedanken und wandte sich Jacksons Frau zu.
»Haben Sie einen schönen Abend verbracht?«
»Ich weiß es nicht: Wir, die Ehefrauen, haben woanders ein kleines Fest abgehalten, im Hotel Pierre.«
»Ach! Das Hotel Pierre, gefällt es Ihnen?«
Aus dem großen Salon traten sie nun ins Boudoir, wo zwei Glaser damit beschäftigt waren, eine große Glasfront zu installieren.
»Darf ich Ihnen etwas zu trinken anbieten?« fragte Frau Jackson.
Es war vier Uhr nachmittags, und Thomas fand das noch ein bißchen zu früh für das erste Glas Alkohol, vor allem angesichts des Tages, den er hinter sich hatte. Er wollte gerade auf die frühe Stunde verweisen und ihr Angebot ausschlagen, als er auf dem Flügel im Boudoir das Glas seiner Gastgeberin stehen sah, in dem sich wahrscheinlich ein Gin-Gimlet oder eine Margarita befand.
»Nein danke, ich habe gerade gegessen ...«

Sie sah ihn befremdet an. Um vier Uhr nachmittags hatte er gerade gegessen? Was für eine seltsame Uhrzeit, um Mittag zu essen! Aber sie ging nicht weiter darauf ein. Die Nachlässigkeit der Glaser bereitete ihr viel mehr Kopfzerbrechen. Sie bat Thomas um Entschuldigung und eilte in ihre Richtung, um sicherzustellen, daß die riesige Scheibe richtig eingepaßt wurde.

Thomas war zum Flügel gegangen, einem wunderbaren Bosendorfer, einer Marke, die trotz der japanischen Bedrohung durch Yamaha der Rolls-Royce unter den Flügeln blieb.

Als er jung war, hatte er Klavier gespielt. Er hatte sogar davon geträumt, Konzertpianist zu werden, aber es war ihm noch rechtzeitig klargeworden, daß er nicht gut genug war und daß, wie auf anderen Gebieten der Kunst, nur die extrem Begabten Chancen auf Erfolg hatten. Sobald er seine Entscheidung getroffen hatte, hatte er aufgehört zu spielen und sich mit Leib und Seele in die Psychiatrie gestürzt. Dennoch hatte sein gänzlicher und endgültiger Verzicht eine gewisse Bitterkeit hinterlassen.

Begierig, wenigstens einmal in seinem Leben eines dieser legendären Instrumente anzufassen, nutzte er es aus, daß seine Gastgeberin beschäftigt war, um in den Baßtönen das sehr schöne Leitmotiv von *Die Kunst der Fuge* von Bach zu spielen. Ob es am Bosendorfer lag? Er stellte jedenfalls fest, daß er es nicht ganz verlernt hatte.

Aber er konnte sich nicht über diese Feststellung freuen, denn er hatte bei derselben Gelegenheit eine merkwürdige Entdeckung gemacht: Die Kante des zweiten A hatte einen bräunlichen Fleck. Konnte das getrocknetes Blut sein? Er dachte an die Geschichte, die ihm Catherine erzählt hatte, kurz bevor Doktor Close dazwischengekommen war, und ein Schauer lief ihm über den Rücken.

Sie hatte behauptet, auf einem Flügel vergewaltigt worden zu sein. Einem Flügel, auf dem ein Kerzenleuchter stand. Außerdem schien sie sich dessen wirklich sicher zu sein, sofern man sich überhaupt auf Erinnerungen verlassen konnte, die unter dem Einfluß von Mnemonium gespeichert worden waren.

War es Zufall? Es stand wirklich ein Kerzenleuchter auf dem Flügel. Es war allerdings keine einzige Kerze darin, was in solch einem beinahe manisch ordentlichen Haus doch seltsam war.

Thomas' Gesicht wurde auf einmal ernst.

Seine Spekulation, daß Catherine bei dem Klinikdirektor Vic Jackson vergewaltigt worden sein könnte, war völlig hirnrissig!

Er sagte sich, daß die letzten vierundzwanzig Stunden sowie die Mischung aus Alkohol und Mnemonium sein Urteilsvermögen vermutlich doch mehr beeinträchtigt hatten, als er sich vorstellen konnte. Mit einem Wort, er phantasierte ...
Außerdem war bei den Jacksons am Abend zuvor das Fest gewesen, ein offizielles Fest, dessen Gäste Einladungen erhalten hatten. Und der Gastgeber, Vic Jackson, hatte bestimmt keine Zeit gehabt, zwischendurch jemanden zu vergewaltigen.
Dazu hätte er erst seine Gäste allein lassen müssen, um Catherine aus der Klinik abzuholen, und dann hätte er sich erneut bei seinen Gästen entschuldigen müssen, um die bewußtlose Catherine in seinen, Thomas', Mercedes zu verfrachten. Und wann hätte er sie dann vergewaltigen sollen? Und wie hätte er angesichts so vieler störender Zeugen, alten Schulkameraden, die ihn kannten, jemanden vergewaltigen sollen?
Nein, das wäre schier unmöglich gewesen ...
Außerdem konnte Mnemonium so stark sein, wie es wollte, wenn Catherine sich an den Flügel und den Kerzenleuchter erinnert hatte, hätte sie sich bestimmt auch an Jacksons Gesicht erinnert, wenn er der Vergewaltiger war, zumal sie ja am selben Tag mit ihm zu tun gehabt hatte ...
Trotz all dieser Überlegungen fuhr Thomas mit einem Fingernagel zwischen die Tasten, um etwas von der bräunlichen Substanz abzukratzen. Als er seinen Fund näher untersuchen wollte, hörte er die Stimme des Direktors, der schnellen Schrittes ins Boudoir kam.
»Ah! Thomas! Ich bin froh, daß Sie gekommen sind.«
Er war im Morgenmantel und sah blaß und zerknittert aus, als ob er gerade aufgestanden sei. Thomas sagte sich, daß er am Vorabend ziemlich spät ins Bett gegangen sein mußte.
Er hatte sich unauffällig vom Flügel entfernt, als ob er fürchtete, der Direktor könnte erraten, welcher Verdacht in ihm aufgekeimt war.
»Sie haben uns nie gesagt, daß Sie Klavier spielen.«
»Ich spiele schon lange nicht mehr. Eine Jugendsünde.«
Es gab eine kurze Pause, während der der Direktor mit kaum verhülltem Ärger seine Frau ansah, die immer noch bei den Glasern stand. Thomas brach dieses peinliche Schweigen:
»Ich habe heute früh mit Doktor Close gesprochen.«
»Genau darüber wollte ich gerade mit Ihnen reden. Ich habe gedacht, daß das die beste Lösung ist, angesichts der Umstände ...«
»Ich verstehe nicht, warum ich suspendiert bin.«

»Aber Sie sind doch nicht suspendiert! Das ist ein Mißverständnis! Ich habe mir nur gedacht, daß es besser ist, wenn Sie sich nicht um Catherine kümmern, bis sich der Wind wieder ein bißchen gelegt hat. Verstehen Sie, in den Augen der Öffentlichkeit ist es etwas merkwürdig, wenn der Psychiater, der beschuldigt wurde, seine Patientin vergewaltigt zu haben, sie immer noch behandelt. Finden Sie nicht?«
»Ja, ich verstehe. Ich dachte, daß es sich um ein allgemeines Berufsverbot handelt.«
»Aber nein, natürlich nicht!« sagte Jackson.
Er kam zu Thomas und legte ihm mit einer gewollt herzlichen Geste die Hand auf die Schulter.
»Aber nein, ich weiß, daß Sie unschuldig sind! Ich bin mir dessen sicher! Aber da gibt es noch die Öffentlichkeit.«
Thomas beruhigte sich. Der Direktor hatte eine weise Entscheidung getroffen.
»Diese Polizisten sind wirklich Idioten. Ich verstehe nicht, wie sie darauf verfallen können, einen Mann wie Sie zu verdächtigen.«
Auf einmal schien der Direktor außer sich zu sein.
»Sie sollen wissen, daß ich hundertprozentig hinter Ihnen stehe! Ich werde bis zum Schluß zu Ihnen halten! Ich werde nicht zulassen, daß jemand Ihren Ruf beschmutzt oder den der Klinik. Sie werden noch sehen, mit wem sie es zu tun haben! In jedem Fall haben sie keinerlei Beweise, wenn ich richtig verstanden habe, was sie im letzten Sonderbericht gesagt haben. Reine Spekulation. Dieser Templeton ist ein Arschloch! Ist es denn eigentlich nicht derselbe, der Sie belästigt hat, als Ihre Frau ...«
Er machte eine zurückhaltende Geste, als wolle er es vermeiden, an dieses tragische Ereignis zu erinnern, während Thomas sich wieder mit der Justiz herumschlug.
In diesem Moment kam seine Frau, um ihm zu erzählen, daß die Handwerker fertig waren und auf der Stelle bezahlt werden wollten.
»Es herrsche das Vertrauen!« sagte er, wobei er darauf anspielte, wie sehr die Handwerker fürchteten, ihr Geld nicht zu bekommen.
Und er entschuldigte sich bei Thomas, um die Glaser bezahlen zu gehen.

30

Ein Flügel.
Ein Kerzenleuchter.
Ein mißhandeltes Mädchen, das man in seinem Mercedes, gegenüber seinem Haus wiedergefunden hatte.
Gegenüber seinem Haus, aber auch nur anderthalb Kilometer von Vic Jacksons Haus entfernt ...
Jackson, bei dem am selben Abend ein Fest stattgefunden hatte. Mit einem Dutzend Gästen ... Also konnte Jackson eigentlich nicht der Vergewaltiger sein ...
Und ebenso unvorstellbar war es, daß Jackson sich von der Party entfernt, Catherine in der Klinik abgeholt, sie vergewaltigt und halbtot im Mercedes zurückgelassen haben sollte.
Beim Fahren drehte und wendete Thomas diese Gegebenheiten in alle Richtungen, ohne sich einen Reim darauf machen zu können.
Er mußte Catherine noch einmal sprechen. Vielleicht konnte sie sich inzwischen an andere Dinge erinnern. Vielleicht erinnerte sie sich an ein wesentliches Detail, das ihm erlauben würde, Licht auf dieses Geheimnis zu werfen, das mit jedem neuen Element dunkler zu werden schien.
Als er einige Minuten später in der Klinik ankam, war er erleichtert, sie allein in ihrem Zimmer anzutreffen.
»Ich dachte, daß Doktor Close mich jetzt ...«
»Ja, ich bin nur gekommen, um Ihnen ein paar Fragen zu stellen.«
»Aha ...«
»Catherine, was ich Sie jetzt fragen werde, ist äußerst wichtig. Versuchen Sie, sich zu konzentrieren: Hampton, sagt Ihnen das etwas?«
»Hampton?«
»Ja, dort sind Sie gefunden worden. Können Sie sich daran erinnern, gestern abend nach Hampton gegangen zu sein, in eine sehr luxuriöse Villa?«
»Nein. Das sagt mir nichts.«
»Und der Krankenhausdirektor, Doktor Vic Jackson, können Sie sich vorstellen, daß er etwas mit dem zu tun hat, was Ihnen gestern abend zugestoßen ist?«
»Der Direktor? Nein, ich ...«
Aber plötzlich hellte sich ihr Gesicht auf.
»Warten Sie, jetzt fällt mir etwas ein ... Ein Detail ... Ich weiß nicht, ob es so wichtig ist, aber ...«

Thomas' Herz schlug schneller.
»Alles kann wichtig sein, Catherine! Alle Details, selbst das, was Ihnen am allerunwichtigsten erscheint ...«
»Irgendwann hat es gedonnert.«
»Gedonnert?«
»Ja, es hat enorm laut gedonnert. Ich erinnere mich daran, ich bin mir sicher.«
Thomas bemühte sich, seine Enttäuschung zu verbergen. Natürlich gab es in New York öfter Sommergewitter. Aber er konnte sich nicht daran erinnern, daß es in der vorangegangenen Nacht eines gegeben hätte. Allerdings erinnerte er sich, unter dem Einfluß des Medikaments, ohnehin nicht an allzuviel. Er würde es nachprüfen müssen. Auf den ersten Blick schien es jedenfalls so, als ob Catherine sich täuschte.
An der Zimmertür räusperte sich jemand, um auf sich aufmerksam zu machen. Thomas drehte sich um und erkannte den Geistlichen Smith, der hereintrat, ein untertäniges Lächeln auf den Lippen, die noch dünner wirkten, als sie waren, weil sein Gesicht ausgesprochen fett war.
Der kleine Mann in den Fünfzigern, kein Feind weltlicher Freuden, dessen Augen leicht pervers glänzten, trat näher:
»Guten Tag, Doktor«, richtete er sich zunächst an Thomas.
Dann wandte er sich Catherine zu, die plötzlich erblaßt war und die Augen sichtlich erschreckt immer weiter aufriß.
»Guten Tag, Catherine, ich bin Pater Smith, der Geistliche der Klinik. Ich wollte Ihnen nur sagen, daß Sie sich jederzeit an mich wenden können, wenn Sie mich brauchen. Ich wollte Ihnen auch Bescheid sagen, daß am Sonntag um zehn Uhr eine Messe in der kleinen Kapelle stattfindet, daß ich aber, wenn Ihnen das lieber ist, auch auf den Zimmern die Kommunion verteile ...«
Er hatte aus einer seiner Taschen ein Notizbuch geholt und wartete auf Catherines Antwort.
»Ich brauche die Kommunion nicht«, antwortete Catherine nur, ohne sich zu entspannen.
»Wie Sie möchten. Es zwingt Sie niemand. Wenn Sie Ihre Meinung ändern, sagen Sie dem Arzt oder der Krankenschwester Bescheid, die sich um Sie kümmern.«
Er lächelte wohlwollend, steckte sein Notizbuch wieder weg und entfernte sich, nachdem er sich verabschiedet hatte.
»Er war es«, rief Catherine, sobald er zur Tür hinaus war. »Ich erkenne ihn.«

»Was wollen Sie damit sagen?« fragte Thomas neugierig.
»Er war es! Ich sehe es vor mir, er ist auf mir drauf, überall auf dem Klavier ist Blut, und ich schlage ihn mit dem Kerzenleuchter, während er mich ...«
Sie traute sich nicht, das Wort auszusprechen, dessen Erwähnung genügte, um sie zu beschämen.
Thomas wußte nicht, was er davon halten sollte. Catherines Beschuldigung schien ihm völlig haarsträubend. Natürlich, die Augen des Geistlichen funkelten lüstern, und er hatte den Verdacht, daß er ein Verhältnis mit einer Krankenschwester hatte. Deswegen aber zu glauben, daß er Catherine vergewaltigt hatte ... Dazwischen lagen Welten! Phantasierte Catherine? In jedem Fall war sie völlig aus der Fassung geraten.
»Ist Ihnen klar, was Sie da sagen, Catherine? Pater Smith ist ...«
Er wußte nicht recht, was er hinzufügen sollte. Der Pater war ein Geistlicher, aber was hatte das heutzutage noch für eine Bedeutung? Die Zeitungen waren voll von sexuellen Vergehen, die Geistliche begangen hatten. Dennoch erschien ihm Catherines Beschuldigung weiterhin verrückt.
»Genauso hat er ausgesehen. Der einzige Unterschied ist, daß er lange blonde Haare hatte.«
»Lange blonde Haare?« fragte Thomas entgeistert.
Der Pater hatte weder lange noch blonde Haare, und ohne den kleinen grauen Haarkranz hinten auf seinem Schädel wäre er völlig glatzköpfig gewesen.
»Das ist unmöglich, der Pater hat beinahe eine Glatze, Sie haben ihn selbst gesehen. Und wenn Sie lange Haare sagen, was genau meinen Sie damit?«
»Er hatte Haare bis zu den Schultern.«
»Bis zu den Schultern? Das ist wirklich unmöglich! Denken Sie nach, Catherine. Seit ich ihn kenne, ist der Geistliche jedenfalls glatzköpfig.«
Sie hatte eine neue, noch deutlichere und seltsamere Vision.
»Und seine Soutane war nicht schwarz, sondern rot!«
Thomas schien es besser, nicht weiter darauf einzugehen. Catherines Worte grenzten an Wahnsinn. Die große Dosis des Medikaments, die sie gestern bekommen hatte, schien sich stärker auszuwirken, als er gedacht hatte.
»Na gut, dann lasse ich Sie jetzt ausruhen, Catherine.«
»Sie glauben mir nicht, nicht wahr, Doktor?«
Er traute sich nicht, ihr zu antworten, lächelte bloß und wiederholte:

»Ruhen Sie sich ein bißchen aus, Catherine. Und versuchen Sie, etwas zu essen.«

31

Er hatte Julie gerade alle neuen Entwicklungen berichtet: Catherines Erinnerungen an einen Flügel und einen Kerzenleuchter, seinen Besuch bei Jackson, bei dem er ausgerechnet einen Kerzenleuchter gesehen hatte und einen Flügel, dessen eine Taste blutbefleckt zu sein schien, und schließlich Catherines Anschuldigungen, was den Krankenhausgeistlichen anging.

Sie hatte ihm mit Verwunderung und Skepsis zugehört. Insgeheim stellte sie sich sogar die Frage nach der geistigen Klarheit ihres Kollegen.

Sie befanden sich in Julies Büro, wo Thomas unangekündigt vorbeigekommen war, nachdem er aus Catherines Zimmer kam. Er mußte sich jemandem anvertrauen.

Und er hatte Lust, sie zu sehen.

Seit dem Vormittag war er erst von ihr getrennt, doch sie fehlte ihm. Wahrscheinlich war er schon gegen seinen Willen süchtig nach ihrem Humor, ihrer Gegenwart und ihrer Schönheit. Und er wußte, daß sie ein Verbündeter war, vielleicht der einzige, den er in der Klinik hatte.

»Du solltest dir Urlaub nehmen, Thomas, ich glaube, daß du unter Übermüdung leidest.«

Mit einem schuldbewußten Ausdruck gab er klein bei:

»Das hat weder Hand noch Fuß, nicht wahr?«

Als sie seine Enttäuschung sah, fügte sie schnell hinzu:

»Es tut mir leid, aber du hast mich gefragt, was ich davon halte, und das sage ich dir.«

Sie schwiegen einen Augenblick.

Eine Panne.

Eine Panne in ihrer merkwürdig schnell begonnenen Beziehung, die vielleicht nie konkretere Formen annehmen würde. War das der Grund für dieses leise Gefühl von Furcht, das sie beschlich? Besorgnis, daß ihre Begegnung vielleicht nie den Status einer Beziehung erlangen, daß das, was am Tag vorher vorgefallen war, niemals eine Fortsetzung haben würde?

Im übrigen konnte Thomas sich nicht einmal daran erinnern: War das denn kein Zeichen? Und seine Unfähigkeit zu ›vollziehen‹ hatte vielleicht nur den vorhersehbaren Mißerfolg ihrer Liebe angekündigt: Wahrheit des männlichen Körpers, der, im Gegensatz zu dem der Frau, seine Partnerin nicht hintergehen kann.
Als Thomas an die Tür geklopft hatte, hatte Julie gerade die Abendausgabe der *New York Post* gelesen, die natürlich über Catherines Vergewaltigung berichtete. Schnell hatte sie die Zeitung zusammengefaltet, die Thomas nun vom Tisch nahm und gedankenlos anschaute. Auf der Titelseite war, außer den Bildern zu den Skandalen des Tages, ausgerechnet ein großes Photo von Hubert Ross abgebildet, der rechten Hand des Bürgermeisters. Darauf wurde er von seinem Vorgesetzten zur Hochzeit seiner Tochter beglückwünscht, die von den Medien ausgeschlachtet worden war.
Wie der Erfinder, der erschöpft aufgibt, sein Forschungsobjekt sich selbst überläßt und dann zufällig eine Entdeckung macht, während er eigentlich bereits an etwas ganz anderes denkt, kamen Thomas in diesem Moment unerwartete Assoziationen.
»Na so was!« rief er aus, als er sich das Photo näher ansah.
Die Ähnlichkeit zwischen Hubert Ross und dem Krankenhausgeistlichen war erstaunlich. Aber das Photo erinnerte ihn auch an das Telefongespräch, das der Direktor in Thomas' Anwesenheit mit der grauen Eminenz des Bürgermeisters geführt hatte, und an den Zwischenfall mit den Einladungen!
Mnemonium löschte das Gedächtnis ganz entschieden nur sehr partiell und sehr vorläufig! Oder aber seine Wirkung erstreckte sich nur über wenige vergangene Stunden: Thomas hatte zwar keinerlei Erinnerung an die Ausschuß-Sitzung zum Fall Campbell, von der Julie ihm berichtet hatte – aber er schaffte es, aus dem Nebel Bruchstücke seines Zusammentreffens mit Jackson in dessen Büro an die Oberfläche zu holen. Das Medikament würde sich noch lange im Versuchsstadium befinden: Kein Arzt würde sich von seiner Verwendung überzeugen lassen.
»Was ist?« fragte Julie.
»Da ist Hubert Ross ... Schau: Er sieht aus wie der Zwillingsbruder unseres Geistlichen.«
»Hmm, du hast recht«, gab sie nach einer kurzen Betrachtung des Photos zu. »Und?«
»Nun, Hubert Ross war gestern ausgerechnet auf dem Fest bei Vic Jack-

son. Und bei Jackson gibt es den Kerzenleuchter, den Flügel und das getrocknete Blut auf einer der Tasten. Das ist doch zumindest eine seltsame Anhäufung von Details, oder?«
Julie war offensichtlich nicht ganz überzeugt. Thomas hatte zu schnell gedacht. Sie warf ein:
»Aber Catherine hat gesagt, daß der Geistliche lange blonde Haare hatte. Ross und der Geistliche sind in etwa beide gleich kahl. Soweit ich weiß, war es ein Klassentreffen, kein Kostümball. Und ein Flügel mit Kerzenleuchter ist eine recht klassische Kombination ...«
Julie hatte recht. Es hatte weder Hand noch Fuß.
Trotzdem sagte Thomas laut denkend, als er die Zeitung entmutigt weglegte:
»Und doch möchte ich gern Catherine dieses Photo zeigen, selbst ohne die blonden Haare ...«
»Möchtest du Ross mit langen blonden Haaren sehen?«
»Was willst du damit sagen?« fragte Thomas erstaunt.
»Das ist ganz einfach, du wirst sehen.«
Sie schaltete ihren Computer an, nahm die Zeitung, legte die Titelseite flach auf einen Scanner, und das digitalisierte Photo von Hubert Ross erschien kurz darauf auf dem Bildschirm.
»Diese Software verwende ich mit meinen Patienten, die unter mangelndem Selbstvertrauen leiden«, teilte sie mit. »Wir schauen uns an, wie sie sich sehen, wie sie gern sein möchten ... Es ist erstaunlich.«
Julie drückte auf ein paar Tasten, und das Wunder der Informatik sorgte dafür, daß auf dem kahlen Schädel von Hubert Ross lange blonde Haare wuchsen.
»Interessant«, sagte Thomas und lächelte darüber, daß sich die graue Eminenz von New York vor seinen Augen in einen Transvestiten verwandelte.
»Soll ich es dir ausdrucken?«
»Geht das?«
»Natürlich!«
Ein paar Sekunden später spuckte Julies Drucker einen Farbausdruck des kleinen Werks aus, das sie gerade geschaffen hatte. Sie reichte es Thomas, der bewundernd pfiff.
Zu Tode erschreckt, bestätigte Catherine kurze Zeit später Thomas' Vorahnung: Das war tatsächlich der Mann, der sich gestern an ihr vergriffen hatte.

»Sind Sie sich dessen sicher, Catherine? Das frage ich Sie, weil er eine sehr wichtige Persönlichkeit des öffentlichen Lebens ist. Und wenn Sie sicher sind, daß er es war, werden wir Anklage gegen ihn erheben. Aber wenn Sie sich nicht sicher sind und wir ihn verklagen, handeln wir uns großen Ärger ein. Verstehen Sie, was ich meine?«
»Ja, ich verstehe«, sagte Catherine ernst. »Ich bin mir sicher, daß er es war.«
»Wären Sie bereit, vor einem Richter eine Zeugenaussage zu machen?« fragte Julie, die Thomas begleitet hatte.
»Ja, sicher.«
»Ich möchte Sie um etwas bitten, Catherine, nämlich mit niemandem über dieses Gespräch zu reden.«
»Ich verstehe. Das verspreche ich Ihnen.«
Sie trösteten sie und gingen wieder in Julies Büro.
»Auch wenn sie Hubert Ross identifiziert hat«, sagte Julie und sah sich das Photo an, das sie verändert hatte, »etwas stimmt immer noch nicht: Ross *hat* keine langen Haare.«
»Aber er war auf dem kleinen Fest bei Jackson.«
»Möglicherweise verwechselt sie ihn mit seiner Frau, die daneben stand und vielleicht blond ist.«
»Die Ehefrauen waren nicht eingeladen, es war ein Treffen ehemaliger Klassenkameraden.«
Sie schwiegen, dann hob Thomas den Hörer ab und wählte die Telefonnummer von Rechtsanwalt Robertson. Er hatte Glück: Obwohl es jetzt Freitag nachmittag nach fünf Uhr war, befand sich dieser noch in der Kanzlei, was allerdings für einen Anwalt nicht weiter erstaunlich war.
Er erläuterte ihm kurz die Sachlage und fragte ihn nach seiner Meinung.
»Du brauchst einen Zeugen, Thomas. Noch einen Zeugen außer dem Opfer natürlich. In normalen Vergewaltigungsfällen, wenn man so sagen darf, ist das Opfer Zeuge, und seine Aussage genügt im allgemeinen. Aber hier geht es um einen Prominenten, um jemanden, der sehr einflußreich ist. Wenn wir uns dazu entschließen, Anklage gegen ihn zu erheben, werden wir bei den Vorverhandlungen große Schwierigkeiten haben, einen Richter davon zu überzeugen, den Prozeß zu führen. Und ich bin mir nicht einmal sicher, daß wir einen Staatsanwalt finden können. Es gibt zwei Arten von Gerechtigkeit«, fuhr der Anwalt fort: »die für Normalbürger und die für Leute, die Macht haben. Bei jemandem wie Ross wird keiner ein Risiko eingehen wollen, es sei denn, es gibt verdammt überzeugende

Beweise, so daß man weiß, daß man bis zur letzten Instanz gehen kann und Chancen hat zu gewinnen. Und meiner Meinung nach hast du derzeit keinerlei Beweise, Thomas. Es tut mir leid, daß ich dich enttäuschen muß.«

»Glaubst du denn nicht, daß wir ausreichend Beweise haben? Wirklich? Den Flügel zum Beispiel mit den Blutspuren ...«

»Ehrlich, Thomas: Wahrscheinlich gibt es zehntausend Flügel in New York. Und die junge Frau hat Ross identifiziert, aber mit langen blonden Haaren. Der Richter wird uns ins Gesicht lachen. Es ist zu haarsträubend. Nein, die einzige Möglichkeit wäre, einen Zeugen zu finden. Einen Zeugen, der die Vergewaltigung gesehen hat und bereit wäre auszusagen. Aber wenn Ross wirklich der Vergewaltiger war – was ich bezweifle –, wird er nicht so blöd gewesen sein, das vor einem Zeugen zu tun. Er ist eine Person des öffentlichen Lebens, und ich glaube nicht, daß das seinem Image zugute kommen würde. Was meinst du?«

»Du hast recht«, sah Thomas sich widerwillig gezwungen zuzugeben.

Es stand mehr auf dem Spiel, als er sich eingestehen wollte, und deshalb war er so enttäuscht darüber, daß sich seine Spur in Luft auflöste. Wenn er es schaffen würde, den Vergewaltiger zu finden, könnte er den furchtbaren Zweifel ausräumen, der seit dem Vormittag an ihm nagte. Wenn aber dieser Zweifel blieb, wie konnte er sich dann noch in die Augen sehen?

Wenn er den Schuldigen nicht finden würde, könnte das auch das Ende seines Berufslebens bedeuten. Auch wenn er den Prozeß gewann, würde er nie mehr seinen Beruf ausüben können: Wie konnte ein Kranker, ein wahrer Doktor Jekyll, der sich jeden Moment in Mister Hyde verwandeln konnte, sich anmaßen, jemand anders heilen zu wollen?

Natürlich war es möglich, daß ein skrupelloser Krimineller die ganze Geschichte inszeniert hatte, damit er, Thomas, seinen Hut nehmen mußte: Man hatte einfach sein Auto geklaut und das Opfer darin zurückgelassen, ein paar hundert Meter von seinem Haus entfernt.

Und wenn Thomas der Schuldige war, hieß das, daß der Vergewaltiger – nachdem er seine niederen Instinkte an einem unschuldigen, wehrlosen jungen Mädchen ausgelebt und versucht hatte, einen Unschuldigen dafür büßen zu lassen – immer noch auf freiem Fuß war. Vielleicht war er dabei, das nächste Verbrechen vorzubereiten. Allein schon bei dem Gedanken daran wurde Thomas wütend.

Es lag ihm nichts daran, unbedingt Anklage gegen Vic Jackson zu erheben: Er haßte es, einen Unschuldigen zu verdächtigen – jemand in seiner Lage konnte natürlich gut beurteilen, wie unerträglich das war –, aber im Augenblick sah er keinen anderen möglichen Verdächtigen. Obwohl seine Hypothese auf sehr wackligen Beinen stand: Catherine hatte Hubert Ross ›erkannt‹ – abgesehen davon, daß er lange Haare hatte –, und er hatte einen Flügel und einen Kerzenleuchter bei Jackson gesehen. Das war alles.

Es war wenig, das mußte er zugeben. Und wenn nun Jackson wirklich der Schuldige war, was hätte ihn dazu getrieben, so etwas zu tun? Und warum hätte er sich Thomas ausgesucht und keinen anderen? Er hatte den Klinikdirektor immer geachtet, und obwohl sie gelegentlich Meinungsverschiedenheiten gehabt hatten, war das noch kein Grund, seine Karriere zerstören zu wollen und ihn für Jahre ins Gefängnis zu schicken! Niemals hätte er geglaubt, daß Jackson so tief sinken könnte.

James unterbrach Thomas' Überlegungen.

»Wirklich, das gibt keinen soliden Prozeß her! Meiner Meinung nach wäre es besser, das Ganze sein zu lassen und uns auf die Verteidigung zu konzentrieren. Im Moment läßt dich Templeton in Ruhe, aber ich bin mir sicher, daß er wie ein kleiner Pitbull seine Ermittlungen fortsetzt.«

Er hielt kurz inne und fügte dann hinzu:

»Außerdem gibt es da noch ein anderes Problem: Wenn du weiterhin Nachforschungen anstellst, denkt die Polizei, daß du um jeden Preis versuchst, falsche Spuren zu legen, um deine Unschuld zu beweisen.«

Daran hatte Thomas nicht gedacht, aber es stimmte. Trotzdem gab er nicht nach:

»Und wenn ich mich entschließe, doch weiterzumachen?«

»Deine einzige Chance ist, einen Zeugen zu finden.«

Als er auflegte, nachdem er James Robertson gedankt hatte, sah Thomas ziemlich verdrossen aus, was Julie sofort bemerkte:

»Was hat er gesagt?«

»Daß wir keine Chance haben.«

»Was wirst du tun?«

»Ich weiß nicht, warum, aber ich glaube, daß Catherine die Wahrheit sagt. Ich vertraue ihr.«

Julie sagte nichts. Sie war derselben Meinung wie der Anwalt, wollte Thomas aber nicht verletzen.

Dieser war in Gedanken vertieft.

»Ich muß etwas finden! Bestimmt gibt es eine Möglichkeit, etwas zu fin-

den, ich weiß nicht, ein Detail, das uns entgeht und anhand dessen wir das Puzzle wieder zusammensetzen könnten.«
Julie kam zu ihm und legte ihm die Hand auf die Schulter.
»Du hast einen schweren Tag hinter dir. Laß uns etwas trinken gehen.«
Nach einem kurzen Zögern sagte Thomas:
»Verzeih, aber ich habe noch etwas zu tun. Ich ... ich rufe dich bald zu Hause an, und dann entscheiden wir, was wir machen, in Ordnung?«
Ihm war gerade ein Gedanke gekommen.
»In Ordnung!« sagte sie.
Er drehte sich gerade um und wollte gehen, als sie ihn zurückrief.
»Thomas!«
Mit einer zum Scherz aufgesetzten beleidigten Miene hielt sie ihm einen Zettel hin:
»Meine Telefonnummer. Die könnte nützlich sein, wenn du wirklich möchtest, daß wir heute abend zusammen etwas trinken gehen.«
»Ja, das stimmt«, sagte er leicht beschämt.
»Freudsche Fehlleistung«, sagte sie ironisch.
»He! Du hattest doch gesagt, daß du Freud kurz vor dem Examen gelesen und alles wieder vergessen hättest?«
»Habe ich das gesagt?«
Er ging rasch zu ihr, nahm den Zettel und tat, was er bisher versäumt hatte, so beschäftigt war er: Er faßte sie fest um die Taille und drückte ihr einen sehr innigen Kuß auf die Lippen.

32

Die Gagliardi-Klinik rühmte sich einer Politik der offenen Tür, und Thomas freute sich darüber, daß die Tür zum Büro des Direktors keine Ausnahme dieser stillschweigenden Übereinkunft war. Da es schon nach fünf Uhr und außerdem Freitag war, war die Sekretärin bereits gegangen, so daß er unschwer fand, was er suchte: die Liste der Gäste, die zum kleinen Empfang des Direktors eingeladen waren.
Sie lag noch auf seinem Schreibtisch, unter ein paar Einladungen, die er nicht verschickt hatte. Er nahm sie zusammen mit einer Einladung an sich und zog sich in sein Büro zurück, um sie sich genauer anzusehen.

Sein Anwalt hatte sich sehr deutlich ausgedrückt. Er brauchte einen Zeugen. Einen Zeugen. Einen einzigen.
Wenn Catherine tatsächlich auf dem Empfang des Direktors vergewaltigt worden war, auch wenn das noch so unwahrscheinlich schien, gab es vielleicht einen Zeugen, und vielleicht würde sein Name ganz einfach auf der Liste stehen, die er in der Hand hielt.
Er sah sich erst einmal die Einladung an. In Kleinbuchstaben war darauf unten zu lesen: *Ohne Begleitung*.
Es fiel ihm wieder ein, was Janet Jackson ihm etwas früher am Tage gesagt hatte: Die Ehefrauen waren nicht eingeladen; sie feierten ihr eigenes Fest im Hotel Pierre.
Auf der Liste standen etwa vierzig Gäste, darunter viele prominente Persönlichkeiten: Geschäftsmänner, bekannte Manager, Vorstandsvorsitzende von großen Firmen und so weiter.
Hubert Ross stand tatsächlich darauf, was bestätigen würde, wenn nötig, daß er wirklich bei dem kleinen Treffen gewesen war.
Dann sah Thomas ganz unten auf dem Blatt, mit Bleistift geschrieben, wahrscheinlich von der Hand des Direktors, das Wort ›Agentur‹, gefolgt von einer kleinen Zeichnung, die ein Herz darstellte, unter dem vier Zahlen standen: ›969–6‹.
Das weckte sein Interesse. Wenn er die Handschrift der Sekretärin erkannt hätte und nicht die des Direktors, hätte dieses Detail bestimmt nicht seine Aufmerksamkeit erregt. Dann hätte er gedacht, daß es sicher eine dieser Zeichnungen war, die man beim Telefonieren unbewußt vor sich hinkrakelt.
Aber Vic Jackson, ein Mann, der immer in Eile war, verlor bestimmt keine Zeit damit, vor sich hinträumend kleine Zeichnungen zu machen – das hatte sicher etwas zu bedeuten. Aber was konnte denn die Bedeutung dieses Wortes und dieser Zeichnung sein?
Thomas sagte sich, daß in solchen Fällen häufig die einfachste, logischste Interpretation die richtige sei.
›Agentur‹ und daneben die Zeichnung eines Herzens. War das nicht ganz einfach eine ›Herzagentur‹, sprich ein Hostessenservice? Und das war um so plausibler, als die Gäste gebeten wurden, allein zu kommen.
Ein Hostessenservice, von denen es in New York so viele gab.
Aber wie hieß diese Agentur?
Und diese Zahlen? Waren sie der Anfang einer Telefonnummer? Bestimmt, aber wie sollte er hinter die drei fehlenden Zahlen kommen?

Ohne sich besonders gut mit Kombinatorik auszukennen, war Thomas sich bewußt, daß die Anzahl möglicher Kombinationen von drei Zahlen ausgesprochen groß war. Er hatte keine Zeit, sie alle zu finden, und noch weniger, sie auszuprobieren.
Es blieb ihm nur noch die Zeitung.
In ruhigeren Zeiten hatte er sich manchmal beim Morgenkaffee damit amüsiert, die phantasievollen Beschreibungen der Dienste zu lesen, die diese Art Agenturen boten und die er selbstverständlich nie in Anspruch genommen hatte.
Er nahm die Liste mit, verließ die Klinik, sprang in seinen Porsche und hielt beim erstbesten Zeitungskiosk an, den er sah. Er kaufte eine Ausgabe der *New York Post* und sah sich die Rubrik für Partnerschaftsvermittlung an. Die Liste war ziemlich lang, aber auch nach der zweiten sorgfältigen Lektüre hatte er keine Nummer gefunden, die mit 969–6 anfing.
Es wäre ja auch zu leicht gewesen! Aber schließlich annoncierten nicht alle Agenturen in der *New York Post*, und ganz bestimmt nicht jeden Tag. Also?
Er dachte nach. Es mußte doch eine Möglichkeit geben! Wenn diese Zahlen die ersten vier einer Telefonnummer waren, hatte Vic Jackson sicher ein einfaches Mittel gefunden, sich die drei übrigen zu merken. Sonst hätte er sie zusammen mit den anderen aufgeschrieben.
Thomas sah sich noch einmal die Nummer an: 969–6.
So, wie sie hintereinander standen, hatten die zweite und die dritte Zahl eindeutig einen sexuellen Anstrich. Nachdem die vierte Zahl eine Sechs war, sagte er sich, daß die Nummer 969–6969 sein könnte. Das war natürlich ein bißchen dick aufgetragen, aber leicht zu merken für die Art Kunden, die solche Dienste in Anspruch nahmen.
Er wählte die Telefonnummer sofort auf seinem Autotelefon, doch eine Telefonstimme sagte ihm, daß es keinen Anschluß unter dieser Nummer gab.
Er machte eine entmutigte Geste. Er würde in aller Ruhe nach Hause gehen, entschlossen, sich auszuruhen und bis zum nächsten Tag nicht mehr an diese Geschichte zu denken. Oder noch besser, er würde Julie anrufen, wie vereinbart. Als er den Telefonhörer ergriff, schoß ihm ein Gedanke durch den Kopf. Was tat er denn selber, wenn er schnell eine Telefonnummer aufschrieb und die letzten Zahlen alle dieselben waren? Er schrieb nur die letzte Zahl auf, die die übrigen wiederholten! Vielleicht

verwendete Jackson dasselbe mnemotechnische Verfahren, was um so nützlicher war, als ihm in diesem Fall nicht daran lag, daß seine Sekretärin oder sonst jemand diese kompromittierende Nummer wählte.
In diesem Fall wäre die Nummer die 969-6666.
6666! Das war wirklich leicht zu merken.
Er hatte nichts zu verlieren. Wenn er sich noch einmal irrte, würde er nach Hause fahren, sich ein paar Stunden Pause gönnen und dann weitersehen.
Er wählte die Telefonnummer.
Zu seiner freudigen Überraschung antwortete eine übertrieben sinnliche Frauenstimme mit einer Art aufgesetztem Schmachten:
»Hart Agentur, guten Tag! Sie sprechen mit Cherry. Was kann ich für Sie tun?«
Hart Agentur! Das war es also: ›*heart*‹ hieß Herz auf englisch, und Jackson hatte vorsichtshalber den Namen der Agentur durch ein Herz dargestellt.
»Hallo? Hallo?«
Trotz seines Optimismus war Thomas so überrascht, auf etwas gestoßen zu sein, daß er unvorbereitet stammelte:
»Äh ... ich wollte mich erkundigen, was für eine Art ... was für eine Art Dienste Sie anbieten.«
»Das hängt ganz davon ab, was Sie möchten, Süßer!«
»Ich ... Kann ich bei Ihnen vorbeikommen?«
»Ja, selbstverständlich!«

33

Die Hart Agentur, die sich genau am Rand des Rotlichtviertels befand, entsprach dem typischen Bild, das man von einer derartigen Örtlichkeit hat. Allerdings mußte Thomas zugeben, daß die Einrichtung von besserem Geschmack zeugte, als er erwartet hatte. Es war sehr sauber, wirklich wie ›geleckt‹. Glas und Chrom machten den Hauptteil des Mobiliars aus und waren perfekt geputzt.
Hinter dem Empfang befand sich ein riesengroßes, stilisiertes rosa Herz mit dem Namen der Agentur in Goldbuchstaben. Rechts davon war ein Korridor, von dem drei oder vier Türen abgingen, alle geschlossen, und an der ersten hing ein Schild, auf dem ›Büro des Direktors‹ stand.

Thomas war zum erstenmal in einem derartigen Etablissement, und obwohl er aus gutem Grund hier war, konnte er eine gewisse Scheu nicht unterdrücken.
Er trat zum Empfang, wo eine Frau saß, die sehr beschäftigt aussah. Tatsächlich klingelte das Telefon unaufhörlich.
In ihre Arbeit vertieft, bemerkte sie seine Anwesenheit nicht, und er wagte es nicht, sie zu unterbrechen. Er stand schon ein paar Sekunden am Empfang, als eine Wolke sehr stark nach Moschus duftenden Parfums ihn umhüllte, das eine blonde, leicht ordinär wirkende Frau verströmte. Mit ihren hohen schwarzen Lederstiefeln und ihrem kurzen, tief ausgeschnittenen Kleid war sie offensichtlich eine Angestellte der Agentur.
Sie schien Thomas, den sie natürlich für einen Kunden hielt, interessant zu finden, und warf ihm ein verführerisches Lächeln zu. Dann wandte sie sich an die Dame am Empfang:
»Sheila, hast du mein Kuvert?«
Sheila antwortete ihr mit einer ungeduldigen Geste, die so etwas bedeutete wie ›Siehst du denn nicht, daß ich beschäftigt bin?‹.
Die etwa dreißig Jahre alte Blondine geduldete sich, zündete sich eine Zigarette an, blies Thomas ostentativ den Rauch ins Gesicht und sagte:
»Sind Sie auf der Suche nach Gesellschaft?«
Von diesem Mißverständnis peinlich berührt, unterdrückte Thomas ein Niesen und stammelte:
»Ich ... ich bin nicht aus dem Grund hier, den Sie annehmen.«
»Natürlich, Kleiner. Keiner kommt aus diesem Grund hierher. Du kannst dich mir anvertrauen.«
Mit gesenkter Stimmer fuhr sie fort:
»Weißt du, du brauchst dich nicht an die Agentur zu wenden: Ich kann dir einen sehr guten Preis machen ...«
»Sharon, laß bitte die Kunden in Ruhe«, warf Sheila ein, die gerade aufgelegt hatte.
»He! Es ist doch mein gutes Recht, mit den Kunden zu quatschen, während du mich hier schmoren läßt! Gib mir meinen Scheck, und ich hau' ab!«
Und zu Thomas gewandt fügte sie hinzu:
»Ich hab dir doch kein unanständiges Angebot gemacht, oder, Kleiner?«
Thomas zog die Gästeliste aus der Tasche und ließ sie vor Nervosität fallen. Als er sich bückte, um sie aufzuheben, besah sich die Prostituierte ungeniert sein Hinterteil, wie Männer es bei Frauen tun. Sie pfiff sogar bewundernd und erlaubte sich einen Kommentar:

»Hübscher Po!«
Thomas stand wieder auf, bis über beide Ohren rot. Entschlossen, seine Aufgabe so schnell wie möglich hinter sich zu bringen, trat er zum Empfang.
»Und, wo bleibt dieser Scheck?« kam ihm die vorlaute Sharon zuvor.
Die Frau an der Rezeption zog ein Kuvert aus einem Fach und knallte es auf die Theke. Die junge Frau nahm es und öffnete es sofort.
»Hat mich King Kong für diese Woche nicht bezahlt?« nörgelte sie mit gerunzelter Stirn und drückte dabei ihre Zigarette aggressiv im Aschenbecher auf der Empfangstheke aus.
›King Kong‹ war der Spitzname des Chefs, den man sich hüten mußte in seiner Gegenwart auszusprechen, wenn man sich nicht seinen Zorn zuziehen wollte.
»Ich sage es dir zum hundertsten Mal: Wir zahlen immer eine Woche im nachhinein!« fauchte Sheila sie irritiert an, eine zwar hübsche braunhaarige Frau, jedoch nicht auffällig, sexy oder ordinär genug, um etwas anderes zu sein als die Verwaltungsangestellte dieser Agentur. Diese Mädchen hatten wirklich ein Spatzenhirn!
Die andere zerknüllte den Umschlag, steckte ihn mit einem resignierten Gesichtsausdruck in ihre getigerte Handtasche und fragte:
»Gibt's noch was für mich heute abend?«
»Nein, aber es kommt wieder eine Delegation Japaner in die Stadt. Ich werde mich wahrscheinlich bei dir melden ...«
»Asiaten? Jederzeit! Die können sich wenigstens noch benehmen, und außerdem verletzen die einen bestimmt nicht, mit ihrem Gerät ...«
Sie wandte sich zu Thomas, lächelte ihn noch einmal an:
»Wenn Sie Ihre Meinung ändern sollten, kann Sheila Ihnen meine Telefonnummer geben. Ich bin sicher, daß wir zusammen schöne Musik machen könnten.«
»Danke schön.«
Sie machte auf ihren Pfennigabsätzen kehrt und ging, sich übertrieben in den Hüften wiegend, weg.
»Nun, was kann ich für Sie tun?« fragte sie nun den etwas verwirrten Thomas. »Ist es für Sie selbst, oder organisieren Sie einen Kongreß, eine Bürofete oder einen Abschied vom Junggesellendasein? Wir haben alles mögliche, wissen Sie! Unsere Hostessen haben sehr viel Stil ... Hm ... außer Sharon«, fügte sie gewitzt hinzu. »Und Sie können sicher sein, daß wir absolut diskret arbeiten.«

»Nun«, erklärte Thomas, »eigentlich geht es darum, daß einer meiner Freunde ein kleines Fest organisiert hat und dazu eine Agentur engagiert hat. Ich frage mich, ob das Ihre war, er hat mir nämlich gesagt, daß er sehr zufrieden war.«
»Wenn es Ihr Freund ist, warum fragen Sie ihn dann nicht selbst?«
Sie war gerissen!
»Ich ... Er ist auf einer Geschäftsreise im Ausland. Vielleicht kennen Sie ihn ja. Er heißt Vic Jackson und ist Arzt.«
»Ein Arzt, wie schön! Seine Mutter muß sehr stolz auf ihn sein!«
Jetzt machte sie sich auch noch über ihn lustig!
»Sagt Ihnen der Name Vic Jackson etwas?«
»Wir sind gehalten, alles vertraulich zu behandeln«, sagte die Verwaltungsangestellte. »Wenn Sie unsere Dienste in Anspruch nehmen, bin ich sicher, daß auch Sie unsere Diskretion zu schätzen wissen. Und was für Sie gilt, gilt auch für andere Kunden.«
Sie riß eine Art Bestellzettel von einem Block, nahm einen Stift – ein nachgemachter Mont-Blanc – und fragte ihn lächelnd:
»Also, worum handelt es sich? Wie viele Hostessen brauchen Sie?«
Thomas zog einen Hundertdollarschein aus der Tasche und legte ihn auf den Empfang.
»Wenn das eine Anzahlung sein soll«, sagte Sheila lachend, »sind Sie an der falschen Adresse gelandet. Da sollten Sie zur 42. Straße gehen. Und sollten Sie mich damit kaufen wollen: Ich bin nicht im Angebot.«
»Könnte das ...«
Er zog einen zweiten Hundertdollarschein aus der Tasche und stellte bei der Gelegenheit fest, daß er nur noch zwanzig Dollar hatte: Auf diese Art würde er nicht mehr weit kommen. Sie schob beide Scheine weg:
»Sie verlieren Ihre Zeit.«
Er wollte gerade noch einen Versuch machen, als eine Frau mit roten Handschuhen, ein sehr auffälliger, südlicher Typ mit feurigen Augen, sehr roten Lippen und dunklen, gelockten Haaren schnellen Schrittes eintrat. Sie stellte ihre riesige Tasche auf dem Empfang ab, kümmerte sich nicht weiter um Thomas und sagte kurz angebunden:
»Meinen Scheck!«
Ihre Stimme war heiser wie die von jemandem, der zuviel raucht, zuviel trinkt oder starke Halsschmerzen hat:
»Moment mal«, protestierte die Verwaltungsangestellte. »Moment! Du siehst doch, daß ich mit dem Herrn hier rede!«

Ohne zu warten, beugte sich die andere, offensichtlich mit den Gewohnheiten des Hauses bekannt, über die Theke, um an das Fach heranzukommen. Sie schnappte sich ihren Umschlag und öffnete ihn hastig. Der Betrag schien ihr nicht zu gefallen.
»Es fehlt die Hälfte!«
Sheila entschuldigte sich bei Thomas und sagte dann:
»Darüber wollte ich gerade mit dir reden. Gerry hat mir gesagt, ich soll dir ausrichten, daß ...«
Sie warf einen Blick in Thomas' Richtung, zögerte scheinbar und sagte schließlich:
»Die Kunden haben nicht den vollen Betrag gezahlt, weil du offenbar nicht bereit warst, Extras zu machen.«
»Das war nicht vorgesehen, und außerdem ...«
Sie drehte sich zu Thomas, zögerte ebenfalls einen Augenblick und ließ sich dann von ihrem Ärger hinreißen:
»Außerdem habe ich das schon tausendmal gesagt: Ich mache kein Leder, kein Gummi, keine Ketten, keine Hunde! Ist das klar!? Ich will nicht ins Krankenhaus oder ins Leichenschauhaus wandern!«
»Nun, das wirst du mit Gerry besprechen.«
»Ist er da?«
»Er möchte nicht gestört werden.«
»Nun, aber ich werde ihn stören!«
Schnellen Schrittes ging sie zur Bürotür des Direktors, wollte hineingehen, ohne anzuklopfen, doch die Tür war abgeschlossen. Sie fing an, wie wild darauf einzuhämmern.
Nach wenigen Sekunden ging die Tür auf, und ein offensichtlich verärgerter Mann in Hemdsärmeln kam heraus: Es war Gerry Monroe, der Chef, King Kong genannt. Man brauchte nicht lange, um zu begreifen, woher sein Spitzname kam. Sehr dick, gedrungen, mit buschigen Augenbrauen, großen, runden braunen Augen und langen, schweren, haarigen Armen war er eine affenähnliche Erscheinung, was auch die großen, geschmacklosen Ringe, die er trug, nicht überdecken konnten. Er sah sich einen Moment lang diejenige an, die es wagte, ihn so zu stören, und zischte dann:
»Gibt's Probleme, Mariola?«
»Ja, du hast mir nicht gezahlt, was du mir schuldest!«
»Ich habe im Moment keine Zeit, das zu besprechen. Ich habe gerade wichtigen Besuch« sagte er bedrohlich. »Komm morgen wieder, Schätzchen, und wir regeln das. In Ordnung?«

»Ich bin nicht dein Schätzchen! Ich will meine Kohle, und das ist alles! Und wenn ich sie morgen nicht kriege, sprenge ich den Laden in die Luft!«
Ohne seine Antwort abzuwarten, lief sie zur Tür und ging weg. Thomas entschloß sich schnell. Aus der Verwaltungsangestellten oder dem Chef, einem allem Anschein nach sturen Kerl, würde er nichts herauskriegen. Also beschloß er, sein Glück bei dem jungen Callgirl zu versuchen. Wer weiß, vielleicht wußte sie ja etwas Interessantes, und nachdem sie offensichtlich weder der Agentur noch dem Chef gegenüber freundschaftliche Gefühle hegte, wäre sie vielleicht bereit, aus Rache die Katze aus dem Sack zu lassen. Als sie sah, daß er wegging, ohne sich auch nur zu verabschieden, dachte sich Sheila, daß Thomas es sich wohl anders überlegt hatte. Oder daß er von dem Streit, den er gerade miterlebt hatte, abgeschreckt worden war. Sie überlegte, ob sie nicht versuchen sollte, ihn zurückzuhalten.
Aber das Telefon klingelte wieder. Sie seufzte und nahm den Hörer ab.

34

Die junge Prostituierte lief schnell. Thomas holte sie ein und sprach sie, nicht ohne Scheu, an, während er fast neben ihr herrannte. Und wenn jemand ihn sah, wie er neben einem Freudenmädchen her trottete?
»Kann ich Sie einen Moment sprechen?«
Das Mädchen war so aufgebracht, daß es ihn nicht einmal wiedererkannte.
»Nein, das können Sie nicht!« sagte sie rundheraus.
Und sie beschleunigte ihre Schritte. Er tat es ihr gleich, holte sie ein und legte ihr vorsichtig die Hand auf den Arm.
»Ich *muß* Sie sprechen.«
»Alle Männer müssen mich sprechen!« sagte sie und riß sich los. »Sie werden mir erzählen, daß ich die Frau Ihres Lebens bin, daß wir uns in einem früheren Leben schon einmal begegnet sind, daß Sie ein sehr reicher Sultan waren und ich eine große Königin oder eine andere idiotische Geschichte in der Art!«
Sie war aber immerhin stehengeblieben, und jetzt, da ihr Ärger langsam verflog, erkannte sie den Typen, den sie in der Agentur gesehen hatte.

»Es ist sehr wichtig, glauben Sie mir.«
Er sah ihr mit einem ehrlichen Blick tief in die Augen. Sie zögerte. Thomas fühlte, daß er das ausnutzen mußte.
»Würden Sie einen Kaffee mit mir trinken, zwei Minuten?«
»Meine Kunden zahlen, um einen Kaffee mit mir zu trinken.«
Er hielt ihr einen Hundertdollarschein hin.
Ohne etwas zu sagen, nahm sie den Schein und fing wieder an zu laufen. Er folgte ihr bis zum erstbesten Restaurant, wo sie sich an einen Tisch setzten und innerhalb kurzer Zeit bedient wurden.
»Ärger mit Ihrer Frau?« sagte das Callgirl leicht sarkastisch. »Brauchen Sie jemanden, dem Sie sich anvertrauen können? Geht's vielleicht um Ihr Stehvermögen?«
Seltsamerweise hatte sie seine Probleme richtig erfaßt. Aber er war nicht hierhergekommen, um darüber zu reden.
»Nein, es geht um etwas Wichtigeres.«
»Sie sind aber kein Bulle?«
Auf einmal sah sie ihn argwöhnisch an.
»Nein, nein, das versichere ich Ihnen!«
Ohne ein Wort sah sie ihn abschätzig an. Wo hatte sie dieses Gesicht denn schon einmal gesehen? Dann entschied sie, daß er auf jeden Fall ehrlich aussah.
»Einer meiner Freunde, ein Krankenhausdirektor ...«
»Ein Arzt?«
»Ja, ein Arzt.«
»Sind Sie auch Arzt?« fragte sie mit gesteigertem Interesse.
»Ja, ich bin auch Arzt. Genauer gesagt, Psychiater.«
»Psychiater! Ah, jetzt fällt es mir ein! Ich habe Sie im Fernsehen gesehen: Sie sind derjenige, der ...«
Auf einmal sah sie ihn ängstlich an.
»Ich versichere Ihnen, ich bin nicht der Schuldige! Die Polizei hat mich freigelassen. Es war ein Irrtum!«
»Ja, ich verstehe ...«
Sie schien sich ein bißchen zu entspannen.
»Die junge Frau, die Sie im Fernsehen gesehen haben, ist meine Patientin. Sie wissen bestimmt, daß sie vergewaltigt worden ist. Ich habe gute Gründe anzunehmen, daß Hostessen von Ihrer Agentur da waren, als es geschehen ist.«
Thomas zog die Gästeliste aus der Tasche, zeigte die Ecke, wo Jackson

das Wort ›Agentur‹ hingekritzelt hatte, ein Herz und den Anfang einer Telefonnummer.
Mariola nickte ernst. Mit dieser Unterhaltung konnte sie sich großen Ärger einhandeln, und sie war versucht, sie möglichst schnell hinter sich zu bringen. Natürlich war Thomas reizend, und er hatte ihr hundert Dollar gegeben, aber trotzdem wollte sie kein allzu großes Risiko eingehen.
»Ich suche jemanden, der gesehen haben könnte, was geschehen ist. Ich glaube, daß das in Hampton passiert ist, bei Doktor Vic Jackson.«
Er zögerte, sah ihr direkt in die Augen und fragte sie dann geradeheraus: »Waren Sie da?«
»Nein«, antwortete sie und hielt seinem Blick stand.
Die Wendung, die die Unterhaltung genommen hatte, war ihr offenbar nicht recht. Das stank bis zum Himmel nach Bulle, und verständlicherweise hatte sie keine besondere Vorliebe für die Ordnungskräfte.
»Mariola – darf ich Sie Mariola nennen? Mariola, es ist sehr wichtig. Das Mädchen, das vergewaltigt worden ist, war erst achtzehn! Es ist abscheulich, was sie getan haben.«
»Ich weiß«, sagte sie, »ich hab's im Fernsehen gesehen.«
»Wenn niemand etwas unternimmt, laufen die Schuldigen weiterhin frei herum, und sie werden wieder anfangen. Verstehen Sie? Sie müssen mir helfen, bitte. Sie sind eine Frau, Sie müssen solidarisch sein! Wollen Sie wirklich, daß diese Schweine frei herumlaufen?«
Sie sah ihn lange an, wägte das Für und Wider ab und erklärte schließlich: »Ich sage Ihnen noch mal, daß ich nicht dabei war, und das, was Sie mir gesagt haben, wird das nicht ändern. Außerdem ist mein Leben so schon kompliziert genug.«
Das war beinahe ein Geständnis. Vielleicht war sie nicht auf dem Empfang gewesen, aber es war klar, daß sie etwas wußte.
Das Freudenmädchen wartete kurz, trank einen großen Schluck Kaffee und stand dann auf:
»Ihre Zeit ist um, Doktor ... Wenn Sie mich nun entschuldigen würden, ich habe andere ...«
›Andere Kunden‹, wollte sie bestimmt sagen, aber sie hielt sich zurück. Vielleicht, um ihn nicht zu schockieren oder weil sie nicht besonders stolz war auf ihren Beruf. Thomas war auch aufgestanden. Diese Frau wußte etwas, das war klar. Sie war seine einzige Chance.
»Ich bitte Sie ein letztes Mal darum! Sie sind der einzige Mensch, der mir helfen kann.«

Sie hatte ihre Tasche genommen und lief weg, ohne ihn anzusehen. Thomas hatte kein Kleingeld und auch keine Zeit, auf das Wechselgeld zu warten. Also warf er, zur freudigen Überraschung der Bedienung, die nicht versuchte, ihn einzuholen, seinen Zwanzigdollarschein auf den Tisch. Draußen hatte das Mädchen schon ein Taxi gerufen, und dieses hatte gerade vor ihr gehalten. Sie öffnete die Tür, zögerte, drehte sich um und sah Thomas, der sie hilflos anschaute. Sie sah ihm tief in die Augen.
»Was ist jetzt«, entfuhr es dem ungeduldigen Taxifahrer, »steigen Sie ein oder nicht?«
»Kommen Sie mit«, forderte sie Thomas schließlich auf. »Ich glaube, daß ich jemanden kenne, der Ihnen weiterhelfen kann.«

35

Im Aufzug zu Mariolas Appartement fuhr ein anderer Mieter mit ihnen, ein magerer Mann in den Fünfzigern, der gerade mit seinem Wäschekorb aus dem Untergeschoß kam. Er lächelte Thomas wissend an: Im Appartement der jungen Frau folgte ein Mann dem anderen in Abständen, die ohne jeden Zweifel auf ihren Beruf hindeuteten.
Thomas hätte protestieren wollen, erklären, daß das nicht der Grund für seinen Besuch war, daß ... Er lächelte bloß zurück und senkte verlegen den Kopf.
Seine Gedanken schweiften zu Catherine, zu dem, was sie am Tag zuvor mitgemacht hatte, und zu den Erschütterungen, die sein eigenes Leben dadurch erfahren hatte. Unglaublich, was er an einem einzigen Tag erlebt hatte – und der Tag war noch nicht einmal vorbei!
Als Thomas und Mariola ankamen, lief gerade ihre üppige rothaarige Mitbewohnerin durch das Wohnzimmer. Sie war Anfang Dreißig, trug einen Jogginganzug und hatte ihre Haare zu einem unordentlichen Knoten aufgesteckt.
Sie wandte sich zu Mariola und fragte, da sie Thomas für einen Kunden hielt:
»Soll ich dir das Wohnzimmer überlassen?«
»Nein, der Herr ist gekommen, um dich zu sprechen.«
Die Rothaarige, deren ›Künstlername‹ Natascha lautete, konnte kaum ihre Überraschung verbergen: Sicherlich, ihre Kollegin hatte sich ihr ge-

genüber immer sehr korrekt verhalten, aber sie hatte trotzdem noch nie erlebt, daß sie für sie Beute an Land zog. Tat sie das, weil sie morgen in Urlaub fuhr und keine Zeit – oder keine Lust – hatte, eine letzte Schicht einzulegen? Dabei sah der Typ sogar gut aus!

»Entschuldigen Sie mich«, sagte Mariola zu Thomas, »ich fahre morgen in Urlaub und hatte bisher noch nicht einmal Zeit, meine Koffer zu pakken.«

»Henry hat dreimal angerufen«, sagte ihr Natascha.

»Hättest du mir das nicht vorher sagen können?«

Natascha wollte ihr antworten, kam aber nicht mehr dazu, denn ihre Gefährtin war bereits in ihrem Zimmer verschwunden: Henry war ihr Liebhaber, und sie war bis über beide Ohren in ihn verliebt.

Mit ihrer milchigen Haut, den ausladenden Hüften und den wohlgeformten Brüsten sah Natascha appetitlich aus. Sie schaute diesen Kunden, der wie aus heiterem Himmel gekommen war, einen Augenblick schweigend an. Er sah äußerst attraktiv aus; unter anderen Umständen hätte sie auch umsonst mit ihm geschlafen. Wenn sie auch noch das Nützliche mit dem Angenehmen verbinden konnte ... Und außerdem würde sie, wenn sie ihn bei sich zu Hause empfing, diesem miesen King Kong nichts abtreten müssen. Wie alle anderen Mädchen haßte sie ihn und hielt es nur bei ihm aus, weil er ihr regelmäßig Arbeit besorgte.

»Ich bin nicht richtig angezogen«, sagte sie, »aber wenn du willst ... «

»Nein, nein, das ist nicht nötig. Sie sind sehr gut angezogen.«

Natascha lächelte wissend und fing an, ihren Reißverschluß aufzumachen, wobei ein Büstenhalter aus rosa Spitze sichtbar wurde.

»Aha«, sagte sie, »wenn ich dich recht verstehe, magst du den sportlichen Typ!«

Thomas war inzwischen rot angelaufen. Er widersprach:

»Nein, ich ... Ich bin nicht hier, um ... um das zu tun, was Sie denken.«

»Und was magst du denn, Hübscher?« sagte sie und näherte sich ihm, »Du brauchst nicht so schüchtern zu sein!«

Und sie fuhr ihm mit der Hand durch die Haare.

»Können wir uns setzen?« fragte er.

»Natürlich! Ganz wie du willst, Hübscher. Wir haben alle Zeit der Welt. Aber vorher ... Hat Mariola mit dir über mein Honorar gesprochen?«

Thomas fand es ziemlich amüsant, diesen hochtrabenden Ausdruck aus dem Mund einer Hure zu hören, und lächelte. Er setzte sich auf das weiße Kunstledersofa. Sie kam zu ihm.

»Ich bin hergekommen, um mit Ihnen über eine sehr ernste Angelegenheit zu sprechen«, sagte er. »Bestimmt haben Sie im Fernsehen die Geschichte der Vergewaltigung von Catherine Shield gesehen.«
Das Gesicht der jungen Frau verfinsterte sich, und sie nickte.
»Nun, ich bin ihr Arzt, und Ihre Freundin Mariola hat mir gesagt, daß Sie beim Empfang von Doktor Jackson waren, gestern abend in Hampton. Das junge Mädchen weiß gar nicht mehr, was passiert ist ...«
Natascha sagte nichts, aber sie war sehr ernst geworden.
»Ich kannte sie nicht«, sagte sie, nachdem sie lange gezögert hatte. »Sie kam von einer anderen Agentur ...«
Thomas war perplex. Catherine arbeitete für eine Agentur? Natürlich wäre das nicht das erstemal, daß eine angehende Schauspielerin sich solchen Aktivitäten hingab, um zu überleben. Aber Catherine?
»Ich bin mir nicht sicher, Ihnen folgen zu können ...«
»Die Feier bei Jackson war eine große Sache. King Kong, mein Chef, hatte an diesem Abend nicht genügend Mädchen zur Verfügung, also hat er eine andere Agentur eingeschaltet. Jackson hätte sich nicht gefreut, wenn nicht ausreichend Frauen für ihn dagewesen wären ...«
Sie schien einen Moment zu bereuen, was sie erzählt hatte. Sie hatte schon zuviel gesagt. Sie zündete sich eine Zigarette an, die sie aus einem Päckchen auf dem Couchtisch nahm.
»Wollen Sie auch eine?« fragte sie.
»Nein, danke.«
Sie schenkte sich einen Scotch ein.
»Ich nehme an, daß Sie auch nicht trinken?«
»Hm ... nein.«
»Wirklich, Sie haben kein Laster! Keine Mädchen. Kein Tabak. Kein Alkohol. Wo haben Sie in den letzten zwanzig Jahren gelebt?«
»In New York.«
»Erstaunlich«, sagte sie und atmete den Rauch ein. »Aber, sagen Sie, was führt Sie denn gerade hierher?«
»Meine Patientin ist vergewaltigt worden, und ich will die Schuldigen finden, das ist alles.«
»Sind Sie von der Polizei?«
»Nein.«
»Zeigen Sie mir Ihre Dienstmarke.«
»Aber ich sage Ihnen doch, daß ich kein Polizist bin. Sagen Sie, kennen Sie Jackson?«

Das Callgirl beantwortete seine Frage nicht:
»Können Sie mir beweisen, daß Sie Arzt sind?«
Thomas kramte in seiner Brieftasche und fand schließlich einen Ausweis, auf dem sein Beruf angegeben war. Beruhigt fuhr sie fort:
»Jackson kenne ich ... Er ist einer meiner Kunden. Er ruft mich immer an, wenn er sich in einer ›Notlage‹ befindet, wie er es nennt.«
»Ich verstehe«, sagte Thomas.
Ohne genau zu wissen, worauf Natascha anspielte, wenn sie ›Notlage‹ sagte, konnte er sich schon denken, worum es ging. Also führte der nach außen hin anständige Bürger, sein verehrter Direktor, eine Art Doppelleben!
»Gestern abend noch hat er mich gebeten, ihm einen Gefallen zu tun.«
»Was für einen Gefallen?«
»Er hat mich gebeten, Jasmin vom Havanas abzuholen.«
»Jasmin? Catherine, meinen Sie?«
»Ja, also Ihre Patientin. Aber ich wußte nicht, daß sie Ihre Patientin war. Ich ... Er hat mir gesagt, daß sie eine junge Hosteß ist, die für eine Agentur aus Washington arbeitet und nur zu Besuch in New York ist. Weil sie kein Auto hatte, hat er mich gebeten, sie gegen zehn Uhr abends im Havanas abzuholen, bevor ich zu ihm kommen würde ...«
Thomas konnte es nicht fassen. Catherines Version und die des Mädchens stimmten immerhin in einem Punkt überein: Catherine war tatsächlich bei Jackson gewesen, wie er es sich gedacht hatte! Aber er brauchte noch mehr Details.
»Haben Sie gesehen, was im Lauf des Abends mit Catherine passiert ist?«
»Es waren viele Leute da, ich hatte viel zu tun ... Ich weiß es nicht mehr genau ... Wir haben getrunken, getanzt, und außerdem gab es Kokain – kiloweise Kokain. Diese Leute haben Kohle, das steht in keinem Verhältnis zu normalen Menschen, ich weiß nicht, ob Sie verstehen, was ich sagen will ...«
»Strengen Sie sich an, es ist sehr wichtig. Sie sind unser einziger Zeuge.«
Nervös zog sie an ihrer Zigarette. Jetzt bereute sie es, gesprochen zu haben. Sie hatte sich mitreißen lassen, vielleicht weil ihr Thomas mit seinen großen, sensiblen Augen sympathisch war.
»Irgendwann habe ich ...«
Sie stockte.
»Die Fete fand in dem großen Salon statt. Ich weiß nicht, ob Sie Jacksons Haus kennen ...«

»Ja.«
»Nun gut, irgendwann kam ich bei der Tür zum anderen Salon, der kleiner ist, vorbei und habe Lärm gehört, Schreie ... Die Schiebetür war nicht ganz zugemacht worden, also habe ich geguckt ...«
»Und was haben Sie gesehen?«
Was sie gesehen hatte, war offensichtlich kein besonders schöner Anblick gewesen, oder in jedem Fall nicht leicht zu erzählen.
»Weil die Beleuchtung sehr gedämpft war, habe ich nicht sehr gut sehen können, aber es standen mehrere Männer um den Flügel herum. Es steht ein Flügel in dem Raum«, hielt sie für nötig hinzuzufügen.
»Ich weiß«, sagte Thomas, dem es beim Gedanken an das, was da kommen würde, schauderte.
»Und wenn ich darüber nachdenke, fällt mir ein, daß nicht nur Männer da waren. Es war auch eine Frau da, eine dicke Blondine mit einem roten Kleid. Ich habe mich noch gefragt, was sie da zu suchen hat, weil die Mädchen im allgemeinen eher schlank sind ... Jedenfalls habe ich nicht mit ihr zusammengearbeitet«, schloß sie.
Thomas konnte es nicht fassen: Catherine hatte ihm auch etwas von einer Blonden in einem roten Kleid erzählt, die sie vergewaltigt hatte. Aber vielleicht hatte sich Catherine ganz einfach getäuscht, in dem Zustand, in dem sie sich befand ... Nun, irgend etwas stimmte immer noch nicht so ganz, aber die Details begannen sich zu decken. Jetzt war er sich wenigstens sicher, daß Catherine bei Jackson mißbraucht worden war.
Aber von wem?
Das wußte er immer noch nicht, doch die Umstände sprachen jedenfalls gegen Jackson. Schon die Tatsache, daß er eine Patientin – wahrscheinlich mit Gewalt – zu dieser Orgie zu sich nach Hause geholt hatte, war eine ungeheure Verletzung des Berufsethos. Eines war sicher: Das hatte er nicht getan, um die junge Selbstmörderin zu heilen.
Nataschas Bericht erklärte auch, warum die Frauen der Gäste ferngehalten worden waren, wie die bemitleidenswerte Ehefrau Janet ihm selbst gesagt hatte.
»Und wo war Catherine?«
»Am Anfang habe ich sie nicht gesehen, aber dann ist die dicke Blonde, hinter der sie versteckt war, zur Seite gegangen, und ... Sie lag auf dem Flügel. Da war ...«
»Was war da, was?«
»Da war ein kleiner Mann auf den Klavierstuhl gestiegen, der ...«

»Der was?«
»Nun, es sah so aus, als ob er dabei war zu kommen.«
»Und Sie haben nichts gemacht?«
»Ich weiß nicht, ob Sie sich wirklich darüber im klaren sind, was man uns für so eine Art von Fest bezahlt, aber wie auch immer, das ganze Haus war voll fickender Leute, im Salon, in den Zimmern ...«
»Ich verstehe. Aber Catherine hat doch bestimmt geschrien, sich gewehrt, oder nicht?«
»Es gibt Kunden, die uns dazu auffordern! Das erregt sie, und ich wußte nicht, daß das Mädchen nicht von einer Agentur kam ...«
»Ich weiß, das habe ich nicht gesagt, um Sie zu beschuldigen ...«
»Ich verstehe ...«
Sie drückte ihre Zigarette aus. Sie war sichtlich nervös.
»Fällt Ihnen etwas ein?«
»Nein«, sagte sie bedauernd. »Sie müssen verstehen, daß ... daß es, wie soll ich sagen, daß es für uns nicht leicht ist. Wir müssen uns mit Alten abgeben und so tun, als ob wir dabei kommen – und dabei denken wir an die Einkäufe, die wir am nächsten Tag erledigen müssen, oder an den Film, den wir gerade gesehen haben. Also trinken wir, und das Gedächtnis ...«
Sie steckte sich noch eine Zigarette an, hielt Thomas die Schachtel hin und zog sie dann wieder zurück:
»Richtig, Sie rauchen ja nicht ...«
»Können Sie sich an nichts anderes mehr erinnern?«
»Nein, tut mir leid. Doch, ein Detail, das ich sehr merkwürdig fand: In dem Salon stand in der Nähe des Flügels ein Mann, der ganz in Schwarz gekleidet war, einen Hut aufhatte und einen Käfig in der Hand hielt.«
»Einen Käfig?«
»Ja, er war golden. Und in der anderen Hand hielt er ein Champagnerglas, aber er hielt es zur Seite, als ob er es gerade ausgekippt hätte ...«
»Wie seltsam! Haben Sie gesehen, was in dem Käfig war?«
»Ein Vogel, denke ich mir. Aber ich habe ihn nicht gesehen. Ich war zu weit weg, und dann hat mich ein Kunde ... ich meine, ein Gast, gebeten, ihm in ein Zimmer zu folgen ...«
Obwohl er entsetzt war über das, was er erfahren hatte, war Thomas froh: Wider aller Erwartung hatte er doch einen Zeugen gefunden.
»Sie müssen mir helfen. Ich brauche Sie unbedingt als Zeugin.«
»Als Zeugin? Vor einem Richter?«

»Ja.«
Sie lachte schallend. Er war so naiv, daß es schon wieder witzig war! Er rauchte nicht, trank nicht und stellte sich vor, daß eine Prostituierte mit der Polizei zusammenarbeiten und vor Gericht eine Aussage machen würde: unvorstellbar!
»Für den Fall, daß Sie es vergessen haben, ich bin ein Callgirl! Ich verdiene mein Geld auf illegale Weise, indem ich Männer liebe oder vielmehr für Geld mit Männern schlafe. Ich weiß nicht, ob Sie verstehen, was das bedeutet: Das bedeutet, daß ich mit der Polizei nichts zu tun haben will, weder von weitem noch von nahem! Wenn ich aussage, werden sie mich fragen, was ich auf diesem schmierigen kleinen Fest zu suchen hatte, und da werde ich wohl oder übel die Wahrheit sagen müssen. Ich kann mir schon das Gesicht meines Chefs vorstellen.«
»Wir werden uns mit der Polizei arrangieren. Das Verbrechen, das begangen wurde, ist schwerwiegend, viel schwerwiegender als Prostitution!«
»Vielleicht, bloß habe ich das Verbrechen der Prostitution selbst begangen und außerdem verdiene ich mir meine Brötchen immer noch damit! Ich würde nicht so weit gehen zu sagen, daß es eine Berufung ist, aber ich wüßte wirklich nicht, was ich anderes tun könnte, um tausend Dollar die Woche zu scheffeln, Weihnachts- und Urlaubsgeld obendrein. Haben Sie einen Vorschlag?«
»Wenn es eine Frage des Geldes ist, das läßt sich regeln.«
»Ich bin vielleicht käuflich, aber ich warne Sie, ich bin nicht billig!«
»Was kosten Sie?«
»Hören Sie, es gefällt mir nicht, was Sie da gerade tun, aber ... ich weiß nicht, für zwanzigtausend Dollar wäre ich bereit, ein Risiko einzugehen.«
Zwanzigtausend Dollar, das war eine Menge! Aber er hatte das Geld, und was war Geld, verglichen mit seiner Patientin, seiner eigenen Freiheit und seinem Ruf, der unter dieser Geschichte schwer gelitten hatte?
Thomas dachte nicht lange nach.
»In Ordnung.«
Er zog sein Scheckheft und seinen Füller aus seiner Jackentasche und wollte gerade den Scheck ausstellen, als Natascha ihn unterbrach.
»Keinen Scheck! Und außerdem ...«
Sie zögerte und überlegte es sich noch einmal:
»Nein, das ist eigentlich überhaupt keine gute Idee, es ist zu riskant! Wenn ich mir die Polizei erst einmal aufgehalst habe, werde ich sie nicht mehr los.«

»Sie müssen eine Zeugenaussage machen«, sagte Thomas. »Sie müssen. Catherine ist vergewaltigt worden. Sie ist eine Frau wie Sie. Die Schuldigen müssen bestraft werden. Wollen Sie nicht auch, daß Männer aufhören zu glauben, sie könnten ungestraft vergewaltigen? Ich brauche Sie.«
Er hatte die Stimme gehoben. Er war überzeugend.
Sie sah ihn an. Sie mußte sich entscheiden. Sie zitterte vor Nervosität.
»In Ordnung«, sagte sie, »ich tue es. Aber ... aber das Geld nehme ich trotzdem, ich habe schließlich auch Unkosten wie alle anderen ...«
Als er herauskam, ging Thomas erst sein Auto in der Nähe der Hart Agentur abholen. Kaum saß er in seinem Carrera, hob er den Hörer ab und rief Julie an. Er ließ es lange läuten und legte nach dem zehnten Klingeln auf – genau in dem Moment, als Julie, die beim Warten eingenickt war, endlich ans Telefon ging.

36

Für den nächsten Vormittag, einen Samstag, verabredete sich Thomas in einem kleinen Restaurant in Soho mit Julie. Sobald er saß, begann er ihr von seinen Entdeckungen vom Vorabend zu berichten.
»Jackson?« wunderte sich Julie. »Vic Jackson, der Klinikdirektor, in eine Vergewaltigung verwickelt? Das ist wirklich schwer zu glauben.«
»Ich glaube, daß wir unseren Direktor nicht so richtig kennen. Das Mädchen hat mir gesagt, daß er einer ihrer Stammkunden ist, der sie oft anruft, wenn er in einer ›Notlage‹ ist. Ich weiß nicht genau, was sie damit sagen wollte, aber ich glaube kaum, daß man eine Prostituierte anruft, um mit ihr die Kursschwankungen an der Börse zu besprechen ...«
»Bist du dir sicher, daß sie dich nicht reingelegt hat?«
»Hundertprozentig. Und sie war diejenige, die angefangen hat, von Jackson zu reden. Außerdem wüßte ich weder, wie sie das alles hätte erfinden sollen, noch, warum.«
Sie blieben einen Augenblick still, dann fuhr Thomas fort:
»Dann ist da noch der andere Mann, der an der Vergewaltigung beteiligt war, der Kleine, der auf dem Klavierstuhl stand. Und diese blonde Frau in Rot. Catherine war überzeugt davon, daß es Hubert Ross war, aber das hat weder Hand noch Fuß. Sie muß sich getäuscht haben.«
Als er das sagte, fiel Thomas wieder das Gespräch ein, das er, ohne es zu

wollen, im Büro des Direktors mit angehört hatte. Scherzend hatte Jackson gesagt: *Ob Loulou kommen kann? Aber ja, selbstverständlich! Von Ihnen hätte ich auch nichts Geringeres erwartet ...* Und ein wenig später: *Sie wird ihr rotes Satinkleid anziehen? Aha! Das ist wirklich zuviel des Guten, Eure Eminenz!* Außer dem affektierten Tonfall von Jackson, der ihn in dem Moment etwas überrascht hatte, war da noch etwas gewesen, was Thomas irritierte.

»Als ich in seinem Büro war«, sagte er, »hat Jackson etwas von einer gewissen Loulou erzählt, die zu dem Fest kommen und ein rotes Satinkleid anziehen sollte. Ich weiß nicht, warum er so viel Aufhebens wegen eines Frauenkleides machte, aber sie war es bestimmt, die Natascha gesehen und Catherine erwähnt hat. Und sie ist es bestimmt auch, die Loulou heißt.«

Wieder schwiegen sie, dann sagte Thomas:

»Dabei hat mir Jacksons Frau doch gesagt, daß die Ehefrauen nicht eingeladen waren.«

»Jetzt wissen wir auch, warum!« kommentierte Julie mit einem ironischen Lächeln.

»Wenn nur Mädchen von Agenturen da waren, wie kommt es dann, daß auch eine dicke blonde Frau da war? Ob sie ›selbständig‹ ist?«

»Im allgemeinen sind Callgirls eher schlank.«

»Richtig. Und es ist doch eher merkwürdig, daß ein Callgirl an einer Vergewaltigung beteiligt sein soll, oder?«

»Es sei denn«, rief Julie aus »es sei denn, Loulou und Hubert Ross sind ein und dieselbe Person!«

»Ich verstehe nicht, was du meinst.«

»Na hör mal, das ist doch logisch! Ross ist eine sehr wichtige Persönlichkeit des öffentlichen Lebens, aber als Frau verkleidet bleibt er inkognito!«

»Also hätte Catherine die Wahrheit gesagt! Sie wäre dann von ihm vergewaltigt worden, und er hätte lange blonde Haare gehabt!«

Julie war wirklich eine wertvolle Hilfe, um dieses Durcheinander zu entwirren!

»Das würde auch erklären, warum sie so übel zugerichtet war. Es sind jetzt mindestens zwei Männer, die sie vergewaltigt haben. Ross mit seinem roten Kleid ...«

»Und der Kleine, der auf den Klavierstuhl gestiegen ist! Und vielleicht war sogar ein dritter dabei, weil die Prostituierte ja von drei Leuten ge-

sprochen hat: die dicke Frau – das heißt Ross –, der Typ auf dem Klavierstuhl und ein Dritter, der mit dem schwarzen Hut.«
»Der den Käfig hielt?«
»Ja.«
Sie schwiegen einen Augenblick. Sie hatten das Gefühl, die Szene, die sie mit Hilfe von Catherines Informationen und denen der Prostituierten geduldig rekonstruiert hatten, jetzt klarer zu sehen. Ihre Gesichter hatten sich verfinstert. Die Konsequenzen ihrer Erkenntnis waren schwerwiegend, denn es waren mindestens zwei wichtige Persönlichkeiten in Catherines Vergewaltigung verwickelt: der Klinikdirektor und Hubert Ross, die rechte Hand des Bürgermeisters von New York, eine wohlbekannte graue Eminenz.
Die Bedienung kam zu ihrem Tisch und bemerkte, daß sie ihre Spiegeleier nicht angerührt hatten:
»Gibt es ein Problem?«
»Wie?« fragte Thomas, den sie aus seinen Gedanken riß. »Hm, nein, es ist alles in Ordnung«, fügte er hinzu, als er endlich begriff, wovon sie redete.
»Wir hatten nicht wirklich Hunger«, kam ihm Julie zu Hilfe.
»Soll ich Ihnen in dem Fall Ihren Kaffee aufwärmen?«
Keiner von beiden hatte mehr als die Hälfte aus der Tasse getrunken; sie schoben der Bedienung ihre Tassen hin.
»Was man herausfinden müßte«, sagte Julie, sobald die Bedienung sich entfernt hatte, »ist, wer der kleine Mann und der Mann mit dem schwarzen Hut sind. Aber wie?«
»Nun«, antwortete Thomas, »man könnte zunächst anhand der Gästeliste schauen, wer sie *nicht* sind.«
»Aber dazu müßte man sie haben!«
»Das trifft sich gut, ich habe mir nämlich erlaubt ...«
Und zu Julies großem Erstaunen zog Thomas theatralisch ebendiese Liste aus seiner Jackentasche. Sie sahen sie sich gemeinsam an.
»Unglaublich«, sagte Julie kurze Zeit später, »es sind beinahe alles bekannte Persönlichkeiten.«
»Das heißt, daß wir ziemlich leicht an Photos von ihnen herankommen können.«
Den Rest des Tages verbrachten Julie und Thomas damit, in der städtischen Bibliothek von New York Zeitschriften, Zeitungen und Jahresberichte zu sichten. Am Montag machten sie sich über die Photoarchive her,

und am Mittwoch fanden sie, daß sie genügend Photos von Jacksons Partygästen hatten, um sie Catherine vorzulegen.
Diese hatte sich wieder einigermaßen erholt, und sie war nicht mehr so erschreckend blaß. Ihre Wangen waren sogar leicht gerötet, und ihre Augen strahlten wieder.
»Er war es!« rief Catherine, nachdem sie sich ein Dutzend Photos angesehen hatte.
Der Mann, auf den sie wies, war Gordon Steppelton, innerhalb der New Yorker Geschäftswelt ein wohlbekannter Mann, etwa im Alter des Klinikdirektors, da sie zusammen die Schulbank gedrückt hatten. Auf dem Photo, das aus dem Jahresbericht der Bank stammte, für die er arbeitete, posierte er an seinem Schreibtisch. Er hielt den Kopf leicht geneigt, hatte ein beruhigendes Lächeln auf den Lippen und stützte das Kinn in der rechten Hand ab, an der er ostentativ einen Siegelring mit einem alten Wappen trug – bestimmt, um den Kunden der Bank und den Aktionären ein vertrauenerweckendes Bild von alter Tradition zu vermitteln.
»Sind Sie sich sicher?« fragte Thomas.
»Ja, ich erkenne seinen Ring. Er stand auf dem Klavierstuhl. Ich habe ihn in die Hand gebissen, in die mit dem großen Ring da, und dann hat er angefangen zu bluten wie ein abgestochenes Schwein …«
Julie und Thomas warfen sich einen Blick zu. Jetzt wußten sie, wer der dritte Mann war – die beiden ersten waren natürlich Hubert Ross und Jackson, wobei letzterer vielleicht nicht an der Vergewaltigung beteiligt war, sie aber sozusagen in die Wege geleitet hatte.
Nun mußten sie nur noch einen Vergewaltiger identifizieren: den Mann mit dem schwarzen Hut, der den Käfig und das mysteriöse Glas hielt. Sie hatten sich beinahe alle Photos angesehen und schon fast die Hoffnung aufgegeben, herauszufinden, wer er war. Aber als sie Catherine das letzte Photo zeigten, rief sie aus:
»Der! Der war auch da!«
Es war Joseph Harvey, der Literaturkritiker der *New York Sun*.
Catherine erkannte den Schreiberling mit dem durch Alkoholexzesse und eine schlecht eingestellte Diabetes aufgedunsenen Gesicht sofort, insbesondere wegen seiner schwarzen Kopfbedeckung – einem Markenzeichen, das er von Orson Welles in dessen letzten Lebensjahren übernommen hatte und das ihn zum Spott zahlreicher Schriftsteller machte, deren Werke er gnadenlos zerriß.

»Hat er Sie auch ...« fragte Julie, die sich nicht traute, ihren Satz zu beenden.
»Ich weiß es nicht. Ich kann mich nicht daran erinnern. Aber ich weiß, daß er da war. Ich habe mich mit ihm geschlagen und ihm seinen lächerlichen schwarzen Hut vom Kopf gerissen.«
Thomas hielt kurz inne und sagte dann:
»Alles, was Sie uns hier gesagt haben, Catherine, werden Sie vor dem Richter wiederholen müssen. Glauben Sie, daß Sie dazu in der Lage sind?«
»Ja«, sagte sie, überzeugt nickend. »Ich werde alles sagen! Diese Schweine sollen verurteilt werden und nicht so bald weitermachen können.«
»Wissen Sie, Catherine«, fuhr Julie fort, »sie werden Ihnen allerlei peinliche und sehr unangenehme Fragen stellen. Das weiß ich, denn ich habe mehreren Opfern von Vergewaltigungen während ihres Prozesses beigestanden.«
»Machen Sie sich keine Sorgen um mich, ich werde ihnen antworten. Ich habe keine Angst vor ihnen.«

37

Bevor er in aller Form Strafanzeige gegen die Täter erstattete, wollte Thomas James Robertson konsultieren, dessen Kenntnisse ihm seit dem Anfang dieser unglaublichen Geschichte sehr nützlich gewesen waren. Er ging also am selben Tag mit Julie hin, um ihm seine neuen Entdeckungen mitzuteilen und ihn um Rat zu fragen.
Der Anwalt hatte eine Grippe und war nicht in seiner Kanzlei. Dennoch ließ er sich aus dem Bett holen und empfing sie daheim im Morgenmantel, fiebrig.
Er konnte sein Erstaunen nicht unterdücken, als er die Namen der vier Männer hörte, gegen die Thomas Anzeige erstatten wollte. Mit einemmal erschien ihm der Grog, den er sich zubereitet hatte, nicht stark genug, und er schenkte sich noch großzügig Rum nach.
»Ihr gestattet?«
»Selbstverständlich«, sagte Thomas, und Julie nickte zum Zeichen des Einverständnisses.
Der Jurist trank in einem Zug die Hälfte der verstärkten Version seines

Grogs, lächelte Julie zu, die er sehr hübsch fand (hatte Thomas sich endlich entschlossen, seine außergewöhnlich lange Trauerperiode zu beenden?), und erklärte:
»Ihr werdet es mit einer starken Gegenpartei zu tun kriegen, Thomas! Ich weiß wirklich nicht, ob es sich lohnt, den Schritt zu wagen.«
»Aber du hast mir doch gesagt, daß ich einen Zeugen brauche, und den habe ich!«
»Es gibt verschiedene Arten von Zeugen, Thomas! Wenn deine Prostituierte vor Gericht erscheint und es um ihr Wort gegen das von wohlhabenden und ehrenwerten, gesellschaftlich sehr angesehenen Männern geht, wem wird der Richter dann deiner Meinung nach Glauben schenken? Ihr oder denjenigen, die sie bezahlen?«
Ein kampferprobter Verteidiger, wartete er einen Moment, um seinem Argument Gewicht zu verleihen, und fuhr dann fort:
»Und glaubst du wirklich, daß ein Richter sich an Hubert Ross vergreifen wird, der rechten Hand des Bürgermeisters? Er wird an sich selbst zuerst denken und Ärger vermeiden wollen, und eure Anklage wird im Handumdrehen abgewiesen werden.«
Mit einemmal lächelte er, als ob er sich gerade eine ulkige, unwahrscheinliche Szene vorstellte:
»Es sei denn ...«
»Es sei denn was?« fragte Thomas mit einem Anflug von Hoffnung.
»Es sei denn, ihr findet einen kommunistischen Richter, der um jeden Preis will, daß die Gerechtigkeit siegt. Aber in meiner zwanzigjährigen Karriere ist mir noch keiner begegnet. Dafür müßte man in Italien sein. Und selbst da würdet ihr nicht fündig werden, weil sie dort von der Mafia abgeknallt werden, die für die Regierung arbeitet, wenn es nicht umgekehrt ist. Du siehst also, mein armer Thomas, daß ich allen Grund habe anzunehmen, daß es sich hier um eine Sackgasse handelt.«
»Aber die Prostituierte hat doch gesehen, wie sie Catherine vergewaltigt haben«, warf dieser ein.
»Sie hat von hinten und von weitem – ein feiner Unterschied – einen Mann mit einem schwarzen Hut und eine dicke blonde Frau gesehen. Und du, du bist derjenige, der behaupten wird, daß diese dicke blonde Frau Hubert Ross ist! Glaubst du wirklich, daß das den Richter oder die Geschworenen überzeugen wird?«
»Ich weiß nicht, ich ...«, sagte Thomas, plötzlich fassungslos.
Natürlich hatte er nicht mit einem solchen Einwand gerechnet. Er warf

Julie einen Blick zu und stellte fest, daß auch ihre Begeisterung abgeflaut war.

Der Anwalt trank den Rest seines Grogs aus und schürzte die Lippen, als ob es ihm leid tat, Thomas enttäuscht zu haben. Aber gebot es ihm nicht ihre alte Freundschaft, diese Meinung ohne Umschweife zu äußern?

»Die Verteidigung wird unerbittlich sein. Du sagst mir, daß die Prostituierte selbst zugegeben hat, etwas getrunken zu haben. Und daß sie auch Kokain genommen hat, oder? Das hast du mir doch gesagt?«

»Hm ... ja.«

»Nun, in dem Moment, in dem sie sagt, daß sie eine dicke blonde Frau gesehen hat, woraufhin Catherine sagen wird, daß diese dicke blonde Frau Hubert Ross ist, nun, da werden sich die Leute im Saal einfach kringeln vor Lachen.«

»Ja, aber wenn sie die Photos von Catherine sehen, verletzt, voller Prellungen und blauen Flecken, die ihr nicht eine einzelne Person zugefügt haben kann, werden sie nicht lachen«, warf Julie ein. »Und wenn sie sehen, wie sie mit Tränen in den Augen auf ihre Vergewaltiger zeigt, werden sie nicht mehr lachen. Da werden sie ihr glauben.«

Der Anwalt wollte nicht, daß seine gutgemeinten Ratschläge der schönen Freundschaft zwischen Thomas und ihm schadete. Und er wollte die reizende Kollegin seines Freundes auch nicht verärgern.

Er hüstelte und sagte:

»Nun, ich könnte mich auch irren! Es hindert euch nichts daran, euer Glück zu versuchen, und vielleicht gewinnt ihr sogar. Solche Dinge sind sehr schwer vorherzusehen! Ich kann euch jedenfalls nicht besonders nützlich sein. Erst müßt ihr einen Staatsanwalt überzeugen, und dann muß der Richter, der den Vorverhandlungen vorsitzt, der Ansicht sein, daß ihr das Recht auf eurer Seite habt und daß ein Verfahren eingeleitet werden kann. Vor allen Dingen darf er keine Angst haben, seinen Ruf aufs Spiel zu setzen. Das Establishment ist eine Art lebender Organismus, und seine Hauptaufgabe besteht darin, wie die jedes anderen lebenden Organismus, sein Überleben zu sichern und alles zu eliminieren, was ihn bedroht. Eure Patientin scheint mir ein braves Mädchen zu sein, aber sie hat keinen Einfluß!«

Als er die enttäuschten Mienen seiner beiden Gesprächspartner sah, bemühte sich der Anwalt, seine Gedanken zu erläutern:

»Versteht mich nicht falsch: Ich habe nichts gegen sie, ich versuche bloß, euch zu erklären, was für eine Art von ... wie soll ich sagen, natürlichen

Vorurteilen eines Richters oder der Geschworenen die Waage für oder gegen die Angeklagten beziehungsweise eine drittklassige junge Schauspielerin ausschlagen lassen. Weder ihr noch ich werden die Vorurteile einer ganzen Gesellschaft von einem Tag auf den anderen ändern.«
»Ich verstehe«, sagte Thomas.
Alle drei schwiegen einen Augenblick, dann wandte sich Julie an den Anwalt, der schon das Lächeln aufsetzte und die Gesten machte, die man verwendet, wenn man seinen Gästen zu verstehen geben will, daß man sich über ihr Weggehen nicht ärgern würde. Selbst in der nachgebesserten Ausführung hatte der Grog das Fieber des Anwalts nicht senken können, und jetzt fror er und wünschte sich nichts mehr, als diese unvorhergesehene Konsultation zu beenden und wieder in sein warmes Bett zu gehen.
»Es gibt da eine Sache, die ich mich frage«, sagte Julie. »Vielleicht können Sie sie mir beantworten. Jackson ist natürlich schuldig, weil er Catherine am Abend der Feier in sein Haus geholt hat. Aber die drei anderen Männer ...«
Sie schien zu überlegen, wie sie sich ausdrücken sollte.
»In dem Moment, in dem sie dachten, daß sie es mit einer Prostituierten zu tun hätten, die ihnen eine Vergewaltigung vorspielt ... Sind sie dann ... Kann man sie dann juristisch gesehen überhaupt noch der Vergewaltigung beschuldigen?«
Thomas warf seiner Kollegin einen bewundernden Blick zu und mußte sich eingestehen, daß es ihm sehr schwergefallen wäre, ihr zu antworten.
»Das ist eine höchst spekulative Frage!« sagte der Anwalt. »Wenn ihr es schafft, daß es zum Prozeß kommt, hängt alles davon ab, was für eine Verteidigungsstrategie sich die Anwälte der Angeklagten aussuchen.«
Er dachte einen Augenblick nach.
»Natürlich können sie zugeben, mit Catherine geschlafen zu haben, aber behaupten, daß sie nicht wußten, daß sie keine Prostituierte ist. Die Vergewaltigungsklage würde dann fallengelassen, und sie würden wahrscheinlich mit sehr viel milderen Strafen davonkommen – vielleicht würden sie sogar freigesprochen werden.«
Thomas und Julie warfen sich einen entsetzten Blick zu.
»Aber ich glaube nicht, daß sie sich für diese Art von Verteidigung entscheiden«, fuhr der Anwalt fort, »dafür sind sie zu bekannt. Es ist zwar natürlich sehr viel weniger schlimm, mit einer Prostituierten zu schlafen, als eine Frau zu vergewaltigen, aber für sie könnten die Folgen trotzdem gravierend sein. Ross und Steppelton, der Bankier, würden auf der Stelle

entlassen werden. Beim Literaturkritiker weiß ich das nicht. Aber ihre Anwälte werden sie auf jeden Fall geschlossen verteidigen, es wird keine Sonderbehandlung oder getrennte Verteidigungen geben. Außerdem werden sie sich wahrscheinlich auf den fünften Zusatzartikel berufen ...«
»Der, der es einem Angeklagten erlaubt, keine Zeugenaussage in seinem eigenen Prozeß machen zu müssen?« fragte Thomas nach.
»Ja. Dabei kommen sie wahrscheinlich besser weg. Denn wenn sie auf die Anklage, Geschlechtsverkehr mit Catherine gehabt zu haben – sei es mit deren Einverständnis oder gegen ihren Willen, für nicht schuldig plädieren, können die Angeklagten nicht mehr darauf zurückkommen, wenn sie verlieren.«
Robertson seufzte.
»Trotzdem sind unsere Chancen minimal! Ich sage nicht, daß wir keine haben, das kann kein Anwalt vor dem Prozeß sagen, jedenfalls nicht vor einem Prozeß wie diesem. Aber an eurer Stelle wäre ich extrem vorsichtig. Weil ihr den Preis dafür zahlen müßt, wenn ihr verliert. Und der erste Preis wird sein, daß ihr euch eine neue Stelle suchen müßt. Ich glaube kaum, daß Jackson sich über den Medienrummel freuen wird, in den ihr ihn und seine ehemaligen Klassenkameraden stürzen werdet!«
»Das glaube ich auch nicht«, antwortete Thomas, »aber trotzdem ...«
Mit einem Blick konsultierte er Julie, die ihm sofort mit einem bejahenden Kopfnicken antwortete.
»... aber trotzdem glaube ich, daß wir es wagen werden.«
»Nun! Dann bleibt mir nichts anderes mehr übrig, als euch viel Glück zu wünschen.«

38

Im Gerichtssaal gab es einen regelrechten Aufruhr, als Richterin Alice Green, eine streng aussehende Frau in den Fünfzigern, ihre Brille abnahm, um zu verkünden, daß die Motive der Klägerin ausreichend seien, um einen Prozeß zu rechtfertigen.
Entgeistert wandten sich die vier Angeklagten gleichzeitig zu ihrem Anwalt, Hermann Schmidt: Hatte er ihnen denn nicht versichert, daß die Motive für die Strafverfolgung offensichtlich an den Haaren herbeigezogen waren und daß ihre Widersacher innerhalb weniger Minuten abge-

wiesen werden würden? Schmidt selbst war fassungslos. In fünfunddreißig Jahren Berufspraxis war der zweiundsechzigjährige Anwalt selten von einem Richterspruch überrascht worden.
Allerdings waren er und Alice Green in der Vergangenheit auch schon häufig aneinandergeraten. In seinen Augen war sie nichts als eine tollwütige alte Jungfer, die Männer haßte und den Ruf hatte, in allen Fällen von Gewalt gegen Frauen unerbittlich zu sein – er verdächtigte sie auch, heimlich dem Kult von Lesbos zu huldigen.
Als er erfahren hatte, daß sie mit den Vorverhandlungen über seine vier Mandanten betraut worden war, hatte er dies als Pech empfunden. Trotzdem war er bis zuletzt überzeugt davon, daß er die Stimmung zugunsten seiner Mandanten würde beeinflussen können. Sie waren nicht nur Bürger, die über jeden Zweifel erhaben waren und selbstverständlich keinerlei Vorstrafen hatten, sondern sie waren außerdem angesehen und prominent. Die Klägerin hingegen war nichts als eine suizidgefährdete Pseudoschauspielerin, und ihre einzige Zeugin war eine Prostituierte: Das Verfahren war im voraus gewonnen!
Vic Jackson, der zu seiner Rechten saß, wandte sich bestürzt zu ihm:
»Aber das hat doch gar keinen Sinn, Schmidt! Das können Sie doch nicht zulassen!«
Zum erstenmal, seit sie sich kannten, sprach er ihn in einem solchen Tonfall an, so sehr kochte er innerlich vor Wut darüber, diesen angeblich so brillanten Anwalt in Dienst genommen zu haben.
Schmidt versuchte ihn zu beruhigen und zur Vernunft zu bringen: Die Entscheidung der Richterin war unwiderruflich. Seinen vier Mandanten und ihm blieb nichts anderes mehr übrig, als eines Tages vor Gericht zu erscheinen, zu einem Zeitpunkt, der später festgelegt werden würde.
Die Gerichtsmaschinerie war ins Rollen gekommen, und nichts konnte sie mehr aufhalten.
»Sie ist hysterisch, ich kann nichts dafür!« sagte er und schloß seine Akte.
Die drei anderen Mandanten waren ebenso erschüttert wie Jackson. Joseph Harvey, der große Literaturkritiker, der weiß wie ein Laken war, drehte und wendete seinen Hut in den Händen. Normalerweise redselig, war er nun nicht in der Lage, sein Entsetzen angesichts der Wendung, die die Ereignisse genommen hatten, in Worte zu kleiden. Was geschah mit ihm? Wenn er auch den Ausgang des Prozesses nicht vorhersehen konnte, so war er sich zumindest einer Sache sicher: Seine Berufskollegen würden

sich diese Gelegenheit bestimmt nicht entgehen lassen, ihn in den Dreck zu ziehen. Sie haßten ihn, vielleicht wegen des Vermögens, das er von seiner Familie geerbt hatte, oder weil sie sich über seine unerträgliche Arroganz ärgerten – er tat, als sei er ein Genie, obwohl er außer seinen Kritiken in seinem ganzen Leben nichts weiter als einen sehr kurzen, dafür aber aufsehenerregenden Essay über Marcel Proust und dessen Vorliebe für Ratten veröffentlicht hatte.
Harveys üblicher Hochmut war jedenfalls verschwunden. Ebenso wie der nahende Tod oder eine schwere Krankheit flößt die Justiz jedem Menschen, besonders wenn er noch nie zuvor mit ihr zu tun gehabt hat, eine Art Demut oder gar eine respektvolle Furcht ein.
Er suchte Unterstützung bei dem Bankier Steppelton, der zu seiner Rechten saß und, die Diskretion der Besprechungen im Finanzwesen gewohnt, zum erstenmal in seinem Leben eine öffentliche Demütigung erfuhr. Ohne sich dessen bewußt zu sein, zog er nervös an dem Verband an seiner Hand, als ob er unbewußt versuchte, ihn abzunehmen oder wie durch Zauber verschwinden zu lassen.
Thomas und der junge Staatsanwalt hatten den Verband sehr wohl bemerkt. Catherine behauptete, den Bankier in die Hand gebissen zu haben und ihn sogar mit dem Kerzenleuchter geschlagen und verletzt zu haben: Thomas hätte einen hohen Preis bezahlt, um unter die Bandage zu schauen, um zu sehen, ob die Haut darunter Spuren eines Bisses trug ...
Vielleicht hatte der Bankier das Interesse von Thomas und einiger anderer Personen im Saal bemerkt, als Catherine, geschickt von dem Staatsanwalt befragt, vor Gericht den Verlauf der Vergewaltigung erzählt und beschrieben hatte, wie sie einen der Vergewaltiger verletzt hatte, eine Person, deren Beschreibung merkwürdig gut auf die des Bankiers paßte: ein sehr kleiner, kahlköpfiger Mann ...
Als Catherine zu dieser Stelle ihrer Erzählung gelangt war, hatte der Bankier eine überraschende Kaltblütigkeit an den Tag gelegt: Ohne das geringste Anzeichen von Nervosität hatte er die bandagierte Hand offen auf dem Tisch liegen lassen. Aber als er den Richterspruch gehört hatte, hatte ihn mit einemmal eine große Nervosität erfaßt, als ob er fürchtete, daß dieses Detail ihn verrate. Außerdem wußte er nicht, wie er Haltung bewahren sollte; er dachte an seine Frau, der er die Gegenwart von Callgirls auf dem kleinen Fest bei Jackson würde erklären müssen.
Aus dem Gerichtssaal starrte sie ihn mit vor Wut, Mißtrauen und Ungeduld brennenden Augen an. Der Bankier hatte ihren zornigen Blick auf-

gefangen, und er wußte, daß er ein Donnerwetter über sich würde ergehen lassen müssen. Er würde eine Erklärung finden müssen, die sie nicht glauben würde – schlimmstenfalls würde er sagen, daß er keine Ahnung gehabt hatte, was ihn auf diesem Treffen ehemaliger Klassenkameraden erwartete, daß er in aller Unschuld zu diesem Abend gegangen war … Er dachte auch an den Vorstand seiner Bank und schauderte: Alle Geldmenschen der Welt hassen Aufsehen, vor allem, wenn es mit einem solchen Skandal einhergeht.

Was den vierten Angeklagten anging, so kochte er innerlich. Hubert Ross hatte Schmidt von Anfang an nicht vertraut. Er hätte lieber seinen eigenen Anwalt in Dienst genommen, der seinen berühmten Vorgesetzten und ihn in der Vergangenheit aus unzähligen brenzligen Situationen herausgeholt hatte. Jetzt bedauerte er es bitter, nicht seiner ersten Eingebung gefolgt zu sein, nämlich diese Affäre im Keim zu ersticken, indem man diesem kleinen Flittchen eine finanzielle Regelung vorschlug. Mit Geld konnte man alles kaufen, erst recht, wenn man es mit einer drittklassigen Schauspielerin ohne einen Pfennig zu tun hatte. Für fünfzigtausend Dollar – der Hälfte von dem, was es kostete, auch nur eine Akte in der Kanzlei Schmidt anlegen zu lassen – hätte dieses Luder auf seine lächerliche Strafverfolgung verzichtet. Jetzt würde er sich mit den Medien auseinandersetzen müssen, und vielleicht würde sein Vorgesetzter sogar seinen Rücktritt verlangen (die Kündigung hatte er ihn schon bei seiner Einstellung unterschreiben lassen – er bräuchte sie nur noch zu datieren!), oder er würde ihn zumindest bis zum Ende dieser haarsträubenden Geschichte suspendieren.

Er brannte darauf, dem Anwalt seine Meinung ins Gesicht zu brüllen, begnügte sich aber damit, eine stille Empörung zu demonstrieren.

Am Nachbartisch, an dem Catherine, Thomas, Julie, Natascha und Paul Kubrick, der junge Staatsanwalt, saßen, zeigte man natürlich ganz andere Gefühle. Ein erleichtertes Lächeln ließ sich aus ihren Gesichtern ablesen, man lachte auch ein bißchen. Obwohl sie offensichtlich nervös war, war Catherine zum erstenmal seit langem zufrieden. Sie würde zumindest Gelegenheit haben, angehört zu werden, und vielleicht wäre sogar, wenn alles gutging, die Gerechtigkeit auf ihrer Seite.

Trotz dieses anfänglichen Sieges ließ ihre große Traurigkeit sie dennoch nicht ganz los, und diese Traurigkeit hatte nicht nur mit der Scham über die schmerzlichen Ereignisse zu tun, die sie erlebt hatte. Mehrmals hatte sie den Gerichtssaal mit dem Blick durchforstet, in der Hoffnung, den einzigen Menschen zu sehen, der für sie wirklich zählte: Robert, ihren Robert. Sie hatte den brennenden Wunsch gehabt, daß er aufgrund der außerordentlichen Umstände zum Gericht gekommen wäre, sie begrüßt und ihr seine Unterstützung angeboten hätte, und wer weiß, vielleicht noch mehr …

Aber nein: weder ein Besuch noch ein Anruf. Auch kein Brief, gar nichts. ›Ein einziger Mensch fehlt einem, und die Welt ist menschenleer‹, sagt Lamartine. Dementsprechend fühlte sich Catherine fürchterlich einsam, trotz der menschlichen Wärme derer, die sie umgaben.

Für ein einziges Lebenszeichen von Robert hätte sie alles gegeben.

Sie sah ihre Eltern an, die vorne saßen. Von Anfang an hatte sie den Eindruck, daß sie an ihrer Version der Tatsachen zweifelten, daß sie dachten, daß sie geflüchtet sei, ein bißchen zuviel gefeiert habe, den Ärger auf sich gezogen und sich schließlich selbst in die Nesseln gesetzt habe.

Aber innerhalb von wenigen Sekunden hatten sich die Dinge geändert. Eine *Richterin* hatte erklärt, daß ihre Anklage schwerwiegend genug sei, um einen Prozeß zu rechtfertigen. Mit einem Schlag hatte die ehrwürdige Alice Green Catherines Glaubwürdigkeit bei ihren Eltern wiederhergestellt. Vielleicht sagte ihre Tochter ja die Wahrheit, vielleicht erfand sie ja keine Geschichten, wie sie es als Kind tat, um Strafen zu entgehen oder ihre Gunst zu erringen.

Thomas sah Julie komplizenhaft an und legte Catherine väterlich eine Hand auf den Arm. Er war glücklich darüber, diese erste Runde siegreich überstanden zu haben, obwohl er viel riskierte: Jackson war sich sehr bewußt, daß Thomas hinter dieser Strafverfolgung steckte, und wenn Catherines Klage abgewiesen worden wäre, hätte der Psychiater automatisch seine Stelle verloren.

Julie setzte auch einiges aufs Spiel. Sie hatte nicht gezögert, sich Risiken auszusetzen, indem sie sich mit dieser Strafverfolgung solidarisch zeigte. Sie hätte Thomas' Rat folgen können, im Hintergrund zu bleiben, aber sie hatte Überzeugungen und war bereit, dafür zu kämpfen. Außerdem wollte sie sicherlich Thomas die Chance geben, seine Unschuld zu beweisen. Wenn der Prozeß die Schuld der vier Männer nachwies, die auf der Anklagebank saßen, wäre Thomas gänzlich freigesprochen. Und dann könnte es vielleicht etwas mit ihnen werden – vorausgesetzt, er schaffte es eines Tages, den Blick nach vorne zu richten und die Vergangenheit zu vergessen …

Natascha indessen – mit richtigem Namen Nancy Faraday – zündete sich trotz des Rauchverbots, das sie vergessen hatte oder mißachtete, eine Zigarette an: Sie hatte guten Grund, nervös zu sein ... Angesichts ihrer Tätigkeit, die es mehr als bei anderen erforderte, das Berufsgeheimnis zu wahren, hatte sie lange gezögert, in den Zeugenstand zu treten. Sie riskierte noch mehr als Thomas oder Julie. Im Verlauf des Prozesses würde sie wohl oder übel von der Hart Agentur sprechen müssen, die sie an diesem Abend des 15. Juli zu dem Fest geschickt hatte. Sie wußte auch schon, daß sie zu Hause auf dem Anrufbeantworter eine Kündigung ihres wütenden Chefs erwartete. Und was die achthundert Dollar anging, die er ihr noch schuldete, die konnte sie wahrscheinlich vergessen. Dieser Arsch von King Kong würde die Gelegenheit beim Schopf greifen, sie nicht auszuzahlen!

Und in ihrem Milieu wußten alle alles: Die anderen Agenturen wären nicht scharf darauf, ein Mädchen einzustellen, das es gewagt hatte, Geheimnisse an die große Glocke zu hängen, die diesen lukrativen kleinen Unternehmen, die im Prinzip nie das Gesetz übertraten, Ärger einhandeln würden.

Trotz allem hatte Natascha sich schließlich breitschlagen lassen auszusagen und alle ruinösen Folgen für sich selbst außer acht gelassen. Catherine war ihr sympathisch, und als sie die Photos der jungen Frau nach der Vergewaltigung gesehen hatte, war sie zu Tränen gerührt – sie wußte nur zu gut, was diese mitgemacht hatte!

Thomas hatte ihr schon zehntausend der zwanzigtausend Dollar überwiesen, auf die sie sich geeinigt hatten. Diese Summe würde es ihr ermöglichen, in Ruhe nachzudenken und die Dinge auf sich zukommen zu lassen ... Schlimmstenfalls würde sie umziehen, wenn sie gar keine Arbeit mehr fand. Wie dem auch sei, sie hatte, wie die meisten weniger wohlhabenden New Yorker, die Schnauze voll von *The Big Apple*, an das sie nichts wirklich band. Vielleicht würde sie in Richtung Süden ziehen, nach Florida oder Kalifornien, zwei Staaten, durch deren Reichtum das Geschäft mit den weiblichen Reizen blühte.

In der Zwischenzeit hatte sie ganz andere Sorgen. Mehrmals während der Verhandlung hatte Vic Jackson, ein ehemaliger Stammkunde, der sie immer korrekt bezahlt hatte, sie angesehen wie jemand, der sich verraten fühlte, was ja auch der Fall war. Und das rachsüchtige Leuchten, das sie in seinen Augen gesehen hatte, war so unmißverständlich, daß ihr ein Schaudern über den Rücken lief. Dieser Perversling war wahrscheinlich gemeingefährlich.

›Nun, was geschehen ist, ist geschehen‹, dachte sie sich ein wenig fatalistisch. Es war zu spät, um einen Rückzieher zu machen, und sie bedauerte ihre Entscheidung nicht: Im Grunde genommen gab ihr das einen Teil ihrer Selbstachtung wieder, die man so leicht verliert, wenn man den ältesten Beruf der Welt ausübt. Aber sie war so nervös, daß sie zusammenzuckte, als einer der Wächter kam, um sie zu bitten, ihre Zigarette auszudrücken.

Im selben Augenblick übergab einer der unauffälligsten und interessiertesten Zuschauer am anderen Ende des Saals einem anderen Wächter den Panter-Zigarillo, den dieser ihn gebeten hatte auszumachen. Es war niemand anders als Arthur Campbell, der nach dem unerwarteten Urteilsspruch von Richterin Green schnell machte, daß er aus dem Saal kam.

Der junge Staatsanwalt Paul Kubrick seinerseits gab seiner Freude sehr diskret Ausdruck. Er hatte lange gezögert, den Fall zu übernehmen, so gering erschienen die Chancen auf Erfolg. Das Opfer war sicherlich sympathisch, aber Catherine stand zum Zeitpunkt des Vorfalls unter dem Einfluß von Drogen und hatte obendrein gerade einen Selbstmordversuch hinter sich. Ihre psychische Labilität würde nicht gerade einen positiven Eindruck auf das Gericht machen.

Außerdem hatte der Beruf der Schauspielerin in den Augen des Gerichts immer noch nicht dieselbe Glaubwürdigkeit wie der jedes Angeklagten, die alle, mit Ausnahme des Literaturkritikers, zum Establishment gehörten: Bankier, Spitzenfunktionär, Klinikdirektor und Arzt.

Gewiß, sie hatten die erste Runde gewonnen, indem sie die Richterin davon überzeugt hatten, daß ein Prozeß gerechtfertigt war, aber nichts sagte ihm, daß dieser erste Sieg ihn nicht zu einer bitteren Niederlage führen würde. Außerdem würde die Richterin Green, die in Angelegenheiten dieser Art unerbittlich war, leider nicht dem Prozeß vorsitzen. Der Richter und die Geschworenen, auf die Catherine da stoßen würde, wären eine viel härtere Nuß.

Dennoch freute er sich darüber, den Fall angenommen zu haben, da der Einsatz die Mühe lohnte.

Wenn er gewann, konnte er mit einem Schlag berühmt werden, und daß er wie ein Filmschauspieler aussah, würde ihm auf diesem Kontinent, wo alles Schein und der Schein alles war, sicher behilflich sein. Das Verfahren, das in zwei Monaten beginnen sollte, würde bestimmt starke Beachtung in den Medien finden.

Eine Niederlage – die die erste in einem bisher fehlerlosen Parcours wäre

– würde allerdings seinen kometenhaften Aufstieg bestimmt nachhaltig bremsen, um den ihn viele in seiner Umgebung beneideten.
Er nahm an der kurzen Unterhandlung zwischen dem Richter und dem Anwalt der Angeklagten teil. Angesichts ihrer unbescholtenen Vergangenheit durften diese nach Zahlung einer Kaution von zweihunderttausend Dollar pro Kopf auf freiem Fuß bleiben.
Als ihre Arbeit verrichtet war, gab Richterin Green mit einem Hammerschlag zu verstehen, daß die Sitzung geschlossen war, und zog sich zurück. Alle Zuschauer standen auf, und im Saal gab es einen großen Tumult. Die Freunde der Angeklagten standen um sie herum, um sie zu beruhigen und ihnen lautstark ihre Unterstützung zuzusagen, während Catherines Eltern sich zu ihr hinbegaben, um ihr zu gratulieren.
Vic Jackson aber mißachtete den Rat seines Anwalts, ging zu Thomas und ließ sich zu einer dieser Haßtiraden hinreißen, die die Journalisten entzücken und am nächsten Tag die Zeitungen füllen.
»Verräter! Schwein! Sie glauben sich aus der Affäre zu ziehen, indem Sie uns anklagen! Aber alle Welt weiß, daß *Sie* es sind, der dieses arme Mädchen vergewaltigt hat, Thomas Gibson! Sie versuchen, die Justiz zu beeinflussen, um nicht ins Gefängnis zu kommen. Wegen ihr haben Sie den Kopf verloren, hm? Weil sie nämlich Ihrer Frau ähnlich sieht! Außer daß ihr Fleisch natürlich fester ist als das Ihrer Frau, nicht? Bei ihr haben Sie dann echt einen Steifen gekriegt!«
Die Journalisten gaben sich die größte Mühe, diese lächerlichen Beschuldigungen vollständig zu notieren.
Thomas wollte handgreiflich werden. Zum Glück trat Paul Kubrick dazwischen, aber dennoch gab es ein Handgemenge, und nur die Ankunft zweier Polizisten konnte die beiden Männer daran hindern, sich wirklich zu prügeln.
Thomas mußte Jackson gehen lassen, ohne ihm antworten zu können oder ihn zusammenzuschlagen, wie er es gern getan hätte. Er sah Julie an, die alles mitgehört hatte, und wog die Wirkung ab, die die häßlichen Worte des Direktors auf sie gehabt haben konnten. Aber Julie lächelte ruhig. Die Beschuldigungen von Jackson, der offensichtlich wütend war, schienen sie in keiner Weise getroffen zu haben.
Auf den Stufen des Justizpalasts erwartete ihn noch ein Zusammenstoß, nämlich mit Templeton, der bei den Vorverhandlungen dabeigewesen war und enttäuscht die Entscheidung von Richterin Green gehört hatte, denn sie zwang ihn, seine Ermittlungen einzustellen, bis das Gericht sein Urteil

gefällt hatte. Wenn die Angeklagten für schuldig befunden wurden, blieb ihm nichts anderes mehr übrig, als seine Akte zu schließen. Nur wenn sie freigesprochen wurden, konnte er von neuem versuchen, Thomas für das Verbrechen verantwortlich zu machen. Seine Meinung hatte sich in keiner Weise geändert: Er betrachtete den Psychiater weiterhin als den einzig Schuldigen. Auf eine gewisse Weise bewunderte er seine Kaltblütigkeit, seine Kühnheit und seine Phantasie: War Angriff nicht die beste Verteidigung? Indem er den Verdacht auf die vier Männer richtete, lenkte Thomas von sich selbst ab und gewann Zeit. Vielleicht würde er es schaffen, sich aus der Affäre zu ziehen, überlegte Templeton.
Umringt von einer Menge Neugieriger und Demonstranten, die die Männerjustiz gegenüber Frauen und die Pornographie, die schuld sei an aller sexuellen Gewalt, für die Vergewaltigung verantwortlich machten, bahnten sich die Angeklagten mit Müh und Not einen Weg zur Limousine, die sie erwartete. Der junge Staatsanwalt antwortete so kurz er konnte auf die Fragen der Journalisten, die auch um ihn und Catherine herumschwirrten, und Thomas traf unvermittelt auf Templeton. Dieser zog ihn mit einem zynischen Lächeln beiseite:
»So leicht werden Sie sich nicht aus der Affäre ziehen, Gibson! Sie haben es geschafft, Aufschub zu bewirken, aber die Wahrheit wird herauskommen! Vor allen Dingen weil ich die Ermittlungen gegen die vier Männer, die Sie vor Gericht gezerrt haben, führe. Und ich, ich weiß, daß Sie der Vergewaltiger sind!«
»Sie wissen ja tolle Sachen, Kommissar!«
»Ja, vor allem seit ich das Ergebnis des DNA-Tests habe. Das Blut auf den Rosen und auf den Handschuhen ist tatsächlich Ihr Blut! Sie haben die erste Schlacht gewonnen, aber damit noch nicht den Krieg. Wir sprechen uns noch, mein Lieber!«

39

Selten hatte man bei *Schmidt, Kent und Brentwood* eine solche Kampfesstimmung erlebt. Sobald Schmidt mit der schlechten Neuigkeit, daß es einen Prozeß geben würde, aus dem Justizpalast zurückgekommen war, hatten sich die drei ältesten Teilhaber und Gründer der Anwaltskanzlei im Hauptbesprechungsraum getroffen. Die anderen Anwälte, die schnell

über diese haarsträubende Geschichte einer kollektiven Vergewaltigung informiert worden waren, zeigten sich sehr überrascht.
Die drei Partner saßen um den riesigen Nußbaumtisch des Besprechungsraums. Außerdem war noch ein junger Anwalt anwesend, Jim Berkley, der Beste seines Jahrgangs in Harvard. Ihn hatte die Kanzlei sofort nach seinem Studium als Praktikanten eingestellt.
Schmidt, ein kräftiger Mann in den Sechzigern, beinahe einen Meter neunzig groß, war ein ehemaliger Turnierboxer, der sein kämpferisches Temperament in den juristischen Ring mitgenommen hatte, was ihm einen schnellen Aufstieg und überwältigende Erfolge eingetragen hatte. Vom Wesen her ein Schlägertyp, konnte er keine Niederlagen verkraften – in Wirklichkeit peitschten sie ihn auf. Es ging ihm nicht so sehr darum, einen Prozeß zu gewinnen, als vielmehr darum, seinen Gegner kleinzukriegen. Das hatte ihm kürzlich den Spitznamen ›Terminator‹ eingebracht – einen Namen, den man zwar nicht in seiner Gegenwart verwendete, der ihm aber nicht unbedingt mißfallen hätte.
»Es mußte natürlich sein, daß ich auf diese dreckige Lesbe stoße und auf diesen kleinen Grünschnabel Kubrick, der sich wer weiß was einbildet, weil er drei oder vier Prozesse gewonnen hat! Wir müssen schnell etwas unternehmen! Das Verfahren fängt in zwei Monaten an. Ich will, daß wir in spätestens einem Monat eine absolut unumstößliche Verteidigung parat haben! Die werden schon noch sehen, mit wem sie es zu tun haben!«
»Könnten wir denn nicht Kubrick einen Deal vorschlagen?« fragte Jack Kent.
Kent hätte durchaus eine Karriere als Schauspieler machen können – er war siebenundvierzig Jahre alt, elegant und sportlich. Seine Spezialität waren gütliche Einigungen.
Diese Art von Regelungen waren nicht gerade Schmidts Vorliebe, der ein fanatischer Anhänger tödlicher Konfrontationen war. Einerseits weil sie seinem Charakter entsprachen, und andererseits aus Berechnung, denn eine gütliche Einigung – auch wenn sie für den Mandanten sehr vorteilhaft sein konnte – war in der Regel sehr viel weniger einträglich als ein langer Prozeß. Die Erfahrung hatte ihn gelehrt, daß selbst die intelligentesten Mandanten seine Stunden peinlich genau und knauserig zusammenzählten und daß sie ungern die Summe von beispielsweise hunderttausend Dollar für eine gütliche Einigung zahlten, wenn diese innerhalb weniger Tage geschickt ausgehandelt wurde, auch wenn diese Summe ihnen das Dreifache an Prozeßkosten ersparte.

»Was für eine Art von Deal?« fragte er.
»Unsere Mandanten haben Catherine für eine Prostituierte gehalten. Man kann sie nicht der Vergewaltigung beschuldigen, wenn sie bezahlt wurde und sich aus freien Stücken auf eine Party begeben hat, von der sie wußte, daß dort ihre sexuellen Dienste gefordert werden.«
»In der Tat«, stimmte die Piepsstimme von George Brentwood zu, einem dicklichen zweiundfünfzigjährigen Anwalt.
Man nannte ihn ein ›wandelndes Nachschlagewerk‹, denn er hatte eine umfassende enzyklopädische Kenntnis der Rechtsprechung, vor allem in Vergewaltigungsfällen.
»Ich kenne keinen einzigen Fall einer Vergewaltigung, den eine Prostituierte gewonnen hätte«, erklärte er.
»Eine Nutte würde wahrscheinlich Schwierigkeiten haben zu beweisen, daß ein Kunde sie *getötet* hat«, sagte Schmidt ironisch, was die sehr gespannte Atmosphäre im Besprechungszimmer auflockerte.
Als sich das Gelächter wieder gelegt hatte, fuhr Schmidt fort, diesmal in einem ernsteren Tonfall:
»Das Problem hierbei ist, daß unsere Mandanten angesichts ihrer Bekanntheit nicht zugeben wollen, daß sie ein Fest besucht haben, auf dem auch Prostituierte anwesend waren.«
»Waren denn tatsächlich Prostituierte auf Jacksons Fest?« fragte der junge Berkley, ein Bursche mit leuchtendroten Haaren und einem milchigen Teint voller Sommersprossen.
Da er gerade erst über den Fall informiert worden war, kannte er sich nur in groben Zügen aus.
»Ja, es waren welche da«, bekannte Schmidt. »Jackson hat gestanden, daß er die Dienste eines Hostessenservice in Anspruch genommen hat, der Hart Agentur. Anschrift und Telefonnummer sind in der Akte. Das ist sehr ärgerlich, aber es ist nun einmal so! Damit müssen wir also rechnen. Jackson leugnet natürlich, daß Catherine Shield auf der Feier war. Aber das ist unser Problem.«
»Die Gegenseite wird natürlich versuchen, die anderen Prostituierten, die auf dem Fest waren und die Vergewaltigung möglicherweise bezeugen können, vor Gericht erscheinen zu lassen«, sagte Jack Kent, auf dessen Stirn sich eine große Sorgenfalte abzeichnete.
Schweigsam und besorgt dachte Schmidt nach: Er würde auf seine speziellen Methoden zurückgreifen müssen, um die anderen Prostituierten davon abzuhalten, in dem Prozeß auszusagen. Ein bösartiges Lächeln

erschien auf seinem Gesicht, aber er behielt die radikale Lösung, die ihm gerade eingefallen war, für sich: Allergrößte Diskretion war geboten.
Die Diskussion dauerte an.
»Nein, was wir erreichen müssen, ist, daß unsere Mandanten über jeden Zweifel erhaben sind. Wir können keinen Deal mit Kubrick aushandeln. Wir werden vor Gericht gehen, aber unsere Mandanten werden nicht aussagen. Ich werde mich auf den fünften Zusatzartikel berufen.«
»Das ist in der Tat eine bessere Idee«, stimmte Kent zu.
»Ich bin einverstanden«, billigte Brentwood. »Unsere Mandanten sind sehr ehrenwerte Bürger. Bei deiner Beweisführung wirst du erklären, daß sie sich nicht dazu herablassen können, sich selbst zu verteidigen, und daß ihr Ruf und ihre gesellschaftliche Position für sie sprechen.«
»Ausgezeichnet, das ist ausgezeichnet«, sagte Schmidt.
»Auch wenn sie einen Zeugen haben ...«
»Noch!« unterbrach Schmidt.
»... es ist eine Prostituierte«, verfolgte Brentwood, als ob er den beunruhigenden Kommentar von Schmidt nicht gehört hätte. »Wahrscheinlich hatte sie getrunken und Drogen genommen, Kokain oder etwas anderes. Und sie ist bestimmt kein kluges Köpfchen.«
»Es wird ein leichtes sein, sie in die Mangel zu nehmen«, sagte Kent. »Sie wird aufgeregt sein, sich widersprechen ...«
»Sie hat vermutlich eine kriminelle Vergangenheit. Man muß ihr Leben durchforsten und alles suchen, was sie in Mißkredit bringen könnte.«
»Kümmerst du dich darum?« fragte Schmidt Jim Berkley.
Dieser machte sich eine kurze Notiz.
»Was wir versuchen werden nachzuweisen«, dachte Schmidt laut, »ist, daß Catherine Shield aus der Klinik weggelaufen ist und sich in der Havanas-Bar betrunken hat. Die Prostituierte sagt, daß sie sie dort getroffen hat, daß sie zusammen getrunken, getanzt, wahrscheinlich Drogen genommen haben ... Wir werden sie in die Mangel nehmen.«
»Was auch gut wäre«, schlug Brentwood vor, »ist, den Geschworenen zu suggerieren, daß Gibson der wahre Vergewaltiger ist. Ich habe mit dem Kommissar gesprochen, der mit der Ermittlung beauftragt ist, er ist davon überzeugt, daß es Gibson war. Immerhin ist das Mädchen in seinem Auto gefunden worden, und die Geschworenen haben sicherlich Berichte im Fernsehen gesehen oder Zeitungen gelesen.«
»In der Tat«, sagte Kent, »wenn wir es schaffen, daß sie einen begründeten Zweifel haben, werden sie unsere Mandanten freisprechen.«

Alle freuten sich: Die Verteidigung nahm schon Formen an, es ging in die richtige Richtung. Außerdem war es nicht sehr wahrscheinlich, daß sie auf einen Richter trafen, der ebenso streng war wie Richterin Green.

»Ich fürchte, daß die Photos eine verheerende Wirkung auf die Geschworenen ausüben werden«, sagte der junge Harvard-Absolvent.

Die Photos, die die Polizei nach der Vergewaltigung gemacht hatte, lagen vor den Anwälten. Sie waren wirklich belastend.

»Es stimmt, daß sich Geschworene leicht von solchen Photos beeinflussen lassen«, bestätigte Brentwood. »Wir müssen dafür sorgen, daß so wenig wie möglich zugelassen werden. Sonst halten es die Geschworenen nicht für möglich, daß Catherine von einem einzigen Mann vergewaltigt worden ist.«

»Wie stehen unsere Chancen, was die Prozeßführung angeht?« fragte Schmidt Kent, der sich auch auf Prozeßführungsstrategien spezialisiert hatte. Mit der richtigen Strategie konnte man oft einen Prozeß gewinnen, auch wenn es am Anfang sehr schlecht aussah.

»Ehrlich gesagt, kann ich das im Moment nicht sagen. Alles hängt vom Richter ab. Aber eines steht fest: Der Staatsanwalt wird zumindest einige Photos benutzen dürfen und ...«

Er warf noch mal einen Blick auf die Photos:

»Ich habe den Eindruck, daß das reichen wird, um die Geschworenen zu beeinflussen.«

»Also dürfen wir dieses Risiko nicht eingehen«, entschied Schmidt.

Trotz der Klimaanlage tropfte ihm jetzt der Schweiß herunter. Es gab viele Probleme, von denen jedes einzelne die Entscheidung der Geschworenen jederzeit umkippen lassen konnte.

»In dem Moment, in dem bekannt wird, wer die Geschworenen sind,« fügte er hinzu, »möchte ich, daß wir gründliche Nachforschungen über jedes einzelne Mitglied der Geschworenenbank anstellen. Jim, darum wirst du dich kümmern. Kann ich mich auf dich verlassen?«

»Ja, Chef«, antwortete der junge Anwalt, der auf einmal nervös wurde. »Ich werde ihr psychologisches Profil, ihre Vorurteile und ihre Schulbildung im Detail analysieren.«

»Das interessiert mich einen Scheißdreck, ihr psychologisches Profil!« unterbrach ihn Schmidt, entnervt von Jims Naivität. »Was ich will, ist Dreck! Den schwärzesten Dreck, den du finden kannst! Je tiefer sie im Dreck stecken, desto besser für uns! Ich will sie im Würgegriff haben, ich will, daß sie für uns stimmen! Ich will, daß sie begreifen, daß sie sich in der schlimmsten Situation ihres ganzen Lebens befinden, wenn sie das nicht tun. Und ich will mindestens zwei von zwölf. Stelle Nachforschungen über alle zwölf Geschworenen an, und suche dir dann die beiden aus, die am vielversprechendsten aussehen. Du wirst das bei Jack rückmelden. Verstanden?«

»Ja, Herr Schmidt.«

»Brentwood, du kümmerst dich um alle ähnlichen Fälle von kollektiver Vergewaltigung. Du hast freie Hand, soviel Anfänger einzuschalten, wie du brauchst, um dir bei deinen Recherchen zu helfen. Unsere Mandanten haben Geld, also werden wir sie gut bedienen, in Ordnung?«

»Bestens«, sagte Brentwood.

»Jack, ich möchte, daß du Nachforschungen über diese kleine Nutte Catherine Shield anstellst. Suche in alle Richtungen: ihre Schule, ihre Freunde, ihre Eltern. Frage die Männer aus, mit denen sie geschlafen hat – oder die Frauen«, fügte er hinzu und konnte es sich nicht verkneifen, über seinen eigenen Witz zu lachen, der mit unterwürfigem Gelächter quittiert wurde. »Sie hat nicht umsonst versucht, sich umzubringen! Sie ist eine labile Person und eine Intrigantin! Wir werden ihre Glaubwürdigkeit völlig untergraben.«

»Verstanden«, sagte Jack, der diese Art unorthodoxer Aufgaben mochte und der nicht nur über eine kleine Armee von Praktikanten verfügte, sondern auch noch über ein Heer von Informanten bei der Polizei, unter den kleinen Verbrechern und beim Abschaum der Gesellschaft.

»Gut, wir machen uns gleich ran!« befahl Schmidt. »Alle Mann an die Arbeit! Laßt eure anderen Fälle soviel wie möglich ruhen, verstanden?«

»Ja.«

Alle standen auf, außer Schmidt, der sich in dem Bewußtsein, daß der Sieg noch längst nicht greifbar war, mit besorgter Miene die Photos ansah.

»Kent, ich möchte dich sprechen.«

Der junge Praktikant und Brentwood verließen das Besprechungszimmer, und Jack Kent schloß die Tür hinter ihnen.

Schmidt sah so ernst aus, wie es nur unter besonderen Umständen vorkam und wenn er gezwungen war, etwas außergewöhnliche Methoden anzuwenden. Was heikle Aufgaben anging, war Kent schon immer sein Vertrauensmann gewesen.

»Eines unserer Probleme ist der Psychiater.«

»Jackson?«

»Nein, Gibson. Er steckt hinter der ganzen Geschichte. Wir müssen ihn

davon überzeugen, daß es besser ist, alles fallenzulassen, wenn du verstehst, was ich meine.«
»Ich verstehe«, sagte Kent. »Ich werde mich darum kümmern. Ich rufe unseren Spezialisten an.«
»Ich will nicht wissen, was du tust, ich möchte nur, daß Gibson auf einmal anfängt nachzudenken. Und zwar ausgiebig.«
»Vertrauen Sie mir: Er wird gehörig nachdenken!«
Er wollte schon gehen, als Schmidt ihn nochmals rief:
»Noch etwas anderes: die Prostituierte. Sie darf keine Zeugenaussage machen. Unter keinen Umständen.«
»Freie Hand?«
»Freie Hand.«
»Code 911?«
»Ja. Sorge dafür, daß alle anderen davon abgebracht werden auszusagen. Alle. Verstanden?«
»Ganz und gar«, sagte Jack mit einem hintergründigen Lächeln. »Wie hoch ist das Budget?«
»Wieviel brauchst du?«
»Soviel wie ich brauche, um den Spezialisten einzuschalten.«
»Vertraust du diesem Typen wenigstens?«
»Wie meiner Mutter.«
»Gut, zahl, was du zahlen mußt. Die Mandanten haben Geld, es wird ihnen nicht schwerfallen, unser Honorar zu zahlen.«
»Ich verstehe.«
»Und wenn Gibson kein Verständnis zeigt, werden wir zur zweiten Phase übergehen. Wir kümmern uns dann um Catherine Shield. Aber warte meine Anweisungen ab, was das betrifft. Gibson hat unehrliche Mittel angewandt, um seinen Kopf zu retten: Wir werden Scheiße mit Scheiße bekämpfen!«

40

Bobby Simon besah sich gerade die Fortschritte seiner Haarimplantate in einem hübschen Wandspiegel, den er aus Marokko mitgebracht hatte. Die Streifen waren noch deutlich sichtbar, was ihm ein bißchen peinlich war, obwohl er kaum ein sehr aktives gesellschaftliches Leben führte. Aber

diese Unannehmlichkeit – die nur vorläufig war, wie ihm der Experte versichert hatte – würde ihm die für ihn noch viel größere Peinlichkeit ersparen, in fünf oder sechs Jahren völlig kahl zu sein.
Als es an der Tür klingelte, hob er die linke Augenbraue: Er erwartete niemanden. Sein Papagei, der bis dahin still in seinem großen goldenen Käfig gesessen hatte, krächzte sofort einen seiner Lieblingssätze heraus:
»You're a dead man! You're a dead man!«
»Sei still, Ronald, sei still!«
Doch der Vogel schien das als Aufmunterung zu verstehen – jedenfalls beachtete er den Befehl seines Herrchens nicht – und schöpfte einen anderen knackigen Spruch aus seinem begrenzten Repertoire:
»Hi, stupid ass!«
Wieder wurde geklingelt und Simon hörte auf, den Papagei zu beschimpfen. Er schob seinen Revolver in das Halfter unter der linken Achsel und zog eine schwarze Jacke an: Wie viele Leute seiner Generation gab er sich dem Kult des Schwarzen hin, der ihm in mehrfacher Hinsicht nützte, insbesondere um seine häufigen nächtlichen Aufträge zu einem guten Ende zu führen. Er ging an seinem Computer vorbei, der ständig angeschaltet blieb, weil der Junggeselle Simon eine Computerspiele-Manie entwickelt hatte, und öffnete die Tür.
Auf der Schwelle stand ein schwächlicher, sichtlich nervöser kleiner Mann. In der Hand hielt er zwei Umschläge: der erste war groß, beige und gepolstert, der zweite weiß, vom Format eines gewöhnlichen Geschäftsbriefes. Merkwürdigerweise war auf diesem ein rotes Siegel wie auf einem offiziellen Dokument.
Einen Meter neunzig groß und breitschultrig wie ein Footballspieler, war Simon ein wahrer Riese. Er lächelte innerlich und fragte sich, ob das noch einer dieser elenden Gerichtsvollzieher war.
Simon brachte seinen Besucher noch mehr in Verlegenheit, da er nichts sagte und ihn nur mit seiner beeindruckenden und bedrohlichen Erscheinung konfrontierte. In der Tat war er wenig gesprächig und schon beim Anblick dieser Dokumente verärgert – er haßte alles, was offiziell war beziehungsweise vom Establishment kam (außer dem Geld natürlich, das er in großen Mengen verdiente, was man seinem New Yorker Appartement nicht ansah: Seine echte Bleibe war eine Luxusvilla auf den Bahamas).
»Herr Sinatra?« erkundigte sich der kränkelnde Bote mit unsicherer Stimme.
Der Killer verstand gleich, worum es ging. Sinatra war der Codename, den

die Kanzlei von Schmidt, Brentwood und Kent verwendete, wenn sie mit ihm Geschäfte machte. Er nickte bejahend.
»Eine Nachricht für Sie. Diesen Brief müssen Sie in meiner Gegenwart lesen«, erläuterte der Bote und streckte ihm den kleineren Umschlag hin. »Wenn Sie einverstanden sind, gebe ich Ihnen den anderen.«
Immer noch ohne zu antworten, riß Sinatra förmlich den Brief aus den zitternden Händen des Boten. Dieser begann sich zu fragen, ob sein Gegenüber vielleicht nicht sprechen konnte.
Aber genau diesen Moment wählte Simon, um ihn mit seiner dröhnenden Stimme zu erschrecken:
»Sie sollten mit dem Kokain ein bißchen vorsichtiger sein!«
»Vielleicht«, gab der durchschaute Bote mit einem schuldbewußten Lächeln zu.
Der andere mußte wirklich scharfsinnig sein, um einfach so sein teures Laster zu erkennen, dem zuliebe er allerlei eher zwielichtigen Geschäften nachging.
»You're a dead man!« kommentierte der Papagei im falschen Augenblick, aufgeregt, weil ein Besucher da war.
»Ronald«, forderte Simon ihn auf, »sag unserem Freund guten Tag.«
»Hi, stupid ass!«
Betreten lächelte der Bote:
»Ein netter Vogel ...«
»Finden Sie?« fragte Simon mit drohender Stimme.
»Hi, stupid ass!« wiederholte der Vogel.
Der Bote lächelte kriecherisch. Er wagte es nicht, dem Vogel zu antworten, um dessen Herrchen nicht zu verärgern.
Simon drehte sich um, um dem neugierigen Blick des Boten zu entgehen, brach das Siegel und öffnete den Umschlag. Das erste, was er bemerkte – und was er eher nett fand –, war, daß der Umschlag ein Bündel Tausenddollarscheine enthielt. Schätzungsweise zwei Dutzend.
Ein getippter Brief erklärte kurz, daß es nächste Woche zwei Eilaufträge in New York geben würde, daß er, nachdem er sie erledigt hätte, eine zweite Zahlung bekommen würde, und daß er, wenn er Interesse hätte, den Boten um den großen Umschlag bitten müßte, in dem sich die genaueren Anweisungen befanden.
Der Umschlag enthielt ebenfalls ein schwarzes Satinband. Simon nahm es, riß es der Länge nach in der Mitte durch und gab die so entstandene Hälfte dem Boten, der sonst nicht bezahlt werden würde. Das hatte ihm

jedenfalls der unauffällige Mann mit Hut und Sonnenbrille erklärt, der ihm seine schwierige Aufgabe anvertraut hatte. In Wirklichkeit war es der Anwalt Kent, der für die Kanzlei den Kontakt mit den ›Spezialeinheiten‹ unterhielt, den er im Lauf seiner langjährigen Karriere im Strafrecht, seiner Spezialität, aufgebaut hatte.

Als er das schwarze Band in der Hand hielt, gab der Bote Simon den großen Umschlag und entfernte sich, begleitet von einer Salve wenig tröstlicher Abschiedsgrüße seitens des Papageis:

»You're a dead man! You're a dead man!«

Das erste, was Simon tat, nachdem er die Tür wieder geschlossen hatte, war, den großen Umschlag auf den Computertisch zu legen und die Tausenddollarscheine zu zählen. Es waren genau dreiundzwanzig.

Diese Summe, die nicht wie üblich rund war, machte ihn stutzig. Aber die Erklärung würde sich bestimmt in dem anderen Umschlag befinden. Schnell öffnete er ihn und breitete den Inhalt auf dem Tisch aus.

Als erstes sah er ein großes Photo von Natascha. Ein professioneller Photograph hatte es zu der Zeit aufgenommen, als die Prostituierte sich noch Hoffnungen darauf machte, eine berühmte Schauspielerin zu werden, ein Traum, der nach fünf oder sechs Jahren Exzesse und Mißerfolge definitiv begraben war.

Simon, der ein Frauenliebhaber war, fand sie eher hübsch und ein bißchen ordinär, was ihm nicht mißfiel; sein merkwürdiger Beruf zwang ihn sowieso dazu, seine Eroberungen unter Frauen anzusiedeln, die wie er mehr oder weniger illegale Einkommensquellen hatten.

Unten auf dem Photo standen auf einem angeklebten Zettel mit Filzstift die Worte ›Natascha, Prostituierte‹, was den ersten Eindruck bestätigte, den der aufreizende Gesichtsausdruck und das etwas zu dick aufgetragene Make-up der jungen Frau machten.

Auf dem Tisch lagen auch eine Diskette und zwei weitere Photos: eines von Thomas und eines von Catherine, auf dieselbe Art gekennzeichnet wie das von Natascha.

Auf einem Blatt Papier, dem einzigen in diesem Umschlag, waren die drei Namen mit der dazugehörigen Anschrift getippt worden: der von Natascha, der von Thomas und für Catherine die Adresse der Klinik.

Unten auf der Seite stand die Anweisung: *›Für den Auftrag Diskette einlegen und Ihren Codenamen eintippen.‹*

Schnell legte er die Diskette ins Laufwerk und gab ein: »Sinatra«. Sofort erschien ein Text auf dem Bildschirm.

›In dieser Reihenfolge auszuführen.
1. Natascha stumm. Sofort.
2. Gibson einschüchtern. Noch keine Reise in den Himmel. Ihm aber die Lust auf den Prozeß der vier vor dem 15.9. nehmen. Honorar: noch mal $ 20 000, zahlbar nach Ausführung. Weitere Anweisungen folgen.
Do it your way, Frank!
Dein Freund‹

Der Brief enthielt auch zwei Zusätze:

›PS. Wichtig: sich diese Anweisungen sofort merken.
PPS. Die zusätzlichen $ 3000 sind für einen neuen Computer.‹

Simon runzelte die Stirn. Was bedeutete dieses zweite Postskriptum? Ein erneuter Ruf seines Papageis lenkte ihn etwas ab.
Als ihm plötzlich aufging, was das hieß, stürzte er zum Computer, um die Diskette zu entfernen. Zu spät. Auf dem Bildschirm fingen die Anweisungen an, einen seltsamen Tanz aufzuführen. Kleine Männchen erschienen, wie die Drachen in manchen Videospielen. Sie fingen eines nach dem anderen an, die Wörter der Nachricht aufzufressen. Dann verzog sich das Bild auf dem Schirm, und ein merkwürdiges Geräusch kam aus dem Gerät, das ein paar Sekunden später anfing zu zittern und zu rauchen. Der Bildschirm ging aus, das Gerät rappelte noch ein wenig und war dann gänzlich stumm.
Tatsächlich war es völlig hinüber. Die Diskette, die der Bote gebracht hatte, enthielt einen ausgeklügelten, tödlichen Virus, den seine Antivirus-Software nicht kannte oder zumindest nicht stoppen konnte.
Simon fluchte erbittert.
»Hi, stupid ass!«
Der Papagei hatte sich den verkehrten Moment für seinen Kommentar ausgesucht, und in seiner Wut schleuderte ihm der Killer das an den Kopf, was er gerade in der Hand hatte: die infizierte Diskette.

41

Eines war in der langen Besprechung, die Julie, Thomas und Paul Kubrick am Tag nach den Vorverhandlungen gehabt hatten, überdeutlich geworden: Man würde Natascha sehr sorgfältig auf den Prozeß vorbereiten müssen. Zusammen mit Catherine war sie ihr einziger Zeuge, und sie wußte vielleicht noch mehr, als sie bei ihren ersten Treffen zugegeben hatte.
Weil Julie in der Klinik viel zu tun hatte, konnte sie Thomas und Paul Kubrick nicht zu Natascha begleiten, mit der sie verabredet waren.
Die beiden Männer warteten im Gebäude, in dem Natascha wohnte, auf den Fahrstuhl. Als die Tür schließlich aufging, trat ein Mann von beeindruckender Größe heraus, der einen Pulli und eine Mütze der L.A. Kings trug sowie eine Sonnenbrille und schwarze Lederhandschuhe. Der Mann bückte sich und hob, wie es schien, nicht ohne Mühe, eine große Hockeytasche auf und ging schnell hinaus.
Thomas und Paul stiegen in den Fahrstuhl.
»Ein Spieler der Kings«, sagte Paul, »Haben Sie ihn wiedererkannt?«
»Nein, ich bin eher Football-Fan. Aber es ist doch seltsam, daß er hier wohnt, bei den Gehältern, die sie verdienen.«
»Vielleicht hat er bei einer Freundin übernachtet.«
Um zehn Uhr morgens war das wahrscheinlich.
Die beiden Männer grinsten sich an. Der Aufzug fuhr langsam hinauf. Thomas sah geistesabwesend auf den Boden und stellte fest, daß er beinahe in einen kleinen Fleck roter Flüssigkeit getreten wäre.
»Schauen Sie mal«, sagte er mit besorgter Miene zu Paul. »Das sieht aus wie Blut, finden Sie nicht?«
Der Staatsanwalt schaute sich den Fleck an und sagte spontan, ohne wirklich darüber nachzudenken:
»Vielleicht war der Typ ja verletzt.«
Diese Bemerkung war absurd, was Paul merkte, sobald er sie geäußert hatte.
Als die Fahrstuhltür sich geöffnet hatte, eilten die beiden Männer, die das Schlimmste befürchteten, zur Wohnung der Prostituierten. Sie klingelten zweimal, doch es machte ihnen niemand auf.
»Und dabei haben wir noch vor einer halben Stunde mit ihr gesprochen«, sagte Paul.
Thomas drückte die Klinke herunter, um sicherzugehen, daß die Tür abgeschlossen war. Das war sie nicht, was den schrecklichen Verdacht, der ihnen gekommen war, nur bestätigte.

Sie gingen in die Wohnung, durchsuchten sie und riefen Natascha, die ihnen jedoch nicht antwortete. Sie war weder im Wohnzimmer noch im Schlafzimmer. In diesem Moment rochen sie etwas Verbranntes, und sie sahen Rauch aus der Küche kommen.
Sie stürzten hin.
In der Pfanne auf dem Herd brannte ein Ei an. Thomas nahm die Pfanne von der Platte und machte den Herd aus.
Und immer noch keine Spur von Natascha. Bestimmt war etwas passiert, weswegen sie schnell aus der Wohnung hatte gehen müssen und dabei das Ei auf dem Herd vergessen hatte.
»Schau«, sagte Paul in dem Moment zu Thomas.
Auf dem Boden vor dem Waschbecken hatte er einen roten Fleck entdeckt. Thomas kniete sich hin und untersuchte ihn: Es war Blut.
»Der Fahrstuhl!« rief er.
Paul hatte dasselbe gedacht: der kleine Blutfleck!
Thomas lief zum Fenster und sah, wie der Typ mit der Mütze unten schnell den Kofferraumdeckel eines schwarzen Chevrolet schloß, ins Auto sprang, startete und mit quietschenden Reifen um die Ecke bog.
Die beiden Männer waren fassungslos.
»Natascha! Sie haben sie umgebracht!«
»Wir haben keinen Zeugen mehr. Wir sind erledigt!«
»Aber das dürfen sie nicht! Das können wir nicht zulassen. Wir werden die Polizei rufen, sie wird Nachforschungen anstellen.«
»Und was werden wir der Polizei sagen?«
»Daß die Verteidigung ein Verbrechen begangen hat, daß sie unsere Zeugin aus dem Weg geräumt hat ...«
»Ach, ja? Und wie können wir das beweisen?«
Thomas schwieg verwirrt. Wie konnte man ihnen diesen Mord nachweisen, den weder einer der Angeklagten noch einer ihrer Anwälte begangen hatte? Man müßte den Mörder aufspüren und mit hundertprozentiger Sicherheit beweisen können, daß er den Mord in ihrem Auftrag begangen hatte. Thomas fiel auf einmal etwas ein.
»He, es gibt ja auch noch die anderen Prostituierten! Wir gehen zur Agentur, reden mit ihnen und ...«
»Glauben Sie mir«, unterbrach ihn der junge Staatsanwalt, »nach dem, was gerade geschehen ist, wird keine einzige mehr aussagen wollen!«
Eine Viertelstunde später war Kommissar Templeton vor Ort. Für Thomas hatte er nur einen sarkastischen Kommentar übrig:

»Jetzt wird es Ihnen schwerfallen zu beweisen, daß Sie unschuldig sind!«
Thomas war im Handumdrehen auf hundertachtzig. Aber bevor er Zeit hatte, eine gepfefferte Antwort zu geben, kam ihm Paul zuvor, der an solche grundlosen Provokationen schon gewöhnt war.
»Toll, Kommissar! Es gibt einen Mord, und das ist alles, was Ihnen dazu einfällt!«
»Es gibt aber keine Leiche, und ich will keine voreiligen Schlüsse ziehen.«
Templeton dachte sich allerdings, daß die beiden Männer recht hatten. Alles wies darauf hin: der Blutfleck im Aufzug, der auf dem PVC in der Küche, die offene Appartementtür, das Ei, das auf dem Herd angebrannt war ...
Einen Moment lang hatte der Kriminalkommissar eine absurde Idee: War Thomas möglicherweise für diesen Mord verantwortlich? Aber als er darüber nachdachte, mußte er sich eingestehen, daß diese Hypothese idiotisch war.
Dafür hätten Thomas mehrere Denkfehler unterlaufen müssen. Er hätte absurderweise annehmen müssen, daß er endgültig alle Verdächtigungen von sich lenken würde, wenn er den einzigen Zeugen umbringen ließe, der ihn entlasten und die Angeklagten belasten konnte. Zugleich hätte er damit rechnen müssen, daß er die Angeklagten auf diese Art als völlig skrupellose Personen hinstellte. Hierzu mußte man wirklich völlig verrückt sein und außerdem enorme Risiken eingehen. Und vor allen Dingen mußte man ein Mörder sein.
Auch wenn Templeton davon überzeugt war, daß Thomas seine Frau umgebracht hatte – und wenn man erst einmal einen Mord begangen hat, fiele es einem sicher leichter, den zweiten zu begehen –, diesmal war der Psychiater nicht allein. Und dieser Staatsanwalt war ein *smart ass* – ein arroganter, aber brillanter Typ. Es war ausgeschlossen, daß er in einer Angelegenheit dieser Art Komplize war. Also war die Schlußfolgerung, daß Thomas einen zweiten Mord begangen haben könnte, zumindest voreilig.
Wenn die Tests zeigten, daß das Blut im Fahrstuhl und das in der Küche in der Tat von derselben Person stammten, würde das die Annahme bestätigen, daß die Prostituierte ermordet worden war. Aber dann würde immer noch nicht feststehen, daß sie von dem Mann in Hockeykleidung umgebracht worden war, den Thomas und der Staatsanwalt im Fahrstuhl getroffen hatten. Nichts wies darauf hin, daß das Blut nicht schon im Aufzug gewesen war, als der Mann einstieg.

Der Kommissar war gerade dabei, den Psychiater und den Staatsanwalt in der Küche zu befragen, als sie eine Frau im Wohnzimmer schreien hörten.
War das Natascha, die zurückkam und Menschen in ihrem Appartement vorfand?
Thomas war ungeheuer erleichtert. Die junge Frau war ihm sympathisch gewesen, und die Möglichkeit ihres Todes hatte ihn erschüttert.
Nochmals erklang ein Schrei.
Eine Frau stand in der Küchentür. Es war nicht Natascha, sondern Mariola, die mit dem Koffer in der Hand aus dem Urlaub zurückkam und ihr Appartement mit offener Tür und drei Fremden, die in der Küche diskutierten, vorgefunden hatte.
Als sie ihn sah, erkannte sie Thomas zwar sofort, fragte aber dennoch in einem aggressiven Tonfall:
»Was haben Sie hier zu suchen?«
»Wir haben Grund zur Annahme, daß Ihrer Mitbewohnerin Natascha etwas zugestoßen ist«, erklärte Thomas.
»Natascha ...«, sagte Mariola beunruhigt.
»Haben Sie etwas von ihr gehört?« fragte der Kommissar.
»Nein, ich ...«, stammelte die erschreckte junge Frau. »Sind Sie von der Polizei?«
Von Anfang an hatte sie Thomas verdächtigt, zu den Ordnungskräften zu gehören. Sie hätte mißtrauischer sein sollen – sie hatte doch gewußt, daß sie sich Ärger einhandeln würde!
»Kriminalkommissar Templeton, Morddezernat der New Yorker Polizei«, antwortete der Polizist. »Wir haben in der Tat Grund zur Annahme, daß Ihrer Freundin möglicherweise etwas zugestoßen ist. Wann haben Sie sie zuletzt gesehen?«
»Ich war drei Tage weg ... Aber ich habe gestern mit ihr gesprochen.«
»Sie haben gestern mit ihr gesprochen?« fragte der Kommissar.
»Ja, seit drei Jahren sprechen wir jeden Tag miteinander. Es ist ... wie soll ich sagen ... eine Art Abmachung zwischen uns, wir sind wie Schwestern, wir rufen uns einmal am Tag an, egal, wo wir sind.«
Ihr Gesicht hatte sich verfinstert. Sie war ihrer Freundin so nahe, sie fühlte so stark, was diese fühlte, ohne dafür mit ihr sprechen zu müssen, daß sie hinzufügte:
»Sie ist tot. Das fühle ich.«
Und sie ließ ihren Koffer fallen.

»Catherine!« rief Thomas aus. »Wir müssen sie unbedingt beschützen! Sie werden sie auch töten!«
»Ich schicke sofort jemanden in die Klinik«, sagte Templeton und ergriff sein Mobiltelefon.
Er ging ins Wohnzimmer, um seine Anweisungen zu geben.
Thomas war ihm dankbar dafür, erkannt zu haben, daß Catherines Leben vielleicht in Gefahr war – und daß Nataschas Mörder also möglicherweise etwas mit dieser ganzen Geschichte zu tun hatten.
Mariola saß zusammengesunken auf der Couch und hielt den Kopf in den Händen.
Die folgenden Tage bestätigten das Vorgefühl der jungen Frau. Natascha blieb nicht nur verschwunden, sondern rief auch nie mehr an.

42

Am nächsten Morgen startete Thomas' Porsche nicht, was ihm um so seltsamer vorkam, als er ihn vor einigen Wochen hatte warten lassen. Aber die deutsche Mechanik hatte häufig Mucken, und ihr Ruf war etwas überzogen, wie er beim Fahren gemerkt hatte. Dennoch würde er seinen Wagen nie gegen ein anderes Auto tauschen.
Eine Panne war immer lästig, aber an diesem Morgen kam sie ihm besonders ungelegen, denn er würde jetzt schon mit Verspätung zur Klinik kommen. Er rief in der Werkstatt an, und sein Mechaniker, der den Wagen abholte, war so freundlich, ihn dort abzusetzen, wo er die Fähre nach Manhattan nehmen konnte.
Sie war um diese Uhrzeit recht voll, aber Thomas gelang es, einen Sitzplatz zu ergattern. Er sah sich das Wasser an, die Gebäude am anderen Ufer und nutzte den kurzen Moment der Ruhe, um über sein Leben und all das nachzudenken, was ihm in letzter Zeit widerfahren war.
Kindergeschrei riß ihn aus seinen Überlegungen.
Rechts von ihm beugte sich eine nett aussehende junge Frau über einen Kinderwagen – einen dieser altmodischen Kinderwagen mit großen Rädern, die wieder in Mode gekommen waren – und versuchte, ihr Baby zu beruhigen.
Thomas stand sofort auf, um ihr seinen Platz anzubieten. Sie lehnte zunächst ab, aber er bestand darauf. Sie setzte sich schließlich und dankte

Thomas. Mit einer Hand schaukelte sie ihren Kinderwagen leicht hin und her.
Thomas lächelte dem Kind zu, einem hübschen, etwa zehn Monate alten Mädchen. Im Grunde genommen war es vielleicht das, was in seinem Leben fehlte: das einfache Glück, Kinder zu haben. Wenn er Vater würde, bekäme sein Leben bestimmt wieder einen Sinn. Ja, das echte Leben, das waren vielleicht die allereinfachsten Dinge, die er, von seiner Arbeit zu sehr in Anspruch genommen, verlernt hatte zu schätzen.
Er streichelte die Füße der Kleinen. Diese lächelte und rülpste dann laut, was wiederum der Mutter unangenehm war. Sie entschuldigte sich für ihre Tochter.
»Aber nein, das macht doch nichts«, sagte Thomas, »sie ist so hübsch!«
Einen Moment später fand er sie allerdings weniger niedlich: Als er es sich herausnahm, sie liebevoll in die Wange zu kneifen, spuckte sie grünes Avocadopüree auf die blütenweiße Manschette seines Hemdes.
Ein betretenes Lächeln auf den Lippen, zog er seine Hand zurück, nahm ein Taschentuch aus der Tasche und bemühte sich, so viel Püree wie möglich wegzuputzen, während die Mutter sich immer wieder entschuldigte.
Die Fähre kam bald am Ufer an, und Thomas half der Mutter mit ihrem Kinderwagen und wünschte ihr einen schönen Tag.
Weil er es eilig hatte, lief er schnell zur Treppe, die er hochlaufen mußte, um zur Straße zu kommen. Dort würde er in eines der vielen Taxis steigen, die auf die Fahrgäste der Fähren warteten.
Unten an der Treppe erblickte er Harry, einen fünfzigjährigen Obdachlosen – er sah bestimmt fünfzehn Jahre älter aus –, der im Lauf der Zeit zu einer wahren Institution geworden war. Mit ihm unterhielt sich Thomas die Dutzend Male im Jahr, wenn er die Fähre nahm.
Als er vor dem Obdachlosen stehenblieb, bemerkte Thomas den Mann in grauem Arbeitsanzug und mit einer Arbeitsmütze in derselben Farbe nicht, der ihn beobachtete und auf seine Uhr sah: Der Psychiater war pünktlich!
Bobby Simon hatte einen Lastwagen rückwärts an die Treppe herangefahren. Die Hand auf einem Hebel und augenscheinlich beschäftigt, wartete er auf einen günstigen Moment, um die Bordwand hochzufahren und ihren Inhalt – etwa hundert große Kegelkugeln – auf die Stufen zu kippen, ohne sich auch nur im geringsten um die Menschenmasse zu kümmern, die zur Straße eilte.
Manche fanden die Anwesenheit dieses Lastwagens an solch einem Ort seltsam. Es war immerhin eine Treppe und keine Laderampe. Aber nie-

mand hielt es für nötig, Fragen zu stellen oder die Polizei zu rufen. Schließlich waren sie in Eile und hatten Besseres zu tun. Außerdem waren sie hier in New York, wo jeden Tag allerlei merkwürdige Dinge geschahen und wo die Überlebensregel Nummer eins lautete, sich nicht in die Angelegenheiten anderer Leute zu mischen.
»Was machen die Geschäfte?« fragte Thomas in dem Moment. Obwohl er zu spät dran war, wollte er sich die Zeit nehmen, ein paar Worte mit Harry zu wechseln.
»Schlecht! An der Börse lief es gestern nicht gut, die Leute machen sich Sorgen.«
»Hier, vielleicht hilft dir das ja«, sagte Thomas und drückte ihm einen Fünfdollarschein in seine wächserne, dreckige Hand.
»Danke, Doc«, sagte der Bettler lächelnd.
Thomas drehte sich um und lächelte der jungen Frau zu, die sich abmühte, um ihren Kinderwagen die Stufen hochzubugsieren. In wenigen Sekunden würde er ihr zu Hilfe kommen, denn niemand hatte ihr bislang seine Unterstützung angeboten.
»Ich habe gelesen, was man in den Zeitungen über Sie schreibt, Doc. Was für ein Scheiß!«
Der Psychiater war erstaunt. Selbst Harry war auf dem laufenden!
Thomas fand, daß Harry schlecht aussah und setzte trotz seiner Verspätung die Unterhaltung fort:
»Danke, Harry. Ich kann alle Unterstützung brauchen, die ich kriege. Aber was ist mit dir, geht es dir gut?«
»Nein«, sagte er. »Gestern nacht hatte ich einen Alptraum. Ich habe von meiner Frau geträumt. Sie wollte, daß wir zusammen einen neuen Anfang machen.«
»Ich wußte nicht, daß ihr euch getrennt habt.«
»Sie ist vor zwei Jahren gestorben.«
»Entschuldige«, sagte Thomas. »Das wußte ich nicht. Aber trotzdem, mach dir nicht zuviel aus Träumen. Die haben nichts zu bedeuten.«
»Das ist aber nicht Freuds Meinung!«
»Weißt du, bei Freud, unter uns gesagt, da glaubt man einen Teil und den Rest nicht!« antwortete ihm Thomas, erstaunt darüber, wie gebildet dieser Obdachlose war.
Aber in New York konnte jeder Bettler werden, selbst jemand, der einmal sehr hochgestellt gewesen war, und überhaupt war Freud mit seiner berühmten Zigarre zur allgemeinen Volkskultur geworden.

Thomas, der wenig Lust hatte, sich in eine akademische Debatte über Freuds Deutung von hellseherischen Träumen einzulassen, verabschiedete sich von Harry und eilte zu der Frau, die sich immer noch allein mit ihrem Kinderwagen herumschlug. Sie quälte sich auf halber Strecke ab, mitten auf der Treppe, und das Heulen ihres niedlichen Passagiers erschwerte ihre Aufgabe zusätzlich.
Anfangs lehnte sie seine Hilfe ab, aber da er darauf bestand – und sie seinen Charme unwiderstehlich fand –, akzeptierte sie schließlich und sah ihm zu, wie er den Kinderwagen nahm, den sie vorsichtig rückwärts die Treppe hochgeschleift hatte. Sicherheitshalber hinter dem Kinderwagen plaziert, für den Fall, daß er ihm entglitt, lächelte sie ihn an, glücklich über diese unerwartete Unterstützung. Plötzlich sah sie zu Tode erschreckt aus. Dann ließ sie einen Schrei los und wies mit dem Zeigefinger nach oben auf die Treppe.
Thomas drehte sich um und sah, wie eine große Kegelkugel auf sie zuschoß und ihn und die junge Frau knapp verpaßte.
Oben auf der Treppe sah er in dem Moment den Mann stehen, der sich an der Laderampe abmühte. Unter der Verkleidung und hinter der Sonnenbrille glaubte er den Mann vom Fahrstuhl zu erkennen.
»He! Sie da«, schrie er, »können Sie nicht aufpassen?«
Der Mann antwortete nicht; die erste Kugel, die er von Hand zum Rand des Lastwagens geschoben hatte, war sozusagen aus Versehen heruntergefallen. Er bediente nun den Hebel, was bewirkte, daß sämtliche Kegelkugeln die Treppe herunterfielen.
Thomas durfte keine Zeit verlieren.
Sonst würden das Kind, dessen Mutter und er selbst vielleicht tödlich verletzt werden. Bei ihrem Fall bedeckten die Kugeln drei Viertel der Treppe – sie rollten in ihre Richtung, und auch durch einen Sprung zur Seite könnte er es wahrscheinlich nicht vermeiden, von ihnen getroffen zu werden.
Mit einem außerordentlich schnellen Reflex zog Thomas die junge Mutter mitsamt dem Kinderwagen herum und fing trotz ihrer Schreckensschreie an, die Treppe in großen Sätzen wieder hinunterzuspringen.
Auf diese Art nahm er ein Dutzend Stufen und drehte sich dann um. Die Kegelkugeln kamen immer schneller auf ihn zu. Es blieben ihm noch ein Dutzend Stufen, bevor er unten war, wo er den Kinderwagen zur Seite schieben könnte.
Thomas beeilte sich.

Nur noch ein Dutzend Stufen, und sie wären alle drei gerettet ...
Er drehte sich nochmals um. Die ersten Kugeln waren nur noch ein paar Schritte von ihm entfernt ...
Vor ihm waren nur noch fünf Stufen.
Plötzlich blockierten die Räder des Kinderwagens.
Thomas schrie der Mutter zu:
»Nehmen Sie Ihr Kind in die Arme, und drücken Sie es fest an sich.«
Die Mutter gehorchte ohne Widerrede. Da nahm Thomas die beiden in seine Arme, bäumte sich auf, sammelte all seine Kräfte und sprang ins Leere, nachdem er sich vergewissert hatte, daß ein Fall übers Treppengeländer aus dieser Höhe weder tödlich noch auch nur gefährlich sein würde.
Eine Sekunde später rissen die Kegelkugeln den Kinderwagen mit sich.
Im Fall hatte Thomas die Mutter und ihr Kind mit seinen Unterarmen geschützt, die als erste auf dem Boden aufkamen und den Aufprall abschwächten.
»Sind Sie verletzt?« fragte er die Mutter sofort.
»Nein«, sagte sie.
Sie weinte, aber eher vor Angst als vor Schmerz, und prüfte, ob ihr Kind unversehrt war. Merkwürdigerweise fing das kleine Mädchen an zu lachen, was die Mutter gänzlich beruhigte und sogar bei ihr einen hysterischen Lachanfall auslöste.
Thomas blickte zur Treppe und sah die letzten Kegelkugeln rollen, dann den Kinderwagen, der, von den ersten Kugeln mitgeschleift, in das schwarze Wasser des East River eintauchte.
Er stand wieder auf und rannte zur Treppe, in der Hoffnung, den Lastwagenfahrer zu identifizieren oder einzuholen.
Eine grausige Entdeckung erwartete ihn. Harry, der Obdachlose, hatte nicht so viel Glück gehabt wie sie. Wahrscheinlich hatte er die Kegelkugeln nicht kommen sehen. Mit abgeflachtem Hinterkopf lag er unten an der Treppe. Thomas beugte sich über ihn. Er atmete nicht mehr.
Entsetzt stieg Thomas ein paar Stufen hoch und schrie dem Mann, der von oben herunterguckte, zu:
»He, Sie sind ja völlig krank!«
Dieser sprang aber nur in seinen Lastwagen, der dann in einer schwarzen Rauchwolke verschwand.
Ein Gedanke schoß Thomas durch den Kopf: War das wirklich ein Unfall, oder versuchte man, ihn einzuschüchtern beziehungsweise ihn sogar aus dem Weg zu räumen wie die arme Natascha?

Und sein Auto, das am selben Morgen nicht gestartet war? War das nicht eine geschickte Art sicherzustellen, daß er die Fähre nehmen würde, um ihn leichter in diese Falle zu locken? Das würde heißen, daß sein Angreifer bestens über sein Tun und Lassen informiert war!
Ein Schauder lief ihm über den Rücken. Waren die Anwälte von Jackson und Konsorten zu solch verwerflichen Taten imstande?
Er kehrte zu Harrys leblosem Körper zurück. Komischerweise hatte Harry sich nicht geirrt, und sein Traum war wirklich eine Vorahnung gewesen: Er war tatsächlich zu seiner Frau zurückgegangen!
Thomas nahm die weiße Rose, die er wie jeden Morgen in sein Knopfloch gesteckt hatte, und befestigte sie am Revers des alten Mantels seines glücklosen Freundes.
»Tschüs, Harry ...«

43

Als er in der Klinik ankam, überreichte ihm seine Sekretärin mit besorgter Miene einen Stapel Blätter, die aus dem Fax gekommen waren.
»Diese seltsamen Nachrichten haben wir heute früh bekommen.«
Er las die erste Nachricht, die sehr kurz war:
»Hi, stupid ass! Nur Idioten ändern ihre Meinung nie! Vergiß diesen Prozeß. Sonst – *you're a dead man!*«
Die Unterschrift war: »Ein Freund«.
Die zweite Nachricht war identisch, ebenso wie der Rest des Stapels, etwa dreißig Blätter, auf denen allen genau dasselbe stand.
Die Sekretärin sah ihn an, ohne etwas zu sagen, und wartete auf seine Reaktion.
»Manche Leute wissen wirklich nicht, was sie mit ihrer Zeit anfangen sollen!« sagte Thomas lässig.
Sie ließ sich nicht täuschen und fragte ihn:
»Was werden Sie tun?«
»Nichts«, sagte er.
Aber sobald er in seinem Büro war, teilte er Paul Kubrick mit, was geschehen war. Dieser bat ihn, ihm die Nachricht zu faxen.
»Übrigens: Ein einziges Exemplar wird reichen«, fügte Kubrick hinzu. »Wollen Sie Templeton von dieser Geschichte erzählen?«

»Ich möchte lieber abwarten. Sie versuchen, mich einzuschüchtern, aber das werden sie nicht schaffen!«
»Ich glaube, daß unsere Freunde nervös sind, sehr nervös«, sagte Kubrick. »Sie scheinen zu allem bereit zu sein, um nicht vor Gericht zu gehen. Ich habe gerade einen Anruf von Schmidt erhalten. Er bietet Catherine hunderttausend Dollar an, wenn sie auf die Strafverfolgung verzichtet.«
»Hunderttausend Dollar? Da kann er ja genausogut zugeben, daß seine Mandanten schuldig sind!«
»Nicht unbedingt. Das ist eine übliche Vorgehensweise bei Prozessen solcher Art. Die Mandanten von Schmidt sind sehr prominent, sie wollen jegliches Aufsehen vermeiden. Und auch wenn es sie hunderttausend Dollar kostet, wäre das ein Glückstreffer für sie. Ein Prozeß würde sie viel teurer zu stehen kommen, und das wissen sie auch. Wie dem auch sei, ich muß Schmidts Vorschlag von Berufs wegen an Catherine weiterleiten ... Da Sie vor Ort sind, habe ich mich gefragt, ob Sie das nicht übernehmen könnten.«
»Selbstverständlich.«
»Es ist sehr wichtig, daß sie versteht, wozu sie sich verpflichtet, wenn sie diese Regelung akzeptiert. Das bedeutet, daß sie für immer darauf verzichtet, die vier Angeklagten strafrechtlich zu verfolgen. Und daß sie niemals, unter keinen Umständen, zu keinem Zeitpunkt auf diese Geschichte zurückkommen kann. Rufen Sie mich zurück, sobald Sie ihre Antwort haben?«
»In Ordnung!«
Thomas ging gleich zu Catherine und legte ihr die Angelegenheit so diplomatisch wie möglich vor.
Wie er es sich gedacht hatte, ließ ihre Reaktion nicht auf sich warten.
»Meine Ehre ist nicht käuflich! Ich will, daß diese Männer hinter Gitter wandern! Ich verstehe nicht, wie Sie mir so einen Vorschlag überhaupt unterbreiten können!«
»Paul ist dazu gezwungen, Ihnen all ihre Angebote zu übermitteln. Das ist das Gesetz, er tut nur seine Pflicht.«
Catherine beruhigte sich: Also hatte Thomas nicht vorgehabt, sie zu beleidigen oder ihr Erinnerungsvermögen in Frage zu stellen.
»Wissen Sie über Natascha Bescheid?«
Catherine nickte traurig mit dem Kopf.
»Sie war unser einziger Zeuge.«

»Es sind Mörder! Sie hatten kein Recht dazu, diesem Mädchen das anzutun! Ich *weiß*, daß ich vergewaltigt worden bin! Das werde ich sagen, das werde ich schreien! Die Richterin wird mir glauben.«
»Wir bekommen nicht dieselbe Richterin wie bei den Vorverhandlungen.«
»Aber sie haben die Aussage der Prostituierten aufgenommen! Sie haben sie vor Gericht gehört, vor ein paar Tagen!«
»Paul ist sich nicht sicher, ob wir diese Aussage vor Gericht benutzen dürfen. Die Anwälte der Gegenpartei werden ihr möglichstes tun, damit sie nicht als Beweismittel zugelassen wird.«
»Aber das dürfen sie nicht, das ist ungerecht!«
»Das finde ich auch. Aber das Gesetz ist eine komplizierte Sache. Und außerdem war Natascha eine Prostituierte. Wenn sie nicht da ist, können sie uns unterstellen, daß wir ihre Aussage erpreßt hätten, und sie werden vielleicht gewinnen.«
»Das darf doch nicht wahr sein!«
»Ich weiß, aber Paul hat gesagt, daß das eine mögliche Strategie ist. Er sagt, daß wir uns auf alles gefaßt machen müssen. Und ich glaube, daß er sich in solchen Dingen gut auskennt. Vielleicht ist es im Grunde gar keine schlechte Idee, den Vorschlag der Gegenpartei zu akzeptieren. Es ist eine runde Summe! Ich weiß, daß dies nie das Unrecht, das geschehen ist, auslöschen kann, aber das tut eine Verurteilung der Angeklagten auch nicht.«
»Ich will mit ihrem dreckigen Geld nichts zu tun haben! Ich will, daß diese fetten Schweine bestraft werden. Ich will, daß sie im Gefängnis sitzen.«
»In Ordnung«, sagte Thomas, »ich verstehe.«
Auch ihm war ein Prozeß lieber, denn wenn es eine außergerichtliche Einigung gab, konnte Catherine ihre Ehre nicht wiederherstellen und Templeton seine Ermittlungen wiederaufnehmen. Aber er hatte Catherine den Vorschlag unterbreitet, so gut er konnte. Wenn er jetzt nicht nachgab, riskierte er nur, sie zu verärgern.
Er wollte gerade gehen, als sie ihn fragte:
»Warum steht ein Polizist vor meiner Tür?«
»Zu Ihrer Sicherheit, Catherine. Seit dem, was Natascha zugestoßen ist, wollen wir lieber kein Risiko eingehen ...«
»Er folgt mir überall hin wie ein kleiner Hund. Auf die Dauer ist das nervend.«

»Ich weiß, aber bis zum Ende des Prozesses werden Sie sich damit anfreunden müssen. Wir haben gute Gründe anzunehmen, daß diese Leute wirklich gefährlich sind. Und wir wissen nicht, was sie noch auf Lager haben.«

44

Von dem, was sie auf Lager hatten, sollte Thomas noch am selben Abend eine Kostprobe bekommen. Die Ereignisse der letzten Tage hatten Julie und ihn einander nähergebracht, und als sie sich im Klinikgang trafen und Thomas vorschlug, daß Julie mit zu ihm kam, hatte sie mit einem einfachen ›Ja‹ geantwortet, es aber mit einem eindringlichen Blick begleitet.

Beide wußten sehr gut, was sie wollten. Als sie im Haus waren, fragte Thomas Julie dennoch aus Höflichkeit:

»Möchtest du etwas trinken?«

»Nein, danke.«

»Einen Kaffee?«

»Nein, Thomas.«

Ebenso, wie in der Logik eine doppelte Verneinung einem Ja gleichkommt, gaben diese zwei Verneinungen Julies Thomas zu verstehen, daß er nicht nur keine unnütze Zeit mit sinnlosen Einleitungen verbringen sollte, sondern auch daß, wenn er es täte, der Charme dieses magischen Augenblicks verlorenginge. Also schlug er einfach vor:

»Und wenn wir ins Schlafzimmer gingen?«

Julie nahm ihn einfach bei der Hand, und er ließ sich ins Zimmer mitnehmen, wo sie sich schnell auszogen, als ob sie sich beeilen müßten. Sie küßten einander leidenschaftlich und fielen rückwärts aufs Bett.

Zu seiner freudigen Überraschung fand Thomas gleich sein ganzes männliches Feuer wieder, und wenn ihm nicht daran gelegen gewesen wäre, die Dinge nicht zu übereilen und den Genuß der Frau vor seinen eigenen zu stellen, hätte er sich mit Freuden ohne zu warten in Julie verloren. Aber er geduldete sich und streichelte sie hingebungsvoll.

Doch nach wenigen Minuten fühlte er, daß Julie trotz ihres anfänglichen Enthusiasmus nicht mehr bei der Sache war. Das beunruhigte ihn. Hatte er eine ungeschickte Bewegung gemacht? Hatte sich das Knistern, das vor ein paar Minuten noch zwischen ihnen zu spüren gewesen war, verflüchtigt?

Das könnte sein, dachte Thomas. Dieser Mechanismus, der zwei Menschen zueinanderführt, ist so empfindlich, so unvorhersehbar, und der Faden des Verlangens konnte so leicht abreißen, vor allem am Anfang!

Er unterbrach sich, beschämt über seine eigene Leidenschaft: Da sie nicht geteilt wurde, erschien sie ihm mit einemmal lächerlich.

»Fühlst du denn nichts?« fragte Julie in dem Moment.

Was meinte sie damit? Noch nie hatte er so viel gefühlt ... Hatte sie denn den Zustand, in den sie ihn gestürzt hatte, nicht bemerkt? Er öffnete die Augen, lächelte sie an und sah mit einem vielsagenden Blick zu seinem Geschlecht, das aufgeregt zu seiner Partnerin hinzeigte.

Sie begriff das Mißverständnis und lächelte über diese schöne Vorführung seiner Männlichkeit, präzisierte dann aber mit besorgter Miene:

»Nein, etwas stimmt hier nicht. Es riecht hier komisch ... Findest du nicht?«

Von Julies Parfum und ihrer wundervollen Nacktheit betört, hatte Thomas nichts gemerkt, doch jetzt wurde er aufmerksam.

»Du hast recht«, gab er zu.

»Es riecht wie Blut oder wie Erde.«

Da sah sich Julie den Bettüberwurf näher an, den sie sich in ihrem Elan nicht die Mühe gemacht hatten wegzunehmen. Sie hatte den höchst merkwürdigen Eindruck, daß er sich bewegte. Erschreckt sprang sie aus dem Bett:

»Da ist etwas unter dem Bettüberwurf!«

Thomas hatte plötzlich auch diesen Eindruck. Er sprang ebenfalls aus dem Bett und kickte den Überwurf mit einem Fußtritt weg.

Julie stieß einen Schreckensschrei aus und drückte sich an Thomas.

Auf dem grauen Satinlaken krochen mehrere Kolonien von riesigen Regenwürmern, die sich in alle Richtungen drehten. Vom Bettüberwurf befreit, fielen mehrere Trauben auf den Boden und bewegten sich blindlings voran – eine stille, subtile Horrorszene.

Thomas sagte nichts, aber sein Gesicht verzerrte sich zu einem Ausdruck von Schreck, Ekel und Empörung. Erst die erbarmungslose Ermordung der Prostituierten, dann die Kegelkugeln, die ihn beinahe umgebracht hätten und den armen Harry wirklich getötet hatten, und schließlich diese ekelerregende Inszenierung ...

Wie weit würden diese Monster noch gehen, um seine Entschlußkraft zu brechen?

Außerstande, ihren Ekel zu unterdrücken, lief Julie ins Badezimmer. Aber sobald sie dort ankam, stieß sie wieder einen Schreckensschrei aus. Thomas stürzte hin. Julie flüchtete sich an seine Schultern und fing an zu weinen.

Auf dem Boden des Badezimmers schwamm ein Schweinekopf in einer großen Blutlache. Er trug eine rote Perücke, die an Nataschas Haare erinnerte – man hätte sogar meinen können, daß es Nataschas Skalp war, als ob der Irre seine Taten auf unauslöschliche Weise mit seiner Handschrift versehen wollte.

Als Höhepunkt dieser perversen Inszenierung hatte der verdrehte Spaßvogel einen kleinen Rekorder auf das Waschbecken gestellt, der leise das berühmte Stück von Bing Crosby spielte: *I'm dreaming of a white Christmas …*

Julie schluchzte, und Thomas stellte fest, daß sie einen richtigen hysterischen Anfall hatte. Er führte sie von diesem entsetzlichen Anblick weg, der ihn auch anwiderte, und wollte sie zunächst ins Schlafzimmer bringen. Aber er hatte die Würmer vergessen, die anfingen, sich im ganzen Zimmer auszubreiten. Er ging schnell wieder rückwärts heraus und schloß die Tür.

Im Wohnzimmer fing Julie an zu schreien, während Thomas versuchte, sie zu trösten, so gut er konnte:

»Es ist vorbei. Es ist nicht schlimm. Sie versuchen nur, mich einzuschüchtern. Aber wir werden ihr kleines Spielchen nicht mitspielen.«

Julie konnte sich nicht beruhigen, und ihre Schreie erschienen Thomas bald unerklärlich. Er war nicht daran gewöhnt, seine Kollegin so von Emotionen übermannt zu sehen; sie hatten zusammen beruflich sehr harte Dinge erlebt, die eine große Kaltblütigkeit erforderten.

»Was hast du, Julie? Ich verstehe nicht.«

Zwischen ihren Schluchzern erklärte sie ihm:

»Meine Schwester … sie ist an einem Herzinfarkt gestorben, und ich habe sie tot im Badezimmer gefunden. Als sie gefallen ist, hat sie sich den Kopf am Waschbecken aufgeschlagen, überall war Blut …«

»Ich verstehe, ich verstehe, das wußte ich nicht … Es tut mir wirklich leid.«

Er schenkte ihr einen doppelten Wodka ein und ging dann in aller Eile ihre Kleidungsstücke aus dem Schlafzimmer holen. Er schüttelte sie kräftig aus, packte kurz seinen Koffer und ging schnell wieder aus dem Zimmer heraus, wobei er darauf achtete, daß er die Tür gut hinter sich zugezogen hatte.

Er kam wieder zu Julie ins Wohnzimmer, die sich inzwischen einigermaßen beruhigt hatte, hielt ihr ihre Kleidung hin und erklärte:
»Ich werde ins Hotel ziehen.«
»Warum kommst du nicht zu mir?« fragte sie zwischen zwei unterdrückten Schluchzern.
Er zögerte kurz. Aber Julie war zutiefst verstört, und außerdem hatte er sich ihr, trotz all dem, was vorgefallen war, noch nie so nahe gefühlt. Also nahm er ihr Angebot an.
Als sie bei ihr angekommen waren, bot ihm Julie zu seiner Verwunderung das Gästezimmer an. Allerdings animierte das, was sie eben erlebt hatten, nicht gerade zu Liebesspielen, und die Badezimmerszene hatte bei der jungen Psychiaterin einen alten Schmerz wieder aufleben lassen.
Thomas mußte sich damit abfinden: Für eine Weile würden sie unter einem Dach leben, und wenn schon nicht wie Liebende, dann doch immerhin wie zwei gute Freunde.

45

Ende September konnte Catherine, da die polizeiliche Überwachung um sie herum verstärkt worden war, wie vorgesehen vor Gericht erscheinen. Nachdem Rechtsanwalt Schmidt und Paul Kubrick ihre Eröffnungsplädoyers gehalten hatten, zeigte der junge Staatsanwalt den Geschworenen die Photos von Catherine, die nach der Vergewaltigung aufgenommen worden waren. Die Geschworenenbank setzte sich aus sechs Männern und sechs Frauen verschiedenen Alters und unterschiedlicher Herkunft zusammen – Kubrick zählte zwei Schwarze, einen Vietnamesen und zwei Lateinamerikaner.
Trotz seiner Bemühungen war es Schmidt nicht gelungen zu verhindern, daß der Staatsanwalt alle Photos als Beweismittel verwendete. Zu allem Überfluß saß Richter Ernie Burns dem Prozeß vor, ein siebenundfünfzig Jahre alter Schwarzer, bei dem er schon zwei Prozesse verloren hatte.
Er haßte ihn, wie er alle Schwarzen haßte – kein schwarzer Anwalt würde jemals für *Schmidt, Kent und Brentwood* arbeiten –, und er konnte es nicht ausstehen, daß Schwarze Zugang zur richterlichen Gewalt hatten, was in seinen Augen ein unleugbares Zeichen für die Dekadenz der Gesellschaft war.

Die schockierenden Photos übten einen nachhaltigen Eindruck auf die Geschworenenbank aus.
Die Geschworenen sahen sie sich aufmerksam an, gaben sie langsam weiter. Nach jedem Photo blickten sie betroffen zur zerbrechlichen jungen Frau, die zwischen dem Staatsanwalt und ihrem Psychiater saß, und empört zu den Angeklagten, die alle vier sehr korrekt angezogen waren, im schwarzen Anzug. Selbst der Literaturkritiker, der, was seine Kleidung anging, im allgemeinen eine künstlerische Nachlässigkeit an den Tag legte, war dem Rat seines Anwalts gefolgt und trug einen Dreiteiler mit Krawatte.
Paul Kubrick sammelte Pluspunkte, das wußte er. Und Schmidt war verdrossen. Trotz ihres höchst akkuraten Äußeren sah es für seine Mandanten schon schlechter aus. Sie saßen als Vergewaltiger auf der Anklagebank – als vornehme vielleicht, aber dennoch als Vergewaltiger. Und schließlich würde sich das Urteil weder nach der Sauberkeit ihrer Hemden noch nach ihren tadellosen Anzügen richten, sondern nach der Überzeugung oder dem Zweifel der Geschworenen, daß sie an der Vergewaltigung von Catherine Shield am Abend des 15. Juli beteiligt gewesen waren.
Schmidt tröstete sich mit dem Gedanken, daß er für die Gegenpartei mehr als eine Überraschung bereithielt. Er würde es bestimmt schaffen, ihnen den Wind aus den Segeln zu nehmen! Außerdem war das erst der Anfang des Prozesses. Er sagte sich, daß es bestimmt besser war, wenn die Geschworenen die Photos jetzt sahen: Sein Plädoyer, seine Zeugen würden sie bald den Effekt vergessen lassen, den die Bilder auf ihre Spatzenhirne gehabt hatten!
Dem Staatsanwalt stand auch nicht gerade eine leichte Aufgabe bevor! Gewiß, die Photos schienen darauf hinzuweisen, daß eine Vergewaltigung stattgefunden hatte. Aber keines bewies, daß die besagte Vergewaltigung von seinen Mandanten verübt worden war. Der Staatsanwalt würde ohne seinen Hauptzeugen auskommen müssen – ein Schachzug, auf den Schmidt besonders stolz war: große Mittel für große Ziele!
Danach stellte Paul Kubrick das zweite Beweismittel in einem hermetisch versiegelten und numerierten Plastikumschlag vor: das Kondom, das bei der gynäkologischen Untersuchung in Catherines Vagina gefunden worden war. Die Geschworenen konnten es sich ansehen.
Aber das Beweismittel Nummer drei – Catherines weißes Kleid, das auf der Höhe des Bauchs blutbefleckt war – war sicherlich das, was die größte Wirkung ausübte.

In seinem Eröffnungsplädoyer hatte Schmidt erklärt, daß Catherine Shield sich am Abend des 15. Juli bestimmt nur wie viele junge Mädchen ihres Alters eine Vergnügungstour in die Havanas-Bar geleistet hatte – einen Ausflug, der zu ihrem Leidwesen einen schlechten Ausgang genommen hatte, der aber nichts mit dem Privatfest zu tun hatte, das Doktor Jackson am selben Abend in seiner Villa in Hampton gegeben hatte.
Wie war es allerdings möglich, so fragten sich die Geschworenen, daß eine einfache ›Vergnügungstour‹ *so* schlecht ausgehen konnte? Da steckte etwas dahinter! Sie konnten nicht umhin, die Angeklagten entrüstet anzusehen.
Sobald die Beweisaufnahme zu Ende war, konnte das Verfahren beginnen, und der Staatsanwalt rief Doktor Conway in den Zeugenstand.
Es war nicht das erstemal, daß diese fünfunddreißig Jahre alte Frau in einem Vergewaltigungsfall aussagte, aber das hinderte sie nicht daran, außergewöhnlich aufgeregt zu sein. Dabei hatte der Staatsanwalt sie doch gut vorbereitet, hatte alles getan, um ihr Vertrauen einzuflößen. In ihrem marineblauen Kostüm wirkte sie sehr würdig, beinahe streng.
Als sie den Eid geleistet hatte, trat Paul Kubrick lächelnd auf sie zu. Er hielt Dokumente in der Hand, auf die er jedoch nicht gleich einging. In seinem schwarzen Anzug, den er gewählt hatte, um sich älter zu machen, war er sehr elegant.
»Doktor Conway, wie lange sind Sie schon Ärztin?«
»Ich bin seit zwölf Jahren Gerichtsmedizinerin.«
»Sie arbeiten, glaube ich, für die New Yorker Polizei?«
»Ja, mein Büro ist im *General Hospital*, wo ich meine Assistenzarztzeit verbracht habe, und ich untersuche insbesondere die Opfer von Vergewaltigungen in der Ehe für die New Yorker Polizei.«
»Wie viele Vergewaltigungen haben Sie als Gerichtsmedizinerin bereits untersucht?«
»Einspruch, Euer Ehren!« rief Schmidt. »Die Tatsache, daß hier eine Vergewaltigung vorliegt, ist noch nicht erwiesen. Die Ausdrucksweise meines Kollegen erweckt bei den Geschworenen den Eindruck, daß es eine Vergewaltigung gab, während meine Verteidigung darauf beruht nachzuweisen, daß es keine gab.«
Der Richter überlegte einen Augenblick und erklärte dann:
»Wenn ich Ihren Kollegen recht verstehe, will er ermitteln, wie kompetent die Zeugin in Sachen Vergewaltigungen ist. Einspruch abgelehnt. Sie können fortfahren, Herr Staatsanwalt.«

»Danke, Euer Ehren«, sagte Paul Kubrick mit einem kleinen Lächeln, das ein sehr reizvolles Grübchen sehen ließ.
Auf Schmidts Gesicht zeichnete sich ein mehrdeutiges Lächeln ab. Burns, diese Ratte, war gegenüber Frauen nicht unvoreingenommen, insbesondere nicht gegenüber Frauen, die mißhandelt worden waren, und er würde alles daransetzen, ihm das Leben schwerzumachen.
»Also, Doktor Conway, wie viele Vergewaltigungsopfer haben Sie bisher untersucht?«
»Das kann ich nicht genau sagen.«
»Würden Sie sagen, daß Sie etwa hundert untersucht haben?«
»Nein – das heißt vielleicht, aber das seit Anfang dieses Jahres.«
»Aha! Ich verstehe«, sagte Paul Kubrick erleichtert.
»Ich darf Sie daran erinnern, daß New York eine sehr gewalttätige Stadt ist«, erklärte Doktor Conway. »Jede Woche werden mindestens fünfhundert Vergewaltigungen gemeldet, aber die wirkliche Anzahl ist vermutlich dreimal so hoch, denn die meisten Frauen trauen sich nicht ...«
»Einspruch!« unterbrach Schmidt. »Die Zeugin begnügt sich nicht damit, die Frage zu beantworten!«
»Einspruch stattgegeben«, stimmte der Richter zu. »Herr Staatsanwalt, passen Sie auf, was Ihr Zeuge sagt.«
»Doktor, Sie haben also seit Anfang des Jahres etwa hundert Vergewaltigungsopfer untersucht. Da Sie seit einem Dutzend Jahren Ihren Beruf ausüben, dürften Sie in Ihrer beruflichen Laufbahn etwa tausend Fälle untersucht haben. Ist diese Schätzung Ihrer Meinung nach richtig?«
»Leider, ja.«
»Und wenn Sie jetzt von Ihrer über zehnjährigen Erfahrung im Dienst des *General Hospital* ausgehen, würden Sie dann sagen, daß Catherine Shield vergewaltigt wurde?«
»Ja. Daran ist kein Zweifel möglich.«
Catherine sah erst Thomas traurig an, der rechts von ihr saß, und dann Julie, die neben Thomas saß. Vor Gericht bekam ihre Vergewaltigung einen anderen Stellenwert– sie wurde sozusagen offiziell. Es war nicht so, wie sie es sich vorgestellt hatte. Sicher, sie wollte, daß ihre Vergewaltiger für ihre Tat bestraft wurden. Aber jetzt stellte sie fest, daß sie sich schämte, daß ihre Vergewaltigung in der Öffentlichkeit ausgebreitet wurde.
So viele Menschen sahen sie an, beobachteten sie, beinahe wie man ein Tier in einem Käfig beobachtet: der Richter, die Anwälte, die Geschworenen, die Zeugen und dann die Zuschauer im Saal, die Journalisten, ihre

Eltern … In Wirklichkeit fehlte nur Robert, und diesmal fragte sie sich, ob sie sich nicht über seine Abwesenheit freuen sollte.
Der Staatsanwalt hatte kurz innegehalten, um sicherzugehen, daß die Geschworenen diese wichtige Information wirklich aufnahmen: Nach der Meinung eines Experten war Catherine Shield in der Tat vergewaltigt worden.
»Doktor Conway, Sie sagen also, daß es keinen Zweifel daran gibt, daß Fräulein Catherine Shield vergewaltigt worden ist?«
»Einspruch«, rief Schmidt, der mit einem Satz aufgestanden war. »Diese Frage ist bereits gestellt und beantwortet worden.«
»Einspruch stattgegeben.«
Schmidt setzte sich selbstzufrieden wieder hin. Dieser dämliche Richter Burns beachtete immerhin die Prozeßvorschriften! Schmidt würde sowieso nicht zögern, sich zu beschweren und zu versuchen, ihn ersetzen zu lassen, wenn er zu weit ging. Aber auf diesen kleinen Dandy von Staatsanwalt würde er aufpassen müssen.
Paul lächelte noch. Schmidt hatte recht gehabt, Einspruch zu erheben, aber die Geschworenen hatten seine Frage trotzdem gehört, und darum ging es. Außerdem wußte er, daß das Verhalten von Schmidt, dieses kleinliche Herumhämmern auf den Prozeßvorschriften, bei den Geschworenen einen schlechten Eindruck hinterließ.
»Doktor Conway«, fuhr er fort, »ich habe hier eine Kopie des Berichts, den Sie erstellt haben, nachdem Sie Fräulein Shield am Morgen des 16. Juli untersucht haben. Diesen Bericht haben Sie auch unterschrieben, nämlich am 22. Juli.«
»Ich habe ihn unterschrieben, als ich die Laborergebnisse hatte.«
Kubrick gab ihr eine Kopie des Berichts, behielt die zwei anderen und fragte:
»Erkennen Sie diesen Bericht?«
Doktor Conway sah sich die erste Seite des Berichts an, dann blätterte sie ihn schnell bis zur letzten Seite durch, auf der sie unterschrieben hatte. Sie nickte und sagte:
»Es ist mein Bericht.«
Paul Kubrick gab dem Richter eine Kopie des Berichts, dann drehte er sich zu Schmidt hin, der ihm mit einem Kopfnicken bestätigte, daß er den Bericht der Gerichtsmedizinerin bereits in den Händen hielt.
»Doktor Conway, in Ihrem Bericht schreiben Sie, ich zitiere:

Das Opfer hat zahlreiche Prellungen im Gesicht. Die Unterlippe hat links geblutet, aber der Schnitt scheint nicht von einer Waffe oder einem stumpfen Objekt verursacht worden zu sein, sondern vielmehr von einem einfachen Schlag, zum Beispiel mit dem Handrücken. Der Schnitt auf der Lippe scheint von dem Aufeinanderstoßen von Zähnen und Lippe herzurühren.«

Er hielt inne und fragte:
»Das haben Sie geschrieben, Doktor?«
»Ja«, sagte Doktor Conway.
»Sie haben auch geschrieben: ›Das Innere der Vagina der Patientin sowie ihre kleinen Schamlippen tragen Anzeichen von Reizung, die darauf schließen lassen, daß Geschlechtsverkehr stattgefunden hat, der wahrscheinlich mit einer gewissen Gewalt einherging und bestimmt unvorbereitet war.‹ Können Sie dem Gericht erklären, was Sie zu dieser Schlußfolgerung veranlaßt hat?«
»Ja, das ist ein Phänomen, das bei Vergewaltigungen häufig auftritt. Beim normalen Geschlechtsverkehr werden die Organe der Frau im Lauf des Vorspiels stark vaskularisiert.«
»Können Sie den Mitgliedern der Geschworenenbank erklären, was genau Sie unter ›vaskularisiert‹ verstehen?«
»Nun, das Gehirn sendet den Geschlechtsorganen ein Signal, und diese bereiten sich daraufhin auf den Geschlechtsverkehr vor, indem sie sich mit Blut füllen und sich ausweiten. Gleichzeitig tritt, zumindest im Normalfall, das heißt, wenn die Drüsen richtig funktionieren, eine Lubrifikation auf. Dieses Anschwellen und Befeuchten der Geschlechtsorgane sorgt für einen harmonischeren Geschlechtsverkehr. Man stellt dann weniger innere Verletzungen der kleinen Schamlippen oder des Inneren der Vagina fest, obwohl es beinahe immer sehr leichte Verletzungen gibt, denn auch der gewollte Geschlechtsverkehr ist und bleibt in gewisser Weise eine Aggression, in dem Sinne, als er eine Penetration der Frau durch einen Fremdkörper darstellt.«
»Ich verstehe, Doktor, aber im Fall dieser Patientin, wie würden Sie da die Verletzungen der kleinen Schamlippen und des Inneren der Vagina bezeichnen?«
»Ich würde sie als sehr erheblich bezeichnen.«
»Ähneln sie eher denen, die man im Fall von Vergewaltigungen antrifft, oder denen, die infolge von normalem Geschlechtsverkehr auftreten?«

»Sie ähneln eher denen, die man im Fall von Vergewaltigungen antrifft, denn bei Vergewaltigungen tritt häufig Vaginismus auf.«
»Vaginismus? Können Sie dem Gerichtshof erklären, was das bedeutet?«
»Ja, es ist ein normaler Verteidigungsmechanismus bei einer Vergewaltigung: Die Muskeln der Vagina ziehen sich sehr stark zusammen, was die Penetration erschwert und Verletzungen hervorruft, denn die Reibung von erigiertem Penis und dem Inneren der Vagina wird viel stärker.«
»Danke, Doktor.«
Kubrick hielt inne und fuhr dann fort:
»In Ihrem Bericht steht, unten auf Seite sechs: ›Das Opfer hat Prellungen am Gesäß, und die Schließmuskeln sind eingerissen, was eine leichte Blutung hervorgerufen hat, deren getrocknete Spuren sich innen zwischen den beiden Gesäßhälften abzeichen, in der Nähe des Afters. Dieser Riß rührt wahrscheinlich von Analverkehr her.‹«
Catherine schämte sich wie nie zuvor. Jetzt fing man also auch noch an, vor aller Welt die erniedrigenden Details ihrer Vergewaltigung breitzutreten! Tränen traten ihr in die Augen, und sie senkte den Kopf. Sie fragte sich, ob sie die Kraft haben würde, diesen Prozeß durchzustehen, der vor nicht einmal einer halben Stunde angefangen hatte.
Thomas gab ihr ein Taschentuch – die Szene war ergreifend –, was Schmidt ganz und gar mißfiel; er verdächtigte die Gegenpartei, sie geplant zu haben. Dieser Kubrick war ein Zyniker, der vor nichts zurückschreckte, um die Geschworenen zu beeindrucken! Diese schienen übrigens auf seine Taktik anzusprechen: Vor allem die Frauen nickten, bemitleideten Catherine und schienen die Angeklagten innerlich als wahre Ungeheuer anzusehen.
Paul Kubrick hörte auf, den Bericht zu lesen und fragte Doktor Conway:
»Sind der Schließmuskelriß und die Blutung, die Sie beim Opfer festgestellt haben, Ihrer Meinung nach schmerzhaft, wenn Sie von Ihrer langjährigen Erfahrung ausgehen und von den Aussagen der vielen Vergewaltigungsopfer, die Sie untersucht und befragt haben?«
»Ja, natürlich, der After ist eine der Körperregionen, die besonders stark innerviert ist.«
»Können Sie dem Gericht erklären, was Sie unter ›innerviert‹ verstehen?«
»Einfach ausgedrückt, heißt das, daß in dieser Gegend viele Nerven enden – das ist einer der Gründe, weshalb Hämorrhoiden so schmerzhaft sind …«
Im Saal erklang hier und da Gelächter. Jetzt hatte jeder verstanden, was

die Ärztin sagen wollte. Gereizt rief der Richter die Zuhörerschaft mit einem Hammerschlag zur Ordnung.

Als wieder Ruhe herrschte, fuhr Paul Kubrick fort:

»Doktor Conway, darf ich Sie bitten, Ihre Antwort wenn möglich zu präzisieren? Sind die Risse, die Sie in Ihrem Bericht beschreiben, wenig, etwas oder *sehr* schmerzhaft?«

»Natürlich ist die Schmerzgrenze bei verschiedenen Menschen unterschiedlich hoch, aber ich würde sagen, daß diese Risse in der Tat sehr schmerzhaft sind.«

»Doktor Conway, ist es Ihrer Ansicht nach möglich, daß Fräulein Shield akzeptiert hätte, einen solchen Schmerz im Rahmen von Geschlechtsverkehr aus freien Stücken zu akzeptieren?«

»Einspruch, Euer Ehren!«

»Ich würde die Antwort gern hören«, entschied der Richter, ohne Schmidt erklären zu lassen, warum er Einspruch erhob.

Doktor Conway warf Schmidt einen kurzen Blick zu, als ob sie fürchtete, ihn zu verärgern.

»Es ist schwierig, im Namen des Opfers zu antworten, aber das erscheint mir nicht wahrscheinlich«, antwortete sie vorsichtig.

»Ich möchte sichergehen, daß das Gericht Ihre Antwort versteht. Verbessern Sie mich, wenn ich mich irre. Aber was Sie gerade gesagt haben, ist, daß es Ihnen nicht wahrscheinlich erscheint, daß Fräulein Shield akzeptiert hätte, solch einen Schmerz im Rahmen eines gewollten Geschlechtsverkehrs zu ertragen?«

»Genau«, stimmte Doktor Conway zu.

»Vielen Dank für Ihre Mitarbeit, Doktor Conway.«

Paul Kubrick setzte sich wieder auf seinen Platz zurück und stellte dabei fest, daß Catherine in Tränen aufgelöst war. Das war bestimmt seine Schuld: Er war nicht gerade sanft vorgegangen! Aber das war die einzige Möglichkeit gewesen. Der Gerichtshof mußte über alle Tatsachen im Bilde sein. Die Vernehmung der Ärztin war zwar unangenehm für das Opfer, überführte aber vor allen Dingen auch den Anwalt der Angeklagten der Lüge und entkräftete die These, die Schmidt am Anfang seiner Beweisführung aufgestellt hatte.

»Herr Verteidiger«, sagte der Richter, nachdem er sich ein paar Notizen in einer eigenen, aber sehr effizienten Mischung aus Stenographie und selbst erfundenen Abkürzungen gemacht hatte, »Möchten Sie Doktor Conway befragen?«

»Ja, Euer Ehren«, sagte Schmidt, warf einen letzten Blick auf seine Notizen, rückte instinktiv seine Armani-Krawatte zurecht und ging auf die Gerichtsmedizinerin zu:
»Doktor Conway, haben Sie das Kondom untersucht, das in Fräulein Shields Vagina gefunden wurde?«
»Ja, ich habe es kurz untersucht, ehe ich es ins Labor gegeben habe, wie jedesmal, wenn wir den Verdacht haben, daß es sich um eine Vergewaltigung oder ein Verbrechen handelt.«
»Bitte, Doktor, begnügen Sie sich damit, mir die Fragen zu beantworten, die ich Ihnen stelle.«
»Ja, Herr Verteidiger.«
»Gut, Sie haben also das Kondom untersucht, und Sie erwähnen es auch in Ihrem Bericht.«
»Ja, dort spreche ich vor allem über die Ergebnisse der Laboruntersuchungen.«
»Ich verstehe. Dieser Bericht wurde, wenn ich mich nicht irre, von einem sehr kompetenten Laboranten erstellt, Herrn John Dupré, dessen Name auch im Bericht genannt wird.«
»So ist es.«
»Euer Ehren, wenn das Gericht es wünscht, können wir den Laboranten, der das Kondom analysiert hat, in den Zeugenstand rufen, aber mein Kollege ist damit einverstanden, das, was im Bericht von Doktor Conway steht, als richtig anzuerkennen.«
Der Richter drehte sich zum Staatsanwalt, der nickte, um Schmidts Behauptung zu bestätigen. Der Richter kritzelte sich nur eine Notiz auf Doktor Conways Bericht.
Schmidt überlegte erst, dann fragte er:
»Doktor Conway, als Sie das Kondom aus Fräulein Shields Vagina holten, schien es Ihnen da Spuren von Sperma zu enthalten?«
»Nein.«
»Und stimmen Ihre ersten Beobachtungen mit dem Laborbericht überein, den Sie in Ihren eigenen Bericht aufgenommen haben?«
»Ja.«
»Wenn das Gericht es gestattet, werde ich einen Auszug aus diesem Bericht vorlesen: ›Das Präservativ der Marke *Shield* und der Größe *extragroß* ist im Handel erhältlich. Es war weder zerrissen noch perforiert und enthält weder Spuren von Sperma noch auch nur von Samenflüssigkeit. Es ist blutbefleckt, und die Tests haben ergeben, daß es sich hierbei um

das Blut des Opfers handelt. Wir haben keine Spur von anderem Blut als dem des Opfers finden können.‹«
Er schloß den Bericht und setzte seine Vernehmung fort:
»Doktor, wenn jemand vergewaltigt wird, gibt es da im allgemeinen Spuren von Sperma?«
»Nicht in allen Fällen.«
»Ich habe Sie nicht gefragt, ob es in *allen* Fällen Sperma gibt, sondern *im allgemeinen.*«
»Im … im allgemeinen sind Spuren von Sperma vorhanden«, gab Doktor Conway zu.
Trotz ihrer Erfahrung schien sie sich bei diesem Verhör immer weniger wohl zu fühlen.
»Spermaspuren, ja? In Ihrem Bericht erwähnen Sie aber Sperma mit keinem Wort. Weder im Kondom noch in der Vagina noch im After noch im Mund noch auf irgendeinem anderen Körperteil von Fräulein Shield.«
»Das stimmt.«
»Doktor Conway, unter den vielen Vergewaltigungsfällen, die Sie untersucht haben, sehen Sie da häufig Fälle von Vergewaltigungen, bei denen der Vergewaltiger ein Kondom benutzt hat?«
»Schwer zu sagen. Der Vergewaltiger läßt sein Kondom nicht unbedingt nach Gebrauch zurück.«
»Ich verstehe. Ich werde meine Frage anders formulieren. Wenn man Spuren von Sperma auf dem Opfer findet, kann man davon ausgehen, daß der Täter kein Kondom benutzt hat, oder?«
»Einspruch, Euer Ehren! Mein Kollege stellt eine spekulative Frage.«
»Das stimmt, aber ich lasse ihn dennoch weitermachen. In diesem Fall ist die Frage berechtigt«, entschied Richter Burns.
»Ich wiederhole meine Frage, Doktor. Wenn Spuren von Sperma auf dem Opfer gefunden werden, kann man dann davon ausgehen, daß der Täter kein Kondom verwendet hat?«
»Ja. Oder daß das Kondom abgerutscht ist oder perforiert war. Das kommt bei einer Vergewaltigung häufiger vor als bei normalem Geschlechtsverkehr, weil sich beim Opfer, aufgrund des Phänomens, das ich vorhin beschrieben habe – dem Vaginismus – die Vaginamuskeln zusammenziehen und die Vagina nicht normal feucht ist …«
»Das ist eine sehr lange Antwort auf eine Frage, für die eine kurze genügt hätte, aber ich verstehe«, sagte Schmidt mit einem süßlichen Lächeln.
In Wirklichkeit war er extrem verärgert über die Art, in der Doktor Con-

way ihre Zeugenaussage machte. Er hielt einen Moment inne, um sicherzugehen, daß er diesmal die richtige Frage stellen und vor allen Dingen eine einfache Antwort erhalten würde:
»Doktor, antworten Sie mir nur auf die Frage, die ich Ihnen stellen werde, und fassen Sie sich so kurz wie möglich. Ich möchte vermeiden, daß lange Erklärungen, auch wenn sie richtig sind, unsere ehrenwerten Geschworenen verwirren.«
Nach einer Pause fragte er:
»Haben Sie im Lauf Ihrer langjährigen Berufspraxis häufig beobachten können, daß der Täter ein Verhütungsmittel verwendete, als er sein Opfer angriff?«
»Nein.«
»Wie hoch wäre Ihrer Meinung nach der Anteil?«
»Ich weiß es nicht, nicht sehr hoch. Ein Fall von hundert, vielleicht weniger.«
»Und sagen Sie mir, Doktor Conway, haben Sie schon Fälle von kollektiver Vergewaltigung gesehen?«
»Ja.«
»Und haben Sie schon Fälle von kollektiver Vergewaltigung gesehen, in denen alle Vergewaltiger ein Kondom benutzten?«
»Nein.«
»Ich verstehe. Jetzt, Doktor, möchte ich auf Ihren Bericht zu sprechen kommen. Sie erwähnen Risse der Schließmuskeln, sprechen aber nie von der Notwendigkeit, einen chirurgischen Eingriff vorzunehmen beziehungsweise die Schließmuskeln zu nähen. Haben Sie das vergessen?«
»Nein.«
»Ist Fräulein Shield operiert worden, beziehungsweise mußte sie genäht werden?«
»Nein. Ich habe ihr einfach eine schmerzstillende Salbe verschrieben und dreimal täglich Sitzbäder.«
»Ich verstehe. Und jetzt sagen Sie mir bitte noch, Doktor, ob Sie in Ihrer Praxis nur Opfer von Vergewaltigungen oder Gewalttätigkeit in der Ehe untersuchen?«
»Nein.«
»Ist es schon einmal vorgekommen, daß eine Patientin nicht von ihrem Partner vergewaltigt worden ist, aber dennoch am After dieselbe Art von Rissen aufwies wie die, die sie bei Fräulein Shield gesehen haben?«
»Ja«, sagte sie etwas leiser.

»Ich kann Sie nicht verstehen, Doktor.«
»Ja«, sagte sie, diesmal lauter. »Das ist schon vorgekommen.«
»Wäre es dann nicht gerechtfertigt zu sagen, daß eine Frau, in diesem Fall Fräulein Shield, sich einen solchen Riß im Rahmen einer freiwilligen sexuellen Beziehung zugezogen haben könnte?«
»Das wäre sehr schmerzhaft.«
»Ich frage Sie nicht, ob das schmerzhaft wäre, Doktor! Es gibt, wie Sie bestimmt wissen, sadomasochistische Pärchen, die sich aus freien Stükken auf sehr schmerzhafte Liebespraktiken einlassen und die sich manchmal noch viel schlimmere Verletzungen zufügen als die, die Sie in Ihrem Bericht beschrieben haben.«
»Einspruch, Euer Ehren!«
»Einspruch stattgegeben.«
Der Richter wandte sich zu den Geschworenen und erklärte ihnen:
»Meine Damen und Herren Mitglieder der Jury, ich darf Sie bitten, sich in Ihrer Entscheidung nicht durch das beeinflussen zu lassen, was die Verteidigung gerade gesagt hat. Ich muß Sie sogar bitten, es völlig aus Ihrem Gedächtnis zu löschen.«
Er wandte sich zu Schmidt und fügte mit einem strengen Blick hinzu:
»Herr Verteidiger, ich würde ein bißchen mehr Disziplin zu schätzen wissen. Jeder hat verstanden, was Sie versucht haben zu erreichen. Solche Abschweifungen werde ich nicht tolerieren. Haben Sie mich verstanden?«
»Ja, Euer Ehren.«
Schmidt wiederholte seine bisher unbeantwortet gebliebene Frage an Doktor Conway:
»Doktor Conway, antworten Sie mir einfach mit ja oder nein. Wäre es nicht gerechtfertigt zu sagen, daß eine Frau, in diesem Fall Fräulein Shield, solche Risse am After wie die, die Sie in Ihrem Bericht beschrieben haben, im Rahmen einer freiwilligen sexuellen Beziehung erlitten haben könnte, auch wenn es vermutlich sehr schmerzhaft ist?«
»Ja«, antwortete die Ärztin.
»Danke, Doktor. Ich habe keine weiteren Fragen«, beschloß Verteidiger Schmidt befriedigt sein Verhör.

46

Vom Verteidiger dazu aufgefordert, trat Doktor Gould, ein etwa vierzig Jahre alter Mann mit einem blonden Lockenschopf, in den Zeugenstand. Es war das erstemal, daß er vor Gericht erschien, aber es sah ganz so aus, als ob ihn all das amüsierte, denn trotz des ernsten Anlasses blickte er fröhlich in die Runde.

»Doktor Gould«, fragte ihn Schmidt, »Sie arbeiten für den Pharmakonzern Wellcorp, wenn ich mich nicht irre?«

»Ja. Seit zehn Jahren.«

»Und Sie haben die Forschungsarbeiten des Teams geleitet, das das Medikament mit Namen Mnemonium entwickelt hat, nicht wahr?«

»Genau. Als Mediziner und Chemiker bin ich Leiter eines Teams, das im Lauf der letzten fünf Jahre dieses Medikament entwickelt hat.«

»Doktor, das Medikament ist der Öffentlichkeit nicht bekannt. Könnten Sie es, zum Verständnis des Gerichtshofs und der Mitglieder unserer Geschworenenbank, kurz beschreiben, beginnend bei seinem therapeutischen Gebrauch?«

»Nun, Mnemonium ist ein neues Produkt, aber man könnte sagen, daß es einem bekannteren Produkt, dem Prozac, in gewisser Weise ähnelt. Natürlich unterscheidet es sich in einigen Aspekten davon. Es wurde entwickelt, um zu versuchen, den posttraumatischen Streß in den Griff zu bekommen ...«

»Könnten Sie dem Gerichtshof erklären, was Sie unter ›posttraumatischem Streß‹ verstehen, Doktor?«

»Nun, nehmen wir an, eine Frau wird abends in einem dunklen Gäßchen von einem Verbrecher überfallen, der sie schlägt und ihr die Handtasche entreißt. Psychologisch gesehen ist es sehr wahrscheinlich, daß die Frau von diesem Ereignis geprägt wird und Angst bekommt, abends auf die Straße zu gehen. Eine solche Angst, die zu einer Phobie werden und Jahre, wenn nicht gar das ganze Leben des Opfers andauern kann, ist ein Beispiel für posttraumatischen Streß. Und hier spreche ich von Diebstahl, aber es gibt auch schlimmere Traumata.«

»Zum Beispiel bei einer Trennung oder Scheidung?«

»Zum Beispiel.«

»Und wie wirkt Mnemonium auf den posttraumatischen Streß?«

»Ich will hier nicht in wissenschaftliche und medizinische Fachsprache verfallen, aber sagen wir, daß Mnemonium entwickelt wurde, um auf das

Kurzzeitgedächtnis einzuwirken, ohne natürlich die Persönlichkeit grundlegend zu beeinflussen. Im Beispiel, das ich gerade genannt habe, wird die Frau, wenn man ihr in den Stunden, die auf den Diebstahl ihrer Handtasche folgen, eine Dosis Mnemonium verabreicht, das gesamte Ereignis vergessen – allerdings bekommt sie davon weder ihre Handtasche noch ihren Geldbeutel wieder!«

Gelächter ertönte im Saal, das der Richter jedoch durchgehen ließ, denn er hatte selbst große Lust zu lachen. Sobald wieder Ruhe eingekehrt war, setzte Doktor Gould fort:

»Aber immerhin ist diese Frau dann nicht traumatisiert, und sie wird wieder ein normales Leben führen können. Wir bitten natürlich die Angehörigen, ihr zu empfehlen, sich von der gefährlichen Straße, wo sie überfallen wurde, fernzuhalten und anzurufen, um den Diebstahl ihrer Kreditkarten zu melden.«

Wiederum ertönte Gelächter im Saal.

Schmidt lächelte, glücklich über den Erfolg des Arztes. Dem jungen Staatsanwalt war der Rummel weniger lieb, denn er fragte sich, was für Fragen er Doktor Gould stellen konnte. Er wußte von Anfang an, daß die Verteidigung ihn in den Zeugenstand berufen und daß seine Aussage von ausschlaggebender Bedeutung sein würde.

Wenn das Medikament gerade das Kurzzeitgedächtnis lähmen sollte, wie war es dann möglich, daß eine Frau glaubwürdige Erinnerungen an etwas hatte, was sie unter dem Einfluß von Mnemonium erlebt hatte? Würde nicht diese Aussage an sich schon ausreichen, um begründeten Zweifel bei den Geschworenen aufkommen zu lassen?

Wenn er doch wenigstens die Zeugenaussage benutzen könnte, die Natascha bei den Vorverhandlungen gemacht hatte, dann würden die Dinge schon ganz anders aussehen! Aber Schmidt hatte wiederum sein teuflisches Geschick dazu benutzt, die Glaubwürdigkeit der armen Prostituierten völlig zu erschüttern. Er hatte ihre Vergangenheit durchforstet und zwei Verhaftungen ans Tageslicht gefördert, von denen eine – wegen Unterschriftenfälschung – besonders unangenehm war. Er war auch dahintergekommen, daß sie regelmäßig Kokain nahm und daß sie ein Mitglied der Anonymen Alkoholiker war. Richter Burns hatte keine andere Wahl gehabt, als ihm recht zu geben: Die so eminent wichtige Zeugenaussage der Prostituierten mußte außer acht gelassen werden.

»Wenn ich Sie recht verstehe, Doktor, vergißt der Patient, der Mnemonium nimmt, alles?«

»Alles ist natürlich zuviel gesagt! Es ermöglicht vor allem, die bedrükkende Erinnerung an das traumatische Erlebnis verblassen zu lassen. Die Person kann dann wieder normal funktionieren.«

»Würde sich die Frau in dem Beispiel, das sie genannt haben, daran erinnern, bestohlen worden zu sein?«

»Natürlich können wir nicht für alle Fälle antworten: Es ist möglich, daß es Ausnahmen gibt.«

»Im allgemeinen, Doktor?«

»Nun, im allgemeinen gibt es große Chancen, daß die Frau sich nicht an den Vorfall erinnert.«

»Wie weit vor den Diebstahl der Handtasche reicht der Gedächtnisverlust zurück?«

»Ich bin mir nicht sicher, Ihre Frage richtig verstanden zu haben, Herr Verteidiger.«

»Das heißt, ob sie vergessen wird, was innerhalb einer Stunde vor dem Diebstahl geschehen ist? Angenommen, sie hat kurz vor dem Diebstahl zum Beispiel gerade mit ihrer Familie zu Abend gegessen. Wird sie sich daran noch erinnern?«

»Das ist schwer zu sagen! Wir haben Laborexperimente gemacht, und die Ergebnisse sind je nach der Person unterschiedlich.«

»Alles schön und gut, Doktor, aber antworten Sie mir doch bitte einfach auf meine Frage. Gab es Fälle, in denen der Patient, nachdem er Mnemonium eingenommen hatte, vergaß, was sich in der Stunde vor dem traumatischen Erlebnis abgespielt hat?«

»Ja.«

»Zwei Stunden vorher?«

Doktor Gould schien einen Augenblick lang nachzudenken, dann sagte er:

»Ja.«

»In den letzten sechs Stunden vor der Einnahme von Mnemonium?«

»Ja, ich glaube, daß das vorgekommen ist.«

»Glauben Sie, oder sind Sie sich sicher? Überlegen Sie gut, lassen Sie sich Zeit, es ist sehr wichtig!«

»Ja, es ist vorgekommen.«

»In den letzten zwölf Stunden vor der Einnahme von Mnemonium?«

»Ja.«

»Um auf den Fall der Frau zurückzukommen, der die Handtasche gestohlen wurde: Wenn ich Sie recht verstehe, ist es möglich, daß, wenn der

Diebstahl um acht Uhr abends geschehen ist, sie sich sozusagen an nichts von dem erinnert, was im Lauf des Tages passiert ist, an dem der Diebstahl stattgefunden hat, insbesondere wenn sie erst um acht Uhr morgens – das heißt zwölf Stunden vor dem traumatischen Ereignis – aufgestanden ist?«

»Einspruch, Euer Ehren!« unterbrach Kubrick. »Ich lasse meinen Kollegen seit einer Weile abschweifen, aber jetzt übertreibt er wirklich: Er fordert den Zeugen auf zu spekulieren!«

»Einspruch abgelehnt«, antwortete der Richter. »Sie haben Doktor Gould als sachverständigen Zeugen akzeptiert. Als solcher hat er das Recht, Meinungen zu äußern.«

Doktor Gould antwortete:

»In der Tat, Herr Verteidiger, sind ihre Erinnerungen möglicherweise verschwommen oder gar nicht vorhanden. Ich möchte hinzufügen, daß das Gedächtnis ein Gebiet ist, das die moderne Medizin noch sehr schlecht kennt. Es hat so seine Launen, und seine Gesetze sind immer noch rätselhaft. Was Mnemonium betrifft, so befindet es sich noch im Versuchsstadium. Wir haben es im Lauf von fünf Jahren an Hunderten von Versuchspersonen getestet, kennen aber immer noch nicht all seine Eigenschaften und alle Wirkungen, die es auf das Gedächtnis haben kann. Und jeder Fall ist verschieden.«

»Da sind wir uns einig, Doktor, aber begnügen Sie sich doch damit, auf meine Fragen zu antworten, wie ich Sie vorhin schon gebeten habe«, sagte Schmidt lächelnd. »Sagen Sie mir nun: Wie würden Sie den Geisteszustand einer Person innerhalb der vierundzwanzig Stunden beschreiben, die auf die Einnahme von Mnemonium folgen?«

»Was genau wollen Sie damit sagen?«

»Nun, kann man behaupten, daß der Betroffene sich in einem normalen Zustand befindet?«

»Normal? Nein, bestimmt nicht. Mnemonium ist ein starkes Medikament.«

»Das das Gedächtnis beeinflußt?«

»Ja.«

»Psychologen haben festgestellt, daß die Urteilskraft ihre Grundlage im Gedächtnis hat …«

»Einspruch, Euer Ehren!«

»Einspruch stattgegeben.«

»Ich werde meine Frage anders formulieren. Ist das Urteilsvermögen einer Person, die unter dem Einfluß von Mnemonium steht, möglicherweise beeinträchtigt?«

»Ja.«
Der Verteidiger entschuldigte sich für einen Augenblick beim Zeugen und ging zu seinem Tisch, wo der junge Praktikant Jim Berkley ihm die Kopie des Berichts der Gerichtsmedizinerin überreichte. Er blätterte bis zu der Seite, die ihn interessierte, und sagte:
»Doktor, auf Seite drei des Berichts, den die Gerichtsmedizinerin, die Fräulein Shield untersucht hat, erstellte, steht, die Laboruntersuchungen hätten ergeben, daß das Opfer zum Zeitpunkt der Untersuchung 1,2 Promille Alkohol im Blut hatte.«
»Einspruch. Mein Kollege stellt keine Frage.«
»Sie kommt«, sagte Schmidt so schnell, daß der Richter nicht einschritt. »Doktor Gould, was ist Ihrer Meinung nach die Wirkung von Mnemonium zusammen mit einem so hohen Alkoholspiegel – der einige Stunden früher naturgemäß noch höher war?«
»Einspruch! Der Herr Verteidiger ist nicht dazu berufen, sich über den Alkoholspiegel zu äußern, den man im Blut von Fräulein Shield festgestellt hat, und noch weniger, willkürliche Schätzungen über den Alkoholspiegel während der Stunden vor der Untersuchung zu machen.«
Juristisch gesehen war der Einwand gerechtfertigt, aber gesunder Menschenverstand reichte aus, um zu wissen, daß der Blutalkohol mit der Zeit sank.
Das Publikum wußte es.
Die Geschworenen wußten es.
Und der Richter wußte es.
Trotzdem gab dieser dem Staatsanwalt recht, der allerdings nicht begeistert zu sein schien: Das Unglück war geschehen.
Schmidt zog gnadenlos die Schlinge zu. Alle hatten inzwischen verstanden, daß Catherine nicht nur unter dem Einfluß von Mnemonium stand, das das Gedächtnis beeinflußte, sondern daß sie zusätzlich eine große Menge Alkohol getrunken hatte: Ein Alkoholspiegel von 1,2 Promille war in der Tat sehr hoch, und man konnte sich mit Leichtigkeit ausrechnen, daß er im Lauf der Nacht 1,6, wahrscheinlich sogar 1,7 Promille erreicht hatte – was beträchtlich war.
»Doktor Gould«, formulierte Schmidt vorsichtig seine Frage neu, »was ist Ihrer Meinung nach die Wirkung von Mnemonium kombiniert mit einem Alkoholspiegel von 1,2 Promille?«
»Davon wird abgeraten, wie bei jedem anderen Antidepressivum oder bei Antibiotika.«

»Doktor, bitte beantworten Sie meine Frage.«
»Nun, die Auswirkungen sind sehr negativ.«
»Haben Sie schon Tests mit Personen durchgeführt, die einen Alkoholspiegel von 1,2 Promille hatten und Mnemonium genommen haben?«
»Nein.«
»Haben Sie Tests mit Personen ausgeführt, die weniger Alkohol getrunken hatten und denen man Mnemonium gegeben hat?«
»Ja.«
»Warum haben Sie es vorgezogen, die Tests mit einem niedrigeren Alkoholspiegel durchzuführen als den, den man im Blut von Catherine Shield angetroffen hat?«
»Aus Vorsicht.«
»Was wollen Sie damit sagen? Erläutern Sie bitte Ihre Antwort.«
»Wir befürchteten, daß die Versuchspersonen heftig reagieren oder gar gefährliche Blackouts haben könnten.«
»Einen gefährlichen Blackout? Was wollen Sie damit sagen, Doktor Gould?«
»Ein Blackout ist eine recht häufig auftretende Folge von hohem Alkoholgebrauch. In diesem Zustand kann sich die Person an nichts von dem erinnern, was sie getan hat.«
»Aber ist das denn nicht genau das, was Mnemonium bezweckt?«
»Ja, aber die Kombination aus Medikament und Alkohol könnte das Gedächtnis in einer Weise beeinflussen, die schwer zu kontrollieren ist. Das bringt auch einige Gefahren mit sich. Laut unseren Tests kann Alkohol die Rolle eines Katalysators spielen und die Wirkung von Mnemonium vervielfachen.«
»Eine letzte Frage, Doktor. Angenommen, eine Person steht auch unter dem Einfluß von Alkohol. Wie würden Sie ihre Fähigkeit beurteilen, Geschehnisse, die ihr in den Stunden, die auf die Einnahme von Mnemonium folgen, zugestoßen sind, auf eine präzise, glaubwürdige und objektive Weise zu schildern?«
»Die würde ich als schwach einstufen.«
»Ich danke Ihnen, Doktor.«
Richter Burns hatte sich während der Zeugenaussage von Doktor Gould zahlreiche Notizen gemacht. Der Staatsanwalt hatte es bemerkt, und das hatte ihn nur noch mehr entmutigt. Wie würde er es anstellen, die scheinbar unabwendbare Wirkung der Zeugenaussage von Doktor Gould zu entkräften – der im übrigen nach bestem Wissen und Gewissen geantwortet hatte?

Er fühlte wiederum, wie heikel dieser Fall war. Einen Moment lang zweifelte er an seinem Urteilsvermögen. Dabei hatte er doch die Gewohnheit, nur Fälle anzunehmen, bei denen er sicher war, daß er sie gewinnen konnte – auch wenn sie deshalb noch nicht leicht waren. Hatte er sich von Catherines Charme beeinflussen lassen? Oder von dem Julies, von der er sich, das mußte er sich eingestehen, stark angezogen fühlte?
Dabei war es doch sein Prinzip, Gefühle und Arbeitsleben niemals miteinander zu vermischen. Nun wich er einmal von dieser Regel ab, und schon saß er in der Falle! Natürlich war noch nichts verloren. Aber innerhalb weniger Minuten hatte sich der Gesichtsausdruck der Geschworenen merklich verändert. Wenn sie die vier Angeklagten ansahen, schienen sie nicht mehr so sicher zu sein, daß sie Vergewaltiger waren. Außerdem richteten sie ihre Aufmerksamkeit jetzt eher auf Catherine. Sie hatte also bis zum Umfallen getrunken, ein Antidepressivum genommen … War sie vielleicht einfach eine Drogensüchtige wie so viele Jugendliche in ihrem Alter?
Kubrick warf Thomas und Julie einen Blick zu. Auch sie begriffen, was gerade passiert war, und schienen ziemlich niedergeschlagen zu sein. Bei seiner Vorbereitung hatte der junge Staatsanwalt natürlich mit der Zeugenaussage von Doktor Gould gerechnet. Aber er hatte nicht vorhergesehen, wieviel Vorteil Schmidt, ein erfahrener Verteidiger, der die Sitten und Gebräuche des Gerichtshofs aus dem Effeff kannte, daraus schinden konnte. Er nahm all seinen Mut zusammen, als der Richter sich eine letzte Notiz gemacht hatte und ihn fragte, ob er Doktor Gould vernehmen wolle, und bejahte, stand auf und ging langsam zum Zeugenstand, um besser überlegen zu können.
»Doktor Gould, ich möchte Ihnen zunächst für die Geduld danken, mit der Sie die Fragen meines Kollegen beantwortet haben. Und ich würde Ihnen auch gern ein paar Fragen über Mnemonium stellen. Ich habe selbst bei der FDA ein paar Informationen über dieses Medikament eingeholt – zum Verständnis des Gerichtshofs füge ich hinzu, daß die FDA die *Food and Drug Administration* ist, also die Institution, die unter anderem neuen Medikamenten Zulassungen erteilt. Und ich habe festgestellt, daß Mnemonium noch nicht zugelassen ist. Irre ich mich, Doktor?«
»Nein, das stimmt. Wir haben eine provisorische Genehmigung, das Medikament in Kliniken auszuprobieren, aber wir warten in der Tat immer noch auf die Zulassung, mit der wir das Medikament in den Handel bringen können.«

»Ist es möglich, und ich betone *möglich*, daß die FDA Ihnen diese Zulassung nicht erteilt?«
»Das ist nicht sehr wahrscheinlich.«
»Ich frage Sie nicht, ob es wahrscheinlich ist, sondern ob es möglich ist.«
»Einspruch, Euer Ehren! Doktor Gould ist weder ein Fachmann für die Erteilung von Zulassungen, noch arbeitet er bei der FDA. Mein Kollege fordert ihn dazu auf, auf eine Frage einzugehen, bei der er sich nicht auskennt.«
»Einspruch stattgegeben.«
Den Staatsanwalt schien diese Abfuhr zu ärgern. Dadurch mußte er eine Reihe von Fragen streichen, die er Doktor Gould stellen wollte, um Mnemonium in Mißkredit zu bringen. Doch er faßte sich wieder.
»Doktor Gould, bevor ein Medikament die Zulassung der FDA erhält, ist es richtig, daß man es dann als Medikament im Versuchsstadium bezeichnet?«
»Das ist eine semantische Frage, aber ja, das nehme ich an.«
»Und im selben Sinne kann man sagen, daß ein Medikament, sobald es die Zulassung erhalten hat, sich nicht mehr im Versuchsstadium befindet?«
»Juristisch gesehen, ja. Es kommt aber auch vor, daß die FDA einem zugelassenen Medikament die Zulassung wieder entzieht, wenn man mit der Zeit entdeckt, daß es gefährliche Nebenwirkungen hat.«
»Ich danke Ihnen für diese Erläuterung, Doktor. Kann man also sagen, daß Mnemonium, von der Definition her, noch ein Produkt im Versuchsstadium ist?«
»Ja.«
»Es ist also nicht übertrieben zu behaupten, daß man, weil Mnemonium ein Medikament im Versuchsstadium ist, nicht alle Wirkungen vorhersagen kann, die es auf einen Patienten haben könnte?«
»Nicht alle, nein.«
»Weder die Kurzzeit- noch die Langzeitwirkungen?«
»Nein. Man kann nie *alle* Wirkungen vorhersagen. Jeder Patient ist verschieden.«
»Wenn ich recht verstehe, was Sie sagen, Doktor, kann man vernunftgemäß annehmen, daß die Wirkung von Mnemonium nicht bei allen Patienten genau gleich ist, da die Patienten alle unterschiedlich sind.«
»Ja, das stimmt.«
»Doktor Gould, kürzlich ist in der Presse und im Fernsehen von Fällen

von erstaunlichen Reaktionen auf Prozac berichtet worden. Ein Frau hat ihr Haus angezündet, ihre beiden Kinder dabei umgebracht und ist selbst in den Flammen umgekommen. Ein Mann hat seine Frau erstochen.«

»Einspruch, Euer Ehren!«

»Herr Staatsanwalt, stellen Sie bitte Ihre Frage.«

»Doktor Gould, ein Medikament, das seit mehreren Jahren von der FDA zugelassen ist, hatte solche unvorhersehbaren Wirkungen, die sich grundlegend von denen unterscheiden, die es während der Versuche gezeigt hat. Ist es angesichts dessen möglich, daß ein Medikament wie Mnemonium, das noch nicht von der FDA zugelassen wurde – und das nur von einigen hundert Personen benutzt worden ist und nicht von mehreren hunderttausend –, daß dieses Medikament beim Gebrauch eine andere Wirkung zeigt, als die, die es während der klinischen Versuchsphase hatte?«

»Die Testergebnisse, die wir bisher gemacht haben, sind sehr überzeugend und lassen alle dieselben Schlüsse zu.«

»Doktor, antworten Sie bitte auf meine Frage. Ist es möglich, daß Mnemonium bei gewissen Patienten andere Wirkungen aufweist als die, die Sie bei Ihren Versuchen festgestellt haben?«

»Ja, das ist möglich«, gestand Doktor Gould ein, der sich offensichtlich angegriffen fühlte.

»Sagen Sie mir nun, Doktor: Können die Abweichungen so groß sein wie im Fall von Prozac?«

»Wenn wir unseren Studien Glauben schenken, nicht. Sie lassen den Schluß zu, daß keine der bisher bekannten Nebenwirkungen gefährlich oder unvorhersehbar sind.«

»Das mußten doch auch die Studien zu Prozac nachweisen, wenn die FDA ihre Zulassung erteilt hat?«

»Einspruch, Euer Ehren!«

»Einspruch stattgegeben. Herr Staatsanwalt, Sie treiben hier ein gefährliches kleines Spielchen, das die Intelligenz des Gerichtshofs beleidigt.«

»Bitte entschuldigen Sie, Euer Ehren.«

Paul Kubrick, der doppelt gereizt war, weil er vom Richter getadelt wurde und weil er wegen seines Widersachers den Faden seiner Argumentation verloren hatte, atmete tief durch und formulierte dann seine Frage anders:

»Doktor, kann sich die Wirkung von Mnemonium auf eine Person stark von der unterscheiden, die es auf eine Gruppe anderer Personen hat?«

»Ja, in einem gewissen Sinn.«
»Ist es im selben Sinn vorstellbar, und ich betone vorstellbar, daß – aus Gründen, die später erkannt werden – Mnemonium unter besonderen Umständen eine geringere Wirkung auf eine Person als auf eine andere hat?«
»Ja, das ist vorstellbar.«
»Um diesen Gedankengang fortzuführen, ist es möglich, daß Mnemonium auf einen Patienten eine viel geringere Wirkung hat?«
»Ja, das ist möglich.«
»Könnte es gar keine Wirkung haben?«
»Nein. Das wäre jedenfalls sehr erstaunlich.«
»Das wäre ein Ausnahmefall, wenn ich Sie recht verstehe.«
»Ja«, sagte Doktor Gould leicht gereizt, weil er merkte, daß er langsam lächerlich gemacht wurde.
Unglaublich: Zwei verschiedene Gedankengänge, die einfach und sinnig erschienen, führten zu zwei vollkommen widersprüchlichen Schlußfolgerungen. Schmidt ärgerte sich unglaublich. Dieser kleine Arsch Kubrick war gerade dabei, das Bauwerk, das er so geduldig errichtet hatte, in den Boden zu stampfen!
»Aber, Doktor, Ausnahmen gibt es.«
»Das stimmt.«
»Und da es Ausnahmen gibt, ist es dann möglich, daß Mnemonium auf einen bestimmten Patienten gar keine Wirkung ausübt?«
»Ja, wenn man seine Überlegungen auf diese etwas seltsame und nicht sehr wissenschaftliche Art anstellt. Wir arbeiten mit Statistiken ...«
»Würden Sie mir bitte mit ja oder nein antworten, Doktor.«
»Ja, das ist möglich.«
»Doktor, wenn ich Ihrem Gedankengang folgen kann, und verbessern Sie mich, wenn ich mich irre, heißt das, daß es in einem Fall, in dem Mnemonium keine Wirkung ausübt, sinnvoll ist anzunehmen, daß das Gedächtnis des Betreffenden wenig oder gar nicht von dem Medikament beeinflußt sein wird?«
»Hören Sie, Mnemonium ist ein Medikament, das speziell entwickelt wurde, um das Gedächtnis zu beeinflussen«, sagte Doktor Gould, dessen gereizter Tonfall zeigte, daß er sich beinahe nicht mehr zusammenreißen konnte. Er hatte den berechtigten Verdacht, daß der Staatsanwalt hier wie die Katze mit der Maus mit ihm spielte und ihn mit kindlich einfachen Überlegungen dazu zwang, sich selbst zu widersprechen.

»Ich weiß, daß dieses Verhör lang und anstrengend ist, Doktor, aber antworten Sie mir doch bitte trotzdem mit ja oder nein. Ist es sinnvoll anzunehmen, angesichts all dessen, was Sie uns gerade erklärt haben, daß das Gedächtnis eines Patienten wenig oder gar nicht von Mnemonium beeinflußt wird?«
»Ja.«
»Also kann man gerechtfertigterweise annehmen, Doktor, daß, wenn das Gedächtnis eines Patienten nicht beeinträchtigt ist, er sich sehr gut daran erinnern kann, was er erlebt hat, bevor er Mnemonium einnahm, während sich das Medikament in seinem Blut befindet und nachdem seine Wirkung verflogen ist, sofern man hier noch von Wirkung reden kann, wenn es keine hat?«
»Ja«, sagte der Arzt extrem gereizt, denn er fand langsam, daß der Staatsanwalt ihn wie einen Minderbemittelten hinstellte.
»Also«, sagte der Staatsanwalt, »kann man gerechtfertigterweise annehmen, daß es möglich ist, daß Fräulein Shield, obwohl sie unter dem Einfluß von Mnemonium stand, sich an alles erinnern kann, was am Abend des 15. Juli dieses Jahres passiert ist?«
»Ja.«
»Ich danke Ihnen, Doktor. Ich habe keine weiteren Fragen.«
Er setzte sich wieder, konnte es sich dabei aber nicht verkneifen, Thomas zufrieden zuzulächeln. Dieser zwinkerte ihm zu: Der junge Staatsanwalt hatte seinen guten Ruf wirklich zu Recht!
Catherine deutete ein Lächeln an, aus dem man eine gewisse Erleichterung ablesen konnte. Sie hatte nun den Eindruck, daß sie noch Chancen hatte zu gewinnen, während die erste Zeugenaussage von Doktor Gould ihr einen bitteren Nachgeschmack hinterlassen hatte.
Kubrick bemerkte, daß Julie ihn mit einer gewissen Bewunderung ansah, und das schmeichelte ihm natürlich.
Er hatte Pluspunkte gesammelt, das wußte er, auf jeden Fall hatte er die Wirkung der ersten Äußerungen von Doktor Gould beträchtlich vermindert. Dieser zog sich weitaus weniger begeistert, als er ein paar Minuten zuvor angekommen war, aus dem Zeugenstand zurück. Seine erste Erfahrung vor Gericht war bestenfalls ein halber Erfolg gewesen, und die Art, auf die ihn der Staatsanwalt systematisch in die Mangel genommen hatte, hatte ihm ganz und gar nicht gefallen.
Was die vier Angeklagten betraf, so hatten sie keinen Mucks von sich gegeben, aber es schien ihnen ein wenig unbehaglich zumute zu sein.

47

Catherine fühlte sich von neuem beschämt, als ein gewisser Joseph Broom, mit Tweedweste und weißem Seidenschal, im Zeugenstand erschien. Er hatte einen Bauch und seine fettigen, langen Haare wirkten ungepflegt, was ihm, der sich hinter dem Status eines ›Künstlers‹ versteckte, außerordentlich gleichgültig war. Dieser Endfünfziger, ein frustrierter Filmregisseur, hatte sich im Lauf der Zeit auf die Pornobranche spezialisiert und behauptete – um seinen Beruf seinen Freunden gegenüber zu rechtfertigen –, daß er noch immer davon träumte, eines Tages *den* amerikanischen Film des Jahrzehnts zu drehen.
Schmidt griff ohne Umschweife an.
»Herr Broom, können Sie mir sagen, womit Sie Ihren Lebensunterhalt verdienen?«
»Ich bin Regisseur«, antwortete der andere, von sich eingenommen. »Ich drehe Filme für Erwachsene.«
»Euer Ehren«, sagte Paul Kubrick und stand auf, »Ich bitte um ein Gespräch mit Ihnen und meinem Kollegen.«
Mit einem Kopfnicken akzeptierte der Richter.
»Ich möchte einen Antrag einbringen, um diesen Zeugen auszuschließen«, erklärte der Staatsanwalt, als Schmidt und er im Büro des Richters angekommen waren. »Er hat überhaupt nichts mit dem Fall zu tun, mit dem wir uns jetzt befassen. Er war nicht auf dem Fest, er ist kein Experte, er arbeitet nicht in der Klinik. Ich sehe wirklich nicht ein, was er hier zu suchen hat, und beantrage, daß er sofort aus diesem Gericht verschwindet.«
»Herr Verteidiger, was haben Sie dazu zu sagen?«
»Dieser Zeuge wird es mir erlauben, einwandfrei ein bestimmtes Verhaltensmuster von Fräulein Shield festzustellen. Wie ich es in meinem Eröffnungsplädoyer gesagt habe, gehe ich davon aus, daß Fräulein Shield nie vergewaltigt worden ist und daß sie nur versucht, ihrer Karriere als Schauspielerin, die bisher erfolglos ist, auf die Sprünge zu helfen und vielleicht noch Geld zu verdienen, indem sie vier ausgesprochen ehrenwerte Männer verfolgt – genauso, wie sie letztes Jahr meinen Zeugen erpreßt hat.«
»Ich lasse Sie fortfahren, Schmidt, aber ich warne Sie: Ich werde Sie sehr genau im Auge behalten. Beim ersten Fehltritt stoppe ich Sie!«
Diese Warnung war Schmidt völlig gleichgültig. Er würde erreichen, was er wollte: eine für die Gegenpartei vernichtende Zeugenaussage.

Er schenkte Kubrick ein ironisches Lächeln und kehrte zum Zeugenstand zurück.
»Herr Broom, können Sie spezifizieren, was Sie meinen, wenn Sie sagen, daß Sie Filme für Erwachsene machen?«
»Nun, ich mache so allerlei: Lesbenfilme, Orgien, leicht sadomasochistische Filme. Ist Ihnen das spezifisch genug?«
»Ja, ich glaube, daß unsere ehrenwerten Geschworenen sich ein Bild machen können.«
Catherine hatte beschämt den Kopf gesenkt. Jetzt kam also diese häßliche Geschichte wieder ans Tageslicht! Dieser verdammte Film hatte sie um ihren Verlobten gebracht, und jetzt würde sie deswegen vielleicht noch ihren Prozeß verlieren! Wann würde es denn endlich aufhören, daß sie für diese Jugendsünde bezahlen mußte?
»Herr Broom, erkennen Sie Fräulein Shield im Saal?«
»Ja.«
»Können Sie auf sie zeigen?«
Er gehorchte dieser Anweisung, die er als kindischen Zirkus empfand – er konnte nicht ahnen, daß der Verteidiger dadurch versuchte, die Rollen umzudrehen und Catherine in die Lage der Angeklagten zu bringen –, und deutete mit dem Zeigefinger auf das junge Opfer. Dann zog er mechanisch eine Schachtel Pastillen aus der Tasche und nahm, wie es seine Gewohnheit war, zwei Stück. Täglich konsumierte er Unmengen, um seinen schlechten Atem zu bekämpfen.
»Herr Broom, wann haben Sie Fräulein Shield zum erstenmal getroffen?«
»Letztes Jahr, Anfang Januar.«
»Unter welchen Umständen fand das Treffen genau statt?«
»Nun, Anfang jeden Monats geben wir Annoncen in der Zeitung auf, um Schauspieler und Schauspielerinnen zu engagieren, und sie stellen sich jeden ersten Freitag des Monats vor. Fräulein Shield hat sich bei einem Casting vorgestellt.«
Catherine sah zu ihren Eltern hinüber. Sie hatte es bisher immer geschafft, ihnen diesen Fehltritt zu verheimlichen. Jetzt wußten sie es. Ihre Mutter sah blasser aus als gewöhnlich. Ihr Vater hatte die Stirn gerunzelt. Was würden sie jetzt von ihrer Tochter denken, die sie sowieso schon für völlig verrückt hielten, bloß weil sie davon träumte, Schauspielerin zu werden?
»Herr Broom, haben Sie die Dienste von Fräulein Shield für einen Pornofilm in Anspruch genommen?«

»Ja, ich hatte einen Bestellung für einen Lesben-Softporno und habe ihr eine Rolle vorgeschlagen, die sie angenommen hat.«
»Das stimmt nicht!« schrie Catherine. »Wir sollten eine Werbung für Whirlpools machen, und dieses Schwein hat uns Drogen in den Champagner geschüttet, den wir in der Badewanne trinken sollten!«
»Herr Kubrick, passen Sie auf Ihre Zeugin auf!« schimpfte der Richter und schlug mit dem Holzhammer auf den Tisch.
Ziemlich verärgert über die Wendung, die die Dinge nahmen, drehte sich der Staatsanwalt zu Catherine und forderte sie mit einem strengen Blick auf, die Verwarnung des Richters zu beachten.
»Aber er lügt, das stimmt überhaupt nicht!« wandte sich Catherine, wenn auch weniger laut, zu Julie.
Diese zeigte mehr Mitleid als Paul Kubrick. Sie legte Catherine mütterlich die Hand auf den Arm und erklärte leise:
»Ich weiß, aber wir müssen uns an die Regeln des Gerichts halten und warten, bis wir an der Reihe sind.«
Catherine wollte noch etwas sagen, aber sie wußte, daß Julie recht hatte und daß es nichts nützte. Zum Glück würde sie, wenn sie endlich dran war, sagen können, wie es wirklich gewesen war.
Von den Angeklagten schien sich besonders Vic Jackson über die Strategie seines Anwalts zu freuen. Er lächelte verstohlen. Das Gericht würde erfahren, was für ein mieses Flittchen Catherine unter dem tugendhaften Äußeren war.
»Sehr geehrte Geschworene, ich darf Sie bitten, nicht zu berücksichtigen, was Fräulein Shield gerade gesagt hat.«
Die Geschworenen verstanden natürlich, warum, und manche nickten anerkennend. Dabei sah Catherine doch aufrichtig aus. Aber wie konnte man das wissen? Wie auch immer, man mußte sich an die Anweisungen des Richters halten.
»Herr Broom, hier habe ich eine Kopie des Films, von dem Sie sprechen. Auf dem Photo auf der Hülle sieht man Catherine Shield und eine andere Schauspielerin in einem Whirlpool mit einem Glas Champagner in der Hand. Ist das der Film, von dem Sie sprechen?«
Der Verteidiger trat vor und zeigte dem Regisseur den Film. Dieser erkannte ihn gleich und nickte:
»Ja, das ist er.«
Rechtsanwalt Schmidt gab dem Richter den Film und bat darum, daß er als Beweismittel aufgenommen würde.

Der Richter sah sich das Photo an und erkannte Catherine, deren Brust kaum von ein wenig Badeschaum bedeckt war.
Der Staatsanwalt war auch sofort dazugetreten.
»Euer Ehren«, sagte Schmidt, »ich möchte, daß die Geschworenen sich dieses Video ansehen.«
»Einspruch, Euer Ehren! Dieser Film könnte die Geschworenen ungebührlich beeinflussen. Der Herr Verteidiger hat nur die Erlaubnis bekommen, den Zeugen zu vernehmen, um ein bestimmtes Verhaltensmuster nachzuweisen. Ich halte es nicht für notwendig, daß die Geschworenen dieses Video sehen.«
»Die Geschworenenbank wird das Video nicht sehen«, entschied der Richter.
Schmidt verzog das Gesicht. Er konnte nicht auf allen Fronten gewinnen. Es war schon sehr günstig gewesen, daß der Richter das Erscheinen seines Zeugen gestattet hatte, und dieser hatte sicherlich schon genügend Schaden angerichtet!
»Das Gericht wird die Kassette behalten«, erklärte der Richter. »Aber die Verteidigung darf auf gar keinen Fall dafür sorgen, daß die Geschworenen die Hülle oder ihren Inhalt zu sehen bekommen. Ist das klar?«
»Ja, Euer Ehren.«
Paul ging zurück zu seinem Tisch, während Schmidt wieder zum Zeugenstand ging.
»Herr Broom«, setzte er ruhig fort, »was ist nach den Dreharbeiten geschehen?«
»Ich habe Catherine ihren Scheck gegeben. Einen Scheck über siebenhundertfünfzig Dollar. Und dann habe ich zwei Monate lang nichts mehr von ihr gehört – bis der Film herauskam, heißt das.«
»Haben Sie einen Beweis dafür, daß Sie Fräulein Shield tatsächlich bezahlt haben?«
»Ich habe eine Kopie des Schecks dabei, den ich ihr ausgestellt habe und den meine Bank mir zugeschickt hat, denn ich habe ein Konto, bei dem die eingereichten Schecks mir nach der Buchung zurückgesandt werden.«
»Könnte ich diesen Scheck sehen?«
Der Regisseur zog ihn aus seiner Brieftasche und reichte ihn Schmidt. Dieser ging zum Projektortisch, der beiden Parteien zur Verfügung stand. Er legte den Scheck darauf, der dann in zehnfacher Vergrößerung auf der Leinwand erschien. Man sah den Namen des Empfängers, der in der Tat

Catherine Shield war, den Betrag, siebenhundertfünfzig Dollar, das Datum, die verschnörkelte Unterschrift von Broom und schließlich den Namen seiner Firma: *Ecstasy Films*.

Als er sich vergewissert hatte, daß alle den Scheck gut gesehen hatten, drehte Schmidt ihn um und zeigte die Rückseite, auf der, außer dem Stempel der Bank, Catherines Unterschrift und Kontonummer standen. Danach drehte er ihn wieder um.

Manche der Geschworenen notierten sich etwas, ein Detail, was Schmidt ein gutes Zeichen zu sein schien. Während Catherine am liebsten im Boden versunken wäre und sich nicht mehr traute, irgend jemand anzuschauen – und am allerwenigsten ihre Eltern, die bestimmt zutiefst erschrocken und gedemütigt waren –, kostete der Verteidiger jede Sekunde dieser Vernehmung aus, in der für ihn alles glatt lief.

Er kam wieder auf seinen Zeugen zu, den er allmählich sogar sympathisch fand, obwohl er im Prinzip auf alles allergisch reagierte, was bei einem Mann auf eine gewisse Nachlässigkeit deutete – und Brooms Kleidung war in seinen Augen unverzeihlich schlampig.

»*Ecstasy Films*«, fragte er seinen Zeugen, »ist das der Name Ihrer Firma?«

»Genau.«

»Sagen Sie, warum haben Sie einen so suggestiven Namen gewählt wie *Ecstasy*?«

»Einspruch, Euer Ehren!«

»Einspruch stattgegeben. Herr Schmidt, kommen Sie bitte zu mir.«

Der Richter wandte sich zum Staatsanwalt und gab ihm zu verstehen, daß auch er nähertreten solle.

»Herr Verteidiger«, sagte der Richter sehr leise, aber merklich verärgert, »nichts von dem, was Sie bis jetzt gesagt haben, bestätigt mir, daß ich gut daran getan habe, Sie diesen Zeugen vernehmen zu lassen. Kommen Sie zum Punkt.«

Paul Kubrick nutzte die Gelegenheit, um einzuschreiten.

»Aus diesem Grund, Euer Ehren, bitte ich darum, daß die gesamte Zeugenaussage von Herrn Broom aus dem Protokoll gestrichen wird und die Geschworenen sie bei ihrer Beratung nicht berücksichtigen.«

Der Richter zögerte, dann sagte er:

»Schmidt, wenn der Rest Ihres Verhörs auf dieselbe Art weitergeht wie der Anfang, werde ich mich gezwungen sehen, dem Antrag des Staatsanwalts stattzugeben.«

»Machen Sie sich keine Sorgen, Euer Ehren.«
Schmidt, der wieder zum Zeugenstand trat, war sich bewußt, daß er aufhören mußte, Umwege zu machen, die Catherines Ruf verdarben. In der Zwischenzeit wußte er sehr gut, daß das Bild, das die Geschworenen von Catherine hatten, jetzt schon ziemlich getrübt war – auch wenn der Richter die Geschworenen aufforderte, diese Zeugenaussage nicht zu berücksichtigen, er konnte ihnen schließlich kein Mnemonium verteilen, damit sie es vergaßen!
»Herr Broom, haben Sie hinterher noch etwas von Fräulein Shield gehört?«
»Ja. Kurze Zeit nachdem der Film im März in den Videoklubs herausgekommen war. Sie hat mich im Büro angerufen und behauptet, daß ich mich nicht an den Vertrag gehalten hätte und daß, wenn ich ihr Photo nicht augenblicklich von der Videokassette entfernte und alle Szenen des Films, in denen sie erschien, aus dem Verkehr zöge, sie mich öffentlich beschuldigen würde, sie sexuell belästigt zu haben, daß sie mich vor Gericht schleifen und mich drankriegen würde.«
Kubrick, der über diesen Aspekt der Geschichte nichts wußte, drehte sich zu Catherine um. Sie widersprach diesmal nicht, sondern senkte den Kopf, wie zum Zeichen des stillen Eingeständnisses.
Und dabei hatte er ihr vor dem Prozeß doch noch gesagt, daß sie sowenig Gefühle wie möglich zeigen solle, daß sie einfach geradesitzen und ihren Blick nach vorne richten solle!
Aber diese neue Enthüllung, die ein völlig unerwartetes Licht auf ihre Vergangenheit warf, bedrückte sie bestimmt. Er, Kubrick würde sich in seinem Verhör etwas ganz Besonderes einfallen lassen müssen, um das Bild zu zerstören, das sich die Geschworenen allmählich von ihr machten: das von einer skrupellosen jungen Schauspielerin, die viel trank, nichts gegen Partys hatte, die am frühen Morgen endeten, und von der sie bald noch erfahren würden, wenn sie es nicht schon wußten, daß sie vor kurzem versucht hatte, sich umzubringen.
Was für ein Vorleben!
»Haben Sie eine Kopie des Vertrags, den Sie mit ihr abgeschlossen haben, Herr Broom?«
»Nein, wir machen nicht oft Verträge, auch nicht mit Schauspielern, die bekannter sind als Fräulein Shield. Wir begnügen uns mit mündlichen Vereinbarungen.«
»Aber können Sie beweisen, daß Sie Fräulein Shield nicht hinters Licht

geführt haben, als Sie ihr vorgeschlagen haben, in diesem Pornofilm mitzudrehen, in dem Lesbierinnen gezeigt werden sollten?«

»Also hören Sie mal, der Name meiner Firma, *Ecstasy Films*, steht in Großbuchstaben auf der Eingangstür und hinter dem Schreibtisch an der Rezeption. Im allgemeinen verstehen die Leute, worum es sich da handelt.«

»Herr Broom, haben Sie versucht, Fräulein Shield sexuell zu belästigen, indem Sie die Tatsache ausnutzten, daß sie nackt im Studio herumlief?«

»Niemals. Mein Assistent hat beinahe den ganzen Film gedreht, und Fräulein Shield ist, ehrlich gesagt, eher mager – ich persönlich finde Frauen anziehender, die ein bißchen Fleisch am Leib haben, wenn Sie wissen, was ich meine.«

»Ja«, sagte Schmidt lächelnd, »aber das Gericht braucht diese Details nicht zu kennen.«

Er hielt inne. Es schien so, als ob er sich zwang, seine gute Laune im Zaum zu halten. Dann fuhr er fort:

»Herr Broom, sind Sie in der Vergangenheit schon einmal angeklagt worden, eine Schauspielerin sexuell belästigt zu haben?«

»In Wirklichkeit belästigen sie eher uns, um eine Rolle zu kriegen! Aber da ich verheiratet bin ...«

»Ich verstehe. Hat Catherine Shield Sie mehrfach bedroht?«

»Ja. Mindestens sieben- oder achtmal im Monat. Immer telefonisch.«

»Wie haben Sie darauf reagiert?«

»Ich habe meine Sekretärin gebeten, ihre Anrufe nicht mehr weiterzuleiten.«

»Und was ist dann passiert?«

»Fräulein Shield ist ins Büro gekommen, sie wollte mich sprechen. Sie war wütend. Sie hat sogar einen Blumentopf zerschlagen, aber meine Sekretärin hat sie nicht in mein Büro gelassen.«

»Einspruch, Euer Ehren!«

»Einspruch stattgegeben. Herr Verteidiger, bitten Sie Ihren Zeugen zu berichten, was er selbst erlebt hat und nicht, was seine Sekretärin möglicherweise gesehen hat.«

»Ja, Euer Ehren. Aber ich glaube, daß ich nachgewiesen habe, was ich nachweisen wollte. Also beende ich meine Vernehmung mit einer letzten Frage an meinen Zeugen: Herr Broom, was ist schließlich passiert?«

»Fräulein Shield hat aufgehört, mir zu drohen.«

»Ich danke Ihnen, Herr Broom. Ihre Aussage wird dem Gericht sehr nützlich sein.«
Schmidt zog sich befriedigt lächelnd zurück.
»Möchte die Staatsanwaltschaft den Zeugen vernehmen?« fragte der Richter.
Paul zögerte, wägte das Für und Wider ab: Er war nicht in der Lage, ein gutes Verhör zu führen.
»Nein, Euer Ehren.«
»Herr Broom, Sie sind entlassen.«
Der Regisseur nahm eine letzte Pastille, steckte die Schachtel in seine Tasche und stand auf.
»Ich bitte darum, daß die Verhandlung auf morgen vertagt wird«, fügte der Staatsanwalt hinzu.
Der Richter willigte ein, bestimmte, daß man am nächsten Tag um neun Uhr weitermachen würde, und verließ ohne jede Förmlichkeit den Saal, während die Zuhörerschaft begann, sich zu regen. Kommentare schossen hin und her.
Die Zeugenaussage des Regisseurs hatte niemanden kaltgelassen. Catherine war also doch kein kleiner Engel, wie man am Anfang geglaubt hatte!
Bevor er aufstand, rief Paul, der ebenso angespannt wie verärgert aussah, Catherine, Thomas und Julie zu:
»Sofortige Besprechung in meinem Büro!«

48

Kaum war die Tür geschlossen, rief Paul Kubrick unfreundlich:
»Catherine, würden Sie mir bitte schön verraten, warum Sie mir nichts von dieser Erpressungsgeschichte erzählt haben?«
Der junge Staatsanwalt, normalerweise eher zurückhaltend, war offensichtlich aufgebracht.
»Sie haben mich nicht danach gefragt!« verteidigte sich Catherine. »Ich wußte nicht, daß das wichtig sein könnte!«
»Ist Ihnen klar, in was für eine blöde Lage Sie uns bringen? Wir machen einen idiotischen Eindruck. Und vor allen Dingen werden die Geschworenen anfangen, sich Fragen zu stellen! Sie haben schon einmal versucht,

jemand zu erpressen – natürlich werden sie sich denken, daß Sie es noch einmal versuchen!«

Ohne etwas zu sagen, senkte Catherine die Augen und warf Thomas und Julie von der Seite her einen Blick zu. Die beiden Psychiater, denen die Situation auch unangenehm war, schwiegen. Julie versuchte jedoch, Catherine mit einem Blick, aus dem keinerlei Vorwurf abzulesen war, ihre stille Unterstützung auszudrücken, ihr zu zeigen, daß sie bestürzt war über die Wendung, die das Verfahren, das doch so gut angefangen hatte, genommen hatte.

Schweigend bemühte sich Paul mehr oder weniger erfolgreich, sich wieder zu beruhigen, und fragte dann:

»Haben Sie ihn bedroht oder nicht?«

Catherine schürzte erst nur schuldbewußt die Lippen, dann sprudelte es nur so aus ihr heraus:

»Es war die einzige Möglichkeit, Gerechtigkeit zu bekommen! Er ist ein echtes Schwein! Er hat mich betrogen: Ich sollte einen Werbefilm drehen, und er hat mir Drogen gegeben, ich wußte nicht mehr, was ich tat!«

Sie wirkte aufrichtig und hilflos, beinahe verzweifelt.

Trotz seiner Enttäuschung wollte der Staatsanwalt die junge Frau nicht übermäßig quälen. Das Unglück war sowieso schon geschehen. Es war unnötig, Salz in die Wunde zu streuen. Aus beinahe natürlicher Vorsicht fragte er dann:

»Gibt es noch etwas, was ich nicht weiß, aber wissen sollte?«

»Nein«, sagte Catherine.

Es folgte ein langes, peinliches Schweigen. Obwohl er tadellos vorbereitet war, hatte der Staatsanwalt nicht ahnen können, wie die Zeugenaussage des Regisseurs verlaufen würde. Jetzt, nachdem Catherine ihm gestanden hatte, daß der Zeuge wirklich nicht gelogen hatte, zumindest was diesen Punkt betraf, und daß sie ihn tatsächlich hatte erpressen wollen, wenn auch nicht aus solch niedrigen Gründen, wie der Zeuge es zu verstehen gegeben hatte, war er froh, daß er ihn nicht vernommen hatte.

Während Julie, sowohl um Haltung zu bewahren, als auch um eine neue Spur zu finden, in den Unterlagen blätterte, stand Thomas auf und ging zum Schwarzen Brett, auf dem die Ereignisse des Abends vom 15. Juli verzeichnet waren.

Drei große Vierecke waren aufgezeichnet: Das erste hieß HAVANAS-BAR, das zweite JACKSONS HAUS, und das letzte THOMAS' AUTO/STRAND.

Thomas stellte nochmals dieselbe Überlegung an, die ihre kleine Truppe schon Hunderte von Malen angestellt hatte, jedoch ohne des Rätsels Lösung zu finden.
Wenn es eine gab …
Die Prostituierte, die in der Zwischenzeit umgebracht worden war, hatte Catherine im Havanas getroffen.
Das war bekannt.
Dann hatte sie sie zu Jacksons Villa gefahren.
Thomas wiederholte die Geste – die fast schon zum Ritual geworden war, als ob er hoffte, durch Magie die Wahrheit zu entdecken –, die darin bestand, mit den Fingern den Pfeilen zu folgen, die auf dem Schwarzen Brett die Vierecke miteinander verbanden.
Von der morgendlichen Verhandlung entmutigt, sah Paul ihm nur zu und fragte sich, was er sich denn von dieser so oft wiederholten Tätigkeit noch erhoffte.
Thomas fing an, den Pfeil, der von Jacksons Haus zum letzten Viereck ging, THOMAS' AUTO/STRAND, nachzuzeichnen, hörte aber in der Mitte auf, malte ein riesiges Fragezeichen mittendrauf und zog einen Kreis darum.
»Ich habe das Gefühl, daß hier des Rätsels Lösung liegt«, dachte er laut. »Wie ist Catherine von Jacksons Haus zum Strand vor meinem Haus gekommen – vor allen Dingen in dem Zustand, in dem sie war! Das ist es, was wir herausfinden müssen.«
Paul hörte ihm aufmerksam zu, während Julie mit gefurchter Stirn und einer übertrieben wirkenden Konzentration den Bericht von Doktor Conway von neuem las. Es sah so aus, als ob sie etwas entdeckte, was bisher niemand bemerkt hatte.
Als er Thomas zusah, der sich abmühte, eine Lösung zu finden, kam dem Staatsanwalt plötzlich ein Zweifel.
Ein furchtbarer Zweifel.
Warum verbiß sich der Psychiater so in diese Angelegenheit?
Warum lag ihm soviel daran zu beweisen, daß Catherine von den vier – allem Anschein nach äußerst ehrenwerten – Männern vergewaltigt worden war?
Warum gab er sich soviel Mühe, diesen Prozeß zu einem guten Ende zu führen? Und dabei nahm er es sogar in Kauf, die Freundschaft mit Direktor Jackson zu verspielen, der ihn bestimmt entlassen würde, wenn die Angeklagten einen Freispruch erreichten.

Natürlich war Catherine seine Patientin, und als Psychiater fühlte er sich für sie verantwortlich.
Natürlich war eine Vergewaltigung ein schreckliches Verbrechen, das nicht unbestraft bleiben durfte. Aber seine Erfahrung mit der Gerechtigkeit und vor allen Dingen mit der Verbrecherwelt hatte dem jungen Staatsanwalt eine zutiefst pessimistische Ansicht über die menschliche Natur vermittelt. Er hatte den Eindruck bekommen, daß – abgesehen von ein paar Ausnahmen – die meisten Menschen, auch wenn sie noch so nächstenliebend schienen, in Wirklichkeit egoistische Motive hatten.
Wenn dieses allgemeingültige Gesetz auch für Thomas galt, dann war die wirkliche Ursache für seine Hartnäckigkeit persönlicher Natur.
Und was konnte Thomas' persönliches Motiv sein, wenn nicht, seinen Kopf zu retten, das Gefängnis zu umgehen und den Berufsausschluß als Psychiater zu vermeiden, weil er nämlich der wirkliche Verbrecher war? Und natürlich würde Thomas nie mehr belangt werden, wenn Direktor Jackson und seine drei ehemaligen Klassenkameraden verurteilt wurden. Auf die Ergebnisse der Ermittlung, die Templeton noch immer anstellte, kam es dabei nicht an. Dieser in den Medien breitgetretene Prozeß konnte Thomas sogar einen gewissen Ruhm einbringen: Vielleicht würde einer dieser Verleger von Skandalbüchern, die das Publikum so liebt, ihm ein lukratives Angebot machen.
Thomas hatte also bei diesem Prozeß nichts zu verlieren, im Gegenteil. Und vor allen Dingen – das durfte man nicht außer acht lassen – wollte er seine Haut retten. Und Paul hatte gelernt – das gehörte zum Grundwissen eines Juristen –, daß Menschen vor nichts zurückschreckten, um ihre Haut zu retten: weder vor der Lüge noch davor, Theater zu spielen!
In diesem Augenblick klingelte das Telefon. Es war Templeton.
Paul erfaßte eine Art Schauer, als er die rauhe Stimme des Kommissars erkannte.
»Kubrick? Hier Templeton. Rufen Sie einen nie zurück?«
»Ich war sehr damit beschäftigt, die letzten Vorbereitungen für den Prozeß zu treffen.«
»Ein Rückruf hätte Ihnen erspart, sich lächerlich zu machen! Sie verfolgen die Falschen, mein Lieber! Stellen Sie sich vor, ich habe meine Ermittlungen gestern abgeschlossen. Und wissen Sie, wer der Schuldige ist?«
Als Paul schwieg, fuhr sein Gesprächspartner fort:
»Es ist Gibson! Und das kann ich beweisen! Die Handschuhe und die weißen Rosen, die im Auto gefunden wurden, sind mit seinem Blut be-

fleckt, aber das ist noch lange nicht alles! Hören Sie mir gut zu: Julie Cooper, sein Alibi, kann die Nacht vom 15. auf den 16. nicht bei ihm verbracht haben, aus dem einfachen Grund, weil sie am Abend des 15. zu Hause war. Ihre Mutter – ihre eigene Mutter – hat sie abends um zehn Uhr zu Hause angerufen! Reicht Ihnen das? Ich weiß nicht, wie er das angestellt hat, aber er hat es irgendwie geschafft, daß sie eine Falschaussage macht.«

Das schockierte Paul zutiefst. Da Julie Thomas' Alibi war, hatte er immer angenommen, daß sie etwas miteinander hatten, aber sie waren in dieser Hinsicht vorbildlich diskret gewesen. (Er wußte zum Beispiel nicht, daß Thomas derzeit bei seiner Kollegin übernachtete, eine Situation, die sie beide aus Gründen, die klar auf der Hand lagen, nicht an die große Glocke hängen wollten.) Er konnte also auch nicht ahnen, in was für einer verfahrenen Lage ihre beginnende Beziehung sich seit einigen Wochen befand.

»Armer Kubrick, Sie haben sich reinlegen lassen! Wenn ich Sie wäre, würde ich beantragen, daß dieser lächerliche Prozeß auf der Stelle gestoppt wird! Was Sie wollen, ist doch, den Schuldigen zu finden und ihn zu bestrafen, stimmt's? Das ist doch Ihr Beruf?«

»Hören Sie, Kommissar, ich kenne meinen Beruf und ...«

»Also habe ich Ihren Schuldigen! Hören Sie auf, Ihre Zeit damit zu vergeuden, diese vier Typen zu belästigen!«

Templeton hielt kurz inne und fuhr fort dann in einem weniger aggressiven Tonfall fort:

»Ich kann ja verstehen, daß Sie sich in einer schwierigen Situation befinden. Wenn Sie wollen, können wir gemeinsam eine Pressekonferenz abhalten, damit Sie das Gesicht wahren. Ich würde dann sagen, daß wir zusammengearbeitet haben und gemeinsam den wahren Schuldigen ermittelt haben, und Sie würden ihn dann strafrechtlich verfolgen.«

Und der Kommissar fügte mit einem dämonischen Unterton, der Paul ziemlich verwirrte, hinzu:

»Wenn das ein Problem für Sie ist, brauche ich die Psychiaterin nicht einmal! Sie werden wir nicht verfolgen! Wir werden ihr einfach nur zu verstehen geben, daß ihr Alibi nicht stimmt und daß es besser für sie wäre, wenn sie nicht vor Gericht aussagt, um nicht des Meineids angeklagt zu werden. Und Gibson würde ich dann in die Pfanne hauen! In die Pfanne mit ihm!« Der Kommissar lachte über seinen schlechten Witz. »Ohne sie kommt er nicht weit. Alles spricht gegen ihn! Wir haben massenweise Indizien.«

Schadenfroh faßte er die Lage zusammen, in der sich Thomas befand. »Catherine wurde in *seinem* Auto wiedergefunden, sie trug *seine* Handschuhe, die mit *seinem* Blut befleckt waren. Sie hat einen Rosenstrauß bekommen, auf dem Spuren von *seinem* Blut sind. Und ich weiß nicht, ob Sie meinen Bericht gelesen haben, aber am Morgen, an dem Catherine gefunden wurde, hatte Gibson Verletzungen an den Händen: Verletzungen, die von Rosendornen her stammen, natürlich! In seinem Wohnzimmer haben wir eine Packung Mnemonium gefunden, aus der *drei* Tabletten herausgenommen wurden. Ich habe das bei dem Pharmareferenten nachgeprüft, er hat den Ärzten während der Präsentation Proben mit zwanzig Tabletten gegeben. Und in der Packung in Gibsons Wohnzimmer – auf der übrigens seine Fingerabrücke waren – waren nur noch siebzehn drin. Er hat bestimmt selbst eine genommen und dem Mädchen zwei gegeben, zur Sicherheit. Danach hat er es fertiggebracht, daß sie sonst was für Geschichten erzählt. Wissen Sie, diese Psychiater sind Meister im Manipulieren! Das kann man jeden Tag in den Zeitungen nachlesen – überall vergewaltigte Patientinnen, jahraus jahrein, und so weiter. Ich nehme an, daß Sie das alles nicht wußten, armer Paul ...«

Es war das erstemal, daß er ihn mit Vornamen anredete, als ob er sicher war, gewonnen zu haben. Er redete weiter:

»Jetzt wissen wir, was wir wissen müssen. Ist Ihnen das klar? Er hat sie in der Klinik abgeholt, hat ihr Drogen gegeben und hat den Fehler begangen, selbst auch eine Tablette zu nehmen. Vielleicht, um sie zu beruhigen, um ihr zu beweisen, daß es ungefährlich ist – aber vielleicht spielt er uns auch nur etwas vor, er ist sehr schlau, wissen Sie?«

Am anderen Ende der Leitung schnaufte Templeton laut, als ob er nach einer langen, sehr langen Verfolgungsjagd endlich am Ziel angekommen war.

»Danach hat er sie vergewaltigt, und weil er Drogen genommen hatte, hat er einen Fehler gemacht: Er hat sie in seinem Auto am Strand zurückgelassen, wohin er sie vielleicht gebracht hatte, um ihr eine romantische Szene vorzuspielen. Und jetzt dreht er den Spieß um und behauptet – und das ist wirklich die Höhe! –, daß es sich nur um eine Verschwörung handeln kann, da alles gegen ihn spricht! Nicht dumm, oder?«

»Aber das Motiv?« fragte Paul leise.

»Das Motiv? Sie fragen mich nach dem Motiv! Aber das Motiv liegt doch auf der Hand! Es ist doch völlig einfach, völlig logisch! Catherine ist ein tolles Mädchen – sogar einem heiliggesprochenen Mönch würde sie den

Kopf verdrehen! Außerdem sieht sie haargenau so aus wie seine Frau – die im übrigen letztes Jahr unter mysteriösen Umständen ums Leben gekommen ist. Ganz seine Frau, aber jünger – stellen Sie sich doch nur vor, was sie für einen Eindruck auf ihn gemacht haben muß!«
Templeton sprach nun in einem verschwörerischen Tonfall:
»Es gibt eine Kleinigkeit, die man bei dieser ganzen Geschichte wissen muß: Das ist, daß Thomas immer noch völlig auf seine Frau fixiert ist. Wenn Sie mir nicht glauben, brauchen Sie ihn nur einmal zu Hause zu besuchen. Überall hängen Photos von ihr: Es ist ein echtes Museum, ein Tempel, der ihrem Andenken gewidmet ist – ganz zu schweigen von den Zeitschriften mit den Photos von Claudia Schiffer! Als dieses arme Mädchen ihm in die Finger gekommen ist, hat er bestimmt geglaubt, daß er seine Frau wieder hat – in besser!«
Der Kommissar holte tief Luft und sprach dann in einem distanzierteren Tonfall weiter:
»Daher glaube ich, daß das Motiv ausreicht – das glaube ich nicht, das weiß ich«, verbesserte er sich. »In jedem Fall wird er sich schwertun, den Geschworenen zu erzählen, was er am Abend des 15. getan hat, nachdem sein Alibi unhaltbar ist, und wie es kommt, daß sein Blut auf den Handschuhen ist, die Catherine trug, als man sie in seinem Auto gefunden hat. Die Beweise sind ausreichend. Das weiß ich, wie ich Ihnen schon sagte. Und ich weiß, daß Sie es wissen! Mehr als einer ist schon für weniger auf den elektrischen Stuhl geschickt worden!«
Paul war von der Erörterung des Kommissars zutiefst erschüttert und sagte nichts.
»Und, wie ist es, Paul, wann geben wir diese Pressekonferenz?«
»Das ... Das kann ich Ihnen im Moment nicht sagen.«
»Gibson ist bei Ihnen, oder?«
»So ist es.«
»Ich erwarte Ihren Rückruf. Aber lassen Sie sich nicht zuviel Zeit, sonst werde ich allein weitermachen.«
Verwirrt legte Paul auf. Es war das erstemal in seinem Leben, daß er sich in einer so schwierigen Situation befand. Er blickte zu Thomas hinüber, der immer noch das Schwarze Brett anstarrte. Hatte der Kommissar ihm denn nicht gerade glasklar Thomas' Schuld nachgewiesen?
Erklärte das nicht, warum er sich so verzweifelt darum bemühte, daß die Angeklagten verurteilt wurden?
Dann beobachtete er Julie, die sich immer noch den Bericht von Doktor

Conway ansah. Er hatte sie auf den ersten Blick anziehend gefunden, aber da sie Thomas' Alibi war, hatte er dieses Gefühl gleich in die Abteilung unmögliche Beziehungen eingeordnet. Aber wenn sie am Abend des 15. Juli zu Hause war und nicht bei ihm, dann gab es in der Tat keinen Grund anzunehmen, daß die beiden eine Beziehung hatten. Vielleicht hatte sie aus Solidarität gehandelt, oder es gab irgendeine Absprache zwischen den beiden. Also standen im Prinzip alle Türen für ihn offen. Gleichzeitig mußte er sich eingestehen, daß allein der Gedanke daran, daß Thomas und sie Komplizen sein könnten, seine Leidenschaft merklich abkühlen ließ.

Daß Julie akzeptiert hatte, eine Falschaussage zu machen, sich und ihre Zukunft für ihn aufs Spiel zu setzen, fand er doch wirklich zu enttäuschend! Sie wirkte so integer! Und hatte sie nicht überhaupt genau aus dem Grund eine Falschaussage gemacht, weil sie wußte, daß Thomas sich ohne sie niemals aus der Affäre würde ziehen können?

Weil sie wußte, daß er schuldig war?

Und er, Paul, hatte sich hinters Licht führen lassen.

Von Anfang an.

Wie ein Anfänger.

Das nahm er sich sehr übel.

Dabei hatte er doch von Anfang an gewußt, daß zuerst Thomas verdächtigt worden war, Catherine vergewaltigt zu haben. Er sagte sich, daß er sich mehr Zeit hätte lassen sollen, ehe er seine Entscheidung traf, die vier gegenwärtig Angeklagten zu verfolgen. Männer, die über jeden Zweifel erhaben waren! Natürlich war da die Zeugenaussage der Prostituierten gewesen, aber wer weiß, vielleicht hatte sie ja im Grunde nur wegen des Geldes ausgesagt – Thomas selbst hatte ihm von den zwanzigtausend Dollar erzählt ... Für manche Menschen war das mehr als genug, um einen Meineid zu leisten! Aber wenn das so war, würde es dann auch bedeuten, daß Thomas sie selbst aus dem Weg geräumt hatte?

In was für einer Scheiße er jetzt steckte!

Templeton hingegen bot ihm einen ehrenhaften Ausweg an, und der Pakt, den er ihm vorschlug, bot ihm gleich drei Vorteile: Erstens konnte er vor der Öffentlichkeit und seinen Vorgesetzten das Gesicht wahren. Zweitens würde der wahre Schuldige verurteilt werden, was ja genau seine Aufgabe war. Und drittens (aber diesen dritten Vorteil gestand er sich nur in einem sehr entlegenen Winkel seines Hinterkopfs ein), drittens würde er einen Rivalen ausschalten und seine Chancen bei Julie erhöhen, der er nicht

gleichgültig war, wenn er manche verstohlenen Blicke, die sie ihm zuwarf, richtig interpretierte.
Je mehr er darüber nachdachte, desto verachtenswerter erschien ihm der letztgenannte Vorteil. Er war sogar enttäuscht, ihn je gehabt zu haben. Julie Cooper machte offenbar ganz entschieden mehr Eindruck auf ihn, als er gedacht hatte! Vielleicht war er wirklich in sie verliebt – er, der er am Anfang nur an ein flüchtiges Liebesabenteuer ohne Folgen gedacht hatte!
Nein, er würde ernsthaftere Motive brauchen, um auf den Vorschlag von Templeton einzugehen!
Er würde davon überzeugt sein müssen, daß Thomas wirklich schuldig war.
Als der Überraschungseffekt und die Verwirrung einmal verflogen waren, die die Enthüllungen des Kommissars bei ihm hervorgerufen hatten, machte er sich auch klar, daß die Ausführungen des Kommissars, obwohl sie verblüffend waren, ihn nicht hundertprozentig überzeugt hatten. Etwas sagte ihm, daß Thomas nicht unbedingt der Schuldige war. Im Grunde hatte er immer noch Lust, im Zweifel auf Thomas' Seite zu stehen. Schließlich sagte Templeton es selbst: Die Beweise, um die es ging, waren nichts als Indizien. Aber war er nicht wieder dabei, sich von Thomas mit seiner Ausstrahlung reinlegen zu lassen?
Weil er weiß Gott nicht wie ein Vergewaltiger aussah!
Dabei hatte seine Erfahrung ihn doch gelehrt, daß viele Vergewaltiger – und gerade die brutalsten – wie ganz gewöhnliche Männer aussahen.
Es war der Typ des netten Nachbarn, den man bittet, die Blumen zu gießen.
Es war der unschuldige Junge, der Pizzas ausfährt und den man bittet, im Eingang zu warten, während man sein Geld aus dem Schlafzimmer holt.
Es war der extrem korrekt gekleidete Fremde, der einen eines Abends höflich fragt, wo die und die Kirche sich befindet.
Es war der Chef mit der väterlichen Miene, der einem gerade eine unvorhergesehene Gehaltserhöhung angeboten hat und nun dafür ›bezahlt‹ werden will.
Mit einem Wort: irgend jemand!
Und vielleicht wirklich alle Männer.
Also hatte Thomas vielleicht, obwohl er sympathisch aussah, obwohl er Arzt war, wie viele andere Männer vor ihm einen Moment erlebt, in dem

er die Kontrolle verlor und der ihn dazu getrieben hatte, ein Verbrechen zu begehen.
Als ob er den Blick des Staatsanwalts gefühlt hätte, drehte Thomas sich um. Einen Augenblick lang meinte er, in dessen Augen etwas wie eine Anklage aufleuchten zu sehen. Oder wie Zweifel. Aber Paul versenkte sich wieder in seine Akte, und Thomas sagte sich, daß er sich getäuscht haben mußte. Dabei hatte ihn der Staatsanwalt noch nie so angesehen. War der Psychiater aus Erschöpfung dabei, paranoid zu werden oder zumindest äußerst mißtrauisch?
Wie dem auch sei, sie hatten keine Zeit zu verlieren. Jede Sekunde zählte! Er wollte Catherine weitere Fragen stellen. Sie saß mit gesenktem Kopf da und hing schon eine Weile ihren Gedanken nach: Sie würde ihren Prozeß verlieren, das fühlte sie! Sie nahm es sich jetzt beinahe übel, nicht davon abgesehen zu haben.
Jetzt würde sie, zusätzlich zur Demütigung, vor aller Welt die Geschichte ihrer Vergewaltigung erzählen zu müssen, auch noch die mindestens genauso große Demütigung durchstehen müssen, daß niemand ihr glaubte und sie ihren Prozeß verlor! Dennoch wußte sie, daß sie es waren, auch wenn alle anderen bezweifelten, daß sie sich unter dem Einfluß von Alkohol und Mnemonium daran erinnern konnte, wer die Täter waren! Es kam ihr jedesmal wieder zu Bewußtsein, wenn sie sie auf der Anklagebank sitzen sah. Sie stellte es auch jedesmal fest, wenn sie einen Blick bemerkte, den einer von ihnen ihr während einer Zeugenaussage oder eines Plädoyers verstohlen zuwarf. Sie spürte das Unbehagen der Angeklagten.
»Catherine«, sagte Thomas, »strengen Sie sich an! Sie müssen versuchen, sich zu erinnern. Wie sind Sie an den Strand gekommen?«
Paul wurde durch diese Frage erneut verunsichert. Wenn es Thomas war, der Catherine vergewaltigt hatte, dann spielte er sein Spiel meisterhaft.
»Ich weiß es nicht«, sagte Catherine kopfschüttelnd. »Ich weiß es nicht.«
Sie wirkte verzweifelt. Sie wollte ihm ja helfen, aber ihr Gedächtnis, das ihr doch auch geholfen hatte, sich daran zu erinnern, was bei Jackson passiert war, ließ sie im Stich.
Nichts als ein Loch.
Vielleicht hatte sie nur das traumatische Erlebnis gespeichert, und der Rest blieb im dunkeln – genau das Gegenteil von dem, was Mnemonium bewirken sollte! Wie konnte sie das wissen?
Das Telefon klingelte nochmals. Der Staatsanwalt dachte, daß es Temple-

ton sei, der ihn nochmals anrief, um seine Antwort zu hören. Er nahm ab. Aber es war einer seiner Assistenten: In einem anderen Fall hatte sich ein neues Problem ergeben.
Als das Gespräch beendet war, zog Paul es einen Augenblick in Erwägung, Thomas die Behauptungen Templetons zu erzählen, doch er zögerte und entschied sich schließlich, noch zu warten. Außerdem mußte er gehen.
»Ich gehe jetzt, ich muß dringend weg«, erklärte er.
Er wandte sich zu Catherine:
»Catherine, denken Sie daran: Morgen früh halb neun am Justizpalast. Ich will Zeit haben, Ihre Aussage zu proben. Versuchen Sie, früh schlafen zu gehen und sich gut auszuruhen.«
Er sah Thomas an. Hatte er es mit einem aufrichtigen Psychiater zu tun, wie er es zu Anfang geglaubt hatte, oder versuchte dieser, die Folgen eines abscheulichen Verbrechens auf jemand anders abzuschieben? Sein Verstand und sein Feingefühl schienen sich in dieser Frage nicht gut zu verstehen, und er beschloß, wie er es in solchen Fällen immer tat, die Sache den Rest des Tages reifen zu lassen und eine Nacht darüber zu schlafen, bevor er entschied, wie er sich verhalten würde.
Dann warf er Julie einen Blick zu und begegnete ihren großen blauen Augen. Der Anflug eines Lächelns überflog ihr Gesicht.
»Ich glaube, daß ich etwas gefunden habe«, sagte sie geheimnisvoll.
Er beschloß, daß er keine Zeit hatte für Rätselraten.
»Darüber reden wir morgen … oder Sie können mich, wenn Sie wollen, später im Büro anrufen«, fügte er mit einem eher neutral freundlichen als verführerischen Augenzwinkern hinzu.
Als er ihren enttäuschten Gesichtsausdruck sah, fühlte er sich genötigt, sich zu entschuldigen:
»Ich muß wirklich sofort gehen.«
Er ging aus dem Büro.
Julie war aufgestanden und näherte sich Thomas, den Bericht der Gerichtsmedizinerin in der Hand.
»Ich glaube, daß ich wirklich etwas gefunden habe.«
»Ich auch. Du zuerst.«
»Schau«, sagte sie. »Ich weiß nicht, wie es möglich ist, daß uns das vorher entgangen ist, aber dem medizinischen Bericht fehlt eine Seite, die Seite sieben.«
Thomas prüfte das nach. Sein Kollegin hatte recht.

»Die Sekretärin hat vielleicht einen Tippfehler gemacht. Sie wird eine Seite übersprungen haben.«
»Nein, schau mal am Ende: Da steht neun von neun. Also hatte der Bericht ursprünglich neun Seiten. Und es sieht so aus, als ob jemand im nachhinein die Seite sieben entfernt hat, ohne sich die Mühe zu machen, die Paginierung zu ändern. Oder er hatte keine Zeit, den Bericht neu auszudrucken.«
»Aber vielleicht ist es wirklich nur ein Fehler des Sekretariats.«
»Mit einer Schreibmaschine wäre das möglich gewesen, aber wenn man am Computer arbeitet, ändern sich die Seitenzahlen automatisch, wenn man eine Seite hinzufügt oder löscht.«
Thomas bewunderte ihre Logik.
»Wie auch immer«, fügte Julie hinzu, »sieh dir das Ende von Seite sechs und den Anfang von Seite acht an.«
Er tat es und nickte.
»Tatsächlich«, sagte er, »das paßt ja überhaupt nicht zusammen.«
»Ich glaube, daß wir zu Doktor Conway gehen und ihr ein paar Fragen stellen sollten.«
»Eine ausgezeichnete Idee!«
Sie wollten gerade Catherine der Fürsorge des Polizisten überlassen, der rund um die Uhr für ihre Sicherheit sorgte, und zum *General Hospital* aufbrechen, als das junge Mädchen aufstand und Julie – die sie seit geraumer Zeit als ihre Vertraute ansah – bat:
»Darf ich Sie um einen Gefallen bitten? Einen großen, großen Gefallen?«

49

Etwa hundert Meter von dem umzäunten Eingang eines prächtigen Anwesens in Hampton saßen zwei Frauen in den Schalensitzen eines kleinen roten MG und warteten.
Zwei Frauen mit Sonnenbrille und den gleichen großen schwarzen Hüten. Es waren Catherine und Julie, die als Amateurdetektivinnen in dieser improvisierten Verkleidung, die sie einem Blitzbesuch bei Bloomingdale zu verdanken hatten, das Haus von Robert Elliot bespitzelten.
Das war der etwas lächerliche Gefallen – das Herz hat seinen eigenen Willen –, den Julie nach langem Bitten Catherine erfüllte. Denn die

Psychiaterin war sich gar nicht sicher, ob die Tatsache, mitten in einem schwierigen, demütigenden Gerichtsprozeß ihren Exverlobten zu sehen, für Catherine die beste Therapie war.
Im Gegenteil.
Lief Catherine nicht einfach Gefahr, Salz in die Wunde zu streuen und sich lächerlich zu machen, wenn Robert bemerkte, daß die, die er fallengelassen hatte, wie eine Klette an ihm hing?
Dabei war doch bei ihm wirklich nichts mehr zu holen ...
Aber die Liebe – und vor allem die verletzte Liebe – war eine Droge, und diese Pilgerfahrt zu den Orten der Vergangenheit war eine obligatorische Etappe während des Entzugs. Das hatte Julie verstanden.
Gewiß, sie war Psychiaterin, aber sie war auch eine Frau, und trotz ihrer scheinbaren Leichtfertigkeit in Liebesangelegenheiten hatte auch sie gelitten. Auch sie hatte lächerliches, aber unwiderstehliches Verlangen gekannt. Den Drang – und sei es auch nur für eine Sekunde –, den Mann wiederzusehen, der einen fallengelassen hatte. Oder seine Stimme am Telefon »Hallo« sagen zu hören, in dem Moment, in dem man schon wieder auflegt.
Also hatte sie Verständnis.
Da war noch ein Hindernis gewesen: Der Polizist, der Catherine wie ein übermäßig treuer Hund folgte und der abgeschüttelt werden mußte. Das hatten sie mit einer Leichtigkeit getan, die der New Yorker Polizei nicht zur Ehre gereichte: Julie hatte bloß den betreffenden Polizisten aufs Frauenklo schicken müssen, indem sie behauptete, daß ein Verrückter die armen Benutzerinnen belästigte.
Aber jetzt, da sie vor Ort waren, war sich Julie nicht mehr sicher, daß dieser Ausflug eine gute Idee gewesen war. Schon bereute sie, darauf eingegangen zu sein. Denn als sie sah, wie Catherine das kleine Schloß, in dem Robert lebte, beobachtete, fand sie, daß sie überhaupt nicht mehr glücklich aussah – im Gegenteil, sie schien zu leiden.
»Ich habe alles kaputtgemacht!« sagte Catherine.
»Wie können Sie so etwas sagen?« widersprach Julie. »Sie sind jung, Sie sind noch nicht einmal zwanzig Jahre alt! Ihr ganzes Leben liegt vor Ihnen. Bald kommen Sie aus der Klinik heraus. Dann werden Sie wieder als Schauspielerin arbeiten.«
»Schauspielerin ...«, sagte Catherine spöttisch. »Ich bin eine Versagerin. Meine Schauspielerei ist völlig erfolglos!«
»Aber Sie fangen doch erst an, Catherine! Anfänge sind immer schwierig.

Die meisten großen Schauspielerinnen hatten es nicht leicht. Das Geheimnis ist Geduld, jede Etappe genießen. Denn jede bringt uns etwas, von jeder lernen wir etwas.«

»Sie haben leicht reden, jetzt, wo Sie es geschafft haben, wo Sie eine anerkannte Psychiaterin sind! Aber ich, wenn ich es nie schaffe, wenn ich nie als Schauspielerin Anerkennung bekomme?«

Julie lächelte traurig. Sie fühlte das Bedürfnis, sich Catherine wie einer Freundin anzuvertrauen. Wie einer Schwester.

»Auch ich«, sagte sie schließlich, »habe so gedacht wie Sie, als ich jung war. Für mich war es nicht leicht, Studentin zu sein. Ein Medizinstudium ist lang und schwierig. Und ich hatte keinen Pfennig. Meine Eltern lebten nicht in so einem Haus wie diesem«, sagte sie und wies mit dem Kinn auf die Luxusvilla der Elliots. »Meine Mutter war Putzfrau in Hampton, und mein Vater war Busfahrer. Also mußte ich neben dem Studium arbeiten. Als Bedienung. Das hat mich so angekotzt! Ich hatte genug von den schlechten Machowitzen der Kunden. Beides zusammengerechnet, Arbeit und Studium, habe ich etwa hundert Stunden in der Woche gearbeitet. Und ich sagte mir, daß ich glücklich sein würde, wenn ich erst einmal Ärztin, dann Psychiaterin wäre ...«

»Und, waren Sie glücklich?«

»Ja, sechs Monate lang. Als ich angefangen habe, in der Klinik zu arbeiten, als ich mein erstes Büro hatte, da war ich glücklich. Als ich mein erstes Gehalt bekommen habe auch. Ich war so stolz! Es war zwanzigmal mehr als das, wofür ich mich als Bedienung abrackern mußte. Und niemand von meiner Familie glaubte daran, daß ich es schaffen würde, also war ich stolz darauf, mein Studium abgeschlossen zu haben. Meine Eltern waren lieb, das ist wahr, und jetzt, nachdem ich Psychiaterin geworden bin, sind sie stolz auf mich. Aber als ich angefangen habe, wollten sie nicht, daß ich die Welt durch die rosa Brille sah, wie sie sich ausdrückten. Sie hätten sich gewünscht, daß ich Sekretärin werde, so früh wie möglich heirate und fünf Kinder kriege. Ich nehme es ihnen nicht übel, sie haben nichts anderes gekannt, und meine drei Schwestern haben auch genau das gemacht.«

Catherine war platt. Also hatte Julie so ähnliche Probleme gehabt wie sie jetzt! Eine schwierige Ausgangssituation, Eltern, die nicht an sie glaubten und denen jedes Mittel recht war, um sie zu entmutigen.

»Aber im Grunde«, fuhr Julie fort, »ändern sich die Dinge niemals wirklich. Als ich erst einmal Psychiaterin war, hatte ich andere Probleme.

Probleme mit Kollegen, mit der Krankenhausleitung, mit den Patienten – die nicht alle gesund werden, trotz unserer Bemühungen –, durch die man sich immer wieder in Frage stellt.«

Sie hielt einen Augenblick inne und sagte dann:

»Glauben Sie wirklich, daß Sie glücklicher sein werden, wenn Sie eine bekannte Schauspielerin sind, die Millionen pro Film verdient?«

»Oh! Ja«, sagte Catherine stürmisch, »das weiß ich sicher!«

Julie zögerte, bevor sie ihr noch etwas anvertraute:

»Wissen Sie, wie man in Hollywood einen Schauspieler definiert?«

»Nein.«

»Es ist jemand, der sich zehn oder zwanzig Jahre lang abmüht, damit die Leute ihn auf der Straße erkennen, und der, wenn er erst einmal berühmt ist, eine Sonnenbrille aufsetzt, damit man ihn nicht erkennt!«

Catherine, die diesen in Tinseltown berühmten Ausspruch noch nie gehört hatte, lachte laut los.

»Seit ich angefangen habe«, fuhr Julie fort, »habe ich vier oder fünf Schauspielerinnen behandelt, die ich wegen der Schweigepflicht nicht nennen darf und von denen einige sehr berühmt waren. Nun, ich kann Ihnen nicht sagen, ob sie schon neurotisch waren, als sie Schauspielerinnen wurden, aber ich kann Ihnen sagen, daß sie es ganz bestimmt waren, als ich angefangen habe, sie zu behandeln! Natürlich hatten sie Erfolg, Geld, Ruhm, aber sie hatten auch alles, was damit einhergeht: ein chaotisches Leben, keine Zeit mehr für sich, Trennungen, Freunde, die keine sind, kein Privatleben mehr wegen der Journalisten und, zu allem Überfluß, die ständige Sorge, all das wieder zu verlieren. Das ist die Ironie des Schicksals, sehen Sie. Als sie angefangen haben, hatten sie genauso wie Sie Angst, nicht berühmt zu werden, und jetzt haben sie Angst, es nicht mehr zu sein. Sie haben also im Grunde genommen immer Angst.«

»Was wollen Sie damit sagen? Daß es nie aufhört? Wozu lebt man denn dann?«

»Vielleicht, um festzustellen, unter anderem, daß es Fallen gibt, in die man besser nicht gerät.«

»Was für welche?«

»Zum Beispiel die Falle, in die einer meiner Patienten geraten ist. Er hatte zwanzig Jahre seines Lebens ungeheure Opfer gebracht, um reich zu werden und den Frauen zu gefallen, weil er sich nicht attraktiv genug fand. Und als er einmal reich war, ist er zu mir gekommen, weil er den

Eindruck hatte, daß die Frauen in seinem Leben ihn nur wegen seines Geldes liebten.«
Catherine lachte nochmals schallend los, doch ihre gute Laune verflog schnell wieder.
»Dadurch, daß ich Menschen behandele«, fuhr Julie fort, »habe ich festgestellt, daß jeder einzelne wie ein spannender Roman aufgebaut ist. Die Spannung ist die Wahrheit, die jeder für sich entdecken muß, nämlich wie er glücklich wird. Bloß gibt es bei jedem guten spannenden Roman immer eine Lösung. Im echten Leben gibt es hingegen für die meisten Menschen keine. Aber was es immer gibt, ist ein Ablauf.«
»Wie entmutigend ...«
»Aber nein, im Gegenteil, es ist phantastisch! Da wird einem klar, daß man in der Gegenwart leben muß, losgelöst sein, sich keine überflüssigen Sorgen um die Zukunft machen. Man darf nicht darauf warten, glücklich zu werden, sondern muß jeden einzelnen Tag versuchen, mit sich selbst im Einklang zu sein ...«
Sie hielt einen Moment inne und starrte in die Ferne auf die Straße vor ihr, bevor sie fortfuhr.
»Man sollte alles genießen, was man tut, jedes einzelne kleine Ding des Lebens, jede Begegnung, jede Situation auskosten, selbst die, die einem am Anfang schwierig, ärgerlich, nervend erscheint. Wenn man das tut, ist das Leben wunderschön.«
»Als ich mit Robert zusammen war, fand ich das Leben auch wunderschön«, sagte Catherine trotzig, »aber seit ich ihn verloren habe ...«
Auf einmal zuckte sie zusammen und fing an zu zittern, als ob sie einen elektrischen Schlag bekommen hätte. Vier Reiter kamen vor dem Anwesen an, blieben stehen und stiegen ab.
Da waren Roberts scheußliche Zwillingsschwestern.
Da war Robert, den sie in seiner eleganten britischen Reitkleidung himmlisch fand.
Und vor allen Dingen gehörte zu der Gruppe eine Frau, die sie noch nie gesehen hatte, doch deren Rolle ihr bald klar wurde, als sie Catherines Exfreund lange auf den Mund küßte.
Catherine fing an, vor Schmerz nach Atem zu ringen.
Robert hatte sie also schon ersetzt!
Durch eine Frau, die nicht nur sehr gut aussah, sondern obendrein phantastisch reiten gelernt hatte, was wahrscheinlich bedeutete, daß sie – im Gegensatz zu ihr – aus derselben sozialen Schicht kam wie Robert.

Julie brauchte nicht lange, um zu merken, was vor sich ging. Sie begriff, daß es ein Fehler gewesen war, Catherine dieser Erfahrung auszusetzen. Ohne Fragen zu stellen, ließ sie den Motor an.
»Fahren wir«, sagte sie.
»Nein«, bat Catherine. »Warten Sie!«
Das sagte sie in einem so dringlichen Ton, daß Julie sich ihr nicht widersetzen wollte. Zum Glück verschwanden die vier Reiter in dem kleinen Schloß, nachdem Emil, der gute alte Bedienstete, gekommen war, um sich um die Pferde zu kümmern – bestimmt hatte der Stallknecht seinen freien Tag.
Tränen kullerten über Catherines Wangen, und sie sagte:
»Nie werde ich ohne ihn leben können. Das weiß ich.«
»Ich habe viele Patienten, die enorm schmerzliche Erfahrungen mit der Liebe gemacht haben«, antwortete ihr Julie. »Aber sie haben mir anvertraut, daß diese Erfahrung sie mit der Zeit verändert hat, daß sie dadurch gewachsen sind. Das werden Sie merkwürdig finden, aber manche haben mir sogar gesagt, daß sie diese Erfahrung nicht missen möchten!«
Dieses Argument überzeugte Catherine allem Anschein nach nicht, denn sie weinte noch mehr. Julie, die keine Worte mehr finden konnte, nahm Catherines Hand und drückte sie zärtlich. Catherine schaute sie an und lächelte ein wenig durch den Tränenschleier hindurch.
»Ich hatte auch eine große Liebe«, fuhr Julie fort, »als ich fünfundzwanzig war. Er sah toll aus, und wir wollten heiraten. Alle meine Freundinnen beneideten mich. Und dann wollte ich ihm eines Tages eine Überraschung bereiten und ihm zu seinem Geburtstag Blumen ins Büro bringen, und da habe ich ihn auf der Couch liegen sehen, in den Armen seiner Sekretärin. Ein Jahr lang habe ich darüber geweint! Ich hätte nie geglaubt, daß ich das je vergessen könnte. Ich habe sogar eine Zeitlang daran gedacht ...«
Catherine wußte sofort, worauf sie anspielte.
»Aber in der Zwischenzeit habe ich an mir gearbeitet, habe meine Persönlichkeit entwickelt, meinen Sinn für Humor ... Ich habe angefangen, Spanisch zu lernen. Sie können sich nicht vorstellen, wie lästig Spanischkurse am Samstagabend sein können, wenn all Ihre Freundinnen tanzen gehen. Aber ich hatte überhaupt keine Lust auszugehen ... Und wissen Sie was? Jetzt *yo hablo español,* und ich bin wirklich froh, daß mir das zugestoßen ist! Ja, im Grunde genommen finde ich, daß es so am besten war, ich bereue nichts.«

Als Catherine sie überrascht ansah, sagte die Psychiaterin noch:
»Allerdings muß ich gestehen, daß ich meine große Liebe vor genau drei Monaten wiedergesehen habe. Er ist völlig kahl geworden und hat mindestens fünfzig Pfund zugenommen!«
Und sie fügte nachdenklich hinzu:
»Außerdem hatte er einen ganz kurzen Schwanz ...«
Catherine prustete los und sagte, als sie wieder sprechen konnte, naiv:
»Aber die Größe ist doch nicht so wichtig ...«
»Glauben Sie mir, unterhalb einer bestimmten Größe fängt es an, *sehr* wichtig zu werden!«
Catherine ließ sich von neuem zu einem Heiterkeitsausbruch hinreißen. Sie nahm die Sonnenbrille ab. Ihre Augen waren naß, und ihre Schminke war völlig verlaufen. Für eine Psychiaterin war Julie wirklich supercool! Als sie ihre verschmierten Augen sah, zückte Julie ein Taschentuch und hielt es Catherine hin, die sich daraufhin im Rückspiegel ansah und entmutigt seufzte, als sie das Ausmaß des Schadens feststellte. Sie wischte das Schlimmste weg und atmete einen Moment nur tief durch, um sich zu beruhigen. Sie schaute Julie an: Ja, sie war wirklich cool.
»Wissen Sie, Catherine«, fuhr Julie fort, »alles hat seinen Grund. Und, das sage ich Ihnen jetzt im Vertrauen, verstehen Sie, ich möchte nicht, daß Sie es weitererzählen ...«
»Ich werde niemandem etwas sagen«, beruhigte sie Catherine schnell, so froh war sie, daß Julie sich ihr anvertrauen wollte.
»Nun, wenn ich diesen Mann geheiratet hätte, der mich mit seiner Sekretärin betrog und jetzt völlig kahl ist ...«
»Und der wirklich einen kurzen Schwanz hat ...«
»Und der wirklich einen kurzen Schwanz hat, dann wäre ich heute nicht frei für ...«
Sie wagte es nicht, ihn beim Vornamen zu nennen:
»... für Doktor Gibson.«
»Aha!« rief Catherine mit einem triumphierenden Lächeln aus. »Dachte ich es mir doch!«
»Sie haben es sich gedacht?«
»Tja, ich bin zwar vielleicht kein Psychiater, aber die Blicke, die Sie sich zuwerfen ...«
»Ach!« sagte Julie enttäuscht.
Dabei hatte sie doch gedacht, daß ihre Liebe ein gutgehütetes Geheimnis sei!

Die beiden Frauen schwiegen einen Augenblick, dann fügte Julie hinzu:
»Was ich damit sagen will, ist, daß ich froh bin, daß ich mich von diesem Mann getrennt habe, auch wenn es mir wehgetan hat, weil Thomas zehnmal besser ist.«
»Meinen Sie im Hinblick auf ...?«
»Nein ...«, antwortete Julie auf die Anspielung. »Beziehungsweise doch, da kann ich Sie beruhigen, auch in der Hinsicht ist er besser. Aber das meinte ich gerade nicht ...«
»Wissen Sie, Robert ist für mich, was Doktor Gibson für Sie ist. Er ist der Mann meines Lebens. Im Grunde weiß ich, daß er mich noch immer liebt; ich weiß, daß er diese Frau nicht lieben kann. Es ist sein Vater, der ihn dazu gezwungen hat. In den reichen Familien gibt es noch so etwas wie Vernunftehen ...«
Und nach einer Pause fuhr sie fort:
»Wenn er nicht zu mir zurückkommt, weiß ich, daß ich nie glücklich sein werde, auch wenn ich einen anderen Mann kennenlerne ...«
Julie zögerte. Was sie Catherine gestehen wollte, war bestimmt nicht das, was eine Psychiaterin einer Patientin sagen sollte, die gerade einen Selbstmordversuch hinter sich hat. Sie hatte inzwischen ihre Sonnenbrille abgenommen und heulte wie ein Schloßhund:
»Bei mir ist es auch so. Wenn es mit Thomas nicht klappen sollte, würde ich mich schwertun, es zu akzeptieren ...«
Catherine wandte sich zu ihr.
»He! Sie sind hier der Arzt! Sie sollten nicht weinen.«
»Ich weine nicht. Das ist bestimmt der Wind.«
Sie nahm das völlig durchnäßte Taschentuch, das Catherine immer noch in der Hand hielt, wieder an sich, fand nach langem Suchen ein trockenes Eckchen, wischte sich die Augen ab und sagte:
»Ich habe eine Idee! Ich kenne da eine ganz spezielle Behandlung, die ich nur zwei- oder dreimal im Jahr anwende. Es ist eine Art Schocktherapie. Haben Sie Lust, sie auszuprobieren?«
»Aber es ist nicht etwas, was die Erinnerungen auslöscht wie das Mnemonium?«
»Keine Sorge: Sie werden es nicht vergessen!«

50

Auf dem Monte Napoleone in Mailand befindet sich das *L'Ova*, eines der hipsten Cafés der Stadt.
Ein Gastwirt, der leidenschaftlich gern reist und eine besondere Vorliebe für Italien hat, importierte die Idee nach New York in die Fifth Avenue.
Das Café trägt denselben Namen, das Dekor erinnert an das Mailänder Ambiente, und man serviert hier einer Klientel von erlesenem Geschmack – Touristen wie einheimischen Kennern – die besten Kuchen und Torten von New York.
Dort waren Catherine und Julie eine halbe Stunde später.
Auf dem Tisch zwischen ihnen stand ein gutes Dutzend verschiedener Backwaren sowie eine Flasche sehr guten Champagners, und Julie erklärte der faszinierten Catherine, daß ihre ›Schocktherapie‹ darin bestand, soviel Gebäck zu essen, wie sie wollte.
Ohne sich um die Rechnung zu kümmern.
Oder um ihre Figur.
Oder um was auch immer.

51

Als er aus dem Büro des Staatsanwalts herauskam, stieß Thomas mit Kommissar Templeton zusammen. Dieser hatte einen großen braunen Umschlag in der Hand.
»Die Welt ist klein!« sagte Templeton.
»Kleingeistig, vor allen Dingen«, erwiderte Thomas.
Der Kommissar lächelte.
»Da wir gerade von kleinen Dingen reden, ich habe eine kleine Überraschung für Sie.«
Er nahm eine Kassette aus seiner Jackentasche und hielt sie Thomas hin.
»Hören Sie sich das an, wenn Sie mal zuviel Zeit haben.«
Thomas nahm die Kassette, besah sie von beiden Seiten. Sie war nicht beschriftet. Beinahe hätte er sie dem Kommissar zurückgegeben, doch er entschied sich, sie zu behalten.
»Haben Sie mir noch mehr Interessantes zu sagen, Kommissar? Ich habe es eilig.«

»Ja. Ich habe schon vor einiger Zeit etwas in Ihrem Abstellraum entdeckt. Ich wußte ja, daß Sie gärtnern. Ich auch. Aber ich kannte die Technik noch nicht, die Sie zum Beschneiden Ihrer Rosensträucher verwenden.«
Er nahm einen Plastikbeutel aus dem Umschlag, auf dem ein Stück Tesaband mit der Aktennummer klebte. Darin befanden sich getrocknete Zweige. Die Zeit hatte sie bereits verändert, doch Thomas erkannte auf einen Blick den verräterischen Rosenstrauch, den er am Tag nach Catherines Vergewaltigung bis zum Boden heruntergeschnitten und mehr oder weniger in seinem Abstellraum ›versteckt‹ hatte. Er betrachtete den Beutel mit dem kühlen beruflichen Interesse eines Botanikers, ohne auch nur eine Gefühlsregung zu zeigen.
Daß der Kommissar die Zweige gefunden hatte, war natürlich sehr peinlich, aber er durfte sich nichts anmerken lassen.
»War es das?« fragte er, ohne seine Bestürzung zu zeigen.
»Im Moment ja«, sagte Templeton und lächelte ihm ironisch zu. »Aber wenn Sie erst einmal den Prozeß verloren haben, werde ich noch mehr haben. Ich werde Anklage gegen Sie erheben, und dann werde ich Sie drankriegen, Doktor.«
Thomas warf dem Kommissar als einzige Antwort den Plastikbeutel zu und machte auf dem Absatz kehrt.
Templeton konnte gerade noch den Beutel auffangen und Thomas verächtlich anlächeln. Diesmal hatte er ihn. Es war nur noch eine Frage der Zeit.

52

Vor dem Kommissar hatte Thomas geblufft. Aber in Wirklichkeit fühlte er jetzt einen enormen Druck auf den Schultern, der keineswegs geringer wurde, als er sich die Kassette anhörte, die Templeton ihm gegeben hatte. Er war auf dem Weg zum *General Hospital*, wo er Doktor Conway sprechen wollte.
Zunächst hörte man die Stimme des Kriminalkommissars, der sagte:
»Hier Kommissar Templeton. Ich befinde mich derzeit im Hauptquartier der New Yorker Polizei. Bei mir befindet sich Frau Blanche Cooper, Mutter von Julie Cooper, einer Psychiaterin der Gagliardi-Klinik.«
»Frau Cooper, wie geht es Ihnen?«
»Danke, gut.«

»Ich bedanke mich, daß Sie hierhergekommen sind. Wir würden gern ein paar Details prüfen, was Ihre Tochter angeht. Sie haben mir im Lauf unseres gestrigen Telefongesprächs gesagt, daß Sie am Abend des 15. Juli mit Ihrer Tochter gesprochen haben?«
»Ja, das stimmt, ich habe mit ihr gesprochen.«
»Am Telefon?«
»Ja, am Telefon.«
»Haben Sie Ihre Tochter angerufen, oder hat Ihre Tochter Sie angerufen?«
»Meine Tochter ist sehr beschäftigt, sie ruft mich nicht oft an.«
»Heißt das, daß Sie angerufen haben?«
»Ja.«
»Sind Sie sich dessen sicher?«
»Hundertprozentig. Ihr Vater hatte am Vortag Geburtstag, und ich wollte hören, ob ihr die kleine Feier gefallen hat, die ich organisiert habe.«
»Ich verstehe. Und um wieviel Uhr war das?«
»Es war um zehn Uhr.«
»Zehn Uhr. Vielen Dank.«
Thomas erblaßte. Mit dieser Zeugenaussage war sein Alibi nichts mehr wert!
Außerdem lief Julie Gefahr, wegen Falschaussage belangt zu werden. Und sobald das Verfahren, das gerade lief, nachgewiesen hatte, daß die vier Angeklagten eine weiße Weste hatten, konnte Templeton ihn ins Gefängnis werfen lassen. Er würde bloß Catherine – auch wenn sie sich aufgrund des Medikaments, das möglicherweise Thomas sie gezwungen hatte zu nehmen, an nichts erinnern konnte –, davon überzeugen müssen, Anklage gegen ihn zu erheben.
Er zog die Kassette heraus, steckte sie in die Tasche.
Er fühlte sich nicht sehr wohl. Es schien so, als ob jeden Tag ein neues Indiz hinzukam, das gegen ihn sprach. Der Prozeß hatte ihm eine Verschnaufpause gegeben, aber jetzt zog sich die Schlinge unerbittlich zu, und nichts schien etwas daran ändern zu können.
Wenn nicht …
Wenn nicht vielleicht diese neue Spur mit Doktor Conway zu etwas führte. Würde sie ein wenig Licht auf diesen finsteren Fall werfen, gerade mal genug, um es Thomas zu ermöglichen, das fehlende Stück des Puzzles zu finden?
Wenn doch Julie recht hätte! Wenn bloß die fehlende Seite, die sie in dem Bericht vermißt hatte, wirklich etwas zu bedeuten hätte!

Er brauchte nicht lange, um zum *General Hospital* zu kommen. Nachdem er seinen Namen genannt hatte, war Doktor Conway zum Glück gleich bereit, ihn zu empfangen.
Er fand, daß sie nervös wirkte, als sie aufstand und ihm die Hand gab, und sie warnte ihn auch gleich:
»Ich habe nicht viel Zeit.«
Es schien so, als ob sie den Grund seines Besuchs erriet. Jedenfalls sah sie nicht übermäßig überrascht aus, als Thomas den Bericht aus der Tasche zog.
»Es ist uns aufgefallen, daß Ihrem Bericht eine Seite fehlt, Doktor.«
»Ich weiß nicht, wovon Sie reden, Doktor Gibson. Ich habe vor Gericht ausgesagt, ich bin vernommen worden, ich habe meine Aufgabe erfüllt.«
Doch Thomas' Feingefühl sagte ihm, daß diese Frau, obwohl sie ausgesprochen sympathisch war, ihn anlog oder ihm zumindest nicht die volle Wahrheit sagte. Und das bestätigte nur seine Gewißheit, daß die fehlende Seite des Berichts sehr wichtige Informationen enthielt.
Als ob nichts wäre, zeigte er ihr den Bericht und erklärte:
»Die Seite sieben fehlt. Vielleicht haben Sie vergessen, sie zu kopieren, nachdem Sie sie ausgedruckt haben.«
Er schaute zum Computer, der eingeschaltet und an einen Laserdrucker angeschlossen war.
Doktor Conways Reaktion erstaunte Thomas ein wenig. Ohne auch nur das Dokument zu speichern, an dem sie gerade gearbeitet hatte, schaltete sie den Computer so plötzlich aus, daß sich Thomas' Eindruck verstärkte: Die Gerichtsmedizinerin hatte etwas zu verbergen – aber was?
Und warum?
Er gab nicht nach:
»Hören Sie, ich weiß, daß die Seite sieben fehlt! Wenn es sein muß, hole ich mir eine Anordnung vom Staatsanwalt.«
Es widerstrebte ihm, jemandem zu drohen, vor allem dieser Frau, mit der er unter anderen Umständen gut ausgekommen wäre. Aber er stand unter Zeitdruck.
Die Ärztin antwortete ihm nicht, aber sie machte auf einmal einen sehr besorgten Eindruck. Sie wies auf das Photo auf ihrem Schreibtisch, auf dem zwei hübsche Mädchen, Zwillinge von sieben oder acht Jahren, abgebildet waren, und erklärte mit einer so schuldbewußten Stimme, daß es beinahe ein Geständnis war:
»Ich habe zwei kleine Mädchen. Ich kann nichts für Sie tun.«

Was wollte sie damit sagen?
»Sind Sie bedroht worden?«
Ohne auf seine Frage einzugehen, fuhr sie fort:
»Ich möchte nicht, daß ihnen zustößt, was dem armen Mädchen zugestoßen ist, der Prostituierten.«
»Werden Sie von jemandem erpreßt?«
»Ich kann Ihnen nichts sagen. Verstehen Sie jetzt endlich?«
»Was ich verstehe, ist, daß jemand Druck auf Sie ausübt. Und daß das illegal ist und die Polizei Sie schützen kann.«
»Genauso, wie sie Ihre erste Zeugin geschützt hat? Vielen Dank!«
»Zu diesem Zeitpunkt wußten wir noch nicht, mit wem wir es zu tun haben! Jetzt wissen wir, daß sie Verbrecher sind. Catherine steht unter Schutz. Und es ist ihr noch nichts zugestoßen.«
»Ich weiß, daß sogar wenn die Polizei auf meine Töchter aufpaßt, ein Polizist eines Tages unaufmerksam sein wird oder zu spät kommt, und dann werden sie zuschlagen, dann werden sie sich rächen, weil ich mein Wort nicht gehalten habe.«
»Aber wer sind ›sie‹ denn?«
»Leute, die keinen Spaß verstehen.«
Sie biß sich auf die Lippen: Sie hatte schon zuviel verraten. Thomas, der eine Spur witterte, ließ nicht locker:
»Die Anwälte der Angeklagten? Die Angeklagten selbst?«
»Ich weiß es nicht!« antwortete die Ärztin ungehalten. »Und wenn ich es wüßte, würde es etwas ändern? Dann würden sie ihre Drohungen in die Tat umsetzen.«
»Aber was für Drohungen denn?«
»Bitte, so gehen Sie doch!«
Thomas überlegte einen Augenblick und sagte dann:
»Doktor, ich bitte Sie ein letztes Mal darum: Im Namen von Catherine, im Namen aller Frauen, helfen Sie mir!«
Doktor Conway schaute das Photo ihrer beiden Kinder an. Sie schien lange Zeit das Für und das Wider abzuwägen. Thomas hielt den Atem an und fixierte sie gebannt.
Schließlich faßte sie einen Entschluß. Ruckartig zog sie die unterste Schublade ihres Schreibtischs auf, kramte einen kleinen versiegelten Umschlag heraus und übergab ihn Thomas schnell, als ob sie ihre Geste jetzt schon bereute:
»Ich habe nicht alle Photos, die zur Seite sieben gehören, abgegeben:

Hier sind sie. Ich kann Ihnen die Seite sieben nicht geben, denn sie ist vernichtet worden, und ich werde niemals eine Aussage zu ihrem Inhalt machen. Aber vielleicht kann ein anderer Gerichtsmediziner anhand dieser Photos rekonstruieren, was Catherine am Abend des 15. Juli zugestoßen ist.«

Thomas dankte der jungen Gerichtsmedizinerin von Herzen und versicherte ihr, daß er nicht verraten würde, woher er das Material hatte. Ihrer skeptischen Miene entnahm er, daß ihr dieses Versprechen vergeblich erschien.

53

Trotz seiner Neugier wartete Thomas, bis er im Auto saß, ehe er den Umschlag öffnete. Der Inhalt erschütterte ihn zutiefst: Er war ebenso scheußlich wie rätselhaft. Merkwürdigerweise erschreckte ihn diese Entdeckung und beruhigte ihn zugleich.

Obwohl er es nicht nachweisen konnte, war er sich jetzt hundertprozentig sicher, daß er unschuldig war.

Doktor Conway hatte ihm zu verstehen gegeben, daß er die Photos von einem anderen Gerichtsmediziner prüfen lassen solle; aber wer konnte denn diese Photos innerhalb der nächsten Stunden untersuchen?

Da fiel ihm ein ehemaliger Studienkollege ein, den er seit dem Studium kaum gesehen hatte, obwohl sie eine Zeitlang sehr viel zusammen unternommen hatten ... Wie hieß er denn bloß?

Considine! Genau, so hieß er, Julio Considine! Zufällig hatte er vor kurzem über einen gemeinsamen Freund von ihm gehört, der erwähnt hatte, wo Julio arbeitete. Er rief ihn vom Auto aus an und erwischte ihn gleich:

»Julio! Hier Thomas Gibson. Kannst du dich noch an mich erinnern?«

»Thomas! Selbstverständlich! Wie komme ich zu der Ehre?«

»Ich möchte dich um einen Gefallen bitten. Es geht um den Prozeß von Catherine Shield, ich nehme an, daß du Bescheid weißt.«

»Ja, in der Tat. Was für eine dreckige Geschichte.«

»Ich habe neue Photos, die während der Untersuchung von der Gerichtsmedizinerin am Tag nach der Vergewaltigung aufgenommen wurden.«

»Kann die Gerichtsmedizinerin sich nicht dazu äußern?«

»Äh ... nein.«

»Gibt es einen bestimmten Grund dafür?«

»Ja, aber es würde zu lange dauern, dir das zu erklären. Was ich möchte, ist, daß du mir sagst, was du davon hältst ... bevor das Verfahren morgen weitergeht. Ich weiß, daß ich sehr spät dran bin, aber wir sind gerade dabei, den Prozeß zu verlieren. Diese Photos könnten uns vielleicht weiterhelfen.«

»Ich werde sehen, was sich machen läßt. Gib die Photos so schnell wie möglich im Krankenhaus ab. Ich kann dich nicht gleich treffen, weil ich einen dringenden Bericht fertig machen muß, aber ich rufe dich an, sobald ich etwas weiß. Unter welcher Nummer kann ich dich erreichen?«

Thomas gab ihm die Telefonnummer seines Funktelefons und fuhr sofort zum Krankenhaus, wo er die Photos in einem Umschlag zu Händen von Considine abgab.

Es war drei Uhr nachmittags.

Seit er aufgestanden war, hatte er nichts als drei oder vier Tassen Kaffee zu sich genommen, was ihn noch nervöser machte, als er schon war. Er hielt beim erstbesten Restaurant an, das ihm passabel erschien.

Aber sobald er die ersten drei Happen seines Schinken-Salat-Tomaten-Sandwichs heruntergeschluckt hatte, schob er den Teller wieder weg.

»Schmeckt es Ihnen nicht?« fragte die Bedienung.

»Das ist es nicht«, versicherte er ihr. »Ich habe keinen großen Hunger.«

Sie sah ihn neugierig an und glaubte schließlich, ihn zu erkennen:

»Sind Sie nicht der Psychiater, den man zur Zeit im Fernsehen sieht?«

»Ja«, sagte er verlegen.

Auf den ›Ruhm‹, den er diesem Prozeß zu verdanken hatte, hätte er wirklich verzichten können.

»Glauben Sie, daß es stimmt, was dieser Frau alles zugestoßen ist?«

»Natürlich!«

»Hier im Restaurant sagen viele Kunden, daß sie lügt und daß die Angeklagten nicht die wirklichen Schuldigen sind.«

»Aber wer soll es denn sonst sein, Ihrer Meinung nach?«

Ein anderer Kunde rief nach ihr. Sie drehte sich verlegen um und ging weg, ohne ihm zu antworten, was ihr vielleicht gelegen kam. Glaubte sie, daß er der Schuldige war? Wenn sie die Photos gesehen hätte, die er gerade Considine gegeben hatte, hätte sie ihre Meinung wahrscheinlich geändert. Ebenso, wie es der Richter, die Geschworenen und die Öffentlichkeit zweifellos tun würden.

Er sah auf seine Uhr: erst halb vier. Wie langsam die Zeit verging!

Sein Telefon lag auf dem Tisch vor ihm, und alle drei Minuten schaute er es sehr aufmerksam an, als ob es durch dieses häufige Anstarren plötzlich klingeln würde.
Merkwürdigerweise klingelte es tatsächlich. Thomas hob schnell den Hörer ab.
»Thomas? Hier spricht Ihr guter Freund Vic. Wie geht es Ihnen?«
Thomas wußte nicht recht, was er antworten sollte. Warum rief ihn der Direktor, mit dem er seit Wochen kaum mehr gesprochen hatte, mitten im Prozeß an?
Hatte Doktor Conway plötzlich Angst bekommen und ihn verraten? Wußte Jackson Bescheid? Vielleicht ließ er ja mit sich verhandeln?
Doch seine Hoffnung wurde schnell zunichte gemacht.
»Sie scheinen nicht sehr fit zu sein, mein Lieber! Jedenfalls nicht im Fernsehen! Haben Sie sich die neuesten Nachrichten angesehen?«
»Nein«, antwortete Thomas ziemlich kurz angebunden.
»Thomas, ich rufe Sie an, um Ihnen eine letzte Chance zu geben. Ich bin gerade dabei, Ihr Kündigungsschreiben aufzusetzen. Aber wenn Sie diesen sturen Staatsanwalt davon überzeugen, die Anklage fallenzulassen, werde ich Ihnen erlauben, es selbst zu schreiben. Sie brauchen nur zu sagen, daß Sie aus persönlichen Gründen gehen und sich ein Jahr freinehmen wollen. Auf die Weise können Sie das Gesicht wahren. Ich verspreche Ihnen, den Medien gegenüber äußerst diskret zu sein.«
»Catherines Fall hat nichts mit meiner Anstellung als Psychiater bei der Klinik zu tun! Sie ist nicht käuflich, und ich auch nicht!«
»Zum Glück für Sie«, sagte der Direktor mit einer ruhigen Ironie, »denn ich möchte Ihnen noch sagen, daß Sie nach dem Prozeß nicht mehr viel wert sein werden.«
Thomas wollte beinahe schon damit angeben, daß er neue, sehr belastende Beweise hatte, doch er riß sich zusammen. Das wäre ein großer Fehler. Er erwiderte bloß mit vorgetäuschter Selbstsicherheit:
»Nun, Herr Direktor, wir werden ja sehen, wer von uns beiden mehr wert ist!«
Und er legte auf. Er zitterte vor Aufregung. Heute war wirklich nicht sein Tag! Es schien so, als ob sich alle abgesprochen hätten, um ihn zu bedrängen, zu quälen und zu versuchen, ihn zu zerstören!
Das Telefon klingelte erneut.
Er zögerte, ob er abheben sollte. Vielleicht war es ja diesmal eine gute Nachricht?

Es war wieder Jackson.
»Ich dachte, daß wir uns nichts mehr zu sagen haben«, sagte Thomas.
»Nein. Ich möchte noch eine Sache hinzufügen: Sie sollten Ihr Sandwich aufessen; Sie werden Ihre ganze Kraft brauchen!«
Und er legte auf.
Warum war er so aufdringlich, so verbissen?
Thomas fragte sich, ob er diese neue Taktik nicht positiv bewerten könnte: Verriet sie nicht, daß Jackson, obwohl er nach außen triumphierte, das Gefühl hatte, sehr verwundbar zu sein? Eine Verwundbarkeit, die die neuen Photos vielleicht noch verstärken würden …
Wenn doch bloß Doktor Considine anrufen würde, mit Neuigkeiten natürlich!
Thomas versuchte Julie erst in der Klinik, dann zu Hause zu erreichen. Dort hörte er ihre Nachricht auf dem Anrufbeantworter, die sie mit ihrer kristallklaren Stimme gesprochen hatte. Wie gut sie ihm gefiel! Das einzige Licht, das einzige Glück dieses so finsteren Tages.
Er würde später noch einmal versuchen, sie zu erreichen.
Er sah sich sein Sandwich an, normalerweise eines seiner Lieblingsbrote, an dem er diesmal jedoch nur ein wenig geknabbert hatte.
Auf einmal lief ihm ein Schreckensschauder über den Rücken: Woher zum Teufel wußte Jackson, daß er vor einem Sandwich saß, von dem er nur drei Bissen genommen hatte?
Wurde er von einem Killer bespitzelt? Von dem, der Natascha kaltblütig umgebracht hatte?
Zum erstenmal in seinem Leben – die Geschichte mit den Kegelkugeln auf der Treppe ausgenommen – fühlte er, daß sein Leben bedroht war, und er hatte wirklich Angst.
Es war ein seltsames, unerklärliches Gefühl: Die Gefahr, der Tod konnten in jedem Moment auftauchen.
Egal, wie.
Von irgendwo, durch irgendwen.
Langsam sah er sich im Lokal um.
War der Killer da? War es nicht dieser Mann, der ein paar Meter von ihm entfernt saß und der schon mehrmals in seine Richtung geschielt hatte? War er ein Handlanger, der den Auftrag hatte, ihn auf der Stelle aus dem Weg zu räumen, wenn Thomas sich nicht auf den Deal mit dem Direktor einließ? Oder war es einfach jemand, der ihn erkannte, weil er sein Gesicht in den Zeitungen oder im Fernsehen gesehen hatte?

Paul Kubrick meinte, daß der erste Prozeßtag ungünstig verlaufen sei, daß sie schlecht abgeschnitten hatten. Aber vielleicht sahen ihre Gegner die Sache ja anders, wie man ja auch aus Jacksons zweitem Anruf schließen konnte. War es ein letzter Versuch, zu einer außergerichtlichen Einigung zu kommen? Das kam schließlich häufig vor, mitten im Prozeß.
In diesem Moment bemerkte Thomas in einer Ecke des Restaurants einen sehr großen Mann mit sehr breiten Schultern. Versteckt unter einem dunkelgrauen Filzhut und hinter einer Sonnenbrille, telefonierte er. Der Typ legte auf, warf ein paar Münzen neben seine Tasse Kaffee und ging hinaus, ohne jemanden anzusehen.
War er der Killer? Hatte er nicht dieselbe Statur wie der Mann, dem Thomas bei Natascha im Fahrstuhl begegnet war und der eine Tasche trug, die, aus den Blutspuren am Boden zu schließen, die zerstückelte Leiche ihrer Hauptzeugin enthielt?
Schweißtropfen standen auf seiner Stirn. Die Bedienung, die zu ihm kam, um ihm Kaffee nachzuschenken – es war bestimmt das dritte oder vierte Mal – bemerkte es und erkundigte sich:
»Geht es Ihnen gut?«
»Ja, ja«, sagte er.
»Soll ich Ihren Kaffee wieder aufwärmen?« fragte sie und streckte den Arm mit der Kaffeekanne aus.
»Nein, danke. Ich würde gern zahlen.«
Sie sah auf ihren Notizblock, auf dem sie seine Bestellungen notiert hatte, zählte zusammen und reichte ihm die Rechnung: fünf Dollar sechzig Cent.
Er kramte in seiner Tasche herum. Er hatte nur Scheine von zehn beziehungsweise zwanzig Dollar. Er stand auf.
»Kann ich Ihnen eine Zigarette abkaufen?«
»Aber nein, die schenke ich Ihnen! Ich wußte nicht, daß Sie rauchen. Das hätten Sie mir vorher sagen sollen, jetzt verstehe ich, warum Sie so nervös wirken!«
»Ich rauche nicht«, sagte er paradoxerweise.
Dennoch nahm er die Zigarette an, die ihm die höchst verwunderte Bedienung hinhielt. Er ließ sich Feuer von ihr geben und warf dann einen Zehndollarschein auf den Tisch, nahm sein Telefon und stand auf.
Die Bedienung senkte den Kopf, um in ihrem kleinen schwarzen Beutel Kleingeld zu suchen, doch als sie wieder hochsah, schritt Thomas bereits zur Tür heraus.

»Hallo!« rief sie und streckte ihm das Wechselgeld hin, »Sie vergessen ...« Dann hob sie die Schultern. Das würde all die knauserigen Kunden wettmachen, die ihr kein Trinkgeld gaben oder die, entweder aus Vergeßlichkeit oder mit Absicht, gingen, ohne zu zahlen: Jämmerliche Kriminelle, die zu allem Überfluß häufig Dreiteiler trugen!
Auf dem Bürgersteig nahm Thomas den dritten Zug von der Zigarette. Er bekam ihm nicht besser als die ersten beiden, und er sagte sich, daß es dämlich gewesen war, eine Zigarette rauchen zu wollen. Er drückte sie aus. Im selben Augenblick sah er den Mann vom Restaurant mit dem dunkelgrauen Filzhut in einem schwarzen Camaro älteren Baujahrs sitzen und sich eine Zigarette anzünden.
Ihre Blicke kreuzten sich.
War seine Anwesenheit ein Zufall?
Von neuem liefen Thomas Schauder über den Rücken. Dieser Typ mit seiner dunklen Brille strahlte etwas Beunruhigendes, Unheilvolles aus.
Thomas beschleunigte seinen Schritt, sprang in sein Auto und startete sofort.
Mit einem Blick in den Rückspiegel stellte er fest, daß er sich nichts eingebildet hatte: Der Camaro, der in Gegenrichtung geparkt war, machte mit aufheulendem Motor einen U-Turn und begann recht auffällig, ihm zu folgen.
So viele Zufälle konnte es gar nicht geben!
Thomas' Herz, das der viele Kaffee und die drei Züge an der Zigarette schon ziemlich auf Trab gebracht hatten, fing wild zu klopfen an.
Was wollte dieser Typ?
Hatte Templeton ihn engagiert, um ihn zu bespitzeln und weitere belastende Details herauszufinden, die der Kommissar benutzen würde, wenn Catherine ihren Prozeß verlor und er seine Ermittlung gegen Thomas fortsetzen durfte?
Oder war er es, der Natascha aus dem Weg geräumt und versucht hatte, ihn umzubringen oder ihn zumindest zu verletzen, indem er die Kegelkugeln die Treppe hinunterkippte?
Thomas beschloß, daß es auf jeden Fall besser sei, den Camaro abzuhängen. Er konnte es sich nicht erlauben, bis zum Labor von Doktor Considine verfolgt zu werden.
Er gab Gas, hatte aber Pech: Die erste Ampel, die auf seinem Weg lag, war rot.
Was tun? Auf der Kreuzung, an der er stand, waren keine weiteren Autos

zu sehen. Und der Killer würde ihn in wenigen Sekunden einholen und vielleicht aus dem Auto auf ihn schießen wie in manchen alten Gangsterfilmen – oder in manchen Stadtteilen von L.A.
Es blieb ihm nicht viel anderes übrig: Er fuhr bei Rot über die Ampel. Als er im Rückspiegel sah, daß der Camaro dasselbe tat, hatte er keinerlei Zweifel mehr: Man hatte wirklich jemand auf ihn angesetzt.
Er gab noch mehr Gas. Auch wenn er seinen Porsche schon immer wegen seiner Wendigkeit und seines kraftvollen Motors gemocht hatte, hatte er ihn bestimmt noch nie so geschätzt wie jetzt, da seine Geschwindigkeit ihm das Leben retten konnte.
Er nahm etliche Kurven, bog in kleine Straßen und Sträßchen ein, und nach einer Weile gelang es ihm, den Killer abzuhängen. Zumindest sah er den Camaro nicht mehr in seinem Rückspiegel.
Er konnte wieder ein bißchen leichter atmen, dachte sich aber, daß er den Killer möglicherweise wieder traf, wenn er weiterhin kreuz und quer durch New York fuhr. Also entschloß er sich, aus der Stadt herauszufahren, ohne sich allzuweit wegzubegeben, damit er innerhalb von einer halben Stunde nach dem Anruf des Gerichtsmediziners in dessen Labor sein konnte.
Er fuhr über die Washington-Brücke und bog dann in eine kleinere, zweispurige Straße ein.
Beeindruckend schöne Nadelbäume säumten die Straße, und trotz der gefährlichen Situation, in der er sich befand, genoß Thomas einen Augenblick lang die Schönheit der Natur. Er nahm sich fest vor, öfter in den Wald, in die Berge und zu den Seen zu gehen.
Mehrfach blickte er in den Rückspiegel, um sich zu vergewissern, daß der Camaro ihm nicht gefolgt war. Als er schließlich beruhigt war, fuhr er mit der zulässigen Geschwindigkeit weiter.
Er sah auf die Uhr seines Porsche. Halb fünf! Er zog kurz in Erwägung, im Labor von Doktor Considine anzurufen, um sich zu erkundigen, wie weit dieser war, überlegte es sich jedoch anders. Auch wenn der Gerichtsmediziner einen hervorragenden Ruf hatte, war er schließlich kein Zauberer! Man mußte ihm bei seiner Arbeit Zeit lassen.
Ein paar Sekunden später bemerkte er im Rückspiegel einen Lastwagen, der ihn einholte.
Zunächst war er nicht weiter beunruhigt: Es war bestimmt ein Lieferant, der schnell zum Ziel kommen wollte. Außerdem hatten Lastwagenfahrer, die ihr Leben auf der Straße verbrachten, den Ruf, einen Bleifuß zu haben.

Aus Ehrgeiz oder aus Reflex wollte Thomas sich nicht überholen lassen und gab Gas. Er jagte die Nadel auf hundertvierzig und ließ den Lastwagen mit Leichtigkeit hinter sich. Doch zu seiner Beunruhigung hatte dieser ihn innerhalb einer Minute beinahe wieder eingeholt. Die hundert Meter, die sie voneinander trennten, schrumpften bald zu fünfzig – ein Abstand, der bei dieser Geschwindigkeit zumindest unvorsichtig war.
Was genau wollte dieser Lastwagenfahrer? Ihn überholen? Die Linie, die die beiden Spuren trennte, war durchbrochen, also konnte er es tun, wann immer er wollte, zumal es kaum Gegenverkehr gab. Warum blieb er also hinter ihm? Vielleicht fuhr der Porsche ihm zu schnell ... Thomas sagte sich, daß er in diesem Fall nur langsamer zu fahren brauchte, um den Lastwagen höflich vorbeizulassen.
Er hatte keine Lust, mit diesem Typen Rennen zu fahren, auch wenn er sicher sein konnte zu gewinnen. Und er wollte keinen Unfall riskieren.
Also bremste er bei der ersten Gelegenheit und fuhr an den rechten Straßenrand. Seine Überraschung war groß, als er sah, daß der Lastwagen noch dichter auffuhr: Nur noch wenige Meter trennten die Stoßstange des Porsche von der des Ungetüms.
Wenige Sekunden später beschleunigte der Lastwagenfahrer brutal und fuhr auf die Stoßstange des Porsche auf.
Thomas stieg voll aufs Gaspedal und ließ den Lastwagen mühelos zurück, doch er war in Panik. Er hatte das Gefühl, mitten in einem Alptraum zu stecken, in dem eine Organisation, die über ansehnliche Mittel verfügte, vielleicht die Mafia, gnadenlos versuchte, ihn auszuschalten. Er versuchte sich einzureden, daß dies Unsinn war, aber im selben Moment sah er, zirka einen Kilometer vor sich, einen zweiten Lastwagen, der buchstäblich auf ihn zuraste.
»Der ist ja verrückt!« schrie Thomas.
Bei der Geschwindigkeit, mit der sie fuhren, war ein Zusammenstoß unvermeidlich. Und der andere Lastwagen hinter ihm holte schnell auf!
Er mußte etwas tun.
Sofort.
Mit einer verzweifelten Bewegung riß Thomas den Porsche auf die linke Spur. Der Lastwagen tat es ihm nach. Da begriff er, daß die Situation noch schlimmer war, als er es sich vorgestellt hatte, denn hinter dem zweiten Lastwagen versteckte sich ein dritter!
Vor ihm waren beide Spuren nun von zwei Ungetümen belegt, deren Fahrer wie wild angefangen hatten zu hupen.

Zwischen ihnen lagen nur noch rund dreihundert Meter. Thomas würde zermalmt werden.
Er trat auf die Bremse und riß das Lenkrad nach links – ein Manöver, das er, als er jünger war, etliche Male auf Versuchsstrecken ausprobiert hatte. Der Porsche machte einen Satz, drehte sich um die eigene Achse und rutschte mit dem Heck in Richtung Straßengraben. Doch mit einem Ruck richtete Thomas den Wagen wieder in die Spur. Der Lastwagen, der hinter ihm fuhr, scherte nach links aus, um ihm den Weg abzuschneiden, doch Thomas konnte ihn mit einem geschickten Manöver täuschen und ihm entkommen.
Im Rückspiegel sah er, wie die drei Lastwagen zum Stillstand kamen. Thomas klammerte sich mit feuchten Händen am Lenkrad fest und raste über die Landstraße, so schnell er konnte. Er keuchte und beruhigte sich gerade langsam, als das Klingeln des Telefons ihn erschreckte.
Es war Doktor Considine, der ihm Bescheid gab, daß er fertig war und vorläufige Schlußfolgerungen ziehen könnte, wenn Thomas zu seinem Labor kam. Bevor er auflegte, gab er nur einen kurzen Kommentar ab:
»Ich weiß nicht, wer dieser jungen Frau das angetan hat, aber die Täter sind auf jeden Fall nicht normal!«

54

Thomas besuchte zum erstenmal das Labor eines Gerichtsmediziners, und wenn er jemals Zweifel an seiner Berufung zum Psychiater gehabt hatte, verflogen sie sofort.
Natürlich hatte er es täglich mit Leid zu tun, mit Komplexen, abweichenden Verhaltensweisen, Manien. Doch dieses Spektakel, obwohl es zuweilen unendlich frustrierend war, zog er den Leichen und menschlichen Gliedmaßen, die überall im Labor von Doktor Considine herumlagen, bei weitem vor.
Dieser, der im Gegensatz zu Thomas vorzeitig gealtert war und mit seinen dünnen grauen Haaren viel älter aussah als dreiundvierzig Jahre, zog Thomas mit in den Teil des Labors, wo er sich seine Unterlagen angesehen hatte. Er schaute ihn mit strahlenden Augen und einem scharfsinnigen Lächeln an:
»Die Leute glauben, daß sie ein perfektes Verbrechen begehen, aber sie

haben keine Ahnung, was für Spuren sie hinterlassen!« sagte er und wies auf eine Hand auf dem Seziertisch, eine Männerhand, der Größe und der Behaarung nach zu urteilen, deren grünliche Haut darauf deutete, daß sie längere Zeit im Wasser gelegen hatte. »Wir haben diese Hand ohne ihren Besitzer gefunden, ein Trick, der im Milieu wohlbekannt ist, um Spuren zu verwischen. Doch für die Fachleute ist jedes Detail eine Biographie. Unter den Nägeln dieser Hand haben wir Hautfetzen gefunden. Die Analyse hat uns gezeigt, daß diese Hautfetzen von einem sehr bekannten Künstler stammen – dem Geliebten dieses Mannes. Der Künstler, der davon überzeugt ist, keinerlei Spuren hinterlassen zu haben, sitzt im Moment bei der Polizei und erklärt ihr, was er am Abend des Mordes mit dem Opfer tat.«

Überrascht und angewidert, sagte Thomas nichts zu dieser Erklärung. Für jemanden, der nicht auf dem laufenden war, was die Fortschritte der Gerichtsmedizin anging, klang sie höchst erstaunlich.

Sie liefen an einer Leiche vorbei, deren Brustkorb ganz aufgeschnitten war und von der einige Organe auf dem Tisch lagen, was Thomas ebensowenig zu einem Kommentar inspirierte.

»Seit neununddreißig Jahren verheiratet, wurde er innerhalb eines Jahres von seiner Frau mit winzig kleinen Dosen Arsen vergiftet, die sie mit dem Zucker vermischte, den er jeden Morgen auf sein Müsli streute. In sämtlichen Organen sind Spuren nachzuweisen.«

»Ich werde weiterhin Spiegeleier mit Speck essen.«

Doktor Julio Considine deutete ein Lächeln an:

»Am Anfang ekelte mich das an, wie dich. Nach einer Weile habe ich dann gemerkt, daß die Menschen im Grunde nicht wirklich schlecht sind. Sie sind nur krank, verzweifelt. Niemand hat ihnen beigebracht, glücklich zu sein. Da habe ich meine Art von Mitgefühl entwickelt. Und du siehst doch bestimmt auch alles mögliche, oder nicht?«

»Das schon, aber psychisches Leiden ist doch etwas anderes!«

Beinahe hätte er hinzugefügt: ›und es riecht nicht so!‹, denn das Labor war von Formalin-Geruch erfüllt.

Dann kamen sie zu einer großen Leinwand. Considine schaltete das Licht aus und den Projektor an. Das größte der Photos, die Thomas Doktor Considine vor ein paar Stunden gebracht hatte, erschien auf der Leinwand. Thomas konnte es nicht ansehen, ohne eine Mischung aus Empörung und Ekel zu empfinden.

Zwei zarte Hände mit Plastikhandschuhen, vermutlich die von Doktor

Conway, die die Untersuchung vorgenommen hatte, spreizten Catherines Pobacken, um das Innere photographieren zu können.
Man konnte sofort unzählige Schürfwunden erkennen und Flecken, die so dunkel waren, daß sie schwarz erschienen – allem Anschein nach getrocknetes Blut. Man konnte ebenfalls viele Splitter von etwas sehen, das Thomas nicht eindeutig bestimmen konnte, aber die durchsichtig zu sein schienen und aussahen wie Kristalle oder wie Glas.
Doch was ihn am meisten schockierte, waren die eindeutigen Spuren eines Bisses, innen in der linken Gesäßhälfte, nahe am After. Daraus kam auch eine Blutspur oder ein Faden beziehungsweise etwas, das wie ein langes, dunkles Haar aussah – es war also nicht Catherines.
Der Größe des Bisses nach zu urteilen, konnte er ihr unmöglich von einem Erwachsenen zugefügt worden sein, noch nicht einmal von einem Zwerg. Er konnte nur von einem Kind stammen – was höchst unwahrscheinlich war.
Oder von einem Tier.
Doktor Considine hatte einen Zeigestock in die Hand genommen.
»Natürlich habe ich das Opfer nicht selbst untersucht, aber die Qualität der Photos erlaubt recht präzise Rückschlüsse, wie ich meine. Wirst du sie vor Gericht verwenden können, angesichts dessen, daß ich nicht selbst das Opfer untersucht habe? Wie dem auch sei, ich werde dir meine Schlußfolgerungen sagen, und du tust damit, was du willst. Erstens scheint es mir eindeutig, daß die junge Frau anal vergewaltigt wurde.«
Mit seinem Stock wies er auf den After:
»Der After ist ungewöhnlich aufgedehnt, und es ist eine anormale Rötung zu sehen, die nur vorkommt, wenn die Muskeln mit Gewalt überdehnt worden sind, wenn ich das so sagen darf. Rundherum sieht man feine aufgeplatzte Äderchen und mehrere kleinere Blutergüsse, woraus ich denselben Schluß ziehe. Diese junge Frau hatte keine Erfahrung auf dem Gebiet, wenn ich das so sagen darf, oder das Geschlechtsorgan des Vergewaltigers war viel größer als das ihres gewöhnlichen Partners. Außerdem werden bei einer Vergewaltigung natürlich nie die üblichen Vorbereitungen getroffen.«
»Das stimmt mit den Schlußfolgerungen der Ärztin überein, die sie untersucht hat. Sie ist in der Tat anal vergewaltigt worden.«
»Das scheint mir offensichtlich.«
Considine hielt kurz inne und wies auf die kleinen Splitter, die man fast überall rund um den After sah.

»Was wir hier sehen, sind Glassplitter.«
»Bist du dir da sicher?«
»Sie haben die Farbe, die Transparenz und die Beschaffenheit von Glas. Das habe ich mit Dutzenden von Proben, die wir hier haben, abgeglichen. Frag mich nicht, wie die Glassplitter dort hingekommen sind. Ich habe in der Zeitung gelesen, daß sie auf einem Fest vergewaltigt wurde, wenn man einen solchen Abend so nennen darf! Vielleicht hat einer der Gäste sein Glas zerbrochen, und das Opfer hat sich nackt draufgesetzt, oder sie ist auf den Boden gefallen, mitten in die Glassplitter.«
Considine zögerte. Er schien sich auf ein schwieriges Problem zu konzentrieren.
»Und dann gibt es da noch den Biß.«
Thomas wartete ungeduldig auf die Erklärung, die der Gerichtsmediziner dafür hatte. Dieser redete nicht lange um den heißen Brei herum:
»Es ist ein Rattenbiß. Um genauer zu sein, der Biß einer mongolischen Springmaus, einer Rattenart.«
»Ein ... Wie hast du das denn herausgefunden?« sagte Thomas, ebenso erstaunt wie ungläubig. »Ehrlich, ich ...«
»Siehst du dieses Haar?« fragte Considine und wies auf das, was aus Catherines After herausschaute.
»Ja, natürlich.«
»Nun, das ist kein Kopfhaar, sondern ein Barthaar.«
»Von der Springmaus?«
»Genau.«
»Ich verstehe nicht, wie du anhand eines Photos zu diesem Ergebnis kommen kannst!«
»Warte, ich bin noch nicht fertig. Siehst du diesen schwarzen Punkt am Ende des Haars?« fragte er.
»Ja. Ich hatte mich noch nicht gefragt, was es sein könnte, aber bei näherer Betrachtung möchte ich es auch gar nicht wissen«, sagte Thomas, der daran dachte, daß es Exkremente sein könnten.
»Es ist nicht, was du meinst«, sagte Doktor Considine, der Thomas' angeekelte Miene richtig gedeutet hatte.
Dann nahm der Arzt die Maus seines Computers, der an den Bildschirmprojektor angeschlossen war, und zeichnete ein Rechteck um die Schwellung am Ende des Haars. Er klickte es ein paarmal an, wodurch der Ausschnitt mehrfach vergrößert wurde.
»Und was siehst du jetzt?« fragte der Arzt Thomas.

Dieser sah ihn ungläubig an. Er wußte doch genau, daß die Anzahl der Pixel in einem Photo begrenzt war und daher eine extreme Vergrößerung eines Bildes mit einem allmählichen Schärfeverlust einhergingen, je größer die Punkte wurden, die es zusammensetzten. Hierdurch wurde das Bild immer unkenntlicher. Dieses Photo war von vornherein schon stark vergrößert. Er sah nichts mehr als einen unförmigen Haufen Flecken. Er konnte kaum noch den schwarzen Streifen klar erkennen, der das Haar sein mußte. Der Arzt kam ihm zuvor.

»Du siehst nichts, und das ist normal. Aber ich habe eine neue Software, die die Punkte miteinander verbindet und das Bild anhand von winzigen, für das bloße Auge unsichtbaren Indizien auf die wahrscheinlichste Art ausfüllt. Du wirst sehen, das Ergebnis ist ziemlich erstaunlich ...«

Wieder glitt er mit der Maus über das Menü oben auf dem Bildschirm, blieb auf der Funktion *Rekonstruieren* stehen und klickte sie an.

Es dauerte nur ein paar Sekunden.

Thomas machte einen Schritt zurück.

Der Kopf eines wahren Monsters, ein erschreckendes Insekt, war gerade auf der Leinwand erschienen.

»Darf ich dir vorstellen: ein Exemplar der *Xenopsilla cheopis*, die Laus, die ein Parasit der Ratte ist und manchmal auch der mongolischen Springmaus.«

Um seiner These, die auf den ersten Blick sehr weit hergeholt schien, Nachdruck zu verleihen, schlug der Arzt eine große Enzyklopädie der Insekten auf, die neben ihm lag – es war nur eines der unzähligen Werke aus der seltsamen Bibliothek des Gerichtsmediziners. Mit Hilfe eines Lesezeichens fand er die Seite, die er suchte.

»Da, schau her: Du wirst sehen, daß die Software verblüffend gut ist.«

Thomas sah sich die vergrößerte Zeichnung der *Xenopsilla cheopis* an, verglich sie mit der ›rekonstruierten‹ und mußte zugeben, daß die Ähnlichkeit in der Tat verblüffend war. Zweifellos, es handelte sich um dieselbe Gattung. Als er den dazugehörigen Artikel überflog, erfuhr er, daß diese Art von Läusen sich niemals auf dem Menschen niederließ.

Die Schlußfolgerung drängte sich geradezu auf: Das Haar auf dem Photo war höchstwahrscheinlich nicht das eines Mannes oder einer Frau, sondern tatsächlich das einer Springmaus.

»Es handelt sich bestimmt um ein Barthaar«, präzisierte Considine nachdenklich.

Thomas, der gehofft hatte, mehr zu wissen, wenn er aus dem Labor käme,

tappte im Gegenteil immer mehr im dunkeln herum. Was hatten denn diese Glassplitter und dieser Nagetierparasit hier zu suchen? All das ergab überhaupt keinen Sinn.
»Aber wie soll denn das kleine Nagetier die junge Frau innen in die linke Pobacke gebissen haben?«
Considine zuckte mit den Schultern.
»Das kann ich dir nun wirklich nicht sagen. Das mußt du herausfinden! Aber was ich weiß, ist, daß der Biß tatsächlich von dieser kleinen Rattenart stammt!«

55

Nachdem er aus dem Labor herausgekommen war und sich vergewissert hatte, daß ihn niemand beobachtete, blieb Thomas ein paar Minuten lang in seinem Wagen sitzen. Doktor Considine hatte ihm die erschütternden Photos von Catherine zusammen mit seinem unterzeichneten Bericht gegeben. Er hatte ihm auch seine volle Unterstützung angeboten, falls er ihn als Zeugen vor Gericht brauchte. Das, was ihm sein ehemaliger Studienkollege gerade enthüllt hatte, nahm Thomas so in Anspruch, daß er die Ereignisse des frühen Nachmittags völlig vergessen hatte, obwohl sie wirklich nervenaufreibend gewesen waren.
Er war völlig vertieft und versuchte eine Lösung dieses unglaublichen Rätsels zu finden: Wie war Catherine von einer Ratte gebissen worden? Irgend etwas an dieser Geschichte konnte nicht stimmen!
Er stand vor zwei offenbar unvereinbaren Fakten. Zum einen war Catherine während eines mondänen Fests bei Jackson vergewaltigt worden. Zum anderen war sie mehrmals von einer Ratte gebissen worden. Ein Element fehlte ihm: die logische Verbindung zwischen diesen beiden Tatsachen.
Fünf Minuten lang in tiefe Konzentration versunken, spielte er mit diesen beiden unvereinbaren Gegebenheiten und rieb sich schließlich entmutigt über die Stirn. Er sah auf die Uhr seines Porsche.
Sieben Uhr …
Er hatte nicht mehr viel Zeit.
In etwas mehr als zwölf Stunden würde das Verfahren weitergehen.
Der letzte – und gleichzeitig der wichtigste – Zeuge war Catherine.

Wenn sie während der Vernehmung nicht ungemein gut war, wenn der Verteidiger es schaffte, was er bestimmt versuchen würde, daß sie sich in Widersprüche verstrickte, daß sie labil und verwirrt wirkte, dann würden die Geschworenen einen begründeten Zweifel hegen, der sie für die Angeklagten stimmen ließ.
Ein ›begründeter Zweifel‹: mehr brauchte die Verteidigung nicht, um den Freispruch der vier Angeklagten zu erreichen!
Er mußte also um jeden Preis den Zusammenhang zwischen der Vergewaltigung und der Ratte finden. Da lag des Rätsels Lösung, das fühlte er – und zwar nicht nur die Lösung, sondern auch der unwiderlegbare Beweis, der es dem Staatsanwalt erlauben würde, sein Plädoyer so überzeugend zu halten, daß die Geschworenen keine andere Wahl hatten, als die Angeklagten zu verurteilen.
Paul Kubrick.
Er mußte ihn sofort anrufen, um ihm von den letzten Entwicklungen zu berichten: das Quasi-Geständnis von Doktor Conway, die sozusagen zugegeben hatte, gezwungen worden zu sein, die berühmte Seite sieben des Berichts verschwinden zu lassen, die offenkundig am belastendsten war für die Angeklagten; der neue Einschüchterungsversuch, dessen Opfer er gewesen war; und vor allen Dingen die seltsamen Schlüsse, die Doktor Considine anhand der fehlenden und wiedergefundenen Photos gezogen hatte.
Er wählte fieberhaft die Telefonnummer des Staatsanwalts, der ein außerordentlich ehrgeiziger Junggeselle war und sich häufig bis tief in die Nacht im Büro aufhielt. Doch er traf ihn dort nicht an und mußte sich mit einer etwas starrköpfigen Angestellten herumschlagen, die eine Weile brauchte, bis sie begriff, wie dringend die Sache war. Von seiner Hartnäkkigkeit genervt, gab sie ihm schließlich die Privatnummer von Kubrick. Doch Thomas konnte ihn auch zu Hause nicht erreichen.
Da dachte er an Julie.
Durch die ganze Aufregung hatte er sich nicht an ihre stillschweigende Übereinkunft gehalten, jeden Abend um kurz vor sechs Uhr anzurufen und den anderen darüber zu unterrichten, was man fürs Abendessen plane.
Er rief sie an, erreichte wieder nur den Anrufbeantworter und hinterließ ihr eine kurze Nachricht, daß es sieben Uhr sei und er nicht sofort zurückkäme. Er machte sich ein wenig Sorgen, denn er fand es merkwürdig, daß Julie, die selten länger als bis sechs Uhr in der Klinik blieb, um diese Zeit nicht zu Hause war.

Wenn ihr bloß nichts passiert war, wenn Schmidt oder die Angeklagten bloß nicht beschlossen hatten, auch sie einzuschüchtern! So lange, wie er inzwischen schon bei ihr wohnte, mußten sie es wissen, besonders wenn sie ihn überwachen ließen. Würden sie sich nicht auch an einer verwundbareren Beute vergreifen, um ihn zu treffen?

Er zog es vor, diesen Gedanken zu verdrängen: So weit würden sie hoffentlich nicht gehen; Julie hatte schließlich keinen großen Einfluß auf den Ausgang des Prozesses, hinter dem in Wirklichkeit Thomas als treibende Kraft stand.

Er begann wieder, über diese Quadratur des Kreises, die der Rattenbiß darstellte, zu grübeln: Was konnte bloß der Zusammenhang mit dem sein, was Catherine erlitten hatte?

In der Vergangenheit hatte er bei Patienten, deren Probleme auf den ersten Blick unlösbar schienen, festgestellt, daß ihm häufig *alle* Elemente für die Lösung zur Verfügung standen, auch wenn er sich dessen nicht bewußt war. Sie lagen vor seiner Nase, aber er sah sie nicht. Oder, besser gesagt, er schaffte es nicht, sie so zu kombinieren, daß es einen Sinn ergab.

War denn im Moment nicht dasselbe der Fall? Hielt er denn nicht alle Elemente in Händen?

Er hörte einen Augenblick auf nachzudenken und beobachtete einfach nur die Fußgänger. Um diese Zeit eilten viele von ihnen in ein Kino oder ein Restaurant in der Nähe. Die meisten Geschäfte waren geschlossen.

Nicht weit entfernt machte eine hellerleuchtete Boutique scheinbar eine Ausnahme: Vielleicht hatte sich ja eine Kundin verspätet. Die Tür öffnete sich in der Tat, und nach den üblichen Abschiedsfloskeln trat eine sehr elegante Frau heraus mit einer runden Schachtel mit senkrechten Streifen und einem Pappgriff in der lila behandschuhten Hand. Thomas warf zerstreut einen Blick auf das Ladenschild und stellte fest, daß es sich um einen Hutmacher handelte, was die außergewöhnliche Form der Schachtel erklärte.

Die Kundin wandte sich in Richtung auf Thomas' Auto und beschleunigte ihren Schritt, fast als ob sie beunruhigt sei – war ihr Kauf möglicherweise nicht für ihren Ehemann bestimmt, sondern für irgendeinen flüchtigen Geliebten? Als sie neben Thomas' Auto lief, wich sie anderen Fußgängern aus, und die schöne Schachtel stieß leicht gegen den Rückspiegel des Porsche.

Nervös, wie er war – vielleicht auch, weil er sich von den Beinen der

Passantin hatte ablenken oder inspirieren lassen – schoß Thomas plötzlich ein neuer Gedanke durch den Kopf.
Durch ihre Form und die Streifen hatte ihn diese Schachtel, die gegen den Porsche gestoßen war, an ein Detail in Catherines langer Aussage erinnert: Sie hatte zu Protokoll gegeben, daß einer der Täter, Joseph Harvey, einen Käfig in der Hand gehalten hatte.
Weder Thomas noch der Staatsanwalt noch Julie hatten mit diesem Detail etwas anfangen können, und so hatten sie es bei ihren Überlegungen schließlich beiseite gelassen. Was transportiert man aber in einem Käfig? Für gewöhnlich einen Vogel.
Aber auch jedes andere Tier, das klein genug ist ... zum Beispiel eine Ratte.
In diesem Moment fiel Thomas ein Detail der Akte ein, die der Staatsanwalt über Harvey, wie über alle anderen Verdächtigen, angelegt hatte und zu der er zusammen mit Julie auch etwas beigetragen hatte. Ein Grund mehr anzunehmen, daß der Literaturkritiker einen Rattenkäfig gehalten habe. Vor ein paar Jahren hatte Harvey einen Artikel, *Der Mann mit den Ratten*, veröffentlicht, der den berühmten psychiatrischen Fall untersuchte, mit dem Freud sich auseinandergesetzt hatte. Es handelte sich hierbei um einen Mann, der eine krankhafte Fixierung auf Nagetiere hatte und sie quälte, wie es etwa auch der berühmte Schriftsteller Marcel Proust tat, wenn man der kleinen Geschichte Glauben schenkte. Darum drehte sich dann auch die Studie – Joseph Harvey verglich den Autor von *Auf der Suche nach der verlorenen Zeit* mit dem Mann, dessen Fall der berühmte Wiener Psychiater beschrieben hatte.
War es Zufall, daß Joseph Harvey sich mit Ratten im Zusammenhang mit Literatur und Psychiatrie befaßt hatte? Verbergen denn nicht oberflächlich gesehen rein intellektuelle Interessen andere, die manchmal tiefer liegen, viel tiefer verwurzelt sind?
Ob er sich nun irrte oder nicht, Thomas hatte im Augenblick keine andere Spur mehr. Er konnte es sich wirklich nicht leisten, wählerisch zu sein, denn die Zeit raste ihm davon. Er mußte sich an die kleinste Hoffnung klammern, was in dem Fall hieß, der Spur bis zum Ende nachzugehen.
Ohne Mühe fand er die Adresse von Joseph Harvey im Telefonbuch. Dieser wohnte in der Upper East Side, in der Nähe der Second Avenue. Das war nicht weit weg.
Er fuhr sofort hin, parkte das Auto ein paar hundert Meter vom Gebäude entfernt, in dem Harvey wohnte und ging langsam hin. Es war ein Haus

mit einer auffälligen Fassade im altenglischen Stil mit schwarzer Eingangstür und elegantem Türklopfer aus Bronze. Auf dem Türschild, ebenfalls aus Bronze, stand der Name des Literaturkritikers.
Thomas hob den Türklopfer hoch, der als Klingel zu dienen schien, doch statt ihn fallenzulassen, zögerte er im letzten Moment.
Natürlich wußte Harvey, welche Rolle er bei dem Prozeß gespielt hatte: Würde er ihn empfangen? Und wenn ja, was würde Thomas ihn denn fragen?
Ob er tatsächlich ein Verrückter war?
Ob er wirklich eine Vorliebe für Ratten habe und ob er am 15. Juli eine in einem Käfig zu Jackson mitgenommen habe?
Ob er ihr danach wie ein Hundedresseur befohlen habe, Catherine innen in die linke Gesäßhälfte zu beißen?
Das hatte weder Hand noch Fuß: Der Literaturkritiker würde ihn hochkant hinauswerfen. Wahrscheinlich würde er ihn ja nicht einmal hereinlassen und sich dabei an die Vorschriften seiner Anwälte halten, jeglichen Kontakt mit der Gegenpartei zu vermeiden. Außerdem würden ebendiese Anwälte sofort über seine Nachforschungen auf dem laufenden sein und daraus mühelos den Schluß ziehen, daß ein gewisses Photo wieder aufgetaucht war. Nein, es war bestimmt nicht der richtige Moment, um sie zu alarmieren.
Er täte besser daran, noch einmal zu versuchen, Paul Kubrick zu erreichen und ihn von den letzten Ereignissen in Kenntnis zu setzen.
›Noch besser‹, sagte er sich, ›ich werde nach Hause gehen‹ – und vergaß dabei einen Augenblick lang, daß Julies Wohnung nicht die seine war und daß Julie und er in keiner Weise ein Pärchen waren, weder vor dem Gesetz noch sonst. Vielleicht war seine gegenwärtige Bleibe ja unbemerkt und mehr als ihm lieb war sein wirkliches Zuhause geworden? Eines wußte er jedenfalls sicher, nämlich daß er jeden Abend froh war, die warme Anwesenheit dieser Frau, die er immer mehr liebte, zu spüren. Ob froh das richtige Wort war? War er nicht eigentlich bis über beide Ohren in sie verliebt?
Er stieg die drei Stufen der Vortreppe wieder hinunter, ging zu seinem Auto und ließ dabei seinen Blick über das Haus des Kritikers schweifen, als ob er unbewußt in letzter Minute ein Detail entdecken wollte, das ihm nützen konnte. In diesem Moment stellte er fest, daß das Wohnzimmerfenster einen Spalt geöffnet war.
Ein verrückter Gedanke schoß ihm durch den Kopf.

Von neuem stieg er die drei Stufen hinauf. Er betätigte den Türklopfer, wartete ein paar Sekunden, klopfte nochmals, diesmal nachdrücklicher, um sicherzugehen, daß Harvey ihm nicht öffnete, weil er nicht zu Hause war, und nicht etwa, weil er ihn nicht hörte. Aufgeregt schaute er nach rechts und links. Da niemand in Sicht war und obwohl es taghell war, ging er zum Fenster, schob es hoch und schlüpfte ins Innere des Appartements. Sein Herz klopfte wie wild.

Was tat er da?

Er war dabei, sich unbefugt Zugang zum Haus eines prominenten New Yorker Intellektuellen zu verschaffen. Das konnte ihm eine Gefängnisstrafe oder zumindest ernsthafte Schwierigkeiten einbringen, aber jetzt war es sowieso zu spät, daran etwas zu ändern.

Das Interieur war recht luxuriös, wie man sich das Appartement eines begüterten Intellektuellen vorstellt: farbiges Leder, feine Stoffe, Lithographien moderner Künstler, zahllose Bücher über moderne Kunst, Unmengen Romane und neben dem Telefon ein großer Packen Papier – bestimmt ein unveröffentlichtes Manuskript. Zwischen alldem stand Kleinkram unterschiedlicher Herkunft herum, ein Ausdruck von Harveys Vorliebe für Reisen in weit entfernte Länder wie Marokko und Algerien, zumindest wenn Thomas' und Julies Nachforschungen korrekt waren.

Da entdeckte Thomas etwas in einer Ecke des Wohnzimmers, was ihm merkwürdig vorkam: ein metallener Wäscheständer, auf dem, außer Socken, auch große Vierecke aus Stoff hingen, die den in früheren Zeiten gebräuchlichen Baumwollwindeln täuschend ähnlich sahen.

Thomas wunderte sich. Wenn er sich nicht irrte, hatte der unverheiratete Literaturkritiker keine Kinder. Und wie kam es überhaupt, daß ein Mann mit den Einkünften eines etablierten Kritikers sich selbst um seine Wäsche kümmern mußte? Thomas dachte sich, daß er ausgesprochen geizig sein mußte. Doch er hatte keine Zeit, weitere Gedanken an den seltsamen Wäscheständer zu verschwenden, denn ein Geräusch zu seiner Linken ließ ihn aufschrecken.

Er drehte sich um und bemerkte das, was ihn erschreckt hatte und was gleichzeitig der Grund für seinen ›Besuch‹ bei Harvey war: In der Ecke eines Käfigs, der auf einem Tisch stand, spielte eine kleine braune Ratte munter in einem Laufrad.

Thomas lief eine seltsame Art von Schauder über den Rücken, ein Schauder, den man empfindet, wenn alle Stücke eines geistigen Puzzles wie durch Zauberei ihren Platz finden.

Gebannt lief er auf den Käfig zu und sah eine zweite Ratte, die in einer Ecke schlief.
In diesem Moment bemerkte das Nagetier in dem Rad Thomas und blieb stehen, um ihn mit diesem für seine Art typischen neugierigen und gleichzeitig mißtrauischen Ausdruck zu beobachten. Beruhigt steckte es dann seine Schnauze zwischen die Gitter des Käfigs, offenbar in der Hoffnung, daß Thomas ihm etwas zu fressen gab. Dieser beobachtete es. Das Tier, das nicht bedrohlich, sondern eher sympathisch aussah, war kaum größer als eine Wald- oder eine kleine Hausmaus, von der es sich durch sein braunes Fell und die recht ausgeprägten Ohren unterschied.
Da fiel Thomas ein Detail auf, das Considines These bestätigte: Die Barthaare der beiden Bewohner des Käfigs ähnelten dem, das in Catherines After gefunden und photographiert worden war.
Also hatten Natascha und sie die Wahrheit über den Käfig gesagt! Diese ganze auf den ersten Blick unwahrscheinliche Geschichte war nicht Catherines Erfindung; die Photos zeigten ja auch, daß sie von einem Nagetier gebissen worden war – vielleicht von dem neugierigen kleinen Tier, das ihn gerade ansah. Als der Ratte klar wurde, daß Thomas ihr nichts zu fressen geben würde, sprang sie wieder in ihr Laufrad.
Plötzlich hörte Thomas hinter sich das Geräusch eines Schlüssels, der im Schloß herumgedreht wurde. Sein Herz machte einen Satz. Jemand kam in die Wohnung! Mit einem Blick sah er, daß er sich zu weit vom Fenster entfernt hatte, um schnell genug wieder dorthin zu gelangen.
Er öffnete die erste Tür zu seiner Linken, eine Schranktür. Thomas schlüpfte hinein, konnte jedoch die Tür nicht mehr schließen, bevor die breite Silhouette Joseph Harveys mit seinem breitkrempigen schwarzen Hut erschien.
Harvey schnaufte.
Er blieb mitten im Wohnzimmer stehen und runzelte die Stirn, wie Thomas zwischen den Mänteln durch sehen konnte. Harvey sog die Luft ein. Er hätte schwören können, daß der Geruch eines anderen Eau de toilette als seines eigenen in der Luft hing. Er war sich nicht hundertprozentig sicher, doch der Eindruck war sehr stark.
Aber er kam von einem Empfang zu Ehren eines jungen Schriftstellers zurück, wo er eine Unmenge Hände gedrückt hatte und einer reichlich parfümierten Frau die Wange hingehalten hatte. Er hatte auch den Roman mit Widmung der jüngsten Entdeckung auf dem Gebiet amerikanischer Literatur mitgebracht, obwohl das Talent des Autors sich seiner Meinung

nach sehr in Grenzen hielt: Bei der Buchpremiere hatte dieser es gewagt, sein Angebot, ihn das darauffolgende Wochenende bei sich zu Hause zu interviewen, abgelehnt und hochmütig seine offenkundigen Avancen ignoriert – worüber der Literaturkritiker erbost war, zumal er wußte, daß sie dieselben sexuellen Neigungen hatten.

Er ließ seinen Blick durch den Raum schweifen und bemerkte das Fenster, das offengeblieben war. Dies erschien ihm merkwürdig, denn er meinte sich daran zu erinnern, daß er es am Morgen geschlossen hatte, bevor er gegangen war.

Aber er war müde. Von dem Sekt hatte er, obwohl er widerlich war, mehr als genug getrunken: Man mußte ja etwas finden, die Langeweile zu vertreiben, die die meisten dieser mondänen Empfänge kennzeichnete. Geizige Verleger, die nicht einmal echten Champagner servierten und sich hinterher wunderten, wenn die Kritiker nicht zu ihren Empfängen stürmten!

Harvey schloß das Fenster, fand immer noch, daß ein unbekannter Duft den Raum erfüllte, sah dann die offene Schranktür und ging hin. Thomas kauerte sich in einer Ecke zusammen und fing auf einmal an zu schwitzen.

Das Telefon klingelte.

Zu Thomas' großer Erleichterung, der mit wachsender Unruhe gehört hatte, wie Harveys Schritte sich näherten, ging dieser wieder weg; der Kritiker blieb vor einem kleinen Tisch in der Ecke stehen, auf dem das Telefon stand. Er legte den Roman beiseite, den er immer noch in der Hand hielt, und nahm den Hörer ab.

Der Verleger des jungen Autors rief an, denn dieser hatte ihn informiert, daß Harvey seinen Roman nicht in seiner Kolumne besprechen wollte. Der Kritiker geriet in Wut.

»Hören Sie, Al hat sich mir gegenüber unmöglich benommen! Verehrter Freund, Sie sollten wissen, daß ich mich nicht für dumm verkaufen lasse! Ich weiß, was läuft. Er hat mir gegenüber die tugendhafte Jungfrau gespielt, das ist doch wirklich nicht die feine englische Art! Ich habe ihm vorgeschlagen, nächsten Samstag abend gegen Mitternacht zu mir zu kommen, um mir von seinem Buch zu erzählen … Na gut, Mitternacht ist ein bißchen spät, das gebe ich zu, aber ich bin ein Nachtmensch. Er sollte sich mal klarmachen, daß ich ihm nichts schulde und daß ich ihn nicht nur wegen seines kleinen Knackarschs in meiner Kolumne beweihräuchern werde! Ich will erst einmal überprüfen, ob er wirklich begabt ist – verstehen Sie, was ich meine?«

Erneutes Schweigen, währenddessen ein interessiertes Lächeln Harveys verärgertes Gesicht aufhellte, dann sagte er:
»Hören Sie, wenn Sie es schaffen, ihn davon zu überzeugen, daß es zu seinem Besten wäre, bin ich bereit, meine Entscheidung zu revidieren.«
Nach einer Pause fuhr er fort:
»Noch eine Kleinigkeit: Ich brauche eine gewisse Wiedergutmachung Ihrerseits, da er mich nicht auf Anhieb verstanden hat! Ich ziehe es in Erwägung, nächste Woche einen Artikel in Marokko zu schreiben, und bräuchte noch Unterstützung, was meine Reisekosten angeht.«
Ein zufriedenes Lächeln umspielte seine Lippen: Nun hatte er ihn, wo er ihn haben wollte!
»Sagen wir das Doppelte, und wir sind uns einig!«
»Gleich? Tja, da haben wir ja ein helles Köpfchen!« sagte er in einem schmeichelhaften Ton. »Ich kann tatsächlich in ... sagen wir fünfzehn Minuten da sein! Es ist eine wahre Freude, mit Ihnen zu verhandeln!«
Er legte auf und blieb einen Augenblick mit der Hand auf dem Hörer stehen, offensichtlich zufrieden. Er hatte erreicht, was er wollte, und noch mehr sogar, denn außer der Aussicht auf das Vergnügen, für das er bereit gewesen wäre zu zahlen – was er manchmal auch tat –, würde er diesmal selbst eine kleine Vergütung bekommen.
Das kurze Telefongespräch hatte ihn dermaßen erregt, daß er überhaupt nicht mehr an den verdächtigen Eau-de-toilette-Geruch dachte oder an das halboffene Fenster. Plötzlich zählte nichts mehr, außer dem Rendezvous, das er gerade mit dem Verleger ausgemacht hatte.
Aber trotz seiner Erregung hatte er seine Tiere nicht vergessen, und bevor er zu seinem Rendezvous eilte, lief er zum Käfig, vergewisserte sich, daß es den Nagetieren an nichts fehlte, und verließ den Raum, nachdem er ihnen noch ein liebevolles ›Gute Nacht, meine Lieblinge!‹ zugerufen hatte.
Thomas wunderte sich über die lächerliche Zärtlichkeit dieses Grußes, ließ einige Minuten verstreichen, nachdem die Tür ins Schloß gefallen war, und kroch dann aus dem Schrank, in dem er beinahe erstickt wäre. Er stand noch immer unter dem Schock der unvorhergesehenen Rückkehr des Literaturkritikers und brauchte eine Weile, bevor er sich dazu entschloß, das Haus durch die Vordertür zu verlassen.

56

Als er in Julies Wohnung ankam, stellte Thomas fest, daß die Tür nicht richtig geschlossen war. Außerdem drang sehr laute Musik an seine Ohren.
Er dachte sich, daß er sie vielleicht noch nicht so gut kannte, wie er meinte, wunderte sich aber, denn sie war gewöhnlich nicht zerstreut und hörte auch sonst nicht so laut Musik, wie Jugendliche es taten.
Julie war ein durchorganisierter Mensch und respektierte im allgemeinen das Ruhebedürfnis ihrer Nachbarn. Gleich stellte er sich das Schlimmste vor: Der Killer war hierher gekommen, weil er es auf ihn abgesehen hatte und hatte sich – aus Wut oder Perversion – an Julie vergriffen, weil er ihn nicht angetroffen hatte.
Als er eintrat, sah Thomas mitten auf dem Wohnzimmerteppich Julies hübsche schwarze Pumps – die, die sie am selben Morgen angezogen hatte, wenn er sich nicht irrte. Hatte sie sie verloren, als sie vor dem Killer weggerannt war? Dieser Gedanke steigerte nur die Angst, die ihm die Kehle zuschnürte.
»Julie!«
Da sie nicht antwortete, schrie er ihren Namen noch einmal durch die Wohnung. Mit ebensowenig Erfolg.
Er stürzte zum Schlafzimmer. Die Tür stand offen, und zu seiner großen Überraschung lag Julie dort, hingegossen auf der apfelgrünen Ottomane, in einem nicht gut zugemachten oder wild aufgerissenen Bademantel. Sie hatte ein Glas in der Hand, lag träumend und entspannt mit geschlossenen Augen da und ließ sich zu den Klängen der sinnlichen Musik von Marvin Gaye, *Sexual Healing*, treiben.
Obwohl er beruhigt war, war Thomas gleichzeitig auch wütend auf sich selbst, daß er sich so unnötig Sorgen gemacht hatte. Außerdem war ihm die Situation auch ein wenig peinlich, denn man konnte eine von Julies Brüsten sehen und da sie die Augen geschlossen hatte, kam er sich vor wie ein Voyeur.
Zwar hatte er sie schon zweimal nackt gesehen, doch da sie noch kein richtiges Liebespaar geworden waren, obwohl sie seit mehreren Wochen zusammenwohnten, hatte er doch das Gefühl, ihre Intimsphäre zu verletzen. Gleichzeitig mußte er sich eingestehen, daß er es sehr aufregend fand.
Sollte er sie ihren Träumen überlassen oder sie aus ihnen herausreißen,

um ihr zu erzählen, was ihm alles zugestoßen war, seit sie sich am Morgen getrennt hatten?
Er hatte sich gerade entschieden, aus dem Zimmer zu gehen, als sie die Augen öffnete. Sie schien weder überrascht noch geschockt zu sein, ihn in ihrem Schlafzimmer zu erblicken, und ließ auch ihren Bademantel, wie er war. Allerdings wußte Thomas nicht, ob das eine Art subtiler Provokation sein sollte oder ob sie sich einfach nicht bewußt war, daß ihre Brust halb entblößt war.
Sie leerte ihr Glas in einem Zug, stellte es auf den runden Kirschholz-Tisch, dessen rötlicher Ton in einem schönen Kontrast zum Grün der Ottomane stand, und lächelte Thomas einladend an. Sie war sichtlich angeheitert.
»Julie, ich habe mir Sorgen gemacht! Du hast die Tür offengelassen.«
Sie schien erstaunt, aber eher amüsiert über ihre Nachlässigkeit.
»Na so was, es ist bestimmt ...«
Sie wollte hinzufügen: der Alkohol, wollte Thomas aber nicht schockieren. Ohne ihn wirklich gut zu kennen, wußte sie doch, daß er kaum trank. Vielleicht wäre er enttäuscht zu erfahren, daß sie sich unter der Woche tagsüber betrunken hatte.
»Wo warst du? Ich habe heute nachmittag versucht, dich zu erreichen.«
»Ich war mit Catherine unterwegs. Wir waren im *L'Ova.*«
»Die Konditorei?«
»Ja, sie war traurig, also habe ich mir gedacht ... Und wir haben ein bißchen Champagner getrunken.«
Sie unterdrückte ein kleines Kichern.
»Ich verstehe. Und ist sie jetzt in der Klinik?«
»Ja, ich habe sie um fünf oder sechs Uhr zurückgebracht.«
»Da bin ich beruhigt, denn mir ist heute nachmittag etwas völlig Unglaubliches zugestoßen.«
Er faßte kurz das Lastwagenabenteuer zusammen und fuhr dann fort:
»Aber das ist nicht das Interessanteste! Weißt du noch, die Fragen, die du dir über die fehlende Seite des Berichts gestellt hast? Stell dir vor, du hast da wirklich eine gute Spur gefunden. Ohne es mir direkt zu sagen, hat Doktor Conway mir gestanden, daß sie gezwungen worden ist – du kannst dir vorstellen, von wem –, eine Seite aus dem Bericht zu nehmen. Und sie hat mir die Photos gegeben, die zu diesem Teil des Berichts gehören.«
Thomas holte die Photos aus dem Umschag und reichte sie Julie. Als

diese sie sah, verwandelte sich ihre fröhliche Sorglosigkeit zugleich in Erschrecken.
»Was ist ihr zugestoßen? Ist sie … gebissen worden?« wagte sie schließlich zu fragen.
»Ja. Von einer Ratte. Und rate einmal, wem sie gehört – Joseph Harvey.«
»Der Literaturkritiker?«
»Ja, da komme ich gerade her. Ich bin bei ihm eingedrungen und habe den Käfig gefunden, den Catherine auf dem Fest gesehen hat. Harvey hat zwei Ratten, genauer gesagt zwei mongolische Springmäuse.«
»Das ist eine Rattenart, oder?«
»Ja, und es ist genau die Rattenart, die Catherine gebissen hat. Das ist die feste Überzeugung des Gerichtsmediziners, den ich zu Rate gezogen habe. Siehst du dieses Haar?«
Angewidert und empört zugleich, sah sich Julie nochmals das Photo an.
»Nun«, fuhr Thomas fort, »das ist kein Menschenhaar, sondern das Barthaar einer Ratte. Das steht alles im Bericht.«
Er zog ihn aus dem Umschlag und gab ihn Julie, die ihn überflog.
»Eine *Laus*?« fragte sie erstaunt.
»Ja, ein Parasit, der der Springmaus eigen ist. Damit hat der Gerichtsmediziner die Rattenart identifizieren können.«
Julie legte den Bericht neben ihr leeres Glas auf den Tisch. Gleichzeitig bemerkte sie, daß ihr Bademantel Einblicke bot, und schloß ihn brav. Sie schien erschüttert.
»Was werden wir tun?« fragte sie.
»Paul sofort anrufen. Catherine hat in ihrer Aussage zu Protokoll gegeben, daß Joseph Harvey einen Käfig in der Hand hielt. Das ist der Käfig mit den Ratten, den ich bei ihm zu Hause gesehen habe. Und das Photo beweist, daß Catherine von einer Ratte gebissen worden ist. Außerdem habe ich den Bericht von Doktor Considine.«
»Aber das sind nur Indizien …«
»Wir werden ja hören, was Paul dazu sagt.«
Er nahm das Telefon, das in Julies Zimmer stand, und wählte die Nummer von Pauls Büro. Als niemand antwortete, wählte er dessen Privatnummer, ebenfalls ohne Erfolg. Er legte wieder auf und seufzte entmutigt.
Selten hatte Julie Thomas so enttäuscht und hilflos gesehen.
Sie wollte ihn in die Arme nehmen, um ihn zu trösten. Doch bevor sie das tun konnte, zog Thomas die sehr belastende Kassette, die Templeton ihm gegeben hatte, aus der Tasche und gab sie Julie.

»Templeton hat mein Alibi widerlegt, meine Liebe! Er hat eine Aussage deiner Mutter aufgenommen, die eine eidesstattliche Erklärung abgegeben hat, am 15. Juli abends um zehn Uhr telefonisch mit dir gesprochen zu haben.«

Julie runzelte die Stirn und erinnerte sich dann daran: In der Tat, ihre Mutter hatte sie angerufen.

»Das tut mir leid«, sagte sie.

»Aber nein, es ist doch nicht deine Schuld.«

»Ich hatte diesen Anruf vergessen. Dieser Templeton ist wirklich hartnäckig!«

»Wenn Catherine jetzt ihren Prozeß verliert, heißt das, daß er in Null Komma nichts seine Ermittlung gegen mich wieder aufnimmt.«

Ein betretenes Schweigen folgte, und Julie schaute Thomas tief und eindringlich in die Augen. In ihren Augen stand eine Frage, die nicht nur für den Ausgang des Prozesses, sondern auch für den weiteren Verlauf ihrer Beziehung bestimmt die wichtigste war.

»Glaubst du, daß ich Catherine vergewaltigt habe?« fragte er mutig.

Sie zögerte eine Sekunde.

»Nein.«

Sie sah ihn immer noch fragend an, jetzt aber auf der Suche nach einer anderen Wahrheit. Die warme, sinnliche Musik von Marvin Gaye umhüllte sie immer noch.

Eine beinahe tastbare Spannung machte das Schweigen quälend.

»Tanzen wir«, schlug Julie vor.

Sie wartete Thomas' Antwort nicht ab; sie näherte sich ihm, zog ihn an sich und umarmte ihn. Da sie ihn immer näher zu sich heranzog, stieg eine große Welle in ihnen auf, der sie nicht einmal versuchten zu widerstehen.

Sie küßten sich leidenschaftlich, zogen sich aus und rollten aufs Bett. Bald waren sie mit einer großen Leichtigkeit und Vertrautheit, die sie beide überraschte und begeisterte, ineinander verschlungen. Es war, als seien sie in jeder Hinsicht füreinander geschaffen.

»Ich hatte schon geglaubt, daß wir es nie mehr schaffen«, gestand Julie, als sie beglückt und erschöpft wieder aus dem wollüstigen Nebel auftauchte.

»Es fühlt sich so an, als hätte ich nie mit jemand anders geschlafen als mit dir.«

War er aufrichtig, oder wollte er ihr schmeicheln? Aber auch sie hatte den

seltsamen und verwirrenden Eindruck, zum erstenmal in ihrem Leben wirklich mit jemandem zu schlafen.
Mehrere Minuten lang sahen sie einander an, ohne zu reden. Beide standen unter dem Zauber aller Anfänge, der meist leider viel zu kurz dauerte. Vielleicht würde er bei ihnen ja andauern? Vielleicht würde der Nektar ihrer dauerhaften Liebe ihn stärken? Das war jedenfalls das leuchtende Versprechen, das aus ihren Augen strahlte.
Das Telefon klingelte.
Es war Paul, der Julies Nummer von seinem automatischen Decoder abgelesen hatte. Julie gab Thomas den Hörer. Dieser erklärte dem Staatsanwalt, was ihm im Lauf des Nachmittags zugestoßen war. Dabei legte er den Nachdruck auf die fehlende Seite des Berichts, die neuen Photos und die erstaunlichen Schlußfolgerungen von Doktor Considine.
In der Zwischenzeit ging Julie zwei Gläser Weißwein holen. Als sie zurückkam, war Thomas immer noch am Telefon.
Sie stellte das Sauternes-Glas in die Nähe des Telefontisches. Dann schnappte sie sich die Fernbedienung, schaltete den Fernseher ein, drehte den Ton leise und zappte von einem Sender zum anderen, bis sie auf eine Reportage über ein Fest im Empfangssaal eines großen Hotels stieß. Das Fest wurde zu Ehren eines bekannten New Yorker Künstlers gegeben, dem der Bürgermeister eine Ehrenmedaille überreichte, um die Bedeutung seines Werkes für die Stadt New York zu dokumentieren.
Vor dem Hotel stand eine lange Reihe Limousinen, aus denen einer nach dem anderen bekannte Persönlichkeiten ausstiegen, einflußreiche Geschäftsmänner, mit einem Wort: die Crème de la crème von New York.
Da sah man, wie Hubert Ross, Gordon Steppelton und Vic Jackson aus einem langen Mercedes stiegen. Der einzige, der fehlte, war Joseph Harvey, der sich nicht hatte loseisen können. Wie aus ihrer Anwesenheit bei diesem Empfang, der starke Beachtung in den Medien fand, hervorging, wollten die Angeklagten allem gemeinsam die Stirn bieten und vor allen Dingen ihr Vertrauen in den guten Ausgang des Verfahrens demonstrieren.
Da sie Berühmtheiten der Stunde waren, stürzten sich die Journalisten auf die drei Männer, die sich jedoch peinlich genau an die Vorschrift ihres Anwalts hielten und schwiegen. Nur Jackson erlaubte es sich zu sagen, daß sie die Opfer einer umfassenden Verschwörung seien und daß ihre Ehre ab dem morgigen Tag wiederhergestellt sein würde.
Der Berichterstatter kommentierte wie folgt:

Morgen ist der letzte Tag des berühmten Prozesses der vier (so hatten die Medien den Prozeß kurzerhand getauft, eine Erfindung eines Journalisten der *New York Times). Aus den ersten Verhandlungen läßt sich schließen, daß die Beweislage recht schwach ist und von der Anklageseite her ziemlich lückenhaft. Die Experten auf juristischem Gebiet sind sich darüber einig, daß die Aussage von Fräulein Catherine Shield morgen früh außerordentlich beweiskräftig sein muß, um die Windrichtung zu ändern und die Geschworenen davon zu überzeugen, die vier wohlbekannten Persönlichkeiten zu verurteilen, die sie in diese unwahrscheinliche Geschichte von kollektiver Vergewaltigung verwickelt hat.*

Thomas, der gerade aufgelegt hatte, hörte sich das Ende der Meldung aufmerksam an.

»Was hat Paul gesagt?« fragte Julie, nachdem die Reportage zu Ende war.

»Daß wir vielleicht stärker sind, als sie denken! Paul kommt vorbei, um den Bericht und die Photos abzuholen. Er wird sehen, was er damit anfangen kann. Wir sollen morgen früh um Viertel vor acht im Justizpalast sein. Und was sagen sie im Fernsehen?«

»Daß Catherine wirklich außerordentlich überzeugend sein muß und daß sie echte Argumente braucht, um nicht zu verlieren.«

57

»Ich habe diese Photos nie gesehen.«

Wie ein Todesurteil kamen diese Worte aus dem Mund von Doktor Conway, gegen die der Staatsanwalt einen Vorführbefehl erlassen hatte.

Es war acht Uhr morgens, und die Szene spielte sich in Anwesenheit von Thomas, Catherine, Julie und dem Staatsanwalt im Büro von Richter Burns ab.

»Aber Sie haben sie mir doch gestern gegeben!« protestierte Thomas.

Sie sah ihn wütend an. Er hatte sie verraten, da würde sie bestimmt nicht auch noch nett zu ihm sein! Sie würde das Leben ihrer Töchter unter keinen Umständen in Gefahr bringen – lieber würde sie einen Meineid leisten oder sterben. Und reichte es denn nicht, daß sie Thomas die Photos gegeben und ihm so gut wie gestanden hatte, daß sie gezwungen worden war, die Seite sieben verschwinden zu lassen?

Inzwischen bereute sie es sogar, denn aus Mitleid mit Thomas und damit

Catherine Gerechtigkeit bekam, war sie ein Risiko eingegangen, das sie hätte vermeiden können.
»Ich habe diese Photos nie gesehen«, wiederholte sie nur.
»Aber sie tragen denselben Stempel, dieselbe Aktennummer und dasselbe Datum wie die anderen. Woher können sie also sonst kommen?« warf der Staatsanwalt ein.
Die schwache Hoffnung, die er seit dem Vorabend gehabt hatte, schwand wieder.
Ohne etwas zu sagen, senkte Doktor Conway den Kopf.
»Doktor Conway, ich möchte, daß Sie die Frage des Staatsanwalts beantworten«, schritt der Richter ein, der anfing sich zu fragen, was dieser ganze Zirkus sollte.
Der junge Staatsanwalt brachte ihm im allgemeinen nicht solche widerwilligen Zeugen.
»Ich verstehe nicht, wie das passieren konnte«, sagte sie. »Wahrscheinlich handelt es sich um ein Irrtum des Sekretariats. Wir untersuchen jede Woche Hunderte von neuen Fällen ...«
»Doktor Conway, ich möchte Sie daran erinnern, daß Sie derzeit unter Eid stehen und des Meineids angeklagt werden können, was nach unserem Strafrecht ein sehr schweres Vergehen ist. Bleiben Sie dabei, daß Sie diese Photos nie gesehen haben?« fragte der Richter und legte die Photos auf seinen Schreibtisch.
»Ich bleibe dabei.«
»Und Ihnen zufolge stimmen diese Verletzungen nicht mit denen überein, die Sie an Fräulein Shield während der Untersuchung festgestellt haben, die Sie am 16. Juli morgens vorgenommen haben?«
»Nein.«
»Diese Untersuchungsergebnisse waren auf der Seite sieben Ihres Berichts festgehalten, die entfernt wurde«, widersprach Thomas.
Er fühlte, wie er den Boden unter den Füßen verlor.
Doktor Conway schaute Catherine an und zögerte offenbar. Diese arme junge Frau, die man auf eine so widerliche Weise mißhandelt hatte und die wahrscheinlich für den Rest ihres Lebens darunter leiden würde! Wie konnten Männer nur dermaßen grausam sein, jemanden so zu demütigen?
Als Doktor Conway weiterhin hartnäckig schwieg, nahm der Richter den Bericht, den die Gerichtsmedizinerin verfaßt hatte, und fragte nochmals:
»Doktor Conway, ist der Bericht, so wie er dem Gericht vorliegt, vollständig?«

»Der Bericht, den ich unterschrieben habe, ist der, den Sie in den Händen halten.«
»Sie bleiben dabei, daß er vollständig ist?« fragte Paul Kubrick. »Sie behaupten, daß es niemals eine Seite sieben gegeben hat?«
»Das weiß ich nicht, aber diese Photos waren kein Teil des Berichts.«
»Und wie erklären Sie sich, daß der Bericht von Seite sechs auf Seite acht springt?« fuhr er fort: »Noch ein Fehler des Sekretariats?«
»Ja.«
Einen Moment lang schwiegen alle. Dann entschied der Richter:
»In diesem Fall tut es mir leid, Herr Staatsanwalt, aber diese Photos können nicht als Beweismaterial zugelassen werden.«
»Aber es gibt den Bericht von Doktor Considine, der ein anerkannter Gerichtsmediziner ist!« protestierte Paul verzweifelt.
»Sie wissen ebensogut wie ich, daß dieser Bericht auch nicht zugelassen werden kann, jedenfalls nicht vor diesem Gericht. Er wurde anhand von Photos erstellt, deren Gültigkeit nicht anerkannt wurden. Also ist der Bericht wertlos. Es tut mir leid. Wir sehen uns in ...«
Er sah auf seine Uhr, ehe er seinen Satz beendete:
»... in vierzig Minuten vor Gericht wieder.«
Kubrick wollte widersprechen, wußte aber, daß es keinen Sinn hatte. Richter Burns kannte die Gesetze sehr gut, und der Staatsanwalt würde ihn nicht beeinflussen können.
»Vielen Dank, daß Sie sich Zeit für uns genommen haben, Euer Ehren.«
»Kann ich jetzt gehen?« fragte Doktor Conway.
»Ja«, sagte der Richter, »Sie sind entlassen.«
»Ich möchte mich mit Ihnen unterhalten«, sagte Thomas.
»Das würde nichts nützen.«
Doktor Conway sah erst Julie an, dann Catherine und sagte dieser:
»Es tut mir leid, daß ich nichts für Sie tun kann. Und ich wünsche Ihnen alles Gute.«
Sie wirkte innerlich zerrissen, doch sie hatte ihre beiden Mädchen vor Augen, die ihr alles bedeuteten. Nein, sie hätte es nicht gekonnt ...
Sie schluckte. Ihre Kehle war zugeschnürt, eine Träne lief ihr über die Wange. Schnell verließ sie das Büro des Richters.
Thomas wollte sie einholen, doch Paul hielt ihn zurück.
»Laß«, sagte er.
Er wußte, daß man die Zeugin nicht zu einer Aussage zwingen konnte und daß es sowieso schon zu spät war. Der Richter hatte seine Entscheidung

gefällt. Außerdem hatten sie seinem Ruf als Staatsanwalt schon genug geschadet, indem der Richter ihretwegen seine kostbare Zeit mit dieser unwilligen Zeugin vergeudet hatte.
Jetzt blieben Paul nur noch vierzig Minuten, um eine Entscheidung zu fällen. Er war wieder genauso weit wie am Vortag. Sollte er weitermachen oder das Ganze sein lassen?
Vierzig Minuten … Mehr Zeit hatte er nicht.
Als er zum Büro ging, das ihm zur Verfügung gestellt worden war und in das er alle bestellt hatte, überlegte er sich, was gerade passiert war.
Hatte Thomas diese unwahrscheinliche Geschichte über die Photos und die fehlende Seite nicht einfach nur erfunden, um sich selbst zu entlasten?
In diesem Fall wären die vier Angeklagten nicht schuldig …

58

Catherine trat in den Zeugenstand.
Sie trug ein dunkelgraues, fast schwarzes Kostüm und eine weiße, hochgeschlossene Bluse – die Kleidung, die ihr der Staatsanwalt empfohlen hatte, um auf die Geschworenen den Eindruck einer seriösen Frau zu machen.
Nachdem er lange hin und her überlegt hatte, hatte Paul beschlossen, sich auf sein Gespür und sein Glück zu verlassen, die ihn in der Vergangenheit noch nie im Stich gelassen hatten, und auf dem von Anfang an eingeschlagenen Weg fortzuschreiten.
Während Thomas und Julie ihr zulächelten, um ihr Mut zu machen, wurde die nervöse Catherine vereidigt.
Unter den Zuschauern sah sie ihre Eltern, die in einer der ersten Reihen des Verhandlungssaals saßen. Ihre Mutter, die ihr immer davon abgeraten hatte, Schauspielerin zu werden, fiel ihr zuerst auf: Sie trug wieder einmal einen etwas zu auffälligen Hut, und das in einem Gerichtssaal! Aber sie hatte sich bestimmt Mühe gegeben … Dann begegnete Catherines Blick dem ihres Vaters. Weil sie ihm noch nicht verziehen hatte, sah er bemitleidenswert aus. Würde sie es jemals tun?
In den Alpträumen, die sie in den letzten Tagen heimgesucht hatten, vermischten sich in einer Art Nebel Erinnerungen an die Vergewaltigung

schmerzlich mit Erinnerungen an früher, als ihr Vater ihr den Kopf gegen die Wand gestoßen hatte oder sie, mal mit den Fäusten, mal mit einem Gürtel, nach Strich und Faden verprügelt hatte. Die Gesichter ihrer Vergewaltiger verschmolzen mit dem ihres Vaters, wodurch die erlittenen Kränkungen noch qualvoller wurden.

Paul Kubrick kam nun selbstsicher auf sie zu. Nichts verriet die Unsicherheit, die ihn angesichts dieser äußerst wichtigen Vernehmung überkommen hatte. Er lächelte Catherine warmherzig zu, um ihr Vertrauen einzuflößen, und begann:

»Fräulein Shield, erkennen Sie in diesem Raum die drei Männer, gegen die die Anklage erhoben worden ist, Sie am Abend des 15. Juli dieses Jahres vergewaltigt zu haben?«

»Ja.«

»Könnten Sie, zum Verständnis des Gerichts, sie uns zeigen?«

Catherine deutete mit dem Zeigefinger auf Joseph Harvey, den imposanten Literaturkritiker, auf Gordon Steppelton, den kleinen, glatzköpfigen Bankier, dessen rechte Hand immer noch bandagiert war, und schließlich auf Hubert Ross, Spitzenfunktionär und rechte Hand des Bürgermeisters. Die drei Männer versteiften sich angesichts des anklagenden Fingers instinktiv. Natürlich wußten sie, daß sie die Angeklagten waren. Doch trotz der Zerbrechlichkeit der jungen Frau – oder vielleicht gerade deswegen – hatte diese Geste etwas Beeindruckendes, was scheinbar auch die Geschworenen bemerkten.

Natürlich hatte Rechtsanwalt Schmidt seinen Mandanten geraten, so unbewegt wie möglich zu bleiben, doch wenn Blicke töten könnten, wäre Catherine bestimmt auf ihrer Bank tot zusammengefallen.

»Fräulein Shield, erkennen Sie hier im Raum den Mann, bei dem das Fest stattgefunden hat, währenddessen Sie vergewaltigt worden sind?«

»Ja«, sagte sie und zeigte auf Vic Jackson, dessen Augen sie verächtlich anfunkelten.

»Könnten Sie dem Gerichtshof erzählen, was am Abend des 15. Juli dieses Jahres vorgefallen ist?« fuhr Paul Kubrick fort.

»Ich war in der Havanas-Bar, wo ich ein paar Gläser getrunken habe. Da hat mich eine Frau, die ich gerade kennengelernt hatte, zu einem Fest bei Herrn Jackson eingeladen.«

»Wie hieß diese Frau?«

»Natascha.«

»Kennen Sie ihren Nachnamen?«

»Ja. Natascha Faraday.«
»Handelt es sich um dieselbe Natascha Faraday, die uns als Hauptzeugin dienen sollte und die unter mysteriösen Umständen am Tag nach den Vorverhandlungen spurlos verschwunden ist?«
»Einspruch, Euer Ehren!«
»Einspruch stattgegeben.«
Der Staatsanwalt sah verärgert aus. Schmidt, der den Ruf eines ausgezeichneten Verteidigers hatte, war vor allen Dingen jemand, der ihm überhaupt keinen Spielraum ließ! Und Richter Burns schien auch nicht versöhnlich aufgelegt zu sein. Kubrick tröstete sich damit, daß er die Geschworenen an das seltsame, wenn nicht gar verdächtige Verschwinden seiner Hauptzeugin erinnert hatte und daran, daß die Verteidigung etwas damit zu tun haben könnte. Er sah auch, daß zwei der Geschworenen sich eine Notiz machten. Ob ihnen dieser seltsame und für die Verteidigung so nützliche Zufall aufgefallen war?
Er mußte bei seiner Vernehmung einen anderen Weg einschlagen. Weder der Verteidiger noch der Richter würden ihn in der bisherigen Richtung weitermachen lassen.
»Um wieviel Uhr sind Sie auf dem Fest eingetroffen, Fräulein Shield?«
»Etwa um elf Uhr nachts.«
»Können Sie das Haus beschreiben, in dem das Fest stattgefunden hat?«
»Ja. Es ist ein sehr schönes Haus am Meeresrand, ein Steinhaus mit schwarzen Dachziegeln.«
»Erkennen Sie das Haus auf diesem Photo?« fragte Kubrick und trat auf Catherine zu.
»Ja«, sagte Catherine und zuckte zurück, denn das Photo rief quälende Erinnerungen hervor.
»Wieviel Gäste waren anwesend?«
»Meiner Meinung nach etwa sechzig.«
»Wie viele Männer, wie viele Frauen?«
»Ebenso viele Männer wie Frauen, glaube ich.«
»Wie schätzen Sie das Durchschnittsalter der Männer ein?«
»Einspruch, Euer Ehren!«
»Einspruch abgelehnt. Sie können diese Frage beantworten, Fräulein«, entschied der Richter.
»Es waren alles alte Herren«, antwortete Catherine spontan.
Gelächter ertönte im Saal.
»Können Sie etwas genauer sein?« fragte Paul Kubrick.

»Sie waren genauso alt wie die Angeklagten. Fünfzig oder fünfundfünfzig Jahre.«
»Und die Frauen, hatten Sie den Eindruck, daß sie auch so alt waren wie die Männer?«
»Nein.«
»Waren sie jünger?«
»Ja.«
»Viel jünger?«
»Ja.«
»Wie alt waren die Frauen Ihrer Meinung nach, und ich betone Ihrer Meinung nach?«
»Sie waren alle in den Zwanzigern, Dreißigern ...«
»Können Sie mir beschreiben, wie diese Frauen angezogen waren?«
»Sie waren alle stark geschminkt und sehr aufreizend gekleidet.«
»Einspruch, Euer Ehren! Catherine Shield ist weder Modedesignerin noch sonst in der Kleidungsbranche tätig und deshalb nicht kompetent, das Aussehen der geladenen Frauen zu beurteilen.«
»Ich werde die Eindrücke von Fräulein Shield gelten lassen, die immerhin eine Frau ist und als solche ein gewisses Urteilsvermögen über die Kleidung einer anderen Frau hat, Herr Verteidiger.«
Der Gesichtsausdruck der Angeklagten verfinsterte sich zunehmend. Selbst wenn sie sehr oberflächlich war, war diese Beschreibung des Abends schon belastend: All diese reifen Männer mit jungen Frauen, die offenkundig nicht ihre Ehefrauen waren, sondern Prostituierte, die man zu Unterhaltungszwecken in Dienst genommen hatte ... Was würden ihre Gattinen denken, ihre Freunde und ihre Kollegen?
»Wann hat die Mißhandlung, von der wir sprechen, stattgefunden?«
»Im Lauf der ersten Stunde habe ich zusammen mit Natascha ein bißchen Champagner getrunken. Dann kam Doktor Jackson zu mir und hat Natascha gebeten, zu einem anderen Gast zu gehen, der sie sehen wollte. Dann hat er mir die Hand auf ... auf den Po gelegt.«
»Auf den Po?«
»Ja.«
»Und wie haben Sie reagiert?«
»Ich habe mich komisch gefühlt, wie unter Drogen ... Ich hatte ein bißchen getrunken. Ich habe ihn gefragt, was er da macht. Er hat mir geantwortet: ›Ich prüfe die Ware für meine Kumpel ...‹«
»Und dann?«

»Dann hat er angefangen zu lachen. Er sagte zu mir: ›Du siehst sehr gut aus. Schade, daß du so bescheuert bist ...‹ Ich habe seine Hand weggetan, und er hat gelacht ... Er hat seine andere Hand auf meinen Busen gelegt ... Aber er hat sie wieder weggenommen, bevor ich Zeit hatte, sie wegzutun und hat gesagt: ›Ich habe mich getäuscht, was dich angeht. Von dir kriege ich ja nicht einmal ...‹.«

Sie wagte es nicht, weiterzureden. Sie errötete vor Scham und senkte den Kopf.

»Ich weiß, daß es schwierig für Sie ist, Catherine, aber was genau hat er Ihnen gesagt?«

»Er hat mir gesagt: ›Von dir kriege ich ja nicht einmal einen Steifen! Ich sollte dir einen meiner Freunde empfehlen, der Schönheitschirurg ist.‹«

»Was hat er dann gemacht?«

»Er hat mich am Handgelenk gepackt und mich ans andere Ende des Salons geschleift.«

»Haben Sie versucht, sich zu wehren?«

»Ja, aber er hat sehr fest zugedrückt. Ich habe ihm gesagt: ›Sie tun mir weh ...‹ Aber er hat nur gelacht, er schien mit anderen Dingen beschäftigt zu sein. Ich glaube, daß er betrunken war. Er grüßte Freunde unterwegs, küßte Frauen. Eine hat sich ihm sogar an den Hals geworfen, sie hatte kein ...«

»Sie hatte kein was?«

»Ihr Kleid war geöffnet ...«

»Geöffnet?«

»Ja, beziehungsweise die Träger ihres Kleides hingen herunter und man konnte ihren Büstenhalter sehen. Sie hat ihm gesagt, daß sie Lust hätte auf einen privaten Termin ... Er hat ihr geantwortet, daß er in einer Minute zurückkommen würde, und dann hat er sein Gesicht zwischen ihren Brüsten vergraben. Sie hat seinen Kopf genommen, ist ihm durch die Haare gefahren und er hat gesagt: ›Genaugenommen in dreißig Sekunden, Liebling ...‹ Dann hat er eine Tür geöffnet und mich in einen anderen, kleineren Salon gebracht.«

»Ist Doktor Jackson mit Ihnen in diesem Raum geblieben?«

»Nein, er hat den Leuten, die da waren, gesagt, daß ich die kleine Überraschung sei, die er ihnen versprochen hätte. Dann hat er mich zu ihnen geschubst und die Tür wieder hinter sich zugezogen. Er hat mich ein bißchen stark geschubst ... Ich konnte mein Gleichgewicht nur mit Mühe halten, ich habe mich nicht wohl gefühlt. Ich hatte eine Art Schwindelanfall und bin auf den Boden gefallen. Und die Männer, die da waren, haben angefangen zu lachen. Ich bin wieder aufgestanden ...«

»Wie viele Leute waren in dem Raum?«

»Zwei.«

»Männer oder Frauen?«

»Männer.«

»Können Sie sie identifizieren?«

»Ja«, sagte Catherine.

Sie deutete zuerst mit dem Zeigefinger auf den Bankier und dann auf den Spitzenfunktionär.

»Aber Herr Ross war nicht so angezogen wie heute.«

»Können Sie sich genauer ausdrücken?«

»Ja: Er trug ein rotes Kleid!«

Die Reaktionen im Saal gingen von Überraschung bis Unglauben.

»Er trug ein rotes Kleid? Könnten Sie das Kleid näher beschreiben?«

»Ja. Es war ein ziemlich schickes Kleid, das ihm bis zu den Knien ging und auf dem Rücken einen tiefen Ausschnitt hatte.«

Sie hielt kurz inne, als ob sie verschnaufen wolle, und fügte dann hinzu: »Er hatte auch eine Perücke auf.«

»Eine Perücke?«

»Ja, eine blonde Perücke. Zunächst dachte ich, daß es eine Frau sei, aber aus der Nähe konnte ich erkennen, daß es ein Mann ist.«

»Wie haben Sie das gemerkt?«

»Sein Bart schimmerte unter der Schminke durch.«

In den Saal kam Bewegung. Hubert Ross, die graue Eminenz von New York, geschminkt, mit Frauenkleidern und einer blonden Perücke!

Alle drehten sich zum Spitzenfunktionär um und versuchten, ihn mit Blicken zu durchdringen, zu sehen, ob eine Reaktion seine Gefühle verriet. Doch er blieb unergründlich. Lag das daran, daß Catherines Zeugenaussage völlig falsch war oder daran, daß er sich außerordentlich gut in der Gewalt hatte? Diese Frage stellte sich der ganze Saal.

Nachdem Richter Burns eindringlich dazu aufgefordert hatte, kehrte wieder ein wenig Ruhe im Saal ein.

Paul Kubrick wurde wieder zuversichtlich. Er hatte das Gefühl, endlich ein paar Pluspunkte gesammelt zu haben.

»Und was ist dann passiert, Catherine?«

»Der Mann im roten Kleid, der Hubert Ross heißt, ist auf mich zugekommen. Er hat gelächelt. Ich habe ihm gesagt, daß ich mich vor ihm fürchte und in den anderen Raum zurück möchte. Da hat er angefangen zu lachen. Er hat gesagt: ›Du fürchtest dich vor dem dicken Rotkäppchen? Meine Tante Loulou wird dir doch nicht weh tun, keine Angst!‹ Und dann hat er mich geküßt ... Ich habe seine Bartstoppeln gespürt, seinen Speichel ... Er hatte den Mund weit geöffnet ... Er hat mich auf den Mund geküßt, auf die Wangen, auf den Hals. Ich habe ihn weggestoßen, habe geschrien, habe ihn gebeten, mich nicht anzufassen, aber er hat nur gelacht. Und dann ...«

Catherine unterbrach sich, als ob sie zu einem ausschlaggebenden Punkt ihrer Geschichte gelangt sei. Der Saal hörte ihr sehr aufmerksam zu.

»Und dann?« fragte der Staatsanwalt.

»Dann hat er mich geohrfeigt.«

»Stark?«

»Sehr stark. Ich bin umgefallen und habe mir sehr weh getan. Ich dachte, daß er mir den Kiefer ausgerenkt hätte! Ich bin aufgestanden und habe versucht zu fliehen, aber er hat mich eingefangen. Er sah sehr böse aus. Der andere, kleine Mann hat gelacht. Er saß auf einem Flügel, einem großen Konzertflügel ...«

»Erzählen Sie weiter.«

»Der Mann mit dem roten Kleid hat mich zum Flügel gezerrt. Und er hat seinem Freund gesagt: ›Du bist zuerst dran. Das kleine Luder ist wild, so ist es lustiger.‹ Der Kleine ...«

»›Der Kleine‹?« unterbrach sie Paul. »Sie meinen Herrn Steppelton?«

»Ja, den da«, sagte sie und zeigte erneut mit dem Finger auf ihn. »Der mit der Bandage.«

Der Bankier wollte aus Reflex seine bandagierte Hand mit der anderen verstecken, zeigte sie aber sofort wieder, damit seine Geste nicht als Eingeständnis seiner Schuld gedeutet würde.

»Trug er auf dem Fest auch eine Bandage?«

»Nein, ich bin es, die ihn verletzt hat.«

»Sie greifen vor, Catherine. Es wäre mir lieber, wenn Sie die Dinge der Reihe nach erzählten.«

»Gut. Dann ...«

Sie stockte wieder. Was sie erzählen wollte, schien schmerzlich zu sein. Man konnte ihr ansehen, daß sie all ihren Mut zusammennehmen mußte.

»Steppelton ist aufgestanden, ist zu mir gekommen, hat mich bei den Hüften genommen und ist ein bißchen mit mir herumgetanzt. Ich habe ihm gesagt: ›Pfoten weg, du kleiner Krüppel!‹«

Der Bankier war klein, das stimmte, aber er war in seinem Milieu so bekannt und so angesehen, daß niemand es gewagt hätte, ihn in diesem Tonfall anzureden, geschweige denn, ihn als Krüppel zu bezeichnen. Eine schwer zu bändigende Heiterkeit erfaßte den Saal. Der Staatsanwalt, den die Direktheit der Anklägerin selbst belustigte, wartete ab, bis wieder Ruhe eingekehrt war. Er biß sich auf die Lippen und fuhr dann fort:

»Was ist danach passiert, Fräulein Shield?«

»Er schien nicht sehr erfreut über meine Bemerkung und konterte: ›Hör zu, Nutten sollten sich zu benehmen wissen!‹ Ich habe ihm geantwortet, daß ich keine Nutte bin, daß er mich in Ruhe lassen soll, und daß ich weg möchte ... Er hat seinen Freund angeschaut, der als Frau verkleidet war, und ihm gesagt: ›Für wen hält sich dieses Weibsstück denn?‹ Der andere hat ihm geantwortet: ›Es ist ein Spiel. Sie tut so, als sei sie die heilige Jungfrau, um uns zu erregen. Verstehst du das denn nicht?‹ Erst hat er gelacht, dann hat er das Oberteil meines Kleides heruntergerissen. Ich hatte keinen Büstenhalter an und habe angefangen zu schreien. Da hat mich der Bankier sehr stark ins Gesicht geschlagen. Ich dachte, daß er mich zusammenschlagen würde ... Ich habe mich wie betäubt gefühlt ... Da hat er mich hochgehoben, hat den anderen gebeten, den Flügel zuzuklappen und hat mich daraufgelegt. Er hat mein Kleid hochgehoben ... Ich habe um mich geschlagen, aber der andere hat mich festgehalten ... Sie haben gelacht, waren ganz aufgeregt ... Wenn ich mich zu sehr gewehrt habe, haben sie mich beide geschlagen ... Sie sprachen über mich und sagten: ›Sie steht auf Schläge, die kleine Hündin ... Wahrscheinlich ist sie eine Masochistin. Das war eine gute Überraschung von Vic ...‹. Da habe ich eine Hand zwischen meinen Beinen gefühlt, einer der Männer hat mir meinen Slip heruntergerissen. Dann ist der Kleine auf den Klavierstuhl gestiegen, und er ...«

»Ich weiß, daß es Ihnen schwerfällt, Catherine, aber Sie müssen bis zum Schluß durchhalten ... Was hat er danach getan?«

Mit Tränen in den Augen riß sie sich zusammen und überwand ihren Ekel davor, von diesen scheußlichen Geschehnissen zu berichten.

»Dann hat er seine Hose heruntergelassen und ist ... ist mit Gewalt in mich eingedrungen«, sagte sie schließlich.

Im Gerichtssaal hätte man eine Stecknadel fallen hören können. Alle starrten Steppelton an, der die Schwere dieses Schweigens fühlte und erblaßt war. Feine Schweißtropfen perlten auf seinem kahlen Schädel.

»Erzählen Sie weiter, Catherine«, sagte der Staatsanwalt.
»Während ich um mich schlug und schrie, daß er aufhören soll, hat mich der als Frau verkleidete Mann auf dem Flügel festgehalten und mir die Hand auf den Mund gehalten. Sie benahmen sich wie Verrückte, lachten, und der Kleine sagte ständig: ›Sag, daß du das magst, du kleine Schlampe, sag, daß du das magst‹.«
Von der unerträglichen Aufgabe erschöpft, ihre Vergewaltigung in aller Öffentlichkeit von neuem erleben zu müssen, stockte Catherine und brach in Tränen aus. Im Saal hatte die Spannung ihren Höhepunkt erreicht. Catherines Vater warf Steppelton mörderische Blicke zu. Wenn er ihn doch bloß ein paar Sekunden zu packen kriegen könnte, würde er seine Tochter rächen – jedenfalls würde er ihn dazu bringen, die Demütigung, die er ihnen angetan hatte, sein Leben lang zu bereuen.
Catherines Mutter hatte ein Taschentuch herausgeholt und wischte sich ihre Tränen ab. Sie schämte sich zutiefst. Sie dachte nicht besonders logisch nach, sondern folgte den Eingebungen ihres Schuldgefühls. All das wäre nicht passiert, wenn sie Catherine für ihre Karriere Mut gemacht hätte, wenn sie verständnisvoller gewesen wäre, liebevoller!
Ihr ganzes Leben lang war sie arm gewesen, und Bankiers hatte sie niemals leiden können, denn sie hatte oft Ärger mit ihnen gehabt. Catherines Erzählung verstärkte nur noch ihren Haß auf Finanzleute.
Wie ein Lauffeuer breitete sich dieser Haß im Gerichtssaal aus. Dieser dreckige, kleine, kahlköpfige Mann war nichts als ein Heuchler, ein Ungeheuer, das seine Perversion hinter der geleckten Fassade versteckte, die Geld und Macht verleihen!
Die Geschworenen machten sich Notizen und schienen die allgemeine Entrüstung zu teilen.
Der Verteidiger war kreidebleich. Er versuchte, das Ausmaß des Schadens zu bemessen. Schmidt hatte natürlich vorhergesehen, daß die Wirkung von Catherines Zeugenaussage verheerend sein könnte, doch der tatsächliche Effekt überschritt bei weitem seine Vorstellungen. Er würde bei seiner Vernehmung eine herausragende Vorstellung abgeben und die junge Frau in die Mangel nehmen müssen, um die Wirkung ihrer Zeugenaussage auszulöschen.
Richter Burns tolerierte einen Augenblick das unvermeidliche Geflüster der Zuschauer und übernahm dann mit ein paar Hammerschlägen wieder die Führung der Verhandlung. Angesichts von Catherines Zusammenbruch fragte er schließlich:

»Möchten Sie sich vielleicht ein paar Minuten ausruhen, Fräulein Shield?«

Catherine hob den Kopf und bat einfach nur um ein Taschentuch, das die Gerichtsstenographin ihr schnell reichte. Sie schneuzte sich, trocknete sich die Augen und sagte:

»Ich bin bereit, weiterzumachen.«

»Ich weiß, daß es Ihnen sehr schwerfällt, Catherine, dem Gericht über diese grauenvollen Erinnerungen zu berichten, aber könnten Sie uns trotzdem sagen, was hinterher geschehen ist?«

»Nun, ich habe gefühlt, daß er ...«

Vor Ekel seufzte sie tief und fuhr dann tapfer fort:

»Ich habe gefühlt, daß er in mir ist, und es tat mir weh. Ich habe ihn angefleht aufzuhören, habe um mich geschlagen, aber er machte weiter.«

»Wenn ich Sie recht verstehe, Catherine, konnte er absolut nicht daran zweifeln, daß das gegen Ihren Willen war?«

»Nein, überhaupt nicht.«

»Also konnten weder er noch der Mann, der als Frau verkleidet war, denken, daß Sie eine Prostituierte sind, die ihnen etwas vorspielt?«

»Einspruch, Euer Ehren! Er hat nicht nachgewiesen, daß die anwesenden Frauen Prostituierte waren!«

»Einspruch stattgegeben.«

»In Ordnung«, sagte Paul, »dann sagen Sie mir doch einfach, Catherine: Hätte Ihr Verhalten den beiden Männer, die sich mit Ihnen im Raum befanden, Anlaß geben können zu denken, daß Sie willig waren?«

»Nein, absolut nicht. Vor allen Dingen, nachdem ich irgendwann angefangen habe, den Kleinen zu beleidigen. Ich habe ihm gesagt, daß er ein Nichts und ein Zwerg sei. Er hat mir gesagt: ›Du hältst die Klappe, kleine Schlampe! Ich bin es, der hier das Geld hat. Ich bin ein großer Bankier, und du bist nichts als eine Herumtreiberin, die man bezahlt, um sie zu vögeln.‹ Und er hat mir die Hand auf den Mund gehalten, damit ich nicht reden kann. Er hatte einen großen Ring an mit einem Löwen drauf ... Ich habe noch gedacht, daß ich ihn schlucken müßte, wenn ich es nicht schaffen sollte, mich zu befreien.«

Im Saal schauten einige Zuschauer zu Steppelton, um zu sehen, ob er besagten Ring trug, was nicht der Fall war. Wenn sie allerdings nähergekommen wären, hätten sie an seinem linken Ringfinger einen etwas helleren Streifen von einem Ring bemerkt, den er zum Prozeß ausgezogen

hatte. Handelte es sich hierbei um den Siegelring, den Catherine beschrieben hatte, oder war es einfach nur ein Zufall?
»Da habe ich ihn in die Hand gebissen«, fuhr Catherine fort.
»In welche Hand?«
»Die linke.«
Der Bankier machte wieder eine nervöse Bewegung und faßte an die bandagierte Hand. Da bemerkten alle den Verband, dem nun eine neue, ziemlich belastende Bedeutung zukam.
Der Bankier, der sich bisher wie die anderen vier Angeklagten an die Schweigevorschrift gehalten hatte, sprang mit hochrotem Kopf und schweißnasser Stirn auf. Er zitterte.
»Sie ist nichts als eine kleine Lügnerin, das stimmt hinten und vorne nicht! Ich werde euch erzählen, wo diese Verletzung herkommt«, sagte er und zeigte auf die bandagierte Hand.
»Bitte setzen Sie sich und seien Sie still, Herr Steppelton«, schritt der Richter ein.
Offensichtlich verärgert über den Zwischenfall und besorgt, was sein Mandant noch alles sagen könnte, drehte sein Anwalt sich ebenfalls zu ihm hin – Schmidt hatte nicht umsonst entschieden, seine vier Mandanten nicht in den Zeugenstand zu rufen – und machte einfach eine Bewegung mit der Hand, damit er sich wieder setze.
»Nein, ich werde nicht schweigen«, sagte der Bankier, »ich habe die Nase voll von dieser Maskerade!«
»Herr Steppelton, setzen Sie sich sofort wieder hin, sonst belange ich Sie wegen Mißachtung des Gerichts«, erklärte der Richter.
»Wie das Publikum vermutlich weiß, habe ich einen Sohn, der Epileptiker ist, Euer Ehren. Ich bin ja auch Ehrenvorsitzender der Stiftung für Epilepsie des Staates New York. Kürzlich«, fuhr der Bankier fort, »hatte er einen Anfall, und als ich versucht habe, seine Zunge festzuhalten, hat er mich gebissen.«
Und dann wurde dieser Mann, der sonst so kalt und emotionslos wirkte, plötzlich ganz rot. Er schluchzte, als ob er von seinen Gefühlen überwältigt sei. Dann senkte er den Kopf und als er ihn wieder hob, konnten alle dem außergewöhnlichen Glanz seiner Pupillen entnehmen, daß er tatsächlich weinte.
Im Saal stand seine Frau so plötzlich auf, daß es zu perfekt war, um geplant zu sein. Sie erstickte Schluchzer in ihrem Taschentuch und verließ, gestützt von ihrer Schwester, erschüttert den Gerichtssaal. Von neu-

em wurde im ganzen Saal getuschelt. Mit seiner Erklärung hatte sich der Bankier, trotz der Verwarnung des Richters, in den Augen der Zuschauer und der Geschworenen rehabilitiert.
In diesem Moment schritt der Richter ein:
»Verehrte Mitglieder der Geschworenenbank, ich fordere Sie auf, das, was Herr Steppelton soeben gesagt hat, in keiner Weise zu berücksichtigen. Herr Steppelton wird reden, wenn er als Zeuge auftreten sollte. In der Zwischenzeit sind seine Aussagen völlig ohne Belang. Und Sie, Herr Verteidiger, bitte ich in Zukunft besser auf Ihre Mandanten zu achten, sonst sehe ich mich veranlaßt, Strafmaßnahmen zu ergreifen. Haben Sie mich verstanden?«
»Ich habe verstanden, Euer Ehren. Die Klagen, die gegen meinen Mandanten erhoben werden, sind so schockierend, daß es normal ist, wenn er emotional reagiert.«
»Nicht in diesem Gerichtshof«, entschied der Richter.
Er wandte sich dann zu Catherine und fragte:
»Sind Sie bereit, mit Ihrer Zeugenaussage fortzufahren, Fräulein Shield?«
»Ja«, sagte Catherine.
»Catherine«, setzte der Staatsanwalt seine Befragung fort, »Sie haben uns zuletzt gesagt, daß Sie Herrn Steppelton in die linke Hand gebissen haben. Wie hat er reagiert?«
»Nun, er hat geschrien, hat seine Hand zurückgezogen, hat einen Schritt zurück gemacht und ist … ist aus mir herausgekommen.«
»Wollen Sie damit sagen, daß er Sie ab dem Moment nicht mehr penetrierte?«
»Genau. Aber er war wütend, er hat mich mehrmals stark geohrfeigt – ich dachte, daß er mir den Kopf abreißen würde. Mir tat der Kopf weh, ich hatte den Geschmack von Blut im Mund … Ich habe gemerkt, daß ich blutete. Ich habe geschrien: ›Sie bringen mich um, hören Sie auf, ich bitte Sie!‹ Ich war geschwächt, ich habe geweint … Ich hatte keine Kraft mehr … Aber er war sehr wütend. Er hat gesagt: ›Du wirst dafür bezahlen, was du gerade getan hast, du miese kleine Nutte!‹ Er hat mich bei den Haaren gepackt und mich mit Hilfe seines Freundes auf den Bauch gedreht. Dann habe ich gedacht, daß ich sterben würde. Ich habe einen furchtbaren Schmerz gespürt, wie ein Reißen, als ob jemand mich zerreißt. Mir ist klargeworden, daß er … daß er … daß er von hinten in mich eindrang.«
Nach einer kurzen Pause, während der Catherine versuchte, Haltung zu bewahren, indem sie sich schneuzte, fuhr der Staatsanwalt fort:

»Wollen Sie damit sagen, daß er sie anal vergewaltigt hat?«
Sie schämte sich sehr, öffentlich zugeben zu müssen, solch eine Erniedrigung erlitten zu haben.
»Ja …«
Sie hatte den Kopf gesenkt und schien völlig entkräftet. Im Saal herrschte ein bleiernes Schweigen.
»Catherine«, sagte der Staatsanwalt nach einer Weile, »können Sie dem Gerichtshof berichten, was danach passiert ist?«
»Ich hatte keine Kraft mehr, habe nicht mehr um mich geschlagen … Da hat der Bankier aufgehört, ich weiß nicht warum, und ich habe gespürt, wie er aus mir herauskam. Er hat einen großen Schrei losgelassen … ich habe auf meinem Schenkel eine warme Flüssigkeit gespürt und begriffen, daß er gerade einen Samenerguß hatte … Er hat angefangen zu lachen. Sein Freund auch … Da hat er gesagt: ›Mein Onkel ist schon fertig‹. Und der große Mann hat geantwortet: ›Mal sehen, ob meine Tante Loulou länger durchhält‹. Und sie haben beide wie verrückt gelacht. Sie haben sich nicht mehr für mich interessiert … Der Mann mit dem Kleid und der Perücke hat mich losgelassen. Da habe ich mir gedacht, daß ich fliehen könnte. Ich habe mich auf dem Flügel umgedreht und wollte aufstehen, doch der Mann mit dem roten Kleid hat es gemerkt und die Hand erhoben, um mich zu schlagen. Aber ich hatte auch die Hand gehoben, um ihn zu schlagen, und da hat er sich gebückt, um mir auszuweichen. Ich bin an seine Perücke gekommen, die heruntergefallen ist. Er sah sehr verlegen aus. Der Kleine hat angefangen zu lachen und hat gesagt: ›Meine Tante Loulou hat auf einmal keine Haare mehr!‹ Der Mann mit dem roten Kleid hat nichts gesagt, hat seine Perücke aufgehoben und sie wieder aufgesetzt. Ich wollte die Gelegenheit nutzen, um zu entkommen, aber da habe ich gesehen, daß gerade ein anderer Mann in den Raum gekommen war, ein Mann mit einer dunklen Brille. Er hatte einen Käfig in der einen Hand und ein sehr langes Champagnerglas in der anderen …«
»Können Sie diesen Mann identifizieren?«
»Ja, der ist es«, sagte Catherine und zeigte auf Joseph Harvey.
Trotz der gegenteiligen Empfehlung seines Anwalts hatte Harvey darauf bestanden, seine dunkle Brille aufzusetzen, was ja nur den Verdacht der Geschworenen erregen konnte.
»Haben Sie gesehen, was in dem Käfig war?«
»Nein, er hat ihn so gehalten, daß ich nicht hineingucken konnte.«
»Was haben Sie dann getan?«

»Nichts. Ich war vor Schreck wie gelähmt. Außerdem hielten die beiden anderen auch wieder meine Arme fest. Sie haben mich wieder auf den Bauch auf den Flügel gelegt ... Ich habe geschrien, ich wußte nicht, was sie vorhatten ... Ich hörte sie hinter mir lachen, alle faßten mich gleichzeitig an ... Ich habe gehört, wie der dritte Mann sagte, ›Ihr werdet sehen, was ich mit ihrem rosigen kleinen Hintern machen werde ...‹ Da habe ich mich umgedreht und gesehen, wie er sich über mich beugte und meinen Po küßte ... Dann hat er sich wieder aufgerichtet und gesagt: ›Haltet sie gut fest, sie wird versuchen, sich zu wehren.Wir werden dem Mäuschen etwas ganz Neues beibringen. Spreizt ihren Hintern!‹ Da haben die beiden anderen ...«
Erschöpft unterbrach sie ihre Erzählung.
»Lassen Sie sich Zeit, Catherine, ich weiß, daß es nicht leicht ist ...«
»Die beiden anderen haben getan, was er gesagt hat, und der dritte, der mit dem Käfig, hat gelacht und angefangen, mir zwischen die Pobacken zu spucken. Er hat die anderen aufgefordert, dasselbe zu tun. Und sie haben alle angefangen, mir zwischen die Pobacken zu spucken, wie bei einem Wettbewerb. Dann haben sie aufgehört ... Ich dachte, daß sie fertig seien, aber statt dessen habe ich zwischen den Pobacken eine enorme Hitze, wie eine Verbrennung, gespürt. Es hat mir innendrin schrecklich weh getan, und ich bin ohnmächtig geworden ...«
»Ist einer von ihnen in Sie eingedrungen?«
»Nein, ich glaube nicht, beziehungsweise ich bin mir nicht sicher. Wie ich schon sagte, ich bin ohnmächtig geworden.«
»Können Sie sich noch an etwas anderes erinnern, Catherine?«
»Nein, als ich aufgewacht bin, war ich in einem Auto am Strand. Es war Morgen, Polizisten und Krankenpfleger standen um mich herum ...«
»Ich danke Ihnen, Catherine ...«
Sie stand auf, doch Richter Burns gab ihr Bescheid, daß es noch nicht so weit sei, da ihr die Verteidigung vielleicht noch Fragen stellen wollte. Dies war natürlich der Fall.
Catherine setzte sich wieder und lächelte nervös. Sie war froh, diese Zeugenaussage, die sie einigen Mut gekostet hatte, endlich hinter sich zu haben. Der Staatsanwalt zwinkerte ihr zu.
Thomas war erschüttert.
Was Catherine gerade erzählt hatte, war unglaublich präzise, verglichen mit den Einzelheiten, die sie ihm in den Tagen nach der Vergewaltigung mit Müh und Not hatte berichten können. Mnemonium hatte also langfri-

stig ganz entschieden nicht die Wirkung, die sich die Herstellfirma von ihm versprach. Es wirkte scheinbar nur vorübergehend! Dieses Medikament war bestimmt noch nicht über das Versuchsstadium hinaus!
Und dabei waren die Laboruntersuchungen doch überzeugend gewesen. Außerdem hatte Mnemonium seltsamerweise auf Thomas eine viel stärkere Wirkung gehabt, der der vom Pharmareferenten beschriebenen viel näherkam. Kam das daher, daß er die doppelte Dosis genommen hatte? Und auch bei ihm waren ja schließlich etliche Details vom Tag vor diesem schicksalhaften 15. Juli wieder ans Tageslicht gekommen: die Besprechung des Disziplinarausschusses, die vorangegangene Unterhaltung im Büro des Direktors ... An sein Versagen mit Julie hingegen konnte er sich immer noch überhaupt nicht erinnern – vielleicht hatte ja sein männlicher Ehrgeiz etwas damit zu tun! Aber vor allen Dingen – und das quälte ihn in seinen Träumen und raubte ihm den Schlaf – hatte er es immer noch nicht geschafft, den Schleier zu lüften, der über den Ereignissen dieser Nacht lag. Das hätte ihm ermöglicht, ein für allemal zu wissen, ob er Catherine mißhandelt hatte oder nicht. Trotz der Beweise, die die Angeklagten stark belasteten, nagten noch immer Zweifel an ihm.
Schmidt stand auf, warf einen letzten Blick auf seine Notizen und kam langsam auf Catherine zu.
Seine Lippen umspielte ein selbstsicheres, bedrohliches Lächeln.

59

»Können Sie uns sagen, was Sie am Abend des 15. Juli dieses Jahres trugen, Fräulein Shield?« fragte Rechtsanwalt Schmidt.
»Ich ... ich hatte ein weißes Kleid an.«
»Ist es dieses hier?« fragte er und zeigte auf ein zerknittertes Kleid mit rotbraunen Flecken, das in einem etikettierten Plastikbeutel steckte.
Catherine sah es sich kurz an.
»Ja.«
»Fräulein Shield, in dem Polizeibericht steht, daß man Sie am Morgen des 16. Juli im Auto von Doktor Gibson gefunden hat, der sich hier im Saal befindet ...«
»Einspruch, Euer Ehren!«
»Einspruch stattgegeben.«

»Als man Sie gefunden hat, hatten Sie keinen Büstenhalter an. Kommt das häufig vor?«
»Einspruch, Euer Ehren!«
»Einspruch abgelehnt. Fräulein Shield, beantworten Sie diese Frage.«
Catherine sah zu Paul hinüber. Während seiner Vorbereitung hatte er diese Frage nicht vorhergesehen. Er nickte, um ihr zu verstehen zu geben, daß sie antworten und die Wahrheit sagen mußte.
»Es kommt vor ...«
»Gibt es dafür einen bestimmten Grund?«
»Wenn es im Sommer heiß ist, fühle ich mich so wohler. Und wenn Sie eine Frau wären, wüßten Sie, daß es Kleider gibt, die sich leichter ohne Büstenhalter tragen ...«
»Ziehen Sie jedesmal im Sommer, wenn es heiß ist und Sie ausgehen, keinen Büstenhalter an?«
»Wenn ich mit Ihnen ausginge, würde ich, glaube ich, einen anziehen.«
Gelächter im Saal.
Schmidt verzog den Mund, um so mehr als er sah, daß sein Assistent ansatzweise lächelte. Das mißfiel ihm sehr, und er sah ihn strafend an. So so, dieses kleine Luder war also auch noch schlagfertig. Aber er würde ihr schon noch zeigen, wo es langging, und zwar bald!
Catherine ihrerseits schaute zu Julie hinüber und schöpfte Mut in dem strahlenden Lächeln, das sie ihr schenkte. Auch Thomas war es schwergefallen, seine Belustigung zu verbergen. Doch die junge Frau wollte vor allem die Anerkennung des Staatsanwalts. Sie machte sich Sorgen, ungewollt gegen die sehr strengen Spielregeln verstoßen zu haben, die er ihr während seiner minutiösen Vorbereitungen eingetrichtert hatte. Diese Vorbereitungen hatten sie häufig an eine Theaterprobe erinnert, wo jede Entgegnung, jede Betonung, jeder Gesichtsausdruck zählen. Doch dieser Schuß Witz, den ihr ihre natürliche Abneigung gegen Schmidt eingab, war ihm entgangen.
Schmidt wandte sich zu Richter Burns und sagte:
»Euer Ehren, ich möchte nun ein professionelles Mannequin in den Gerichtssaal rufen, damit sie uns, den Zuschauern und den Geschworenen vorführt, wie Fräulein Shield am Abend des 15. Juli ohne Büstenhalter aussah. Die beiden Kleider sind hundertprozentig identisch, wie Euer Ehren an der Größe, dem Stoff, der Verarbeitung und dem Etikett feststellen kann.«
»In Ordnung«, sagte Richter Burns.

Da wandte sich Rechtsanwalt Schmidt zu den ersten Zuschauerreihen. Auf sein Zeichen hin stand eine sehr schöne Dänin auf, deren blonde Locken auf dem Hinterkopf von einem unordentlichen Dutt zusammengehalten wurden. Sie zog den Schal aus, den sie um die breiten, knochigen und beinahe männlichen, aber dennoch anmutigen Schultern trug und lief auf die Geschworenen zu.
Die Männer, die zum Großteil tief beeindruckt waren, lächelten alle schüchtern. Man befand sich nicht alle Tage in Gesellschaft einer so anziehenden Frau mit einer solchen Ausstrahlung! Die Frauen schienen auch zu reagieren, allerdings eher auf die Beleidigung und die Ungerechtigkeit, die eine solche Schönheit geradezu darstellte.
Aber das war noch nicht alles. Abgesehen davon, daß das Kleid ziemlich tief ausgeschnitten war, war der Stoff auch noch so dünn, daß man die Brüste des Mannequins mühelos sehen konnte: Zu Demonstrationszwekken hatte sie den Büstenhalter weggelassen, und man konnte einen großen Busen mit sehr roten Brustwarzen erkennen, der so fest war, daß sie entweder über ganz besondere Erbanlagen verfügte, oder, was wahrscheinlicher war, sich einem Schönheitschirurgen anvertraut hatte.
Sowohl die männlichen als auch die weiblichen Geschworenen waren, jeder auf seine Art, beeindruckt von der verführerischen Wirkung dieses Aufzugs. Man konnte sich besser vorstellen, wie Catherine am 15. Juli wohl ausgesehen hatte: zumindest mal sehr verlockend ... Diese kleine Vorführung hatte den gewünschten Effekt, nämlich das beklagenswerte Vorurteil zu nähren, daß Frauen, die vergewaltigt wurden, das zumindest ›herausgefordert‹ hätten und daß das Verbrechen die gerechte Strafe für ihre Leichtfertigkeit sei.
Nachdem sie vor den Geschworenen hin und her stolziert war, um sicherzugehen, daß sie sie gut gesehen hatten, trat die Dänin zum Tisch des Richters und drehte diesem den Rücken zu, wie es die sorgfältig von Schmidt ausgearbeitete Choreographie vorsah. Dadurch konnten die Zuschauer im Saal von weitem durch die Imitation des Kleides hindurch, das Catherine getragen hatte, ihre spitzen Brüste sehen. Eine leichte Unruhe erfaßte den Saal, und jemand pfiff sogar frech.
Rechtsanwalt Schmidt wandte sich an den Richter:
»Wenn Sie jetzt bitte die Schilder und die Modelle vergleichen würden?«
Der Richter nahm die Überprüfung vor, etwas verlegen über diese immerhin ungewöhnliche Aufgabe. Er streckte zögernd seine Hand zum Hals des Mannequins aus, fand das Schild, das er sich nicht genau ansah,

sondern nur mit dem Blick streifte. Aus Feigheit, da er sich nicht traute, es wieder zurückzutun, ließ er es draußen hängen.
Schmidt brachte ihm Catherines Kleid, auf dessen Etikett der Richter einen kurzen Blick warf.
Überzeugende Kontrolle.
»Ich ... ich danke Ihnen«, sagte der Richter schüchtern und schickte die Dänin weg, »die beiden Kleider sind in der Tat identisch.«
Das Mannequin drehte sich nicht einmal um, um den Richter zu grüßen, sondern ging auf Schmidts Zeichen hin langsam, erhobenen Kopfes, an ihren Platz zurück. Sie schien sich nicht um das Interesse zu kümmern, das sie erregte. Schmidt strahlte und lächelte ihr zu, um ihr zu ihrem perfekten Auftritt zu gratulieren. Als sie wieder an ihrem Platz saß, legte sie sich das Tuch um die Schultern und setzte sich.
Catherine hatte sich diesen Zirkus, der in erster Linie sie betraf, natürlich aufmerksam angesehen. Sie war leicht beschämt und senkte den Kopf: Es war ihr nicht klar gewesen, daß sie so aufreizend sein konnte! Zu ihrer Entlastung mußte man sagen, daß sie Schulmädchenbrüste hatte, während das Mannequin in dieser Hinsicht reichlich ausgestattet war. Somit war der Vergleich ungerecht und die Demonstration also falsch.
Wie hatte der Staatsanwalt das zulassen können? Catherine warf ihm einen fragenden Blick zu, auf den er nur mit einem schuldbewußten Schürzen der Lippen zu antworten wußte. Er hatte einen Fehler gemacht, das wußte er, aber jetzt war es zu spät. Ein kurzer Augenblick, in dem er nicht acht gab, weil er über seinen Sieg so zufrieden gewesen war, hatte gereicht, um großen Schaden anzurichten.
Diese Lektion zeigte, in welchem Maß Schmidt es schaffte, aus den kleinsten Details enormen Nutzen zu ziehen: Man durfte ihm also, wenn irgend möglich, überhaupt keinen Spielraum lassen.
Nachdem er sich kurz über die Pluspunkte gefreut hatte, die er auf seine originelle Art gesammelt hatte, setzte Schmidt seine Vernehmung fort:
»Fräulein Shield, können Sie uns sagen, wie Sie zur Havanas-Bar in Hampton gekommen sind?«
Catherine sah den Staatsanwalt an. Trotz all ihrer Bemühungen hatte sie es nie geschafft, sich an dieses Detail zu erinnern.
Und er hatte es ihr etliche Male gesagt: Wenn sie etwas nicht wußte, war es besser, das zu sagen, als zu versuchen, an den Haaren herbeigezogene Erklärungen abzugeben. Sonst würde sie sich früher oder später doch in Widersprüche verstricken.

Der Staatsanwalt zuckte nur mit den Schultern.
»Ich kann mich nicht daran erinnern.«
»Sie können sich nicht daran erinnern? Wie seltsam! Haben Sie einen Führerschein, Fräulein Shield?«
»Nein.«
»Keinen Führerschein? Also sind Sie nicht zur Bar gefahren?«
»Nein.«
»Fräulein Shield, angenommen, Sie müßten jemandem aus der psychiatrischen Klinik, in der Sie nach Ihrem Selbstmordversuch drei Tage zuvor aufgenommen worden waren, eine Wegbeschreibung nach Hampton geben, genauer gesagt in die Havanas-Bar. Was würden Sie dieser Person sagen?«
»Die Schnellstraße Richtung Osten zu nehmen und dann dem Geruch des Geldes zu folgen.«
Lautes Gelächter im Saal.
»Ich schätze Ihren Sinn für Humor sehr, Fräulein Shield, wie alle anderen auch! Aber ich hätte gerne eine ernsthafte Antwort auf meine Frage. Wenn Sie jemandem Anweisungen geben würden, wie er zur Havanas-Bar in Hampton kommt, was würden Sie ihm sagen?«
»Ein Taxi zu nehmen«, sagte Catherine völlig ernst und ohne Effekt heischen zu wollen.
Wieder Gelächter im Saal.
»Ich verstehe«, sagte Schmidt, der sich etwas lächerlich vorkam. »Mit anderen Worten, Sie wissen wirklich nicht, wie man ohne Taxi zur Havanas-Bar kommt. Stimmt das?«
»Ja.«
»Und haben Sie ein Taxi genommen?«
»Ich kann mich nicht daran erinnern.«
»Mit anderen Worten, und um die Sachlage zusammenzufassen: Sie sind nicht selbst im Auto zur Havanas-Bar gefahren, denn Sie haben weder Führerschein noch Auto. Sie können sich nicht daran erinnern, mit dem Taxi hingekommen zu sein. Sie haben sich also sozusagen ins Havanas *gebeamt?*«
»Einspruch, Euer Ehren!«
»Einspruch stattgegeben.«
»Entschuldigen Sie, Euer Ehren, ich habe mich von der Unwahrscheinlichkeit von Fräulein Shields Geschichte hinreißen lassen. Vor allen Dingen nach der Genauigkeit, die sie vorhin an den Tag gelegt hat! Lassen Sie mich aber fortfahren. Sie erinnern sich also nicht mehr, wie Sie ins

Havanas gekommen sind, und Sie haben keinen Zeugen: Niemand hat gesehen, wie Sie sich dorthin begeben haben.«

»Nicht, daß ich wüßte.«

»Fräulein Shield, verwenden Sie irgendein Verhütungsmittel?«

Die Frage erstaunte Catherine nicht sonderlich. Der Staatsanwalt hatte sie vorgewarnt, daß man ihr eine Menge unangenehme oder sogar peinliche Fragen über ihr Sexualleben und ihre Frauengeheimnisse stellen würde, um sie in den Augen der Geschworenen schlechtzumachen, indem man sie als leichtes Mädchen darstellte.

Das würde in etwa die Formen einer zweiten Vergewaltigung annehmen – bestimmt weniger schmerzhaft, aber ebenso zerstörerisch wie die erste – und beinahe darauf hinauslaufen, das Opfer wie eine Angeklagte zu behandeln.

Thomas beugte sich zu Paul herüber.

»Warum fragt er sie das?« flüsterte er ihm ins Ohr.

»Das werden wir schon noch herausfinden!« erwiderte Kubrick, den die Strategie von Schmidt auch beunruhigte.

Julie war ebenfalls verdutzt und warf Thomas einen fragenden Blick zu. Er antwortete ihr mit einem Schulterzucken.

Obwohl sie über diese Frage nicht weiter erstaunt war, brachte sie Catherine tatsächlich in Verlegenheit. Sie roch eine Falle: Dieser Schmidt schien vor keiner Taktik zurückzuschrecken, auch wenn sie noch so hinterhältig war!

Die junge Frau wandte sich wieder an den Staatsanwalt, der ihr bloß zunickte.

»Ich nehme die Pille«, sagte Catherine.

»Die Pille. Und benutzen Sie andere Verhütungsmittel?«

»Nein.«

»Sind Sie sicher?«

»Hören Sie, ich kenne nicht viele Frauen, die die Pille nehmen *und* etwas anderes ...«

»Möglich, Fräulein Shield. Aber gestatten Sie es mir trotzdem, Ihnen die Frage nochmals zu stellen: Kommt es vor, zumindest zeitweilig, daß Sie ein anderes Verhütungsmittel zusätzlich zur Pille verwenden?«

»Einspruch, Euer Ehren!«

»Einspruch stattgegeben.«

»Fräulein Shield, hatten Sie in den Monaten und vor allen Dingen in den Wochen vor dem 15. Juli dieses Jahres Geschlechtsverkehr?«

»Muß ich hierauf antworten?« fragte sie empört erst Paul Kubrick und dann den Richter, der entschied:
»Beantworten Sie die Frage, bitte.«
»Ich frage mich, was das damit zu tun hat, daß ich am 15. Juli abends roh vergewaltigt worden bin!« sagte Catherine, ganz und gar nicht begeistert von der Wendung, die die Vernehmung nahm.
»Ihre Antwort, bitte!«
»Ja, ich hatte in der Tat einen Freund!«
»Hatten Sie ausschließlich eine Beziehung zu ihm?«
»Was wollen Sie damit sagen?«
»Waren Sie treu?«
»Ja, ganz und gar.«
»Sie schliefen nicht mit anderen Männern?«
»Nein.«
»Einspruch, Euer Ehren!«
»Einspruch abgelehnt.«
»Nein, ich habe mit niemandem geschlafen außer mit ihm! Weder männlich noch weiblich!«
»Und er, haben Sie Grund zu der Annahme, daß er Ihnen auch treu war?«
»Ja.«
»Sie wissen vermutlich, Fräulein Shield, daß Frauen, die die Pille nehmen, manchmal aus Vorsorge auch andere Verhütungsmittel verwenden, wenn Sie Ihren regelmäßigen Partner betrügen oder ihn verdächtigen, sie zu betrügen.«
»Das ist bei mir nicht der Fall.«
»Vielleicht, Fräulein Shield. Aber Sie haben am 11. Juli, das heißt vier Tage vor der angeblichen Vergewaltigung, in der Rexford-Apotheke neben dem Haus ihrer Eltern, wo Sie wohnten, bevor Sie wegen Ihres Selbstmordversuchs ins Krankenhaus kamen, mit einer Mastercard mit Ihrer persönlichen Nummer eine Packung befeuchteter Ramses-Kondome in Normalgröße und vor allen Dingen eine Zwölferpackung *Shield*-Kondome in Übergröße gekauft. Also auch die Sorte, von der eines am 16. Juli morgens in Ihrer Vagina gefunden wurde. Wie erklären Sie sich diese Tatsache?«
Er wandte sich an seinen Assistenten, der ihm ein Stück Papier überreichte: Es war ein Zahlungsbeleg über zwei Packungen Kondome von der Rexford-Apotheke vom 11. Juli mit Catherines Unterschrift.
Mit dem Beleg in der Hand ging er zu Catherine, zeigte ihn ihr und fragte sie, ob sie ihre Unterschrift erkenne.

Verwirrt nickte Catherine. Sie erinnerte sich jetzt daran, daß sie diese Kondome gekauft hatte. Aber vor Aufregung konnte sie sich nicht mehr daran erinnern, wozu. Dabei mußte sie doch einen Grund dafür gehabt haben.
Schmidt beantragte, daß der Beleg als Beweismittel aufgenommen werde. Natürlich hätte Paul Kubrick sich dem widersetzen können, indem er erklärte, daß es sich hierbei um ein neues Beweismittel handele, über das ihn die Verteidigung während des Vorverfahrens nicht informiert habe. Demzufolge hätte er eine Unterbrechung beantragen können, um Zeit zu gewinnen, sich mit der Frage auseinanderzusetzen und eine Antwort vorzubereiten. Doch das wäre nur Zeitverschwendung gewesen. Catherine hatte ja auch bereits die Authentizität des Stückes anerkannt, indem sie die Unterschrift als ihre eigene identifiziert hatte.
Was er jedoch bedauerte, war, daß Catherine ihm nie gesagt hatte, daß sie kurze Zeit vor der Vergewaltigung Kondome gekauft hatte, die identisch waren mit dem, das man nach der Mißhandlung aus ihr entfernt hatte. Natürlich war sie nicht die einzige, die diese Kondomsorte kaufte, doch abgesehen davon, daß sie besonders groß waren und daher weniger gebräuchlich, war das Ganze doch auch ein merkwürdiger Zufall. Es warf einen neuen Schatten auf Catherines Glaubwürdigkeit.
Kubrick sah Thomas an. Ebenso wie Julie sah er sehr erschüttert über Schmidts neues Manöver aus.
Catherine war es indessen sichtlich peinlich, dabei ertappt worden zu sein, Tatsachen zu verschweigen beziehungsweise vielleicht sogar einen Meineid zu leisten. Sie war aber auch sehr verwundert: Wie zum Teufel war Schmidt an die Kontoauszüge ihrer Kreditkarte gekommen, die sie zusammen mit den Zahlungsbelegen einfach in eine Schublade warf?
Ihre Eltern hatten sich im Gerichtssaal dieselbe Frage gestellt und hatten eine Antwort gefunden, die ihnen nicht gerade zur Ehre gereichte. Vor mehreren Wochen hatte ein Mann sie aufgesucht, der behauptete, ein Journalist vom *National Enquirer* zu sein. Er hatte sie darum gebeten, Photos von ihnen und von Catherines Zimmer machen zu dürfen. Sie waren so nachlässig gewesen, ihn ein paar Minuten lang allein zu lassen, während sie sich, naiv wie sie waren, auf die Photositzung vorbereiteten. Jetzt war ihnen endlich aufgegangen, warum einer der Mitglieder von Schmidts Team sie seit dem Anfang des Prozesses vage an jemanden erinnerte.
»Fräulein Shield«, fuhr Schmidt fort, »wenn Sie Ihrem Freund treu sind,

und er Ihnen treu ist, wie Sie uns mit so schöner Gewißheit versichern, können Sie mir dann sagen, wie es kommt, daß Sie diese vierundzwanzig Kondome, von denen zwölf extragroß sind, drei Tage vor dem 15. Juli dieses Jahres gekauft haben? Und das, obwohl Sie, wie Sie gerade erklärt haben, die Pille nehmen?«
Catherine grübelte und grübelte, aber ihr Gedächtnis ließ sie in dem Moment im Stich, in dem sie es am meisten brauchte. Das war um so bemerkenswerter, als sie sich daran erinnern konnte, in der Apotheke vorbeigegangen zu sein, um die zwei Kondompackungen zu kaufen. Aber sie hatte keinen blassen Schimmer, was sie zu diesem Kauf verleitet hatte. Für eine Weile blieb sie still, was Schmidt ausnehmend gut gefiel – er genoß es sogar in allen Zügen. Catherine verfing sich in seiner Falle.
»Fräulein Shield, haben Sie noch die Absicht, meine Frage zu beantworten?« fragte Schmidt mit Nachdruck.
»Ich weiß es nicht« sagte sie schließlich, »ich kann mich nicht erinnern.«
»Sie können sich nicht erinnern! Sie behaupten tatsächlich, daß Sie sich nicht erinnern! Und dabei geben Sie vor, sich an äußerst genaue Einzelheiten zu erinnern, zum Beispiel daran, was meine Mandanten gesagt haben sollen. Und das während eines Festes, bei dem Sie angeblich anwesend waren und auf dem Sie laut eigener Aussage einiges getrunken hatten?«
»Ich kann mich nicht erinnern.«
»Sie erinnern sich nicht oder ... Oder Sie fühlen, Fräulein Shield, daß man den *wahren* Grund entdeckt hat, weshalb Sie die Kondome gekauft haben.«
Der Anwalt hielt inne, um die dramatische Wirkung seiner Behauptung zu steigern.
»In Wirklichkeit haben Sie sich nämlich Kondome gekauft, um sich einen Abend lang zu amüsieren! Nachdem Sie sich am Abend des 15. Juli aus dem psychiatrischen Krankenhaus geschlichen hatten, haben Sie Ihr Vorhaben in die Tat umgesetzt! Ist das der Grund?«
»Einspruch, Euer Ehren!«
»Einspruch abgelehnt.«
»Ich ... ich kann mich nicht erinnern.«
»Ich habe keine weiteren Fragen, Euer Ehren.«
Hiernach erwirkte Paul Kubrick vom Gerichtshof eine einstündige Unterbrechung. Catherine war sichtlich mitgenommen, und auch er selbst mußte seine Kräfte sammeln und seine Strategie neu überdenken.

Er bedauerte besonders, daß Schmidts Verhör den neugewonnenen Vorteil wieder zerstört hatte, nachdem Catherines gefühlsgeladene Zeugenaussage die Geschworenen ergriffen hatte! Die Verteidigung hatte es im Handumdrehen geschafft, Catherines Glaubwürdigkeit zu untergraben. Jetzt hielten sie sie für ein leichtfertiges Mädchen, das ein gewagtes – wenn nicht gar provozierendes – Kleid trug, nicht wußte, wie sie nach Hampton gelangt war, zugab, getrunken zu haben und sich nicht daran erinnern konnte, vier Tage vor der Vergewaltigung vierundzwanzig Kondome gekauft zu haben, von denen zwölf extragroß waren. Und dabei behauptete sie, mit ihrem regelmäßigen Partner keine Kondome zu verwenden, aus dem einfachen Grund, weil sie die Pille nahm!
Und schließlich hatten die Geschworenen – dank Schmidt – erfahren, daß Catherine ein paar Tage vorher einen Selbstmordversuch unternommen hatte und daß sie an besagtem 15. Juli in einer psychiatrischen Klinik in stationärer Behandlung gewesen war.
Wie sollten die Geschworenen das alles schlucken und sie nicht ein bißchen seltsam finden?
Ausnahmsweise berief Paul Kubrick keine Beratung ein, sondern ging ein Stück durch New York spazieren. Ein frischer Wind wehte.
Er mußte sich beruhigen, wieder zu sich kommen.

60

Als die Verhandlung fortgeführt wurde, rief die Verteidigung Herrn Oliver Reed, Stammgast der Havanas-Bar, in den Zeugenstand. Weil er einen beachtlichen Bauch hatte und sein Teint vom Alkoholkonsum, den kurzen Nächten und dem Nikotinmißbrauch verwüstet war, sah er mit zweiunddreißig Jahren älter als Vierzig aus. Er war ganz in Schwarz gekleidet – Anzug, Hemd und Krawatte –, was bei vielen Leuten seiner Generation als absolut schick galt. Er strahlte eine große Schüchternheit aus, die seine unruhigen Augen in einem merkwürdigen Blaugrau, wie sie bei einem schwarzhaarigen Mann selten vorkamen, noch betonten.
Wie fast alle, die dazu aufgefordert werden vor Gericht auszusagen, vor allem, wenn es um solch einen Fall ging, war Reed etwas angespannt, was seine natürliche Neigung zum Stottern noch verstärkte.

»Herr Reed, wo waren Sie am 15. Juli dieses Jahres abends, gegen neun Uhr dreißig?«

»In der B-B-B-B- …«

»Lassen Sie sich Zeit, Herr Reed.«

»In der Be-Be-Ba-Bar Hav-Hav-Hava …«

»Havanas? In der Havanas-Bar?«

»Ja«, sagte er mit einem breiten Lächeln und zeigte seine kleinen, sehr weit auseinanderstehenden Zähne.

»Kann man sagen, daß Sie dort ein Stammgast sind?«

»J-j-ja, das ka-ka-ka-ka-kann man sagen!«

»Waren Sie aus einem bestimmten Grund an besagtem Abend in der Havanas-Bar?«

»Äh … ja, es wurde eine kleines, privates F-f-f-est für Gi-gi-gig-g-g-golo gegeben.«

»Gigolo, der mit bürgerlichem Namen Herr Dino Pasquali heißt, nicht wahr?«

»J-ja, so-so-so hei-heißt er.«

»Haben Sie während dieses Festes Fräulein Catherine Shield gesehen, die hier im Saal anwesend ist?«

Der Zeuge drehte sich erst zu Catherine um, die ihm offensichtlich gefiel, und sagte dann, als er sich wieder zu Schmidt gewandt hatte:

»Ja.«

»Wieviel Uhr war es, als Sie sie zum erstenmal gesehen haben?«

»Mitternacht.«

»Sind Sie sich dessen sicher?«

»Ja.«

»Wieso sind Sie sich so sicher?«

»Weil wir um Mitternacht die Champagnerflaschen geköpft haben, denn Gigolos Geburtstag war am 16. Juli. Und Fräulein Shield hat ihn geküßt, wie alle anderen Frauen auch.«

Er war sichtlich stolz darauf, in einem Atemzug geantwortet zu haben.

»Herr Reed, hat es etwas zwischen diesem Herrn … Gigolo, wie Sie ihn nennen, und dem hier anwesenden Fräulein Shield gegeben, nachdem die anderen Frauen Gigolo geküßt hatten?«

»Ja.«

»Können Sie uns sagen, was das war?«

»Sie-Sie-Sie-Sie … haben ange-ange-angefangen, zusammen zu t-t-t-tanzen …«

»Wie lange?«
»Mindestens eine Stunde lang. Alle haben ihnen zugesehen«, sagte er, indem er sich zur Freude aller Anwesenden, die ungeduldig darauf warteten, alles über diese neue Seite der Klägerin zu erfahren, über seinen Sprachfehler hinwegsetzte.
»Warum sahen ihnen alle zu?«
»Nun, weil sie auf eine sehr besondere Art tanzten ... wie soll ich sagen ... Man hätte meinen können, daß sie beim Tanzen Sex hatten«, sagte er, wiederum in einem Zug.
»Was wollen Sie mit ›Sex hatten‹ genau sagen? Ich möchte Sie daran erinnern, daß Sie vor Gericht stehen, einen Eid geleistet haben, und daß das, was Sie sagen, von entscheidender Bedeutung ist – das Leben der vier Angeklagten hängt davon ab. Was genau bedeutet also ›Man hätte meinen können, daß sie beim Tanzen Sex hatten‹?«
»Nun ... wie soll ich sagen ... ihre A-A-A-Art zu tanzen war speziell ... ihre Beine waren sehr, wie soll ich sagen ... Eines der Beine von Gigolo war zwischen den Beinen von Fräulein Shield ... sie k-kl-klebten sehr aneinander. Sie hing an seinem Hals ... Sie kü-kü-küßten sich un-un-unauf-auf-aufhörlich ... Und Gigolo hielt sie am P-P-P-P-Po fest ... Es w-w-w-war ein wahres Sp-Sp-Sp-Spektakel!«
Im Saal wurde getuschelt, und Paul Kubricks Gesichtszüge wurden zusehends länger. Wie sollte er dieses Bild der völligen Dekadenz wieder zurechtbiegen?
»Ich verstehe. Und was ist dann passiert?«
»Nun, sie s-s-s-s-sind zum H-H-H-Hinterausgang hinausge-hinausge-hinausgegangen ...«
»Zum Hinterausgang? Was ist das genau?«
»Es ist eine T-T-T-T-Tür, die auf einen k-k-k-kleinen H-H-H-Hinterhof hinter der B-B-Bar mündet ...«
»Können Sie mir etwas mehr über diesen Hinterhof sagen, Herr Reed?«
Der Zeuge lächelte zunächst und erklärte dann:
»D-D-D-D-Da p-p-p-passieren allerlei Dinge ...«
»Können Sie sich etwas klarer ausdrücken?«
»Die Kunden gehen dort hin um eine *line* zu nehmen ...«
»Eine *line* zu nehmen, was meinen Sie damit genau?«
»Kokain. Und auch, um Sex zu haben.«
»Sie sagen, daß die Kunden dort speziell hingehen, um Sex zu haben? Ist das nicht etwas merkwürdig?«

»W-W-W-Wir sprechen hier von Ha-Ha-Ha-Hampton!«
Bei dieser todernsten Antwort prustete der ganze Gerichtssaal los.
»Ich danke Ihnen, Herr Reed. Das wäre es dann.«
Sichtlich erleichtert, daß er es überstanden hatte, wollte Reed aufstehen, aber der Richter hielt ihn zurück:
»Würden Sie sich bitte noch einen Augenblick gedulden, Herr Reed, vielleicht möchte ja auch die Staatsanwaltschaft Sie vernehmen.«
»Ja, Euer Ehren«, sagte der junge Staatsanwalt, der seine Akte wieder schloß, nachdem er einen letzten Blick auf seine Notizen geworfen hatte.

61

»Waren am Abend des 15. Juli dieses Jahres viele Menschen in der Havanas-Bar, Herr Reed?«
»Ja, se-se-se-sehr vi-vi-vi-viele!«
»Wegen des Festes für Herrn Di Pasquali, wie ich annehme?«
»Ja.«
»Sie sagen, daß Fräulein Shield mit Herrn Di Pasquali getanzt hat. Und Sie, Herr Reed, haben Sie an diesem Abend mit Catherine getanzt?«
Der Zeuge lachte nervös, als ob der Anwalt die unwahrscheinlichste Frage gestellt habe, die man sich vorstellen konnte. Er, so ungelenk und schüchtern wie er war, sollte mit einem so jungen, so tollen Mädchen wie Catherine getanzt haben? Das konnte der Anwalt doch nicht im Ernst meinen! Machte er sich über ihn lustig?
»N-N-N-Nein! Ich tanze sowieso nie.«
»Sie tanzen nie. Ich verstehe. Aus irgendeinem bestimmten Grund?«
»Ich mag T-T-Tanzen nicht.«
»Aha. Das ist Ihr gutes Recht. Ich tanze selbst auch nicht sehr gern, ich kann Sie gut verstehen.«
Nach einer kurzen Pause fuhr der Staatsanwalt fort:
»Wenn Sie niemals tanzen, bleiben Sie an der Theke sitzen, wie ich annehme?«
»G-G-Genau, ich trinke ein G-G-Glas an der Theke. Der B-B-Barkeeper ist ein n-n-netter T-T-Typ.«
»Netter Typ, ja. Ist es der Mann, den man hier zusammen mit Ihnen auf diesem Photo sieht?«

Kubrick zeigte dem etwas erstaunten Zeugen Schwarzweißphotos, die auf dem Privatfest in der Havanas-Bar gemacht worden waren. Der offizielle Photograph dieser Fete hatte sie geschossen, der einzige, der zu dieser Gelegenheit zugelassen worden war. Auf der Rückseite der Photos war auch sein Stempel, zusammen mit dem Entwicklungsdatum, nämlich dem 16. Juli.

Auf dem ersten Photo war Reed im Vordergrund abgebildet. Er saß an der Theke und drehte dem Barkeeper, der gerade ein Glas abspülte, den Rücken zu. Die beiden sahen neugierig und amüsiert auf die Tanzfläche, die in einer Entfernung von etwa zehn Metern von der Theke war. Ein anderes Photo, von der Tanzfläche, zeigte leidenschaftliche Tänzer, die sich zum Teil geradezu zur Schau stellten. Eine Frau trug eine völlig durchsichtige Seidenbluse. Die Bluse einer anderen war über einem durchsichtigen schwarzen Büstenhalter aufgeknöpft. Eine dritte kippte sich mit zurückgelegtem Kopf eine Flasche Champagner in den Ausschnitt, aus dem eine ihrer Brüste glänzend hervorschaute.

»Sie sind das auf dem Photo?« fragte der Staatsanwalt und zeigte auf das erste Bild.

»Ja.«

»Und dieser Mann ist Ihr Freund, der Barkeeper?«

»Ja.«

»Und Sie haben den ganzen Abend an der Theke verbracht?«

»Ja, außer um auf die Toilette zu gehen.«

»Ich verstehe.«

»Einspruch, Euer Ehren! Das Ganze hat nichts mit dem Fall zu tun, der uns interessiert«, warf Schmidt ein.

»Einspruch abgelehnt. Aber, Herr Kubrick, kommen Sie jetzt auf den Punkt.«

»Ja, Euer Ehren.«

Der Staatsanwalt verteilte den Geschworenen, Rechtsanwalt Schmidt und dem Richter eine Kopie der beiden Photos und bat letzteren, sie als Beweismittel anzuerkennen. Danach ging er zum Tisch, holte ein großes Diagramm und stellte es so vor dem Zeugen auf eine Staffelei, daß auch die Geschworenen es sehen konnten.

»Hier ist ein Plan der Havanas-Bar, Herr Reed, ein Plan, den ich gleich auf die Leinwand projizieren werde.«

Auf einer Seite des Raums erschien der besagte Plan, auf dem die Längenangaben deutlich eingezeichnet waren, auf einer Leinwand. Der

Staatsanwalt näherte sich ihr und deutete mit Hilfe seines Laserpointers auf den Abstand zwischen Theke und Tanzfläche. Eine gestrichelte Linie verband die beiden Punkte, und darüber stand: ›zehn Meter‹.

»Laut diesem offiziellen Plan der Havanas-Bar beträgt der Abstand zwischen Theke und Tanzfläche zehn Meter. Erscheint Ihnen diese Maßangabe korrekt?« fragte er den verdutzten Zeugen.

»Ja, i-i-ich glaube.«

»Wo auf der Tanzfläche befanden sich Fräulein Shield und Gigolo? Würden Sie sagen, daß sie eher auf der Seite der Theke, in der Mitte oder auf der gegenüberliegenden Seite der Tanzfläche tanzten?«

»M-M-M-Mitten a-a-a-a-auf der T-T-T-Tanzfläche. Alle sahen ihnen zu.«

»Mitten auf der Tanzfläche. Auf dem Plan steht, daß die Tanzfläche dreizehneinhalb Meter breit ist. Also befindet sich die Mitte sechsdreiviertel Meter vom Anfang der Tanzfläche entfernt. Und wenn man diese sechsdreiviertel Meter zu den zehn Metern Abstand zwischen der Theke und dem Anfang der Tanzfläche dazuzählt, kommt man auf einen Abstand von fast siebzehn Metern zwischen der Theke und der Mitte der Tanzfläche, wo sich Fräulein Shield und Herr Di Pasquali befanden. Erscheint Ihnen diese Schätzung korrekt?«

»J-J-J-Ja«, antwortete Reed, dem das Verhör immer unangenehmer wurde.

»Herr Reed, auf Ihrem Führerschein steht, daß Sie zum Autofahren eine Brille tragen müssen.«

»Das … Das stimmt.«

»Aber an diesem Abend trugen Sie keine Brille, jedenfalls nicht auf dem Photo.«

Nach einem kurzen Zögern sagte Reed schließlich, als ob ihn sein plötzlicher Einfall retten würde:

»I-I-Ich habe an diesem Abend K-K-Kontaktlinsen getragen.«

»Sind Sie sicher?«

»J-J-J-Ja.«

Zwischen Stottern und Zögern lag nur ein kleiner Unterschied.

»Könnten Sie es sich noch einmal genau überlegen? Vergessen Sie nicht, daß es um den Abend vom 15. Juli dieses Jahres geht, daß Sie unter Eid stehen und daß das, was Sie sagen werden, einen großen Einfluß auf die Geschworenen haben kann. – Sie sind sich also ganz und gar sicher, daß Sie am Abend des 15. Juli Ihre Kontaktlinsen getragen haben?«

»Ja.«

»Sind es dieselben, die Sie jetzt auch tragen?«
»Ja«, sagte er bedrückt, als ob es ein Verbrechen sei, Kontaktlinsen zu tragen.
»Und Sie tragen sie auch jetzt, obwohl Sie nicht Auto fahren?«
»Ja, ich t-t-trage sie immer, we-we-wegen …«
»Ja? Sie tragen sie die ganze Zeit, weil Sie schlecht sehen, wie ich annehme …«
»Ja, und auch wegen der F-Far … der F-Far …«
»Wegen der Farbe?«
»Ja, die Kontaktlinsen sind blau und meine Augen sind braun«, bekannte er errötend seine Eitelkeit.
»Aha, ich verstehe. Ich danke Ihnen für Ihre Aufrichtigkeit. Sie tragen sie also die ganze Zeit. Und an diesem Abend, ich meine den Abend des 15. Juli, haben Sie sie auch getragen?«
»J-J-J-Ja.«
»Herr Reed, wir haben hier die Kopie eines Dokuments, das Sie am 18. Juli ausgefüllt haben, also drei Tage nachdem Fräulein Shield vergewaltigt wurde. Dieses Dokument, eine Umfrage, die Ihr Optiker *Brillen Excel* Ihnen gegeben hat, bevor er Ihnen neue Kontaktlinsen angefertigt hat, trägt Ihre Unterschrift. Ist es auch wirklich Ihre Unterschrift?« fragte der Staatsanwalt und zeigte ihm die Kopie des Dokuments.
Reed sah sie sich an und mußte zugeben:
»Ja, es es es ist ist ….«
»Ich verstehe, danke, es ist Ihre Unterschrift. In der Umfrage haben Sie die Frage: ›Handelt es sich hierbei um Ihr erstes Paar Kontaktlinsen?‹ als Antwort ›ja‹ angekreuzt.«
Reed suchte nach Worten. Vor Schreck wie gelähmt, schaute er den Verteidiger an. Niemals hätte er sich vorstellen können, daß die Gegenpartei solche Dokumente finden und ihn so entlarven würde.
Der Staatsanwalt fuhr fort:
»Herr Reed, darf ich Sie bitten, Ihre Kontaktlinsen auszuziehen?«
»Einspruch, Euer Ehren!«
»Herr Reed, ich bitte Sie, der Aufforderung von Herrn Kubrick Folge zu leisten«, sagte Richter Burns.
Reed zog einen kleinen Plastikbehälter aus der Tasche, öffnete die beiden runden Deckel und legte mit stark zitternden Händen seine Kontaktlinsen hinein. Er spürte, daß es jetzt auf den Höhepunkt zuging und es für ihn kein Zurück mehr gab. Als er seine Linsen abgelegt hatte, hob er den

Kopf und die, die in seiner Nähe saßen, sahen, daß er jetzt in der Tat braune Augen hatte.
Er schaute nach links und rechts, ein bißchen wie ein Maulwurf, und wartete mit offensichtlichem Unbehagen auf den weiteren Verlauf des Verhörs.
Da bat der Staatsanwalt eine Person aus dem Publikum aufzustehen. Er hatte sie nicht zufällig ausgewählt. Es war eine Frau in den Dreißigern, die mit ihren sehr kurz geschittenen schwarzen Haaren etwas Jungenhaftes hatte. Sie war ziemlich groß und trug ein Kostüm, das einem Männeranzug ähnelte, ein Effekt, der durch ihre rote Krawatte verstärkt wurde.
Die Frau stellte sich so weit wie möglich vom Zeugenstand entfernt hin, kurz vor die Geschworenen, die sie freundlich anlächelte, bevor sie ihnen den Rücken zukehrte.
»Herr Reed, die Person, die derzeit vor Ihnen steht, befindet sich in einem Abstand von etwa achteinhalb Metern von Ihnen, das heißt der Hälfte des Abstands, der die Theke von der Mitte der Tanzfläche trennt, auf der Sie Fräulein Shield am Abend des 15. Juli mit Herrn Di Pasquali haben tanzen sehen. Könnten Sie zum Verständnis des Gerichts die Person beschreiben, die vor Ihnen steht?«
Reed war nervös, aber fest entschlossen, das Gesicht zu wahren. Also fing er an:
»Es-Es-Es-Es ist ein H-H-H-H-Herr von etwa fünfunddreißig Jahren. Er hat schwarze Haare.«
Der Gerichtssaal brüllte vor Lachen. Rechtsanwalt Schmidt ballte die Fäuste. Dieser Idiot von Kubrick hatte seinen Zeugen blamiert und völlig unglaubwürdig gemacht!
Als er feststellte, daß etwas komisch war, setzte der Zeuge sofort wieder seine Kontaktlinsen ein und bemerkte gleich seinen Fehler.
Er warf dem Verteidiger einen entsetzten Blick zu, während die junge Frau sich wieder setzte und der Staatsanwalt sein Verhör triumphierend beschloß:
»Danke, Herr Reed, das ist alles!«

62

Er hatte die raubkatzenhafte und ein wenig künstliche Schönheit, die der müßiggängerischen Jugend so gut stand. Blaue Augen, blonde Robert-Redford-Haare, sehr groß, mit einem gewinnenden Lächeln, war Dino Di Pasquali mit seinen fünfundzwanzig Jahren der Prototyp des Verführers. Seinen Beinamen – Gigolo – hatte er sich auch redlich verdient, denn er hatte einerseits großen Erfolg bei Frauen, und machte andererseits gelegentlich seine Reize bei den Witwen und vernachlässigten Ehefrauen von Hampton zu Geld.

Rechtsanwalt Schmidt hatte ihn in den Zeugenstand gerufen, und er trat in einem cremefarbenen Leinenanzug, Freizeitsandalen und geöffnetem Hemd vor. Seine blondbehaarte Brust brachte er mit mehreren Goldkettchen zur Geltung.

»Herr Di Pasquali«, begann Schmidt, »waren Sie am Abend des 15. Juli dieses Jahres in der Havanas-Bar?«

»Ja.«

»Um wieviel Uhr sind Sie dort eingetroffen?«

»Gegen zehn Uhr.«

»Haben Sie Fräulein Shield an diesem Abend zum erstenmal in der Havanas-Bar gesehen, Herr Di Pasquali?«

»Ja.«

»Und was ist zwischen Ihnen vorgefallen?«

»Tja, es war Liebe auf den ersten Blick!«

»Von Ihnen für sie?«

»Nein, von ihr für mich!«

»Wieso sagen Sie das?«

»Weil sie auf die Tanzfläche gekommen ist, um mir zum Geburtstag zu gratulieren. Dann hat sie mir zugeflüstert: ›Ich habe von dir gehört, anscheinend tanzt du göttlich ... Angeblich tust du sogar sehr viele Dinge göttlich ...‹«

Das hatte er in aller Bescheidenheit vorgebracht: Schließlich stand er vor Gericht, und vor Gericht, das war bekannt, sagte man die Wahrheit und nichts als die Wahrheit, auch wenn sie sehr schmeichelhaft war!

»Und dann?«

»Dann hat sie mich aufgefordert zu tanzen. Ich habe akzeptiert ... Und ich habe es nicht bereut, weil sie wirklich eine heiße Nummer ist! Sie hat sich an mich gehängt, mir den Hals geküßt ... Ich habe gemerkt, daß sie

entweder getrunken oder Drogen genommen hatte. Jedenfalls war sie nicht sehr zurückhaltend ...«
»Und Sie, wie haben Sie reagiert?«
»Wie ein Mann eben reagiert.«
»Was meinen Sie damit?«
»Tja, das ist ein heikles Thema, aber sie hat geredet wie eine Frau, die einem Mann zu verstehen geben möchte, daß sie ihn will. Sie hat mir sogar einmal ...«
Mit falscher Bescheidenheit unterbrach er sich. Schmidt bat ihn fortzufahren.
»Nun, ich habe eine sehr weite Hose getragen ... Ich hatte keinen Gürtel an, sondern Hosenträger, und als wir einen Slow getanzt haben, hat sie ihre Hand in meine Hose gesteckt. Sie hat gepfiffen und mir gesagt, daß ich wie ein Hengst gebaut sei und daß sich das ja gut träfe, denn sie hätte zufällig gerade extragroße Kondome dabei. Sie hat gefragt, ob ich nicht Lust hätte, sie auszuprobieren.«
Im Gerichtssaal hörte man sich diese Zeugenaussage natürlich nicht ungerührt an.
»Was ist dann passiert?«
»Nun, beinahe eine Stunde lang haben wir getanzt, getrunken, geknutscht. Dann hat sie mir gesagt, daß sie Lust hätte, ihren Freund zu betrügen, weil er sie sexuell nicht befriedige und sie einen echten Mann wolle ...«
Catherine sprang wie eine wildgewordene Löwin mit einem Satz auf.
»Sie haben kein Recht, so etwas zu sagen!« schrie sie. »Das sind nichts als Lügen! Ich liebe Robert und werde ihn nie betrügen, auch wenn wir nicht mehr zusammen sind!«
»Fräulein Shield!« warnte sie der Richter. »Sie hatten bereits die Gelegenheit, Ihre Aussage zu machen!«
»Ich kann es nicht zulassen, daß dieser Hampelmann so über meinen Freund redet!«
»Catherine, bitte!« schritt Paul streng ein.
Sie senkte den Kopf und schwieg.
Die Worte von Di Pasquali hatten sie zu sehr an den bitteren Trennungsabend im Waldorf Hotel erinnert, als Robert tatsächlich nicht in der Lage gewesen war, sie zu befriedigen – weil er nämlich keinerlei Verlangen nach ihr verspürt hatte.
Thomas und Julie sahen sich lange schweigend an: Ihre Chancen, den

Prozeß zu gewinnen, schmolzen wie Schnee in der Sonne. Thomas sah den Moment schon kommen, in dem er sich gegen die Vergewaltigungsklage verteidigen mußte, die Templeton gegen ihn erheben wollte. Jeder Schlag, der Catherine traf, rückte ihn dem Kriminalkommissar näher.
Dieser saß auch schadenfroh im Gerichtssaal und sah sich das an, was allmählich begann, wie ein Schiffbruch auszusehen.
Unbewegt setzte Schmidt seine Vernehmung fort:
»Und was haben Sie dann gemacht?«
»Nun«, sagte er mit einem etwas schuldbewußten Ausdruck, »weil ich ein vorsichtiger Mensch bin, habe ich sie gefragt, ob sie mit ihrem Freund gekommen ist ...«
Gelächter im Saal.
»Sie hat ›nein‹ geantwortet«, fuhr Di Pasquali fort, »und erzählt, daß sie sich vor ein paar Tagen getrennt hätten. Da habe ich mir gedacht, daß sie merkwürdig ist!«
»Warum denn?«
»Nun, weil sie nicht mehr zusammen waren, sie ihn aber trotzdem betrügen wollte.«
»Ich verstehe. Was haben Sie da gedacht?«
»Wie immer: ›Mein Gott, diese Frauen!‹,« sagte er, die Hände und Augen zum Himmel gerichtet.
Der Saal lachte schallend los, außer natürlich Catherines Eltern, Julie und Thomas. Was Kubrick betraf, so machte er sich in rasender Eile Notizen.
Für Catherine ging die Tortur weiter.
»Und was haben Sie dann gemacht?«
»Nun, da habe ich mir gedacht: ›Warum eigentlich nicht?‹ Sie hat mich gefragt, ob wir dort miteinander schlafen könnten, und ich habe ihr ›ja‹ geantwortet. Ich kann mich noch sehr gut daran erinnern, daß sie dann hinzugefügt hat, ich bitte um Entschuldigung für die Ausdrucksweise ...«
»Schießen Sie los«, ermutigte ihn Schmidt, den dieser Erfolg übermütig werden ließ.
»Sie hat gesagt: ›Ich werde deine Eier zum Explodieren bringen!‹«
Der Saal lachte wieder: Dieser Gigolo war ja wirklich äußerst unterhaltsam!
»Und wie haben Sie reagiert?«
»Ich habe ihre Hand ergriffen und sie in den Hinterhof mitgenommen ...«
»Und was ist dort passiert?«

»Nun, es ist geschehen, was geschehen mußte.«
»Würden Sie sich bitte etwas genauer ausdrücken!«
»Ich weiß nicht, ob sie zum Abendessen Spanische Fliege genommen hatte, aber sie war wirklich extrem geil, wenn Sie bitte den Ausdruck entschuldigen. Im Hof haben wir angefangen uns zu küssen ... Ich wollte mir Zeit lassen, aber nach zwei Minuten hat sie sich vor mich hingekniet, mir die Hose heruntergezogen und aus ihrer Handtasche einen dieser Kondome geholt, von denen sie gesprochen hatte, und hat ihn mir übergestülpt ... Natürlich habe ich sie gewähren lassen – ich bin nicht jemand, der unnötige Risiken eingeht, und ganz bestimmt nicht, wenn die Frau darauf besteht.«
»Und dann?«
»Nun, dann haben wir gevögelt. Sie lehnte an einer Wand der Havanas-Bar und wollte mehr und mehr!«
»Wie lange hat das gedauert?«
»Ich schaue beim Vögeln nicht auf die Uhr, jedenfalls nicht, wenn ich nicht im Dienst bin ...«
Diese letzten Worte, die seinen wenig schmeichelhaften Beruf verrieten, schienen ihm leid zu tun, obwohl man es sich bei einem so unintelligenten Mann mit so vorteilhaftem Äußeren hätte denken können.
»Ich verstehe. Aber was ist danach passiert?«
»Dann hat sie auf einmal mittendrin aufgehört, ich habe keine Ahnung warum, und hat sich so plötzlich von mir zurückgezogen, daß das Kondom in ihr steckengeblieben ist ...«
»Und was haben Sie gemacht? Haben Sie sie um ein neues Kondom gebeten?«
»Hören Sie ... Ich habe wie alle anderen auch die Aufklärungskampagnen über sexuell übertragbare Krankheiten gesehen, aber ich hatte eine Menge Champagner getrunken. Ich war sehr erregt und habe mir dann gedacht, daß sie jung ist und wahrscheinlich noch nicht angesteckt. Ich weiß, daß man nicht so denken sollte, aber in solchen Momenten ist man nicht mehr ganz klar im Kopf, wenn Sie wissen, was ich meine ...«
»Ja, ich verstehe Sie sehr gut. Und was hat sie dann getan?«
»Tja, sie hat mir den Rücken zugedreht ... Sie hat sich gegen die Wand gelehnt und angefangen zu stöhnen ...«
»Das ist nicht wahr! Dieser Mann ist ein Lügner!« protestierte Catherine, die es nicht länger ertragen konnte.

Sie war aufgesprungen, knallrot im Gesicht, und zeigte anklagend auf Di Pasquali. In ihrem ganzen Leben hatte sie sich noch nie so geschämt.
»Fräulein Shield, ich warne Sie zum dritten und letzten Mal!«
»Catherine, setzen Sie sich bitte wieder hin«, sagte Paul, der seine Hand auf ihren Arm gelegt hatte und leichten Druck ausübte.
Trotz ihrer Empörung begriff Catherine, daß sie keine andere Wahl hatte und ihre Proteste nichts nützen würden.
So war das also, ein Prozeß! Da konnte also ein Zeuge ankommen und vor hundert Leuten alle kranken Dinge sagen, die ihm gerade durch den Kopf gingen, ohne daß sich das Opfer wehren konnte, um seinen Ruf zu schützen?!
»Was haben Sie dann getan, Herr Di Pasquali?« fragte Schmidt.
»Ich habe getan, wozu sie mich mit ihren Gesten aufgefordert hat.«
»Können Sie sich bitte präziser ausdrücken?«
»Hören Sie, wenn eine Frau Ihnen den Rücken zudreht und Sie auffordert sie zu ... Was tun Sie dann?«
»Bitte, ich stelle hier die Fragen, nicht Sie. Beantworten Sie meine Frage.«
»Nun, ich habe sie von hinten genommen.«
»Wollen Sie damit sagen, daß Sie Analverkehr mit ihr hatten?«
»Ja.«
»War die Penetration schwierig?«
»Ja, vor allem am Anfang ...«
»Ich verstehe ... Herr Di Pasquali, ist es Ihnen in Ihrer sexuellen Laufbahn schon einmal passiert, daß eine Frau Sie um das bittet, worum Fräulein Shield Sie gebeten hat, das heißt um das, was man gemeinhin als widernatürliche Penetration bezeichnet?«
»Ja.«
»Ist es Ihnen dabei schon passiert, Verletzungen in der Analgegend zu verursachen, zum Beispiel das Gewebe zu zerreißen, so daß es blutet?«
Er nickte. Dieser Anwalt wollte es wirklich genau wissen.
»Das ist mir schon passiert, ja.«
»Herr Di Pasquali, als Sie auf ihre Aufforderung hin mit Fräulein Shield Analverkehr hatten« – es bereitete Schmidt ein perverses Vergnügen, diese Worte auszusprechen, von denen er wußte, daß sie den Gegner demoralisierten –, »haben Sie da den Eindruck gehabt, daß Sie sie verletzen könnten?«
»Ja, weil sie sehr eng war. Aber sie hat mich nicht gebeten aufzuhören.

Sie schrie laut, aber sie sagte mir, daß sie es liebt. Sie sagte mir: ›Stärker! Tiefer! Nimm mich!‹«

»Herr Di Pasquali, würden Sie mir sagen, ob Sie während der widernatürlichen sexuellen Beziehung, die Sie auf Fräulein Shields Wunsch hin mit ihr hatten, einen Orgasmus hatten?«

»Nein.«

»Sie hatten keinen Samenerguß?«

»Nein.«

»Und warum nicht?«

»Nun, weil ich ... ich hatte Kokain genommen ... Äh, ich füge hinzu, daß ich kein Dealer bin und nur für den Eigenbedarf kaufe ...«

»Ich verstehe. Und was passierte weiter?«

»Eine Gruppe von Freunden ist zu uns gekommen, und da wurde es ein bißchen peinlich! Also haben wir aufhören müssen. Sie hatten eine Magnumflasche Champagner mitgebracht, es war mein Geburtstag, und wir haben getrunken.«

»Und Catherine Shield?«

»Sie ist mit zwei anderen Gästen der Havanas-Bar, die ich nicht kannte, weggegangen.«

»Zwei andere Gäste? Männer oder Frauen?«

»Männer.«

»Könnten Sie sie beschreiben?«

»Ich habe sie nur sehr kurz gesehen, und im Hinterhof war es ziemlich dunkel. Sie waren recht groß, es waren zwei Schwarze. Sie haben sie geküßt.«

»Hat sie sich widersetzt?«

»Ich weiß es nicht. Meine Freunde standen um mich herum.«

»Haben Sie Fräulein Shield später in dieser Nacht wiedergesehen?«

»Nein.«

»Ich danke Ihnen, Herr Di Pasquali. Ich weiß die Offenheit und den Mut zu schätzen, mit dem Sie meine oft sehr peinlichen Fragen beantwortet haben. Ich bin mir sicher, daß Ihre Aussage dem Gericht und den verehrten Geschworenen dabei geholfen hat zu verstehen, was sich am Abend des 15. Juli wirklich zugetragen hat.«

63

»Herr Staatsanwalt«, fragte der Richter, »möchten Sie den Zeugen befragen?«
»Ja.«
Kubrick ging nachdenklich auf den Zeugenstand zu.
»Herr Di Pasquali, in Ihrer Zeugenaussage haben Sie gesagt, daß Sie etwa eine Stunde lang mit Fräulein Shield getanzt haben. Stimmt das?«
»Ja, etwa eine Stunde.«
Der Staatsanwalt drehte sich zu Julie um und gab ihr ein Zeichen. Diese stand auf und ging zur Überraschung von Di Pasquali zum Zeugenstand.
»Herr Di Pasquali, das Gericht hat uns gestattet, eine kleine, einfache Demonstration zu machen. Ich möchte Sie bitten, aufzustehen und zu Doktor Cooper zu kommen.«
Der Zeuge warf Rechtsanwalt Schmidt einen Blick zu, der zum Zeichen des Einverständnisses mit dem Kopf nickte. Der Zeuge schürzte die Lippen und gehorchte.
»Darf ich Ihnen Doktor Cooper vorstellen? Ich bitte Sie nun, sie in den Arm zu nehmen, als ob Sie mit ihr tanzen wollten.«
Der Zeuge fand das Ganze immer verwunderlicher. Dieser Staatsanwalt stellte wirklich seltsame Anforderungen! Aber es war ja zum Glück kein Weltuntergang: Das ›Versuchskaninchen‹ war eine sehr hübsche Frau, und so zu tun, als ob er mit ihr tanze, würde bestimmt nicht unangenehm sein! Aus Anstand – und gesundem Menschenverstand – wollte er nicht auf eine zu laszive Art tanzen, also nahm Di Pasquali Julies linke Hand in seine rechte und hob sie auf Augenhöhe. Er umfaßte Julies Taille, hielt sie in einem vernünftigen Abstand von sich und führte ein paar Walzerschritte aus – wobei er sich zusammenreißen mußte, nicht laut loszulachen. Er ließ Julie sich einmal, dann ein zweites Mal herumdrehen, doch weil keine Musik spielte, er sich vor Gericht befand, vor den Augen eines neugierigen, verwunderten Publikums, blieb er nach ein paar Sekunden stehen und warf Kubrick einen fragenden Blick zu.
»Das genügt, danke!«
Immer noch verständnislos kehrte Di Pasquali zum Zeugenstand zurück, während Julie sich wieder neben Thomas setzte. Dieser empfand seltsamerweise eine gewisse Erleichterung: Er hatte gefühlt, wie eine natürlich lächerliche, aber dennoch spürbare Welle der Eifersucht von ihm Besitz ergriff, als er Julie in den Armen des Schönlings gesehen hatte.

Der Staatsanwalt wandte sich wieder an den Zeugen:
»Herr Di Pasquali, wie lange hatten Sie gesagt, daß Sie mit Fräulein Shield getanzt haben?«
»Etwa eine Stunde, glaube ich …«
»Und Sie haben jetzt gerade … na, sagen wir mal, fünf Sekunden mit Doktor Cooper getanzt?«
»Ja«, sagte Di Pasquali, der immer noch keine Ahnung hatte, worauf der Staatsanwalt hinauswollte – ebensowenig wie Schmidt, der unmerklich die Stirn runzelte: Er roch Lunte.
»Herr Di Pasquali, können Sie mir sagen, wie groß Doktor Cooper ist?«
»Ich weiß nicht. Einen Meter siebzig, einen Meter zweiundsiebzig, würde ich schätzen.«
»Doktor Cooper, würden Sie uns bitte sagen, wie groß Sie sind?«
»Einen Meter einundsiebzig …«
»Ich danke Ihnen, Doktor«, sagte er, bevor er sich wieder dem Zeugen zuwandte. »Das ist wirklich erstaunlich, Herr Di Pasquali! Sie haben nur ein paar Sekunden mit Doktor Cooper getanzt und konnten gleich ihre Größe auf einen Zentimeter genau richtig schätzen. Daraus schließe ich, daß, wenn Sie eine Stunde lang sehr viel intimer mit Fräulein Shield getanzt haben, es für Sie ein leichtes sein wird, dem Gericht zu sagen, wie groß sie ist?«
»Einspruch, Euer Ehren!«
»Einspruch abgelehnt. Beantworten Sie die Frage, Herr Di Pasquali.«
Der Zeuge schien in Verlegenheit zu geraten. Er errötete leicht und schien sich zu wünschen, daß ihm der Verteidiger helfe. Schließlich zuckte er hilflos mit den Schultern.
»Schwer zu sagen … Es war vor ein paar Wochen, abends, und ich hatte getrunken …«
»Ich bitte Sie, nur auf meine Fragen zu antworten, Herr Di Pasquali. Es gibt hier im Gericht Vorschriften, an die Sie sich halten müssen! Fangen wir also noch einmal von vorne an. Sie haben eine Stunde lang mit Fräulein Shield getanzt, und Sie haben angeblich sogar Geschlechtsverkehr mit ihr gehabt … Da sollten Sie doch schätzen können, wie groß sie ist. Ich werde Ihnen helfen. Wie groß sind Sie?«
»Einen Meter neunzig.«
»Ist Fräulein Shield größer als Sie?«
Di Pasquali lächelte. Wollte der Staatsanwalt sich über ihn lustig machen, oder was?

»Nein, natürlich nicht.«
»Ist sie gleich groß?«
»Auch nicht.«
»Sie ist also kleiner?«
»Ja.«
»Mindestens fünfzehn Zentimeter?«
»Mindestens.«
»Mindestens dreißig Zentimeter?«
»Nein, weniger ...«
Da drehte er sich zu Catherine um, die neben Julie saß. Es schien ihm, daß beide Frauen etwa gleich groß waren.
»Ich glaube, daß sie etwa gleich groß ist wie Doktor Cooper.«
Catherine warf Thomas einen komplizenhaften Blick zu, der ihn mit einem amüsierten Lächeln erwiderte.
Sie saß nämlich seit dem Anfang der Sitzung auf einem Telefonbuch.
Auf das Zeichen des Staatsanwalts hin standen Catherine und Doktor Cooper auf, traten vor den Tisch, an dem sie saßen, zogen genau gleichzeitig ihre Schuhe aus und stellten sich wortlos nebeneinander.
Julie war einen ganzen Kopf größer als Catherine, und der Größenunterschied war so augenfällig, daß ein Tuscheln durch den Saal ging.
Paul lächelte zufrieden.
Schmidt hingegen kochte.
Er wandte sich zunächst zu Jim Berkley, seinem jungen Assistenten, um ihn seine schlechte Laune fühlen zu lassen. Doch dann überlegte er es sich anders und hob den Kopf, als ob er über solchen Dingen stehe und ihm diese geschickt inszenierte Szene nichts anhaben könne.
Mehrere Geschworene machten sich eine Notiz. Gewiß, es war möglich, daß Di Pasquali sich nur noch vage an diesen Abend erinnerte. Aber wenn ein Mann eine Stunde lang mit einer Frau tanzt und dreißig Zentimeter größer ist als sie, sollte er es bemerken und sich daran erinnern.
»Fräulein Shield, würden Sie bitte dem Gerichtshof sagen, wie groß Sie sind?«
»Einen Meter sechsundfünfzig.«
»Ich danke Ihnen.«
Die beiden Frauen zogen ihre Schuhe an und setzten sich wieder.
»Das ist ein Unterschied von fünfzehn Zentimetern, Herr Di Pasquali! Ich wünsche Ihnen beim nächsten Mal mehr Glück!«

»Einspruch! Der Staatsanwalt stellt keine Fragen, sondern ist nur darauf aus, den Zeugen zu blamieren.«
»Einspruch stattgegeben. Herr Kubrick, stellen Sie bitte Ihre nächste Frage.«
»Herr Di Pasquali, Sie sind einen Meter neunzig groß und Fräulein Shield nur einen Meter sechsundfünfzig. Zwischen ihnen ist also ein Unterschied von vierunddreißig Zentimetern. Dieser Größenunterschied ist Ihnen nicht aufgefallen?«
»Doch, aber nicht in dem Ausmaß ...«
»Möchten Sie vielleicht angesichts dieses großen Unterschiedes ihre Aussage zurückziehen oder ändern?«
»Welche Aussage?«
»Die Aussage, daß Sie am Abend des 15. Juli dieses Jahres eine Stunde lang mit Fräulein Catherine Shield getanzt haben.«
»Nein. Ich habe eine Stunde lang mit ihr getanzt. Aber ... aber ich bin größer als die meisten Frauen, denen ich begegne, also ist das für mich eher alltäglich. Es fällt mir nicht so auf, wie es Ihnen zum Beispiel auffallen würde, wenn Sie vom einen Tag auf den anderen zwanzig, fünfundzwanzig Zentimeter wachsen würden und genauso groß wären wie ich.«
»Ich verstehe, Herr Di Pasquali. Nun möchte ich auf einen etwas heikleren Aspekt Ihrer Aussage von vorhin eingehen. Nachdem Sie eine Stunde lang mit Fräulein Shield getanzt haben, sind Sie, wie Sie sagten, mit ihr in das, was Sie den Hinterhof der Havanas-Bar genannt haben, gegangen. Dort haben Sie, laut Ihrer Aussage, Geschlechtsverkehr und sogar Analverkehr mit ihr gehabt, wobei sie sich stehend gegen eine Mauer lehnte. Sagen Sie mir, Herr Di Pasquali, haben Sie Fräulein Shield nicht im geringsten gezwungen, mit Ihnen diesen widernatürlichen Geschlechtsverkehr zu haben?«
»Nein, sie hat mich darum gebeten. Sie hat mich sogar angefleht.«
»Hat sie Ihnen, im Verlauf dieses Verkehrs, zu irgendeinem Zeitpunkt zu verstehen gegeben, daß sie es sich anders überlegt hat und lieber aufhören möchte, weil sie ihr weh taten?«
»Nein, zu keinem Zeitpunkt.«
»Waren Sie zu irgendeinem Zeitpunkt gezwungen, etwas zu unternehmen, damit sie Ihnen nicht wegläuft, weil sie sie genötigt haben?«
»Nein.«
»Haben Sie sie stark bei den Handgelenken festhalten müssen?«

»Einspruch! Der Zeuge hat bereits ausgesagt, daß er sie zu keinem Zeitpunkt zum Geschlechtsverkehr gezwungen hat.«
»Worauf wollen Sie hinaus, Herr Staatsanwalt?« fragte der Richter.
»Sofort, Euer Ehren.«
»Ich würde es zu schätzen wissen, wenn Sie zum Ziel kämen.«
»Haben Sie Fräulein Shield gezwungen, bei Ihnen zu bleiben, oder sie vom Boden hochgehoben, so daß ihre Füße den Boden nicht mehr berührten beziehungsweise sie nicht entkommen konnte?«
»Nein, zu keinem Zeitpunkt.«
»Sie hat sich also nicht widersetzt, hat nicht versucht, Ihnen zu entkommen, und Sie brauchten sie nicht hochzuheben. Sie hat die ganze Zeit mit beiden Füßen auf dem Boden gestanden, wie eine Frau, die ganz und gar willig ist, mit Ihnen Analverkehr zu haben?«
»Ja, genau.«
»Richter Burns, ich möchte nun zum Verständnis des Gerichts zwei professionelle Schauspieler bitten, vor uns zu simulieren, was sich angeblich im Hinterhof der Havanas-Bar zwischen Fräulein Shield und Herrn Di Pasquali abgespielt hat.«
»Einspruch, Euer Ehren! Während des Vorverfahrens war niemals die Rede von diesen beiden Schauspielern oder von dieser lächerlichen Vorführung!«
»Ich lasse die Staatsanwaltschaft dennoch weitermachen, Herr Verteidiger. Ich werde an Ort und Stelle entscheiden, wenn ich einschreiten muß.«
Der Staatsanwalt bedeutete den beiden Schauspielern, die beide weiße, hautenge Strumpfhosen trugen, näherzutreten. Ein Techniker war bei ihnen, der ein schwarzes Köfferchen trug und eine große Tafel vor sich herschob, auf der Maße angegeben waren, die von einem Meter fünfzig bis zu einem Meter fünfundneunzig reichten. Ein rotes Licht war auf einem Stativ befestigt, das ebenfalls auf Rollen stand.
Der Schauspieler, ein wahrer Riese, war ebenso groß wie der Zeuge, während die junge Schauspielerin gleich groß war wie Catherine.
Als der Techniker die Tafel gut sichtbar vor den Geschworenen aufgebaut hatte, stellten sich die Schauspieler so hin, daß man ablesen konnte, wie groß sie waren, und Paul Kubrick kommentierte:
»Wie Sie sehen, ist der Schauspieler exakt einen Meter neunzig groß, genauso wie Herr Di Pasquali, während die Schauspielerin genauso groß ist wie das Opfer Catherine Shield.«

Er gab dem Techniker ein Zeichen mit dem Kopf, damit er fortfahre, während er den ausgesprochen gespannten Geschworenen Erklärungen lieferte.
»Was wir dem Gericht jetzt vorführen werden, ist, daß es völlig unmöglich ist, daß die Verletzungen am After, die Fräulein Shield zugefügt worden sind und Doktor Conway in ihrem Bericht beschrieben hat, ihr am Abend des 15. Juli von Herr Di Pasquali zugefügt wurden. Und zwar aus dem einfachen Grund, weil Herr Di Pasquali aufgrund des Größenunterschiedes zwischen ihnen technisch gesehen gar nicht in der Lage war, Analverkehr mit Fräulein Shield zu haben, während sie an die Wand gelehnt stand und *die Füße fest auf dem Boden stehen hatte*, wie Herr Di Pasquali dem Gericht gerade eidesstattlich erklärt hat.«
Die letzten Worte sprach Kubrick allerdings ein bißchen ins Leere, denn die Aufmerksamkeit des Publikums war voll und ganz von der Vorführung des Technikers in Anspruch genommen. Dieser hatte nämlich gerade einen riesigen Kunstpenis aus dem Koffer geholt, der allerdings harmlos aussah, weil er aus weißem Stoff war. Der Schauspieler hatte sich den Gürtel in Form einer Unterhose umgeschnallt, an dem der Kunstpenis befestigt war. Der Gürtel wiederum war mit dem Stativ verbunden, auf dem die rote Lampe angebracht war. Ganz in Weiß gekleidet, mit einem ebenfalls weißen künstlichen Geschlechtsorgan, machte der Mann einen sehr merkwürdigen Eindruck – den Saal ließ er jedenfalls nicht kalt.
Danach hatte der Techniker einen ähnlichen Gürtel ausgepackt, doch an der Stelle des nachgemachten männlichen Geschlechtsorgans befand sich eine Art von rotem Medaillon, das auch mit dem Stativ verbunden war.
Bevor er die Schauspielerin bat, den Gürtel anzulegen, wartete er auf Pauls Anweisungen. Dieser erläuterte:
»Wie Sie sicher erraten haben, ist an dem Gürtel, den der männliche Schauspieler trägt, ein Ersatz eines erigierten männlichen Geschlechtsorgans befestigt, in einem Winkel, der für einen fünfundzwanzig Jahre alten Mann natürlich ist. Am Ende dieses Geschlechtsorganersatzes befindet sich eine Vorrichtung, wie sie Fechter bei Wettkämpfen tragen. Dank dieser Vorrichtung wird das rote Licht bei der geringsten Berührung mit diesem roten Medaillon hier sofort aufleuchten, wie ich Ihnen jetzt vorführen werde.«
Dann legte er das Ende des Geschlechtsorganersatzes an das Medaillon. Sofort leuchtete das rote Licht auf und eine quakende Klingel ertönte, was große Heiterkeit im Saal auslöste.

Danach übergab der Techniker der Schauspielerin den Gürtel. Sie schnallte ihn um, lehnte sich mit beiden Händen gegen die Wand und drehte dem Schauspieler den Hintern zu. Dieser kam mit seinem künstlichen erigierten Geschlechtsorgan auf sie zu.

Sobald er nah genug bei ihr war, wurde ersichtlich, was der Staatsanwalt angekündigt hatte. Der Abstand zwischen den beiden Schauspielern war so groß, daß die Spitze des künstlichen männlichen Geschlechtsorgans den Rücken der Frau auf halber Höhe berührte. Trotz aller Verrenkungen, die sie anstellten, war es ihnen ganz und gar unmöglich, das Lichtsignal auszulösen. Jedesmal, wenn der Schauspieler sich beugte, um zum Ziel zu kommen, entfernte er gleichzeitig sein Instrument. Einfacher genitaler Kontakt war ausgeschlossen. Schließlich blieb dem Mann nichts anderes übrig, als seine Partnerin hochzuheben, denn sonst würde das Medaillon, das selbstverständlich die widernatürlichen Wege symbolisierte, für immer außerhalb der Reichweite seines Baumwollgeschlechts bleiben.

Obwohl der Schauspieler sich wirklich ernsthaft anstrengte – er beugte die Knie, verrenkte sich in alle Richtungen – schaffte er es höchstens, an den Unterrücken der Schauspielerin zu gelangen.

Paul gab ihm ein Zeichen, und er unterbrach seine Mühen. Spontan klatschte der Saal als Dank für die Vorführung, obwohl sie lediglich anatomischen Charakter hatte.

»Ich danke Ihnen«, sagte Paul dem Schauspieler, der sich zurückzog.

Die Schauspielerin hingegen blieb stehen: War dieses erstaunliche Experiment denn immer noch nicht zu Ende?

Paul wandte sich zu Di Pasquali und fragte ihn freundlich, aber ironisch: »Herr Di Pasquali, Ihnen sind möglicherweise Techniken bekannt, von denen wir keinen Schimmer haben. Möchten Sie vielleicht versuchen, die Klingel zum Läuten zu bringen?«

»Nein«, antwortete der Zeuge kurz angebunden. Er hatte sich keinen Moment lang der allgemeinen Erheiterung angeschlossen, ebensowenig wie die Angeklagten oder ihr Anwalt.

»Wenn ich Sie recht verstehe, wäre das einzige, was Sie schaffen würden, ihr hinter Ihrem Rücken – wie der Ausdruck so schön sagt – ein Kind zu machen!«

Di Pasquali war wütend und antwortete nichts. Der Staatsanwalt hatte ihn völlig lächerlich gemacht.

Die Schauspielerin zog sich unter großem Applaus zurück. Der Techniker packte seine seltsame Ausrüstung wieder ein und verließ den Gerichts-

saal, in dem großer Tumult herrschte: Kubricks außergewöhnliche Vorführung hatte Effekt gehabt.
Der Staatsanwalt setzte sein Verhör fort:
»Herr Di Pasquali, als Sie angeblich angefangen haben, mit Fräulein Shield auf der Tanzfläche zu tanzen, schien Sie Ihnen da verletzt oder leidend zu sein?«
»Nein, sie war ein bißchen betrunken, aber ...«
»Beantworten Sie mir nur meine Frage: Schien sie Ihnen leidend zu sein?«
»Nein.«
»Ist sie gefallen, als Sie mit ihr in den Hinterhof gegangen sind?«
»Nein.«
»Haben Sie sie geschlagen, um sie zu zwingen, Geschlechtsverkehr mit Ihnen zu haben?«
»Einspruch. Die Frage ist schon mehrmals gestellt worden. Herr Staatsanwalt bedrängt den Zeugen.«
»Einspruch stattgegeben.«
Paul ging auf den Tisch zu, und Thomas reichte ihm das Photo, das sie in diesem Moment des Verhörs benutzen wollten. Es war ein Photo von Catherines geschwollenem Gesicht, das die Polizeiphotographin am Tag nach der Vergewaltigung gemacht hatte.
Der Staatsanwalt trat auf den Zeugen zu und zeigte ihm das Bild.
»Herr Di Pasquali, hat Fräulein Shield so ausgesehen, als Sie angefangen haben mit ihr zu tanzen?«
»Nein.«
»Und als Sie sich von ihr getrennt haben, nachdem Sie angeblich Geschlechtsverkehr mit ihr hatten, hat sie da so ausgesehen?«
»Nein.«
»Ich danke Ihnen, Herr Di Pasquali. Ich habe keine weiteren Fragen mehr.«
Der Staatsanwalt wirkte zufrieden. Seine Demonstration hatte zweifachen Effekt gehabt: Die Geschworenen hatten nun möglicherweise den Verdacht, daß Di Pasquali niemals mit Catherine getanzt hatte, und sie zweifelten vielleicht an dessen Aussage, Analverkehr mit ihr gehabt zu haben. Tatsächlich schien die Aussage von Di Pasquali nach Kubricks Vernehmung ein einziges Lügengespinst zu sein.
Außerdem behauptete Di Pasquali, Catherine nicht geschlagen zu haben. Das heißt, daß sie, auch wenn er in der Havanas-Bar Geschlechtsverkehr

mit ihr gehabt hatte – was immer unwahrscheinlicher erschien –, immer noch von anderen geschlagen und vergewaltigt worden sein konnte.
Von den Angeklagten, zum Beispiel.
»Herr Staatsanwalt, Herr Verteidiger, haben Sie weitere Zeugen?«
Beide Männer schüttelten den Kopf.
»In diesem Fall werden die Plädoyers morgen früh um neun Uhr gehalten. Die Verhandlung wird bis dahin vertagt!« erklärte der Richter.
Und er verleihte seinen Worten mit einem kräftigen Hammerschlag Nachdruck.

64

»Klasse Darbietung, Paul!« rief Thomas dem Staatsanwalt gleich nach der Vertagung der Verhandlung zu.
Kubrick nahm das Kompliment, das er sich redlich verdient hatte, gern an. Sobald er jedoch in sein Büro zurückgekehrt war, wohin Thomas und Julie ihn begleitet hatten, gab er seiner Besorgnis Ausdruck. Catherine war unterdessen erschöpft in Polizeibegleitung in die Klinik zurückgebracht worden.
»Schmidt hat zwar ein paar Fehler begangen, aber er hat auch Pluspunkte gesammelt, viele Pluspunkte! Es genügt, wenn *ein einziger* Geschworener einen Zweifel hat und wir verlieren ... Diese Geschichte mit den Kondomen in Extragröße wird sie negativ beeinflussen! Warum zum Teufel hat sie das alles vier Tage vor der Vergewaltigung besorgt, wenn sie doch die Pille nimmt?«
»Ich weiß es nicht«, sagte Julie.
»Die Geschichte mit dem Beleg von der Apotheke war schon ein starkes Stück«, sagte Thomas.
Alle drei waren nachdenklich.
Als sie aus dem Justizpalast herausgekommen waren, hatten die Journalisten sie umringt und ihnen einen strahlenden Sieg vorhergesagt, weil sie beeindruckt waren von der Art, wie der Staatsanwalt die Zeugen Reed und Di Pasquali in die Mangel genommen hatte, und vor allem auch von der Schlußdemonstration.
Aber im Grunde teilten Thomas und Julie die Bedenken des jungen Staatsanwalts.

»Schmidt hat sie wirklich wie ein leichtlebiges Mädchen hingestellt, mit dem durchsichtigen Kleid und ihren zwei Dutzend Kondomen!« sagte Thomas.
Er dachte einen Augenblick nach und sagte dann:
»Die Geschworenen werden das in Zusammenhang mit dem Erpressungsversuch des Pornoregisseurs sehen. Außerdem kam dieser verfluchte Pornofilm ja auch noch zur Sprache. Also werden sie eine einfache Rechnung aufstellen!«
Paul seufzte tief und faßte dann seine Sicht der Dinge zusammen:
»Auf der einen Seite haben wir vier ehrenwerte Bürger, angesehene Mitglieder der Gesellschaft, und auf der anderen eine kleine, selbstmörderische Schauspielerin, die zugibt, getrunken zu haben, unter dem Einfluß von Drogen stand, und keinen einzigen Zeugen zur Bestätigung ihrer Aussage hat!«
»Es gibt die Photos«, widersprach Julie. »Sie wird sich diese Verletzungen ja schließlich nicht selbst zugefügt haben ...«
»Auch in dieser Hinsicht hat Schmidt sich geschickt angestellt!« sagte Paul. »Er hat bei den Geschworenen Zweifel aufkommen lassen, da sein Zeuge Di Pasquali gesagt hat, er habe gesehen, wie Catherine am Ende des Abends mit zwei Schwarzen weggegangen ist. Das Szenario ist perfekt: Di Pasquali schläft mit Catherine, hat sogar Analverkehr mit ihr und bringt ihr die Verletzungen am After bei. Dann sieht er, wie sie sich mit zwei Schwarzen entfernt. Und die Geschworenen werden selbstverständlich davon ausgehen, daß diese beiden Schwarzen, die sonst niemand gesehen hat, Catherine Gewalt angetan haben, weil sie sich gewehrt hat. Sie haben sich irgendwo in der Nähe mit ihr amüsiert und sie vermutlich auch vergewaltigt. Sie haben dein Auto geklaut, Thomas, und sie dann dort gelassen ...«
Ein drückendes Schweigen lastete einen Augenblick auf Julie und den beiden Männern. Thomas ging zur schwarzen Tafel, auf der im Lauf des Verfahrens so viele Hypothesen, Bemerkungen und Annahmen notiert worden waren. Die drei Rechtecke HAVANAS-BAR, JACKSONS HAUS, THOMAS' AUTO/STRAND standen immer noch da.
Er sah sie sich noch einmal an, denn sie schienen ihm des Rätsels Lösung zu enthalten. Aber war das auch wirklich so?
Es war beinahe ein Uhr mittags. Paul schlug vor:
»Gehen wir was essen?«
»Gute Idee«, stimmte Julie begeistert zu, »ich sterbe vor Hunger!«

»Ich bleibe noch ein bißchen hier«, sagte Thomas, ohne den Blick von der Tafel zu wenden.
Obwohl sie enttäuscht war, ging Julie mit Paul mit. Dieser hingegen freute sich darauf, zum erstenmal mit der reizenden Psychiaterin allein zu sein. Sie könnten natürlich von dem Prozeß reden, aber der Staatsanwalt hoffte darauf, sie besser kennenzulernen, um seine Chancen bei ihr einschätzen zu können, und sie vielleicht sogar zu etwas einzuladen. Er hatte erst geglaubt, daß sie Thomas' Geliebte sei oder zumindest schon einmal mit ihm geschlafen hatte, doch Templetons Enthüllungen hatten das wieder in Frage gestellt.
Natürlich konnte er nicht ahnen, daß Thomas und Julie seit ein paar Tagen zusammen waren – eine Unkenntnis, die ihm sogar nützen würde, denn so würde er sich eine Kühnheit erlauben, die er sich sonst untersagt hätte.
Im Gehen versuchte er sich eine Taktik zurechtzulegen und kam zu dem Ergebnis, daß es das Beste sei, gar keine zu haben.
Sobald er Julie und Paul hatte gehen lassen, tat es Thomas leid. Er hatte natürlich gemerkt, daß sich der Staatsanwalt zu der hübschen Psychiaterin hingezogen fühlte. Und auch sie schien von Paul beziehungsweise dessen letztem Auftritt vor Gericht beeindruckt gewesen zu sein. Vielleicht wäre sie den Reizen eines jungen Mannes gegenüber nicht unempfindlich, der nicht wie er die Last der Vergangenheit mit sich herumtrug. Thomas fiel kurz seine verstorbene Ehefrau ein. Er hatte das ganze letzte Jahr an sie gedacht, und nun schien es ihm, als ob er sie, seit dem Beginn seiner Beziehung zu Julie und dieser ganzen Geschichte mit Catherine, völlig vergessen hätte. Das Schuldgefühl, das ihn seit Louises Tod quälte, kam wieder zurück.
Doch er hatte jetzt keine Zeit, diesen Gedanken nachzuhängen. Er mußte eine neue Spur finden, ein Indiz – irgend etwas, was es ihm erlauben würde, die Schuldigen zu identifizieren, ohne daß auch nur ein Zweifel an ihrer Schuld möglich war.
Er war sich jetzt sicher, daß es die vier Angeklagten waren.
Er hatte ein bißchen Hunger, denn vor Aufregung hatte er nicht gefrühstückt und sich nur mit Kaffee vollgeschüttet, also beschloß er, eine Pizza zu bestellen.
Eine halbe Stunde später war Thomas so vertieft in die Betrachtung der drei Rechtecke, daß er zusammenzuckte, als der Pizzalieferant an die angelehnte Bürotür klopfte.

Der Lieferant, ein vierzehnjähriger Jugendlicher, fragte:
»Ist es ein Spiel?«
»Äh, ja«, sagte Thomas, mehr um ihn loszuwerden.
Der Lieferant stellte die Pizza auf dem Schreibtisch ab und trat auf die Tafel zu:
»Ich kenne einen tollen Test! Wollen Sie's probieren?«
Thomas fand den Jungen mit den wuscheligen roten Haaren, den glänzenden Augen und vor allem mit seiner ansteckenden Begeisterung sympathisch.
»Warum nicht?«
Der Jugendliche trat näher, nahm eine Kreide und malte schnell drei vertikale Reihen von drei Punkten auf, die zusammen ein Viereck bildeten.

Dann gab er Thomas das Stück Kreide:
»Es geht darum, die neun Punkte mit vier geraden Linien zu verbinden – ohne abzusetzen!«
Thomas nahm die Kreide, dachte nach und machte einen ersten mißglückten Versuch: Er hatte den mittleren Punkt ausgelassen. Ein zweiter Versuch war ebenso erfolglos: Diesmal hatte er zwar den mittleren Punkt erwischt, dafür aber einen anderen ausgelassen ... Eigentlich hätte er jedesmal einen fünften Strich gebraucht.
Der Jugendliche lächelte über Thomas' Schwierigkeiten. Als Thomas sich geschlagen gab und ihm die Kreide hinhielt, erklärte er ihm stolz:
»Das Problem ist, daß die Leute diese Reihe von Punkten immer als Kasten sehen, und sich nicht über das, was sie als Rand ansehen, hinaustrauen.«
Dann machte er einen ersten Strich, der die Grenzen des imaginären Vierecks überschritt. Er fing oberhalb des obersten Punkts der ersten Linie an, durch die zwei unteren hindurch und darüber hinaus. Auf dem Rückweg fuhr er durch den dritten Punkt der zweiten Linie, den zweiten Punkt der dritten Linie und ging wieder, diesmal nach rechts, über den Rand des Kastens hinaus, bis er auf der Höhe der oberen Linie des Kastens war. Er zeichnete seinen Strich durch alle drei Punkte der oberen Linie. Bisher hatte er nur drei Striche gemacht. Mit dem vierten fuhr er durch den mittleren Punkt sowie durch den untersten der dritten Linie.

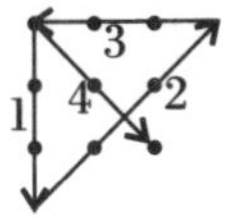

Mit einem breiten Lächeln auf den Lippen gab der Junge Thomas die Kreide zurück und sagte:
»Das macht acht Dollar fünfundneunzig.«
Thomas dachte erst, daß er den Test meinte, erinnerte sich dann aber an die Pizza und gab ihm einen Zwanzigdollarschein. Da der Junge sich, wie es sich für einen ordentlichen Lieferanten gehört, mit dem Wechselgeld Zeit ließ, sagte Thomas:
»Du kannst alles behalten ...«
»Danke schön«, sagte dieser, grinste breit, machte auf dem Absatz kehrt und verschwand. Er hatte die Erfahrung gemacht, daß man den Kunden in solchen Situationen keine Zeit lassen durfte, es sich anders zu überlegen und ihre Großzügigkeit zu bereuen.
Der Zufall, der es seit einiger Zeit auf Thomas abgesehen zu haben schien, brachte ihm diesmal etwas Gutes, denn die kleine Vorführung des jungen Mannes hatte in ihm einen Denkprozeß in Gang gesetzt, der zu einem erstaunlichen Ergebnis führte.
Mit seinen drei Rechtecken hatte er nämlich denselben Fehler begangen wie bei dem Test! Ebenso wie Julie und Paul hatte auch er sich in einer Art von geistiger Enge einsperren lassen, aus der sich bisher keiner von ihnen befreit hatte ...
Sie hatten die Bar als erstes Rechteck eingezeichnet, denn die einzige Spur, die sie hatten, war die Prostituierte, die Catherine im Havanas getroffen hatte. Aber sie mußten aus dieser Struktur ausbrechen, sie mußten *vor* der Havanas-Bar beginnen, das heißt in der Klinik. Paul und er hatten ganz zu Anfang daran gedacht, die Klinik aber bald wieder außer acht gelassen, weil sie damit nicht weiter kamen.
Dabei hatte Catherine die Klinik – wo sie um sechs Uhr zuletzt gesehen worden war, als sie ihr Essen abwies – doch wirklich verlassen.
Und wenn jemand sie ›begleitet‹ hatte?
Jackson? Wenn er es war, wäre in dieser Richtung natürlich nichts herauszuholen. Da der Direktor in seinem eigenen Prozeß nicht aussagte, würden sie über ihn nie etwas erfahren. Doch der gesunde Menschenverstand und die elementarste Vorsicht hätten es Jackson geboten, auf kei-

nen Fall das Risiko einzugehen, in Begleitung einer jungen Patientin aus der Klinik wegzugehen!

›Nein, er hat bestimmt jemand anders mit dieser heiklen Aufgabe beauftragt‹, dachte Thomas. Jemand, der eher durchlässige Moralvorstellungen hatte. Jemand, dem er voll und ganz vertraute. Jemand, der ihn nicht verraten würde. Möglicherweise jemand, der ihm etwas schuldete, weil er selbst in der Vergangenheit einen Fehler begangen hatte.

Aber wer?

Er würde versuchen, das herauszufinden.

Er beschloß, Catherine noch einmal darüber zu befragen und brach so rasch zur Klinik auf, daß die Pizza unberührt auf dem Tisch stehenblieb, obwohl sie so appetitlich aussah.

65

Catherine saß am Fenster ihres Zimmers in der Klinik – aus Sicherheitsgründen und weil ihre Eltern es sich nicht leisten konnten, hatte Thomas für den verlängerten Aufenthalt der jungen Frau in der Gagliardi-Klinik bezahlt – und betrachtete die Armbanduhr, die Robert ihr an dem Tag geschenkt hatte, als sie sich kennenlernten.

Alles war so schnell gegangen, wie in einem Roman, wie in einem Traum! Und jetzt mußte sie sich damit abfinden: Trotz all ihrer Hoffnungen, trotz ihrer inneren ›Gewißheit‹, daß Robert für sie bestimmt war, würde er niemals zurückkommen. Sie würde ohne ihn leben müssen.

Und wozu?

Warum nicht diese große Narbe an ihrem Handgelenk wieder aufschneiden, diesmal aber richtig? Diesmal würde sie es schaffen, und niemand würde sie unerwünschterweise ›retten‹ kommen, wie es im Hotel geschehen war. Sie würde sich in eine schöne, warme Badewanne legen, einen feinen Strich über die Narbe ziehen, und all ihr Weltschmerz würde sie verlassen. Alle Erinnerungen an eine unglückliche Kindheit, alle Enttäuschungen, die sie mit ihrer kaum begonnenen Schauspielkarriere gehabt hatte, der ganze Schmerz über die Trennung von Robert, die Erniedrigung der Vergewaltigung und die des Prozesses würden langsam aus ihr herausfließen. Der Weg zur Freiheit würde ihr offenstehen, und sie könnte endlich vergessen ...

Als Thomas ins Zimmer trat, betrachtete sie gerade ihr Handgelenk, und ihr Entschluß wurde immer fester, ihren Wunsch ein für allemal in die Tat umzusetzen.
Er fand sie sehr blaß und sehr ernst. Wieder dachte er sich, wie beinahe jedesmal, wenn er sie sah, daß die Ähnlichkeit mit seiner verstorbenen Ehefrau wirklich erstaunlich war: Sie hätte deren jüngere Schwester sein können – oder ihr gemeinsames Kind. Ob das der Grund war, daß er von Anfang an beschlossen hatte, sie unter seine Fittiche zu nehmen?
Doch die Zeit eilte. Er mußte etwas finden, das ihnen den im Moment noch so ungewissen Sieg sichern würde.
Catherine setzte sich auf ihr Bett, und Thomas rückte einen kleinen Besucherstuhl heran.
»Sie müssen versuchen, sich zu erinnern!« sagte Thomas. »Mit wem sind Sie zur Havanas-Bar gegangen? Sie sagen immer, daß Sie allein hingegangen sind, aber sind Sie sich dessen sicher? Die Prostituierte hat Sie in der Bar erwartet, also muß Sie jemand in Ihrem Zimmer abgeholt, Ihnen Mnemonium gegeben und Ihnen geholfen haben, sich anzuziehen, um Sie danach zur Bar zu bringen.«
In dem Moment, als er das sagte, wurde ihm klar, daß man so etwas logischerweise am besten tun konnte, wenn man in der Klinik keine Aufmerksamkeit erregte. Es mußte also jemand gewesen sein, den man in der Klinik kannte und der sich dort frei bewegte.
Wie eine Krankenschwester.
Oder ein Pfleger.
»Ich weiß nicht, ich kann mich überhaupt nicht daran erinnern.«
»Sie müssen sich daran erinnern, Catherine, es ist ungeheuer wichtig! Der Staatsanwalt glaubt, daß wir den Prozeß verlieren werden. Er meint, daß die Kondomgeschichte die Geschworenen tief beeindruckt hat. Die Verteidigung hat es geschafft, einen begründeten Zweifel zu wecken. Mehr brauchen sie nicht, um aus dem Schneider zu sein. Versuchen Sie, sich daran zu erinnern!«
»Ich ... ich habe ein völliges Blackout. Es ist nicht, weil ich mich nicht erinnern möchte.«
Sie konzentrierte sich sichtlich, ihr Gesicht klarte plötzlich auf und ihre Augen weiteten sich:
»Ich kann mich erinnern!«
»Wirklich?« rief Thomas hoffnungsvoll.
»Ja, ich kann mich daran erinnern, warum ich diese verfluchten Kondome

gekauft habe! Am Vortag war ich wegen einer Entzündung bei meinem Arzt gewesen, und er hat mir Antibiotika verschrieben. Dabei hat er mir gesagt, daß sie die Wirkung der Pille beeinträchtigen können und daß ich vorsichtshalber Kondome verwenden sollte, solange ich die Antibiotika nehme.«
»Ich verstehe!« sagte Thomas enttäuscht. »Ich verstehe. Aber wozu vierundzwanzig?«
»Ach«, sagte sie errötend. »Die extragroßen Kondome habe ich nur zum Spaß gekauft, um meinen Freund zu necken. Und die *Shield*, nun, weil ich so heiße!«
»Ich verstehe …«
Und er dachte daran, was für einen guten Eindruck diese einfache Erklärung vor Gericht gemacht hätte. Catherines betretenes Schweigen hingegen hatte Anlaß gegeben zu denken, daß sie leichtlebig sei. Ein weiterer Zug, der zu ihrem bereits sehr angeschlagenen Porträt beitrug.
Aber jetzt war es zu spät. Der Staatsanwalt konnte natürlich Catherine von neuem in den Zeugenstand rufen, um sie dem Gericht erklären zu lassen, warum sie diese vierundzwanzig Kondome gekauft hatte. Doch anstatt ehrlich und wie ein spontanes Geständnis zu wirken, würde diese Erklärung nun den Eindruck machen, erfunden zu sein.
Er fragte sich auch, ob die Spuren von Antibiotika in Catherines Blut erklärten, weshalb das Mnemonium in ihrem Fall nicht wirkungsvoller gewesen war, weshalb sie sich an so viel mehr Dinge erinnerte als er.
»Denken Sie gut nach, Catherine! Versuchen Sie sich an die *letzte* Sache, die Sie in der Gagliardi-Klinik getan haben, zu erinnern!«
»Ich … ich kann mich nicht richtig erinnern, es ist alles so verschwommen.«
»Wer ist die letzte *Person*, an die Sie sich erinnern? Vielleicht ist sie es, die Sie ins Havanas gebracht hat!«
»Ich weiß es nicht.«
Sie runzelte die Stirn, ihr Gesicht verfinsterte sich, und Tränen stiegen ihr in die Augen, weil sie nicht in der Lage war, Thomas zu helfen. Und weil es ihr schien, daß das Medikament, und vielleicht auch das Trauma der Vergewaltigung, sie nicht nur eines Teils ihrer Erinnerung, sondern auch eines Teils ihrer Persönlichkeit beraubt hatte. Denn was war das Leben anderes als eine Folge von Erinnerungen? Und was ist Bewußtsein ohne die Unterstützung durch das Gedächtnis?
Nach einem Moment der Entmutigung traf sie plötzlich die Erinnerung wie ein Hammerschlag:
»Ich weiß es jetzt wieder!« rief sie aus. »Ich bin im Taxi hingefahren.«

»Kommen Sie«, sagte Thomas gleich, »gehen wir vor die Klinik.«
Der Polizist, der rund um die Uhr für Catherines Sicherheit sorgte, folgte ihnen bis zum Ausgang der Gagliardi-Klinik, wo in einer Reihe ein Dutzend Taxis auf potentielle Kunden warteten.
Sie blieben vor dem ersten Taxi stehen.
»Steigen Sie ein?« fragte der Taxifahrer.
»Nein, ich möchte nur gern wissen, ob Sie sich an die junge Dame hier erinnern können?«
Der Taxifahrer machte eine besorgte Miene. War dieser Typ etwa von der Polizei? Dabei sah er doch sympathisch aus. Aber in New York war heutzutage ja alles möglich. Vorsichtig schüttelte er den Kopf und blickte dann in die andere Richtung. Thomas dachte sich, daß es besser sei, es dabei bewenden zu lassen.
Er ging zum nächsten Wagen, wo er ebenso mißtrauisch empfangen wurde. Aber vielleicht würde Catherine ja einen der Fahrer erkennen?
Sie sah sich die Taxifahrer schnell an, um sie nicht zu verärgern, und drehte sich bedauernd zu Thomas um.
»Nein, ich erkenne niemanden.«
»Sie haben die Klinik abends verlassen, es sind vielleicht nicht dieselben Taxifahrer wie tagsüber.«
»Das kann sein, ja.«
Die Aufregung, schließlich eine Spur gefunden zu haben, legte sich ebenso schnell wieder, wie sie aufgekommen war. Es blieb ihnen nichts anderes übrig, als in die Klinik zu gehen und zu versuchen, andere Wege zu finden. Aber in dem Moment, als sie es am wenigsten erwarteten, hatten sie großes Glück.
In der Eingangshalle der Klinik leuchtete das Gesicht der jungen Frau auf, und sie blieb beinahe wie in Trance stehen. Sie hatte gerade einen Krankenpfleger gesehen, der in das vorderste Taxi stieg.
»Ich bin mit einem Krankenpfleger ins Havanas gefahren!« rief sie im Brustton der Überzeugung.
»Können Sie sich an sein Gesicht erinnern oder an seinen Namen?«
»Ich ... Nein, nicht an seinen Namen. Aber ich glaube, daß ich ihn wiedererkennen würde.«
»Kommen Sie«, sagte Thomas mit einem kleinen Hoffnungsschimmer.
Ihm war gerade ein sehr einfacher Gedanke gekommen. Er nahm Catherine ins Personalbüro mit, wo er eine der Angestellten bat, die Photos von allen Krankenpflegern, die für die Klinik arbeiteten, herauszuholen. Sie

war sehr hilfsbereit und brachte ihm bald an die fünfzig Photos auf einem Tischchen.
Die ersten Photos sah sich Catherine ungerührt an, und nach dem dreißigsten dachte Thomas schon, daß sie sich nicht mehr an das Gesicht des besagten Krankenpflegers erinnern würde. Doch plötzlich bat sie ihn, ihr ein Photo noch einmal zu zeigen, das er bereits wieder weggelegt hatte.
»Dieses da, bitte.«
Thomas erkannte sofort den Krankenpfleger, um den es ging: Es war Peter, der seit vielen Jahren in der Gagliardi-Klinik arbeitete und sich zu Beginn von Catherines Aufnahme in der Klinik manchmal um sie gekümmert hatte.
»Peter? Sind Sie sich sicher, daß er es ist?« fragte Thomas.
»Ja, ganz sicher.«
»Fräulein, könnten Sie mir sagen, ob Peter Lang heute im Haus ist?«
»Wissen Sie denn nicht Bescheid?«
Sie hatte ihn das in einem so ernsten Ton gefragt, daß Thomas darauf gefaßt war zu hören, der Krankenpfleger sei tot.
»Nein.«
»Er arbeitet seit zwei Monaten nicht mehr in der Klinik. Er ist entlassen worden.«
»Warum denn?«
»Ich weiß es nicht. Niemand weiß es.«
Zwei Monate ... Das hieß, daß es in der Zeit gewesen war, als die Vergewaltigung stattgefunden hatte. Und diese mysteriöse Kündigung, über die niemand Bescheid wußte?
»Haben Sie noch seine Anschrift und Telefonnummer?«
Die Angestellte sah in ihrer Drehkartei nach, fand sie und schrieb sie auf ein Stück Papier, das sie ihm gab.
Er brachte Catherine in ihr Zimmer und hastete aus der Klinik.
Es war keine Sekunde Zeit zu verlieren!
Er mußte Peter finden, ihn ausfragen und ihn, wenn er etwas wußte, davon überzeugen auszusagen.
Morgen.

66

Die Anschrift war die eines zerfallenen Gebäudes in Soho, das beinahe ausschließlich von einer schwulen Klientel bewohnt wurde. Als Thomas eintrat, fiel ihm sogleich ein, daß er die Appartementnummer nicht hatte, was eher ärgerlich war, denn auf dem Schild am Eingang waren gut dreißig Klingeln angebracht. Er warf einen schnellen Blick auf die Namen, fand keinen Lang und fragte sich einen Augenblick, ob er nicht einfach im falschen Gebäude war.

In diesem Moment kam ein etwa vierzig Jahre alter Mann mit blondgefärbten Haaren und schwarzem Haaransatz an, um sich seine Zeitung zu holen. Er war in einen Morgenmantel aus schwarzem Satin gehüllt. Thomas sprach ihn an:

»Ich suche einen Mann ...«

»So weit sind wir alle!« säuselte der andere.

Er lächelte breit, und seine Wangen höhlten sich, weil er affektiert einen tiefen Zug von einem billigen, vergoldeten Zigarettenhalter nahm. Er blies den Rauch auf eine Art, die ein Mann mit denselben Neigungen vielleicht aufreizend gefunden hätte, in Thomas' Richtung. Gleichzeitig klimperte er mit den geschminkten Wimpern. Thomas war dieses Theater unangenehm.

Er brauchte einen Augenblick, um den Sinn der Bemerkung zu erfassen. Um Haltung zu bewahren, warf er einen Blick auf seinen Papierfetzen, und fügte dann schnell hinzu:

»Ein Herr Peter Lang.«

»Ach! Peter, der ist in Nummer 234.«

»Vielen Dank.«

»Gern geschehen«, sagte der Schwule, dem Thomas offensichtlich gefiel.

Ungeduldig wie er war, stieg Thomas lieber die Treppen in Windeseile hinauf, als auf den Fahrstuhl zu warten, der auch nicht sehr vertrauenerweckend aussah.

Er konnte das Appartement leicht finden, klingelte und traf zu seiner großen Überraschung eine grauhaarige Dame an. Es war Peters Mutter. Sie sah ihn zunächst mißtrauisch an, bis Thomas ihr sagte, daß er ein Arzt der Gagliardi-Klinik sei.

»Peter ist nicht zu Hause«, erklärte sie. »Er arbeitet.«

»Können Sie mir sagen wo? Es ist wichtig.«

Sie zögerte und schrieb ihm dann fein säuberlich die Adresse eines Videoverleihs auf ein Stück Papier.
Es war um die Ecke; Thomas ging sofort hin.
Als er in den Laden trat, sah Peter, der hinten im Laden einen Kunden bediente, Thomas, bevor dieser ihn sah. Mit vor Angst verzerrtem Gesicht beugte er sich zu seinem Kollegen und sagte:
»Vertritt mich mal; der Typ, der gerade reingekommen ist, will mich bestimmt sehen. Sag' ihm auf keinen Fall, daß ich da bin.«
Er gab ihm keine Zeit zu antworten, sondern machte kehrt und verschwand im hinteren Ladenteil, der zugleich als Videokassettenlager und als Reparaturwerkstatt genutzt wurde.
Hinter einem kleinen Vorhang, der als Tür diente, konnte Peter Thomas beobachten, der zutiefst enttäuscht aussah, als dessen Kollege ihm mitteilte, daß er Peter den ganzen Tag nicht gesehen hatte und ihn auch für heute nicht mehr erwarte.
Thomas dachte sich nichts dabei, sondern schloß daraus, daß Peters Mutter sich einfach getäuscht haben mußte. Sie war sowieso schon älter und schien geistig nicht ganz anwesend zu sein.
»Haben Sie eine Vorstellung, wo ich ihn finden könnte? Es ist sehr wichtig. Wir brauchen ihn für ein Gerichtsverfahren.«
»Hat er Ärger mit der Polizei?«
»Nein, nein, ich habe mich falsch ausgedrückt. Vielleicht könnten wir ihn als Zeugen brauchen.«
»Hören Sie, es tut mir wirklich leid. Haben Sie es bei ihm zu Hause versucht?«
»Ja, ich habe gerade mit seiner Mutter gesprochen.«
»Ich kann Ihnen wirklich nicht helfen«, sagte der Ladenangestellte. Er schürzte die Lippen und wies auf einen neuen Kunden, der ihm eine Karte hinhielt, um eine Kassette auszuleihen.
Thomas war enttäuscht, er gab sich geschlagen. Er ging wieder aus dem Laden heraus und stieg in sein Auto, das auf der anderen Straßenseite geparkt war. Selten hatte er eine so quälende Angst verspürt. Peter Lang war seine letzte Hoffnung gewesen, und die hatte er gerade verloren. Am nächsten Tag würde der Urteilsspruch gefällt werden, der laut dem Staatsanwalt für Catherine nicht günstig ausfallen würde.
Thomas, der große Hoffnungen in sie gesetzt hatte, würde verlieren. Und obendrein würde Templeton seine Ermittlung wieder aufnehmen, ihn belästigen und ein neues Verfahren einleiten – diesmal sein eigenes! Ohne

den Schutz seines einzigen Alibis, das den Nachforschungen des Kriminalkommissars nicht standgehalten hatte, wäre er verloren. Seine einzige Chance wäre, sich aus dem Staub zu machen.
Völlig erschlagen blieb er länger dort stehen, als er vorgehabt hatte.
Er war immer noch dabei sich zu fragen, was er in Anbetracht der wenigen Zeit, die ihm zur Verfügung stand, denn noch unternehmen könnte, als er sah, daß ein Taxi vor der Tür des Videoverleihs anhielt. Zerstreut sah er sich dieses an und für sich nicht außergewöhnliche Ereignis an.
Was ihn allerdings dann elektrisierte, war, daß Peter aus dem Geschäft kam. Er trug eine sehr auffällige lila Weste und Strandschuhe mit fluoreszierenden Streifen und stieg ins Taxi, das in die entgegengesetzte Richtung losfuhr.
Thomas startete sofort und wollte eine Kehrtwende machen, doch er mußte erst vier oder fünf Autos vorbeilassen. Als er endlich wenden konnte, sah er gerade noch, daß das Taxi drei Straßen weiter vorne nach links abbog.
Er holte es vor der *Central Station* ein, dem riesigen Bahnhof, in den Peter hineinging. Thomas stellte sein Auto irgendwo ab, rannte die Treppe hinunter und blieb an einer Gabelung stehen, wo sich zwei Gänge in entgegengesetzten Richtungen trennten. Welchen hatte Peter genommen?
Er warf im Geist eine Münze, wählte den linken Gang und beeilte sich.
Es war ihm natürlich klar, was los war. Im Videoverleih hatte Peters Kollege ihn über Thomas' Besuch informiert, und der Krankenpfleger floh, denn er wollte nicht vor Gericht aussagen.
Und wenn er so überstürzt floh, dann hatte das einen bestimmten Grund: weil er nämlich interessante Dinge wußte. Wesentliche Dinge …
Thomas mußte ihn unbedingt einholen.
Doch er stellte fest, daß er ihn völlig aus den Augen verloren hatte. Der Pfleger blieb stehen, blickte nach rechts und links. Nein, das war doch nicht möglich! Peter konnte ihm doch nicht in der letzten Minute entkommen!
Plötzlich sah er etwa hundert Meter vor sich Peters lila Weste. Er rannte hin, so schnell er konnte, erwischte den jungen Mann endlich, kurz bevor er in einen Zug stieg, und stellte dann fest, daß er sich getäuscht hatte. Von weitem sah der Mann Peter ähnlich, aber er trug eine Brille mit dicken Gläsern und war viel jünger. Er war erstaunt und etwas erschrokken, einfach so angesprochen zu werden, und hörte sich Thomas' eilig vorgebrachte Entschuldigung an, ohne einen Ton zu sagen.
Der Psychiater sah ihm absolut entmutigt zu, wie er in den Zug stieg. Wie sollte er es denn jetzt anstellen, Peter zu finden?

Ein anderer Mann hatte bei dieser verzweifelten Verfolgungsjagd mehr Glück gehabt als er: Bobby Simon, der Killer. Er war Thomas zum Videoverleih gefolgt und hatte auch den mageren Krankenpfleger herauskommen sehen. Sofort hatte er seine Anweisungen in die Tat umgesetzt, denn seine Auftraggeber hatten ihm eingeschärft, daß die beiden Männer sich auf keinen Fall vor dem Ende des Prozesses treffen dürften.
Thomas durfte absolut nicht mit Peter sprechen. In den Augen des Killers gab es nur eine Art, eine so unerwünschte Begegnung zu vermeiden: Peter, einen denkbar störenden Zeugen, aus dem Weg zu räumen.
Er holte ihn auf dem Bahnsteig ein, auf den Peter gestürmt war, nachdem er ein Ticket gekauft hatte. Der Pfleger wollte nach Montreal fahren, wo er ein paar Freunde im Village hatte, bei denen er wohnen konnte, bis der Prozeß und die damit einhergehende Gefahr vorbei waren.
Simon hatte einen Revolver in der Tasche seines Trenchcoats. Er drückte Peter, der beinahe in Ohmacht gefallen wäre, den Lauf in den Rücken. Diesen Mann hatte er noch nie gesehen, aber sein Galgengesicht sagte ihm nichts Gutes, ebensowenig wie sein durchdringender Blick. Er war einer von der Sorte, die man besser nicht verärgert. Außerdem war er bewaffnet. Was er ihm da in die Nieren drückte, war kein Holzstück. Simon befahl:
»Vorwärts, guck nach vorne. Ein Wort, und du bist tot.«
Peter lief schnell, während feine Schweißtropfen auf seine Stirn traten. Die Absicht dieses Mannes war sonnenklar.
In diesem Moment kam es vor ihnen zu einem Gedränge. Zwei Jugendliche, die ihnen entgegenkamen, rempelten Peter und den Killer im Vorbeigehen an. Der Krankenpfleger begriff, daß das seine Chance war zu entkommen, und rannte los.
Von Langs Dreistigkeit überrascht, holte Simon den Revolver aus der Tasche und zielte auf ihn. Aber es waren so viele Leute auf dem Bahnsteig, daß er ihn unmöglich treffen konnte. Er steckte mit Bedauern seine Waffe wieder in die Tasche und fing an, dem Krankenpfleger hinterherzurennen, dem die Angst Flügel zu verleihen schien.
Simon verlor ihn bald aus den Augen, er verlangsamte seine Schritte und blieb schließlich stehen. Er konnte es gar nicht fassen. Diese kleine Tunte war ihm entwischt. Unmöglich! Er konnte nicht auf diesem Bahnsteig in den Zug gestiegen sein, denn der fuhr jetzt erst ein. Er mußte Peter wiederfinden, bevor der Zug zum Stehen kam und der Krankenpfleger einsteigen konnte.

Sein Gesicht war vor Wut verzerrt.
In diesem Moment bemerkte er in einer der breiten Wände des Bahnhofs eine offenstehende Tür. Er lächelte. Dort war also sein Flüchtling. Von neuem zog er die Waffe aus der Tasche und betrat den Raum, der für die Putzkolonne reserviert war. Es war stockfinster, was Simon allerdings nur in dem Glauben bestätigte, daß Peter sich dort befinden müßte. Dann sah er auch schon in einer Ecke die fluoreszierenden Streifen von dessen Strandschuhen. Er hatte ihn.
Er richtete seine Waffe auf die Ecke und wollte deren Inhalt auf Peter abfeuern, als er etwas mitten ins Gesicht bekam, das ihm in den Augen brannte.
Er feuerte auf gut Glück eine Kugel ab, ließ seine Waffe fallen und fing vor Schmerz an zu brüllen. Er bedeckte sein Gesicht mit beiden Händen und rannte wie ein geköpftes Huhn aus dem Raum heraus. Auf seinem Weg ließen die erstaunten Reisenden ihn durch und begriffen nicht, daß er einem sicheren Tod entgegenrannte.
Ein paar Sekunden bevor der Zug einfuhr, fiel Simon vom Bahnsteig; die Lokomotive erwischte ihn sofort. Peter seinerseits war im Dunkeln herumgetappt, bis er den Lichtschalter gefunden und das Licht wieder eingeschaltet hatte. Zitternd stellte er den Feuerlöscher wieder ab, den er beim Betreten des Raums aus Reflex mitgenommen hatte.
Als er aus dem Raum trat, sah er die Menschenmenge am Rand des Bahnsteigs und hörte die ersten Kommentare: »Ein Verrückter hat sich vor den Zug geworfen«. Er hoffte, daß es der Killer war, wollte aber kein Risiko eingehen und ging nervös weg. Er würde sicherheitshalber ein Ticket für einen anderen Zug kaufen.
Als Thomas schließlich ein paar Sekunden, nachdem der Krankenpfleger weggegangen war, auf dem Bahnsteig ankam, schien ihm klar, daß der Mann, der sich vor den Zug geworfen hatte, Peter sein mußte. Entmutigt machte er kehrt und ging nach Hause.
Morgen würde der letzte Tag des Prozesses sein.
Catherine würde verlieren.
Und ein anderer Prozeß würde beginnen: seiner.

67

Rechtsanwalt Schmidt war gerade dabei, selbstsicher noch ein letztes Mal seine Stichpunkte durchzulesen, bevor er sein Plädoyer halten würde, als ein Mann in weißem Kittel hinten den Saal betrat. Er versuchte dem Gerichtsdiener verständlich zu machen, daß er unbedingt Doktor Gibson sprechen müsse. Als er nicht lockerließ, ließ der Polizist ihn schließlich zu Thomas vor.

Der Mann war sichtlich nervös. Er trug ein schwarzes Köfferchen und lief mit unsicherem Schritt. Als er Vic Jackson auf der Anklagebank sitzen sah, schien er zu zögern, ein Eindruck, der sich noch mehr verstärkte, als er den erstaunten und beunruhigten Blick des Direktors sah. Sollte er weitermachen? War das, was er tun wollte, denn nicht idiotisch? War sein Leben nicht in Gefahr?

In den Augen von Jackson, der weiß wie ein Laken geworden war, sah er jedenfalls furchtbare Drohungen.

Was hatte diese kleine Schwuchtel hier zu suchen?

Mit all der stummen Wut, die er in seinen Blick legen konnte, versuchte Vic Jackson Peter zu bedeuten, daß die Strafe, die ihn erwartete, wenn er sich ihm weiterhin widersetzte, grauenvoll sein würde.

Doch Peter lief im Hauptgang des Gerichtssaales weiter nach vorne und erregte so die Aufmerksamkeit vieler Anwesender.

Er hatte lange über seine Entscheidung nachgedacht. Am Vortag, nachdem er dem Killer wie durch ein Wunder entkommen war, hatte er ein schlechtes Gewissen bekommen. Er hatte an Catherine gedacht, deren Leben schon zerstört war und deren Ehre wahrscheinlich nie wiederhergestellt werden konnte, wenn er nicht einschritt. Vier Ungeheuer würden der Justiz entgehen, und vielleicht würde ein Unschuldiger verurteilt werden. Man hatte über Doktor Gibson geredet ...

Aber Peter *wußte*. Er war der einzige, der die Lösung des Rätsels vom 15. Juli kannte.

Er hatte sich entschlossen auszusagen, auch wenn er riskierte, seine Anstellung zu verlieren – Jackson hatte ihn bisher nicht entlassen, sondern ihn einfach nur bis zum Ende des Prozesses suspendiert – und vielleicht noch mehr aufs Spiel zu setzen.

Er hatte genug davon, sich zu schämen: sich zu schämen für das, was er war, sich zu schämen, daß man ihn unterbutterte, sich zu schämen, daß er sich zwingen ließ, für etwas herzuhalten, das er verwerflich fand!

Als Thomas Peter wiedererkannte, konnte er seinen Augen nicht trauen. Also war es nicht der Krankenpfleger gewesen, der am Vortag von dem einfahrenden Zug erfaßt worden war! Catherine sah ihn mit einer Mischung aus Überraschung, Hoffnung und Dankbarkeit an. Julie und sie lächelten sich an. Da tat sich vielleicht etwas Neues, das ihnen helfen konnte. Thomas stand auf und ging auf Peter zu. Das reizte Schmidt enorm, der mitten in einem brillanten rhetorischen Höhenflug unterbrochen wurde, es hinderte ihn aber nicht daran, sein Plädoyer ebenso schwungvoll zu beenden.

»Vielen Dank, daß Sie gekommen sind«, flüsterte Thomas Peter ins Ohr. Er nahm ihn beim Arm, zog ihn zu Paul und stellte ihn ihm vor. Das Gesicht des Staatsanwalts hellte sich auf! Aber war es nicht zu spät? Würden der Richter und die Gegenpartei diesen neuen Zeugen zulassen? Die drei Männer berieten sich leise. Als Schmidt fertig war, ging der Staatsanwalt zum Tisch des Richters und legte ihm seine Bitte vor: Er wünschte einen neuen Zeugen zu vernehmen, der bis dahin unauffindbar gewesen war.

In der Zwischenzeit war Schmidt mit einem völlig aufgelösten Vic Jackson beschäftigt. Er beugte sich zu seinem Mandanten herüber, damit den Anwesenden und vor allem den Geschworenen dessen Zustand nicht auffiel. Jackson versuchte zu erreichen, daß Peter nicht als Zeuge zugelassen wurde, ohne seinem Anwalt jedoch seine wahren Beweggründe auseinanderzusetzen.

»Dieser Krankenpfleger darf auf gar keinen Fall in den Zeugenstand!« flüsterte er Schmidt mit rauher Stimme ins Ohr.

»Welcher Krankenpfleger?« fragte Schmidt, für den Peters Beruf trotz seiner Kleidung nicht offensichtlich war.

»Der Typ da: Er ist ein Krankenpfleger der Gagliardi-Klinik! Er hat sich Patientinnen gegenüber unsittlich benommen – ich meine Patienten.«

»Ist er schwul?« fragte Schmidt.

Er haßte Schwule beinahe genauso wie Schwarze.

»Ja! Ich mußte ihn zeitweise vom Dienst suspendieren, und jetzt will er sich rächen!«

»Ich verstehe, ich verstehe«, sagte Schmidt. »In diesem Fall werde ich mich seiner Zeugenaussage widersetzen. Er ist ein Überraschungszeuge, ich habe noch nie von ihm gehört!«

Der Richter, der mit dem Staatsanwalt verhandelte, machte ihm ein Zeichen. Schmidt ging sofort hin.

»Herr Schmidt«, sagte der Richter, »Herr Kubrick möchte einen neuen Zeugen, Herrn Peter Lang, vernehmen!«
»Dem widersetze ich mich unter Berufung auf die Prozeßordnung!« protestierte Schmidt.
»Ich weiß, daß es ungewöhnlich ist«, verteidigte der Richter das Anliegen des Staatsanwalts, »aber Sie werden bestenfalls eine Unterbrechung erreichen, und ich glaube, daß wir alle die Sache hinter uns bringen wollen! Außerdem wissen Sie genausogut wie ich, daß der Staatsanwalt Berufung einlegen und in der nächsten Instanz diesen neuen Zeugen vernehmen kann, der dann kein Überraschungszeuge mehr sein wird.«
Schmidt wog das Für und das Wider ab.
Er war sich seiner Sache sicher: Sein Plädoyer hatte großen Eindruck auf die Geschworenen gemacht. Er hatte genügend Erfahrung, um davon überzeugt zu sein, daß er gewonnen hatte. Er hatte nicht nur einen begründeten Zweifel bei den Geschworenen erweckt, sondern sie auch davon überzeugt, daß dieser ganze Fall eine unsinnige Angelegenheit war und Catherine Shield wahrscheinlich nur eine kleine Intrigantin war, die Publicity wollte, und daß sie vermutlich in der Havanas-Bar von zwei Schwarzen vergewaltigt worden war, nachdem sie sich freiwillig an einer Orgie beteiligt hatte.
Und was Jackson ihm gerade gesagt hatte, erschien ihm nicht sehr wichtig. Dieser jämmerliche schwule Krankenpfleger war vielleicht entlassen worden, aber inwiefern konnte das etwas an dem Bild ändern, das sich die Geschworenen im Lauf des Prozesses von Catherine und ihrer angeblichen Vergewaltigung gemacht hatten?
Und wenn Schmidt nicht akzeptierte, würde er bestenfalls eine Unterbrechung von ein paar Tagen erwirken können, um sein Verhör vorzubereiten. Außerdem konnte der Staat natürlich Berufung einlegen und den Krankenpfleger bei der neuen Beweisführung aufnehmen. Selbstverständlich war eine Berufung für einen Anwalt, was das Honorar anbelangt, immer interessant. Doch der bevorstehende Sieg, den er mit diesem Prozeß, der so starke Beachtung in den Medien fand, davontragen würde, würde ihm sofortigen Ruhm einbringen, den keine Hunderttausende von Dollars aufwiegen konnten.
Wie auch immer, es wäre für ihn, den großen Juristen und ehemaligen Boxer, ein leichtes, diesen kleinen schwulen Krankenpfleger selbst ohne Vorbereitung kleinzukriegen. Er würde ihn wie eine Ratte in die Falle laufen lassen.

»In Ordnung, dann bin ich eben mal großzügig!« erklärte er anmaßend. »Es kann losgehen.«
Paul ging zu seinem Tisch zurück und bat Peter, in den Zeugenstand zu kommen. Als dieser sich setzte, begegnete er dem zornigen Blick von Vic Jackson, der mit mühsam zurückgehaltener Wut versuchte, seinem Anwalt klarzumachen, daß er gerade einen grundlegenden Fehler begangen hatte!
Mit einer selbstsicheren Geste fegte Schmidt die Befürchtungen seines Mandanten beiseite.
Jackson fiel auf seiner Bank sichtlich in sich zusammen.
Peter hatte die Augen gesenkt und fragte sich, ob er nicht dabei war, sein Leben aufs Spiel zu setzen. Doch sein Gewissen hatte gestern die Entscheidung gefällt, und jetzt sagte es ihm, daß er so weitermachen müsse.
Er hatte sich mit Catherine solidarisch gefühlt.
Weil er nicht wie die anderen war.
Weil er homosexuell war.
Weil auch er ein Opfer war.
Wie Catherine.
Bei seinem Tod könnte er sich mit dem Gedanken trösten, einmal in seinem Leben etwas getan zu haben, auf das er stolz sein konnte: Er war zwischen die Gerechtigkeit der Reichen und ihr Opfer getreten.
Die Vernehmung begann.
»Herr Peter Lang, wo arbeiteten Sie und was für eine Tätigkeit verrichteten Sie am 15. Juli dieses Jahres?«
»Ich war Krankenpfleger bei der Gagliardi-Klinik.«
»Haben Sie am 15. Juli dieses Jahres besondere Anweisungen erhalten, was Fräulein Shield anging?«
»Ja.«
»Von wem haben Sie diese Anweisungen erhalten?«
»Von dem Klinikdirektor, Doktor Jackson.«
»Welches waren diese Anweisungen?«
»Fräulein Shield um neun Uhr abends ihr Medikament zu geben.«
»Wie haben Sie darauf reagiert?«
»Ich war etwas erstaunt.«
»Und warum?«
»Weil das im Prinzip nicht zu meinen Aufgaben gehört, sondern zu denen der diensthabenden Krankenschwester.«

»Haben Sie Doktor Jackson gegenüber Ihr Erstaunen geäußert?«
»Ja, aber er hat mir gesagt, daß das in Ordnung sei. Er hat mir zwei Tabletten gegeben. Die erste war ein Tranquilizer, den die Patienten üblicherweise bekommen, und die andere war eine kleine Tablette, die ich noch nie zuvor gesehen hatte. Ich habe den Direktor gefragt, was es sei. Er hat mir geantwortet, daß ich keine Fragen stellen soll und daß es Teil der Behandlung ist.«
»Haben Sie hinterher herausgefunden, um was für eine Tablette es sich handelte?«
»Ja. Als ich wieder allein war, habe ich mir die Tablette aus Neugier näher angesehen. Es stand Mnemonium 2000 drauf.«
Doktor Jackson versteifte sich und sah abwechselnd zu Peter und zu Schmidt. Diesem wurde klar, daß er vielleicht aus Überheblichkeit einen Fehler begangen hatte, als er diesen Krankenpfleger als Zeugen zuließ, den er bald ohne Vorbereitung vernehmen mußte. Seine Zeugenaussage wirkte jedenfalls jetzt schon belastender, als er erwartet hatte.
In der Zwischenzeit hellte sich Catherines Gesicht nach und nach auf. Jetzt verstand sie endlich, was ihr zugestoßen war! Vielleicht würde man jetzt aufhören, sie für eine skrupellose Lügnerin zu halten?
Der Staatsanwalt fuhr mit seiner Vernehmung fort:
»Herr Lang, haben Sie am Abend des 15. Juli weitere Anweisungen von Doktor Jackson erhalten?«
»Ja, Doktor Jackson hat mich gebeten, eine Stunde, nachdem ich Catherine das Medikament gegeben hatte, in Fräulein Shields Zimmer zurückzugehen. Ich sollte ihr sagen, daß sie sich anziehen solle, und sie anschließend mit dem Taxi in die Havanas-Bar bringen.«
»Alles Lügen!« schrie Jackson, der zum erstenmal seine Kaltblütigkeit verlor. »Ich habe diesem Dummkopf nie etwas Derartiges gesagt.«
»Herr Jackson, ich muß Sie zur Ordnung rufen!« rief Richter Burns.
Sein Anwalt hatte ihm ebenfalls einen strengen Blick zugeworfen. Das war nicht der Moment, die Fassung zu verlieren und bei den Geschworenen den Eindruck zu erwecken, daß man schuldig sei.
»Haben Sie diese Anweisungen von Doktor Jackson nicht seltsam gefunden?«
»Ein bißchen, aber weil er Klinikdirektor ist, habe ich mich nicht getraut, mich ihm zu widersetzen.«
»Und was haben Sie also am 15. Juli um zehn Uhr abends gemacht?«
»Nun, ich habe getan, was der Direktor mir aufgetragen hat: Ich bin in

Fräulein Shields Zimmer gegangen und habe ihr gesagt, sie solle sich anziehen. Dann habe ich mit ihr zusammen vor der Klinik ein Taxi genommen und habe sie in die Havanas-Bar gebracht.«
»Wie spät war es, als sie in der Havanas-Bar ankamen?«
»Ich weiß es nicht genau. Zum Anziehen und für die Fahrt haben wir bestimmt eine halbe, dreiviertel Stunde gebraucht, also muß es etwa halb elf, Viertel vor elf gewesen sein.«
»Was haben Sie dann gemacht?«
»Nun, ich bin nach New York zurückgefahren. Ich bin in den Videoklub gegangen, in dem ich einen Teilzeitjob als Verkäufer und Reparateur von Videokameras habe. Ich habe eine Zeitlang eine Kamera geputzt, die ich reparieren sollte, und habe sie dann mit nach Hause genommen. Wir schließen nämlich um halb zwölf, und ich hatte keine Zeit mehr sie auszuprobieren. Ich hatte sie aber dem Kunden für den nächsten Tag versprochen. Aber als ich auf dem Nachhauseweg war, habe ich ein schlechtes Gewissen bekommen. Diese seltsame Geschichte ging mir die ganze Zeit durch den Kopf! Ich habe mich immer wieder gefragt, warum der Direktor mich gebeten hatte, eine junge Patientin unter Drogen in eine Bar zu bringen. Ich fand das nicht in Ordnung. Irgend etwas stimmte nicht, vor allen Dingen, weil Fräulein Shield ziemlich hübsch ist! Also bin ich mit dem Taxi wieder zum Havanas gefahren. Dort habe ich mich nicht gleich reingetraut. Ich weiß nicht warum, aber ich habe gezögert. Ich hatte noch meine Krankenpflegerkleidung an, die nicht gerade angemessen ist für eine Bar. Dazu ist die Havanas-Bar eine Bar für Reiche, also hätte ich mich noch unwohler gefühlt. Ich habe mir gedacht, daß ich mir wohl etwas eingebildet hätte und wäre beinahe wieder weggegangen, als Fräulein Shield aus der Bar herauskam.«
»War sie allein?«
»Nein, sie war mit einer ziemlich … auffälligen Frau zusammen.«
»Was wollen Sie mit ›auffällig‹ sagen?«
»Nun, es war eine stark geschminkte rothaarige Frau, die ein sehr kurzes, tief ausgeschnittenes Kleid und dazu großen Modeschmuck trug – Armbänder, Ketten.«
»War es die Frau auf diesem Photo?« fragte der Staatsanwalt und zeigte Peter ein Photo der rothaarigen Natascha.
»Ja, das ist sie.«
»Sind Sie sicher?«
»Hundertprozentig.«

Der Staatsanwalt drehte sich dem Gerichtssaal zu und hielt das Photo der Prostituierten hoch.
»Ich weise den Gerichtshof darauf hin, daß es sich bei der Frau auf dem Photo um Natascha Faraday handelt, die als Zeugin in diesem Prozeß auftreten sollte! Was haben die beiden Frauen gemacht, nachdem sie aus dem Havanas gekommen waren?«
»Sie sind in ein kleines schwarzes Fiat-Cabrio gestiegen und haben den Wagen gestartet. Da habe ich den Taxifahrer gebeten, ihnen auf Abstand zu folgen. Ich wollte wissen, was los ist.«
»Wo sind sie hingefahren?«
»Sie sind etwa eine Viertelstunde gefahren und haben dann vor einer sehr schönen Villa geparkt.«
»War es diese Villa?« fragte der Staatsanwalt und zeigte Peter ein Photo des Hauses von Doktor Jackson.
»Ja, es war dieses Haus.«
»Ich weise den Gerichtshof und die Geschworenen darauf hin, daß es sich um das Anwesen von Herrn Doktor Jackson handelt«, sagte Kubrick und drehte sich dem Saal zu. »Ist Ihnen etwas Besonderes an dem Anwesen von Doktor Jackson aufgefallen?«
»Ja, ich habe mir gedacht, daß dort entweder ein Fest oder eine Art Versammlung stattfindet, denn vor dem Haus standen mindestens dreißig Autos. Sehr schöne Autos aller Marken: Rolls-Royce, Mercedes, Jaguar, Porsche ...«
»Und was haben Fräulein Shield und die Frau, die sie begleitete, getan?«
»Nun, sie haben geklingelt. Ich habe gesehen, wie Doktor Jackson ihnen aufmachte.«
»Wie haben Sie darauf reagiert?«
»Ich konnte es kaum glauben. Warum waren Fräulein Shield und diese Frau zu dem eingeladen, was ganz wie ein Fest aussah? Ich habe mir gedacht, daß sie sich doch bestimmt nicht in Therapie begeben! Nicht um Mitternacht, mitten auf einem Privatfest, auch wenn es das von Doktor Jackson ist.«
»Und was ist dann passiert?«
»Als sie ins Haus gegangen waren, wußte ich nicht mehr, was ich tun sollte. Darum habe ich den Taxifahrer bezahlt und bin eine Viertelstunde lang herumgelaufen. Dann bin ich stehengeblieben, habe mich in einem kleinen Park am Meer hingesetzt. Ich konnte einfach nicht verstehen, was diese Patientin in dem Zustand bei Doktor Jackson zu suchen hatte,

mitten auf einem Fest. Ich fand, daß da irgend etwas überhaupt nicht stimmte!«

Peter schwieg kurz und schloß die Augen, als ob er in Gedanken zu diesem schicksalhaften Abend zurückkehren und vor allen Dingen einen Augenblick vergessen wollte, daß dreihundert Paar Augen auf ihn gerichtet waren, die Augen der Leute, die ihm zuhörten, während er dabei war, den Ausgang des Prozesses in Frage zu stellen, als die Würfel eigentlich schon gefallen waren. Er fuhr fort:

»Ich war wirklich in einer blöden Lage: Es war das Haus des Direktors. Wenn ich ihm hinterherspionierte, war ich vielleicht meinen Job los. Andererseits war mir schon klar, daß irgend etwas überhaupt nicht in Ordnung war. Also habe ich mich schließlich entschlossen, ich weiß nicht warum, zu Doktor Jacksons Haus zurückzukehren.«

Das Publikum hielt die Luft an.

»Als ich dort war, habe ich das Grundstück betreten. Anscheinend waren weder Wächter noch Hunde da. Und um das Haus herum war es nicht besonders hell. Dann bin ein Risiko eingegangen. Ich ... ich weiß, daß man das nicht tun sollte, aber ich bin auf eines der großen Fenster zugegangen. Die Vorhänge waren offen, und man konnte hineinsehen.«

»Und was haben Sie gesehen?«

»Nun, es waren viele Menschen da, etwa dreißig Männer und Frauen, vielleicht mehr.«

»Und was haben sie gemacht?«

»Tja, mehrere Frauen waren ganz nackt. Sie tanzten mit den Männern oder ...«

»Ja?«

»... oder hatten Sex mit ihnen.«

»Haben Sie Fräulein Shield in dieser Gruppe von Menschen gesehen?«

»Nein. Ich habe die Frau gesehen, mit der sie gekommen war, aber Fräulein Shield war nicht dort.«

»Was haben Sie danach getan?«

»Ich habe mich unauffällig zu einem anderen Fenster geschlichen und habe einen anderen, kleineren Raum gesehen, in dem ein großer Flügel stand. Ein kleiner Mann und eine komische dicke Frau mit einem roten Kleid und sehr kurz geschnittenen schwarzen Haaren waren dort. Sie standen neben einer Frau, die auf dem Bauch auf dem Flügel lag. Ihr Kleid war ein Stückchen hochgehoben und man konnte ihren Po sehen. Am Anfang habe ich nicht so recht verstanden, was los ist. Dann habe ich aber gemerkt, daß etwas nicht normal ist, weil der kleine Mann und die dicke Frau die junge Frau auf dem Flügel festhielten. Sie schlugen sie, beschimpften sie, lachten, und die junge Frau wehrte sich und weinte ... Irgendwann hat sie den Kopf hochgehoben und sich zu ihnen umgedreht. In diesem Moment habe ich sie erkannt: Es war Fräulein Shield.«

»Und dann?«

»Ich war sehr aufgeregt, wußte nicht, was ich machen sollte. Da habe ich an die Kamera gedacht: es war noch eine leere Kassette drin. Also habe ich beschlossen ...«

»Ja?«

»Also habe ich beschlossen zu filmen, was ich sah.«

Ein Raunen ging durch den Saal, während Schmidt seine Mandanten anblickte, die plötzlich völlig hilflos aussahen. Etwas sehr Schlimmes passierte gerade: Dieser kleine Krankenpfleger, der ihn zunächst nicht besonders beunruhigt hatte, war wirklich ein bedrohlicher Zeuge.

Der Staatsanwalt holte die Videokassette, die Peter ihm gegeben hatte, wandte sich zum Richter und erklärte:

»Ich möchte jetzt die Kassette vorführen, die der Zeuge am Abend des 15. Juli auf dem Anwesen von Doktor Jackson gefilmt hat.«

»Einspruch, Euer Ehren! Dieses Beweismittel ist unzulässig! Ich beantrage, daß die Verhandlung unterbrochen wird« sagte Rechtsanwalt Schmidt.

Der Richter sah ihn an, zögerte und entschied dann:

»Dieses Beweismittel ist ein Teil der Aussage des Zeugen, den Sie als solchen zugelassen haben. Herr Kubrick, Sie können fortfahren.«

Der Staatsanwalt übergab dem Gerichtstechniker die Kassette, das Licht im Saal wurde gedimmt, und die Filmvorführung begann.

Ergreifende Bilder erschienen auf der Leinwand. Man sah erst den Bankier, Gordon Steppelton, der Catherine auf dem Flügel festhielt. Hubert Ross half ihm dabei. Er bot einen seltsamen Anblick: Geschminkt, in einem roten Satinkleid und mit seinen sehr kurz geschnittenen schwarzen Haaren, sah die rechte Hand des Bürgermeisters wirklich aus wie ein Irrer.

Ein paar Schritte vor ihm auf dem Boden lag die blonde Perücke, die die junge Frau ihm bei ihren verzweifelten Versuchen, seine geilen Übergriffe abzuwehren, vom Kopf gerissen hatte.

Die beiden Männer hielten Catherine fest, die sichtlich unter dem Einfluß

von Drogen stand und deren Proteste immer schwächer wurden. Sie sahen zur Tür hinüber und begrüßten einen neuen Gast, der bald darauf rechts im Bild erschien.
Es war Joseph Harvey mit seinem großen schwarzen Hut. Er hielt einen Käfig mit zwei Ratten in der einen Hand. In der anderen hatte er, im Gegensatz zu dem, was Catherine und die Prostituierte behauptet hatten, kein Champagnerglas, sondern ein langes Glasrohr.
»Dieses kleine Biest hat mich gebissen, sie soll bestraft werden!« rief der Bankier und hielt seine linke, offensichtlich verletzte Hand fest. »Komm schon, Joseph, beeil' dich! Zeig uns deinen neuen Schwulentrick!«
Die Stimmen kamen aus einem Fenster, das an diesem warmen Sommerabend zum Garten hin geöffnet war.
»Ich hatte ihn aber für dich mitgebracht, Loulou«, protestierte Harvey.
»Wir probieren ihn aber erst einmal bei ihr aus, wenn du nichts dagegen hast«, sagte der Bankier.
»Ich komm' schon, ich komm' schon ...«, sagte Harvey und trat näher. »Habt ihr schon abgespritzt?«
»Ja«, sagte der Spitzenfunktionär, »Gordon kommt so schnell wie ein Kaninchen!«
Anstatt über diesen Scherz beleidigt zu sein, lachte Gordon Steppelton schallend und sah sich neugierig das lange Glasrohr an, das Harvey mitgebracht hatte.
Dieser fragte ihn mit todernster Miene:
»Habt ihr Vaseline?«
»Sehen wir so aus, als ob wir Vaseline bräuchten?« sagte Hubert Ross mit gewollt weiblicher Stimme.
»Dann spuckt ihr in den Arsch, während ich alles andere vorbereite«, forderte Harvey sie auf, der den Käfig auf dem Boden neben dem Klavierstuhl abgestellt hatte.
Die beiden Männer beugten sich zu Catherine hinunter, und Hubert Ross hielt sie fest, während sie den Auftrag ausführten. Die junge Frau protestierte:
»Ich flehe euch an, hört bitte auf!« schrie sie, »Bitte, bitte, hört auf!«
Warum mußten sie sie so erniedrigen, nachdem sie sie schon einer nach dem anderen vergewaltigt hatten? Aber sie war sichtlich geschwächt, konfus, unter Drogen, und ihre Widerstandskraft war nicht sehr groß. Dann schrie sie nur noch:
»Nein, nein.«

Als er meinte, daß die junge Frau ausreichend ›vorbereitet‹ war, nahm Harvey das Glasrohr, das etwa dreißig Zentimeter lang war und sieben oder acht Zentimeter Durchmesser hatte, und führte ihr das dünnere Ende ein. Sie schrie vor Schmerz und Schreck laut auf. Zu Tode erschreckt, weil sie dachte, daß einer der Männer wieder in sie eindrang, drehte sie sich um und sah das eine Ende des Glasrohrs. Eines war ihr klar: Es war furchtbar gefährlich, dieses Rohr konnte in ihr zerbrechen. Dann wäre sie verletzt und würde vielleicht sogar daran sterben, wenn sie Pech hatte. Und würden sie sie nicht sowieso aus dem Weg räumen, wenn sie erst einmal mit ihr fertig waren?

»Was habt ihr mit mir vor? Hört auf! Hört auf! Ich flehe euch an! Ich will nicht!« schrie sie, ohne ihre Peiniger zu erweichen. Im Gegenteil, ihre Schreie schienen sie noch mehr zu erregen, wie aufgebrachte Hunde, die die Furcht ihrer Opfer dazu bringt, sie noch wütender anzugreifen.

»Haltet sie gut fest!« befahl Harvey.

Dann öffnete er die Käfigtür und wählte nach einem kurzen Zögern die kleinere der beiden Ratten aus, deren Schnauze er küßte.

»Viel Glück, Liebling«, sagte er dem Tier in dem Moment, in dem Catherine sich umdrehte und die Ratte sah.

Sie stieß einen Schreckensschrei aus:

»Was habt ihr vor? Ihr seid ja verrückt! Es ist eine Ratte! Hört auf! Hört auf! Ich flehe euch an! Ich will nicht! Nein! Nein! Nein!«

Trotz ihres Zustands setzte sie sich ziemlich heftig zur Wehr, weshalb der Bankier, der ihr den Biß nicht verziehen hatte, sie so brutal ohrfeigte, daß Catherines Kopf gegen den Flügel stieß. Sie fing vor Schmerz und ohnmächtiger Wut an zu weinen.

Dann schob Harvey die Ratte in das Glasrohr und ließ sie nicht mehr zurückkommen. Er verstopfte die Öffnung mit einem Taschentuch, das er schnell aus einer Tasche seiner schwarzen Jacke gezogen hatte. Dann zündete er den Stoff mit einem Feuerzeug an, das er aus derselben Tasche gezogen hatte.

Das Nagetier blieb zunächst unbeweglich stehen, wie in einer Falle, und verstand natürlich nicht, wie ihm geschah noch was man von ihm erwartete. Doch als der Rauch es erreichte und es ihn zum erstenmal einatmete, zuckten seine Barthaare. Sein Fell sträubte sich, und es ging auf Catherine zu.

Dann wurde die Kamera abrupt herumgeschwenkt, das Bild neigte sich zur Seite und erlosch. Der Techniker drehte das Licht wieder auf normale Stärke und man konnte sehen, daß im Saal große Aufregung herrschte.

Diese unerwartete Filmvorführung bewies ohne jeden Zweifel, daß Catherine die Wahrheit gesagt hatte: Sie war tatsächlich roh vergewaltigt worden! Sie hatte sogar etwas noch viel Schlimmeres erlebt, denn sie war das Opfer dieser seltenen, erniedrigenden sexuellen Praktik geworden, des *gerbelling* – deren Name von dem unschuldigen kleinen Tier, der Springmaus (auf englisch: *gerble*) abgeleitet ist: der letzte Schrei auf dem Gebiet perverser Genüsse in bestimmten homosexuellen Kreisen.
Doch was die Aufmerksamkeit des Publikums am meisten in Atem hielt, war die gewalttätige Szene, die sich abspielte, nachdem es im Saal wieder hell geworden war.
Catherines Vater, der in einer der vordersten Reihen saß, sprang über die Absperrung und stürzte sich auf Harvey. Mit seiner von Wut vervielfachten Kraft schaffte er es, trotz des beachtlichen Körpergewichts des Literaturkritikers, diesen über das Geländer der Anklagebank zu wuchten und ihn zu Boden zu werfen. Dann stürzte er sich auf ihn, drückte ihm die Kehle zu und schrie:
»Ich bringe dich um, du dreckiges Schwein! Ich bringe dich um!«
Harvey schlug um sich, schrie um Hilfe und versuchte, sich aus dem Würgegriff des haßerfüllten Angreifers zu befreien. Er schnappte nach Luft, als zwei Polizisten ihm zu Hilfe kamen. Nicht ohne Schwierigkeiten zerrten sie Herrn Shield weg, der bald keinen Widerstand mehr leistete, den fetten Hals des Kritikers losließ und wieder aufstand.
Daraufhin rollte Harvey sich auf den Bauch und fing an, zu spucken und gleichzeitig tief und stoßweise Luft zu holen, wie jemand, der mit knapper Not dem Ertrinkungstod entgangen ist. Natürlich war er erleichtert, dem Vater seines Opfers entkommen zu sein, doch nun zeichneten sich die Scham und der Schrecken auf seinem leichenblassen Gesicht ab.
Bevor sie Catherines Vater aus dem Gerichtssaal brachten, gaben ihm die Polizisten ein paar Sekunden Zeit. Er sah seine Tochter an. Sie stand am Geländer, noch unter dem Schock des Videos, hatte Tränen in den Augen und blickte ihren Vater ebenso erstaunt wie bewegt an.
Sie tauschten einen außerordentlich gefühlvollen Blick aus.
Zum erstenmal hatte er wirklich etwas für sie getan, er zeigte ihr, daß er sie liebte!
Sie sprachen kein Wort, doch Herr Shield begriff, daß Catherine ihm all das Leid verzieh, das er ihr in der Vergangenheit zugefügt hatte. Von jetzt an würde nichts mehr zwischen ihnen stehen.
Dann zogen ihn die Polizisten am Arm. Er ließ sich in den mittleren Gang

mitschleifen und sah dabei aus wie der glücklichste Mensch auf Erden. Er lächelte seiner Frau zu, die wegen des Films weinte, aber auch begriffen hatte, was da gerade zwischen ihrer Tochter und ihrem Mann passiert war. Catherine setzte sich wieder. Julie drückte ihr schnell ein Taschentuch in die Hand und half ihr, ihre Tränen zu trocknen. Sie hatte sich daran erinnern können, daß sie auf brutalste Weise vergewaltigt worden war, doch bis jetzt hatte sie nicht geahnt, daß man solche niedrigen, perversen Gelüste an ihr ausgelebt hatte!
Zwei andere Polizisten waren auf Harvey zugegangen, hatten ihm geholfen aufzustehen und sichergestellt, daß er keinen Arzt brauchte. Nun führten sie ihn zur Anklagebank zurück, wo Schmidt, Ross und Jackson ihn totenstill empfingen.
Schmidt und sein Assistent waren ratlos: Sollten sie eine sofortige Unterbrechung der Verhandlung beantragen oder den Zeugen vernehmen? Wer würde denn, nach einem Dokument von solcher Tragweite, noch glauben, daß Schmidts Mandanten das Verbrechen nicht begangen hatten, dessen man sie anklagte?
Peter saß noch immer im Zeugenstand, mit gesenktem Kopf, als ob er sich schämte. Paul hingegen vermied es, seinen Triumph auszukosten, denn das wäre unter diesen Umständen geschmacklos gewesen. Die Vorführung des Videofilms hatte ihn, wie alle anderen, völlig erschlagen, ja ihn sogar in eine Art von Schockzustand versetzt. Er hatte im Lauf seiner angehenden Karriere schon vieles erlebt, aber nichts, was dem auch nur ähnelte, was Harvey seinem Opfer angetan hatte.
In diesem Moment beendete Richter Burns mit einem kräftigen Hammerschlag die Gespräche und Ausrufe und fragte Paul Kubrick:
»Haben Sie noch Fragen, Herr Staatsanwalt?«
»Äh, ja, Euer Ehren.«
»Dann stellen Sie sie.«
Paul riß sich zusammen und setzte seine Vernehmung fort:
»Herr Lang, warum haben Sie aufgehört zu filmen, was sich in Doktor Jacksons Haus abspielte?«
»Als mir klar wurde, was sie Fräulein Shield gerade zufügten, habe ich mir gedacht, daß ich es nicht einfach nur filmen konnte. Ich fand, daß ich etwas unternehmen müßte, daß ich es nicht zulassen könnte, daß diese Ratte ...«
Er unterbrach sich, aber alle hatten verstanden, was er sagen wollte. Er fuhr fort:

»Dann habe ich die Kamera hingelegt, mich umgeschaut und einen großen Stein im Garten liegen sehen. Ich habe ihn hochgehoben und auf das große Fenster geworfen, das zerbrochen ist. Ich habe gesehen, wie die drei Männer alles stehen und liegen ließen – sie müssen erschrocken gewesen sein. Catherine wollte fliehen, sie hat sich umgedreht und das Glasrohr ist auf dem Flügel zerbrochen. Ich glaube, daß die Ratte sie gerade gebissen hatte. Ich habe gesehen, wie sie vom Flügel sprang und in den Salon rannte. Dann kam die Frau mit dem roten Kleid schreiend zum Fenster. Ich habe die Kamera aufgehoben und bin abgehauen.«
Also war Catherine doch nicht gleich in Ohnmacht gefallen, wie sie geglaubt hatte! Bestimmt hatte der Horror, den sie erlebt hatte, die Erinnerung daran ausgelöscht.
Im Gerichtssaal machte sich zunächst betroffenes Schweigen breit.
Dann stand Jackson auf, der einen Augenblick zuvor noch völlig erschlagen aussah. Mit hochrotem Kopf zeigte er auf Peter und schrie:
»Dieser Videofilm ist eine Montage. Es ist von vorn bis hinten Betrug! Dieser Mann ist nur eine miese kleine Schwuchtel!«
Er verließ den Tisch, an dem die Angeklagten saßen, und wollte sich an Peter vergreifen, doch Polizisten schritten ein und machten sich daran – eine zusätzliche Demütigung – ihm Handschellen anzulegen, während er weiterhin den mutigen Krankenpfleger mit allerlei Beschimpfungen überschüttete.
Als die Polizisten den Direktor mitnahmen, warf er Thomas im Vorübergehen einen haßerfüllten Blick zu. Thomas blieb unbewegt. Was er gerade gesehen hatte, war so verachtenswert, so menschenunwürdig – und auch so unfaßbar, denn eine wehrlose, psychisch sehr verwundbare Patientin war das Opfer gewesen –, daß Thomas nicht einmal Lust hatte, dem Direktor gegenüber eine triumphierende Bemerkung zu machen.
Es stellte sich heraus, daß dieser Mann, den er in der Vergangenheit bewundert hatte, wahrhaftig krank war. Er glaubte, sich alles erlauben zu können, selbst das Unbeschreibliche.
Gordon Steppelton hielt den kahlen Kopf in den Händen und schämte sich zutiefst: Nie mehr würde er seinen Beruf als Bankier ausüben können, und seine Frau würde ihn für immer und ewig verleugnen, weil er nicht nur an einer Orgie teilgenommen, sondern auch noch eine junge Frau vergewaltigt hatte. Und was seinen Sohn anging …
Er fing an zu heulen wie ein Schloßhund.
Hubert Ross hingegen saß stocksteif auf der Bank. In seinem unermeßli-

chen Hochmut war er immer noch überzeugt davon, daß er zu Unrecht angeklagt wurde und bot der Menge mit seinem Blick die Stirn. Aus seinem Gesicht war ein unbeschreiblicher Haß abzulesen. Er, Hubert Ross, ein ehrenwerter Bürger, der Spitzenfunktionär, der New York regierte, der als rechte Hand des Bürgermeisters hofiert und von Hunderten von Geschäftsmännern und verschiedenen anderen Persönlichkeiten beweihräuchert wurde, litt unter dieser seltsamen Besessenheit, die ihn dazu zwang, sich als Frau zu verkleiden!
Es machte ihm Spaß, eine junge Frau zu mißhandeln, wie ein Verrückter auf sie zu spucken und schließlich der amüsierte, komplizenhafte Zuschauer einer so perversen sexuellen Praktik wie des *gerbelling* zu sein.
Welch abruptes und trauriges Ende einer Karriere!
In diesem Moment vertagte Richter Burns die Verhandlung, da er – zu Recht – annahm, daß Rechtsanwalt Schmidt Peter Lang nicht vernehmen wollte und auch wußte, daß er den Prozeß verloren hatte.
Er gab den Mitgliedern der Geschworenenbank letzte Anweisungen und berief sie am folgenden Tag um neun Uhr wieder ein, um sich ihren Urteilsspruch anzuhören, wenn sie sich hatten einigen können, was niemand bezweifelte.
Die Menschenmenge erhob sich mit viel Getöse.
Thomas und Catherine standen inmitten des Lärms, der sie nicht berührte, und drückten einander lange die Hand.
Thomas hatte Catherine gerettet, denn er war der einzige gewesen, der an sie geglaubt hatte.
Und in gewisser Weise, vielleicht durch ihre Hartnäckigkeit, hatte auch sie ihn vor der ungerechtfertigten Beschuldigung Templetons gerettet.
Jetzt verband sie etwas; etwas, was ihr Leben lang halten würde.
Doch diesen Sieg hätten sie ohne Peter niemals erringen können. Diesen x Gedanken schienen sie beide gleichzeitig zu haben, denn sie drehten sich zum Zeugenstand um und sahen den betreten schauenden jungen Krankenpfleger an, der sich nicht traute aufzustehen und sich anscheinend fragte, was er denn jetzt tun solle.
Als er sie sah, wurde ihm klar, wie stolz Catherine und Thomas auf ihn, auf seinen Mut waren. Er war ihr Held geworden! Er hatte seine Angst überwunden, seine Anstellung für immer und ewig zu verlieren. Ja, sogar seine Angst, umgebracht zu werden wie die Prostituierte. Und das alles, damit die Gerechtigkeit siegen konnte. Aber vor allen Dingen damit Ca-

therine, wie er ein Opfer, eines Tages ein normales Leben würde führen können.
Julie trat auf Catherine zu und schloß sie lange in die Arme, während Thomas sich bei Paul bedankte, der bescheiden seine Unterlagen zusammensuchte und sich dachte, wieviel Glück er diesmal gehabt hatte, diesen Fall zu übernehmen. Wie froh er war, daß das Glück ihm im letzten Moment hold gewesen war.
Thomas gab ihm die Hand:
»Vielen Dank, Paul. Ehrlich. Sie können sich gar nicht vorstellen, wie dankbar ich Ihnen bin.«
»Ich mache nur meine Arbeit«, sagte Paul.
Indem er Catherines Prozeß gewonnen hatte, hatte er Thomas auch vor einer Gefängnisstrafe bewahrt, die ihm sonst sicher bevorgestanden hätte.
»Ich glaube nicht, daß wir ohne Sie hätten gewinnen können«, erwiderte Thomas.
»Wer weiß! Vielleicht gibt es ja doch so etwas wie Gerechtigkeit!«
In diesem Moment kam ein Mann mit gestreckter Hand auf Thomas zu, der, noch von der unglaublichen Besessenenheit des anderen gekränkt, sich weigerte, sie zu drücken. Kommissar Templeton ließ betreten den Arm sinken und sagte:
»Ich entschuldige mich. Ganz ehrlich. Ich war sicher, daß Sie schuldig sind.«
»Entschuldigen Sie sich nicht.«
Thomas hielt kurz inne, dann fügte er hinzu:
»Vielleicht haben Sie mir mehr geholfen, als Ihnen bewußt ist.«
»Glauben Sie wirklich?« fragte der Kommissar neugierig und mit einemmal geschmeichelt.
»Nein«, sagte Thomas.
Der Kommissar wandte sich enttäuscht zum Gehen, als Thomas ihm, zu seiner großen Überraschung, die Hand hinstreckte.

68

Auf dem Platz vor dem Justizpalast bestürmten die Journalisten, die sich buchstäblich auf sie gestürzt hatten, Catherine mit Fragen, und das Blitzlichtgewitter ging los.

Auch der junge Staatsanwalt stand im Mittelpunkt der Aufmerksamkeit, und die Journalisten drängten sich um ihn, gratulierten ihm schon zu seinem Sieg, obwohl der Urteilsspruch noch gar nicht gefällt war.
Der Tumult nahm noch größere Ausmaße an, als die vier Angeklagten in Begleitung von Polizisten und ihrem Anwalt oben auf den Stufen des Justizpalasts erschienen. Der Hochmut der ersten Tage war ausgelöscht. Sie senkten den Kopf, versteckten ihr Gesicht hinter den Händen, die in Handschellen steckten, wehrten den Ansturm der Journalisten ab und stiegen in die Autos, die sie zur Polizeiwache bringen sollten, wo sie in Erwartung des morgigen Urteilsspruchs die Nacht verbringen würden.
In der Zwischenzeit beantwortete Catherine trotz ihrer Erschöpfung die Fragen der Journalisten, so gut sie konnte. Ihre Mutter hatte sich zu ihr gesellt und drückte sie mit Tränen in den Augen an sich. Plötzlich erstarrte Catherines Gesicht. Sie wurde blaß.
Sie hatte gerade am Fuß der Treppe die Person erblickt, die sie hier am allerwenigsten erwartete: Robert.
Sie dachte erst, daß sie vor Müdigkeit und Aufregung Halluzinationen hatte. Seit Wochen schon behandelte man sie wie eine Irre, eine Hysterikerin. Vielleicht war sie nun doch einer Täuschung aufgesessen.
Denn hatte sie nicht oft genug davon geträumt, diesen Mann wiederzusehen? Hatte sie sich nicht oft genug gewünscht, diesen Moment erleben zu dürfen?
Voller Verzweiflung.
Mehr als alles auf der Welt.
Aber vielleicht war die vermeintliche Halluzination ja gar keine, und vielleicht kam Robert gar nicht zufällig hier vorbei, denn er sah ihr in die Augen. Mit demselben Blick, mit dem er sie am ersten Tag oben auf dem Eiffelturm angesehen hatte, als er sie fragte, ob sie den Rest ihres Lebens mit ihm verbringen wolle.
Diesen Blick hatte er auch manchmal während ihrer leidenschaftlichen Nächte, wenn er mitten in der wildesten Raserei plötzlich abbrach, ihr einfach in die Augen sah und sagte, daß er sie mehr liebte, als er jemals eine andere Frau geliebt hatte.
Daß sie in diesem Sinne seine erste Frau sei.
Und daß sie die letzte sein würde.
Versprechen, die sie in letzter Zeit für einen Haufen Lügen gehalten hatte.
Doch in diesem Moment keimte die Hoffnung in ihr auf, daß er vielleicht nicht gelogen hatte. Vielleicht hatte es zwischen ihnen nur ein unumgäng-

liches Liebeshindernis gegeben. Vielleicht hatte das Leben sie absichtlich getrennt, um sie auf die Probe zu stellen und sie wieder zu vereinen. Um ihrer Liebe die Tiefe, den Reichtum und die Widerstandskraft zu verleihen, die nur der Schmerz geben kann.
Er kam jetzt immer näher auf sie zu.
Zu Tränen gerührt, zitterte sie leicht.
Denn seltsamerweise spürte sie bis tief in ihrem Inneren die Energie dieses Mannes, der ihr alles bedeutete. Und ihr Herz schien ihr aus der Brust springen zu wollen.
Am selben Morgen hatte Robert zusammen mit seinen Eltern und Lisa, der Frau, die sein Vater für ihn ausgesucht hatte, gefrühstückt. Und etwas in ihm war zerbrochen. In einem klaren Augenblick hatte er gesehen, wie sarkastisch sein Vater sich seiner Mutter gegenüber verhielt. Fast im selben Moment war seine Verlobte, die Tochter einer reichen, mit den Elliots befreundeten Familie, sehr hart gegenüber dem alten Bediensteten Emil gewesen. Und plötzlich hatten seine Familie und vor allem die Werte, die sie schätzte, Robert zutiefst angewidert. Mußte es denn sein, daß wohlhabende Menschen immer so herablassend, so hart und so selbstsicher waren?
Er hatte sich anders gefühlt, als Außenstehender. Er hatte sogar das Gefühl gehabt, daß er nicht mehr zu dieser Familie gehörte, obwohl er doch dort herkam. Daß er nie zu ihr gehört hatte und daß er auf gar keinen Fall den Rest seiner Tage mit einer Frau wie Lisa verbringen wollte.
Ohne auch nur ein Wort zu sagen, hatte er seine Serviette hingeworfen, war aufgestanden, hatte den Raum und das Anwesen verlassen, nicht ohne sich vom alten Bediensteten zu verabschieden.
Sein Vater hatte ihm, empört über seine Unhöflichkeit, zugerufen:
»Wo gehst du hin?«
Und Robert hatte einfach nur geantwortet:
»So weit weg wie möglich!«
Er hatte nicht einmal seiner Verlobten, die ihn unsicher und fragend ansah, eine Erklärung abgegeben.
Er war hinausgegangen, lange Zeit durch die Stadt gefahren und hatte sich gefragt, wofür er sich entscheiden sollte. Sollte er versuchen, sich mit Catherine auszusöhnen, nach allem, was er ihr angetan hatte?
Würde sie ihn haben wollen? Würde sie ihm jemals verzeihen?
Würde sie ihn wieder aufnehmen?
Dies waren die aufreibenden Fragen, die man in diesem Augenblick aus seinen Augen ablesen konnte.

Er blieb einige Stufen von der jungen Frau entfernt stehen. Mehrere Sekunden lang sahen sie einander schweigend an, während Catherines Mutter, die begriff, was geschah, unauffällig wegging. Schließlich fragte Robert:
»Kann ich dich sprechen?«
»Du hast mir sehr weh getan.«
»Ich ... ich möchte dir sagen, daß ... ich weiß, daß ... ich möchte gerne, daß ... Könnten wir uns wiedersehen?«
»Du hast mir das Herz gebrochen ...«
»Ich ... ich weiß, ich habe einen Fehler gemacht. Ich hätte nicht auf meinen Vater hören sollen.«
Es war ihm sehr unangenehm. Er begriff, daß er zu spät gekommen war: Er hatte die einzige Frau, die er je geliebt hatte, verloren.
Er nickte, versuchte Haltung zu bewahren, und sagte schließlich:
»Ich freue mich für dich.Wegen des Prozeßverlaufs, meine ich.«
»Danke.«
Mehr sagte sie nicht. Sie machte ihm das Leben wirklich nicht leicht.
»Gut«, sagte er, »ich geh' dann ... Ich ...«
Er beugte sich erst zu ihr, um sie zum Abschied auf die Wange zu küssen, doch aus Zurückhaltung streckte er ihr, mit einer Geste, die er selbst lächerlich fand, die Hand hin. Sie gab ihm ihre Hand. An diesem Morgen hatte sie aus einem unerklärlichen Grund oder vielmehr aus Aberglauben – weil sie meinte, daß das Schicksalsblatt sich wenden würde, wenn sie es mit einem intuitiven Ritual beschwor – entgegen ihrer Gewohnheit ihre Armbanduhr an das rechte Handgelenk getan.
Robert bemerkte die Uhr.
»Du hast sie noch!« sagte er und meinte damit die Uhr.
Sie senkte die Augen und sagte, als ob sie einen Fehler bekennen würde:
»Ja.«
Er ließ ihre Hand los und fragte, die Kehle vor Aufregung zugeschnürt:
»Darf ich dich anrufen?«
»Wozu?«
Auf diese Frage konnte er ihr nicht antworten. Er verlor das letzte bißchen Hoffnung, das er noch hatte:
»Das habe ich nur so gesagt ... Nun gut, ich glaube, ich gehe jetzt!«
Sie sagte nichts. Er drehte sich um, lief drei Stufen hinunter und hörte plötzlich Catherines Stimme sagen:
»Robert ...«

Er drehte sich wieder um:
»Was ist?«
»Wenn wir uns nicht mehr sehen, wie soll ich mich dann für all das Leid rächen, das du mir angetan hast?«
Erst war er nicht sicher, sie richtig verstanden zu haben, doch als er das leise Lächeln sah, das wie ein Geständnis auf Catherines Lippen lag, erfaßte ihn eine wunderbare Gewißheit: Sie nahm ihn wieder auf. Er stürzte zu ihr, küßte sie, hob sie sogar in die Luft hoch und drehte sie im Kreis herum.
Kameraleute, die die Szene festhalten wollten, umgaben jetzt Catherine, und die beiden Liebenden lösten sich ein wenig beschämt voneinander. Ein halbes Dutzend Reporter kam mit Mikrophonen in der Hand auf sie zu. Paul erreichte Catherine und Robert kurze Zeit später, sah noch ihren Kuß und dachte sich, daß er selbst vielleicht auch innerhalb kurzer Zeit ein solches Glück empfinden könnte. Er hatte sich gerade von einem Reporter befreit, der ihn lange interviewt hatte und war nun auf der Suche nach Julie. Er sah, daß sie sich mit Catherines Mutter unterhielt, kam zu ihr und entschuldigte sich bei Frau Shield:
»Verzeihen Sie bitte, ich würde gern Doktor Cooper ein paar Minuten sprechen.«
»Ja, ich verstehe«, sagte Frau Shield, beeindruckt von Pauls stattlichem Aussehen.
Sobald Frau Shield weg war, fragte der Staatsanwalt Julie:
»Haben Sie über den Vorschlag nachgedacht, den ich Ihnen gestern gemacht habe?«
»Können Sie noch bis morgen warten, ehe ich Ihnen antworte?«
»Ja, ich glaube, daß ich es bis morgen überleben werde. Ich bin nicht sicher, aber ich werde es versuchen«, sagte er mit einem leicht gezwungen wirkenden Humor, denn er sah aus wie der ernsteste Mann der Welt.

69

Als Julie nach Hause kam, fand sie Thomas vor, der gerade seinen Koffer packte. Sie war erschüttert: Er hatte nichts mit ihr besprochen und schlich sich davon wie ein Dieb. Hätte er auf ihre Rückkehr gewartet, wenn sie ein bißchen länger gebraucht hätte?

Dabei war es schließlich normal, daß Thomas ging! Der Prozeß war vorbei, und er hatte ein wunderschönes Haus am Meer, das zehnmal größer war als ihre Wohnung. Sie hatte die leise Hoffnung gehabt, daß er sie nach dem Ende des Prozesses einladen würde, zu ihm zu ziehen. Aber machte das Leben denn nicht ständig ihre Träume zunichte?

»Ich kann ja schließlich nicht ewig hier zu Gast bleiben«, erklärte Thomas. »Du hast dein eigenes Leben, ich möchte mich nicht aufdrängen!«

»Ja, ich verstehe«, sagte sie und verbarg mühsam ihren Kummer.

Er wollte sich nicht aufdrängen! Unsinn! Eine männliche Höflichkeitsfloskel, um ihr nicht sagen zu müssen, daß er wieder frei sein wollte! Dieses Lied kannte sie!

Sie bedauerte ihre Naivität in Liebesangelegenheiten – wahrscheinlich würde sie nie davon genesen –, die ihr zum wiederholten Male übel mitspielte. Sie hatten schließlich keinen Vertrag fürs Leben unterzeichnet, nur weil sie Thomas ein paar Wochen lang Unterschlupf geboten hatte und sie ein paarmal miteinander geschlafen hatten!

Drückende Stille machte sich breit.

Thomas taten die Worte leid, die er gerade ausgesprochen hatte, und vor allen Dingen der aufgesetzt unbefangene Ton, in dem er sie gesagt hatte. Es wäre ihm lieber gewesen, eine glücklichere Formulierung gefunden zu haben.

Das Problem war, daß er einfach nicht wußte, was er sagen sollte. Und zwar aus dem einfachen Grund, weil er nicht wußte, was er wollte.

Vielleicht mit Julie weitermachen. Oder sich von ihr trennen. Er wußte nichts mehr.

Hatte er es geschafft, seine Frau zu vergessen?

Vergangene Nacht hatte er noch von ihr geträumt und war weinend aufgewacht. Vielleicht liebte er sie noch. Vielleicht war es noch zu früh, ein neues Leben zu beginnen.

Er wollte nicht, daß Julie ihre Zeit mit ihm vergeudete. Sie lief dann zu sehr Gefahr, die Übergangsbeziehung zu werden, die es ihm erlaubte, seine verstorbene Frau zu vergessen, doch ihn im Grunde nur auf die nächste Frau vorbereitete. Er hatte zu großen Respekt vor ihr, schätzte sie zu sehr und war ihr zu dankbar, um ihr solch eine Behandlung angedeihen zu lassen.

Sie hatte ihm geholfen, einen der schlimmsten Momente seines Lebens durchzustehen. Und was hatte er ihr im Austausch dafür gegeben? Ein bißchen Zärtlichkeit, vielleicht, und ein paar leidenschaftliche Nächte …

Aber hatte er ihr auch mehr zu bieten? Und kann man von jemandem verlangen zu geben, was er nicht hat?
Er schloß seinen Koffer, stellte ihn auf den Boden und lächelte, allerdings etwas peinlich berührt.
»Ich wollte dir danken«, sagte er schließlich. »Wenn du mir dieses Alibi nicht gegeben hättest, wäre ich jetzt wahrscheinlich im Gefängnis, und Catherines Ehre wäre nie wiederhergestellt worden.«
»Ich wußte, daß du nicht schuldig bist.«
»Und doch bist du ein Risiko eingegangen.«
Sie zuckte mit den Schultern, lächelte traurig und versuchte, die Tränen zurückzuhalten, die ihr in die Augen stiegen.
Er ging weg! Er würde nichts sagen! Er verabschiedete sich wie ein Freund, beinahe ein Fremder – als ob sie niemals Liebende gewesen waren!
Vielleicht würde er sie nicht einmal mehr sehen wollen, und wenn sie sich in den Klinikgängen begegneten, würde er ihr nur einen schnellen Gruß zurufen. Schon jetzt setzte er diese schüchterne Miene, diesen bedauernden Gesichtsausdruck auf, den die Männer annehmen, wenn sie eine Frau nicht zu sehr verletzen wollen, obwohl es diese umbringt, wenn sie gehen.
Thomas hingegen dachte sich zur gleichen Zeit, daß es vielleicht besser wäre, ein Risiko einzugehen, als zu gehen.
Wie Julie es auch getan hatte: spontan, ohne Berechnung.
Vielleicht aus Liebe.
Was hinderte ihn denn daran?
Vielleicht weil er an einer Weggabelung stand und ein frischer Wind in seinem Herz wehte, der die ganze Vergangenheit wegpusten würde, spürte er, wie eine gewaltige Veränderung sich in ihm abspielte, die ihn selbst am meisten überraschte.
Wenn er Julie nicht sofort etwas sagte, wenn er ihr nicht auf der Stelle sagte, was er von ihr hielt, wäre es zu spät. Dieser Augenblick, diese Chance würden nicht mehr wiederkommen.
Ihre Wege würden sich trennen.
Er suchte nach den richtigen Worten.
In Julies Kopf wirbelten die Gedanken auch durcheinander. Thomas ging weg, und danach würde nichts mehr so sein wie vorher. Dieses Risiko wollte sie nicht eingehen. In diesem Moment fiel ihr eine List ein, um ihn dazu zu zwingen, Stellung zu beziehen, und sie sagte ihm, was übrigens die reine Wahrheit war:
»Paul hat mich dieses Wochenende nach South Beach eingeladen.«

Das hatte er sich doch gedacht! Das hatte er sich doch von Anfang an gedacht! Julie hatte Paul den Kopf verdreht. Und sie war seinem Charme erlegen, weil er jünger war. Und vielleicht auch, weil der andere frei war und nicht wie er in den Netzen der Vergangenheit verstrickt. Was für ein Idiot er doch war! Und er wollte ihr gerade vorschlagen …
Und aus Freundlichkeit, wahrscheinlich um ihn nicht zu verletzen, um ihm diese Demütigung zu ersparen, daß jemand anders es ihm sagte, erzählte sie ihm diese Geschichte mit Paul selbst. Vielleicht hatten sie ja auch miteinander geschlafen. Das war ja auch ihr gutes Recht: Schließlich war sie nicht mit ihm verheiratet! Sie waren beide frei.
Was für ein Idiot er doch war!
Und das genau in dem Moment, in dem er sich bereit machte, ein Risiko einzugehen, das er schon lange nicht mehr eingegangen war! Das würde ihm so bald nicht mehr passieren!
»Es ist gut«, sagte er in einem aufgesetzt munteren Tonfall. »Ich bin sicher, daß ihr euch gut amüsieren werdet! Ich war schon einmal dort, und das alte Art-déco-Viertel ist wirklich phantastisch … außerdem ist es in letzter Zeit sehr beliebt«, konnte er sich nicht verkneifen zu sagen.
»Ja«, sagte sie enttäuscht.
Ihre List kehrte sich gegen sie.
Es entstand ein peinliches Schweigen, dann nahm Thomas seinen schweren Koffer und erklärte:
»Ich werde mir ein paar Tage freinehmen.«
»Ja, ich verstehe.«
»Schönes Wochenende in South Beach«, sagte er.
Er küßte sie schnell auf den Mund und ging furchtbar enttäuscht weg.

70

Als er in seinem schönen Haus in Hampton ankam – er war seit Wochen nicht mehr dort gewesen –, beschlich Thomas sofort ein seltsames Gefühl. In Wirklichkeit fühlte er sich dort nicht mehr zu Hause. Als ob dieses Haus, das er über alles geliebt hatte, weil alles darin ihn an seine Frau erinnerte, nicht mehr sein Haus war. Dabei war es ein paar Wochen zuvor noch ein Monument zum Andenken an die Verstorbene gewesen.
Jetzt waren ihm all die Andenken gleichgültig, all die kleinen Dinge, die

seiner verrückten Leidenschaft Nährboden gaben: Man hätte meinen können, daß Louises mysteriöse Gegenwart, die diese Dinge so lange in ihrem Griff gehalten hatte, sie plötzlich verlassen hätte.

Da begriff Thomas, daß er einen schweren Fehler begangen hatte.

Er hatte seine Chance bei einer phantastischen Frau vertan.

Vielleicht, aber es gab auch noch Paul.

Hätte er Julie davon überzeugen können, mit ihm wegzugehen statt mit dem Staatsanwalt?

War sie denn wirklich schon seine Geliebte, oder hatte er ein bißchen voreilige Schlüsse gezogen?

Hatte sie diesen Ausflug nach South Beach erfunden?

Eines war sicher: Der Staatsanwalt war verrückt nach ihr, davon war Thomas überzeugt. Aber was sollte er tun?

Er ging in den Garten, der vernachlässigt wurde, seitdem er weggegangen war, und langsam anfing, einem Dschungel zu ähneln. Er näherte sich einem seiner geliebten weißen Rosensträucher, betrachtete ihn, als ob dieser ihn beraten, ihm Mut machen könne.

Er pflückte eine Rose, roch daran und steckte sie sich ins Knopfloch.

Er stieg in seinen Wagen und wählte Julies Telefonnummer.

Es klingelte einmal, zweimal, dreimal.

Er wollte gerade wieder auflegen, als er ein Klicken hörte.

»Hallo?«

Was für ein Glück, ihre Stimme zu hören! Der Gedanke, daß er buchstäblich zusammengebrochen wäre, wenn er auf den Anrufbeantworter gestoßen wäre, schoß ihm durch den Kopf.

»Julie, ich bin's, ich habe mich gefragt ... ich habe mich gefragt, ob du Zeit hättest, mir einen kleinen Gefallen zu tun ... noch einen.«

»Ja?«

»Hier um die Ecke ist ein Haus zu kaufen, ich sehe es mir schon seit einer Weile an, und ich habe mich gefragt, ob du nicht Zeit hättest, mir deine Meinung dazu zu sagen?«

»Wann möchtest du es besichtigen?«

»Die Maklerin könnte in einer halben Stunde da sein ... ich bin ein bißchen nervös. Sie hat mir gesagt, daß es noch mehrere andere Interessenten gibt und ...«

»Du hast Angst, es nicht zu bekommen, nicht wahr?«

»Ja.«

»Ich verstehe ...«

Jetzt brauchte er sie auch noch als Immobilienberaterin! Sie konnte es nicht fassen! Er beherrschte wirklich die hohe Kunst, sie zu enttäuschen! Dennoch antwortete sie ihm:
»In Ordnung, in etwa zwanzig Minuten bin ich da …«
Etwas weniger als eine halbe Stunde später kam sie bei ihm an. Er wartete im Wagen auf sie, als ob er sich nicht mehr ins Haus traute. Sie stieg in den Porsche, und er startete. Auf der kurzen Strecke war jeder in seine Gedanken vertieft, und sie sprachen kaum ein Wort.
Fünf Minuten später sahen sie das Grundstück. Julie verschlug es den Atem. Am Ende einer langen Pappelallee stand ein klassisches Steinhaus mit einem Kupferdach, das nur die Patina des Alters so schön hatte machen können.
Die Maklerin, eine sympathische, weißhaarige Dame in den Sechzigern, erwartete sie am Eingang.
Sie öffnete ihnen die Tür und führte sie durch das Haus, das leer stand, was im allgemeinen keinen besonders guten Eindruck macht. Im Innern war es staubig, doch die Zimmer waren sehr groß und hell. Eine breite runde Treppe führte zu den fünf Zimmern im ersten Stock, von denen jedes ein eigenes Badezimmer hatte. Das größte Schlafzimmer war phantastisch. Thomas und Julie blieben länger darin als in den anderen Räumen. Das Hauptfenster ging auf einen großen Garten, der direkt an den Strand grenzte. Es war intim und spektakulär zugleich.
»Was hältst du davon?« fragte Thomas.
Julie, die geblendet war, aber auch traurig, daß Thomas dieses Haus nicht für sie beide vorgesehen hatte, antwortete ihm mit einer Gegenfrage:
»Ich dachte, daß du nicht umziehen wolltest, weil du zu sehr an deinem Haus hängst?«
Er schien überrumpelt, als ob sie seine geheimsten Gedanken erraten hätte.
»Ich bin mir nicht sicher, ob ich es kaufen will. Deshalb wollte ich deine Meinung hören. Was hältst du also davon?«
»Willst du es wirklich wissen?«
»Ja.«
Julie schaute erst die Maklerin an, die lächelnd einen kleinen Abstand hielt und ihre Fragen oder Kommentare abwartete.
»Ich denke, daß du ein Idiot bist!«
Thomas sagte nichts, verblüfft. Doch Julie war noch nicht fertig.
»Ich denke, daß du wie alle anderen Männer eine wahnsinnige Bindungs-

angst hast! Ich denke, daß du gerade dabei bist, die beste Gelegenheit deines Lebens zu verpassen!«

»Wenn ich dich recht verstehe, meinst du, daß ich es kaufen sollte?«

»Dieses Haus ist mir scheißegal! Ich sage dir gerade, daß du ein Trottel bist, daß ich genug davon habe, meine Zeit mit einem Typen zu vergeuden, der nicht weiß, was er will, und mit dem ich ein tolles Leben hätte haben können! Möchtest du mich noch etwas anderes fragen, oder kann ich jetzt gehen?«

»Äh, ja, ich möchte dir noch eine letzte Frage stellen«, sagte Thomas.

Die liebenswürdige Maklerin versuchte, Haltung zu bewahren und so zu tun, als würde sich dieses explosive Pärchen nicht streiten.

»Eine letzte?«

»Die letzte. Möchtest du mit mir zusammen in diesem Haus leben?«

»Ja.«

»Also, dann ... ja!«

Und gleich zauberte die Maklerin einen Kaufvertrag hervor, denn sie wußte aus Erfahrung, daß man Eisen schmieden muß, solange sie heiß sind, und daß selbst die seriösesten Käufer urplötzlich auf andere Gedanken kommen können.

Epilog

Die erstaunliche Zeugenaussage von Peter hatte ein letztes Detail nicht klären können. Wie war Catherine am frühen Morgen in Thomas' Mercedes gekommen, nachdem sie so brutal vergewaltigt worden war?
Diese Frage wurde kurz nach Ablauf des Prozesses geklärt.
Als er – wie die anderen drei Angeklagten auch – zu zehn Jahren Haftstrafe verurteilt wurde, brach der Klinikdirektor Jackson zusammen und wollte vor lauter Wut seinen Komplizen Doktor Arthur Campbell mit sich in die Tiefe reißen. Campbell, dessen Panter-Zigarillokippe Thomas am Strand gefunden hatte, nicht weit von seinem Auto entfernt.
Er war es in der Tat, der Catherine nach dem Fest bei Jackson abgeholt hatte und sie, die halb bewußtlos war, zu Thomas gefahren hatte.
Am Abend der Vergewaltigung war Thomas nicht in die Klinik gefahren, um Catherine zu sehen, wie er es vorgehabt hatte. Nachdem er kaum einen Kilometer von seinem Haus entfernt war, hatte er kehrtgemacht. Aus Nostalgie war er zum Strand gefahren, um das Meer zu betrachten.
In dem von Alkohol und Mnemonium benebelten Zustand, in dem er sich befand, hatte Thomas es ganz selbstverständlich gefunden, daß er nach ein paar Minuten seine Handschuhe auszog, sein Auto am Strand zurückließ und wegging.
Doch als er zu Hause angekommen war, hatte der Anblick seiner blutigen Hände ihn erschreckt, denn er konnte sich überhaupt nicht daran erinnern, wie er sich verletzt haben konnte. Hatte er ein Verbrechen begangen?
Er hatte lange Zeit, über das Waschbecken gebeugt, im Badezimmer verbracht und sich sorgsam die Hände gewaschen, von einem Schuldgefühl zerfressen, dessen Ursache er nicht kannte. Dann hatte er sich auf einmal gefragt, was er sich eigentlich dabei dachte, wie ein Besessener seine völlig sauberen Hände abzuschrubben: Er konnte sich nicht mehr daran erinnern, daß er verletzt war und daß seine Hände noch vor ein paar Minuten blutig gewesen waren.
Plötzlich von einer außerordentlichen Erschöpfung ergriffen, hatte er sich hingelegt, ohne die Kraft aufzubringen – noch überhaupt daran zu denken – sich auszuziehen.
Arthur Campbell, der die Entscheidung, die der Disziplinarausschuß gegen ihn gefällt hatte, nicht verkraften konnte, fand in den frühen Morgenstunden den Mercedes dort vor, wo Thomas ihn stehengelassen hatte. Die

Türen standen offen, ein blutiger Rosenstrauß lag auf dem Sitz und daneben blutbefleckte Autohandschuhe, die Campbell der wehrlosen Catherine schnell überzog, um seinen Kollegen noch mehr zu belasten.
Ein ungeheures Glück, aus dem er gleich gefolgert hatte, daß Gott auf seiner Seite stand und sein Verhalten guthieß.
Doch seine Rachegelüste hatten sich gegen ihn gewendet und brachten ihn für sieben Jahre hinter Gitter.

Jean-Christophe Grangé

Der Flug der Störche

Thriller
Aus dem Französischen von
Barbara Schaden
368 Seiten, geb.
ISBN 3-431-03432-2

Jahr für Jahr ziehen Tausende von Störchen aus Europa nach Afrika, um im nächsten Frühjahr wieder zurückzukehren. Doch diesmal bleiben die Zugvögel aus. Von einem Schweizer Ornithologen beauftragt, verfolgt der Student Louis Antioche den Weg der Störche von Europa nach Zentralafrika. Seine Nachforschungen werden zu einer Reise in das Grauen ...
Ein knallharter Thriller, der Sie packt und bis zur letzten Zeile nicht mehr losläßt!

„Ein Roman mit Hochspannung – eine Reise am Rande der Angst."
Le Figaro Magazin

„Ein packender, origineller Thriller, der seine Stärken immer wieder aus dem oft bewußt grell gezeichneten Lokalkolorit gewinnt."
Rheinischer Merkur

„Der ‚Flug der Störche' vertreibt schlagartig jede Form von Langeweile."
Nürnberger Zeitung

„So gescheit, spannend und blutig geschrieben, daß das französische Fernsehen gar nicht genug davon kriegen kann."
Penthouse

Ehrenwirth Verlag München

Michael Pye

Die Dirne

Roman
Aus dem Englischen von
Barbara Schaden
272 Seiten, geb.
ISBN 3-431-03483-7

Winter 1640: New York heißt noch Neu Amsterdam und ist nichts weiter als eine kleine holländische Kolonie, die ums Überleben kämpft. Der Boden ist so hart, daß die Toten nicht mehr beerdigt werden können. Der Hudson River ist weit bis in die See zugefroren. Kein Schiff kann den Hafen anlaufen oder verlassen. Die Lebensmittel werden knapp, und wer Geld hat, versorgt sich auf dem Schwarzmarkt.
Gretje Reyniers, stadtbekannte Hure, deren Ehemann auf nie ganz geklärte Weise zu Tode kam, wird von den Stadtbürgern bedrängt, ihnen Geld zu leihen oder die Schulden zu erlassen. Als eines Tages ein merkwürdiger, zarter Junge auftaucht und von der Stadtverwaltung bei ihr einquartiert wird, holt ihre Vergangenheit sie ein. Zunächst widerwillig, beginnt sie, ihm ihre Geschichte zu erzählen . . .
Ein Roman aus der Geschichte, eine Mischung aus Liebesgeschichte und Autobiographie, eine unvergeßliche Schilderung des Lebens einer Frau, die sich unter schwierigsten Bedingungen ihr Leben einrichten muß.

„Ein wundervoller Roman!“ *Boston Sunday Globe*

„Bei der Lektüre dieses Buches hört man geradezu, wie draußen das Eis knackt und der Wind heult.“ *New York Times*

„Ein fundierter und überzeugender historischer Roman.“ *Washington Post*

Ehrenwirth Verlag München

Nicholas Luard

Afrikanisches Erbe

Roman
Aus dem Englischen von
Barbara Schaden
368 Seiten, geb.
ISBN 3-431-03516-7

Colonel Jack Ruthven war einer der Nationalhelden, auf die ganz England in seiner kolonialen Vergangenheit mit Stolz blickte. Schon zu Lebzeiten eine Legende – berühmt als Soldat, Weltreisender, Gelehrter und Forscher –, lieferte er grundlegende Beiträge zur Ornithologie. Eine umfangreiche Sammlung von präparierten Vögeln lieferte er dem British Museum of Natural History. Nun stellt sich plötzlich heraus, daß es sich bei einigen der Präparate um Fälschungen und Manipulationen handelt. Der große Nationalheld – ein Betrüger? Seine Enkelin Victoria, unterstützt von ihrem Lebensgefährten Charlie, einem trinkfreudigen Journalisten, macht sich auf die Suche nach der Wahrheit über ihren berühmten Großvater. Zwischen England, Indien und Südafrika rekonstruieren sie die Geschichte des afrikanischen Erbes der Familie Ruthven; eine Geschichte, in der Liebe, Gewalt, Intrigen und Tod in atemberaubender Weise miteinander verflochten sind.